KB070623

미싱유

미싱 유

MISSING
YOU

할런 코벤 HARLAN COBEN 지음
최필원 옮김

문학수첩

레이와 모린 클라크에게 바칩니다.

1

캣 도노반은 아버지의 낡은 의자에 앉은 채 몸을 홱 틀었다. 그녀가 오말리스 펍을 나서려는데 스테이시가 말했다. "내가 한 짓이 마음에 안 들 거야."

심상치 않은 어조에 캣이 걸음을 멈췄다. "무슨 짓?"

오말리스는 한때 경관들로 북적이던 술집이었다. 캣의 할아버지도 이곳 단골이었고, 그녀의 아버지와 그들의 뉴욕 경찰국 동료들도 마찬가지였다. 하지만 언제부터인가 여피, 프레피, 그리고 세상을 다 가진 듯이 허세를 부리는 사람들로 넘쳐나게 됐다. 빳빳한 하얀 셔츠에 검은 양복, 이틀쯤 기른 까칠한 수염. 필요 이상으로 제모를 한 남자도 여럿 보였다. 심하게 무른 남자들. 그들은 능글맞게 웃기를 좋아했고, 머리에 무스를 처발라 마치 두건을 쓰고 있는 듯한 스타일을 연출했다. 또한 그레이 구스 대신 케텔 원을 즐겨 마셨다. 진짜 남자는 케텔 원을 마신다는 TV 광고 때문이었다.

스테이시의 눈이 술집 안을 찬찬히 훑기 시작했다. 회피. 캣은 불안해졌다.

"무슨 짓을 했냐니까." 캣이 물었다.

"우아." 스테이시가 말했다.

"뭐?"

"5시 방향에 주먹을 부르는 놈이 앉아 있어."

캣이 그쪽으로 몸을 틀었다.

"보여?" 스테이시가 물었다.

"응."

오말리스는 예나 지금이나 한결같았다. 물론 낡은 콘솔 TV가 최신형 평면 TV로 바뀌기는 했다. 이제는 구석마다 걸린 TV를 통해 온갖 스포츠 중계방송을 다 볼 수 있었다. 심지어 아무도 관심 없는 에드먼턴 오일러스 경기까지도! 하지만 그것을 제외하면 오말리스는 예전 경찰 술집의 분위기를 고스란히 간직하고 있었다. 그래서 젠 체하는 인간들이 많이 꼬였다. 왠지 '있어'보이니까. 그들은 한때 활기로 넘쳐났던 이곳을 자신들만의 디즈니 엡콧(디즈니월드를 구성하는 테마파크 중 하나—옮긴이)으로 만들어 놓았다.

캣은 이곳에 남은 마지막 경찰이었다. 나머지는 근무를 마치기가 무섭게 귀가하거나 알콜 중독자 모임으로 향했다. 캣은 이곳에 오면 아버지의 지정석이었던 낡은 의자에 조용히 앉아 시간을 보냈다. 오늘 밤도 예외 없이 죽은 아버지의 유령이 그녀를 붙잡고 흔들어댔다. 그 무엇도 이곳에서 느껴지는 아버지의 기운처럼 그녀를 재충전해주지 못했다. 진부한 소리로 들리겠지만.

문제는 얼간이들이 툭하면 그녀를 거슬리게 한다는 것이었다.

이번 '주먹을 부르는 놈'처럼. 그는 밤 11시에, 그것도 어둑한 술집에서 선글라스를 착용하는 엄청난 죄를 졌다. 참고로, 체인

달린 지갑, 두건, 단추 끄른 실크 셔츠, 과한 문신(특히 전통 문양), 멋으로 걸고 다니는 군대 인식표, 그리고 흉측하게 큰 하얀 손목시계 따위도 용납할 수 없는 죄악이었다.

남자가 선글라스를 살짝 들고 캣과 스테이시를 향해 능글맞게 웃었다.

"우리가 마음에 드나 봐." 스테이시가 말했다.

"자꾸 말 돌리지 말고. 무슨 짓을 했는지 얘기해봐."

스테이시가 다시 그녀를 돌아봤다. 캣은 스테이시의 어깨 너머로 선글라스 남자를 흘끔 바라봤다. 비싼 로션을 발라 번들거리는 그의 얼굴에는 실망한 표정이 역력했다. 캣이 지겹도록 봐온 반응이었다. 남자들은 스테이시를 좋아했다. 아니, 그것은 적절한 표현이라고 할 수 없다. 스테이시는 소름이 돋을 만큼, 다리가 후들거리고 이와 뼈와 금속이 녹아내릴 만큼 매력적이었다. 남자들은 스테이시 앞에만 서면 쭈뼛쭈뼛하며 바보짓을 해댔다. 정말 가관이 따로 없었다.

스테이시 같은 여자와 어울리는 건 별로 좋은 행동이 아니다. 남자들은 스테이시처럼 예쁜 여자에게는 기회조차 없다고 생각하는 경향이 있다. 실제로 스테이시는 접근 불가 사인이 붙어 있는 것처럼 보인다.

반면 캣은 전혀 그렇지 않지만.

선글라스 남자가 그들 쪽으로 천천히 다가오기 시작했다. 그는 스테이시 대신 캣을 표적으로 삼은 모양이다.

스테이시가 터져 나오려는 웃음을 참으며 말했다. "이거 볼만하겠는데."

캣은 남자의 의지를 꺾기 위해 무관심한 표정으로 미간을 찌푸렸다. 선글라스 남자는 개의치 않는 모습이었다. 그는 자기 머릿속에만 들리는 음악에 맞춰 경쾌한 걸음으로 빠르게 다가왔다.

"안녕, 아가씨." 선글라스 남자가 말했다. "혹시 이름이 와이파이 아닙니까?"

캣은 대답하지 않았다.

"당신과 통하는 게 느껴져서 말이죠."

스테이시가 더 참지 못하고 웃음을 터뜨렸다.

캣은 말없이 그를 응시했다. 남자가 계속 이어나갔다.

"난 당신들처럼 자그마한 여자들이 좋습니다. 너무 귀여워요. 뭐가 내게 잘 어울릴지 알아요? 바로 당신."

"다른 여자들에게는 그런 유치한 멘트가 잘 먹히나요?" 캣이 물었다.

"내 말 아직 안 끝났어요." 선글라스 남자가 주먹에 대고 기침을 한 번 한 후 아이폰을 꺼내 캣의 얼굴 앞으로 내밀었다. "이것 좀 봐요. 내 '투 두 리스트' 어플 위에 당신을 올려놨어요. 축하할 일 아닌가요?"

스테이시는 이 상황을 무척 즐기고 있었다.

캣이 말했다. "이름이 뭐죠?"

남자가 눈썹을 실룩거렸다. "당신 마음에 드는 걸로 편히 불러요, 달링."

"애스 와플Ass Waffle은 어때요?" 캣이 블레이저 지퍼를 내려 벨트에 차고 있는 권총을 내보였다. "이거 한번 뽑아볼까요, 애스 와플?"

"맙소사. 당신이 새로 온 내 보스인 모양이군." 그는 자신의 다리 사이를 가리켰다. "내 연봉이 바로 올라간 걸 보니."

"꺼져요."

"당신을 향한 내 사랑은 설사 같아요." 선글라스 남자가 말했다. "아무리 애를 써도 멈춰지지 않거든요."

캣은 충격에 빠진 표정으로 그를 처다봤다.

"아, 내가 너무 나갔나요?" 그가 말했다.

"맙소사. 더럽잖아요!"

"더럽긴 해도 신선하죠?"

그건 사실이었다. "꺼져요. 당장."

"진심입니까?"

스테이시는 배꼽을 잡고 쓰러지기 직전이었다.

선글라스 남자가 돌아서려다 멈칫했다. "잠깐. 혹시 날 시험하려는 거 아닌가요? 애스 와플이라는 이름이 사실은 칭찬이었던 겁니까?"

"가요."

어깨를 으쓱이며 돌아서던 그가 스테이시를 위아래로 훑어봤다. "오늘은 유독 다리에 끌리네요. 어디 조용한 데로 가서 감상할 수 있게 해줄래요?"

스테이시는 여전히 웃느라 정신이 없었다. "날 가져요, 애스 와플. 지금 여기서."

"진심입니까?"

"당연히 아니죠."

애스 와플이 캣을 돌아봤다. 캣은 권총 손잡이에 한 손을 얹어놓았다. 남자는 두 손을 들고 슬금슬금 뒷걸음쳤다.

캣이 말했다. "스테이시?"

"응?"

"왜 남자들이 날 쉽게 보고 치근거리는 거지?"

"그야 네가 귀엽고 발랄해 보이니까."

"정말 내가 그렇게 못나 보여?"

"좀 처량해 보여." 스테이시가 말했다. "이런 얘기 해서 미안하지만 그 처량함이 페로몬처럼 저런 허세남들을 유혹하는 거라고."

두 사람은 각자의 술을 한 모금씩 넘겼다.

"내가 마음에 안 들어 할 짓이 대체 뭐야?" 캣이 물었다.

스테이시가 애스 와플을 흘끔 돌아봤다. "저 남자 좀 불쌍하네. 가서 잠깐 놀아줄까?"

"농담하지 마."

"왜?" 스테이시가 과시하듯 긴 다리를 꼬며 애스 와플을 향해 미소를 날렸다. 그는 차에 갇힌 개 같은 표정을 짓고 있었다. "이 치마가 너무 짧은가?"

"치마?" 캣이 말했다. "그거 벨트 아니었어?"

스테이시는 만족하는 모습이었다. 그녀는 관심받는 걸 좋아했다. 또한 남자들을 꾀는 것도 은근히 즐겼다. 그녀는 자신과 보내는 하룻밤이 그 남자들의 인생을 바꿔놓을 수 있다고 생각했다. 그것은 그녀의 일이기도 했다. 스테이시는 아름다운 여성 두 명과 탐정 사무소를 운영하고 있었다. 그것도 바람피우는 배우자들을 잡는, 아니, 함정에 빠뜨리는 일을 전문으로 하는.

"스테이시?"

"응?"

"내가 싫어할 일이 뭐냐니까."

"이거."

스테이시는 애스 와플에게서 시선을 떼지 않으며 종이 한 장을 캣에게 건넸다. 종이에 적힌 내용을 확인한 캣이 미간을 찌푸렸다.

KD8115

HottestSexEvah

"이게 뭐야?"

"KD8115는 네 아이디야."

그녀의 이니셜과 배지 번호였다.

"HottestSexEvah는 암호고. 오, 대소문자를 정확히 구분해서 써야 해."

"이걸로 뭘 하라고?"

"웹사이트. YouAreJustMyType.com."

"응?"

"온라인 데이팅 서비스야."

캣이 얼굴을 찌푸렸다. "지금 장난하는 거지?"

"상류층만 가입할 수 있는 곳이야."

"스트립 클럽들도 그런 소릴 하지."

"가입은 내가 해놨어." 스테이시가 말했다. "1년짜리야."

"농담하는 거지?"

"난 농담 같은 거 안 해. 이 회사 의뢰로 일을 좀 처리해준 게 있어. 믿을 만한 곳이라고. 현실을 직시해. 지금 네겐 남자가 절실하잖아. 너도 원한다고. 여기 틀어박혀 있으면 저런 놈들만 꼬일 뿐이야."

캣은 한숨을 내쉬며 일어났다. 그리고 피트라는 이름의 바텐더에게 고개를 끄덕여 신호했다. 피트는 영화에서 아일랜드인 바텐더 역을 주로 맡는 어느 성격파 배우를 많이 닮았다. 피트가 알았다며 고개를 끄덕였다. 외상으로 달아놓겠다는 뜻이다.

"누가 알아?" 스테이시가 말했다. "거기서 이상적인 남편감을 만나게 될지."

캣은 문 쪽으로 걸음을 옮겼다. "보나 마나 애스 와플 같은 놈들만 만나게 될걸."

캣은 'YouAreJustMyType.com'을 입력한 후 리턴 키를 눌렀다. 그런 다음, 아이디와 다소 민망한 암호를 차례로 적어 넣었다. 스테이시가 이미 작성해놓은 프로필이 그녀를 거슬리게 했다.

귀엽고 발랄함!

"처량함을 빼먹었군." 캣이 나지막이 중얼거렸다.

어느새 자정이 지났다. 하지만 캣은 잠이 별로 없었다. 그녀는 부담스러울 정도로 비싼 동네에 살고 있었다. 센트럴 파크 웨스트에서 조금 떨어진 웨스트 67번가, 아틀리에. 백 년 전, 이곳과 유명한 아티스트 호텔을 포함한 인근 건물들에는 수많은 작가와 화가와 지식인, 곧 예술가들이 살았다. 널찍하고 고풍스러운 아파트들은 거리를 향해 서 있었고, 작은 스튜디오들은 뒤편에 몰려 있었다. 오래된 스튜디오들은 전부 원룸 아파트로 개조됐다. 경찰이었던 캣의 아버지는 부동산 매입으로 승승장구하는 친구들을 부러운 눈빛으로 지켜보던 중에 큰 행운을 얻게 됐다. 그 덕분에 목숨을 건진 한 남자가 자신의 집을 싸게 넘긴 것이다.

캣은 컬럼비아 대학에 다닐 때부터 이곳에서 지냈다. 학비는 뉴욕 경찰국 장학금으로 처리했다. 대를 이어 경찰이 되고 싶지 않았던 그녀는 로스쿨에 진학해 뉴욕의 큰 법률 회사에 취직하는 게 목표였다.

하지만 운명을 거스를 수는 없었다.

그녀의 키보드 옆에는 레드 와인 한 잔이 놓여 있었다. 캣은 술을 많이 마셨다. 술에 절어 사는 경찰. 상투적이었다. 하지만 이런 클리셰에는 다 이유가 있다. 그녀는 술 때문에 일을 그르쳐본 적이 없었다. 근무 중에는 당연히 술을 마시지 않았다. 술은 좋아했지만 술에 마구 휘둘릴 정도는 아니었다. 하지만 늦은 밤, 술에 취해 내리는 결정들 대부분은 엉성하기 그지없었다. 그래서 그녀는 밤 10시 이후로 휴대폰과 컴퓨터를 꺼놓는 습관을 들이게 됐다.

그런 사람이 이 야심한 시각에 데이팅 웹사이트에서 남자들 프로필이나 살피고 있다니.

스테이시는 캣의 페이지에 사진 네 장을 올려놓았다. 캣의 프로필에는 얼굴 사진이 걸려 있었다. 작년에 찍은 신부 들러리 사진에서 오려낸 것이었다. 캣은 자신의 프로필을 객관적으로 평가

해보고 싶었지만 그건 불가능한 일이었다. 그녀는 프로필 사진이 영 마음에 들지 않았다. 사진 속 여자는 스스로에게 확신이 없어 보였다. 희미한 미소. 마치 한 대 얻어맞기를 기다리는 사람처럼. 스테이시가 올려놓은 사진들은 전부 단체 사진에서 오려낸 것들이었다. 그리고 사진 속 캣은 하나같이 움찔하는 표정을 짓고 있었다.

내 프로필은 이 정도면 됐어.

직장에서 맞닥뜨리는 남자들은 죄다 경찰이었다. 그녀는 경찰을 원하지 않았다. 경찰은 좋은 사람들이었지만 집에서는 끔찍한 남편들이었다. 그건 누구보다도 그녀가 잘 알고 있었다. 할머니가 위독했을 때 할아버지는 공황 상태에 빠져 집을 나가버렸다. 그리고 너무 늦어버린 후에야 돌아왔다. 할아버지는 스스로를 용서하지 못했다. 적어도 캣은 그렇게 생각했다. 많은 이들에게는 영웅이었는지 몰라도, 그는 가장 중요한 시기에 외로움을 견디지 못하고 꽁무니를 빼버린 비겁자였다. 어느 날 밤, 캣의 할아버지는 주방의 맨 위 선반에 놓아둔 리볼버를 챙겨 식탁에 앉았다. 그리고…….

탕.

아버지는 술에 절어 살았고 외박도 점점 잦아졌다. 어머니는 그럴 때마다 애써 태연한 척했다. 아버지가 비밀 수사 중인 것처럼 굴거나 아예 아버지의 실종을 인정하지 않으려고 하면서. 무섭고 섬뜩한 일이었다. 외박을 마치고 나타난 아버지는 늘 깔끔하게 면도를 한 상태였다. 어머니에게는 매번 장미 한 다발을 안겼고, 모두가 그게 정상이라는 듯이 행동했다.

YouAreJustMyType.com. 귀엽고 발랄한 캣 도노반은 이제 인터넷 데이팅 사이트까지 진출했다. 맙소사. 이런다고 뭐가 달라지나? 그녀는 와인 잔을 집어 들고 컴퓨터 화면을 향해 건배하는 척한 후 남은 와인을 단숨에 비워버렸다.

애석하게도 세상은 더 이상 평생 반려자를 만나기에 적합한 곳이 아니었다. 섹스. 그건 또 다른 문제였지만. 섹스는 데이트 룸 최고의 관심사였다. 그녀 역시 남들만큼이나 육체적 쾌락을 좋아했다. 하지만 상대를 너무 빨리 침대로 데려가면 장기적인 관계에 큰 타격을 입게 된다. 그 결정이 옳든 그르든. 도덕적 판단이 아니라 그냥 현실이 그렇다는 뜻이다.

그녀의 컴퓨터에서 딩동 소리가 흘러나왔다. 화면에 메시지 창이 떠올랐다.

당신의 짝을 찾았습니다!
상대를 보고 싶으면 클릭하세요!

캣은 와인을 더 따라 올까 고민하다가 그냥 두기로 했다. 빤한 무언의 진실이 그녀를 엄습했다. 그녀는 인생 파트너를 간절히 원하고 있었다. 더 이상 그 욕구를 외면하고 싶지 않았다. 캣은 남자를 원했다. 파트너, 밤에 함께 누울 수 있는 누군가. 몸이 달아오른 것도 아니고, 특별히 애써본 적도 없었지만, 그녀는 애초에 독신으로 살 팔자가 아니었다.

그녀는 프로필들을 빠르게 훑어나가기 시작했다. 이루려면 푹 빠져야만 했다.

한심해도 어쩔 수 없었다.

프로필 사진은 많은 것을 말해줬다. 어쩌면 가장 중요한 부분인지도 몰랐다. 남자들이 공들여 선택한 프로필 사진은 그들의 첫인상이나 다름없었고, 또 많은 것을 시사했다.

일부러 페도라를 쓴 사진을 올려놓은 상대는 그냥 넘겨버려야 했다. 아무리 몸이 좋아도 셔츠를 걸치지 않았다면 그것도 패스. 귀에 블루투스를 꽂고 있어도 패스. 자기가 무슨 대단한 사람이라도 되나? 입술 밑에 앙증맞게 수염을 길렀거나 조끼를 입었거나 윙크를 하거나 손으로 특정 동작을 취하거나 주황빛 셔츠를 걸쳤거나 (개인적인 편견 때문에) 선글라스를 머리에 얹어놓아도 패스, 패스, 패스. 프로필 이름이 맨스탤리언, 섹시스마일, 리치프리티보이, 레이디새티스파이어, 뭐 그런 식이라면 무조건 패스.

캣은 그럭저럭 나쁘지 않은 사진들을 골라 클릭해봤다. 프로필 소개 글들은 우울할 만큼 비슷했다. 거의 모든 사람이 해변 산책과 외식, 운동, 여행, 와인, 극장, 그리고 박물관을 좋아한다고 했다. 또한 그들은 활동적이고 도전을 좋아하며 위험천만한 모험에 끌린다는 공통점을 가지고 있었다. 그들은 집에 틀어박혀 영화를 보고, 커피를 홀짝이고, 수다를 떨고, 요리를 하고, 책을 읽는 등 소박한 즐거움을 누리는 것도 좋아한다고 입을 모았다. 그들은 유머 감각을 겸비한 여자를 찾고 있다고 했지만 캣은 그것이 '큰 가슴'의 완곡한 표현임을 잘 알고 있었다. 그들은 약속이라도 한 듯 탄탄하고 날씬하고 굴곡이 뚜렷한 몸매를 선호한다고 했다.

솔직하군. 꿈속에서나 가능한 일이지만.

프로필들은 현실을 전혀 반영하지 않았다. 진솔한 자기소개가 아니라 자기가 스스로를 어떻게 생각하는지, 그리고 잠재적 인생 파트너에게 자신이 어떻게 비치고 싶은지를 주절주절 늘어놓은 것에 불과했다. 더 정확히 얘기하면, 자신이 어떻게 되고 싶은지.

별의별 내용을 다 담고 있었지만 모든 건 단 한 개의 단어로 요약이 가능했다. 그건 아마도 '당밀'. 첫 번째 프로필. "매일 아침, 삶은 첫 붓질을 기다리는 빈 캔버스와 같습니다." 클릭. 자신이 정직하다는 걸 강조하기 위해 그 주장을 반복하는 남자. 애써 성실한 척하는 남자. 허세를 부리는 남자. 과시가 지나친 남자. 정서적으로 불안한 남자. 애정에 굶주린 남자. 지극히 현실적이군. 캣은 생각했다. 모두가 지나칠 정도로 노력하고 있었다. 화면에서 저질 향수 같은 자포자기의 악취가 풍겨 나오는 듯했다. 툭하면 꺼내놓는 솔메이트 어쩌고 하는 말들에는 도무지 정이 가지 않았다. 현실에선 두 번 이상 데이트하고 싶은 상대를 만나는 것 자체가 불가능하잖아. 캣은 생각했다. 그런데도 YouAreJustMyType.com에선 완벽한 인생 파트너를 찾을 수 있다고 믿는 거야?

과대망상인가? 혹은 결코 희망을 버리지 않는 의지의 남자들?

냉소적으로 바라보며 조롱하는 건 쉬운 일이었다. 하지만 한 걸음 물러나 생각해보니 무언가 가슴에 사무쳤다. 모든 프로필은 인생이었다. 단순한 건 사실이지만 그 상투적이고 애원하는 프로필 뒤에는 또 다른 인간의 꿈과 염원과 갈망이 숨어 있었다. 그들은 재미 삼아 사이트에 가입하고, 회비를 내고, 그런 정보를 작성해 올린 게 아니었다. 살인적인 외로움에 시달려온 그들은 이번에는 기필코 인생의 동반자를 찾아내고 말 거라는 기대를 품고서 이 웹사이트를 찾아 로그인하고, 프로필을 클릭해대는 것이었다.

와우. 정말 엄청난 걸 깨달았군.

캣은 골똘히 생각에 잠긴 채 프로필들을 클릭해나갔다. 클릭 속도가 빨라질수록 '운명의 파트너'를 찾겠다며 가입한 남자들의 얼굴도 점점 빠르게 스쳐 지나가버렸다. 그러던 중 그녀의 시선을 잡아끄는 사진이 하나 있었다.

그녀는 자신의 눈을 의심했다. 클릭을 멈추자, 그녀의 눈앞에서 휙휙 흐르던 프로필 얼굴들도 뚝 멎어버렸다. 캣은 숨을 깊게 한 번 들이쉬었다.

말도 안 돼.

그녀는 사진 속 남자들을 생각하느라 정신이 반쯤 나가 있는 상태였다. 그들의 인생, 그들의 필요, 그들의 희망. 그녀는 눈앞 화면에 집중하지 않고도 큰 그림을 파악할 수 있었다. 그것은 그녀의 장점이기도, 또 단점이기도 했다. 경찰에게는 꽤 유용한 기술이었다. 남들이 그냥 지나쳐버리는 여러 가능성과 도주 경로, 추가 시나리오, 그리고 흐릿한 장애물과 속임수 뒤에 숨은 위험 등을 그때그때 짚어낼 수 있으니까.

하지만 그것은 너무나도 명백한 걸 못 보고 흘려버릴 때가 가끔 있다는 뜻이기도 했다.

그녀는 '뒤로 이동' 버튼을 천천히 클릭했다.

그일 리가 없어.

문제의 사진은 눈 깜짝할 새 사라졌다. 그녀가 진정한 사랑과 솔메이트와 인생을 함께할 만한 이상형을 생각하는 동안. 누가 그녀를 탓할 수 있으랴? 벌써 18년 전 일이다. 그녀는 술기운을 빌려 구글로 그를 몇 번 찾아본 적이 있었다. 하지만 검색 결과로 걸리는 것이라고는 그가 오래전에 쓴 기사 몇 개가 전부였다. 그의 근황을 확인할 길이 없다는 사실은 그녀를 놀라게 했고, 그녀의 호기심을 더 자극했다. 제프는 잘나가는 기자였지만 어디서도 근래 흔적을 찾아볼 수 없었다. 한때 캣은 자신의 위치를 이용해 본격적으로 그를 찾아보려 했다. 하지만 사적인 일로 직권을 남용하고 싶지는 않았다. 물론 스테이시에게 물어볼 수도 있었지만, 굳이 그래야 할 필요를 느끼지 못했다.

제프는 떠난 사람이니까.

전 애인을 쫓거나 구글로 검색하는 건 실로 한심한 일이었다. 물론 제프는 단순한 전 애인이 아니었다. 캣은 무의식적으로 왼쪽 네 번째 손가락을 만지작거렸다. 한때 그 자리를 지켰던 반지는 더 이상 없었다. 제프는 캣의 아버지에게 승낙을 받아낸 후 한쪽 무릎을 꿇고서 정식으로 청혼했다. 디저트에 반지를 숨겨놓지도, 매디슨 스퀘어 가든 전광판에 광고를 하지도 않았다. 그런 저급한 방법 대신 품격 있고 낭만적이고 전통적인 방법을 선택했다. 그는 그녀가 뭘 원하는지 분명히 알고 있었다.

갑자기 그녀의 눈가가 촉촉이 젖어들었다.

캣은 계속해서 '뒤로 이동' 버튼을 클릭해나갔다. 그녀의 눈앞에서 수많은 신랑감들의 얼굴과 머리 스타일이 휙휙 지나갔다. 잠시 후, 그녀의 손가락이 뚝 멎었다. 그녀는 숨을 참은 채 한동안 사진을 들여다봤다.

그녀의 입에서 신음이 터져 나왔다.

오래 묵은 비통함이 그녀를 엄습했다. 찌르는 듯한 깊은 통증이 신선하게 느껴졌다. 마치 제프가 18년 전이 아니라, 방금 전에 그녀를 떠나간 것처럼. 그녀는 떨리는 손으로 화면 속 그의 얼굴을 살살 만져봤다.

제프.

나이가 조금 들어 보였지만 그는 아직도 미남이었다. 희끗희끗해진 머리도 꽤 매력적이었다. 캣은 제프가 점점 중후한 멋을 풍기게 될 거라고 늘 믿었다. 그녀는 계속 그의 얼굴을 어루만졌다. 그녀의 한쪽 눈에서 눈물이 배어 나왔다.

오, 맙소사.

캣은 뛰는 가슴을 진정시키려 애썼다. 뒤로 물러나 다른 관점에서 바라볼 필요가 있었지만 방이 핑핑 돌았다. 격해진 감정을 억누를 방법도 없었다. 그녀는 여전히 떨리는 손을 다시 마우스로 옮겨 프로필 사진을 클릭해 확대했다.

화면이 깜빡이며 다음 페이지로 넘어갔다. 새로운 사진 속에서 플란넬 셔츠와 청바지 차림의 제프가 주머니에 두 손을 찔러 넣은 채 서 있었다. 눈은 어찌나 파란지 콘택트렌즈 선이 보이지 않을 정도였다. 황홀할 정도로 잘생긴 얼굴. 그는 여전히 늘씬했고 탄탄해 보였다. 또 다른 사진 하나도 그녀의 마음을 뒤흔들었다. 캣은 재빨리 자신의 침실을 훑어봤다. 제프와 한창 사귀었을 때도 그녀는 이곳에 살았다. 그가 떠난 후 여러 남자를 침실에 들였지만 누구도 그녀의 옛 약혼자만큼 황홀함을 안겨주지 못했다. 우습게 들릴지도 모르지만, 제프와 함께한 내내 그녀는 온몸으로 흥얼흥얼 노래를 불렀다. 테크닉이나 크기 때문이 아니었다. 전혀 에로틱하게 들리지 않겠지만, 섹스가 황홀했던 이유는 신뢰 때문이었다. 그와 함께 있을 때 캣은 안심이 됐다. 그의 곁에서는 자신감이 생겼고 더 예뻐지는 것 같았으며 두렵지 않았다. 진정한 자유도 느껴졌다. 가끔 그가 짓궂게 굴거나 그녀를 통제하려 들 때도 있었지만, 그녀는 단 한 번도 상처받거나 수치스러워한 적이 없었다.

상대가 다른 남자라면 꿈도 꿀 수 없는 일이었다.

그녀는 마른침을 삼키며 전체 프로필 링크를 클릭했다. 그가 적어놓은 자기소개는 짧지만 완벽했다. 그냥 한번 부딪쳐봅시다.

부담도, 거창한 계획도, 전제 조건이나 확약이나 황당한 기대도 없었다. 그냥 한번 부딪쳐봅시다.

그녀는 '상태' 부분을 대충 훑어봤다. 지난 18년 동안 제프의 근황을 궁금해했던 캣이 가장 알고 싶은 건, 그가 어쩌다 독신자들의 웹사이트를 기웃거리게 됐는지였다. 대체 그동안 그에게 무슨 일이 있었기에.

하긴, 그녀에게도 많은 일이 있었지만.

상태: 사별

맙소사.

그녀는 상상력을 발동시켜봤다. 한 여자와 결혼해서 오순도순 잘 살아온 제프. 그리고 아내를 먼저 떠나보내야 했던 암담한 상황. 도무지 상상이 되지 않았다. 아니, 상상하고 싶지 않았다. 적어도 지금 당장은. 그래서 캣은 그냥 넘어가기로 했다.

사별.

그 밑에는 또 다른 놀라운 사실이 기록돼 있었다. 자녀 하나.

물론 아이의 나이와 성별은 나와 있지 않았다. 한때 사랑했던 남자에 대한 새로운 사실이 하나씩 밝혀질 때마다 그녀는 지축이 흔들리는 듯한 충격을 받았다. 그녀가 빠진 제프의 인생. 그게 놀라워? 대체 뭘 기대한 거지? 갑작스레 찾아온 그들의 이별은 필연적인 결과였다. 미련 없이 떠나버린 건 그였지만 원인은 그녀가 제공했다.

야속하게 떠난 그를 독신남 수백 명이 득실대는 웹사이트에서 다시 보게 될 줄이야.

이제 어떻게 해야 할까?

2

　제라드 레밍턴은 바네사 모로에게 청혼할 준비를 마친 상태였
다. 하지만 그 일생일대의 순간을 불과 몇 시간 앞두고 그의 세상
은 빛을 잃어버렸다.

　제라드가 살면서 했던 많은 일들이 그러했듯, 청혼은 치밀하
게 계획됐다. 첫 번째 단계로, 제라드는 오랜 조사 끝에 완벽한 약
혼반지를 찾아냈다. 2.93캐럿짜리 프린세스 컷, VVS1 등급 투명
도, F 컬러, 광륜 세팅이 된 백금 밴드. 그는 맨해튼 웨스트 47번
가 다이아몬드 상가 지구의 어느 유명한 보석 가게에서 그것을
구입했다. 터무니없이 비싸기만 한 대형 매장이 아니라 6번가 인
근 모퉁이에 자리한 자그마한 점포였다.

　두 번째 단계. 그들의 비행기 제트블루 267편은 오전 7시 30분
에 보스턴의 로건 공항을 출발해 오전 11시 31분에 생 마르텡에
도착할 예정이었다. 두 사람은 그곳에서 소형 경비행기로 갈아타
고 앵귈라 섬으로 향하게 될 것이다. 도착 예정 시간은 오후 12시
45분이었다.

　세 번째, 네 번째, 그리고 그 후의 단계들. 그들은 미즈 만灣이
내려다보이는 바이스러이의 2층 저택에서 황홀한 시간을 보낼

계획이었다. 인피니티 풀, 섹스, 샤워, 블랑샤르에서 저녁 식사. 그들의 테이블은 저녁 7시로 예약된 상태였다. 제라드는 미리 전화를 걸어 바네사가 가장 좋아하는 페삭레오냥산 보르도 와인, 2005년산 샤토 오-바이 그랑 크뤼 클라세 한 병을 주문해놓았다. 저녁 식사를 마친 제라드와 바네사는 손을 잡고 맨발로 해변을 걸을 것이다. 그는 태음력을 통해 그날 밤 만월을 볼 수 있다는 걸 확인해뒀다. 해변에서 이백 미터쯤 떨어진 곳에는 짚으로 지붕을 올린 오두막이 자리하고 있었다. 스노클과 수상스키를 빌려주는 곳이었지만, 밤에는 아무도 없었다.

그 현관에 바네사가 가장 좋아하는 하얀 칼라 스물한 송이가 줄지어 놓여 있을 것이다. 그의 주문에 따라 꽃집 주인이 준비해둔 것으로, 두 사람이 사귄 지 정확히 21주가 됐음을 기념하기 위함이었다.

대기하고 있던 현악 사중주단은 제라드의 신호에 맞춰 킨Keane의 〈우리만 아는 곳에서Somewhere Only We Know〉를 연주하기 시작할 것이다. 그와 바네사가 두 사람만의 테마곡으로 일찌감치 점찍어놓은 노래였다.

연주가 이어지는 동안 제라드는 한쪽 무릎을 꿇을 것이다. 두 사람 모두 전통적인 방식을 좋아했다. 제라드는 머릿속으로 바네사의 반응을 상상해봤다. 그녀는 깜짝 놀라며 말을 잇지 못할 테다. 그리고 놀라움과 기쁨을 주체하지 못해 두 손으로 얼굴을 감싸고 눈물을 글썽일 것이다.

"당신이 내 인생을 완전히 바꿔놓았어요." 제라드는 말할 것이다. "당신은 변화의 기폭제예요. 이 무르고 평범한 사내를 강하고 행복하고 활력 넘치게 만들어줬어요. 사랑합니다. 내 모든 걸 바쳐 당신을 사랑해요. 난 당신의 모든 게 좋아요. 당신의 미소는 내 삶을 화려하고 풍성하게 만들어줘요. 당신은 세상에서 가장 아름답고 열정적인 사람이에요. 부디 나와 결혼해서 날 세상에서 가장 행복한 남자로 만들어주지 않겠어요?"

세상이 깜깜해졌을 때도 제라드는 그 말들을 열심히 다듬고 있었다. 그는 작은 표현 하나까지도 완벽하기를 원했다. 그 말의 내용은 전부 사실이었다. 그는 바네사를 사랑했다. 진심으로 그녀를 사랑했다. 제라드는 지금껏 누구와도 진지하게 사귀어본 적이 없었다. 살아오면서 많은 사람들에게 실망한 탓이었다. 하지만 과학은 그렇지 않았다. 사실 그는 혼자서 온갖 미생물, 유기체들과 씨름하며 신약과 중화제를 개발할 때가 가장 만족스러웠다. 베네스티 제약 회사 연구실에서 칠판에 빼곡히 적힌 수많은 방정식과 공식들을 차례로 풀어나갈 때. 어린 동료들은 이런 그를 구닥다리라고 불렀다. 그는 칠판을 좋아했다. 분필 냄새, 분필 가루, 지저분한 손, 그리고 지우개의 느낌. 과학에서는 그 무엇도 영구적이지 않으니까.

제라드는 바로 그런 환경에 홀로 갇혀 있을 때가 가장 만족스러웠다.

가장 만족스러웠지만, 행복하지는 않았다.

바네사는 그에게 난생처음으로 행복을 맛보게 해줬다.

제라드는 눈을 뜨고서 그녀를 떠올렸다. 바네사와 함께 있으면 모든 게 열 배씩 나아지는 느낌이었다. 지금껏 그 누구도 바네사처럼 그를 정신적으로, 정서적으로, 그리고 신체적으로 자극하지 못했다.

눈을 뜬 상태였지만 그의 눈앞은 여전히 캄캄했다. 그는 자신이 아직 집에 있는 건지도 모른다고 생각했다. 하지만 그렇게 믿기에는 너무 추웠다. 그는 항상 디지털 온도 조절 장치를 정확히 22도에 맞춰놓았다. 항상. 바네사는 그런 그의 꼼꼼함에 종종 혀를 내두르곤 했다. 제라드의 지나친 꼼꼼함이 강박장애에서 비롯된다고 믿는 이들도 적지 않았다. 하지만 바네사는 그를 이해했고, 그런 흠을 장점으로 봐줬다. "그런 꼼꼼함 덕분에 배려심 많은 훌륭한 과학자가 될 수 있었던 거예요." 언젠가 바네사는 말했다. 또한 과거에는 제라드 같은 사람들이 위대한 예술가와 과학자와 문학가로 칭송받았다고 덧붙이기까지 했다. 이제는 그런 천재들이 약과 진단에 의해 획일적이고 무디게 변해버렸다면서.

"원래 천재는 남들과 달라야 해요." 바네사는 설명했다.

"내가 남들과 다른 것 같아요?"

"좋은 쪽으로요."

황홀했던 기억이 그의 가슴을 벅차게 만들었지만 제라드는 이상한 냄새를 더 이상 외면할 수가 없었다. 축축하고 퀴퀴한 무언가…….

흙처럼. 생흙처럼.

순간 극심한 공포가 밀려왔다. 제라드는 칠흑 같은 어둠 속에서 두 손을 올려봤다. 그는 자신의 얼굴을 만져보고 싶었다. 하지만 무언가에 꽁꽁 묶인 두 손은 꿈쩍도 하지 않았다. 밧줄, 아니, 그보다 가는 무언가에 묶여 있는 것 같았다. 철사 같은. 그는 다리를 움직여봤다. 두 다리 역시 묶여 있었다. 그는 배에 힘을 주고서 다리를 번쩍 들어봤다. 발이 나무로 된 무언가에 부딪혔다. 마치 관에 갇혀 있기라도 한 것처럼.

겁에 질린 그의 몸이 움찔했다.

여기가 어디지? 바네사는 어디 있지?

"이봐요!" 그는 소리쳤다. "이봐요!"

제라드는 상체를 들어보려 했지만 가슴에 둘린 벨트 때문에 그마저도 할 수 없었다. 게다가 아무리 기다려도 눈이 어둠에 적응되지 않았다.

"이봐요! 누구 없어요? 날 좀 도와줘요!"

그때 바로 위에서 희미한 소리가 들려왔다. 무언가를 긁어대는 소리 같기도 했고, 발을 질질 끌고 걷는 소리 같기도 했다.

발소리인가?

그것도 바로 위에서?

제라드는 어둠에 대해 생각해봤다. 생흙 냄새에 대해서도. 답은 명백했지만 도저히 받아들일 수가 없었다.

여긴 땅속이야. 그는 생각했다. 나는 땅속에 있어.

그 순간, 그의 입에서 비명이 터져 나왔다.

3

캣은 잠이 아니라 혼수상태에서 깨어난 기분이었다.

언제나 그렇듯 아이팟 알람은 그녀가 특히 좋아하는 곡들 중 하나로 그녀를 깨워줬다. 오늘 아침 6시에 흘러나온 곡은 맷 네이선슨의 〈불릿프루프 윅스Bulletproof Weeks〉였다. 그녀는 오래전에 제프와 함께 뒹굴었던 침대에서 눈을 떴다. 방에는 여전히 짙은 색 나무 패널이 둘려 있었다. 뉴욕 교향악단 소속 바이올린 연주자였던 전 주인은 56평방미터에 달하는 아파트 전체를 낡은 보트의 내부처럼 꾸며놓았다. 나무 패널에는 평범한 창문 대신 선박처럼 둥근 창이 여럿 나 있었다. 그녀와 제프는 이 황당한 내부를 둘러보며 배가 뒤집히거나 구명 뗏목이 출동하게끔 격렬히 사랑을 나눠보자는 식의 유치한 농담을 늘어놓았다.

사랑은 그런 유치한 농담마저도 가슴을 저미게 만들었다.

"이 집 말이야." 제프는 말했다. "당신이랑 너무 안 어울려."

그는 자신의 대학생 약혼녀가 무척 밝고 쾌활하다고 생각했다. 하지만 18년이 지난 지금, 그녀의 집에 발을 들여놓는 이들은 이런 음울한 분위기가 캣과 아주 잘 어울린다고 입을 모았다. 오래된 부부가 점점 서로를 닮아가는 것처럼 그녀도 조금씩 이 아파트의 일부가 돼갔다.

캣은 좀 더 자고 싶었지만 15분 후 시작되는 수업을 모른 척할 수 없었다. 정신분열증 환자에 아주 작은 여자 옷을 입는 복장도 착자이기도 한 강사 아쿠아는 생명을 위협하는 비상사태가 아니고서는 결석을 용납하지 않았다. 어차피 캣도 스테이시를 만나 제프에 대해 들려주고 싶어 안달이 난 상태였다. 캣은 요가 바지와 탱크톱을 걸치고서 물병을 챙겨 든 후 현관으로 향했다. 그녀의 시선이 책상에 놓인 컴퓨터 쪽으로 스르르 돌아갔다.

나가기 전에 잠깐 살펴볼까?

모니터에는 아직도 YouAreJustMyType.com 홈페이지가 떠 있었다. 하지만 2시간 이상 자리를 비운 탓에 그녀는 자동으로 로그아웃된 상태였다. 홈페이지에는 신규 회원들을 위한 특별 할인 이벤트 광고가 큼지막하게 걸려 있었다. 지금 신용카드로 5달러 74센트를 결제하면 한 달간 무제한 이용이 가능하다고 했다. 하지만 캣은 혹하지 않았다. 이미 스테이시가 1년치 가입비를 내준 상태였으니까. 이예!

캣은 아이디와 암호를 입력하고 리턴 키를 눌렀다. 남자들이 전송한 메시지가 여럿 와 있었다. 그녀는 그것들을 전부 무시하고 즐겨찾기 표시를 해둔 제프의 페이지로 들어갔다.

그녀는 '답장' 버튼을 누르고서 키보드에 두 손을 얹었다.

뭐라고 적지?

아니야. 지금은 때가 아닌 것 같아. 생각을 더 해봐야겠어. 어차피 시간도 없고 곧 수업이 시작되잖아. 캣은 고개를 저으며 일어나 집을 나섰다. 그녀는 매주 월요일, 수요일, 그리고 금요일마다 해온 것처럼 72번가까지 조깅을 해서 센트럴 파크로 들어섰다. 스트로베리 필즈(센트럴 파크에 위치한 존 레논 추모 공원—옮긴이)의 시장, 곧 관광객들의 팁으로 먹고사는 행위 예술가가 존 레논의 〈이매진〉 추모 타일에 꽃을 늘어놓고 있었다. 그는 매일 나와서 공연을 했지만 이토록 일찍 나오는 날은 드물었다. "헤이, 캣." 그가 장미 한 송이를 건네며 말했다.

그녀는 꽃을 받아 들었다. "안녕, 게리."

그녀는 베데스다 테라스를 서둘러 지나쳤다. 호수는 아직 조용했다. 보트는 보이지 않았고, 분수는 비즈 커튼처럼 반짝거렸다. 캣은 왼쪽 산책로로 들어가 거대한 한스 크리스티안 안데르센 동상 쪽으로 다가갔다. 두 노숙자, 타이렐과 빌리가 카드 게임 '진 러미'에 열중하고 있었다. 그녀의 눈에 그들은 노숙자 차림으로 다니는 산 레모의 주민들처럼 보였다.

"엉덩이가 탱탱한데." 타이렐이 말했다.

"당신도 만만치 않아요." 캣이 받아쳤다.

타이렐이 만족스러운 표정으로 일어나 엉덩이를 흔들며 춤을 춰대자, 빌리가 그의 엉덩이를 찰싹찰싹 때렸다. 그 바람에 카드가 땅에 떨어지자 빌리가 눈을 흘겼다.

"빨리 주워!" 빌리가 소리쳤다.

"흥분하지 마, 이 친구야." 타이렐이 캣을 돌아봤다. "오늘도 수업이 있나?"

"네. 몇 명이나 왔어요?"

"여덟."

"스테이시도 봤어요?"

그녀의 이름이 언급되자 두 남자가 일제히 모자를 벗어 가슴에 갖다 댔다. 빌리가 중얼거렸다. "주여, 우릴 불쌍히 여기소서."

캣이 얼굴을 찌푸렸다.

타이렐이 말했다. "아직 안 왔어."

그녀는 공원 내 호수인 컨서버토리 워터를 오른쪽으로 돌아나갔다. 매일 아침 모형 보트들이 경주를 벌이는 곳이었다. 아쿠아는 컵스 보트하우스 뒤에 책상다리를 한 채 앉아 있었다. 눈을 꼭 감은 상태였다. 흑인 아버지와 유대인 어머니를 둔 그는 자신의 피부색이 생크림을 뿌린 모카 라테 같다고 늘 말해왔다. 그의 자그마한 몸은 굉장히 유연했다. 미동도 없이 앉아 있는 그는 더 이상 오래전에 그녀가 알았던 조울병 환자의 모습이 아니었다.

"늦었군." 아쿠아가 눈을 뜨지 않은 채 말했다.

"어떻게 한 거야?"

"뭘? 눈을 감고 널 본 거?"

"그래."

"요가 마스터의 특별한 비기지." 아쿠아가 말했다. "훔쳐보기라는 기술이야. 앉아."

그녀는 자리에 앉았다. 1분 후, 스테이시가 나타났다. 아쿠아는 그녀를 질책하지 않았다. 아쿠아의 수업은 원래 공원 내 드넓은 잔디밭인 그레이트 론에서 열렸다. 하지만 스테이시가 자신의 특출한 유연성을 만천하에 공개한 후로 많은 남자들이 야외 요가 수업에 관심을 보이기 시작했다. 아쿠아는 그게 마음에 들지 않았다. 그래서 그는 아침 수업을 여성 전용으로 바꾸고 보트하우스 뒤편에 숨어 수강생들을 불러들였다. 스테이시의 자리는 추파를 던지고 싶어 하는 이들이 엿볼 수 없는 벽 바로 앞이었다.

아쿠아는 다양한 요가 좌법으로 수업을 시작했다. 비가 오나, 화창하나, 눈이 오나, 아쿠아는 매일 아침마다 바로 이곳에서 수강생들을 가르쳤다. 그는 정해진 수강료를 청구하지 않았다. 수강생들이 얼마를 내든 고맙게 받을 뿐이었다. 그는 훌륭한 스승이었다. 유익하고 친절하고 적극적이고 성실하며 재미있었다. 그는 가벼운 손길만으로 수강생들의 '아래를 향하는 개 자세'나 '전사 자세 2'를 완벽하게 바로잡아줄 수 있는 능력자였다.

캣은 난이도 높은 자세들을 곧잘 따라했다. 그녀는 모든 동작에 최선을 다했다. 호흡이 느려지면 정신이 맑아졌다. 평소에 캣은 술을 즐기고 가끔 시가도 피워댔다. 식사도 제대로 하지 않았다. 그녀의 직업은 독소로 가득 차 있었다. 다행히 아쿠아의 달래는 듯한 목소리가 은은하게 흐르는 이곳에서는 그 모든 것이 깨끗이 씻겨 내려갔다.

하지만 오늘은 아니다.

그녀는 복잡한 머릿속을 비워내려고 애썼다. 아쿠아가 강조하는 선禪의 상태에 도달해보고 싶었지만 뇌리에서 제프의 얼굴이 지워지지 않았다. 오래전에 그녀가 알았던 얼굴, 그리고 조금 전에 집에서 보고 나왔던 얼굴. 아쿠아는 그녀의 불안정한 심리 상태를 꿰뚫어 보는 듯했다. 그가 다가와서 평소보다 더 세심하게 캣의 자세를 바로잡아줬다. 하지만 뭐라 말하지는 않았다.

수업이 끝나자 아쿠아는 수강생들을 '송장 자세'로 누워서 쉬게 했다. 심신이 완벽히 안정되는 순간이었다. 온몸에 긴장이 풀리면서 졸음이 몰려왔다. 아쿠아는 행복하고 특별한 하루를 보낼 것을 주문했고, 수강생들은 한동안 죽은 듯이 누워 있었다. 심호흡이 이어졌고 손가락 끝이 따끔거려왔다. 캣은 천천히 눈을 떴다. 언제나 그렇듯 아쿠아는 이미 사라진 후였다.

캣은 정신을 차리고 매트에서 일어났다. 나머지 수강생들도 속속 일어나 앉았다. 분위기에 취한 탓에 아무도 입을 열지 않았다. 잠시 후 스테이시가 다가왔다. 그들은 컨서버토리 워터를 따라 몇 분 정도 걸었다.

"나랑 잠깐 사귀었던 남자 기억해?" 스테이시가 물었다.

"패트릭?"

"맞아."

"그 사람 정말 괜찮았는데." 캣이 말했다.

"그랬지. 하지만 해고 통지를 할 수밖에 없었어. 알고 보니 나쁜 짓을 했더라고."

"무슨 나쁜 짓?"

"스피닝 수업." 스테이시가 말했다.

캣은 눈을 굴렸다.

"생각해봐, 캣. 남자가 스피닝 수업을 듣다니. 그다음은 뭔데? 케겔 운동(질 주위 근육을 조였다 펴기를 반복하는 골반근육 강화 운동으로, 순산에 필수적이다—옮긴이)?"

스테이시와 함께 다니는 건 즐거웠다. 대화에 빠져들면 더 이상 남자들의 음흉한 시선과 휘파람에 신경이 쓰이지 않았다. 마치 그들이 세상에서 소멸해버린 것처럼. 스테이시와의 산책은 캣에게는 완벽한 위장이었다.

"캣?"

"왜?"

"무슨 문제 있지?"

근육질의 육중한 남자가 스테이시 앞으로 다가와 그녀의 가슴을 물끄러미 내려다봤다. 그의 몸에는 혈관들이 흉측하게 튀어나와 있었고, 머리칼은 올백으로 빗어 넘긴 상태였다. "우아, 꽤 풍만한데요."

스테이시가 걸음을 멈추고 그의 바지 앞을 내려다봤다. "우아, 꽤 작군요."

두 사람은 다시 걸음을 옮겼다. 가끔 이렇게 완전히 소멸되지 않은 놈들이 불쑥 나타날 때가 있었다. 스테이시는 상대의 접근 방식에 따라 처리 방식을 달리했다. 그녀는 지나치게 허세를 부리는 남자와 늑대같이 휘파람을 불어대는 남자들을 특히 싫어했다. 무례한 인간들. 멀리 물러나서 감탄의 눈으로 바라보는 남자들은 스테이시의 미소나 가벼운 손 인사를 누릴 수 있었다. 그녀는 스스로를 유명 연예인으로 여기는 듯했다.

"어젯밤에 거기 들어가봤어." 캣이 말했다.

그 말에 스테이시가 미소를 지었다. "벌써?"

"응."

"우아. 생각보다 빨리 봤네. 괜찮은 남자 있어?"

"아니."

"어땠는지 자세히 말해봐."

"옛 약혼자를 봤어."

스테이시가 눈을 휘둥그레 뜨고 걸음을 멈췄다. "다시 말해봐."

"이름은 제프 레인스야."

"잠깐. 너 약혼한 적 있어?"

"아주 오래전에."

"약혼을? 네가? 반지도 받고?"

"왜 그리 놀라?"

"나도 모르겠어. 우리가 친구로 지낸 지 얼마나 됐지?"

"10년."

"맞아. 그 기간 동안 너는 사랑과는 거리가 멀었다고."

캣은 성의 없이 어깨를 으쓱했다. "난 겨우 스물두 살이었어."

"충격이야." 스테이시가 말했다. "네가 약혼을 했다니."

"그 정도 말했으면 됐어."

"알았어. 미안. 그러니까 어젯밤에 그 웹사이트에서 그 사람 프로필을 봤다 이거지?"

"그래."

"그래서 뭐라고 말했어?"

"누가 말해?"

"누구에게." 스테이시가 말했다.

"뭐?"

"'누구에게'가 맞는 표현이라고. '누가'가 아니라."

"총을 챙겨올 걸 그랬다." 캣이 말했다.

"그래서 제프에게 뭐라고 했는데?"

"아무 말 안 했어."

"뭐?"

"아무 메시지도 안 보냈다고."

"왜?"

"그가 날 찼거든."

"약혼자가 있었다니." 스테이시가 다시 고개를 저었다. "왜 내게 얘기하지 않았어? 뒤통수를 얻어맞은 기분이야."

"어째서?"

"모르겠어. 사랑에 대해선 너도 나처럼 냉소가일 줄 알았는데."

캣은 계속 걸음을 옮겨나갔다. "내가 누구 때문에 냉소가가 됐는데?"

"미안."

그들은 웨스트 69번가 근처에 있는 르 팽 커티디앵에 들어가 커피를 주문했다.

"정말 미안해." 스테이시가 말했다.

캣은 됐다며 손을 흔들었다.

"난 네게 좋은 짝을 찾아주고 싶어서 그랬던 거야. 네가 몸이 얼마나 달았는지 잘 아니까."

"그걸 사과라고 하는 거야?" 캣이 말했다.

"네게 그런 과거가 있는 줄 몰랐어."

"이렇게 호들갑 떨 일은 아니야."

스테이시는 회의적인 표정을 지어 보였다. "그 얘기 계속 해볼까? 그러는 게 좋겠어. 너무 궁금해 미치겠다고. 처음부터 자세히 들려줘봐."

그래서 캣은 제프와의 과거 이야기를 털어놓았다. 컬럼비아 대학에서 어떻게 그를 만나 사랑에 빠졌는지, 어째서 그 사랑이 영원할 거라 믿었는지, 그가 어떻게 청혼했는지, 자신의 아버지가 어떻게 살해됐고, 그 사건이 그들의 관계에 어떤 영향을 끼쳤는지, 자신이 왜 이렇게 내향적인 사람으로 바뀌게 됐는지, 제프가 어떻게 떠나게 됐는지, 자신의 나약함과 자존심이 그를 어떻게 놓아버렸는지.

그녀의 이야기가 끝나자 스테이시가 말했다. "와우."

캣이 커피를 홀짝였다.

"그렇게 20년이란 세월이 흘렀는데 어느 날 우연히 데이팅 웹사이트에서 옛 약혼자를 맞닥뜨리게 됐다 이거지?"

"그래."

"독신이야?"

캣이 얼굴을 찌푸렸다. "그럼 기혼자가 거기에 가입했겠어?"

"하긴. 그럼 지금 상태는 뭐야? 이혼? 아니면 너처럼 독신으로 살면서 몸이 달아 있나?"

"내 몸은 달아 있지 않아." 캣이 말했다. "사별한 모양이야."

"와우."

"그것 좀 그만해. '와우.' 무슨 일곱 살짜리도 아니고."

스테이시는 못 들은 척했다. "이름이 제프라고?"

"응."

"제프랑 헤어졌을 때 그를 사랑했어?"

캣은 마른침을 삼켰다. "그랬지."

"그도 널 사랑했고?"

"사랑하지 않았으니 날 떠난 거겠지."

"건성으로 대답하지 말고. 잘 생각해봐. 그가 널 차고 떠났다는 사실은 잠시 잊어버리고."

"그게 쉽지 않으니 문제지. 난 말보다 행동을 더 중요히 여기는 사람이거든."

스테이시가 몸을 앞으로 기울였다. "사랑과 결혼의 이면을 나보다 더 잘 아는 사람이 있을 것 같아? 응?"

"하긴."

"커플을 갈라놓는 게 일인 사람은 남녀 관계에 대해 많은 걸 알게 돼. 거의 모든 커플에겐 한계점이 있어. 보이지 않는 틈과 금들이 있다고. 그렇다고 관계가 무의미하거나 나쁘거나 잘못됐다고 볼 순 없어. 우린 복잡하고 음울한 인생을 살면서 파트너와의 관계가 단순하고 순수할 거라고 믿잖아."

"다 맞는 얘기야." 캣이 말했다. "하지만 그게 내 사정이랑 무슨 관련이 있다는 건지 모르겠어."

스테이시는 조금 더 몸을 기울였다. "너랑 제프가 헤어졌을 때 그가 널 사랑하고 있었어? 말보다 행동이 더 중요하니 어쩌니 하는 말은 집어치워. 그때도 그가 널 사랑했어?"

캣은 생각할 것도 없이 대답했다. "그래."

스테이시는 친구의 얼굴을 빤히 응시했다. "캣?"

"왜?"

"내가 독실하지 않다는 거 알지?" 스테이시가 말했다. "하지만 이건 왠지 운명이나 숙명처럼 느껴져."

캣은 커피를 또 한 모금 넘겼다.

"너랑 제프, 둘 다 독신이잖아. 어디 매인 몸도 아니고. 각자 시련을 겪었다는 공통점도 있고 말이야."

"하자품들이지." 캣이 말했다.

스테이시는 잠시 생각에 잠겼다. "아니, 내 말은 그게 아니라…… 그래. 뭐 아주 틀린 말은 아니지. 하지만 그보다는…… 현실에 순응했다는 표현이 더 적절할 거야." 스테이시가 미소를 흘리며 고개를 돌렸다. "오, 맙소사."

"왜?"

스테이시는 여전히 미소를 머금은 채 친구를 바라봤다. "잘하면 완전히 동화 같은 일이 펼쳐질 수도 있겠는데."

캣은 대꾸하지 않았다.

"잘 생각해봐. 이번엔 어떠한 방해 요소도 없이 서로에게만 집중할 수 있잖아. 정말 동화 같은 일이 벌어질 거라고, 물론 현실 속에서. 틈과 금들이 보이겠지만 두 사람 모두 충분한 경험과 현실적인 기대로 무장한 상태잖아. 과거의 실수를 되풀이하지 않겠다는 의지도 있고. 캣, 내 말 잘 들어봐." 스테이시는 테이블 너머로 손을 뻗어 캣의 손을 잡았다. 그녀의 눈가는 촉촉이 젖어 있었다. "다시없는 기회가 온 거야. 잡으라고."

캣은 여전히 말이 없었다. 그녀는 친구의 목소리를 신뢰할 수 없었다. 그에 대한 생각조차 하지 않으려 했다. 하지만 알고는 있었다. 스테이시가 정확히 무슨 말을 하는지를.

"캣?"

"집으로 돌아가면 그에게 메시지를 한번 보내볼게."

4

캣은 샤워를 하며 제프에게 할 말을 떠올려봤다. 아무리 머리를 굴려봐도 변변찮은 생각들만 뇌리를 스칠 뿐이었다. 그녀는 기분이 썩 좋지 않았다. 남자에게 보낼 메시지가 떠오르지 않아 고민이나 하고 있다니, 남학생 사물함에 뭐라고 적어서 놓아둘지 고민하는 고등학생 같다. 웩. 이제 그럴 나이는 지났잖아.

동화. 스테이시는 말했다. 하지만 현실이다.

그녀는 사복형사들의 제복이라 할 수 있는 청바지와 블레이저를 걸치고 탐스 슈즈를 끌어와 신었다. 머리는 포니테일로 묶어 늘어뜨렸다. 캣은 머리를 짧게 깎을 용기가 없었다. 그래서 항상 머리가 얼굴로 흘러내리지 않도록 단정히 묶고 다녔다. 제프도 그런 스타일을 좋아했다. 남자들 대부분은 머리칼이 폭포처럼 쏟아져 내리는 스타일을 좋아했지만 제프는 달랐다. "난 당신의 얼굴이 좋아. 그 광대뼈랑 눈 하며……."

그녀는 거기서 멈췄다.

출근할 시간이다. 이런 고민은 나중에 해도 늦지 않다.

컴퓨터 모니터가 떠날 채비에 들어간 그녀를 조롱했다. 그녀는 멈칫했다. 화면 보호기가 라인댄스를 추기 시작했다. 그녀는 시간을 확인했다.

그냥 보내보는 거야. 그녀는 생각했다.

캣은 다시 자리에 앉아 YouAreJustMyType.com에 접속했다. 로그인하기가 무섭게 화면에 '흥분되는 새로운 상대'를 찾았다는 메시지가 떠올랐다. 그녀는 메시지를 무시하고 곧장 제프의 프로필로 들어갔다. 그의 사진을 클릭하자 소개 글이 다시 나타났다.

그냥 한번 부딪쳐봅시다.

제프는 이런 단순하고, 유혹적이고, 여유롭고, 애매하며, 호감이 가는 소개 글을 떠올리느라 얼마나 고민했을까? 이것은 부담이 전혀 느껴지지 않는 초대였다. 캣은 메시지 작성을 위해 아이콘을 클릭했다. 메시지 박스가 나타났다. 커서가 조급하게 깜빡거렸다.

캣은 메시지를 입력했다. 그래요, 한번 부딪쳐봐요.

웩.

그녀는 메시지를 삭제했다.

그리고 다른 멘트를 차례로 입력해봤다. 내가 누구게? 오랜만이야, 제프. 잘 지냈어, 제프? 이렇게 다시 보게 돼서 반가워. 삭제, 삭제, 삭제. 모든 표현이 심각하게 변변찮았다. 원래 그게 정상 아닌가? 그녀는 생각했다. 인생의 동반자를 찾으러 들어온 사이트에서 매끄럽고 당당하고 여유로운 척하는 건 쉬운 일이 아니었다.

추억은 그녀에게 쓸쓸한 미소를 머금게 했다. 제프는 저급한 80년대 뮤직비디오를 무척이나 좋아했다. 그때는 유튜브가 생기기 훨씬 전이어서 뮤직비디오를 보려면 VH1의 스페셜 프로그램을 기다리는 수밖에 없었다. 그녀는 지금쯤 제프가 뭘 하고 있을지 궁금해졌다. 어쩌면 컴퓨터 앞에 앉아 티어스 포 피어스나 스팬다우 발레나 폴 영이나 존 웨이트의 예전 뮤직비디오를 감상하고 있는지도 몰랐다.

존 웨이트.

이제는 MTV의 고전이 돼버린 웨이트의 뉴웨이브 팝송은 아직까지도 그녀의 가슴을 뭉클하게 만들었다. 라디오 주파수를 맞추다가, 또는 80년대 히트곡들을 틀어주는 술집에서 우연히 존 웨이트의 〈미싱 유〉를 듣게 되면 그녀는 자동적으로 촌스러운 뮤직비디오를 떠올렸다. 그 비디오에서 존은 거리를 거닐며 반복적으로 "난 당신을 그리워하지 않아요"를 외쳐댔다. 그 모습은 "그렇게 스스로를 속이죠"라는 다음 가사가 불필요하고 지나치게 설명적으로 느껴질 만큼 애처로워 보였다. 존 웨이트는 술집에서 슬픔을 삼키며 자신이 영원히 사랑할 여인과의 행복한 추억을 떠올렸고, 그녀를 그리워하지 않는다는 후렴구는 계속 이어졌다. 하지만 그건 거짓말이었다. 그의 발걸음, 그의 모든 움직임을 보면 알 수 있었다. 뮤직비디오 말미에 이르면 존은 집으로 돌아가 헤드폰을 썼다. 술 대신 음악에 위로를 받으려고. 하지만 운명은 그를 셰익스피어의 비극을 연상시키는, 그런 형편없는 시트콤 같은 상황에 빠뜨려버렸다. 사랑하는 여인이 돌아와 그의 문에 노크를 하지만 그는 듣지 못한다. 그가 영원히 사랑할 여인은 다시 노크를 하며 문에 귀를 갖다대 본다. 결국 여인은 비탄에 잠긴 존 웨이트를 두고 떠나버린다. 그 사실을 알 리 없는 존은 그녀를 그리워하지 않는다는 거짓말만 계속 되풀이해댄다.

생각해보니 아이러니하다.

그녀와 제프에게 그 뮤직비디오는 두고두고 농담거리가 됐다. 아주 잠깐 떨어져 있을 때도 그는 "난 당신을 그리워하지 않아"라는 음성 메시지를 남겨놓았고, 그녀는 계속 스스로에게 거짓말을 하라며 받아쳤다.

물론 로맨스라고 해서 항상 예쁘기만 한 건 아니었다.

하지만 가끔 진지해지고 싶을 때면 제프는 그 곡의 제목을 쪽지에 적어서 건네곤 했고, 지금도 캣은 그것을 무의식적으로 메시지 박스에 입력해나갔다.

당신이 그리워.

그녀는 화면을 응시하며 그대로 전송해야 할지 고민에 빠졌다.

내가 오버하는 거야. "그냥 한번 부딪쳐봅시다"라는 절묘한 멘트에 "당신이 그리워"라고 받아치다니. 안 돼. 그녀는 메시지를 삭제하고서 다시 시도했다. 이번에는 후렴구를 고스란히 가져다 썼다.

"난 당신을 그리워하지 않아요."

이건 너무 경솔한 것 같다. 또 삭제.

됐다. 그만하자.

그때 아이디어 하나가 뇌리를 스쳤다. 캣은 브라우저를 새로 열고서 오래된 존 웨이트의 뮤직비디오 링크를 찾아냈다. 거의 20년 만에 보는 영상이었지만 여전히 매력적으로 와 닿았다. 그래. 캣은 고개를 끄덕이며 생각했다. 완벽해. 그녀는 그 링크를 복사해 메시지 박스에 붙여 넣었다. 뮤직비디오 속 술집 장면의 스틸 사진이 떠올랐다. 캣은 더 이상 갈등하지 않았다.

그녀는 '전송' 버튼을 누르고 벌떡 일어나 밖으로 뛰어나갔다.

캣은 어퍼 웨스트 사이드 67번가에 살고 있었다. 그녀의 직장인 19번 관할 경찰서 역시 67번가에 자리했다. 비록 헌터 대학에서 그리 멀지 않은 동부이기는 했지만. 그녀는 센트럴 파크를 가로지르는 통근 길을 좋아했다. 그녀가 소속된 반은 1880년대 르네상스 부흥 양식으로 지어진 역사적인 건물을 쓰고 있었다. 형사인 그녀의 사무실은 3층에 있었다. 텔레비전에 나오는 형사들은 대부분 강력계 따위의 특정 부서에 소속돼 있지만, 구분은 사라진 지 오래였다. 그녀의 아버지가 살해된 해에는 사백 건에 가까운 살인 사건이 발생했지만, 올해는 현재까지 달랑 열두 건이 발생했을 뿐이다. 여섯 명 남짓으로 구성된 강력계가 구실을 잃고 만 것이다.

그녀가 프런트 데스크를 지나려는데 내근 경사인 키스 인시어카가 말했다. "경감님이 부르셨어요." 키스는 통통한 엄지손가락으로 경감의 사무실 쪽을 가리켰다. 그녀는 잽싸게 2층으로 올라갔다. 스태거 경감과 사적 친분이 있기는 했지만 그의 사무실로 불려가는 경우는 드물었다.

그녀는 주먹을 쥐고서 그의 사무실 문을 두드렸다.

"들어와."

그녀는 문을 열고 들어갔다. 그의 작은 사무실은 아스팔트 길처럼 회색을 띠고 있었다. 그는 책상 위로 고개를 숙이고 있었다. 캣은 순간 입안이 바짝 탔다. 18년 전 그날, 그녀의 아파트로 찾아와 문을 두드렸을 때도 스태거는 지금처럼 고개를 숙이고 있었다. 캣은 그 이유를 몰랐다, 처음에는. 그녀는 노크 소리가 들리기 전에 어떤 식으로든 예감이 먼저 찾아들 거라 생각했다. 그녀는 머릿속으로 그 상황을 수백 번 상상해봤다. 늦은 밤, 퍼붓는 비, 요란한 노크 소리. 그녀는 문을 여는 순간 무슨 일이 벌어졌는지 짐작한다. 눈이 마주치는 순간 형사는 천천히 고개를 끄덕이고, 그녀는 고개를 저으며 바닥에 주저앉아 비명을 지른다. "안 돼!"

하지만 정말로 노크 소리가 들렸을 때, 스태거가 들어와 청천벽력 같은 소식을 들려줬을 때, 무심한 태양은 주저하지 않고 계속 반짝였다. 당시 그녀는 마셜 플랜에 대한 리포트를 쓰기 위해 컬럼비아 대학 도서관이 자리한 업타운으로 향하려던 참이었다. 아직도 생생히 기억났다. 빌어먹을 마셜 플랜. C 트레인을 타기 위해 집을 나선 그녀는 현관 앞에서 스태거와 맞닥뜨렸다. 그는 지금처럼 고개를 푹 숙인 채 그녀와 눈을 마주치지 않았다. 부끄럽게도 캣은 순간적으로 스태거가 자신을 만나러 왔다고 넘겨짚었다. 그녀의 아버지를 멘토로 우러러보는 젊은 형사들 대부분이 그녀를 마음에 두고 있었다. 그래서 캣은 스태거가 집에 불쑥 찾아왔을 때 그녀가 제프와 약혼했다는 걸 알면서도 스태거가 수작을 걸러 왔다고 생각했다. 하지만 토머스 스태거는 노골적으로 밀어붙이는 성격이 아니라, 오히려 아주 다정다감한 사람이었다.

그의 셔츠에 묻은 핏자국을 확인했을 때야 그녀의 눈이 가늘어졌다. 하지만 그녀는 아직도 무슨 일이 벌어졌는지 깨닫지 못했다. 잠시 후 그의 입에서 흘러나온 한마디가 그녀의 가슴으로 파고들어 폭발해버렸다.

"나쁜 소식이야, 캣."

어느덧 스태거는 쉰 살을 앞두고 있었다. 그는 결혼을 했고, 네 아이를 뒀다. 그의 책상에는 가족사진 여러 개가 놓여 있었다. 스태거가 그의 옛 파트너와 함께 찍은 사진도 있었다. 강력계 형사 헨리 도노반, 그녀의 아버지였다. 순직한 형사의 사진이 파트너의 책상에 놓이는 건 새삼스러운 일이 아니었다. 그것은 멋진 기념품이면서 쓰라린 추억이었다. 스태거가 등진 벽에는 고등학교 2학년이 된 큰아들이 라크로스를 하는 모습을 담은 포스터 액자가 걸려 있었다. 스태거와 그의 아내는 브루클린에서 아늑하게 살고 있었다.

"절 보자고 하셨나요, 경감님?"

그녀는 경찰서 밖에선 그를 스태거라고 불렀다. 하지만 공적인 자리에서는 그럴 수 없었다. 스태거가 고개를 들자, 그녀는 그의 잿빛 얼굴을 보고서 흠칫 놀랐다. 그녀는 오래전 그 소식을 다시 듣게 될까 봐 자신도 모르게 뒷걸음쳤다. 하지만 이번에는 그녀가 선수를 쳤다.

"무슨 일이에요?" 그녀가 물었다.

"몬테 리번." 스태거가 말했다.

그 이름이 언급되는 순간 그녀는 숨이 턱 막혔다. 몬테 리번은 뉴욕 경찰국 소속 강력계 형사 헨리 도노반을 살해한 혐의로 종신형을 선고받고 복역 중이었다.

"그가 왜요?"

"죽어가고 있대."

캣이 뛰는 가슴을 애써 진정시키며 고개를 끄덕였다. "무슨 병인데요?"

"췌장암."

"언제부터요?"

"나도 몰라."

"그런데 왜 제게 알려주시는 거죠?"

그녀의 목소리는 의도한 것보다 더 날카로웠다. 스태거는 그녀를 올려다봤다. 그녀는 사과의 제스처를 했다.

"나도 방금 들었어." 그가 말했다.

"그렇지 않아도 한번 만나러 가려고 했어요."

"그래. 알아."

"한때는 면회를 허락했는데 얼마 전부터는……."

"그것도 알고." 스태거가 말했다.

침묵.

"아직도 클린턴에 있나요?" 그녀가 물었다. 클린턴은 캐나다 국경에 인접한 뉴욕 북부의 교도소로, 지구상에서 가장 외롭고 추운 곳이며, 경비가 삼엄하기로 유명했다. 뉴욕 시에서는 차로 6시간 정도 걸렸다. 캣은 그 우울한 길을 숱하게 오갔다.

"아니. 피시킬로 옮겼어."

잘됐군. 거리가 많이 줄어들었으니. 이젠 90분이면 가겠다.

"얼마나 남았대요?"

"길진 않은 것 같아."

스태거가 책상을 돌아서 나왔다. 그녀를 끌어안고 위로해주려는 것인지도 몰랐다. 하지만 그는 이내 걸음을 멈췄다.

"잘된 일이야, 캣. 그놈은 죽어 마땅하잖아. 그렇게 죽는 것도 너무 편하게 가는 거라고."

그녀는 고개를 저었다. "아니에요."

"캣……."

"그를 다시 만나봐야겠어요."

그가 천천히 고개를 끄덕였다. "그렇게 말할 줄 알았어."

"그래서요?"

"면회 신청을 넣어봤지. 역시나 거절하더군."

"상관없어요." 그녀가 말했다. "전 경찰이에요. 그는 곧 엄청난 비밀을 안고 죽을 살인범이고요."

"캣."

"네?"

"자네가 그의 입을 여는 데 성공한다 해도, 그는 재판이 시작될 때까지 버티지 못할 거야."

"자백을 녹음하면 되잖아요. 임종 자리에서의 고백."

스태거가 회의적인 표정을 지었다.

"한번 해볼게요."

"그가 만나주지 않을 거야."

"오늘 차를 빌려 써도 되나요?"

그는 말없이 눈을 감았다.

"부탁이에요, 스태거."

꼬박꼬박 경감님이라는 존칭을 붙일 상황이 아니었다.

"파트너가 자네를 대신해줄 수 있다면야."

"걱정 마세요." 그녀가 거짓으로 둘러댔다. "그렇게 해줄 거예요."

"선택의 여지가 없는 것 같군." 그는 체념한 듯 한숨을 내쉬었다. "알았어. 가져가."

5

제라드 레밍턴은 마침내 햇빛을 볼 수 있었다.

그는 얼마나 오랫동안 어둠 속에 갇혀 있었는지 알지 못했다. 갑자기 쏟아져 들어온 눈부신 빛이 꼭 초신성을 보는 듯했다. 그는 잽싸게 눈을 감았다. 손을 올려 눈을 가리고 싶었지만 그의 두 손은 아직도 꽁꽁 묶인 상태였다. 그가 눈을 깜빡일 때마다 눈물이 배어 나왔다.

누군가가 그의 위에 우뚝 서 있었다.

"움직이지 마." 남자의 목소리가 말했다.

제라드는 시키는 대로 했다. 잠시 후 묶였던 손과 발이 풀리자, 그의 가슴은 희망으로 부풀었다. 제라드는 이 남자가 자신을 구하러 왔을 거라 생각했다.

"일어나." 남자가 말했다. 카리브 해 지역이나 남아메리카 쪽 억양이 살짝 묻어났다. "우리는 총을 가지고 있어. 허튼수작하면 널 죽여서 여기에 묻을 거야. 알아듣겠어?"

제라드는 바짝 말라붙은 입으로 간신히 대답했다. "네."

남자가 다시 밖으로 나가자, 제라드 레밍턴은 지금껏 자신이 갇혔던 공간을 잽싸게 둘러봤다. 관보다는 크고 아담한 방보다는 작았다. 깊이와 너비는 각각 120센티미터, 길이는 그 두 배 정도 되는 것 같았다. 힘겹게 몸을 일으킨 제라드는 자신이 깊은 숲 속에 들어와 있음을 깨달았다. 방은 숨겨진 벙커처럼 땅속에 묻혀 있었다. 폭풍을 피하거나 곡물 따위를 저장하기 위해 만들어놓은 모양이었다. 하지만 아닐 수도 있다.

"나와." 남자가 말했다.

제라드는 눈을 가늘게 뜨고서 위를 올려다봤다. 앳돼 보이는 남자는 덩치가 크고 온몸이 근육질이었다. 말투를 유심히 들어보니 아마 포르투갈이나 브라질 출신인 듯했다. 제라드는 그런 데는 전문가가 아니었다. 남자는 짧고 곱슬곱슬한 머리에, 찢어진 청바지와 터질 듯한 이두박근을 지혈대처럼 감싼 티셔츠를 입고 있었다.

게다가 총을 쥐고 있었다.

제라드는 상자에서 빠져나와 숲으로 들어갔다. 먼발치에서 초콜릿색 래브라도 한 마리가 뛰어다니는 게 보였다. 남자가 벙커 문을 닫았다. 문에는 금속 고리 두 개와 쇠사슬, 그리고 맹꽁이자물쇠가 붙어 있었다.

제라드는 주위를 찬찬히 둘러봤다.

"여기가 어딥니까?"

"냄새가 지독하군." 젊은 남자가 말했다. "저 나무 뒤에 호스가 있어. 가서 좀 씻어. 볼일도 보고. 다 씻고 나서 이걸로 갈아입어."

젊은 남자는 제라드에게 미채색 점프슈트를 건넸다.

"대체 내게 왜 이러는 겁니까?" 제라드가 말했다.

총을 쥔 근육질 남자는 그의 앞으로 불쑥 다가와 가슴근육과

삼두근에 잔뜩 힘을 줬다. "죽고 싶어?"

"아뇨."

"그럼 시키는 대로 해."

제라드는 침을 삼켜보려 했지만 목이 바짝 말라 그럴 수가 없었다. 그는 호스가 있는 쪽으로 몸을 틀었다. 급한 건 몸을 씻는 게 아니었다. 그보다 살인적인 갈증부터 해결해야 했다. 제라드는 그쪽으로 내달리기 시작했다. 하지만 다리가 풀려 하마터면 고꾸라질 뻔했다. 좁은 공간에 너무 오래 갇혀 있었던 탓이다. 그는 간신히 호스가 있는 곳에 다다라 황급히 수도꼭지를 틀었다. 그러고는 시원하게 뿜어져 나오는 물을 게걸스럽게 들이켰다. 물에서 오래된 호스 특유의 고무 맛이 느껴졌지만 개의치 않았다.

제라드는 남자의 고함 소리를 기다렸지만, 어쩐 일인지 그는 잠잠했다. 순간 제라드는 불안감에 휩싸였다. 그는 뒤돌아봤다. 여기가 어디지? 그는 슬슬 주변을 살피기 시작했다. 기대했던 빈터나 도로는 나타나지 않았다. 사방이 숲으로 둘러싸여 있었다.

그는 귀를 쫑긋 세워봤다. 역시 아무 소리도 들리지 않았다.

바네사는 어디 있지? 아직도 공항에서 날 기다리고 있을까? 이 상황이 무척 혼란스러울 텐데. 부디 무사하길.

아니면 그녀도 어딘가에 붙잡혀 있는 걸까?

제라드 레밍턴은 나무 뒤로 들어가 더러워진 옷을 벗었다. 남자는 여전히 그를 지켜보고 있었다. 제라드는 마지막으로 남자 앞에서 옷을 벗어본 게 언제였는지 궁금해졌다. 아마 고등학교 체육 시간이었을 거다. 이런 상황에서 그런 생각이나 하고 있다니.

바네사는 어디 있을까? 무사할까?

그는 물론 알지 못했다. 그는 아무것도 파악하지 못한 상태였다. 자신이 어디 있는지, 저 남자는 누구이고, 왜 이곳에 있는 것인지. 제라드는 핑핑 도는 머리를 진정시키고 이성적으로 생각해보려 애썼다. 무엇보다 기지를 잃지 않고 남자에게 고분고분 협조하는 것이 중요했다. 제라드는 똑똑한 사람이었다. 그는 그 사실을 연신 스스로에게 상기시켰다. 그제야 흥분된 마음이 평정을 되찾았다.

그는 똑똑했다. 그에게는 사랑하는 여인이 있고, 좋은 직장과 밝은 미래가 있었다. 짐승 같은 남자는 총으로 무장한 상태였지만, 지적 능력으로는 절대 제라드 레밍턴을 따라올 수 없었다.

마침내 남자가 소리쳤다. "서둘러."

제라드는 호스로 몸을 씻었다. "수건 있습니까?" 그가 물었다.

"없어."

제라드는 젖은 몸으로 점프슈트를 입었다. 온몸이 덜덜 떨렸다. 공포와 탈진, 혼란, 거기에 수면 부족까지 겹친 탓이다.

"저기 길 보이지?"

근육질 남자가 손으로 가리키며 말했다. 조금 전에 개 한 마리가 뛰어다니던 곳이었다.

"네."

"그 길을 따라 끝까지 가. 길을 벗어나면 총알받이가 될 줄 알아."

제라드는 묵묵히 지시에 따랐다. 그는 좁은 길을 따라서 걸음을 옮겼다. 이런 상황에서 탈출을 시도하는 건 어리석은 짓이었다. 남자가 총을 쏘지 않는다 해도 그가 숲을 벗어날 방법은 없었다. 용케 도망친다 해도 방향을 잘못 잡으면 길이 아니라 황무지 속으로 더 깊이 들어갈 수도 있었다.

바보 같은 작전.

만약 그들이 그를 죽이려 마음먹었다면—그 깡패 같은 놈이 "우리"라고 했으니 상대가 두 명 이상이라는 뜻이다—지금까지 살려두지 않았을 것이다. 지금은 정신을 바짝 차리고 살아남는 데만 온 신경을 집중시킬 때였다.

바네사도 찾아야 하고.

제라드는 자신의 보폭이 81센티미터쯤 된다는 것을 알았다. 그는 걸음을 차분히 세어나갔다. 이백 걸음에 다다랐을 때 샛길이 나타났다. 출발점에서 약 162미터 떨어진 곳이었다. 멀지 않은 곳에 빈터가 있었다. 제라드는 열두 걸음을 더 나아가서야 비로소 울창한 숲에서 벗어날 수 있었다. 먼발치로 하얀 농가 한 채가 보였다. 제라드는 그 집을 유심히 살펴봤다. 위층 창문에 암녹색 블라인드가 내려져 있었다. 집으로 통하는 전선들은 보이지 않았다.

희한한데.

농가의 현관에는 한 남자가 서 있었다. 그는 현관 기둥에 몸을 기대고 있었고, 소매를 걷은 채 팔짱을 낀 상태였다. 그리고 선글라스를 쓰고 작업용 부츠를 신고 있었다. 탁한 금발은 어깨까지 늘어뜨렸다. 제라드를 발견한 그는 들어오라고 손짓한 후 현관문 안으로 사라졌다.

제라드는 농가 쪽으로 계속 걸어갔다. 그의 시선이 다시 암녹색 블라인드 쪽으로 향했다. 그의 오른쪽에는 헛간이 있었는데,

그 앞에 아까 본 초콜릿색 래브라도가 앉아서 그를 바라보고 있었다. 개 뒤로 회색 마차의 일부가 살짝 보였다. 흠. 제라드는 풍차도 발견했다. 그래, 말이 된다. 이것들은 단서였다. 다만 그는 그것들로 어떤 결과를 도출해야 할지 모를 뿐이었다. 어쩌면 감이 올 것도 같았지만, 그 때문에 상황이 더 혼란스럽게 느껴졌다. 그래서 당장은 단서를 조금 더 살펴보기로 했다.

그는 현관 계단을 천천히 올라가다가 열린 문 앞에서 멈춰 섰다. 숨을 깊게 한 번 들이쉬고는 안으로 들어갔다. 왼쪽에 거실이 자리하고 있었다. 긴 머리 남자는 커다란 의자에 앉아 있었다. 지금은 선글라스를 벗은 상태였다. 그의 눈은 갈색이었고, 심하게 충혈돼 있었다. 팔뚝은 문신으로 가득했다. 제라드는 문신을 통해 남자의 신원을 짐작해보려 했지만, 단순한 디자인의 문신들은 그에게 아무 정보도 주지 않았다.

"난 타이터스예요." 남자의 목소리에서 리듬이 느껴졌다. 낭랑하고 부드럽고 연약하게 들리는 소리였다. "앉아요."

제라드는 거실로 들어갔다. 자신을 타이터스라고 소개한 남자가 매서운 눈으로 그를 쳐다봤다. 제라드는 시키는 대로 자리에 앉았다. 잠시 후, 히피처럼 생긴 다른 남자가 거실로 들어왔다. 그는 화려한 다시키 셔츠에 니트 모자, 분홍색 안경을 썼다. 그가 한쪽 구석에 놓인 책상으로 다가가 맥북 에어를 열었다. 모든 맥북 에어는 똑같이 생겼기 때문에, 제라드는 자기 거에 작은 검은 테이프를 붙여놓았다.

그 검은 테이프가 거기에 있었다.

제라드는 인상을 찌푸렸다. "대체 뭡니까? 바네사는 어디에……!"

"쉬." 타이터스가 말했다.

죽음의 신이 낫으로 바람을 가르는 듯한 소리가 들렸다.

타이터스가 노트북 앞에 앉은 히피를 돌아봤다. 히피가 고개를 끄덕이며 말했다. "준비됐습니다."

제라드는 무엇이 준비됐는지 묻고 싶었다. 하지만 음산한 분위기에 눌려 차마 입을 열 수가 없었다.

타이터스가 제라드를 바라보며 미소 지었다. 제라드 레밍턴은 지금껏 그토록 섬뜩한 얼굴을 본 적이 없었다.

"당신에게 물어볼 게 있어요, 제라드."

6

피시킬 교도소의 원래 이름은 매티완 주립 정신병원이었다. 1890년대까지는 그렇게 불렸고, 1970년대까지는 정신질환자들을 위한 주립 병원으로 제 기능을 했다. 이제 피시킬은 중급 보안 교도소였지만, 감시를 덜 받는 노동 석방 재소자들부터 감시가 삼엄한 특수 구역까지 없는 게 없었다.

고풍스러운 벽돌 건물은 뉴욕 비컨의 허드슨 강과 피시킬 산 사이에 그림처럼 자리했다. 레이저 와이어와 황폐한 분위기가 그곳을 아우슈비츠 속 아이비리그 캠퍼스 같아 보이게 했다.

캣은 금색 형사 배지를 내보이는 것으로 보안 검색대를 무사 통과했다. 뉴욕 경찰국은 일반 경찰들에게는 은색 배지를, 사복형사들에게는 금색 배지를 각각 내줬다. 그녀의 배지 번호는 8115였다. 그녀의 아버지도 같은 번호를 썼다.

그녀가 병동으로 들어서자 나이 든 간호사가 막아섰다. 하얀 제복 차림의 여자는 예스러운 간호사 모자를 쓰고 있었다. 그녀의 화장은 화려했다. 시퍼런 아이섀도, 시뻘건 립스틱. 꼭 크레용을 녹여 칠해놓은 것처럼 보였다. 그녀가 미소를 지을 때마다 립스틱 묻은 이가 드러났다. "리번 씨는 면회를 요청한 적 없습니다."

캣이 다시 배지를 들어 보였다. "그냥 좀 보러 왔어요." 그녀의 눈이 간호사의 명찰로 향했다. 실비아 스타이너, 공인 간호사. "스타이너 간호사님."

스타이너 간호사가 금색 배지를 받아 들고 한참을 들여다보다가 캣의 얼굴을 올려다봤다. 캣은 여전히 무표정한 얼굴을 유지하고 있었다.

"이해가 안 되는군요. 여긴 왜 오신 거죠?"

"그가 제 아버지를 살해했어요."

"그렇군요. 그래서 그가 고통받는 걸 구경하러 오신 건가요?"

스타이너 간호사의 목소리는 전혀 비난하는 어조가 아니었다. 캣에게는 세상에서 가장 자연스럽게 들리는 목소리였다.

"아뇨. 그냥 몇 가지 물어보러 온 거예요."

스타이너 간호사가 마지막으로 배지를 한 번 들여다본 후 그녀에게 돌려줬다. "이쪽이에요. 따라오세요."

그녀의 목소리는 듣기 좋은 음악 같았고 천사 같았으며 굉장히 섬뜩했다. 스타이너 간호사는 침대 네 개가 놓인 병실로 캣을 안내했다. 침대들 중 세 개는 비어 있었다. 오른쪽 구석에 놓인 네 번째 침대에는 몬테 리번이 눈을 감은 채 누워 있었다. 리번은 한창때 덩치가 크고 사나웠다. 물리적 폭력이나 위협이 필요한 상황에 몬테 리번보다 잘 어울리는 사람은 없었다. 헤비급 권투 선수 출신인 리번은 불법 사채, 강탈, 세력 다툼, 노조 분열 책동 등 다양한 분야에서 주먹을 휘둘렀다. 언젠가 그가 라이벌 조직에 집단 구타를 당하고 돌아오자, 보스는 미련할 정도로 충성심이 강한 그에게 총을 내주며 더 이상 힘들게 주먹을 쓰지 말라고 당부했다.

요약하면, 몬테 리번은 중간급 청부 살인업자가 된 것이다. 그는 우둔했지만 총으로 사람을 쏘는 건 똑똑하지 않아도 충분히할 수 있는 일이었다.

"의식이 들락날락거려요." 스타이너 간호사가 설명했다.

캣은 침대 앞으로 다가갔다. 스타이너 간호사는 몇 걸음 물러나 있었다. "잠시 자리 좀 비켜주시겠어요?" 캣이 부탁했다.

온화한 미소. 섬뜩하면서 기분 좋은 음악 같은 목소리. "그건안 되겠는데요."

캣은 리번을 물끄러미 내려다봤다. 아버지를 죽인 범인에게 연민은 전혀 생기지 않았다. 평소 그에 대한 그녀의 증오는 이루 말할 수 없을 정도였지만, 가끔 사람이 아닌 총을 증오하는 기분이들 때도 있었다. 그는 그저 무기일 뿐, 그 이상도 이하도 아니었다.

물론 무기도 확실히 처리해버려야 하지만.

캣은 리번의 어깨에 한 손을 얹고서 살며시 흔들었다. 리번이천천히 눈을 떴다.

"안녕, 몬테."

그는 힘겹게 캣의 얼굴에 초점을 맞췄다. 그녀를 알아본 그의몸이 순간 뻣뻣이 굳었다. "여긴 왜 왔지, 캣?"

캣이 주머니에서 사진 한 장을 꺼냈다. "이분은 내 아버지셨어."

리번도 숱하게 봐온 사진이었다. 캣은 그를 면회할 때마다 그사진을 내밀어 보였다. 그녀도 자신이 그러는 이유를 알지 못했다. 그녀는 자신의 노력에 그가 마음을 열어주기를 기대했다. 하지만 살인을 밥 먹듯 해온 이가 진심으로 참회하는 경우는 매우 드물었다. 어쩌면 그녀는 자신을 위해 사진을 챙겨 오는 것인지도 몰랐다. 마음을 단단히 먹기 위해, 아버지를 든든한 지원군으로 곁에 두기 위해.

"누가 아버지를 죽이라고 했어? 코존 아니야?"

리번은 여전히 베개에 머리를 반듯이 뉘인 상태였다. "왜 매번 같은 질문만 하는 거지?"

"당신이 제대로 답을 하지 않으니까."

몬테 리번이 이를 드러내고 미소 지었다. 그녀는 떨어진 거리에서도 그의 지독한 입 냄새를 똑똑히 맡을 수 있었다. "그래서 임종 고백이라도 듣길 바라?"

"죽음을 코앞에 두고서도 입을 닫을 이유가 없잖아, 몬테."

"이유가 있어."

그는 자신의 가족을 얘기하는 것이었다. 끝까지 입을 다물면 가족을 책임져주겠다는 약속을 그는 철석같이 믿었다. 하지만 입을 열었다간 죽여서 토막 내버릴 거야.

궁극의 당근과 채찍이다.

바로 이것이 그녀의 문제였다. 그가 혹할 제의를 내놓지 못한다는 것.

그녀는 의사가 아니지만 몬테 리번에게 남은 시간이 길지 않음을 분명히 알 수 있었다. 죽음은 이미 그의 안으로 깊숙이 파고들어 남은 생을 야금야금 갉아먹고 있었다. 몬테의 몸은 침대 안으로 빨려 들어갈 듯이 축 늘어져 있었다. 머지않아 바닥으로 떨어져 사라질 것만 같았다. 그녀는 그의 오른손을 내려다봤다. 그가 총을 쥐어온 손. 그 통통한 손에는 낡은 정원용 호스 같은 혈관이 흉측하게 튀어나와 있었다. 손목에는 정맥주사가 꽂혔다.

다시 통증이 시작됐는지, 그는 이를 갈며 괴로워했다. "꺼져." 그가 간신히 말했다.

"그럴 수 없어." 캣은 마지막 기회가 조금씩 꺼져가는 걸 느꼈다. "제발." 그녀는 애원조를 애써 감추며 말했다. "난 꼭 알아야 해."

"가라니까."

캣이 좀 더 가까이 몸을 기울였다. "잘 들어. 나 혼자만 알고 있을 거야. 이해하겠어? 18년이나 지난 일이잖아. 난 그저 진실을 알고 싶을 뿐이야. 정말 그뿐이라고. 그래야 종결될 수 있어. 그가 왜 내 아버지를 죽이라고 한 거지?"

"나한테서 떨어지라고!"

"당신이 불었다고 할 거야."

"뭐?"

캣은 고개를 끄덕이며 단호하게 말했다. "당신이 죽고 나서 그놈을 체포할 거야. 그리고 당신이 밀고했다고 할 거야. 당신에게 자백을 받아냈다고 할 거라고."

몬테 리번이 다시 미소 지었다. "좋을 대로 해."

"내가 못할 것 같아?"

"네가 그런다고 누가 믿어줄 것 같아?" 몬테 리번이 그녀 너머로 스타이너 간호사를 바라봤다. "저기 증인도 있는데. 안 그래요, 실비아?"

스타이너 간호사가 고개를 끄덕였다. "그래요, 몬테."

그는 통증으로 움찔했다. "너무 피곤해요, 실비아. 통증도 심해졌고."

스타이너 간호사가 그의 침대로 바짝 다가왔다. "내가 여기 있어요, 몬테." 그녀는 그의 손을 잡았다. 화려한 화장 때문인지 그녀의 미소도 가식적으로 비쳤다. 무시무시한 광대의 얼굴을 보는 듯했다.

"제발 저 여자를 쫓아내줘요, 실비아."

"지금 갈 거예요." 스타이너 간호사는 펌프를 눌러 그의 혈관에 진통제를 주입했다. "흥분하지 말아요, 몬테. 알았죠?"

"저 여자를 끌어내요."

"쉬. 이제 됐어요." 스타이너 간호사가 캣을 매섭게 쏘아봤다. "내가 내보낼게요."

캣이 항의하려 했지만 스타이너 간호사는 묵묵히 정맥주사 버튼만 만지작거릴 뿐이었다. 잠시 후, 리번은 눈을 감고 깊은 잠에 빠져들었다.

아까운 시간만 허비했다.

캣이 예상했던 그대로였다. 죽어가는 환자마저 임종 고백이라는 아이디어를 비웃었다. 코존은 부하들의 입을 완벽히 틀어막는 데 남다른 재능이 있었다. 입 다물고 살면 가족을 챙겨주마. 하지만 입을 여는 순간 모두 죽을 줄 알아. 그녀에게는 리번이 입을 여는 대가로 내줄 카드가 없었다. 과거에도 그랬고, 지금도 마찬가지였다.

캣이 차로 향하려는데 뒤에서 나긋나긋하고 역겨운 목소리가 들려왔다. "그건 적절치 않은 방법이었어요."

캣이 뒤를 홱 돌아봤다. 간호사 복장과 흉측한 화장이 꼭 공포 영화 속 캐릭터처럼 보이는 스타이너 간호사가 서 있었다. "아까 도와주셔서 감사해요."

"내 도움이 필요한가요?"

"네?"

"그는 죄책감을 전혀 못 느껴요. 신부님이 들를 때마다 뉘우치는 척하지만 그건 진심이 아니에요. 그저 천국에 오르기 위한 얄은 수작일 뿐이죠. 우리 주님을 뭐로 보고." 미소를 흘리는 그녀의 새빨간 입술 사이로 다시 하얀 이가 드러났다. "몬테는 많은 사람을 죽였죠. 안 그래요?"

"많이 죽였죠. 하지만 달랑 세 명에 대해서만 자백했어요."

"부친도 피해자들 중 한 분이셨고요?"

"네."

"부친이 경찰이셨죠? 당신처럼?"

"네."

스타이너 간호사가 쯧쯧 혀를 차며 연민을 표했다. "유감이에요."

캣은 아무 말도 하지 않았다.

스타이너 간호사는 잠시 립스틱이 칠해진 아랫입술을 살며시 깨물었다. "날 따라와요."

"네?"

"정보가 필요하잖아요, 안 그래요?"

"맞아요."

"사람들 눈에 띄지 않게 해요. 내가 하라는 대로 따르면 돼요."

스타이너 간호사가 돌아서서 병동 쪽으로 걸어갔다. 캣은 그녀의 뒤를 바짝 따랐다. "잠깐만요. 대체 어쩌시려고요?"

"혹시 반마취 상태에 대해 알아요?" 스타이너 간호사가 캣에게 물었다.

"아뇨."

"난 산부인과에서 분만을 전문으로 했어요. 그 시절엔 마취제로 모르핀과 스코폴라민을 썼죠. 그 약들은 환자를 최면 상태에 빠뜨릴 수 있어요. 마취에서 깨어난 환자들은 최면에 빠져 있는 동안 자기에게 무슨 일이 일어났는지 기억을 못 했어요. 어떤 이들은 그게 통증을 완화시켜준다고 했고, 아마 그랬을 테지만, 난 그들이 고통의 순간을 잊어버린 거라고 생각해요." 그녀는 이상한 소리를 들은 개처럼 고개를 갸웃했다. "안 아팠던 게 아니라, 아팠던 기억을 잊어버리는 게 아닐까요?"

캣은 그것을 수사의문문으로 여겼지만, 스타이너 간호사는 말을 멈추고 그녀의 대답을 기다렸다. "글쎄요."

"생각해봐요. 좋은 일이든 나쁜 일이든, 일이 벌어진 직후에 그걸 기억하지 못한다면, 그 일을 정말 벌어진 걸로 칠 수 있을까요?"

그녀는 또다시 대답을 기다렸다. 캣이 다시 말했다. "글쎄요."

"나도 잘 모르겠어요. 하지만 흥미로운 질문이긴 하죠, 안 그래요?"

대체 무슨 얘기가 하고 싶은 거지?

"그런 것 같네요." 캣이 말했다.

"우린 그저 매 순간을 즐기고 싶어 할 뿐이죠. 나도 알아요. 하지만 제대로 기억하지 못한다면 그 순간이 실재했다고 믿을 수 있겠어요? 난 모르겠어요. 반마취 상태의 무통 분만은 독일에서 처음 시작됐어요. 산모들의 고통을 줄여주고 싶었기 때문이죠. 하지만 그들이 틀렸어요. 물론 우리도 더 이상 쓰지 않죠. 태아까지 마취되는 게 가장 큰 문제였어요. 적어도 의료계에서는 그렇게들 주장했죠." 그녀가 공모하는 듯한 표정을 지으며 캣 쪽으로 몸을 기울였다. "난 그걸 믿지 않아요."

"그럼 이유가 뭐였죠?"

"태아들이 문제가 아니었어요." 스타이너 간호사가 문 앞에 멈춰 섰다. "문제는 산모들이었죠."

"그들이 어떻게 됐는데요?"

"절차에도 문제가 있었어요. 무통 분만은 확실히 산모들의 고통을 줄여줬어요. 하지만 그들에게서 출산이라는 소중한 체험을 앗아가버렸죠. 아기를 안고 나오는 산모들은 조금 전 분만실에서 무슨 일이 있었는지 기억하지 못했어요. 감정적인 단절이 생긴 거죠. 산모들이 느낀 당혹함은 이루 말할 수 없었어요. 아홉 달 동안 배 속에 담았던 아이를 산고도 없이 쑥……."

스타이너 간호사가 손가락을 딱 부딪쳐 소리 냈다.

"자기가 아이를 어떻게 낳았는지도 모르게 되는 거군요." 캣이 말했다.

"바로 그거예요."

"그런데 그게 몬테 리번과 무슨 상관이죠?"

스타이너 간호사의 얼굴에 야릇한 미소가 번졌다. "알면서 왜 그래요?"

캣은 그제야 깨달았다. "그를 반마취 상태에 빠뜨릴 수 있어요?"

"물론이죠."

"그 상태에서 필요한 정보를 뽑아내자는 거죠? 마취에서 깨어나면 그는 아무것도 기억하지 못할 테니."

"꼭 그런 건 아니에요. 내 말은, 기억하지 못할 거라는 건 맞아요. 하지만 모르핀은 티오펜탈나트륨과 크게 다르지 않아요. 그게 뭔지는 알고 있겠죠?"

물론 캣도 알고 있었다. 펜토탈 나트륨이라고도 불리는 마취제, 곧 자백약이다.

"영화에서 나오는 것 같은 효과는 없어요." 스타이너 간호사가 말을 이어나갔다. "하지만 그 약에 취한 산모들 대부분은 자기도 모르게 횡설수설하게 되죠. 비밀을 주절주절 늘어놓기도 하고요. 남편이 아이의 친부가 아니라는 사실을 털어놓는 산모도 몇 명 봤어요. 물론 우린 아무것도 묻지 않았어요. 그들이 자발적으로 들려준 얘기였죠. 우린 그냥 못 들은 척했어요. 하지만 난 금세 깨달았죠. 그런 상태에서도 대화를 계속 이어갈 수 있다는 걸 말이에요. 어떤 곤란한 질문을 던져도 산모들은 솔직하게 모든 걸 털어놨어요. 마취에서 깨어난 후에는 그 사실을 전혀 기억하지 못했고요."

스타이너 간호사는 캣과 눈을 맞췄다. 그 순간 캣은 등골이 오싹해졌다. 스타이너 간호사는 다시 몸을 돌려서 문을 열었다.

"신뢰도에 문제가 있긴 해요. 모르핀에 취한 환자가 황당한 소리를 너무나도 태연하게 늘어놓는 걸 여러 번 봤거든요. 이 병동에서 가장 최근에 사망한 남자는 혼자 남겨질 때마다 누군가가 자신을 납치해 고양이 장례식으로 데려가려 한다고 주장했어요. 그는 거짓말을 한 게 아니에요. 정말 그렇게 믿었을 뿐이죠. 무슨 얘긴지 이해하겠어요?"

"네."

"이해했다니 계속 진행해도 되겠죠?"

캣은 살짝 망설였다. 경찰 집안에서 자라온 그녀는 규칙을 악용하는 게 얼마나 위험한지 누구보다도 잘 알고 있었다.

하지만 다른 선택의 여지가 없지 않은가?

"형사님?"

"한번 해보죠." 캣이 말했다.

간호사의 얼굴에 환한 미소가 떠올랐다. "몬테가 형사님의 목소리를 들으면 경계심을 갖게 될지도 몰라요. 심문을 내게 맡기면 그런 문제는 없을 거예요."

"그렇게 하죠."

"그럼 문제의 사건에 대해 들려줘요."

캣은 20분에 걸쳐 모든 걸 얘기했다. 스타이너 간호사는 스코폴라민을 주입한 후 생명 징후를 체크했다. 간호사의 능숙한 손놀림은 그녀가 비의학적 이유로 이런 짓을 종종 해왔음을 짐작케 했다. 캣은 반마취 상태의 의미를 다시 생각해봤다. 학대가 될 수도 있는 상황이었다. 그녀는 스타이너 간호사가 웃는 낯으로 늘어놓은 주장이 영 마음에 걸렸다. 당장 기억하지 못한다면 실제로 벌어진 일이 아니라고?

황당한 주장이었다. 하지만 캣은 그런 것에 신경 쓸 정신이 없었다.

캣은 몬테의 시야를 벗어나 한쪽 구석에 앉았다. 몬테 리번은 의식을 되찾은 상태였다. 그는 스타이너 간호사를 캐시라고 부르기 시작했다. 캐시는 열여덟 살에 죽은 그의 누나였다. 그는 죽으면 누나부터 만나보고 싶다고 주절댔다. 스타이너 간호사는 자신이 원하는 방향으로 능숙하게 그를 이끌어나갔다. 두 사람을 지켜보던 캣은 혀를 내둘렀다.

"오, 날 볼 수 있을 거야, 몬테." 스타이너 간호사가 말했다. "이렇게 널 기다리고 있잖아. 하지만 네가 사람들을 죽인 게 문제가 될지도 몰라."

"남자들." 그가 말했다.

"뭐?"

"난 남자들만 죽였어. 여자는 죽이지 않았다고. 단 한 명도. 여자랑 아이는 죽이지 않았어. 남자들만 죽였단 말이야. 그것도 나쁜 남자들만."

스타이너 간호사가 캣을 흘끔 돌아봤다. "하지만 넌 경찰을 죽였잖아."

"그들은 나쁜 정도가 아니라 최악이었어."

"그게 무슨 뜻이지?"

"경찰. 전혀 좋은 놈들이 아니야. 뭐, 그런 건 아무래도 상관없지만."

"난 이해가 안 돼, 몬테. 자세히 좀 설명해봐."

"난 경찰을 죽인 적 없어, 캐시. 누나도 알잖아."

캣이 움찔했다. 거짓말.

스타이너 간호사가 헛기침을 한 번 했다. "하지만 몬테……."

"캐시? 누날 보호해주지 못했던 거 미안해." 몬테 리번이 흐느끼기 시작했다. "그가 누나를 괴롭히도록 내버려뒀어. 그냥 보고만 있었다고."

"괜찮아, 몬테."

"아니, 괜찮지 않아. 다른 사람들은 다 챙겨줬는데 누나만 챙기지 못했어."

"다 지난 일이야. 봐, 좋은 곳에서 잘 지내고 있잖아. 곧 여기서 만나게 될 거야."

"이제는 가족을 확실히 챙길 거야. 아버진 믿을 수가 없어."

"나도 알아. 하지만 몬테, 정말 경찰을 죽이지 않았어?"

"누나도 알잖아."

"그럼 헨리 도노반 형사는 어떻게 된 거야?"

"쉬."

"응?"

"쉬." 그가 말했다. "그들이 듣겠어. 간단한 작업이었지. 어차피 난 빠져나갈 구멍이 없었으니까."

"그게 무슨 뜻이지?"

"어차피 난 래즐로와 그린을 죽인 혐의로 잡혀 들어가게 돼 있었어. 거스를 수 없는 운명이었다고. 어차피 종신형을 받게 될 몸인데 한 명 더 죽였다고 해서 뭐가 달라지겠어? 무슨 뜻인지 이해하지?"

차가운 손이 캣의 심장을 꽉 움켜쥐었다.

스타이너 간호사 역시 당황하고 있었다. "자세히 설명해봐, 몬테. 도노반 형사는 왜 쏜 거지?"

"정말 그렇게 믿는 거야? 내가 다 뒤집어쓴 거라니까. 어차피 여생을 감방에서 썩게 될 운명이었으니까. 아직도 모르겠어?"

"네가 죽인 게 아니야?"

대답이 없었다.

"몬테?"

이제는 그를 놓아줘야 할 때였다.

"몬테, 네가 아니면 누가 그를 죽인 거지?"

그가 기어드는 목소리로 말했다. "누가?"

"누가 헨리 도노반을 죽인 거야?"

"그걸 내가 어떻게 알아? 그들이 날 면회 왔어. 내가 잡혀 들어간 다음 날에. 그들 대신 죄를 뒤집어쓰면 돈을 주겠다고 했어."

"누가?"

몬테의 눈이 스르르 감겼다. "너무 졸려."

"몬테, 누가 그랬냐니까?"

"아빠를 그냥 두는 게 아니었어, 캐시. 누나에게 그런 몹쓸 짓을 하다니. 난 알고 있었어. 엄마도 마찬가지였고. 그런데도 우린 아무것도 하지 않았어. 정말 미안해."

"몬테?"

"너무 피곤해……."

"누가 죄를 대신 뒤집어쓰라고 했지?"

하지만 몬테 리번은 이미 깊이 잠든 후였다.

7

캣은 두 손을 핸들에서 떼지 않았다. 오로지 길에만 집중하려 애썼지만 쉽지 않았다. 머리가 핑핑 돌았다. 그녀의 세상이 축에서 떨어져 나간 듯한 기분이었다. 스타이너 간호사는 몬테 리번이 약에 취해 한 말을 곧이곧대로 믿는 건 위험할 수도 있다고 경고했다. 캣은 말없이 고개만 끄덕였다. 물론 그녀도 알고 있었다. 혼미함과 불확실성과 착각의 가능성. 하지만 경찰을 하면서 배웠듯 진실에선 수상한 냄새가 풍기기 마련이다.

그리고 몬테 리번에게서는 진실의 냄새가 지독히 풍겼다.

그녀가 라디오를 켜자 토크쇼가 흘러나왔다. 진행자들은 항상 세상의 모든 문제들에 대해 쉽고 간단한 답을 내놓았다. 그들의 단순함은 캣을 짜증나게 만들었다. 하지만 지금 그녀에게는 마음을 산란하게 만들어줄 무언가가 절실했다. 쉬운 답을 내놓는 이들 대부분은 틀렸다. 세상은 복잡하다. 모든 것에 두루 적용되는 답은 없다.

19번 관할 경찰서에 도착한 그녀는 곧장 스태거 경감의 사무실로 올라갔다. 사무실은 비어 있었다. 그가 언제 돌아오는지 묻고 싶었지만 꾹 참았다. 주위의 관심을 끌고 싶지 않았기 때문이다. 그녀는 그에게 짧은 문자메시지를 보냈다.

　드릴 말씀이 있어요.

　캣이 예상한 대로 답은 금세 오지 않았다. 그녀는 계단을 통해 한 층 더 올라갔다. 그녀의 파트너인 찰스 "채즈" 페어클로스가 동료 세 명과 한쪽 구석에 서 있었다. 그녀가 다가가자 채즈가 말했다. "어서 와, 캣." 상냥한 인사였지만 묘하게 빈정거리는 것처럼 들렸다. 채즈가 잽싸게 덧붙였다. "누군가 했더니 너였군."

　남자 형사들이 일제히 빙그레 웃었다.

　"그래. 나야." 그녀가 말했다.

　"타이밍이 기막힌데."

　"연습을 좀 했지."

　그녀는 그와 말장난할 기분이 아니었다.

　채즈는 완벽하게 맞춘 고급임에도 왠지 볼품없어 보이는 양복을 걸치고 있었다. 재킷은 마치 물에 젖은 듯이 반짝거렸고, 넥타이는 시간이 남아도는 사람의 작품처럼 느슨하고 넓게 매듭지어져 있었으며, 페라가모 구두에서는 눈부신 광이 났다. 속담과는 다르게 구두에 공들여 광을 내는 남자들은 대개 자기중심적인 얼간이들이었다. 천박함이 본질을 이긴다고 믿는 사람들.

　채즈는 예쁘장한 외모에 소시오패스 같은 초자연적인 카리스마를 가지고 있었다. 캣은 그가 정말로 소시오패스일 가능성이 높다고 생각했다. 그는 부유하고 연줄이 좋은 페어클로스가家 출신이었다. 그 집안에선 경찰이 여럿 배출됐다. 공직에 출마할 때 확실히 도움이 되기 때문이었다. 채즈는 그녀에게서 눈을 떼지 않은 채 동료들에게 속삭이듯 농담을 늘어놓았다. 그녀는 보나 마나 자기 얘기일 거라 확신했다. 형사들이 낄낄거리며 흩어졌다.

"왜 이제야 나타난 거야?" 채즈가 그녀에게 말했다.

"캡틴 지시로 일을 좀 했어."

그가 눈썹을 치켜세웠다. "이젠 다들 그렇게 부르나 봐?"

저 뺀질이 자식.

채즈가 내뱉는 모든 말은 이중적 의미를 담고 있었다. 가끔은 그게 희롱으로 여겨질 때도 있었다. 그는 여자들에게 수작을 걸지 않았다. 그저 그런 오해를 받기 쉬운 성격일 뿐이었다. 그런 남자들이 꽤 있었다. 모든 여자를 싱글스 바(독신 남녀가 데이트 상대를 찾아 모이는 술집―옮긴이)에서 만난 것처럼 대하는 남자들 말이다. 그는 아침에 무엇을 먹었는지 들려줄 때마저도 지나치게 나긋나긋했다. 마치 자신과 함께 밤을 보낸 여자를 대하듯이.

"무슨 일 있었어?" 캣이 물었다.

"걱정 마. 내가 잘 처리했으니까."

"고마워. 하지만 무슨 일이 있었는지 정도는 알려줘야지."

채즈가 그녀의 책상을 가리켰다. 그의 에메랄드 커프스단추가 반짝였다. "파일 갖다놨어. 가서 훑어 봐." 그가 지나치게 크고 반짝이는 롤렉스를 들여다봤다. "난 바빠서 이만."

그는 어깨를 펴고 거만하게 걸음을 옮겼다. 그의 입에서 휘파람이 흘러나왔다. 캣은 이미 직속상관인 스티븐 싱어에게 파트너를 바꿔달라고 요청해놓은 상태였다. 그 사실을 뒤늦게 안 채즈는 큰 충격에 빠졌다. 캣을 좋아하기 때문이 아니었다. 그는 캣이 어떻게 자신의 매력에 빠지지 않을 수 있는지 납득하지 못했다. 오기가 발동한 그는 더 노골적으로 캣에게 치근거렸다. 그는 자유세계의 어떤 여자도 자신을 거부하지 못할 거라 확신했다.

채즈는 계속 걸음을 옮겨나가며 손을 흔들었다. "또 보자고, 베이비."

내가 말을 말아야지. 그녀는 생각했다.

지금은 짜증나는 파트너에게 신경 쓸 때가 아니었다. 시급히 풀어야 할 문제가 있다. 몬테 리번이 늘어놓은 말은 과연 사실일까?

다들 잘못 알고 있는 것이라면? 아버지를 죽인 범인이 아직도 자유의 몸으로 활개를 치고 다닌다면?

생각할수록 황당했다. 그녀는 당시 사건에 대해 속속들이 알고 있는 누군가를 만나 의견을 나눠보고 싶었다. 그 순간, 그녀의 뇌리를 스치는 이름이 있었다. 제프 레인스.

그녀는 책상에 놓인 컴퓨터를 응시했다.

일단 중요한 일부터 처리하고. 그녀는 몬테 리번과 헨리 도노반 형사 살인 사건에 대한 모든 파일을 꺼내 왔다. 엄청난 양이었다. 그녀는 그것들을 집으로 가져가 꼼꼼히 훑어볼 생각이었다. 이미 백 번도 넘게 읽어본 파일들이다. 하지만 몬테 리번이 희생양이라는 추정하에 훑어본 적이 있었던가? 한 번도 없었다. 이번에는 전과 다른 새로운 시각으로 읽어볼 참이었다.

그러고 나자 제프가 YouAreJustMyType.com에 답을 남겨놓았을지 궁금했다.

마침 그녀의 양옆 책상들은 비었다. 그녀는 뒤를 흘끔 살펴봤다. 아무도 없었다. 좋아. 온라인 데이팅 사이트에 접속하는 걸 동료들에게 들킨다면 두고두고 그 타령을 듣게 될 게 뻔했다. 그녀는 컴퓨터 앞에 앉아 다시 한 번 주위를 살폈다. 역시 아무도 보이지 않았다. 그녀는 잽싸게 'YouAreJustMyType.com'을 쳐 넣고 리턴 키를 눌렀다.

접속 불가.
접속 암호는 직속상관에게 문의할 것.

빌어먹을. 경찰서도 여느 회사들과 다르지 않았다. 개인 웹사이트나 소셜 네트워크에 접속하는 시간을 줄여 생산성을 높인다는 방침 말이다. 이제는 경찰서도 사업장이었다.

그녀는 휴대폰에 YouAreJustMyType 앱을 다운로드할까 고민하다가 그만두기로 했다. 아직은 그 정도로 절박하지 않다는 판단 때문이다. 기다리는 건 얼마든지 할 수 있다. 하지만 그런 짓을 할 때는 아니다.

기다렸다는 듯이 사건들이 쏟아져 들어왔다. 캣은 그것들을 차례로 처리했다. 사교계 명사가 요금 문제로 시비를 걸며 난동을 부렸다고 주장하는 택시 기사, 이웃이 마리화나를 재배하고 있다고 주장하는 여자, 그런 사소한 문제들. 그녀는 휴대폰을 체크했다. 스태거는 아직도 답이 없었다. 이상한 일이었다. 그녀는 새로운 메시지를 전송했다.

급하게 드릴 말씀이 있어요.

그녀가 휴대폰을 집어넣으려는 찰나에 진동이 느껴졌다. 스태 거가 답을 보내온 것이다. 오늘 면회와 관련된 얘기겠지?

그래.

그러고서 한참 후에 메시지가 왔다.

8시까진 바빠. 오늘 밤에 들를까? 아니면 내일 아침에 얘기하든지.

캣은 주저 없이 답을 띄웠다.

오늘 밤에 들러주세요.

캣은 제프가 어떤 답변을 보냈을지 궁금했다.

근무를 마친 그녀는 조깅복으로 갈아입고서 공원을 가로질러 집으로 돌아왔다. 미소를 지으며 아파트 경비원과 인사를 나누고 는 황급히 계단을 뛰어올랐다. 엘리베이터보다는 계단이 확실히 빨랐다. 그녀는 능숙한 손놀림으로 문을 열고 집으로 들어갔다.

컴퓨터는 절전 모드로 돼 있었다. 캣은 마우스를 살짝 흔들고는 기다렸다. 화면에 떠오른 자그마한 모래시계가 빙글빙글 돌기 시 작했다. 아무래도 컴퓨터를 바꿀 때가 된 것 같아. 그녀가 물을 한 잔 떠 오려고 일어서는 순간 모래시계가 회전을 멈췄다. 그녀는 곧장 YouAreJustMyType.com에 접속했다. 그녀는 사이트에서 자동 로그아웃된 상태였다. 아이디와 암호를 입력하고 '다음' 버튼을 클릭했다. 메인 화면에 큼지막한 초록색 메시지가 떠올랐다.

한 개의 메시지가 도착했습니다!

그녀의 심장이 늑골을 부수고 나올 듯이 요동치기 시작했다. 그녀가 초록색 메시지를 클릭하자, 제프의 작은 프로필 사진이 떠올랐다.

지금 하지 못하면 영영 기회가 오지 않을 거야.

제목란은 비어 있었다. 그녀는 커서를 움직여 제프가 보낸 메시지를 열어봤다.

하! 멋진 비디오예요! 내가 무척이나 좋아했던 곡인데. 남자들은 항상 유머 감각이 있는 여자를 좋아한다고들 하죠. 하지만 이건 굉장히 영리한 접근법이었어요. 난 당신 사진에도 확 끌렸어요. 너무 아름다워요. 환상적인 미모뿐만 아니라…… 뭔가가 더 있는 게 느껴져요. 아무튼 이렇게 만나서 반가워요!

그게 전부였다. 서명도, 이름도 없었다.

잠깐. 이게 뭐지?

이내 깨달음이 찾아들었다. 제프는 그녀를 기억하지 못했다.

그게 가능한 일인가? 어떻게 날 기억하지 못할 수가 있지? 잠깐. 너무 앞서나갈 필요는 없어. 그녀는 심호흡을 한 번 한 후 머리를 굴려봤다. 제프는 날 알아보지 못했어. 내가 그렇게 많이 변했나? 하긴, 머리색이 짙어졌고, 머리 길이도 예전보다 짧아졌으니 못 알아볼 만도 하지. 그간 폭삭 늙었을 거야. 남자들은 좋겠어. 머리가 희끗해지면 더 멋있어 보이잖아. 제프처럼. 세월은 그녀에게 전혀 친절하지 않았다. 인정할 수밖에 없는 사실이었다. 캣은 자리에서 일어나 거울 앞으로 다가갔다. 내가 봐선 모르지. 아마 남들 눈에는 엄청 나이 들어 보일 거야. 그녀는 다시 책상으로 돌아가 서랍을 열고서 옛 사진을 찾아보기 시작했다. 민망한 헤어스타일, 통통한 얼굴, 넘치는 젊음. 그가 캣을 마지막으로 봤을 때 그녀는 발랄한 스물두 살이었다. 어느덧 마흔 살이 돼버렸지만. 외적으로 큰 차이가 있을 수밖에 없었다. 그녀의 프로필에는 개인 정보가 거의 소개되지 않았다. 그녀는 집 주소도, 컬럼비아 대학 출신이라는 사실도 적어놓지 않았다. 제프가 그녀를 알아보지 못한 건 어쩌면 당연한 일인지도 모른다.

그제야 불안했던 마음이 조금씩 풀리기 시작했다. 그들은 서로 사랑했고 약혼까지 했다. 그 노래, 그 영상은 두 사람에게 '멋진 비디오' 그 이상이었다. 절대 잊을 수 없는 소중한 추억이었다.

그때 그녀의 시선을 끄는 무언가가 있었다.

캣은 컴퓨터 모니터 앞으로 얼굴을 바짝 가져갔다. 제프의 프로필 사진 옆에서 하트가 깜빡거리고 있었다. 하단의 작은 그리드에 의하면, 깜빡이는 하트는 그가 현재 온라인에 접속한 상태이며 상대의 메시지를 받을 준비가 됐다는 뜻이라고 했다.

그녀는 자리에 앉아 대화창을 열고서 메시지를 쳤다.

나 캣이야.

메시지를 전송하려면 리턴 키를 눌러야 했다. 그녀는 망설임 없이, 자신에게 대화할 기회를 주자는 마음으로 리턴 키를 눌렀다. 메시지가 전송됐다.

커서는 조급하게 깜빡거렸다. 캣은 묵묵히 대답을 기다렸다. 오른쪽 다리가 심하게 떨리고 있었다. 전에 겪지 못했던 하지불안증후군이 걸릴 지경이었다. 그녀의 아버지도 다리를 떨었다. 그것도 굉장히 심하게. 그녀는 무릎에 손을 얹어 요동치는 다리를 진정시켰다. 그녀의 시선은 한순간도 화면에서 떨어지지 않았다.

깜빡이던 커서가 사라지고 작은 구름이 떠올랐다.

제프가 메시지를 입력하고 있다는 뜻이었다. 잠시 후, 그의 답이 그녀의 화면에 떠올랐다.

이름은 안 돼요. 적어도 당분간은.

그녀는 미간을 찌푸렸다. 무슨 뜻이지? YouAreJustMyType.com의 이용 사항에 쓰여 있던, 상대를 직접 만나볼 때까지 본명 사용을 삼가라는 조언이 머릿속에 떠올랐다.

내가 캣이라는 걸 믿지 못하는 건가? 어떻게 된 일이지? 그녀의 손가락이 다시 키보드를 두드리기 시작했다.

제프? 당신 맞지? 나 캣이라니까.

커서가 정확히 열두 번 깜빡였을 때 빨간 하트가 사라졌다.
제프가 로그아웃해버린 것이다.

8

정말 제프였을까.

그녀는 갑자기 그게 궁금해졌다. 어쩌면 프로필 속 홀아비는 제프가 아닌지도 몰랐다. 그녀의 전 약혼자와 꼭 닮은 모르는 남자일 수도 있다. 그녀는 다시 그의 사진들을 유심히 살펴봤다. 흐릿한 사진들은 전부 야외에서, 그것도 꽤 멀리 떨어진 곳에서 촬영된 것들이었다. 숲 속에서, 부서진 울타리로 둘러싸인 황량한 해변에서, 그리고 골프장에서. 사진들 속의 그는 야구 모자나 선글라스로 얼굴을 가려놓았다. 프로필 사진 속의 캣과 마찬가지로 그 역시 무척 불편해하는 기색이 역력했다. 마치 카메라를 피해 숨어 있거나 포즈를 요구하는 사진사에게 짜증을 내고 있기라도 한 것처럼.

형사인 그녀는 설득의 힘과 사람의 눈이 부리는 간교한 트릭에 대해 누구보다 잘 알고 있었다. 목격자들이 경찰의 의지에 휘둘리는 경우도 여럿 봤다. 뇌는 단순한 유인책으로 사람을 바보로 만들 수 있었다.

지금처럼 갈망할 때는 말할 것도 없고.

어젯밤, 그녀는 평생의 반려자를 찾겠다며 웹사이트를 훑어봤다. 실제로 그를 다시 보게 되리라고는 상상조차 하지 못했다. 그와 매우 비슷한 스타일의 남자를 찾는 것이야 얼마든지 가능한 일이겠지만.

그때 경비원이 인터컴을 울렸다.

그녀는 버튼을 눌러 응답했다. "네, 프랭크?"

"경감님이 오셨는데요."

"위로 안내해주세요."

캣은 스태거가 노크 없이 들어올 수 있도록 현관문을 살짝 열어놓았다. 18년 전의 악몽 같은 기억을 다시 체험하고 싶지 않았기 때문이다. 그녀는 YouAreJustMyType.com에서 로그아웃한 후 혹시 몰라 브라우저의 모든 방문 기록을 삭제했다.

녹초가 된 스태거가 불쑥 들어왔다. 그의 옴폭 들어간 눈이 빨갛게 충혈돼 있었다. 거뭇거뭇 자란 수염은 평소보다 더 짙어 보였다. 그의 축 늘어진 어깨는 먹잇감을 쫓느라 탈진해버린 독수리를 연상시켰다.

"괜찮으세요?" 그녀가 물었다.

"힘든 하루였어."

"술 한 잔 드릴까요?"

그가 고개를 저었다. "무슨 일로 보자고 했지?"

캣은 곧장 본론으로 들어갔다. "몬테 리번이 아버지를 죽였다고 확신하세요?"

예상을 크게 벗어난 질문에 그는 적잖이 당황하는 모습이었다. "지금 농담하는 거야?"

"아뇨."

"오늘 그를 만나고 온 모양이군."

"네."

"그가 갑자기 자네 아버지를 쏴 죽이지 않았다고 주장하던가?"

"정확히는 아니죠."

"그럼 뭐지?"

여기서부터 캣은 최대한 조심스레 접근할 필요가 있었다. 스태거는 모든 것을 규칙대로 차례차례 처리하는 사람이었다. 지나칠 정도로. 그가 스타이너 간호사와 반마취 상태 인터뷰에 대해 알게 된다면 이 자리에서 발작을 일으킬 수도 있었다.

"잘 들어보세요." 그녀가 말했다. "기왕이면 열린 마음으로요."

"캣, 내가 자네랑 게임이나 하러 온 줄 알아?"

"아뇨. 당연히 아니겠죠."

"그러니까 서론은 집어치우라고."

"미리 말씀드릴 필요가 있어서 그래요. 자, 그럼 처음으로 거슬러 올라가보죠."

"캣."

그녀는 계속 밀고 나갔다. "여기 몬테 리번이 있어요. FBI가 두 사람을 살해한 혐의로 그를 체포해요. 그들은 그에게 코존의 이름을 불라고 압박하지만 그는 끝내 입을 열지 않아요. 그는 그런 타입이 아니거든요. 어쩌면 너무 우둔해서인지도 몰라요. 그들이 그의 가족을 볼모로 잡았는지도 모르고요. 어쨌든 리번은 입을 꼭 닫아버려요."

그녀는 본론으로 들어가라는 그의 호통을 기다렸다. 하지만 그는 아무 말이 없었다.

"그러는 동안 경찰은 제 아버지를 죽인 범인을 찾고 있어요. 단서는 많지 않죠. 그저 소문과 엉성한 실마리뿐이에요. 그러다 갑자기, 짜잔, 리번이 자백을 해버려요."

"그런 게 아니었어." 스태거가 말했다.

"이렇게 된 거였어요."

"우리에겐 단서가 있었다고."

"하지만 무엇 하나 확실한 게 없었잖아요. 그럼 말씀해보세요. 그가 왜 갑자기 자백했을까요?"

스태거가 얼굴을 찌푸렸다. "그건 자네도 알잖아. 그는 경찰을 죽였어. 그 사건으로 코존은 엄청난 압박을 받게 됐지. 그래서 우리에게 뭐라도 던져줘야 했던 거야."

"바로 그거예요. 그래서 몬테 리번이 희생양이 돼야 했던 거라고요. 그 덕분에 코존은 깨끗이 빠져나올 수 있었잖아요. 얼마나 간단해요? 종신형을 선고받고 교도소에서 썩고 있는 사람이야 종신형을 또 선고받는다고 해서 억울할 것도 없고."

"우린 코존을 유력한 용의자로 보고 오랫동안 강도 높은 수사를 했어. 그건 자네도 알잖아."

"하지만 결국엔 실패로 끝났잖아요. 아닌가요? 무던히 애썼지만 코존과 리번을 엮지 못했잖아요. 그 이유가 뭔지 아세요?"

그가 한숨을 내쉬었다. "이번엔 또 얼마나 황당한 음모론으로 날 괴롭힐 셈이야, 캣?"

"음모론이 아니에요."

"우리가 그 둘을 엮지 못했던 이유는 간단해. 그게 세상이 돌아가는 방식이니까. 완벽과는 거리가 먼 시스템이잖아."

"그게 아니면……." 캣은 최대한 차분히 말했다. "이렇게 볼 수도 있지 않겠어요? 몬테 리번이 아버지를 쏘지 않았기 때문에 경찰이 그 둘을 엮지 못했을 수도 있잖아요. 리번을 나머지 두 살인 사건의 범인으로 몰아간 건 무척 간단한 일이었는데, 어째서 아버지 사건과는 끝내 엮지 못했을까요? 네? 우리가 지문 감식에 실패했던 것도 기억하시죠? 범행 현장에 또 누가 있었는지 궁금하지 않으셨어요?"

스태거는 그녀를 빤히 쳐다봤다. "대체 피시킬에서 무슨 일이 있었던 거야?"

캣은 좀 더 신중한 접근이 필요하다고 생각했다. "상태가 심각하더군요."

"리번?"

그녀가 고개를 끄덕였다. "일이 주도 안 남은 것 같아요."

"이번엔 그가 순순히 만나주던가?" 스태거가 말했다.

"그랬다고 볼 수 있죠."

그가 호기심에 찬 눈으로 그녀를 봤다. "그게 무슨 뜻이지?"

"그는 병동으로 옮겨진 상태였어요. 전 그를 만나게 해달라고 간호사를 설득했죠. 부정한 방법은 쓰지 않았어요. 그냥 배지를 내밀며 애매하게 둘러댔을 뿐이에요."

"그래서 어떻게 됐지?"

"리번의 침대로 다가가서 그의 상태를 살펴봤어요. 말씀드린 대로 상태가 안 좋았죠. 진통제에 취해 정신이 오락가락했어요. 아마 모르핀이겠죠."

스태거의 눈이 가늘어졌다. "그래서?"

"그 상태에서 알아들을 수 없는 말을 웅얼거리더군요. 전 그에게 아무것도 묻지 않았어요. 심문이 불가능한 상태였으니까. 하지만 그는 환각에 빠져 간호사에게 계속 말을 걸었어요. 간호사를 죽은 누나, 캐시로 착각한 거죠. 아버지가 누나를 학대하도록 내버려둬서 미안하다고 사과하더군요. 격하게 흐느끼면서 곧 다시 만나게 될 거라고도 했고요. 뭐 그런 일이 좀 있었어요."

스태거는 그녀를 매섭게 쏘아봤다. 그녀는 그가 속아 넘어가고 있는지, 자신이 충분히 노력하고 있는지 확신할 수가 없었다. "계속해봐."

"그는 경찰을 죽이지 않았다고 했어요."

그 말에 옴폭 들어간 그의 눈이 살짝 튀어나왔다. 캣은 조금 찔렸지만, 이 정도면 진실에 충분히 근접하다고 생각했다.

"그는 자신이 결백하다고 주장했어요." 그녀가 계속 말했다.

스태거는 믿을 수 없다는 표정을 지었다. "모든 혐의에 대해?"

"아뇨. 이미 살인 혐의로 종신형을 살고 있는데 혐의를 하나 더 뒤집어쓴다고 해서 뭐가 달라졌겠느냐고 푸념하던데요."

"뒤집어썼다고?"

"그는 분명 그렇게 말했어요."

스태거가 고개를 저었다. "미친 소리군. 안 그래?"

"그냥 넘겨버릴 문제는 아니에요. 잘 생각해보면 이치에 닿는다고요. 이미 종신형을 선고받아 감방에서 썩고 있는데 억울한 누명을 뒤집어쓴다 한들 달라질 게 뭐 있겠어요?"

캣은 그의 앞으로 한 걸음 다가갔다. "경찰은 범인 검거를 불과 며칠, 아니 몇 시간 남겨두고 있었어요. 그러다 이미 종신형을 선

고발아 복역 중인 사람이 갑자기 자기가 범인이라고 자백해버렸
죠. 알잖아요?"

"그게 누구 머리에서 나온 계략인데?"

"그야 모르죠. 코존 아닐까요?"

"그가 자기 부하를 이용해먹었다고?"

"그가 알고, 우리가 알 듯, 절대로 입을 열지 않을 거라고 확신
했던 모양이죠."

"우린 범행 도구를 찾아냈어. 기억하지?"

"네."

"자네 아버지를 살해할 때 쓴 총 말이야. 몬테 리번이 알려준
곳에서 그걸 찾았다고."

"리번은 당연히 알고 있었겠죠. 진짜 범인이 알려줬을 테니까
요. 생각해보세요. 리번 같은 청부 살인업자가 범행에 사용한 총
을 아무렇게나 방치했겠어요? 범행 직후 없애버렸겠죠. 우린 나
머지 두 건의 살인 사건에 쓰인 총을 끝내 찾아내지 못했잖아요.
그가 정말 경찰을 죽이고 나서 총을 기념품으로 보관해뒀다고 생
각하세요? 거기서 검출된 지문은 또 어쩌고요? 단독 범행이 아니
라 공범이 있었다는 얘긴가요? 어떤?"

스태거는 그녀의 어깨에 두 손을 얹었다. "캣, 내 말 잘 들어."

그녀는 상관이 무슨 말을 하려는지 잘 알고 있었다. 예상했던
반응이라 아쉬울 건 없었다.

"리번이 모르핀에 취한 상태였다고 했지?"

"네."

"환각에 빠져 있었다면서? 놈이 그런 상태에서 주절거린 헛소

리를 우리가 곧이곧대로 믿어야 한다는 건가?"

"제가 헛소리에 놀아나고 있다는 말씀인가요?"

"그게 아니야."

"맞는데요 뭐. 제가 그런 얼간이로 보이세요?" 그녀는 손가락으로 인용 부호를 만들어 보였다. "'종결.' 그딴 건 필요 없어요. 그 사건에 연루된 모든 이를 잡아들인다고 해서 돌아가신 아버지가 살아 돌아오진 않잖아요. 그건 변하지 않아요. 종결은…… 글쎄요. 아버지의 기억에 대한 모욕이나 다름없어요. 무슨 말인지 이해하시죠?"

그가 천천히 고개를 끄덕였다.

"하지만 그를 검거하고 사건을 끝내버린 건…… 좀 찝찝했어요. 전 뭔가가 더 있다고 생각해요."

"그래서 이 난리를 치는 건가?"

"네?"

"이봐, 캣. 그 자식은 천하의 몬테 리번이야. 자네가 왔다는 걸 그가 몰랐을 거라 생각해? 그가 자넬 가지고 논 거야. 자네가 그 사건에 대해 의심을 품었다는 걸 아니까. 그는 자네가 뭘 원하는지 알고 있어. 그래서 자네가 듣고 싶어 하는 말만 나불대며 들려준 거라고."

그녀가 반박하기 위해 입을 열었다가 이내 닫아버렸다. 문득 컴퓨터 속 제프가 떠올랐기 때문이다. 갈망은 지각을 왜곡시킬 수 있었다. 이번에도 그렇게 된 건가? 해답을 찾기 위해, 애타게 원하는 '종결'을 위해 그녀가 진실을 비틀어대고 있는 걸까?

"그게 아니에요." 캣이 말했다. 하지만 그녀의 목소리에서는 더 이상 확신이 묻어나지 않았다.

"정말?"

"절 좀 이해해주세요. 그냥 이대로 묻어둘 순 없다고요."

그가 다시 고개를 끄덕였다. "물론 이해해."

"또 절 무시하시는군요."

그는 피곤에 지친 미소를 지었다. "몬테 리번은 자네 아버지를 죽였어. 사건이 깔끔하게 종결되지도 않았고, 모든 부분이 완벽히 맞아떨어지지도 않았지만, 그렇다고 그 사실이 변하는 건 아니야. 자네도 이제 인정할 때가 됐잖아. 아무리 정상적이고 통상적이고 쉽게 설명될 수 있는 문제라 해도 너무 집착하면 힘들어진다고. 놔야 할 땐 미련 없이 놔야지. 안 그러면 미쳐버린다고. 우울증에 시달릴 수도 있고……."

그가 말끝을 흐렸다.

"우리 할아버지처럼요?"

"그렇다고는 안 했어."

"그렇게 들렸어요."

스태거는 한동안 그녀의 눈을 빤히 바라봤다. "자네 아버지도 자네가 이대로 놔주길 바랄 거야."

그녀는 말이 없었다.

"무슨 뜻인지 알지?"

"네, 하지만." 그녀가 대답했다.

"하지만?"

"전 그럴 수 없어요. 아버지는 절 이해해주실 거라 믿어요."

캣은 작은 유리잔에 잭 대니얼스를 다시 따르고 아버지의 옛 사건 파일을 출력하기 시작했다.

경찰의 공식 파일은 아니었다. 물론 그녀는 공식 파일을 수도 없이 읽어봤다. 하지만 이것은 그녀가 직접 만든 파일이었다. 그녀는 아버지 사건을 종결시킨 형사들에 대한 정보부터 경찰서 안팎에 돌았던 소문들까지 빠뜨리지 않고 정리해놓았다. 수사 자체에서는 빈틈을 찾을 수 없었다. 그들은 반박할 수 없는 두 가지를 확보한 상태였다. 리번의 자백과 그의 집에 숨겨져 있던 총. 미진한 부분들은 깔끔하게 매듭졌다. 캣을 거슬리게 하는 한 가지만 빼고. 범행 현장에서 의문의 지문이 검출됐다. 과학수사팀은 그녀 아버지의 벨트에서 검출한 뚜렷한 지문을 조회했지만, 일치하는 인물을 끝내 찾아내지 못했다.

캣은 경찰의 공식 해명에 만족하지 않았다. 하지만 당시에는 분위기에 휩쓸려 단념할 수밖에 없었다. 언젠가 공원에서 우연히 마주쳤을 때 아쿠아가 명료하게 말했다. "넌 이 사건에서 절대 찾을 수 없는 걸 찾아 헤매고 있어."

아쿠아.

뭔가 이상했다. 캣은 스테이시와 아버지 사건에 대해 이야기할 수 있었지만, 스테이시는 아버지를 만나본 적이 없었다. 스테이시는 '옛날 캣', 그러니까 제프와 사귀었고, 웃기를 좋아했으며, 헨리 도노반이 살해되기 전에 존재했던 예전의 캣을 몰랐다. 신기하게도 이 순간 가장 먼저 떠오르는 이름은 제프였다. 그라면 누구보다도 그녀의 입장을 잘 이해해줄 것 같았다.

별로 좋은 생각은 아니야, 안 그래?

맞아. 적어도 새벽 6시나 밤 10시에는. 하지만 새벽 3시인 지금, 잭 대니얼스에 얼큰히 취한 그녀에게는 세계사에 유례가 없는 기발한 생각으로 여겨졌다. 그녀는 아파트 창문 쪽으로 시선을 돌렸다. 사람들은 뉴욕을 잠들지 않는 도시라 부르지만 그건 허튼소리였다. 그녀가 가본 세인트루이스나 인디애나폴리스 같은 작은 도시에는 절박한 심정으로 밤을 지새우는 사람들이 많았다. 여긴 뉴욕이 아니잖아. 그들처럼 즐기려면 더 노력할 수밖에 없어. 뭐 그런 분위기였다.

새벽 3시의 맨해튼 거리는 어떠냐고? 여전히 묘지처럼 고요할 뿐이다.

캣은 비틀거리며 컴퓨터 앞으로 다가갔다. 그리고 세 번의 시도 끝에 간신히 YouAreJustMyType.com에 로그인하는 데 성공했다. 그녀의 손가락은 혀와 마찬가지로 심하게 둔해진 상태였다. 그녀는 먼저 제프가 온라인에 접속했는지부터 확인했다. 그는 접속하지 않았다. 어쩔 수 없지. 그녀는 링크를 클릭해 그에게 메시지를 전송했다.

제프,
나랑 얘기 좀 해. 일이 좀 있었어.
당신 생각을 듣고 싶어.
캣

그녀의 뇌가 술에 취해 이런 메시지를 보내는 건 어리석은 짓이라고 했다. 이런 메시지는 절대 먹히지 않는다고도 했고. 절대,

절대, 절대.

그녀는 메시지를 전송하자마자 잠에 빠져들었다. 새벽 6시, 알람 소리에 놀라서 잠이 깬 캣은 숙취가 유발한 극심한 두통에 시달렸다.

그녀는 힘겹게 메시지부터 확인했다. 제프는 답을 보내지 않았다. 그가 진짜 제프인지도 알 수 없었지만. 그녀는 그가 제프가 아닐 가능성을 다시 고려해봤다. 그냥 제프와 닮은 사람일 가능성을. 하지만 그러면 좀 어때? 그게 무슨 상관이야? 그건 그렇고, 내가 타이레놀을 어디에 뒀더라?

아쿠아의 요가 수업. 이런, 안 돼. 아무래도 오늘은 힘들겠어. 머리도 아프고. 어제 다녀왔으니 오늘은 빠져도 돼.

잠깐……

그녀는 컴퓨터로 달려가 제프의 프로필을 클릭했다. 그녀와 제프의 관계, 그리고 아버지에 대해 알고 있는 사람은 스태거 외에 딱 한 명뿐이었다. 아쿠아. 아쿠아와 제프는 그녀를 통해 친해졌고, 한때 178번가의 허름한 투 룸 아파트에서 룸메이트로 지낸 적도 있었다. 그녀는 '인쇄' 버튼을 누르고서 황급히 옷을 걸친 후 집을 나와 공원을 향해 내달렸다. 도착해보니 수강생들은 모두 눈을 감은 채 명상에 빠져 있었다.

"늦었군." 아쿠아가 말했다.

"미안."

얼굴을 찌푸린 아쿠아가 깜짝 놀라 눈을 떴다. 캣이 사과를 하다니. 그는 무언가 심상치 않은 일이 생겼음을 감지했다.

20년 전, 아쿠아와 캣은 컬럼비아 대학에서 함께 공부했고, 신입생 시절부터 친분을 쌓아왔다. 아쿠아는 캣이 알고 있는 가장 똑똑한 사람이었다. 그의 성적은 늘 최고였다. 뇌에 한번 발동이 걸리면 아무도 그를 막을 수 없었다. 남들이 밤을 새워도 못할 과제들을 단 몇 분 만에 해치우기도 했다. 아쿠아가 지식을 흡수하는 속도는 보통 사람들이 패스트푸드를 먹어치우는 속도만큼이나 빨랐다. 그는 과외 수업과 투 잡은 물론이고, 운동까지 열정적으로 했다.

하지만 아쿠아의 엔진은 과열되고 말았다. 적어도 캣은 그렇게 느꼈다. 그는 무너져 내렸다. 정신적으로 병이 든 것이다. 암이나 낭창에 걸린 것과 다르지 않았다. 그 후로 아쿠아는 정신병원을 숱하게 드나들었다. 의사들은 그를 치료하기 위해 온갖 방법을 동원했다. 하지만 그의 정신병은 만성질환이었다. 캣은 그가 어디 사는지 궁금했다. 분명 공원 어딘가일 텐데. 그녀는 생각했다. 그녀는 가끔 공원에서 정상이 아닌 상태의 그와 맞닥뜨리곤 했다. 아쿠아는 주로 여장을 하고 다녔다. 그가 남자 옷을 걸치고 다니는 모습은 보기 힘들었다. 그는 가끔 캣을 알아보지 못할 때도 있었다.

수업이 끝나자 수강생들은 누가 먼저랄 것도 없이 송장 자세로 누워서 눈을 감았다. 캣은 일어나 앉아서 아쿠아를 응시했다. 그, 아니 그녀도 캣을 빤히 보고 있었다. 파트타임 복장도착자를 어떤 성별로 대해야 할지 캣은 늘 헷갈렸다. 아쿠아의 얼굴에 성난 표정이 살짝 감돌았다. 수업에는 규칙이 있었고, 캣은 그것을 어겼다.

"얼굴에 긴장을 풀어요." 아쿠아가 부드러운 목소리로 말했다.

"눈에도 긴장을 풀고요. 두 눈이 밑으로 가라앉는 걸 느껴봐요. 그다음은 입……."

그의 시선은 그녀에게서 떨어지지 않았다. 결국 두 사람의 기 싸움은 캣의 승리로 끝났다. 결가부좌를 하고 앉아 있던 아쿠아 가 스르르 일어났다. 캣도 잽싸게 일어나 북쪽으로 향한 뒤편 길 로 그를 따라 나갔다.

"수업이 끝나면 이 길로 가는구나." 캣이 말했다.

"아니."

"아니라고?"

"내가 어디로 가는지 가르쳐주지 않을 거야. 그건 그렇고, 대체 원하는 게 뭐야?"

"부탁이 있어."

아쿠아는 계속 걸음을 옮겨나갔다. "부탁은 들어주지 않아. 내 가 하는 일은 요가를 가르치는 거라고."

"알아."

"왜 날 괴롭히는 거지?" 그가 짜증을 부리려고 준비하는 아이 처럼 두 주먹을 불끈 쥐었다. "요가는 일상이야. 난 일상을 무척 중요하게 생각한다고. 아무리 할 얘기가 있어도 그렇지, 이건 너 무하잖아. 이건 일상을 깨는 일이야. 난 정말 이러고 싶지 않아."

"네 도움이 필요하다니까."

"난 요가를 가르치는 걸로 수강생들을 돕고 있어."

"안다니까."

"내가 좋은 지도자라고 생각해?"

"최고지."

"그럼 내가 하는 일을 하게 해줘. 그게 내가 돕는 방법이야. 요가는 날 흔들리지 않게 잡아줘. 내가 사회에 기여하는 방식이라고."

캣은 갑자기 좌절감에 휩싸였다. 오래전에 그들은 친구였다. 좋은 친구. 친한 친구. 그들은 도서관에 앉아 신나게 수다를 떨어대는 재미로 살았다. 아무 얘기나 늘어놓고 나면 몇 시간이 금세 흘러가버렸다. 캣에게 그는 그런 친구였다.

첫 데이트 후 그녀는 아쿠아에게 제프에 대해 이야기했다. 그는 흥분하며 그녀의 말을 경청해줬다. 그 후 급속히 친해진 아쿠아와 제프는 룸메이트가 돼 캠퍼스 밖에서 함께 살았다. 물론 제프는 거의 매일 밤을 캣과 보냈다. 당혹스러워하는 아쿠아의 표정을 확인한 캣은 자신이 그동안 얼마나 많은 것을 잃었는지 깨달았다. 아버지와 약혼자, 거기다 멀쩡했던 아쿠아까지.

"예전의 네가 그리웠어." 그녀가 말했다.

아쿠아의 걷는 속도가 점점 빨라졌다. "이건 아무 도움도 되지 않아."

"알아. 미안해."

"난 이만 가볼게. 할 일이 있어."

그녀는 그의 팔뚝을 살며시 붙잡았다. "이것 좀 한번 봐줄래?"

그는 걸음을 멈추지 않고 미간을 찌푸렸다. 그녀는 아쿠아에게 제프의 YouAreJustMyType.com 프로필 사진을 내밀었다.

"이게 뭐야?" 아쿠아가 물었다.

"네가 보고 말해봐."

그의 얼굴에는 여전히 불쾌한 표정이 역력했다. 깨진 일상이 그를 불안하게 만들고 있었다. 그녀는 불안정한 상태의 그가 어떤 반응을 보일지 궁금했다.

"아쿠아? 한 번만 봐줘. 응?"

그는 출력된 사진을 들여다봤다. 그녀는 그의 표정을 읽어보려 애썼다. 그의 눈에서 무언가가 번뜩이고 있었다.

"아쿠아?"

"이걸 왜 내게 보여주는 거지?" 그의 목소리에서 공포가 묻어났다.

"이 사람, 누구랑 닮지 않았어?"

"아니." 그가 말했다.

캣은 가슴이 철렁 내려앉았다. 아쿠아는 서둘러 걸음을 옮겼다.

"제프랑 닮은 게 아니야, 캣. 그 사람이 바로 제프야."

9

캣이 전화를 끊고서 몬테 리번이 들려준 이야기를 떠올려보려는 찰나, 컴퓨터에서 딩 소리가 나며 YouAreJustMyType의 새 메시지 창이 떠올랐다.

제프가 보낸 메시지였다. 그녀는 작은 프로필 사진을 통해 그걸 확인할 수 있었다. 그녀는 잠시 넋 나간 모습으로 앉아 있었다. '읽기' 버튼을 누르기가 겁났다. 그녀의 섣부른 행동 하나가 그와 연결된 가느다랗고 닳아빠진 끈을 끊어버릴지도 모르기 때문이다.

그의 프로필 사진 옆에서 깜빡이는 하트 아이콘에 물음표가 떠올랐다. 그녀가 대화에 응해주기를 기다리고 있는 것이다. 캣은 지난 3시간 동안 아버지 사건에 몰두했다. 오래된 문제들로 가득 찬 파일은 그녀에게 새로운 정보를 내주지 않았다. 헨리 도노반은 근거리에서 발사된 소형 스미스&웨슨에 가슴을 맞았다. 그 또한 그녀가 납득하기 힘든 점이었다. 한 방에 죽이려면 머리를 쏴야 하는 거 아닌가? 뒤에서 몰래 다가가 표적의 뒤통수에 총구를 붙이고서 방아쇠를 두 번 당기는 게 정상 아닌가? 그게 몬테 리번의 수법인데. 대체 범행 방식이 왜 바뀐 거지? 그땐 왜 가슴에 대고 쏜 거지?

도무지 납득이 되지 않았다.

누가 헨리 도노반을 죽였는지 물었을 때 몬테 리번이 스타이너 간호사에게 들려준 대답도 납득이 안 되기는 마찬가지였다. "그걸 내가 어떻게 알아? 그들이 날 면회 왔어. 내가 잡혀 들어간 다음 날에. 그들 대신 죄를 뒤집어써주면 돈을 주겠다고 했어."

여기서 던져야 하는 당연한 질문은, 대체 '그들'이 누구냐.

어쩌면 몬테는 그녀에게 그 답을 해줬는지도 모른다. 교도소로 그를 면회하러 온 사람들. 그것도 그가 잡혀 들어간 바로 다음 날에.

흠.

캣은 수화기를 들고서 교정국 소속 직원이자 오랜 친구인 크리스 해롭에게 전화를 걸었다.

"캣, 오랜만이야. 잘 지내지?"

"부탁이 있어서 연락했어." 캣이 말했다.

"실망인걸. 당연히 끈적끈적하고 뜨거운 섹스가 그리워서 날 찾는 줄 알았는데."

"내 손해지, 크리스. 혹시 재소자 면회 기록을 볼 수 있을까?"

"문제될 건 없지." 해롭이 말했다. "재소자가 누구고 어디서 복역 중인지 알려줘."

"몬테 리번. 클린턴에서 썩었어."

"날짜는?"

"음, 3월 27일."

"알았어. 찾아볼게."

"18년 전."

"뭐?"

"18년 전 면회 기록이 필요해."

"지금 농담하는 거지? 응?"

"아니야."

"와우."

"맞아."

"시간이 걸리겠는데." 해롭이 말했다. "전산화 작업이 2004년에 시작됐거든. 그 이전 기록들은 아마 올버니에 보관돼 있을 거야. 이거 중요한 일이야?"

"아주 끈적끈적하고 뜨거운 섹스만큼 중요해." 캣이 말했다.

"알았어."

그녀가 전화를 끊자, 기다렸다는 듯이 YouAreJustMyType 메시지 창이 떠올랐다. 그녀는 떨리는 손으로 물음표를 클릭해 대화에 응했다. 잠시 후, 제프의 메시지가 전송됐다.

안녕, 캣. 당신 메시지 받았어. 잘 지내?

그녀는 심장이 멎는 듯했다.

캣은 제프가 보낸 메시지를 두어 번 더 읽어봤다. 그의 이름 옆에서 하트가 깜빡이고 있었다. 그가 온라인에 접속해 있다는 뜻이다. 지금 그녀의 답을 기다리고 있다는 뜻. 그녀의 손끝이 간신히 키보드를 찾아갔다.

안녕, 제프······.

그녀는 '전송' 버튼을 누르기 전에 덧붙일 말을 떠올려봤다. 아무래도 머릿속을 맴돌던 말을 끄집어내는 게 좋을 것 같았다.

안녕, 제프. 날 못 알아보는 것 같던데.

캣은 그의 답을 기다렸다. 보나 마나 방어적인 헛소리를 늘어놓겠지. "너무 예뻐져서 못 알아봤어." 아니면 "헤어스타일이 바뀌어서 몰랐어." 뭐, 그런 말들. 무슨 대꾸를 늘어놓든 무슨 상관이야? 달라질 건 없잖아. 왜 그런 걸로 고민을 하지? 바보같이.
하지만 그의 답은 그녀를 놀라게 했다.

아니, 대번에 당신을 알아봤어.

그의 프로필 사진 옆에서 하트가 계속 깜빡거렸다. 그녀는 그 작은 아이콘인지 아바타인지 혹은 뭐라 불리든지 간에 그것이 궁금했다. 기운차게 뛰는 빨간 심장. 로맨스와 사랑의 상징. 만약 제프가 나간다면 그 심장은 멎어버릴 것이고, 화면에서 사라지게 될 테다. 고객이자 잠재적 파트너인 그녀는 그걸 원치 않았다.
캣은 메시지를 적었다. "그런데 왜 모른 척했어?"
하트가 깜빡였다. "그건 당신이 더 잘 알잖아."
그녀는 미간을 찌푸린 채 잠시 생각에 잠겼다가 다시 키보드를 두드렸다. "모르겠어." 그리고 이내 덧붙였다. "〈미싱 유〉 뮤직비디오에 대해선 왜 말이 없었어?"

하트. 깜빡. 하트. 깜빡.

이젠 홀아비 신세가 돼서 말이야.

후아. 이건 어떻게 받아쳐야 하지? "프로필에서 봤어. 유감이야."

그녀는 묻고 싶은 게 너무 많았다. 어디 살고 있는지, 어떤 아이를 키우고 있는지, 언제 그리고 어떻게 아내를 떠나보냈는지, 내 생각은 전혀 안 했는지. 하지만 그녀는 마비된 사람처럼 앉아서 제프의 대답을 기다릴 뿐이었다.

그. "여길 들락거리는 건 아직도 어색해."

그녀. "나도 그래."

그. "여기만 들어오면 조심스러워져. 방어적이 되고. 이게 말이 되는지 모르겠지만."

그녀의 일부는 이렇게 대꾸하고 싶었다. "당연하지. 말이 되고 말고." 하지만 그녀의 더 큰 일부는 전혀 다른 말을 하고 싶어 했다. "조심스러워져? 방어적이 돼? 상대가 나라서?"

캣은 흥분을 가라앉혔다. "아무래도 그렇겠지."

쉴 새 없이 깜빡이는 하트 아이콘이 그녀에게 최면을 걸고 있었다. 그녀의 심장도 제프의 프로필 사진 옆 하트와 같은 속도로 뛰고 있는 것 같았다. 그는 계속 시간을 끌었고, 그녀는 묵묵히 기다렸다.

그. "더 이상 서로를 아는 척하는 건 별로 좋은 생각이 아닌 것 같아."

마치 예고 없이 밀려든 파도에 허를 찔린 듯한 기분이었다.

그. "다시 예전으로 돌아가는 건 실수인 것 같아. 난 새 출발이 필요해. 이해하겠어?"

순간, 그녀는 이 사이트에 계정을 만들어준 스테이시가 원망스러웠다. 이제는 황당한 판타지를 끝내야 할 때였다. 오래전에 그는 그녀를 차버렸고, 그녀에게 고통을 줬다. 더 이상 그 때문에 비탄에 빠지는 일은 없어야 했다.

그녀. "그래. 알았어. 이해해."

그. "잘 지내, 캣."

깜빡. 하트. 깜빡. 하트.

그녀의 눈에서 배어 나온 눈물이 볼을 타고 흘러내렸다. 제발 가지 마. 그녀는 글을 치는 순간에도 생각했다. "당신도."

화면 속 하트가 깜빡임을 멈췄다. 그리고 빨간색에서 회색으로, 다시 하얀색으로 바뀌었다가 이내 자취를 감춰버렸다.

10

제라드 레밍턴은 넋이 나간 상태였다.

그는 기이한 원심력에 의해 뇌 조직이 뜯겨나가는 걸 느낄 수 있었다. 그는 아직도 어둠과 고통 속에서 헤매고 있었다. 하지만 눈앞의 안개만 걷히면 명확한 답과 맞닥뜨릴 수 있을 것 같았다. 흐릿한 시야에 다시 초점이 맞게 되면.

독특한 억양을 가진 근육질 남자가 오솔길을 가리켰다. "길은 알고 있겠지?"

물론 그는 알고 있었다. 제라드가 농가를 찾는 것은 이번이 네 번째였다. 그곳에서 타이터스가 기다리고 있을 것이다. 제라드는 도망치고 싶었다. 하지만 성공 가능성은 여전히 희박했다. 그들은 그가 간신히 연명할 만큼만 먹었다. 하루 종일 하는 일 없이 빌어먹을 땅속 상자에 갇혀 지낼 뿐이었지만, 그는 지치고 기운이 없었다. 오솔길을 따라 걷는 것조차도 그에게는 극심한 고통이었다.

도망쳐봐야 소용없어. 그는 생각했다.

그는 아직도 기적적인 구조의 가능성에 기대를 걸고 있었다. 비록 몸은 심각한 상태지만 머리는 말짱했다. 그는 눈을 부릅뜨고서 자신이 처한 상황을 기본 정보부터 차례차례 정리해봤다.

제라드는 펜실베이니아의 시골에 붙잡혀 있었다. 그가 납치된 로건 공항에서 차로 6시간 떨어진 곳이다.

그걸 어떻게 아느냐고?

단순하게 지어진 농가, 보이지 않는 전선 (타이터스는 발전기를 가져와서 사용했다), 오래된 풍차, 마차, 짙은 황록색 블라인드. 이 모든 게 이곳이 아미시파(Amish, 현대 기술을 거부하고 농경 생활을 하는 종교 집단—옮긴이) 마을임을 짐작하게 했다. 게다가 제라드는 지역마다 마차 색이 제각각이라는 걸 알고 있었다. 예를 들어, 회색은 펜실베이니아의 랭커스터 카운티를 상징했다.

도무지 이해되지 않았다. 아니, 이해가 될 수도 있을 것 같았다.

우거진 나무들 사이로 햇빛이 스며들었다. 하늘은 오로지 신만이 칠할 수 있는 푸른색으로 물들었다. 아름다움은 항상 추함 속에서 발견됐다. 하긴, 추함이 없으면 아름다움도 없을 테니까. 어둠이 있어야 빛이 있는 것처럼.

제라드가 빈터로 들어서려는 찰나, 어디선가 트럭 소리가 들려왔다.

그는 순간적으로 누군가가 자신을 구하러 왔다고 생각했다. 왠지 순찰차들이 뒤따라 나타날 것만 같았다. 사이렌을 요란하게 울리면서. 근육질 남자는 총을 뽑아 들 것이고, 이내 경관들에게 사살될 것이다. 그 모든 상황이 그의 머릿속에서 생생히 펼쳐졌다. 체포되는 타이터스, 주변을 샅샅이 수색하는 경관들, 마침내 만천하에 드러난 끔찍한 악몽. 물론 세상은 이 황당한 사건을 이해하지 못하겠지만.

제라드 자신조차 완전히 이해하지 못했으니까.

하지만 픽업트럭은 그를 구하러 온 게 아니었다. 오히려 그 반대였다.

멀리 보이는 트럭 뒷좌석에는 한 여자가 앉아 있었다. 그녀는 샛노란 여름 원피스를 입고 있었다. 그것까지는 똑똑히 보였다. 악몽 같은 현실과 전혀 어울리지 않는 여름 원피스가 제라드의 눈가를 촉촉하게 만들었다. 그는 이렇게 샛노란 여름 원피스를 입은 바네사를 떠올려봤다. 머릿속의 그녀가 돌아서서 그를 향해 미소 짓자, 심장이 쿵쾅거리기 시작했다. 밝은 여름 원피스를 입은 바네사는 그에게 세상의 모든 아름다운 것들을 떠올리게 만들었다. 그는 고향 버몬트를 떠올렸다. 어렸을 때 아버지는 그를 얼음낚시에 데려가는 걸 좋아하셨다. 제라드가 고작 여덟 살일 때 아버지는 세상을 떠나셨고, 그 후로 모든 게 바뀌었다. 주로 어머니가 그의 세계를 파괴했다. 그는 더럽고 추악했던 어머니의 남자들을 차례로 떠올렸다. 그들은 약속이라도 한 듯이 제라드를 괴짜 취급 했다. 그는 학교에서 괴롭힘을 당했던 기억도 더듬었다. 킥볼을 할 때마다 맨 마지막에 뽑혔던 기억, 비웃음과 조롱과 욕설. 그는 힘들 때마다 도피처가 돼준 자신의 다락방도 떠올렸다. 다시 돌아가야 하는 땅속 상자와 크게 다르지 않은 어둡고 비좁은 방이었다. 성인이 되고 나선 연구실이 다락방 같은 기능을 해줬다. 그는 나이가 들어가면서 점점 볼품없어진 어머니를 생각했다. 득실댔던 남자들을 모두 떠나보낸 후에야 어머니는 아들에게로 돌아와 함께 살며 요리해줬고, 맹목적으로 사랑해줬고, 그의 인생에서 큰 부분을 차지했다. 그는 어머니가 2년 전에 암으로 어떻게 세상을 떠났는지를, 그 후 완벽히 혼자가 된 자신을, 절망의 늪에서 허우적대던 그를 바네사가 어떻게 구해줬는지를, 찬란히 아름다운 그녀를 생각했다. 그녀는 막막하기만 했던 그의 인생을 샛노란 여름 원피스처럼 밝은 색으로 칠해줬다. 그 행복이 어쩜 이리도 빨리 사라질 수 있는지.

트럭은 멈추지 않고 뿌연 먼지 속으로 사라져버렸다.

"제라드?"

타이터스는 언성을 높이는 법이 없었다. 화를 내지도 않았고 그를 폭력적으로 위협하지도 않았다. 그럴 필요가 없기 때문이다. 제라드는 상대에게서 존중심을 자아내는 사람을 여럿 만나봤다. 만나는 순간부터 분위기를 장악해버리는 사람들. 타이터스가 그런 부류였다. 그의 차분한 목소리는 제라드에게 묘한 위압감을 안겨줬다.

제라드가 그를 돌아봤다.

"들어와요."

타이터스는 농가 안으로 사라졌다. 제라드는 묵묵히 그를 따라 들어갔다.

한 시간 후, 제라드는 같은 길을 따라 상자로 향했다. 다리가 후들거렸다. 아니, 온몸이 덜덜 떨렸다. 그는 빌어먹을 상자로 돌아가고 싶지 않았다. 물론 약속을 잊은 건 아니었다. 타이터스는 순순히 협조하면 바네사에게 돌려보내주겠다고 했다. 그는 그 말을 믿어야 할지 말지 고민에 빠졌다. 믿든 말든 달라질 건 없을 텐데.

제라드는 다시 도주로를 떠올려봤다. 하지만 이번에도 단념할 수밖에 없었다. 그가 빈터에 다다르자, 근육질 남자가 초콜릿색 래브라도에게 포르투갈어로 무언가를 명령했다. 개가 길을 내달려 어디론가 사라지자, 남자가 총으로 제라드를 겨눴다. 어느새 익숙해진 일상이었다. 근육질 남자는 제라드가 상자에 들어갈 때까지 총을 거두지 않을 것이다. 그가 들어가면 남자는 문을 닫고서 자물쇠를 채울 것이다.

칠흑 같은 어둠이 다시 그를 삼키겠지.

하지만 이번에는 좀 달랐다. 제라드는 남자의 눈빛이 예전 같지 않음을 알아차렸다.

"바네사." 제라드가 나지막이 속삭였다. 그는 틈날 때마다 그녀의 이름을 마치 주문처럼 읊었다. 그녀의 이름은 어머니의 묵주 기도만큼이나 그에게 위안을 줬다.

"이쪽이야." 근육질 남자가 총으로 그의 오른쪽을 가리키며 말했다.

"어디로 가는 거죠?"

"이쪽이야."

"어디로 가는 거냐니까요?" 제라드가 다시 물었다.

근육질 남자가 제라드 앞으로 바짝 다가와 그의 머리에 총구를 갖다 댔다.

"이쪽이라고."

그는 오른쪽으로 방향을 틀었다. 한 번 와본 적이 있는 장소였다. 호스로 몸을 씻고서 점프슈트를 입었던 곳이다.

"계속 걸어."

"바네사."

"알았으니까 계속 걸어."

제라드는 호스를 지나 계속 걸었다. 근육질 남자는 딱 두 걸음 뒤에서 따라왔다. 총은 여전히 제라드의 등을 겨누고 있었다.

"멈추지 마. 거의 다 왔어."

잠시 후 제라드 앞에 작은 빈터가 나타났다. 그는 어리둥절한 표정을 지으며 미간을 찌푸렸다. 몇 걸음 더 걸어가 '그것'을 본 그는 몸이 얼어붙었다.

"계속 가."

그는 움직이지 않았다. 눈도 깜빡이지 않았고, 숨도 안 쉬었다.

그의 왼쪽에는 커다란 오크 나무가 우뚝 서 있고, 그 밑에 옷이 수북이 쌓여 있었다. 꼭 누군가가 빨랫감을 모아놓은 것처럼 많았다. 최소한 열 벌은 넘어 보였다. 그 속에는 로건 공항에서 그가 입었던 회색 양복도 있었다.

대체 얼마나 많은 사람이……?

하지만 정작 그의 시선을 끈 것은 자신의 회색 양복도, 옷의 양도 아니었다. 그의 걸음을 붙잡고, 그의 세상을 수백만 조각으로 박살 내버린 것은 높이 쌓인 옷 무더기의 맨 위에 케이크 장식처럼 얹어진 옷 한 벌이었다.

샛노란 여름 원피스.

제라드는 눈을 질끈 감았다. 그의 인생이 주마등처럼 눈앞을 스치고 지나갔다. 그가 살아온 인생, 그리고 그가 살 뻔했던 인생. 뒤에서 요란한 총성이 들렸고, 그는 영원히 벗어날 수 없는 완전한 어둠에 파묻혀버렸다.

11

이 주 후, 캣이 경찰서 책상 앞에 앉아 서류와 씨름하고 있을 때 스테이시가 폭풍처럼 들이닥쳤다. 고개들이 돌아갔고, 입들이 쩍 벌어졌다. 높은 수준의 뇌 활동도 중단됐다. 곡선미 넘치는 여자처럼 남자의 지능을 떨어뜨리는 건 없었다. 아직도 캣의 파트너로 버티고 있는 채즈 페어클로스가 이미 완벽한 상태인 넥타이를 다시 매만졌다. 그녀 쪽으로 향하려던 채즈는 스테이시의 날카로운 눈빛에 기가 눌려 주춤 물러났다.

"칼라일에서 점심 먹자." 스테이시가 말했다. "내가 살게."

"좋아."

캣은 컴퓨터를 껐다.

"어젯밤 데이트는 어떻게 됐어?" 스테이시가 물었다.

"네가 미워 죽겠어." 캣이 말했다.

"그래도 점심은 같이 먹어줄 거지?"

"네가 산다고 했으니까."

캣이 YouAreJustMyType을 통해 처음 만난 세 명의 남자는 모두 정중했고, 옷맵시가 좋았고, 뭐 좋았다. 하지만 불꽃도 튀지 않았고, 흥미롭지도 못했다. 그래도 어젯밤에 만난 네 번째 남자는 그녀에게 약간 희망을 안겨줬다. 제프에게 다시 차인 지 이 주만의 일이었다. 그녀와 스탠 어쩌고 하는 남자—불가능에 가까운 두 번째 데이트가 성사될 때까지는 성까지 외워둘 이유가 없었다—는 텔레판 레스토랑에서 저녁을 먹기로 했다. 웨스트 69번가를 따라 나란히 걷고 있을 때 스탠이 물었다.

"혹시 우디 앨런 좋아해요?"

캣은 가슴이 두근거렸다. 그녀는 우디 앨런의 열렬한 팬이었다. "그럼요. 아주 좋아해요."

"〈애니 홀〉은 어때요? 〈애니 홀〉 봤어요?"

그녀가 가장 좋아하는 영화였다. "당연하죠."

스탠이 걸음을 멈추고서 웃음을 터뜨렸다. "앨비가 애니와 처음으로 데이트하는 장면 기억해요? 긴장을 푸는 데 효과가 있다면서 데이트 전에 키스부터 하자고 제안하는 장면."

캣은 황홀감에 기절할 뻔했다. 우디 앨런은 지금 스탠이 했듯이 레스토랑에 들어서기 전에 갑자기 멈춰 서서 다이앤 키튼에게 불쑥 제안한다. "키스해줘요." 다이앤 키튼이 대꾸한다. "정말요?" 우디가 말한다. "네. 안 될 거 없잖아요. 나중에 긴장이 덜 풀린 채로 집에 돌아가고 싶지는 않아요. 우린 키스를 한 적도 없고, 난 언제 어떻게 밀고 나가야 하는지도 몰라요. 그래서 아예 지금 키스부터 하자는 거예요. 식사하러 들어가기 전에. 아마 소화도 더 잘될걸요."

오, 캣은 그 장면을 무척 좋아했다. 그녀는 스탠에게 환한 미소를 지으며 기다렸다.

"이건 어때요?" 스탠이 우디의 따분한 표정을 흉내 내며 말했다. "먹기 전에 섹스부터 하는 게 어때요?"

캣이 눈을 깜빡였다. "뭐라고요?"

"영화 속 대사랑은 좀 차이가 있죠? 하지만 잘 생각해봐요. 우리가 몇 번째 데이트 때 함께 자게 될지 모르잖아요. 그때까지 기다렸다가 간신히 일을 치렀는데 속궁합이 안 맞으면 어떡해요. 내 말, 무슨 뜻인지 알겠죠?"

그녀는 그가 웃음을 터트리길 기다렸다. 하지만 그는 끝내 웃지 않았다. "잠깐만요. 지금 이거 농담 아니죠?"

"아니고말고요. 아마 소화도 더 잘될 겁니다."

"소화는커녕 속이 메스꺼워 죽겠네요." 캣이 말했다.

저녁을 먹는 동안 그녀는 우디 앨런에만 화제를 집중시켰다. 스탠이 우디 앨런의 팬이 아니라는 건 금세 밝혀졌다. 그는 그저 〈애니 홀〉을 우연히 한 번 봤을 뿐이었다.

"솔직히 말할게요." 스탠이 나지막이 속삭였다. "난 사이트에서 그 영화를 좋아하는 여자들을 찾아봤어요. 아까 그 대사 있죠? 당신에겐 먹히지 않았지만, 우디를 좋아하는 여자들 대부분은 뻑가더군요."

맙소사.

캣의 이야기를 귀담아듣던 스테이시는 웃음을 참으려 애썼다. "와우, 그런 병신 같은 놈이 있다니."

"내 말이."

"너도 너무 까다로워. 두 번째 데이트 상대는 나쁘지 않은 것 같았는데."

"맞아. 최소한 내가 좋아하는 영화를 욕되게 하진 않았지."

"그런데 뭐가 문제였어?"

"다사니(코카콜라 컴퍼니의 생수 브랜드—옮긴이)를 주문해서 마시더라고. 그냥 생수도 아니고, 다사니를."

스테이시가 얼굴을 찌푸렸다. "그 자식도 확실히 문제 있네."

캣의 입에서 신음이 터져 나왔다.

"너도 적당히 까다롭게 굴어, 캣."

"서두르지 않으려고."

"아직도 제프가 정리 안 돼?"

캣은 대답하지 않았다.

"20년 전에 널 차버린 남자를 아직도 못 잊는 거야?"

"그만해, 제발." 그리고 덧붙였다. "정확히는 18년이야."

그들이 경찰서를 나서려는데 뒤에서 캣을 부르는 목소리가 들렸다. 그들은 걸음을 멈추고 뒤를 돌아봤다. 채즈였다.

"잠깐 얘기 좀 할까?" 채즈가 말했다.

"점심 먹으러 가야 해." 캣이 말했다.

채즈는 스테이시에게서 눈을 떼지 않은 채 손가락을 까딱였다. 캣은 한숨을 내쉬고는 그에게 다가갔다. 채즈가 돌아서서 엄지손가락으로 스테이시를 가리켰다. "저 A등급 소고기는 누구야?"

"네 타입은 아니야."

"내 타입 같아 보이는데."

"쟨 생각할 수 있는 능력이 있어."

"뭐?"

"원하는 게 뭐야, 채즈?"

"손님이 찾아왔어."

"점심시간이야."

"그렇게 얘기했는데 네가 올 때까지 기다리겠대. 어린애야."

"어린애?"

채즈가 어깨를 으쓱였다.

"웬 어린애?"

"내가 네 비서인 줄 알아? 직접 가서 물어보라고. 네 책상 옆에 앉아 있으니까."

그녀는 스테이시에게 금방 돌아오겠다고 신호한 후 다시 위층으로 올라갔다. 그녀의 책상 옆에 십 대 소년이 앉아 있었다. 마치 녹아내릴 것처럼 구부정한 자세였다. 꼭 누군가가 뼈를 제거해서 앉혀놓은 듯했다. 두 팔은 마치 없는 것처럼 의자 뒤로 축 늘어뜨렸다. 머리칼은 보이 밴드나 라크로스 선수처럼 치렁치렁 길어서 얼굴을 커튼처럼 덮어버렸다.

캣은 소년에게 천천히 다가갔다. "무슨 일로 왔지?"

소년은 일어나서 얼굴을 덮은 머리를 쓸어 올렸다. "도노반 형사님이시군요."

질문보다는 진술에 가까웠다.

"그래. 왜 날 찾아온 거지?"

"전 브랜던이에요." 그가 한 손을 내밀었다. "브랜던 펠프스."

그녀는 악수에 응했다. "만나서 반갑다, 브랜던."

"저도요."

"무슨 일로 왔는지 얘기해줄 수 있니?"

"엄마 때문에 왔어요."

"어머니가 왜?"

"실종됐어요. 형사님이라면 찾아줄 수 있을 것 같아서요."

캣은 스테이시와의 점심 약속을 취소했다. 다시 자리로 돌아온 그녀는 브랜던 펠프스의 맞은편에 앉았다. 그녀는 가장 먼저 떠오르는 질문부터 던졌다.

"왜 하필 나지?"

브랜던이 마른침을 한 번 삼켰다. "네?"

"왜 내가 도울 수 있을 거라고 생각했니? 내 파트너가 그러는데, 내가 돌아올 때까지 기다리려고 했다며?"

"네."

"왜?"

브랜던의 시선이 주위를 찬찬히 훑었다. "형사님이 최고라는 얘길 들었어요."

거짓말. "누가 그래?"

브랜던이 십 대처럼 어깨를 으쓱였다. 게을러 보이기도 하고 과장돼 보이기도 했다. "그게 뭐가 중요한가요? 그냥 다른 사람보다 형사님이 나아 보였어요."

"네가 착각한 것 같은데, 넌 수사관을 선택할 권한이 없어."

소년은 갑자기 울상이 됐다. "도와주실 수 없다는 말씀인가요?"

"그런 얘긴 안 했어." 도무지 이해가 안 되는 상황이었다. "어떻게 된 일인지 얘기해봐."

"엄마 문제예요."

"그래."

"사라지셨어요."

"자, 처음부터 차근차근 짚어보자." 캣이 펜과 종이를 가져왔다. "네 이름이 브랜던 펠프스라고 했지?"

"네."

"어머니 성함은?"

"데이나."

"펠프스?"

"네."

"아버지랑 같이 살았니?"

"아니요." 그가 손톱을 물어뜯기 시작했다. "아버지는 3년 전에 돌아가셨어요."

"유감이구나." 그녀가 말했다. "형제는 있어?"

"없어요."

"그럼 어머니랑 둘이서만 사는 거야?"

"네."

"지금 몇 살이지, 브랜던?"

"열아홉 살이에요."

"어디 살아?"

"3번가 1279번지."

"아파트 호수는?"

"음, 8J."

"전화번호는?"

그는 자신의 휴대폰 번호를 알려줬다.

몇 가지 정보를 더 받아 적은 캣이 그의 조바심을 감지하며 말했다. "문제가 뭐라고 했지?"

"엄마가 사라지셨다고요."

"사라지셨다니? 좀 더 구체적으로 설명해봐."

브랜던이 눈썹을 치켜세웠다. "사라졌다는 게 무슨 뜻인지 모르세요?"

"그게 아니라……." 그녀는 고개를 저었다. "좋아. 그럼 이렇게 한번 가보자. 어머니가 실종되신 지 얼마나 됐지?"

"사흘 됐어요."

"정확히 무슨 일이 있었는지 얘기해."

"엄마는 남자친구와 여행을 다녀오겠다고 하셨어요."

"그래?"

"그런데 그게 아닌 것 같아요. 휴대폰으로 전화를 걸어봤는데 받지를 않으세요."

캣은 얼굴을 찌푸리지 않으려고 애썼다. 고작 이것 때문에 칼라일에서의 점심을 포기했던 거야? "어디로 가신다고 했니?"

"카리브 해 지역으로요."

"정확히 어딘데?"

"나중에 알려주시기로 했어요. 깜짝 놀랄 거라면서."

"전화가 잘 안 터지는 곳일 수도 있잖아."

그가 얼굴을 찌푸렸다. "그건 아닐 거예요."

"아니면 바빠서 전화를 못 받으셨을 수도 있고."

"최소한 문자는 매일매일 보낸다고 하셨어요." 그녀의 표정을 살피던 브랜던이 잽싸게 덧붙였다. "평소에는 그러지 않지만, 이건 아빠가 돌아가신 후에 처음 떠나는 여행이었거든요."

"호텔에는 연락해봤어?"

"말씀드렸잖아요. 엄마는 숙소가 어딘지 알려주지 않으셨어요."

"물어보지도 않았어?"

그가 다시 어깨를 으쓱였다. "나중에 문자로 물어보려고 했죠."

"어머니의 남자친구에겐 연락해봤어?"

"아뇨."

"왜?"

"그에 대해 잘 모르거든요. 두 사람은 제가 학교에 있을 때 사귀기 시작했어요."

"어느 학교에 다니는데?"

"코네티컷 대학. 그게 왜 중요한 거죠?"

중요하진 않지. "그냥 모든 부분을 꼼꼼하게 짚어보려는 것뿐이야. 어머니가 정확히 언제 그와 교제를 시작하셨지?"

"몰라요. 그런 건 제게 알려주시지 않았어요."

"하지만 그와 여행을 떠난다는 말씀은 하셨잖아."

"네."

"그게 언제였지?"

"그와 여행을 떠난다는 걸 언제 말씀하셨느냐고요?"

"그래."

"몰라요. 일주일쯤 된 것 같은데요. 그냥 좀 빨리 찾아주시면 안 되나요? 부탁드려요."

캣은 잠시 그를 빤히 쳐다봤다. 그녀의 눈빛에 그가 움찔했다. "브랜던?"

"네?"

"날 찾아온 진짜 이유가 뭐지?"

그의 대답이 그녀를 깜짝 놀라게 했다. "그걸 정말 모르시겠어요?"

"모르겠어."

브랜던이 회의적인 표정으로 그녀를 바라봤다.

"이봐, 도노반?"

캣은 귀에 익은 목소리가 들려온 쪽을 돌아봤다. 스태거 경감이 계단 옆에 서 있었다. "내 사무실로 와." 그가 말했다.

"지금은 좀 바쁜데요."

"오래 걸리는 일은 아니야."

그의 목소리는 단호했다. 캣이 브랜던을 보며 말했다. "여기서 잠깐 기다려. 알았지?"

브랜던이 시선을 돌리며 고개를 끄덕였다.

캣은 자리에서 일어났다. 스태거는 기다리지 않고 먼저 내려가 버렸다. 캣은 황급히 그를 따라 사무실로 들어갔다. 스태거가 그녀의 뒤에서 문을 닫았다. 그는 책상 앞으로 가서 앉지도, 뜸을 들이지도 않았다.

"오늘 아침에 몬테 리번이 죽었어."

기운이 빠진 그녀는 몸을 벽에 기댔다. "젠장."

"이 소식을 듣고서 내가 보인 반응과는 많이 다르군. 아무튼 자네에게 알려줘야 할 것 같아서 말이야."

지난 이 주 동안 그녀는 그를 다시 만나기 위해 무던히 애썼다. 소용없었고, 이제는 주어진 시간마저 다했지만. "고마워요."

두 사람 사이에 어색한 침묵이 찾아들었다.

"다른 소식은요?" 캣이 물었다.

"없어. 그냥 그 소식을 전해주고 싶었을 뿐이야."

"알겠습니다."

"그가 주절거린 얘길 더 알아봤나?"

"네."

"어떻게 됐지?"

"빈손이에요, 경감님." 캣이 말했다. "빈손."

그가 천천히 고개를 끄덕였다. "그래. 이만 나가봐."

그녀는 문 쪽으로 돌아섰다. "장례를 치르나요?"

"뭐? 리번 말이야?"

"네."

"모르겠어. 그건 왜?"

"그냥요."

사실 이유 없이 물어본 건 아니었다. 리번에게는 가족이 있었다. 그들은 이름을 바꾸고 다른 주로 이사를 가버렸다. 어쩌면 그들은 그의 유해를 넘겨받고 싶어 할지도 몰랐다. 몬테가 죽었으니 본격적으로 그의 결백을 증명하려 나설지도 모르고.

가능성은 높지 않았지만.

캣은 무거운 걸음을 옮겨 스태거의 사무실을 나왔다. 멍한 기분이 들었다. 그가 죽음으로써 그녀가 품어온 수많은 의문은 미스터리로 남게 됐다. 그녀는 경찰이었고, 사건을 종결짓는 걸 좋아했다. 나쁜 일이 생기면 그녀는 누가, 왜 그런 짓을 했는지 알아내야 했다. 모든 답을 얻어낼 수는 없겠지만, 그러도록 최선을 다

해야 했다.

그녀의 인생은 한순간에 거대한 미제 사건으로 바뀌었다. 그게 너무 싫었다.

나중에 동정심 파티를 열더라도 지금은 돌아가서 브랜던과 실종된 그의 어머니 사건에 집중해야 할 때였다. 하지만 그녀가 자리로 갔을 때 책상 앞 의자는 비어 있었다. 잠깐 화장실에 간 모양이었다. 자리에 풀썩 주저앉은 그녀의 눈에 쪽지가 들어왔다.

이만 가볼게요. 제발 엄마를 찾아주세요. 필요하신 게 있으면 언제든 전화 주세요.

브랜던

그녀는 쪽지를 다시 읽었다. 이 사건의 모든 부분이 심하게 거슬렸다. 사라진 엄마, 그리고 소년이 캣을 수사관으로 선택한 것도. 캣은 자신이 했던 메모를 봤다.

데이나 펠프스.

어려운 일도 아닌데 한번 조회해보지 뭐.

그때 책상에 놓인 전화기가 울어댔다. 그녀는 수화기를 집어들고 응답했다. "도노반입니다."

"안녕, 캣." 교정국의 크리스 해롭이었다. "좀 오래 걸렸지? 미안. 내가 얘기했잖아. 면회 기록이 전산화되지 않아서 쉽지 않을 거라고. 아무튼 올버니의 보관소로 사람을 보내서 알아보게 했어. 그리고 오늘까지 기다려야 했지."

"오늘까지 뭘 기다려?"

"몬테 리번이 죽을 때까지 기다려야 했다고. 이게 보통 복잡한 문제가 아니거든. 이걸 네게 보여주려면 그가 허락하거나 네가 법원 명령을 받아와야 하는데, 마침 오늘 그가 죽었으니……."

"명단을 가지고 있어?"

"응."

"팩스로 보내줄래?"

"팩스? 지금이 무슨 1996년인 줄 알아? 아예 텔렉스로 보내달라고 하지그래? 벌써 이메일로 보냈어. 내가 보니 별로 도움이 안될 것 같던데."

"그게 무슨 소리야?"

"네가 알려준 날짜에 면회를 간 사람은 그의 변호사 한 사람뿐이었어. 앨릭스 코웨일로."

"그게 다야?"

"그렇다니까. 아, 그리고 FBI에서도 두 명이 갔어. 명단에 이름이 나와 있으니 한번 봐. 토머스 스태거라는 뉴욕 경찰국 소속 형사도 갔고."

12

스태거는 사무실에 없었다.

캣은 그의 사무실 문 앞에 서서 급히 할 말이 있다는 문자메시지를 보냈다. 손가락이 바르르 떨렸지만 그녀는 간신히 '전송' 버튼을 누르는 데 성공했다. 그녀는 2분 동안 멍하니 서서 휴대폰 화면을 뚫어져라 바라봤다.

무응답.

이해가 안 됐다. 몬테 리번은 RICO(조직범죄 처벌법—옮긴이)에 따라 특별히 FBI에 체포됐다. 뉴욕 경찰국은 전혀 관여하지 않았다. FBI는 리번을 라이벌 조직원 두 명을 살해한 용의자로 지목했고, 며칠 후 그가 캣의 아버지를 살해한 범인이라는 정보도 입수했다.

그렇다면 스태거는 왜 리번이 체포된 다음 날 그를 면회하러 갔을까?

캣은 갑자기 숨이 막혔다. 찌르르하게 밀려온 야릇한 느낌이 그녀가 점심을 걸렀음을 상기해줬다. 캣은 배가 고프면 집중력을 잃었고, 까칠해졌다. 그녀는 황급히 계단을 내려가 프런트 데스크의 키스 인시어카에게 스태거가 들어오는 즉시 연락해달라고 부탁했다. 인시어카가 미간을 찌푸렸다.

"내가 당신 비서로 보입니까?" 그가 말했다.

"아주 유능한 비서로 보여요."

"뭐라고요?"

"부탁이에요. 중요한 문제라서 그래요. 그렇게 해줄 거죠?"

그가 가보라고 손을 흔들었다.

그녀는 3번가에서 팔라펠(falafel, 병아리콩 등으로 만드는 중동 음식—옮긴이) 가판대를 찾아냈다. 문득 브랜던 펠프스의 집 주소가 그녀의 뇌리를 스쳤다. 한번 가볼까? 그녀는 북쪽으로 걸어가기 시작했다. 일곱 블록을 지나자 꽤 수수해 보이는 고층 건물이 나타났다. 1층에는 두에인 리드 약국과 스쿱이라는 가게가 자리하고 있었다. 캣의 추측과 달리 스쿱은 아이스크림 가게가 아닌 트랜디한 부티크였다. 아파트 건물의 입구는 74번가 쪽에 나 있었다. 캣은 경비원에게 배지를 내밀었다.

"데이나 펠프스를 만나러 왔어요, 8J호에 사는."

경비원이 배지를 물끄러미 들여다봤다. "그렇다면 잘못 찾아 왔어요."

"데이나 펠프스가 여기에 살지 않나요?"

"데이나 펠프스란 사람은 없습니다. 8J호도 없고요. 우린 호수에 글자를 붙이지 않습니다. 8층엔 801호부터 816호까지 있습니다."

캣은 배지를 집어넣었다. "여기가 3번가 1279번지 아닌가요?"

"아뇨. 여긴 이스트 74번가 200번지입니다."

"하지만 여긴 3번가 모퉁이잖아요."

경비원이 그녀를 멀뚱하게 쳐다봤다. "네, 그래서요?"

"이 건물에 3번가 1279번지라고 적혀 있는데요."

그는 얼굴을 찌푸렸다. "내가 그깟 주소로 거짓말하는 것 같습니까?"

"아뇨."

"원한다면 올라가서 8J호를 찾아봐요. 행운을 빌어줄게요."

뉴요커들이란. "난 3번가 1279번지의 8J호를 찾고 있어요."

"난 그게 어딘지 몰라요."

캣은 밖으로 나와서 모퉁이를 돌았다. 차양에는 이스트 74번가 200번지라고 적혀 있었다. 캣은 다시 3번가로 돌아갔다. 그녀가 찾는 1279번지는 두에인 리드 입구 바로 위에 있었다. 이게 뭐야? 그녀는 안으로 들어가 약국 관리자에게 물었다. "이 위에 아파트가 있나요?"

"네? 여긴 약국인데요."

뉴요커들이란. "알아요. 난 그저 이 위의 아파트로 들어가는 방법이 궁금할 뿐이에요."

"아파트 주민들이 약국을 거쳐 들어가는 줄 알아요? 74번가 모퉁이를 돌면 입구가 나와요."

그녀는 더 이상 질문하지 않았다. 답은 이미 나왔으니까. 브랜던 펠프스, 그 이름이 맞는지도 모르겠다만, 어쨌든 그가 일부러 엉뚱한 주소를 불러준 것이었다.

경찰서로 돌아온 캣은 구글로 검색을 했다. 의문이 조금 풀리기는 했지만 속이 후련할 정도는 아니었다.

브랜던이라는 아들이 있는 데이나 펠프스는 분명히 존재했다. 문제는 그들이 맨해튼의 어퍼 이스트 사이드에 살지 않는다는 사실이었다. 펠프스 모자는 코네티컷 그리니치의 좋은 동네에 살고 있었다. 브랜던의 아버지는 잘나가는 헤지펀드 매니저로, 큰 부자였다. 그는 마흔한 살 때 사망했다. 부고에는 사인이 나오지 않았다. 캣은 자선 활동 기록도 살펴봤다. 하지만 그가 심장병이나 암 치료 따위를 위한 연구단체에 기부금을 냈다는 기록은 없었다.

브랜던은 왜 특정한 뉴욕 경찰을 찾아왔던 걸까?

캣은 펠프스 가족이 소유한 다른 주택은 없는지 찾아봤다. 그리니치에 사는 부자라면 어퍼 이스트 사이드 어딘가에 또 다른 거주지가 있을 법도 했다. 하지만 검색 결과 맨해튼에는 그런 곳이 없었다. 그녀는 브랜던의 휴대폰 번호도 조회해봤다. 으아, 선불 폰. 그리니치에 사는 부잣집 아이가 선불 폰을 쓰다니. 이건 신용 등급이 좋지 않거나 추적을 원치 않는 사람들이 쓰는 것이었다. 사실 사람들 대부분은 모르겠지만, 선불 폰을 추적하는 건 어려운 일이 아니었다. 상소 법원도 영장 없이 위치 추적을 할 수 있다고 했다. 하지만 아직은 거기까지 하고 싶지 않았다.

당분간은 직감적으로 행동해야 했다. 모든 선불 폰의 판매 기록은 데이터 뱅크에 저장됐다. 그녀는 브랜던의 번호를 조회해 선불 폰의 구매처를 알아냈다. 알아낸 답은 별로 놀랍지 않았다. 그가 선불 폰을 구입한 곳은 바로 두에인 리드였다. 3번가 1279번지.

아마도 그가 그 주소를 선택한 이유였을 것이다.

하지만 아직 풀지 못한 수수께끼가 남았다.

브랜던 펠프스는 페이스북 계정이 있었지만 친구만 볼 수 있도록 설정했다. 브랜던 아버지의 사인쯤은 전화 한두 통으로 쉽게 확인할 수 있겠지만 굳이 그래야 할 이유는 없었다. 소년은 남자친구와 달아난 어머니를 찾고 있었으니까.

이젠 어쩌지?

어쩌면 이 모든 게 그 녀석의 장난이었는지도 몰라. 내가 왜 이 일로 아까운 시간을 허비해야 하지? 내 코가 석 자인데. 스태거가 돌아올 때까지 이걸 오락거리로 삼으려 했던 내 잘못이지.

좋아. 그녀는 생각했다. 기왕 이렇게 된 거 끝까지 한번 해보자.

이게 정말 그 녀석의 장난일까. 이런 변변찮은 장난으로 브랜던이 얻는 게 뭘까. 웃기지도 않고 기발하지도 않다. 통쾌한 한 방도 없고 큰 보상이 주어지는 것도 아니다.

도무지 말이 안 됐다.

형사는 자기에게 상대의 생각을 읽을 수 있는 타고난 능력이 있다고 믿었다. 자신들이 인간 거짓말 탐지기라는 근거 없는 믿음, 상대의 몸짓과 목소리 음색만으로 속임수를 간파하고 진실을 끄집어낼 수 있다는 황당한 믿음이다. 캣은 그게 얼마나 터무니없는 주장인지 알고 있었다. 오히려 그런 자만심은 엄청난 재앙을 부를 수도 있다.

즉 브랜던이 소시오패스나 리 스트라스버그의 배우 학교에서 메서드 연기를 배운 졸업생이 아닌 한, 그를 그렇게 만든 다른 원인이 분명 있을 것이다.

문제는, 그게 무엇이냐다.

그리고 해답은, 시간 낭비를 관두고 전화를 거는 거다.

그녀는 수화기를 들고서 브랜던이 알려준 번호를 눌렀다. 캣은 그가 받지 않을 거라 확신했다. 보나 마나 이 유치한 장난을 그만 두고 코네티컷 대학이나 그리니치로 돌아갔을 거라고. 하지만 그는 예상을 깨고 두 번째 신호음 만에 전화를 받았다.

"여보세요?"

"브랜던?"

"도노반 형사님이시군요."

"그래."

"아직 못 찾으셨나요?" 그가 말했다.

그녀는 장난칠 기분이 아니었다. "아니. 하지만 3번가 1279번지에 있는 두에인 리드에 다녀왔지."

침묵.

"브랜던?"

"네?"

"이제 실토할 때가 되지 않았니?"

"엉뚱한 사람에게 묻고 있네요, 형사님."

그의 목소리에 바짝 날이 섰다.

"그게 무슨 소리지?"

"그건 제가 할 말이잖아요." 브랜던이 말했다. "이제 실토할 때가 되지 않았나요?"

캣은 수화기를 오른쪽에서 왼쪽 귀로 옮겨 댔다. 왠지 수첩에 받아 적어야 할 내용이 튀어나올 듯했다. "그게 무슨 소리지, 브랜던?"

"우리 엄마를 찾아주세요."

"코네티컷 그리니치에 살고 계신 어머니 말이지?"

"네."

"난 뉴욕 경찰이야. 어머니를 찾고 싶으면 코네티컷 경찰에게 가야지."

"이미 찾아가봤어요. 슈워츠 형사님을 만나봤다고요."

"그런데?"

"제 말을 믿지 않으시더군요."

"난 믿을 줄 알았어? 날 찾아온 이유가 뭐지? 거짓말은 왜 한 거야?"

"형사님 이름이 캣이죠?"

"뭐?"

"그렇게 불리지 않나요? 캣이라고."

"그걸 어떻게 알았지?"

브랜던은 전화를 끊어버렸다.

캣은 수화기를 빤히 봤다. 그녀가 캣이라는 애칭으로 불리는 걸 어떻게 알았을까? 경찰서에 왔을 때 누가 부르는 걸 들었나? 어쩌면. 아니면 브랜던 펠프스는 그녀에 대해 많은 걸 알고 있는지도 모른다. 그리니치에 사는 대학생이 엄마를 찾아달라며 그녀를 특별히 찾아왔으니 말이다. 데이나 펠프스가 정말로 그의 어머니가 맞다면. 그녀는 아직 인터넷에서 그들의 얼굴을 찾아내지 못했다.

도무지 앞뒤가 맞지를 않아. 이젠 어떡하지?

다시 전화를 걸어볼까? 아니, 그보다 위치를 추적해보는 게 좋겠어. 가서 잡아 와야지.

하지만 무슨 혐의로?

허위 신고? 공무 방해? 어쩌면 그는 사이코패스인지도 모르지. 이미 자기 엄마나 데이나 펠프스를 죽였는지도 모르고……

그녀가 대안을 고민하고 있을 때 책상 위 전화기가 울렸다. 캣은 잽싸게 수화기를 집어 들었다. "도노반입니다."

"비서입니다." 인시어카 경사였다. "경감님이 돌아오시면 알려달라고 했죠?"

"네."

"지금 막 돌아오셨어요."

"고마워요."

그 순간, 브랜던과 그의 사라진 어머니에 대한 고민이 눈 녹듯 사라져버렸다. 캣은 황급히 일어나 계단을 뛰어 내려갔다. 스태거는 두 형사를 이끌고 사무실로 들어서는 중이었다. 한 명은 그녀의 직속상관이자, 스트립쇼 무대에 설치된 봉 뒤에 거뜬히 숨을 수 있을 만큼 빼빼 마른 스티븐 싱어였다. 또 한 명은 순찰 임무를 수행하는 제복 경관들을 지휘하는 데이비드 카프였다.

스태거가 문을 닫으려는 찰나, 캣이 잽싸게 달려가서 문을 붙잡았다.

그녀는 애써 미소를 지어 보였다. "경감님?"

스태거가 문을 붙잡은 그녀의 손을 불쾌하다는 표정으로 봤다.

"제 메시지 받으셨어요?" 캣이 물었다.

"지금은 좀 바빠."

"급한 일이에요."

"기다려. 회의부터 하고."

"리번이 체포된 다음 날의 면회 기록을 봤어요." 캣은 그의 눈을 똑바로 쳐다봤다. 그의 표정에서는 어떠한 답도 읽어낼 수 없었다. 그녀는 그런 걸 자만하지는 않았다. "경감님의 도움이 절실해요."

그제야 스태거가 라스베이거스의 네온사인만큼이나 노골적인 몸짓을 보이기 시작했다. 두 주먹을 불끈 쥔 그의 얼굴이 금세 빨갛게 달아올랐다. 캣의 성난 상관을 포함한 모두가 그 모습을 똑똑히 봤다.

스태거가 이를 갈며 말했다. "도노반 형사."

"네?"

"내가 지금은 바쁘다고 했지?"

두 형사, 특히 캣이 존경하고 좋아하는 싱어가 매서운 눈빛으로 쏘아봤다. 뭔가 심상치 않은 분위기를 감지한 캣이 뒤로 물러나자, 그는 문을 닫아버렸다.

10분 후 문자메시지가 도착했다. 브랜던의 선불 폰에서 전송된 것이었다.

미안해요.

더는 못 참아. 그녀는 바로 전화를 걸었다. 브랜던은 첫 번째 신호음이 떨어지기 무섭게 전화를 받았다. 머뭇거리는 목소리였다.

"캣 형사님?"

"뭐하자는 거지, 브랜던?"

"지금 모퉁이의 헌터 칼리지 서점에 있어요. 시간 내주실 수 있어요?"

"더 이상 네 장난에 놀아나고 싶지 않아."

"다 설명할게요. 약속해요."

그녀는 한숨을 내쉬었다. "지금 갈게."

브랜던은 파크가 모퉁이의 벤치에 앉아 있었다. 배낭과 후드를 걸친 무기력한 또래 학생들 틈에 껴 있는 그의 모습은 무척 자연스러워 보였다. 그는 추운지 몸을 옹송그리고 있었다. 앳되고 약하고 겁에 질린 것처럼 보였다.

캣이 다가가서 그의 옆에 앉았다. 그녀는 말없이 그를 빤히 바라봤다. 그가 만나자고 했으니 먼저 입을 여는 게 맞았다. 어색한 침묵은 제법 오래갔다. 그는 입을 꼭 다문 채 자신의 손만 내려다봤다. 캣은 묵묵히 기다렸다.

"아빠 암으로 돌아가셨어요." 브랜던이 말했다. "꽤 오랫동안 고통스럽게 사시다 가셨죠. 엄마는 한시도 아빠 곁을 떠난 적이 없었어요. 엄마와 아빠 고등학교 때부터 만나셨죠. 정말 서로를 끔찍이 사랑하셨어요. 친구들 부모님은 전부 소원하게 지냈지만 저희 부모님은 정반대였어요. 아빠가 돌아가시자 눈앞이 캄캄했어요. 하지만 엄마가 받은 충격에는 비할 게 아니었죠. 엄마의 절반이 함께 죽은 것 같았으니까요."

캣이 질문을 던지려다 말고 다시 입을 닫았다. 묻고 싶은 게 수백만 가지였지만 아직 때가 아니었다.

"엄마는 항상 전화를 하셨어요. 짜증날 정도로, 항상. 그래서 이상하다는 생각이 든 거예요. 이제 엄마에게 남은 건 저뿐이니까. 엄마는 제게 무슨 일이 생기면 어쩌나 늘 걱정하셨어요. 그렇게 미친 듯이 전화한 것도 그 때문이었어요. 제가 멀쩡히 살아 있다는 걸 확인하고 싶어서."

그는 시선을 멀리 돌렸다.

마침내 캣이 침묵을 깼다. "어머니는 많이 외로우셨을 거야, 브랜던."

"알아요."

"그래서 다른 남자와 함께 여행을 떠나신 거야. 이해하지?"

그는 대답이 없었다.

"그 남자가 어머니의 첫 남자친구니?"

"그건 아니에요." 그가 말했다. "하지만 엄마가 누군가와 훌쩍 떠나신 건 이번이 처음이에요."

"난 대충 짐작이 되는데." 캣이 말했다.

"어떻게요?"

"네가 이렇게 과민하게 반응할까 봐 걱정하셨을 거야."

브랜던이 고개를 저었다. "제가 엄마에게 누군가가 생기길 바란다는 건 엄마도 알고 계세요."

"정말 그걸 원하니? 조금 전만 해도 어머니에게 남은 건 너뿐이라고 했잖아. 어쩌면 그런 입장이 조금 바뀌었는지도 모르잖니. 어머니가 그동안 얼마나 힘들어하셨을지 생각해봐. 이젠 어머니가 여유를 조금 누리실 때가 된 것 같지 않아?"

"그게 아니라니까요." 브랜던이 말했다. "엄마는 이렇게 오랫동안 전화를 안 하실 분이 아니에요."

"무슨 얘긴지 알겠어. 하지만 어머니가 그와 사랑에 빠지셨는지도 모르잖아."

"엄마가요? 그럴 수도 있죠. 맞아요. 엄만 그 남자랑 사랑에 빠지셨어요. 사랑하지 않았다면 그와 단둘이 여행을 떠나지는 않으셨겠죠."

"사랑은 없던 건망증도 생기게 만들어, 브랜던. 자신에게 더 몰두하게 만들어주고."

"그런 게 아니에요. 그 사람은 완전히 선수예요. 엄만 그걸 모르고 계신다고요."

"선수?" 캣의 얼굴에 미소가 살짝 맴돌았다. 그제야 좀 상황 파악이 됐다. 아들의 보호 본능이 발동한 것이다. 한편으로는 기특한 일이기도 했다. "그게 사실이라면 나중에 상처받으시겠지. 하지만 그게 어때서? 어머니는 어린아이가 아니잖아."

브랜던이 다시 고개를 저었다. "그런 게 아니라니까요."

"그리니치 경찰은 뭐라고 했는데?"

"형사님과 똑같은 반응이었어요."

"그런데 왜 날 찾아온 거지? 난 아직도 그게 이해가 안 돼."

그가 어깨를 으쓱였다. "형사님이라면 해결해주실 줄 알았거든요."

"왜 하필 나냐니까? 대체 날 어떻게 알고 찾아왔지? 사람들이 날 캣이라고 부르는 건 어떻게 알았어?" 그녀는 그와 눈을 맞추려 애썼다. "브랜던?" 그는 계속 그녀의 눈을 피했다. "왜 내가 널 도와줄 수 있을 거라고 생각했지?"

그는 대답이 없었다.

"브랜던?"

"정말 모르시겠어요?"

"당연히 모르지."

그는 다시 입을 꼭 다물었다.

"브랜던, 어떻게 된 일이냐니까?"

"두 사람은 온라인에서 만났어요." 브랜던이 말했다.

"뭐?"

"엄마와 그 남자친구 말이에요."

"온라인에서 만나는 사람들이 어디 한둘인 줄 알아?"

"네, 알아요. 하지만……." 브랜던이 다시 입을 닫았다. 그리고 잠시 후 나지막이 웅얼거렸다. "발랄하고 귀여움."

캣의 눈이 휘둥그레졌다. "지금 뭐라고 했지?"

"아무것도 아니에요."

그녀의 머릿속에 YouAreJustMyType의 프로필이 떠올랐다. 스테이시가 그녀를 대신해 적어놓은 소개 글. 귀엽고 발랄함!

"너……." 그녀는 갑자기 등골이 오싹했다. "잠깐, 너 온라인에서 날 스토킹한 거야?"

브랜던이 움찔하며 말했다. "아니에요! 아직도 모르시겠어요?"

"대체 뭘?"

그가 주머니에서 무언가를 꺼냈다. "엄만 이 사람과 같이 떠나셨어요. 이건 웹사이트에서 구한 거예요."

브랜던이 그녀에게 사진 한 장을 건넸다. 사진 속 얼굴을 들여다보는 순간, 캣의 심장이 철렁 내려앉았다.

그 남자는 제프였다.

13

처음 이 일을 시작했을 때 타이터스는 이런 방식으로 여자들을 꾀었다.

그는 양복을 입고서 넥타이를 맸다. 그의 경쟁자들은 운동복이나 허리 아래로 늘어지는 청바지를 걸치고 다녔다. 그는 서류 가방을 들고, 뿔테 안경도 쓰고, 머리도 짧고 단정하게 깎았다.

타이터스는 항상 포트 오소리티 버스 터미널 2층 벤치에 앉았다. 타이터스가 나타나면 노숙자들은 알아서 자리를 비켜줬다. 타이터스는 입을 열 필요가 없었다. 그들은 그것이 타이터스의 벤치라는 걸 알고 있었다. 그는 거기에 앉아서 터미널의 남쪽 게이트를 새처럼 훤히 내려다볼 수 있었다. 226번부터 234번까지. 버스에서 내리는 승객들은 그를 볼 수 없었지만 그는 그들이 보였다.

그는 스스로가 익히 알고 있듯 포식자였다.

그는 터미널을 나서는 소녀들을 유심히 지켜봤다. 절뚝거리는 가젤을 기다리는 사자처럼.

비결은 인내심이었다.

타이터스는 대도시 출신 소녀들을 원치 않았다. 그는 털사나

토피카나 디모인에서 들어온 버스들을 기다렸다. 보스턴은 좋지 않았다. 캔자스시티나 세인트루이스도 마찬가지였다. 최고는 '바이블 벨트(개신교, 기독교 근본주의, 복음주의가 강한 미국 남동부와 중남부 지대—옮긴이)'라 불리는 지역 출신의 가출 소녀들이었다. 그들의 눈에는 희망과 반항심이 가득 담겨 있었다. 반항심이 클수록, 아버지에 대한 반감이 클수록 좋았다. 이곳은 대도시였다. 꿈이 이루어지는 곳.

소녀들은 변화와 흥분되는 일을 기대하며 이 도시로 들어왔다. 무슨 일이라도 겪어야 보람이 있다. 하지만 현실은 가혹했다. 그들은 배고프고 두렵고 지쳐 있었다. 그들은 무거운 여행 가방과 씨름했는데, 거기다 기타까지 매고 다니면 더 좋았다. 타이터스도 기타가 사냥 성공률을 높여주는 이유가 궁금했다.

타이터스는 절대로 강압적인 태도를 취하지 않았다.

상황이 완벽하지 않으면, 그러니까 소녀가 완벽한 표적이 아니라면 그는 미련 없이 포기했다. 그게 비결이었다. 인내심. 그물을 쳐놓고, 버스가 들어오길 충분히 기다리면, 언젠가는 쓸 만한 먹이를 잡을 수 있게 된다.

그래서 타이터스는 벤치에 앉아서 기다렸다. 그리고 적당한 소녀가 시야에 포착되면 민첩하게 행동에 들어갔다. 실패하는 경우가 대부분이지만, 그는 개의치 않았다. 그는 언변이 좋은 사람이었다. 그에게 큰 가르침을 준 멘토는 루이스 캐스트먼이라는 난폭한 포주였다. 타이터스는 그에게서 배운 대로 항상 정중함을 잊지 않았다. 요청을 하거나 제안을 할 뿐 절대 명령이나 요구를 하지 않았다. 소녀들에게 자신이 상황을 장악했다고 믿게 만드는 게 중요했다.

기왕이면 예쁘장한 게 좋겠지만 그것이 전제 조건은 아니었다.

타이터스는 주로 모델을 찾고 있는 척하며 그들에게 접근했다. 명함도 조잡해 보이지 않게 공들여 제작했다. 돈을 벌려면 돈을 잘 쓸 줄 알아야 했다. 그는 명함에 양각으로 무늬까지 새겨 넣었다. 엘리티즘 모델 에이전시. 그 밑에는 그의 이름이 찍혀 있었다. 사무실과 집 전화번호, 그리고 휴대폰 번호도 빼놓지 않았다(세 전화번호 모두 그의 휴대폰으로 돌려놓았다). 명함에 적힌 5번가 주소도 그럴듯해 보였다. '엘리티즘'을 '엘리트'로 오해한 소녀들도 적지 않았지만 그런 건 아무래도 상관없었다.

그는 절대로 그들을 압박하지 않았다. 그는 소녀들에게 자신이 뉴저지 교외의 부자 동네인 몽클레어에 살고 있으며, 모델 사무실로 향하던 길에 우연히 그들을 보게 됐다고 말했다. 그런 다음, 혹시 계약한 에이전시가 아직 없다면 자신과 함께 일해볼 생각이 없는지 지그시 물어봤다. 마치 그 소녀를 두고서 진지하게 영입 경쟁에 뛰어들 것처럼. 그와 대화를 나눠본 소녀들 대부분은 그의 제안에 혹했다. 다행히도 그들은 잘나가는 모델이나 배우들 중 다수가 쇼핑몰이나 데어리 퀸(미국의 소프트아이스크림 및 패스트푸드 체인점—옮긴이)에서, 또는 레스토랑에서 웨이트리스로 일하다가 픽업됐다는 걸 알고 있었다.

맨해튼에 있는 버스 터미널이라고 해서 안 될 거 있나?

그는 포트폴리오가 필요하다며 그들을 유명 패션 사진작가의 스튜디오로 초대했다. 그들은 하나같이 그 부분에서 망설였다. 전에도 들어본 적 있는 수법이었을 테니. 그들은 돈이 얼마나 드는지 물었다. 그럴 때마다 타이터스는 빙그레 웃었다. "내가 팁 하나 줄게요." 그는 말했다. "제대로 된 에이전시라면 모델에게 돈을 요구하지 않아요. 오히려 돈을 지급하죠."

그렇게까지 했는데도 의심의 눈초리를 거두지 않으면 그는 그들을 보내주고 다시 벤치로 돌아와서 앉았다. 미련을 두면 안 된다. 그것이 비결이다. 그들이 가출 소녀가 아니거나, 짧은 휴가를 보내기 위해 왔거나, 가족과 끊임없이 연락한다면 그는 미련 없이 손을 뗐다.

인내심.

완벽한 먹이를 낚기 위해서.

루이스 캐스트먼은 상대에게 고통을 주는 걸 즐겼다. 타이터스는 그 반대였다. 폭력이 거슬렸던 건 아니었다. 그건 어디까지나 선택 사항일 뿐이었으니까. 그는 항상 가장 수익성 있는 방안만을 찾아 나섰다. 물론 캐스트먼의 방식은 아직까지 따르고 있었다. 스튜디오로 초대해 사진을 찍어주는 척하다가 공격. 간단했다. 목에 칼을 가져다 대기만 하면 끝나는 일이었다. 그다음에는 휴대폰과 지갑을 빼앗고 침대에 묶어놓았다. 가끔 강간을 할 때도 있고.

마약은 반드시 주입해야 했다.

그렇게 며칠 붙잡아두면 됐다. 언젠가는 예쁘장하고 의지가 강한 어느 소녀를 보름 가까이 감금해둔 적도 있었다.

마약은 꽤 비쌌다. 타이터스는 주로 헤로인을 사용했다. 그는 그것을 불가피한 업무 경비로 여겼다. 소녀들은 오래 지나지 않아 약에 중독됐다. 헤로인을 이기는 사람은 세상에 없었다. 병에서 나온 지니를 다시 되돌려 보내는 건 불가능했다. 타이터스는 그것으로 만족했다. 하지만 루이스는 자신이 소녀들을 강간하는 모습을 꼭 촬영해놓았다. 마치 합의한 성행위처럼 연출하는 것도 잊지 않았다. 그는 그 테이프를 독실하고 보수적인 부모에게 보내겠다고 협박하는 것으로 소녀들에게서 마지막 남은 한 줄기 희망을 앗아가버렸다.

그것은 여러모로 완벽한 구성이었다. 그들 대부분은 이미 큰 상처를 받고 학대를 피해 도망쳐온 소녀들이었다. 부상당한 가젤들. 그들에게 고통과 공포를 주고, 마약에 중독시켜 모든 희망을 빼앗아버린 후 구조자에게 넘기면 끝이었다.

바로 타이터스.

고급 사창가로 팔려간 후로도 소녀들은 그의 비위를 맞추기 위해서라면 무슨 일이든 다 했다. 몇몇은 고향으로 도망치기도 했지만 그 역시 업무 경비로 칠 수밖에 없었다. 가끔 경찰을 찾아가 신고하는 소녀도 있었다. 하지만 마약값을 벌기 위해 몸을 파는 헤로인 매춘부들의 주장을 곧이곧대로 믿어줄 경찰은 없었다. 그들이 결정적인 증거를 제시하는 것도 아니고.

이제는 다 과거가 돼버린 일이다.

타이터스는 오후 산책을 막 다녀오는 길이었다. 무성한 초목과 새파란 하늘로 에워싸인 헛간 뒤편 숲을 홀로 거니는 시간은 무척이나 즐거웠다. 그는 그 사실에 가끔 놀라곤 했다. 그는 양키 스타디움에서 북쪽으로 열 블록 떨어진 브롱크스 출신이었다. 어린 시절, 그에게 허락된 외부 공간은 비상계단뿐이었다. 도시의 혼잡과 소음은 그의 일부이며, 피 속에 흐르고 있었다. 그는 벽돌과 모르타르와 콘크리트에 순응했고, 그것들 없이는 살 수 없을 지경이 됐다. 타이터스는 제롬가에 자리한 허름한 투 룸 아파트에서 일곱 형제와 함께 살았다. 혼자만의 시간을 갖는 건 물론이고 아주 잠시 동안의 고요를 꿈꿀 수도 없는 환경이었다. 그는 살아오면서 평온을 누려본 기억이 거의 없었다. 그것을 갈망해본 적도, 제대로 알아본 적도 없었다.

처음 농장에 왔을 때 타이터스는 이런 정적을 버텨낼 자신이 없었다. 하지만 이제는 이런 고독을 마음껏 즐길 줄 알게 됐다.

그는 작은 빈터로 갔다. 지나치게 근육을 키운 레이날도가 개와 장난을 치고 있었다. 레이날도와 타이터스는 서로 고개를 끄덕였다. 예전 아미시파 주인은 이곳에 지하 저장실을 여럿 만들어놓았다. 땅에 구덩이를 판 후 덮개 대용으로 문을 달아놓은 조잡한 시설이었다. 전 주인은 그 공간을 식량 저장실로 썼다고 했다. 지하 저장실들은 유심히 찾지 않으면 눈에 띄지 않을 만큼 잘 감춰져 있었다.

농장에는 지하 저장실이 총 열네 개 있었다.

그가 수북이 쌓인 옷을 지나 걸어나갔다. 옷 무더기 맨 위에는 아직도 샛노란 여름 원피스가 놓여 있었다.

"그녀의 상태는?"

레이날도가 어깨를 으쓱였다. "똑같습니다."

"준비가 된 것 같아?"

바보 같은 질문이었다. 그걸 레이날도가 알 리 없었다. 그는 굳이 대답하지 않았다. 6년 전, 타이터스는 퀸즈에서 레이날도를 처음 만났다. 당시 레이날도는 유흥가에서 일하는 빼빼 마른 십 대 소년이었고, 매주 두 차례씩 두들겨 맞는 불행한 삶을 살고 있었다. 타이터스는 그가 한 달을 버티지 못할 거라고 확신했다. 레이날도에게는 가족도 친구도 없었다. 그저 이스트 강 근처에서 찾았다는 래브라도, 보뿐이었다.

그래서 타이터스는 레이날도를 "구제해줬다". 그에게 마약을 줬고, 자신감을 찾아줬으며, 그를 쓸모 있는 인간으로 만들었다.

레이날도는 소녀들과 같은 방법으로 조련됐고, 오래 지나지 않아 순종적인 하인으로 거듭났으며, 근육이 붙었다. 하지만 지난 몇 년을 지내오면서 무언가 달라진 게 있었다. 진화했다고 할까. 타이터스가 레이날도에게 감정을 갖게 된 것이다. 아니, 그런 감정 말고.

타이터스는 레이날도를 가족으로 생각했다.

"오늘 밤에 그녀를 데려와." 타이터스가 말했다. "10시에."

"그렇게 늦게요?" 레이날도가 말했다.

"그래. 문제 있어?"

"아뇨. 문제없습니다."

타이터스는 샛노란 여름 원피스를 응시했다. "한 가지 더."

레이날도는 그의 말을 기다렸다.

"저 옷 무더기 다 태워버려."

14

마치 파크가가 얼어붙은 것 같았다.

캣의 주변에는 여전히 많은 학생들이 터벅터벅 걸어 다니고 있었다. 그들의 웃음소리와 차들의 경적 소리가 똑똑히 들렸지만 갑자기 모든 게 아득히 멀어진 듯했다.

캣은 아직도 문제의 사진을 손에 쥐고 있었다. 사진 속의 제프는 부서진 울타리 앞 모래밭에 서 있었다. 그의 뒤로 파도가 부서지는 게 보였다. 바다 사진 때문이었을까, 그녀는 꼭 양쪽 귀에 조가비를 하나씩 갖다 붙인 듯한 기분이었다. 그녀는 옛 약혼자 사진을 뚫어져라 들여다봤다. 왠지 그렇게 하면 그토록 갈망하는 답을 얻을 수 있을 것 같았다.

브랜던이 벤치에서 일어났다. 캣은 그가 이 빌어먹을 사진과 수많은 질문들만 남겨놓고 도망쳐버릴까 봐 걱정했다. 그녀는 손을 뻗어 그의 손목을 붙잡았다. 혹시 모르니까. 그가 눈앞에서 사라져버리지 않도록.

"이 남자를 아시죠?" 그가 물었다.

"이게 무슨 짓이니, 브랜던?"

"경찰이시죠?"

"그래."

"그럼 제가 모든 걸 털어놓기 전에 면책권 같은 걸 주세요."

"뭐?"

"그래서 진작 말씀 못 드렸던 거예요. 제가 뭘 했는지 묵비권을 행사했던 거죠. 제 잘못처럼 보이기 싫었어요."

캣이 말했다. "날 찾아온 거, 의도한 일이었지?"

"네."

"날 어떻게 찾았지?"

"그걸 말해도 될지 모르겠어요." 그가 말했다. "계속 묵비권을 행사해야 하는 건지."

"브랜던?"

"네?"

"헛소리는 집어치워." 캣이 말했다. "무슨 일인지 다 털어놔, 당장."

"그게……." 그가 천천히 말했다. "제가 형사님을 찾아낸 방법은, 엄밀히 따지면 불법이었어요."

"그건 상관없어."

"네?"

캣이 그를 매섭게 쏘아봤다. "계속 뜸 들이면 총을 꺼내 네 입에 쑤셔 넣을 거야. 그러니까 어떻게 된 일인지 얘기해, 브랜던."

"그 전에 한 가지만 말씀해주세요." 그는 그녀의 손에 들린 사진을 가리켰다. "그 사람 아시죠?"

그녀의 시선이 다시 사진으로 떨어졌다. "아는 사람이었어."

"누군가요?"

"옛 남자친구." 그녀가 나지막이 말했다.

"그건 짐작하고 있었어요. 제 말은……."

"짐작하고 있었다니, 네가 어떻게?" 그녀가 그를 쳐다봤다. 그의 얼굴에 야릇한 표정이 살짝 스쳤다. 대체 어떻게 그녀를 찾아냈을까? 제프가 남자친구였다는 건 또 어떻게 알아낸 거지? 어떻게…….

갑자기 답이 떠올랐다. "컴퓨터를 해킹한 거야?"

그의 표정이 그녀가 제대로 짚었음을 말해줬다. 그제야 모든 게 이치에 맞았다. 브랜던은 자신이 저지른 범죄를 경찰에게 털어놓고 싶지 않았을 테고, 그래서 그녀가 유능한 형사라는 소문을 들었다는 허튼소리를 늘어놓았던 것이다.

"괜찮아, 브랜던. 그런 건 중요하지 않아."

"정말요?"

캣이 고개를 끄덕였다. "그냥 묻는 말에만 대답해. 알았지?"

"정말 비밀로 해주셔야 해요."

"알았다니까."

그는 숨을 깊게 한 번 들이쉬었다가 천천히 내쉬었다. 그의 눈가가 촉촉이 젖었다. "전 코네티컷 대학에서 컴퓨터 공학을 전공하고 있어요. 프로그래밍과 디자인에 특히 소질이 있죠. 그래서 별로 어렵지 않았어요. 데이팅 웹사이트를 해킹하는 것쯤이야 식은 죽 먹기죠. 중요한 정보들은 방화벽과 각종 보안 시스템으로 보호돼요. 신용카드 정보 같은 것들 말이에요. 하지만 나머지 정보들은 보안이 너무 허술해요."

"그래서 YouAreJustMyType.com을 해킹했다고?"

브랜던이 고개를 끄덕였다. "말씀드린 대로 신용카드 정보는 건드리지 않았어요. 시간이 너무 오래 걸리기도 하고. 하지만 나머지 정보들은 두어 시간 만에 손에 넣을 수 있었죠. 모든 정보가 저장돼 있더군요. 뭘 클릭했고, 누구와 연락했고, 언제 접속했고, 누가 메시지를 줬는지. 심지어 메시지 내용도요. 웹사이트는 그런 기록들을 꼼꼼히 보관해놓죠."

캣은 금세 상황을 파악했다. "나랑 제프의 대화를 봤구나."

"네."

"우리가 주고받은 메시지를 보고서 내 이름을 알았을 테고."

그는 대답하지 않았다. 굳이 들을 필요가 없는 답이었다. 그녀는 그에게 사진을 돌려줬다.

"이만 돌아가봐, 브랜던."

"네?"

"제프는 좋은 사람이야. 적어도 내가 알기론 그래. 그들은 서로를 찾아냈을 뿐이야. 네 어머니는 미망인이고, 그도 혼자잖아. 그게 사실이야. 서로 사랑하고 있을지도 모르지. 아니라도 상관없고. 네 어머닌 성인이셔. 다 알아서 하실 거라고. 이제 어머니를 감시하는 건 그만둬."

"감시를 한 게 아니에요." 그가 방어적으로 말했다. "적어도 처음엔 아니었다고요. 하지만 연락이 뚝 끊어지고 나서부터……."

"마음에 맞는 남자와 여행을 떠나셨잖아. 그래서 연락이 뜸해진 거고. 그것도 이해 못하겠어?"

"하지만 그는 엄마를 사랑하지 않아요."

"그걸 네가 어떻게 알아?"

"그는 자기가 잭이라고 했어요. 그의 이름이 제프라면 왜 그런 거죠?"

"온라인에서 가명을 쓰는 사람이 어디 한둘이니? 그게 왜 문제가 되는지 모르겠어."

"그는 여러 여자들에게 집적거렸어요."

"그래서? 원래 그러라고 만들어놓은 사이트잖아. 많은 잠재적 파트너를 만나보고 그중에서 좋은 사람을 찾는 거라고. 건초 더미에서 바늘을 찾듯이 말이야."

제프는 나랑도 얘기했는걸. 그녀는 생각했다. 비록 좋은 사람을 찾았다는 걸 당당히 털어놓지는 않았지만. 그 대신 방어적이 돼버린 게 어쩌고, 새 출발이 저쩌고 했지. 이미 다른 여자랑 잘되고 있었으면서.

왜 그 사실을 숨기려 했을까?

"형사님." 브랜던이 말했다. "전 그의 본명과 주소가 필요해요. 원하는 건 그뿐이에요."

"그건 알려줄 수 없어."

"왜죠?"

"이건 내가 참견할 일이 아니니까." 그녀는 고개를 저으며 덧붙였다. "난 정말 이 문제에 관여하고 싶지 않아."

그때 그녀의 휴대폰이 진동했다. 그녀는 메시지를 확인했다. 스태거였다.

베데스다 분수. 10분 내로 와.

캣은 벤치에서 일어났다. "가봐야 해."

"어디로요?"

"그건 네가 알 필요 없고. 우리 일은 이걸로 끝난 거야, 브랜던. 집으로 돌아가."

"제발 그의 이름과 주소를 알려주세요, 네? 그걸 알려준다고 손해 보실 건 없잖아요. 이름만이라도요."

그녀의 일부는 그걸 알려주면 후회하게 될 거라고 했다. 하지만 또 다른 일부는 자신을 떠밀어버린 제프에게 아직도 서운한 마음을 갖고 있었다. 젠장, 알 게 뭐야? 이 아이에게도 어머니가 누구랑 놀아나는지 알 권리가 있잖아. 안 그래?

"제프 레인스." 그녀는 이름 철자를 불러줬다. "하지만 그가 어디 사는지는 나도 몰라."

베데스다 분수는 센트럴 파크의 심장과도 같았다. 분수에 우뚝 선 천사 조각상은 한 손에 백합을 쥔 채 다른 손으로 물을 축성하고 있었다. 돌로 된 그녀의 얼굴은 평온해 보였다. 지루해하는 것처럼 보일 만큼. 그녀가 끝없이 축성하는 물은 그냥 호수라고 불렸다. 캣은 그 단순하고 꾸밈없는 이름을 좋아했다. 호수.

천사 밑에는 통통한 얼굴을 한 어린 남자아이 천사 네 명이 자리하고 있었다. 절제, 순수, 건강, 그리고 평화. 분수는 1873년에 만들어진 것이었다. 60년대에는 히피들이 밤낮으로 이곳에 진을 쳤다. 〈갓스펠Godspell〉의 첫 장면이 바로 이곳에서 촬영됐다. 〈헤어Hair〉의 주요 장면들도 마찬가지였고. 70년대 베데스다 테라스는 마약 밀매와 매춘의 중심지였다. 언젠가 캣의 아버지는 경찰조차도 접근을 꺼렸을 정도였다는 당시의 분위기에 대해 들려줬다. 물론 지금은 상상조차 할 수 없는 일이다. 특히 이런 화창한 여름날에는. 이런 천국 같은 곳이 그런 지옥이었다니.

스태거는 호수가 내려다보이는 벤치에 앉아 있었다. 세계 각지에서 찾아온 관광객들이 보트를 타고서 호수를 떠다녔다. 대부분 노 젓는 걸 포기하고 거의 존재하지 않는 물의 흐름에 보트를 맡긴 상태였다. 오른쪽에서는 아프로뱃츠라는 팀의 거리 공연이 펼쳐지고 있었다. (아니, 공원 공연이라고 해야 하나?) 아프로뱃츠는 흑인 십 대들로 구성된 팀으로, 곡예와 춤과 코미디를 섞은 공연을 전문으로 했다. 또 다른 거리 공연가는 커다란 간판을 들고 있었다. "농담 하나에 1달러. 당신의 웃음을 보장합니다." 인간 조각상들은 카메라를 앞세우고 몰려드는 관광객들을 위해 포즈를 잡아주느라 정신이 없었다. 저건 누구 아이디어였을까? 우쿨렐레를 신나게 연주하는 인상 좋은 남자와 추레한 목욕 가운 차림으로 호그와트 마법사 흉내를 내는 남자도 보였다.

검은색 야구 모자를 쓴 스태거는 어려 보였다. 그는 마치 평평한 돌처럼 앉아 수로를 찬찬히 훑어보고 있었다. 사람들로 북적이는 공원 한복판에서도 고립될 수 있는 건 오직 맨해튼이기에 가능했다. 물에 시선을 고정시킨 스태거는 당혹스러운 표정을 짓고 있었다. 캣은 갑자기 불안해졌다.

그녀가 가까이 다가가도 그는 돌아보지 않았다. 캣은 그의 앞에 멈춰 서서 잠시 기다리다가 가볍게 말했다. "왔어요."

"대체 왜 그러는 거야?"

그가 물에서 시선을 떼지 않은 채 말했다.

"네?"

"내 사무실에 그런 식으로 쳐들어오다니."

스태거의 시선이 마침내 그녀를 향했다. 그의 눈에서는 물을 바라봤을 때의 차분함을 더 이상 찾아볼 수 없었다.

"그땐 제가 무례했어요."

"빌어먹을, 캣."

"리번의 면회 기록을 입수해서 흥분한 상태였어요."

"그래서, 뭐, 그게 나랑 무슨 상관이야?"

"상관있죠."

"회의가 끝날 때까지 기다릴 순 없었나?"

"전 그저……." 그들 뒤에서 사람들의 폭소가 터졌다. 강도에 관한 아프로뱃츠의 농담이 제대로 먹힌 것이었다. "제가 이 사건에 얼마나 신경 쓰는지 아시잖아요."

"심각한 수준이지."

"제 아버지 문제예요, 스태거. 어떻게 신경 쓰지 않을 수가 있겠어요?"

"그걸 모르는 게 아니야, 캣." 그는 다시 물 쪽으로 시선을 돌렸다.

"스태거?"

"왜?"

"제가 뭘 알아냈는지 아시죠?"

"그래." 그의 얼굴에 희미한 미소가 감돌았다. "알아."

"그래서요?"

그의 시선이 앞을 지나는 보트에 고정됐다.

"리번이 체포된 다음 날 그를 찾아가신 이유가 뭐죠?" 그녀가 물었다.

스태거는 대답하지 않았다.

"그를 체포한 건 뉴욕 경찰이 아니라 FBI이었어요. 관여하실 이유가 전혀 없었다고요. 경감님은 아버지의 파트너였고, 아버지의 시체를 처음 발견하신 분이에요. 아버지 사건을 수사할 수 없는 입장이셨잖아요. 그런데 거긴 왜 가신 거였죠?"

흥미로운 질문을 받기라도 한 듯 그의 얼굴에 미소가 떠올랐다. "그 이유가 뭘 거라 생각해, 캣?"

"솔직히 말씀드릴까요?"

"그래주면 좋지."

"모르겠어요." 그녀가 말했다.

스태거가 다시 그녀를 돌아봤다. "헨리의 죽음에 내가 연루됐다고 생각해?"

"아뇨. 당연히 아니죠."

"그럼?"

그녀는 적절한 답을 찾아 다급하게 머리를 굴렸다. "모르겠어요."

"내가 리번을 고용해서 그를 죽였다고 생각해?"

"리번은 그 사건과 아무 관련이 없었을 거예요. 그저 희생양이겠죠."

그가 얼굴을 찌푸렸다. "그 얘기라면 그만하지, 캣."

"거긴 왜 가셨나요?"

"다시 묻지. 내가 왜 갔을 거라고 생각해?" 스태거는 잠시 눈을 감고서 숨을 깊게 들이쉰 후 다시 호수로 시선을 돌렸다. "왜 사적으로 관련된 형사에게 수사를 맡기지 않는지 이제야 알겠군."

"무슨 뜻이죠?"

"너는 객관성도 없고, 명확성도 없어."

"왜 가신 거냐고요, 스태거?"

그가 고개를 흔들었다. "대답이야 뻔하잖아."

"제겐 뻔하지 않아요."

"내 말이 바로 그거야." 그는 계속해서 눈앞 보트를 응시했다. 보트에서는 십 대 아이들이 노와 사투를 벌이는 중이었다. "잠깐 되돌아가봐. 차근차근 짚어보라고. 당시에 자네 아버지는 뉴욕 암흑가의 거물을 거의 무너뜨린 상황이었어."

"코존."

"그래, 코존. 그러던 중에 갑자기 살해됐어. 그때 우리가 그걸 어떻게 받아들였지?"

"저는 빼주시죠."

"물론 그래야지. 그때 자넨 경찰이 아니었으니까. 의욕 넘치는 컬럼비아 학생이었지. 그래, 그때 우리의 공식 입장이 뭐였지?"

"경찰의 공식적인 입장은, 아버지를 위협으로 여긴 코존이 제거했다는 거였죠." 캣이 말했다.

"맞아."

"하지만 코존은 경찰을 함부로 건드릴 만큼 무모한 사람이 아니었어요."

"그놈들이 소위 규칙이라고 하는 것에 목매는 줄 알아? 그들은 장기적으로 이득이 되고 살아남는 데 도움이 된다고 판단되면 뭐든 다 하는 놈들이야. 자네 아버지는 그 둘을 위해 반드시 제거돼야 할 장애물이었어."

"그래서 코존이 리번을 고용해 아버지를 죽였단 말씀인가요? 그럼 경감님이 리번을 면회 간 이유는 뭐였죠?"

"간단해. FBI는 코존의 오른팔과도 같은 청부 살인업자를 체포했어. 물론 우린 곧바로 후속 조치에 들어가야 했고. 그걸 이해 못하겠어?"

"왜 하필 경감님이었죠?"

"뭐가?"

"그 사건은 바비 석스와 마이크 린스키에게 맡겨졌잖아요. 그런데 왜 경감님이 가셨던 거죠?"

그가 다시 가식적으로 보이는 미소를 지었다. "나도 너랑 같았으니까."

"무슨 뜻이죠?"

"자네 아버지는 내 파트너였어. 그게 내게 어떤 의미였는지는 설명하지 않아도 알겠지?"

침묵.

"난 뉴욕 경찰국과 FBI가 관할권을 놓고 티격태격하는 동안 손 놓고 기다릴 수가 없었어. 그러는 동안 리번이 변호사를 고용해 빠져나갈 궁리를 할지도 모르니까. 그래서 내가 직접 나섰던 거야. 충동적으로 움직일 수밖에 없었다고. FBI에 친구가 있어서 사정을 좀 했지."

"직접 가서 리번을 추궁하실 생각이었나요?"

"그래. 너무 늦기 전에 멘토의 원수를 갚아주려고 했어. 그때만

해도 미숙하고 우둔한 형사였으니까."

"너무 늦기 전이라니요?"

"얘기했잖아. 그가 변호사를 고용하기 전에 신속히 움직여야 했다고. 그의 입을 막기 위해 코존이 그를 죽일지도 몰랐고."

"그래서 리번을 만나셨나요?"

"그래."

"어떻게 됐죠?"

스태거가 어깨를 으쓱였다. 야구 모자와 으쓱이는 어깨가 그를 초등학생처럼 보이게 했다. 캣은 그의 어깨에 살며시 손을 얹었다. 자신도 그와 한편이라는 의미였다. 동료로서 조금이나마 위안을 주고 싶기도 했고. 스태거는 그녀의 아버지를 무척 따랐다. 물론 그녀만큼은 아니었지만. 친구나 동료가 죽으면 잠시 비통해 하고 말 뿐이지만, 가족이 죽으면 그 비통함은 영원히 지속된다. 그러나 그의 비통함은 진심이었다.

"아무 소득이 없었어." 스태거가 말했다.

"리번이 부인하던가요?"

"그는 끝까지 입을 열지 않았어."

"그러다 나중에 자백한 거군요."

"그래. 그의 변호사가 양형 거래를 이끌어냈거든. 사형을 면하게 해주는 조건으로."

아프로뱃츠가 거창한 피날레로 공연을 마무리하고 있었다. 팀원들 중 한 명이 관중 몇 명을 세워놓고 그들을 가볍게 뛰어넘는 묘기를 선보였다. 사방에서 박수가 터져 나왔다. 캣과 스태거는 천천히 흩어지는 사람들을 말없이 지켜봤다.

"그게 전부인가요?" 캣이 말했다.

"그게 다야."

"그런데도 제게 아무 말씀 안 하셨던 거군요."

"그래."

"왜죠?"

"내가 뭐라고 말했어야 하지, 캣? 용의자를 만나러 가서 빈손으로 돌아왔다고?"

"네."

"그때 자넨 대학생이었잖아. 결혼을 앞두고 있었고."

"그게 어때서요?"

그녀의 목소리가 갑자기 날카로워졌다. 그녀와 잠시 눈을 맞추던 그가 이내 고개를 돌려버렸다.

"난 솔직한 게 좋아, 캣."

"솔직하잖아요."

"아니, 전혀." 그가 일어났다. "자넨 수동적인 공격에 소질이 없어. 성격상 그게 안 된다고. 그러니까 아예 속 시원히 다 꺼내는 게 어때?"

"알았어요."

"리번은 끝까지 자기 혼자서 자네 아버지를 죽일 계획을 세웠다고 주장했어. 그게 거짓이라는 건 자네도 알고, 나도 알지. 코존이 그를 죽이라고 시켰다는 것과 리번이 보스를 보호하려고 희생양을 자처했다는 것도 알고."

캣은 말이 없었다.

"우린 그에게 자백을 듣기 위해 몇 년을 애썼어. 하지만 그는 끝내 입을 열지 않았지. 진실을 무덤까지 가져가버린 거야. 이젠 자네 아버지에게 어떻게 정의를 찾아드려야 하지? 이런 상황에서 우리가 어떻게 절망하지 않을 수 있겠어?"

"우리요?"

"그래."

캣이 인상을 찌푸렸다. "지금 수동적인 공격을 하는 사람이 누군지 모르겠네요."

"나라고 마음이 편할 것 같아?"

"오, 당연히 마음이 아프시겠죠. 아까 속 시원히 다 꺼내보라고 하셨죠? 네, 한번 그래보죠. 전 지금껏 리번이 코존의 지시를 받고 아버지를 죽였다고 믿었어요. 하지만 그 이론엔 빈틈이 많아요. 하나하나 따져보니 의심 가는 부분이 적지 않더란 말입니다. 리번은 분명히 간호사에게 자신이 죽이지 않았다고 했어요. 그가 더 이상 거짓말을 할 이유가 없잖아요. 전 그 말을 믿었어요. 그가 약에 취해 있었다고 하셔도 좋아요. 거짓말이라고 하셔도 상관없고요. 하지만 전 두 눈으로 똑똑히 봤어요. 의심할 여지가 없다고요. 전 경감님 얘기를 못 믿겠어요. 그날 남들보다 먼저 그를 만나러 가신 진짜 이유를 알아야겠어요, 스태거."

그의 눈에서 순간 무언가가 번뜩였다. 그는 언성을 높이지 않으려 애썼다. "자네가 말해봐, 캣. 내가 왜 거기 갔을 것 같아?"

"저야 모르죠. 그래서 지금 그 답을 들려달라고 부탁드리는 거잖아요."

"내가 거짓말을 하고 있다는 건가?"

"그냥 무슨 일이 있었는지만 말씀해주세요."

"그건 이미 다 들려줬잖아." 그는 그녀를 지나쳐 걸어가다가 홱 돌아섰다. 그의 눈은 분노로 이글거리고 있었다. 고뇌와 두려움의 빛도 살짝 엿보였다. "곧 휴가지? 내가 체크해봤어. 며칠간 푹 쉬다 와, 캣. 돌아오면 새로운 인사 발령이 나 있을 거야. 그때까지 보고 싶지 않군."

15

캣은 노트북 컴퓨터를 챙겨 오말리스로 향했다. 술집에 도착한 그녀는 아버지의 의자에 자리를 잡고 앉았다. 바텐더 피트가 느릿느릿 다가왔다. 캣은 그의 더러운 신발 밑창을 유심히 살폈다.

"왜요?" 그가 물었다.

"평소보다 톱밥을 많이 뿌린 것 같은데요."

"새로 온 친구가 그랬어요. 이래야 더 싸구려 술집 같아 보인다나. 오늘은 뭐로 할래요?"

"치즈버거 미디엄 레어, 감자튀김, 버드와이저."

"나중에 혈관 촬영 꼭 해봐요."

"이번 농담은 웃겼어요, 피트. 다음엔 꼭 글루텐을 뺀 채식 요리를 먹어볼게요."

내부는 혼잡했다. 구석 테이블에서는 회사원들이 칵테일을 마시고 있었다. 바에는 혼자 온 손님 몇 명이 어깨를 늘어뜨린 채 앉아서 유리잔에 담긴 호박색 액체를 물끄러미 들여다보고 있었다.

그녀는 자신이 스태거를 너무 거칠게 밀어붙인 건 아닌지 걱정했다. 하지만 그 상황에서는 그럴 수밖에 없었다. 그녀는 스태거의 해명을 어떻게 받아들여야 할지 몰랐다. 브랜던과 제프도 거슬리기는 마찬가지였다.

이젠 어쩌지?

압도적인 호기심에 굴복하고 만 그녀는 노트북을 열고 브랜던의 어머니이자 제프의 새 애인, 데이나 펠프스를 검색해봤다. 우선 사진을 찾기 위해 소셜 네트워크 사이트들부터 뒤져봤다. 사건을 완전히 종결짓는 차원에서 진행하는 후속 조치였다. 적어도 그녀는 그렇게 생각하기로 했다. 브랜던 펠프스가 사기꾼이 아니라 데이나의 아들이 맞다는 것도 확인할 겸.

입술 밑에 수염을 작게 기른 반백의 남자가 다가와 그녀의 옆자리에 풀썩 주저앉았다. 바에는 빈 의자가 열 개도 넘었지만 굳이 그녀 옆으로 파고든 것이다. 그가 헛기침을 한 번 한 후 말했다. "안녕, 아가씨."

"안녕하세요."

그녀는 코네티컷 사교계 소식을 전하는 한 사이트에서 데이나의 사진을 찾아낼 수 있었다. 부자들이 호화로운 파티에서 웃고 떠드는 모습을 사진에 담아 소개하는 곳이었다.

지난해, 데이나 펠프스는 동물 보호소를 지원하는 자선 행사를 주최했다. 사진을 보니 제프가 그녀에게 흠뻑 빠진 이유를 알 것 같았다.

데이나 펠프스는 굉장한 미인이었다.

길고 우아한 은색 가운 차림의 그녀는 금발에 키가 컸다. 데이나 펠프스는 캣과 모든 면에서 대조되는, 매력이 흘러넘치는 여자였다.

망할 년.

캣의 입에서 웃음이 터져 나왔다. 옆자리의 남자는 그것을 자신에게 던진 추파로 받아들인 모양이었다. "뭐가 그렇게 웃깁니까?"

"당신 얼굴이요."

피트가 그녀의 어설픈 응수에 미간을 찌푸렸다. 캣은 어깨를 으쓱였다. 어설퍼도 효과는 만점이었다. 분위기를 파악한 반백의 남자는 바에서 떨어져나갔다. 그녀는 맥주를 연신 홀짝이며 주변을 경계했다. 다행히 치근대러 다가오는 남자는 없었다. 그녀는 브랜던 펠프스의 사진도 검색해봤다. 깡마른 체구에 길고 지저분한 머리를 한 사진 속 인물은 그녀를 찾아왔던 소년이 틀림없었다. 젠장. 깔끔하게 잊어버릴 수 있도록 그가 했던 말들이 거짓이길 바랐는데.

캣은 조금씩 취기가 오르는 걸 느꼈다. 갑자기 옛 남자친구에게 문자메시지를 보내보고 싶다는 충동이 일었다. 문제는 그녀가 제프의 전화번호를 모른다는 것이었다. 그녀는 차선책을 선택했다. 사이버 스토킹. 그녀는 여러 검색엔진에 그의 이름을 입력해봤다. 하지만 그에 대한 정보는 하나도 걸리지 않았다. 단 하나도. 사실 그녀가 술에 취해 그의 이름을 검색해본 건 이번이 처음은 아니었다. 그래서 충분히 예상했던 결과였음에도 그녀는 또 놀랐다. 몇몇 인터넷 팝업 광고가 제프를 찾아주겠다고 나섰다. 그의 전과 기록을 알아봐주겠다는 광고도 보였다.

패스.

그녀는 다시 YouAreJustMyType.com에서 제프의 프로필을 살펴보기로 했다. 어쩌면 그는 자신의 계정을 닫아놓았을지도 모른다. 조각상 같은 금발 미녀와 외국으로 여행을 떠났을 테니. 지금쯤 그들은 손을 맞잡고 해변을 거닐고 있을지도 모른다. 데이나는 보나 마나 은색 비키니 차림으로 수면에 비친 달그림자를 감상하고 있을 것이다.

망할 년.

캣은 제프의 프로필 페이지를 클릭했다. 아직 그대로였다. 상태: 적극적으로 찾는 중. 흠. 계정을 닫아두는 걸 깜빡한 모양이지. 사교계 금발 미녀와 놀아나느라 다른 회원들을 배려할 정신이 있었겠어? 어쩌면 잘생긴 제프는 대안을 마련해놓았는지도 모른다. B안. 데이나와의 교제가 기대했던 대로 진행되지 않았을 경우를 대비해서. 그래. 숨죽이고 제프를 기다리는 여자가 한둘이 아닐지도 몰라. 언제 그에게 대체자가 필요할지 모르니까…….

그때 휴대폰이 울렸다. 취기에 빠져 있던 정신이 번쩍 들었다. 그녀는 발신자도 확인하지 않고 응답했다.

"아무것도 없어요."

브랜던의 목소리였다.

"뭐가?"

"제프 레인스 말이에요. 아무것도 없다고요."

"오, 나도 알아."

"형사님도 검색해보셨어요?"

"술김에 한번 알아봤지."

"네?"

그녀의 발음이 점점 불분명해졌다. "원하는 게 뭐야, 브랜던?"

"제프 레인스에 대한 정보가 하나도 없다니까요."

"나도 안다니까. 그 얘긴 아까도 했잖아."

"그게 어떻게 가능하죠? 세상에 이런 사람은 없다고요."

"세간의 이목을 피하려고 애써온 모양이지 뭐."

"모든 데이터베이스를 다 뒤져봤어요. 미국에 사는 제프 레인스는 달랑 세 명뿐이에요. 노스캐롤라이나에 한 명, 텍사스에 한 명, 캘리포니아에 한 명. 셋 다 우리가 찾는 제프 레인스가 아니에요."

"나한테 무슨 얘기가 듣고 싶은 거야, 브랜던? 남들 이목을 끌지 않고 사는 사람이 어디 한둘인 줄 알아?"

"그래도 이렇게 검색이 안 되는 건 이상해요. 모르시겠어요? 이건 보통 일이 아니라고요."

주크박스에서 캣 스티븐스의 〈오 베리 영〉이 흘러나오기 시작했다. 노래가 그녀를 더 우울하게 만들었다. 그녀와 같은 이름으로 불리는 가수는 아버지가 영원히 살기를 바라지만 그럴 수 없다는 내용을 읊조리고 있었다. 사랑하는 아버지도 언젠가는 그의 푸른 청바지색처럼 점점 바래져갈 거란다. 가사를 듣고 있던 그녀가 울컥했다.

"내가 뭘 어떻게 도울 수 있겠어, 브랜던?"

"부탁이 있어요."

그녀가 한숨을 내쉬었다.

"엄마의 신용카드 기록을 살펴봤어요. 지난 나흘간 딱 한 건의 거래가 있었어요. 실종되신 날 현금인출기에서 돈을 뽑으셨더라고요."

"실종되신 게 아니야, 네 어머닌……."

"알았어요. 그렇다고 치죠. 하지만 그 현금인출기는 파크체스터에 있었다고요."

"그래서?"

"우리는 화이트스톤 브리지를 거쳐 공항으로 가잖아요. 파크체스터 쪽으로 갈 이유가 없는데, 거길 왜 들렀을까요?"

"그걸 누가 알겠어? 출구를 잘못 찾아 들어갔는지도 모르지. 여행지에서 걸칠 섹시한 속옷을 사러 속옷 가게에 들렀는지도 모르고."

"속옷 가게라고요?"

캣은 정신을 가다듬으려 고개를 세차게 흔들었다. "내 말 잘 들어, 브랜던. 어차피 내겐 관할권도 없어. 굳이 알아보고 싶다면 네가 얘기했던 그 그리니치 형사를 찾아가봐. 이름이 뭐라고 했지?"

"슈워츠 형사님."

"그래. 그 사람."

"부탁이에요. 절 좀 도와주세요."

"내가 어떻게?"

"그 현금인출기 좀 살펴봐주세요."

"그걸 보면 뭐가 나오는데?"

"엄마는 현금인출기를 이용하실 분이 아니에요. 그런 데서 돈을 뽑는 방법도 모르신다고요. 지금껏 필요하실 때마다 제가 대신 뽑아다 드렸어요. 가능한지 모르겠지만 감시 카메라에 뭐가 찍혔는지 알아봐주세요."

"오늘은 너무 늦었어." 캣이 말했다. 취했을 때 너무 많은 생각을 해선 안 된다는 것이 그녀의 규칙이었다. "내일 아침에 다시 얘기하자. 응?"

그녀는 대답을 듣지 않고 '종료' 버튼을 눌러버렸다. 그런 다음, 피트에게 고개를 끄덕여 외상으로 달아놓으라고 신호한 후 신선한 공기가 기다리는 밖으로 나왔다.

그녀는 뉴욕을 좋아했다. 친구들은 그녀를 숲으로, 또는 해변으로 유인해내려고 무던히 애썼지만 번번이 실패했다. 그녀는 단 며칠이라도 도시를 떠나선 살 수가 없었다. 게다가 하이킹은 그녀가 세상에서 가장 싫어하는 것이었다. 신비한 식물과 나무와 동물들도 좋지만, 그녀는 그런 것들보다 사람들의 얼굴과 옷, 모자, 그리고 신발들에 더 관심이 있었다. 온갖 상점들과 노점상들은 말할 것도 없고.

하늘에는 초승달이 떠 있었다. 어릴 적 그녀는 달을 무척이나 좋아했다. 그녀는 걸음을 멈추고 밤하늘을 물끄러미 올려다봤다. 당장이라도 눈물이 터져 나올 것만 같았다.

추억 하나가 그녀를 급습했다. 그녀가 여섯 살 때 아버지는 뜰에 사다리를 갖다 놓았다. 그런 다음 그녀를 데리고 나가서 사다리를 가리키며 그녀를 위해 달을 걸어놓았다고 했다. 그녀는 아버지의 말을 믿었고, 그 후로 오랫동안 아버지가 매일 밤 자신을 위해 달을 걸어놓는다고 철석같이 믿었다. 그걸 믿지 않을 만큼 나이가 들 때까지.

아버지가 세상을 떠났을 때 캣은 겨우 스물두 살이었고, 사실을 받아들이기 힘들 만큼 젊었다. 하지만 브랜던 펠프스는 열여섯 살 때 아버지를 잃었다고 했다. 그래서 그렇게 어머니에게 집착하는 걸까?

캣이 아파트로 돌아왔을 때는 시간이 많이 늦은 후였다. 하긴, 정시에 퇴근하는 형사가 어디 있겠는가. 그녀는 집에 들어서자마자 그리니치 경찰국 번호를 찾아 전화를 걸었다. 그리고 뉴욕 경찰국 소속 형사라고 자신을 소개한 후 슈워츠 형사에게 전할 메시지가 있다고 했다. 응답한 경관의 입에서 예상치 못한 대꾸가 흘러나왔다.

"잠시만요. 조는 지금 여기 있습니다. 연결해드릴게요."

두 번의 신호음이 흐르고 남자 목소리가 들렸다. "조셉 슈워츠 형사입니다. 뭘 도와드릴까요?"

정중하군.

캣은 자신의 이름과 계급을 알려줬다. "오늘 브랜던 펠프스라는 소년이 날 찾아왔어요."

"잠깐만요. 방금 뉴욕 경찰국 소속이라고 했죠?"

"네."

"브랜던이 뉴욕까지 당신을 찾아갔다는 얘긴가요?"

"그래요."

"그 녀석을 원래 알았습니까?"

"아뇨."

"이해가 안 되는군요."

"어머니가 실종됐다더군요." 캣이 말했다.

"네, 나도 들었어요."

"날더러 찾아달라고 했어요."

슈워츠가 한숨을 내쉬었다. "브랜던이 대체 왜 당신을 찾아간 겁니까?"

"그를 잘 아는 것 같군요."

"잘 알다마다요. 뉴욕 경찰국이라니, 그 녀석이 거길 왜 찾아 갔지?"

캣은 그에게 브랜던의 불법 해킹 활동이나 자신이 데이팅 사이트에 들락거린다는 사실을 들려주고 싶지는 않았다. "나도 모르겠어요. 당신에게 도움을 요청했다고 하더군요. 사실인가요?"

"그렇습니다."

"그의 주장이 황당하다는 건 알아요." 캣이 말했다. "하지만 우리가 그를 위해 뭔가를 해줄 수 있지 않을까요?"

"도노반 형사님?"

"그냥 캣이라고 불러줘요."

"그러죠. 난 조라고 부르면 됩니다. 이걸 어떻게 설명해야 할지 모르겠지만……." 그는 잠시 뜸을 들였다. "그 녀석에게 전모를 듣지 못한 것 같습니다."

"그걸 좀 들려주겠어요?"

"좋은 생각이 있습니다." 그가 말했다. "아침에 그리니치로 와주겠어요?"

"너무 멀잖아요."

"미드타운에서 40분이면 올 수 있습니다. 직접 보고 얘기하는 게 나을 것 같아서요. 난 정오까지 여기 있을 겁니다."

캣은 당장이라도 달려가고 싶었지만 그러기에는 너무 취했다. 밤잠을 설친 그녀는 교통 체증이 지나기를 기다릴 겸 요가 수업을 받으러 갔다. 늘 가장 먼저 나타나는 아쿠아는 끝내 모습을 보이지 않았다. 걱정이 된 수강생들이 웅성거렸다. 빼빼 마른 중년 여자가 수업을 이끌어보려다 포기해버렸다. 수강생들은 하나둘 돌아갔다. 캣은 마지막까지 남아서 기다렸지만 아쿠아는 나타나지 않았다.

교통 체증이 지났을 시간이 됐다. 캣은 9시 15분에 집카(개인 차량 공유 서비스—옮긴이)를 빌려 그리니치로 출발했다. 그리고 슈워츠의 말대로 40분 만에 도착했다.

'멋진'이라는 단어를 사전에서 찾아보면 코네티컷 그리니치의 부자 동네가 소개될 것 같았다. 어쩌면 수십억 달러의 헤지펀드를 운용하는 사람들만 그리니치에 살 수 있다는 연방법이 있는지도 몰랐다. 그리니치는 미국에서 가장 부유한 도시다운 모습을 하고 있었다.

슈워츠 형사는 캣을 위해 콜라를 내왔다. 그녀는 그의 포마이카 책상 앞에 자리를 잡고 앉았다. 경찰서 안의 모든 것이 매끈하고 고급스러워 보였다. 슈워츠는 남성 사중창단 단원을 연상시키는 팔자 콧수염을 길렀고, 와이셔츠 위로 멜빵을 두르고 있었다.

"이 사건에 어떻게 휘말리게 됐는지 들려줘요." 슈워츠가 말했다.

"브랜던이 날 찾아왔어요. 다짜고짜 도와달라고 하더군요."

"왜 그랬는지 모르겠군요."

캣은 아직 모든 걸 털어놓을 준비가 안 됐다. "이곳 경찰이 자길 믿어주지 않는다고 했어요."

슈워츠는 형사다운 회의적인 눈빛으로 그녀를 쳐다봤다. "뉴욕 형사들은 다를 줄 알았던 모양이죠?"

그녀는 대화의 초점을 다시 그에게로 돌렸다. "그가 여길 찾아오긴 한 거죠?"

"네."

"어제 통화할 때 제게 전모를 들어봐야 한다고 했죠?"

"그런 얘길 했죠." 조 슈워츠가 그녀 쪽으로 조금 더 몸을 기울였다. "여긴 소도시입니다. 무슨 뜻인지 알겠죠? 그렇게 보이지 않겠지만 사실입니다."

"비밀로 해달라는 얘기죠?"

"그렇습니다."

"그건 걱정 말아요."

그가 다시 등받이에 몸을 붙이고 책상에 두 손을 얹어놓았다. "이곳 경찰은 브랜던 펠프스에 대해 잘 알고 있습니다."

"무슨 뜻이죠?"

"무슨 뜻인 것 같습니까?"

"확인해봤어요." 캣이 말했다. "브랜던은 전과 기록이 없더군요."

슈워츠가 두 손을 펼쳐 보였다. "여기가 좁은 곳이라는 내 얘길 흘려들은 모양이군요."

"아."

"혹시 〈차이나타운〉이라는 영화 봤습니까?"

"그럼요."

그가 헛기침을 하고 조 맨텔 흉내를 냈다. "'잊어버려, 제이크. 여긴 그리니치잖아.' 오해하지는 말아요. 그 녀석은 사소한 일로 몇 번 체포됐을 뿐이니까. 고등학교 불법 침입, 과속 운전, 공공 기물 파손, 마리화나 소지, 뭐 그런 것들 말입니다. 전부 그의 아버지가 세상을 뜬 후에 벌어진 일들입니다. 그의 아버지는 존경받는 분이셨어요. 어머니, 데이나 펠프스도 마찬가지고요. 세상의 소금이랄까요. 지역 발전을 위해서는 뭐든 가리지 않고 해왔죠. 하지만 그 녀석은…… 모르겠어요. 어딘지 좀 이상한 구석이 있더라고요."

"이상한 구석이라뇨?"

"별건 아닙니다. 내 아들도 브랜던 또래거든요. 브랜던은 사람들과 잘 어울리지 못했어요. 물론 이곳 분위기 때문이기도 하겠지만."

"그가 며칠 전에 당신을 찾아와 어머니가 걱정된다고 했죠?"

"그랬죠." 슈워츠가 책상에 놓인 클립을 집어 들고 앞뒤로 구부려대기 시작했다. "하지만 그는 거짓말도 했어요."

"어떤?"

"어머니의 실종에 대해 그가 뭐라던가요?"

"온라인에서 만난 남자랑 여행을 떠났다고 했어요. 그 후로 연락이 끊겼다고 했고요."

"우리에게도 그 얘길 했습니다." 슈워츠가 말했다. "하지만 그건 사실이 아니었어요." 그는 클립을 떨어뜨리더니 책상 서랍에서 프로틴 바를 꺼냈다. "하나 먹겠어요? 여기 많은데."

"아뇨. 괜찮아요. 그게 사실이 아니었다니, 무슨 뜻이죠?"

그는 서류 더미를 뒤적이기 시작했다. "여기 꺼내뒀어요. 당신이 온다고 해서…… 잠시만요. 여기 있군요. 브랜던의 휴대폰 통화 기록." 그가 종이 몇 장을 그녀에게 건넸다. "노랗게 표시된 부분 보이죠?"

그녀는 노란색으로 칠해진 두 문자를 잽싸게 훑어봤다. 둘 다 같은 번호로 전송된 거였다.

"브랜던은 어머니에게 문자메시지를 두 번 받았습니다. 하나는 이틀 전 밤에, 또 하나는 어제 이른 아침에 받은 거라고 돼 있어요."

"이게 그의 어머니 휴대폰 번호인가요?"

"네."

캣은 얼굴이 화끈 달아오르는 걸 느꼈다. "메시지 내용은 알고 있나요?"

"그가 찾아왔을 땐 첫 번째 메시지만 확인된 상태였어요. 세게 몰아붙이니 순순히 보여주더군요. 뭐 이런 내용이었습니다. '잘 도착해서 좋은 시간 보내고 있어. 보고 싶다.' 대충 이랬습니다."

캣의 시선은 종이에서 떨어지지 않았다. "그가 뭐라고 설명하던가요?"

"자기 어머니가 보낸 게 아니라더군요. 하지만 전화번호가 분명하게 찍혀 있지 않습니까."

"그 번호로 연락해봤나요?"

"해봤죠. 응답이 없었습니다."

"그게 수상하다고 생각하지 않아요?"

"아뇨. 사별한 지 3년 만에 좋은 남자를 만나서 함께 여행을 떠난 거잖아요. 얼마나 신나고 좋겠습니까? 당연히 전화받을 정신이 없겠죠. 안 그래요?"

"하긴." 그녀가 말했다. "맞아요. 저라도 그럴 거예요."

"그렇죠. 물론 다른 설명도 가능합니다."

"그건 또 무슨 뜻인가요?"

"내 말은." 슈워츠가 어깨를 으쓱였다. "데이나 펠프스가 정말로 실종됐을 수도 있다는 거죠."

캣은 그의 설명이 이어지기를 기다렸다. 슈워츠는 한동안 뜸을 들였다. 결국 캣이 물었다. "브랜던이 현금인출기 얘길 하던가요?"

"아뇨."

"당신을 만나러 왔을 땐 몰랐을 수 있어요."

"그렇게 생각할 수도 있고요."

"다른 이론도 있나요?"

"있죠. 아니, 있었죠. 사실 그것 때문에 오늘 만나자고 했던 겁니다."

"네?"

"내 입장이 한번 돼봐요. 어느 날 비행청소년 하나가 불쑥 찾아옵니다. 그러더니 어머니가 실종됐다고 주장하죠. 우린 문자메시지를 통해 그게 거짓임을 확인합니다. 그리고 누군가가 현금인출기에서 돈을 뽑아 가요. 만약 여기에 부정행위가 있다면 누가 가장 유력한 용의자일까요?"

그녀는 고개를 끄덕였다. "비행청소년."

"빙고."

캣도 잠깐 의심하긴 했지만, 진지하게 따져보지는 않았다. 그러기에는 소년에 대해 아는 게 너무 없었다.

브랜던이 YouAreJustMyType 사이트를 해킹한 사실이나 그녀가 사건에 대해 혼자서 알아낸 사실들을 조 슈워츠가 모르듯이.

다른 한편으로, 브랜던은 그녀에게 문자메시지에 대해 거짓말을 했다. 그녀는 그의 속셈이 궁금했다.

캣이 말했다. "브랜던이 자기 어머니를 해쳤다고 생각해요?"

"아직 거기까지 내다보고 있지는 않습니다. 하지만 그녀가 실종된 게 아니라는 쪽으로 자꾸 생각이 기우네요. 혹시 몰라서 좀 더 파헤쳐봤습니다."

"뭘요?"

"현금인출기의 감시 카메라 영상을 요청했죠. 당신에게도 보여주고 싶었습니다." 그가 책상에 놓인 컴퓨터 모니터를 그녀 쪽으로 돌려줬다. 슈워츠가 키보드를 두드리자 모니터에 분할 스크린 영상이 떠올랐다. 두 개의 각도에서 동시에 촬영된 것이었다. 현금인출기에 붙은 어안렌즈 카메라는 누구나 손으로 쉽게 가릴 수 있었다. 그래서 천장 카메라가 추가로 필요한 것이다. 물론 별 쓸모는 없었다. 범인이 야구 모자를 썼거나 고개를 푹 숙이고 있으면 얼굴을 알아볼 수 없으니까.

영상은 흑백이 아닌 컬러였다. 컬러 카메라의 보급이 점점 빨라지고 있다는 건 그녀도 알고 있었다. 슈워츠가 마우스를 잡았다. "준비됐습니까?"

그녀가 고개를 끄덕였다. 그는 '재생' 버튼을 클릭했다.

처음 몇 초 동안은 아무것도 보이지 않았다. 그러다 갑자기 한 여자가 화면에 들어왔다. 의심의 여지 없이 데이나 펠프스였다.

"당신 눈에는 저 여자가 곤경에 빠져 있는 것처럼 보입니까?"

캣은 고개를 저었다. 화질은 좋지 않았지만 데이나는 여전히 아름다워 보였다. 누가 봐도 들뜬 마음으로 새 애인과 휴가를 떠나는 여자의 모습이었다. 캣은 순간적으로 묘한 질투심에 휩싸였다. 데이나의 머리는 방금 전문가의 관리를 받고 나온 듯이 완벽했다. 현금인출기 키패드를 두드리는 그녀의 손톱에서 매니큐어가 반짝였다. 그녀의 옷차림은 카리브 해 지역으로 로맨틱한 여행을 떠나는 사람다웠다.

샛노란 여름 원피스.

16

아쿠아는 캣의 아파트 건물 앞을 서성이고 있었다.

두 걸음 그리고 180도 회전, 두 걸음 180도 회전. 캣은 모퉁이에 멈춰 서서 그를 잠시 지켜봤다. 그는 한 손에 무언가를 쥐고 있었다. 아쿠아는 그것에 시선을 고정하고 있었다. 무슨 종이지? 그는 그 종이에 대고 무언가를 중얼거리는 중이었다. 아니, 캣이 보기에는 언쟁이나 애원에 가까워 보였다.

사람들은 그를 멀리 피해 갔다. 하지만 뉴욕답게 과잉 반응을 보이는 이는 아무도 없었다. 캣은 그를 향해 걸음을 다시 옮겼다. 아쿠아가 그녀의 집으로 찾아온 건 무려 10년 만의 일이었다. 대체 왜 온 거지? 그녀는 아쿠아에게 바짝 다가가 그가 오른손에 쥔 종이를 내려다봤다.

그것은 이 주 전에 그녀가 건넸던 제프의 사진이었다.

"아쿠아?"

그가 걸음을 멈추고 휘둥그레진 눈으로 그녀를 돌아봤다. 언뜻 봐도 그의 정신 상태가 온전치 않다는 걸 알 수 있었다. 그가 같은 자리를 맴돌며 혼잣말을 중얼거리는 건 예전에도 종종 봤던 모습이었다. 하지만 이토록 불안해하는 모습은 처음이었다. 그의 표정에서는 비통함마저 느껴졌다.

"왜지?" 아쿠아가 제프의 사진을 내밀며 소리쳤다.

"뭐가, 아쿠아?"

"난 그를 사랑했어." 그가 울부짖었다. "너도 그를 사랑했잖아."

"그랬지."

"대체 왜?"

그는 격하게 흐느끼기 시작했다. 이제 사람들은 그를 더 멀리 피해서 지나갔다. 캣은 그의 앞으로 바짝 다가갔다. 그녀가 두 팔을 벌리자 아쿠아가 와락 안겼다. 그는 그녀의 어깨에 얼굴을 묻고서 계속 펑펑 울었다.

"진정해." 그녀가 부드럽게 말했다.

하지만 아쿠아는 울음을 멈추지 않았다. 통곡이 터져 나올 때마다 그의 몸이 움찔했다. 그에게 사진을 보여주는 게 아니었다. 안 그래도 심각하게 여린 친구인데. 단조로운 일상에 필사적으로 집착하는 그에게 한때 그가 끔찍이 챙겼지만 더 이상 만나지 않는 사람의 사진을 건넨 건 그녀의 명백한 실수였다.

잠깐. 아쿠아가 제프를 더 이상 만나지 않는다는 걸 그녀가 어떻게 알까?

18년 전, 제프는 그녀와 헤어졌다. 그렇다고 그가 다른 친구들과도 절교했다고 믿을 근거는 없었다. 어쩌면 그와 아쿠아는 지금껏 연락하며 지내왔는지도 모른다. 가끔 만나서 맥주를 나누거나 야구 중계를 함께 봤는지도 모른다. 물론 컴퓨터도, 전화도, 심지어 주소마저도 없는 아쿠아와 연락을 주고받는다는 건 불가능에 가까운 일이기는 했지만.

하지만 그들이 지금껏 연락을 해왔다면?

왠지 아닐 것 같았다. 캣은 어색하게 서서 그가 울음을 멈추기만 기다렸다. 한참 후, 그가 격해진 감정을 가라앉혔다. 그녀는 그의 등을 토닥이며 위로했다. 오래전에 제프가 떠났을 때도 그녀는 지금처럼 아쿠아를 위로했다. 당시에 그녀는 그를 애처롭게 여기면서도 그의 반응에 짜증이 났다. 제프에게 차인 건 그가 아니라 그녀였다. 위로는 아쿠아가 그녀에게 해줘야 하지 않나?

어쨌든 그녀는 다시 친구로 돌아온 아쿠아가 반가웠다. 왠지 이 순간 이후로 그를 요가 강사로만 대하지 않아도 될 것 같았다. 그를 부둥켜안고 있는 동안 18년 전에 잃은 모든 것이 그녀의 뇌리를 스치고 지나갔다.

"배고프지 않아?" 그녀가 그에게 물었다.

아쿠아가 고개를 끄덕였다. 그의 얼굴은 눈물과 콧물로 범벅돼 있었다. 캣의 블라우스도 마찬가지였다. 하지만 그런 건 아무래도 상관없었다. 그녀도 갑자기 울컥했다. 제프를 잃은 사실이 비통했기 때문이 아니라, 지나치게 오랜만에 친구에게 온기를 내주며 위로하고 있다는 사실이 감격스러웠기 때문이다.

"조금 고파." 아쿠아가 말했다.

"가서 뭐 먹을까?"

"난 이만 가보는 게 좋겠어."

"아니, 그러지 말고 어디 가서 뭐 좀 먹자. 응?"

"난 됐어, 캣."

"이해를 못하겠어. 대체 여긴 왜 찾아온 거야?"

"내일 수업." 아쿠아가 말했다. "가서 준비해야 돼."

"제발 이러지 마." 그녀가 그의 손을 붙잡으며 덤덤하게 말했다. 그에게 애원하는 모습을 보이고 싶지는 않았다. "조금만 더 있다 가."

그는 대꾸가 없었다.

"배고프다며. 맞지?"

"맞아."

"뭘 좀 먹으러 가자. 응?"

아쿠아가 소매로 얼굴을 훔쳤다. "그래." 그들은 팔짱을 낀 채 걸음을 옮겼다. 눈 뜨고 봐줄 수 없는 몰골이었지만 뉴욕에서 이 정도는 애교였다. 그들은 한동안 조용히 걸었다. 마침내 아쿠아가 울음을 그쳤다. 캣은 그를 압박하고 싶지 않았지만, 더 참지 못하고 입을 열어버렸다.

"그가 그립지?" 그녀가 말했다.

아쿠아가 눈을 질끈 감았다. 마치 자신이 환청을 들었기를 바라듯이.

"괜찮아. 이해해."

"넌 이해 못해." 아쿠아가 말했다.

그녀는 어떻게 대꾸해야 할지 몰랐다. "이해를 시켜줘."

"그를 그리워하고 있는 건 맞아." 아쿠아가 말했다. 그는 걸음을 멈추고 그녀를 돌아봤다. 조금 전까지만 해도 휘둥그렇던 그의 눈이 이번에는 연민에 가까운 무언가로 가득 찼다. "하지만 네 그리움과는 달라, 캣."

그가 돌아서서 빠르게 걸어나갔다. 그녀는 황급히 달려가 따라

잡았다.

"난 아무렇지도 않아." 캣이 말했다.

"잘됐어야 했어."

"뭐가?"

"너랑 제프." 아쿠아가 말했다. "너흰 잘됐어야 했어."

"그래. 하지만 이렇게 돼버리고 말았지."

"너흰 일생 동안 어긋난 길을 걸어왔어. 그리고 운명적으로 하나가 됐어야 했지. 너도 알고 있었잖아."

"나만 알고 있었다는 게 문제지." 그녀가 말했다.

"어느 길로 들어설지는 각자가 선택할 문제지만, 가끔 압력에 떠밀려 전혀 다른 길로 들어서야 할 때가 있어."

그녀는 그의 개똥철학에는 관심이 없었다. "아쿠아?"

"왜?"

"제프를 만나봤어?"

그가 다시 걸음을 멈췄다.

"그가 날 떠난 후에 말이야. 그를 만난 적 있어?"

그녀의 팔뚝을 붙들은 아쿠아의 팔에 잔뜩 힘이 들어갔다. 그는 다시 걸음을 옮겼고, 그녀는 그를 따라갔다. 그들은 콜럼버스 가에서 오른쪽으로 돌아 북쪽으로 올라갔다.

"두 번." 그가 말했다.

"그를 두 번이나 만났어?"

아쿠아가 하늘을 올려다보다가 다시 눈을 감았다. 캣은 묵묵히 기다렸다. 그는 학창 시절에도 종종 고개를 쳐들고 얼굴에 쏟아지는 햇볕에 대해 주절거렸다. 그 온기가 마음을 편안하게 해주고 집중력을 높여준다나. 애꿎은 피부가 희생되는 건 모르고. 그의 눈과 입 주변에는 깊은 주름이 패었다. 오랫동안 길에서 노숙 생활을 한 탓에 그의 '모카 라테' 피부는 심각하게 상한 상태였다.

"그가 방으로 돌아왔어." 아쿠아가 말했다. "너랑 헤어지고 나서."

"오." 그녀가 말했다. 그것은 그녀가 기대했던 답이 아니었다.

아쿠아는 학창 시절 내내 싱글 룸을 사용했다. 학교는 그에게 룸메이트를 붙여주려 했지만 번번이 실패로 돌아갔다. 그가 복장 도착자라는 사실도 문제였지만, 무엇보다 그에게 잠이 없다는 사실에 모두가 기겁했다. 아쿠아는 밤새도록 공부만 해댔다. 책만 읽어댔다. 낮에는 실험실과 구내식당에서, 밤에는 저지 시티의 한 페티시 클럽에서 일했다. 아쿠아는 2학년 때 싱글 룸에서 쫓겨났다. 학교는 그에게 세 명의 학생을 룸메이트로 붙여줬다. 그는 강하게 반발했지만 학교의 뜻을 거스를 수는 없었다. 마침 제프는 178번가에 투 룸 아파트를 마련해놓은 상태였다. 제프는 그 것을 뜻밖의 행운이라고 불렀다.

아쿠아는 다시 질질 짜기 시작했다. "제프는 폐인이 됐어."

"고마워. 18년 만에 들으니 더 애잔하네."

"비꼬지 마, 캣."

이런 상황에서도 아쿠아는 진지함을 놓지 않았다.

"그를 두 번째로 본 건 언제였어?" 캣이 물었다.

"3월 21일." 그가 말했다.

"몇 년도?"

"몇 년도냐니. 당연히 올해지."

캣의 걸음이 뚝 멎었다. "잠깐. 제프를 두 번째로 본 게 6개월 전이었다고?"

아쿠아가 꼼지락거리기 시작했다.

"아쿠아?"

"난 요가를 가르쳐."

"나도 알아."

"아주 잘 가르치지."

"최고지. 대체 제프는 어디서 만난 거야?"

"너도 같이 있었어."

"그게 무슨 소리야?"

"너도 나한테 배우고 있잖아. 3월 21일. 넌 가장 우수한 제자는 아니지만 그렇게 되려고 늘 노력하지. 아주 성실한 제자야."

"아쿠아, 제프를 어디서 봤냐니까."

"수업에서." 아쿠아가 말했다. "3월 21일에."

"올해?"

"그래."

"제프가 6개월 전에 네 수업에 들어왔단 얘기야?"

"내 수업을 듣지는 않았어." 아쿠아가 말했다. "그냥 나무 뒤에서 지켜봤을 뿐이지. 널 보고 있었어. 멀리서 봐도 무척 괴로워하는 걸 똑똑히 알 수 있었다고."

"그와 대화도 나눠봤어?"

아쿠아가 고개를 저었다. "수업에만 신경 써야 했으니까. 난 네가 그를 만나봤을 줄 알았어."

"아니." 그녀가 말했다. 아쿠아의 정신 상태를 잘 알기에 그 주장을 곧이곧대로 믿기 힘들었다. 6개월 전에 제프가 센트럴 파크에서 수업을 지켜봤다니. 그것도 나무 뒤에 숨어서. 말이 되지 않는 주장이었다.

"미안해, 캣."

"네가 미안할 게 뭐 있어."

"그게 모든 걸 바꿔놨어. 이렇게 될 줄은 정말 몰랐다고."

"괜찮다니까."

그들은 오말리스에서 반 블록 떨어진 지점에 와 있었다. 학창 시절에 캣, 제프, 아쿠아, 그리고 다른 친구 몇몇이 자주 모여서 놀던 곳이었다. 오말리스는 혼혈 복장도착자가 부담 없이 술을 마실 수 있는 곳이 아니었다. 적어도 당시에는 그랬다. 아쿠아가 남자처럼 입고 있어도 손님들의 비웃음은 멎지 않았다. 아버지는 노골적으로 내색하지 않고 그냥 고개만 저어댈 뿐이었다. 다른 동네 사람들만큼 유난을 떨지는 않았지만 그렇다고 '게이'에 대한 못마땅한 입장이 달라진 건 아니었다.

"저런 놈이랑은 어울리지 마라." 캣의 아버지는 말했다. "정상이 아니잖니."

그녀는 고개를 저으며 눈을 굴렸다. 아버지를 향해. 그리고 같은 편견을 가진 그의 동료들을 향해. 사람들은 그런 형사들을 '구식'이라고 불렀다. 물론 틀린 말은 아니었다. 하지만 그것을 찬사로 들을 수는 없었다. 편협하고 세상과 단절됐다는 뜻이기도 했으니까. 다들 그럴듯한 핑곗거리가 있었지만 그들이 고집불통이라는 사실에는 변함이 없었다. 아무리 밉지 않은 고집불통이라

해도. 당시 게이와 소수민족들은 심한 무시와 차별을 받았다. 협상 테이블에서 과하게 밀어붙이면 유대인 같다는 소리를 들었다. 남자답지 않은 모든 활동은 게이 같은 것이었다. 깜둥이처럼 경기하는 야구 선수들도 비난을 피할 수 없었다. 캣은 그런 분위기가 무척 거슬렸지만, 어릴 때는 그걸 특별히 문제 삼지 않았다.

아쿠아는 별로 신경 쓰지 않는 분위기였다. 아니면 참을성이 많았을까? "진화론도 처음에는 이렇게 수난을 당했죠." 그는 태연하게 말했다. 한 술 더 떠서 그런 분위기를 도전으로 받아들이기까지 했다. 아쿠아는 당당히 오말리스로 걸어 들어가 술을 주문했다. 짓궂은 형사들이 따분해서 몸을 비비 꼬아댈 때까지 그들의 조롱과 비웃음을 무시해버렸다. 그런 상황이 몇 번 반복되면 모든 게 자연스레 해결됐다. 언제부터인가 아쿠아가 들어서도 누구 하나 눈길을 주지 않았다. 하지만 아버지와 그의 동료들은 여전히 그에게 곱지 않은 시선을 보냈다.

캣은 그런 아버지가 못마땅했다. 하지만 아쿠아는 개의치 않는 모습이었다. 그는 어깨를 으쓱이며 말했다. "그래도 조금씩 나아지고 있잖아."

술집 정문 앞에서 아쿠아가 멈춰 섰다. 그의 눈이 다시 휘둥그레졌다.

"왜 그래?" 캣이 물었다.

"수업이 있어."

"알아. 내일이잖아."

그는 고개를 저었다. "준비를 해야 돼. 난 요가 수행자라고. 강사. 지도자."

"그리고 최고지."

아쿠아는 계속 고개를 저었다. 그의 눈가가 촉촉이 젖어 있었다. "돌아갈 수 없어."

"원치 않는 곳에는 가지 않아도 돼."

"그는 널 무척이나 사랑했어."

그녀는 '그'가 누구인지 묻지 않았다. "괜찮아, 아쿠아. 그냥 배를 채우려고 왔을 뿐이야."

"난 좋은 강사지?"

"최고라니까."

"그럼 가서 준비할 수 있게 해줘. 그게 내가 사람들을 돕는 길이라고. 내가 집중해야만 사회에 보탬이 될 수 있어."

"그래도 식사는 해야지."

오말리스 정문에는 버드와이저 네온사인이 붙어 있었다. 아쿠아의 눈에서 빨간 불빛이 번뜩였다. 그녀는 손잡이를 잡고서 문을 열었다.

그 순간 아쿠아가 비명을 질렀다. "난 돌아갈 수 없어!"

캣은 문에서 손을 뗐다. "괜찮아. 무슨 얘긴지 알았어. 다른 데로 가자."

"아니야! 날 내버려둬! 그도 내버려두고!"

"아쿠아?"

그녀가 손을 내밀었지만 그는 흠칫 놀라며 뒤로 물러났다. "그를 그냥 내버려둬." 아쿠아가 나지막이 말했다. 그러고는 돌아서서 공원을 향해 전력으로 내달렸다.

17

한 시간 후, 스테이시가 오말리스로 왔다.

캣은 자신이 겪은 일들을 전부 들려줬다. 묵묵히 듣던 스테이시가 고개를 저으며 말했다. "맙소사. 난 그저 네게 짝을 찾아주고 싶었을 뿐인데."

"알아."

"좋은 일을 하고도 욕을 먹네."

스테이시가 앞에 놓인 맥주병을 응시하더니 라벨을 벗겨내기 시작했다.

"무슨 일 있어?" 캣이 물었다.

"그게 말이야, 내가 주제넘게 조사를 좀 해봤어."

"무슨 조사?"

"네 옛 약혼자, 제프 레인스에 대해서 조사를 해봤다고."

캣은 맥주를 한 모금 넘겼다. "뭘 찾았는데?"

"별것 없었어."

"무슨 뜻이야?"

"너랑 헤어진 후에 그가 어디로 갔는지 알아?"

"아니."

"궁금하지도 않았어?"

"궁금하긴 했지." 캣이 말했다. "하지만 자존심 때문에. 그가 날 찼다는 건 알지?"

"물론 알지."

"그가 어디로 갔는데?"

"신시내티."

캣의 시선은 여전히 정면을 향해 있었다. "말 되네. 원래 신시내티 출신이거든."

"아무튼. 너랑 헤어진 지 3개월쯤 지났을 때 그는 술집에서 싸움을 벌였어."

"제프가?"

"응."

"신시내티에서?"

스테이시가 고개를 끄덕였다. "자세한 건 나도 몰라. 경찰이 출동했고, 그는 경범죄로 체포됐어. 나중에 벌금을 내고 풀려났고."

"그래? 그런 다음에는?"

"아무것도 없어."

"그건 또 무슨 뜻이야?"

"제프 레인스에 대한 기록이 없다고. 신용카드도, 여권도, 은행 계좌도, 아무것도 없어."

"잠깐. 아직 서론이지?"

스테이시가 고개를 저었다. "샅샅이 뒤져봤어. 그는 바람과 함께 사라져버렸더라고."

"그럴 리가 없는데. YouAreJustMyType에도 가입돼 있고."

"네 친구 브랜던이 그랬다며. 그가 가명을 썼다고."

"잭이라고 했대. 그런데 그거 알아?" 캣은 손바닥으로 바 테이블을 탁 내리쳤다. "난 관심 없어. 다 지난 일이라고."

스테이시가 미소를 지었다. "잘 생각했어."

"그 사람 얘긴 오늘 지겹도록 들었어."

"옳소, 옳소!"

그들은 병을 부딪치며 건배했다. 캣은 애써 태연한 척했다.

"프로필에는 그가 홀아비로 나와 있어." 캣이 말했다. "아이도 하나 있다고 했고."

"그래. 나도 알아."

"하지만 그 사실은 캐내지 못했잖아."

"18년 전 술집 사건 이후로 기록이 하나도 없었다니까."

캣이 고개를 저었다. "이해가 안 돼."

"그럼 좀 어때? 어차피 관심도 없는데. 안 그래?"

캣은 단호히 고개를 끄덕였다. "맞아."

스테이시가 잠시 주위를 살폈다. "오늘 분위기는 더 꽝인데? 나만 그렇게 느끼는 거야?"

내 주의를 딴 데로 돌리려고? 캣은 생각했다. 하지만 상관없어. 스테이시의 말대로 오늘 밤 오말리스의 분위기는 허세남 박람회나 다름없었다. 카우보이 모자를 쓴 남자가 챙을 살짝 들고는 브루클린 말씨로 그들에게 인사했다. "안녕들 하세요?" 주크박스 옆에서 음악에 맞춰 흐느적거리고 있는 남자도 보였다. 어느 술집에나 그런 남자들은 꼭 있었다. 친구들이 부추기면 뒤로 빼지 않고 공들여 익힌 로봇 춤이나 문 워크를 선보이는 춤꾼들. 한 남자는 풋볼 유니폼을 걸치고 있었다. 캣은 남자들이 그런 차림으로 다니는 걸 좋아하지 않았다. 여자들이 그러는 건 더 못 봐줬다. 팬덤을 증명하기 위해 요란하게 응원하는 남자들은 특히 꼴불견이었다. 그런다고 여자들이 관심을 갖는 것도 아닌데. 술집 한복판에선 머리에 왁스를 과하게 바른 얼간이 두 명이 우쭐거리고 있었다. 그들의 몸은 스테로이드로 부풀린 듯한 흉측한 근육으로 덮여 있었다. 그런 부류는 절대로 어두운 구석에 자리를 잡지 않았다. 그리고 약속이라도 한 듯이 꽉 끼는 작은 셔츠를 걸치고 다녔다. 마리화나 냄새를 폴폴 풍기는 힙스터들. 팔뚝이 문신으로 뒤덮인 남자들. 질펀하게 취한 어느 술꾼은 처음 본 남자에게 어깨동무를 하며 오늘부터 친하게 지내자고 너스레를 떨었다.

검은 가죽 재킷에 빨간 스카프를 두른 한 바이커가 슬그머니 다가왔다. 그의 손에는 25센트짜리 동전 하나가 쥐여 있었다. "안녕, 베이비." 그가 두 여자 사이를 쳐다보며 말했다. 일석이조의 효과를 노린 듯했다.

"내가 동전을 던지면⋯⋯." 스카프가 눈썹을 실룩이며 말했다. "앞면이 나올까요?"

스테이시가 캣을 돌아봤다. "이젠 다른 술집을 찾아봐야겠어."

캣이 고개를 끄덕였다. "마침 저녁 먹을 시간이 됐잖아. 가서 식사나 하자."

"텔레판(센트럴 파크 내 아메리칸 레스토랑—옮긴이)은 어때?"

"냠냠."

"테이스팅 메뉴를 시켜 먹자."

"거기에 어울리는 와인도 마시고."

"빨리 가자."

밖으로 나온 그들은 빠르게 걸음을 옮겼다. 그때 캣의 휴대폰이 울렸다. 브랜던의 휴대폰 번호가 찍혀 있었다. 그는 더 이상 선불 폰을 쓰지 않았다. 그녀는 잠시 고민에 빠졌다. 텔레판의 테이스팅 메뉴와 와인은 포기하고 싶지 않았다. 그녀는 고민 끝에 전화를 받았다.

"여보세요?"

"어디 계세요?" 브랜던이 물었다. "드릴 말씀이 있어요."

"너한테 들을 얘기 없어, 브랜던. 내가 오늘 어디 다녀왔는지 알아?"

"어디 다녀오셨는데요?"

"그리니치 경찰서. 가서 슈워츠 형사를 만났어. 네가 받은 문자 메시지에 대해서도 들었고."

"그걸 곧이곧대로 믿지 마세요."

"넌 내게 거짓말을 했어."

"전 거짓말한 적 없어요. 그저 문자메시지에 대해 언급하지 않았을 뿐이라고요. 왜 그랬는지 설명해드릴게요."

"그럴 필요 없어. 난 이 문제에서 손을 떼기로 했어, 브랜던. 만나서 반가웠어. 그리고 행운을 빌어."

그녀가 엄지손가락으로 '종료' 버튼을 누르려는 찰나, 브랜던이 다급하게 말했다. "제프에 대해 뭔가 알아낸 게 있어요."

그녀는 휴대폰을 다시 귀로 가져갔다. "그가 18년 전에 술집에서 싸움을 벌였다는 거 말이야?"

"네? 아뇨. 이건 최근에 벌어진 일이에요."

"난 정말 알고 싶지 않아. 그가 네 어머니와 함께 있는 거 맞지?"

"우리가 잘못 짚었어요."

"뭘 잘못 짚어?"

"전부 다요."

"그게 무슨 소리야?"

"우선 제프."

"그가 뭐?"

"그는 형사님이 생각하시는 그런 사람이 아니에요. 만나서 얘기해요. 이걸 꼭 보셔야 해요."

레이날도는 금발 여자—이름을 알 필요는 없다—의 상태를 꼼꼼히 살핀 후 같은 길을 따라 농가로 향했다. 어느새 밤이 찾아들었다. 그는 손전등으로 앞을 비추며 부지런히 걸음을 옮겨나갔다.

레이날도는 열아홉 살 때 자신이 어둠을 무서워한다는 사실을 알게 됐다. 칠흑 같은 어둠. 완전한 어둠. 도시에는 그런 어둠이 없었다. 어디를 가든 가로등, 그리고 창문과 상점들이 뿌려대는 불빛에서 벗어날 수 없었다. 순수한 어둠이 없는 곳이었다. 하지만 이곳 숲 속에 어둠이 내리면 눈앞의 손조차 제대로 보이지 않았다. 어디에 무엇이 숨어 있는지 알 길이 없었다.

빈터에 다다르자 레이날도의 눈에 현관 불빛이 들어왔다. 그는 걸음을 멈추고 고요한 주변을 찬찬히 둘러봤다. 이곳에 오기 전까지 한 번도 누려본 적 없는 평온함이었다. 영화 속에서라면 몰라도 현실에는 절대로 이런 곳이 존재하지 않을 거라 믿었다. 〈스타워즈〉에 나오는 데스 스타가 실존한다고 믿지는 않았던 것처럼. 아이들이 마음껏 뛰놀 수 있고, 부모님과 오붓하게 살 수 있는 곳은 상상이 아닌 현실 속에도 존재했다. 지금은 그걸 알게 됐다. 물론 여유롭고 행복한 전원생활은 여전히 그에게 환상일 뿐이었지만.

그는 따라야 할 지시를 잠시 미뤄두고 헛간으로 들어가서 초콜릿색 래브라도 보를 살펴봤다. 언제나 그렇듯 보가 달려와 마치 1년 만에 만난 것처럼 그를 반기며 맞아줬다. 레이날도는 미소를 흘리며 녀석의 귀 뒤를 쓰다듬어줬다. 그는 보의 물그릇을 채워주는 것도 잊지 않았다.

개를 챙기고 나온 레이날도는 계속 농가를 향해 걸어갔다. 문을 열고 들어가자 타이터스와 드미트리가 기다리고 있었다. 밝은 색 셔츠와 니트 모자 차림의 드미트리는 타이터스가 데려온 컴퓨터 전문가였다. 타이터스는 실내를 아미시 스타일로 꾸며놓았다. 레이날도는 그 이유가 궁금했다. 나무로 된 가구들은 전부 견고했고 묵직했으며 특별한 장식 없이 수수했다. 집에는 튀어 보이는 게 하나도 없었다. 갖춰진 모든 것에선 조용한 기운이 느껴졌다.

위층의 한 침실에는 벤치와 역기들이 갖춰져 있었다. 그들은 원래 지하 저장고를 체력 단련실로 쓸 생각이었다. 하지만 누구도 지하로 내려가지 않으려 했다. 그래서 집 안으로 모든 장비를 옮겨놓았다.

레이날도는 하루도 빠지지 않고 역기를 들었다. 냉장고와 캐비닛은 근육강화제로 가득 찼다. 타이터스가 그를 위해 제공하는 약물이었다. 레이날도는 매일 자신의 허벅지에 그것을 직접 주사했다.

6년 전, 타이터스는 한 쓰레기 처리장에서 레이날도를 찾았다. 당시 레이날도는 퀸즈의 한 모퉁이에서 몸을 팔고 있었다. 그것도 한 번에 15달러라는 터무니없이 싼값에. 그날 그는 손님이 아니라 경쟁자들에게 흠씬 두들겨 맞았다. 자신들의 구역을 겁도 없이 침범했다는 게 이유였다. 레이날도가 여섯 번째 손님의 차에서 내리기가 무섭게 두 명이 달려들어 그를 구타했다. 타이터스는 길바닥에 피를 흘리고 쓰러져 있는 그를 발견했다. 보가 바짝 붙어서 레이날도의 얼굴을 핥아대고 있었다. 타이터스는 그를 씻기고 체육관으로 데려가서 운동을 시켰다. 더 이상 얻어맞고 다니지 말라며 스테로이드도 놓아줬다.

타이터스는 그에게 생명의 은인 그 이상이었다.

레이날도가 계단 쪽으로 다가갔다.

"기다려." 타이터스가 그에게 말했다.

레이날도는 그를 돌아봤다. 드미트리는 컴퓨터 모니터 속 무언가에 집중하고 있었다.

"무슨 문제라도 있습니까?" 레이날도가 물었다.

"해결 가능한 일이야."

레이날도는 설명이 이어지기를 기다렸다. 타이터스가 그에게 다가가 권총을 쥐여줬다.

"내 신호를 기다려."

"알겠습니다."

레이날도는 권총을 허리 밴드에 꽂아 넣고 셔츠로 덮었다. 타이터스는 완벽하게 감춰진 총을 보고서 만족한 듯 고개를 끄덕였다. "드미트리?"

드미트리가 고개를 들고 분홍색 안경 너머로 그를 쳐다봤다. "네?"

"가서 뭘 좀 먹고 와."

타이터스는 무엇이든 두 번 말하는 걸 싫어했다. 드미트리는 잽싸게 일어나 밖으로 나갔다. 집에는 레이날도와 타이터스, 두 사람만 남게 됐다. 타이터스가 문간으로 다가가 섰다. 레이날도는 숲 속에서 다가오는 손전등 불빛을 내다봤다. 잠시 후, 누군가가 빈터를 지나 현관 계단을 올라왔다.

"왔습니다."

클로드는 말쑥한 검은 양복 차림이었다. 그는 타이터스 밑에서 수송을 담당하는 두 사람 중 하나였다.

"무슨 일입니까?" 클로드가 환한 미소를 지으며 물었다. "벌써 데려올 배달물이 생겼어요?"

"아직 아니야." 타이터스가 말했다. 그의 차가운 목소리가 레이날도의 목덜미 털을 곤두서게 만들었다. "그보다 먼저 할 얘기가 있어."

클로드의 얼굴에서 미소가 싹 가셨다. "무슨 문제라도 생겼습니까?"

"재킷 벗어."

"네?"

"멋진 재킷이잖아. 좀 후텁지근하지 않아? 그걸 걸치고 있을 필요가 없을 것 같은데. 그러니까 벗으라고."

클로드는 애써 태연한 척하며 어깨를 으쓱였다. "그러죠 뭐."

클로드가 양복 재킷을 벗었다.

"바지도 벗어."

"네?"

"벗으라고, 클로드."

"무슨 일입니까? 이해가 안 되네요."

"그냥 시키는 대로 해, 클로드. 바지도 벗어."

클로드가 레이날도를 흘끔 돌아봤다. 레이날도의 표정에는 변화가 없었다.

"그러죠." 클로드는 여전히 태연한 척하고 있었다. "그러고 보니 두 사람 다 반바지 차림이군요. 그럼 나도 벗죠."

"그래, 클로드."

그가 바지를 벗어 타이터스에게 넘겼다. 타이터스는 바지를 한쪽 구석으로 가져가 의자 등받이에 반듯하게 걸쳐놓았다. 그런 다음, 다시 클로드에게로 돌아왔다. 클로드는 와이셔츠, 넥타이, 사각팬티, 그리고 양말만 걸친 채 서 있었다.

"마지막 배달 건에 대해 얘기해봐."

클로드는 어리둥절한 표정이었다. "특별히 얘기할 건 없습니다. 모든 게 매끄럽게 진행됐거든요. 그 여자, 아직 여기 있죠?"

클로드가 힘겹게 미소를 머금었다. 그리고 두 손을 펼쳐 보인 채 다시 레이날도를 돌아봤다. 레이날도는 미동도 하지 않았다. 그는 이 상황이 어떻게 종료될지 잘 알고 있었다.

타이터스가 클로드 앞으로 바짝 다가가 섰다. "현금인출기에 대해 말해봐."

"네?" 그는 어설픈 연기가 통할 상황이 아니라는 걸 이내 깨달았다. "오, 그거요?"

"말해봐."

"그러죠. 별거 아닙니다. 당신 규칙에 대해선 알고 있어요, 타이터스. 불가피한 상황이 아니면 절대 어기지 않죠. 당신도 알잖아요."

타이터스는 여유로운 모습으로 서서 해명이 이어지기를 기다렸다.

"좋아요. 이렇게 된 일입니다. 차를 몰고 가다가 집에 지갑을 놓고 왔다는 걸 알게 됐어요. 정말 바보 같았죠. 아니, 바보 같았던 게 아니라, 바보였습니다. 건망증이 있는 바보. 현금 없이 움직일 순 없지 않겠습니까. 안 그래요? 장거리 운전인데. 무슨 얘긴지 이해하죠, 타이터스?"

그는 잠시 입을 닫고 타이터스의 반응을 살폈다. 타이터스는 여전히 대꾸가 없었다.

"아무튼 그래서 우린 현금인출기에 들렀습니다. 하지만 걱정하지 말아요. 주 내에서 처리했으니까. 우린 그녀의 집에서 30킬로미터도 채 벗어나지 않았어요. 난 차에서 내리지도 않았고요. 감시 카메라에 잡혔을 리 없어요. 난 그녀에게 총을 보여주고서 허튼수작을 부렸다간 아들을 죽이겠다고 했죠. 그녀는 돈을 뽑아서……."

"얼마를 뽑았지?"

"네?"

타이터스가 미소를 흘렸다.

"그녀에게 얼마나 뽑아 오라고 했지?"

"아, 인출 한도액을 뽑아 오라고 했어요."

"그게 얼만데, 클로드?"

희미한 미소는 다시 꺼져버렸다. "천 달러."

"큰돈이지." 타이터스가 말했다. "좀 과한 액수라고 생각하지 않아?"

"어차피 그녀도 돈을 좀 뽑아야 했어요. 기왕 뽑는 김에 최대한 뽑아 오라고 시켰죠. 그게 문제될 건 없잖아요."

타이터스가 그를 매섭게 쳐다봤다.

"아, 이런, 이제 알았어요. 왜 진작 그 얘길 들려주지 않았는지 궁금한 거죠? 당연히 나중에 얘기하려고 했어요. 그냥 깜빡했을 뿐이라고요. 맹세코."

"정말 건망증이 심한 모양이군, 클로드."

"우리, 큰 그림을 보자고요. 천 달러면 별로 큰 액수는 아니잖아요."

"맞아. 네놈은 그 얼마 안 되는 돈 때문에 우릴 위험에 처하게 했어."

"미안해요. 정말 미안해요. 바지 주머니에 돈이 있어요. 가서 꺼내 가요. 내가 실수했어요. 앞으론 조심할게요."

타이터스가 방을 가로질러 바지를 걸쳐놓은 의자로 갔다. 그러고는 주머니에서 지폐 뭉치를 꺼냈다. 타이터스의 얼굴에 만족스러운 표정이 떠올랐다. 그가 주머니에 돈을 쑤셔 넣으며 고개를 끄덕였다. 신호였다.

"그럼 이제 된 거죠?" 클로드가 물었다.

"됐어."

"다행이네요. 그럼 다시 옷을 입어도 되겠습니까?"

"아니." 타이터스가 말했다. "비싼 양복이잖아. 그 양복에 피를 묻히고 싶지 않아."

"피를 묻히다니요?"

레이날도가 클로드의 뒤로 바짝 다가가 섰다. 그리고 한마디 경고도 없이 총구를 클로드의 뒤통수에 갖다 붙이더니 방아쇠를 당겼다.

18

　브랜던은 72번가 근처 스트로베리 필즈 옆 벤치에서 기다리고 있었다. 두 남자가 기타를 퉁기며 비틀즈 곡들을 경쟁적으로 불러대고 있었다. 〈스트로베리 필즈 포에버〉를 선택한 남자는 에그맨 티셔츠 차림으로 〈아이 엠 더 월러스〉를 선택한 남자에 비해 벌이가 저조한 편이었다.

　"우선 문자메시지에 대해 해명할게요." 브랜던이 말했다. "슈워츠 형사님이 우리 엄마가 전송했다고 주장하는 것들 말이에요."

　캣은 묵묵히 기다렸다. 스테이시도 함께 와 있었다. 캣에게는 이 모든 상황을 새로운 시각으로 지켜봐줄 사람이 필요했다.

　"잠깐만요. 보여드릴게요." 그가 몸을 웅크리고서 휴대폰으로 무언가를 찾아보기 시작했다. "여기 있어요. 직접 읽어보세요."

　캣은 그에게 휴대폰을 넘겨받아 화면에 뜬 메시지를 읽었다.

　안녕. 잘 도착했어. 너무 흥분돼. 보고 싶다!

　캣은 휴대폰을 스테이시에게 넘겼다. 그녀가 메시지를 확인한 후 휴대폰을 다시 브랜던에게 돌려줬다.

"네 어머니 휴대폰에서 전송된 거잖아." 캣이 말했다.

"맞아요. 하지만 엄마가 보내신 건 아니에요."

"왜 그렇게 생각하지?"

브랜던은 마치 모욕당한 듯한 표정이었다. "엄만 절대로 '보고 싶다'란 얘기를 안 하세요. 항상 '사랑해'라는 말로 끝맺으신다고요."

"지금 나랑 장난하자는 거지? 응?"

"진지하게 하는 얘기예요."

"브랜던, 어머니가 몇 번이나 이렇게 훌쩍 떠나셨지?"

"이번이 처음이에요."

"맞아. 그래서 '보고 싶다'고 하셨겠지. 안 그래?"

"형사님은 모르세요. 엄만 항상 메시지 끝에 'XOXO'와 '엄마'를 붙이세요. 엄마의 장난이죠. 항상 당신임을 알려주신다니까요. 전화를 거실 때도 마찬가지예요. 발신자 번호가 뜨는데도 엄만 항상 이렇게 말씀하시죠. '브랜던, 엄마야.'"

캣이 스테이시를 돌아봤다. 스테이시가 어깨를 살짝 으쓱했다. 그는 확신에 찬 모습이었다.

"감시 카메라 영상도 봤어." 캣이 말했다.

"무슨 감시 카메라요?"

"현금인출기."

그의 눈이 휘둥그레졌다. "우아, 그걸 보셨다고요? 어떻게요?"

"슈워츠 형사가 생각보다 철두철미하더군. 그가 테이프를 입수했어."

"영상에 뭐가 나오던가요?"

"뭐가 나왔을 것 같아, 브랜던?"

"몰라요. 우리 엄마가 나왔어요?"

"그래."

"믿을 수 없어요."

"내가 거짓말을 하는 것 같아?"

"엄마가 무슨 옷을 입고 계셨죠?"

"샛노란 여름 원피스."

그 말에 그의 안색이 어두워졌다. 에그맨 티셔츠 남자의 〈아이 엠 더 월러스〉가 끝났다. 여기저기서 박수가 터져 나왔다. 남자가 머리 숙여 인사한 후 곧바로 〈아이 엠 더 월러스〉를 다시 부르기 시작했다.

"별일 없어 보였어." 캣이 말했다. "아주 아름다우시던데."

어머니 칭찬에 브랜던이 한 손을 흔들어 보였다. "엄마가 정말 혼자 계셨어요?"

"그래. 카메라 두 대가 위아래로 촬영한 거야. 혼자였어."

브랜던의 어깨가 축 늘어졌다. "이해가 안 되네요. 믿지 못하겠어요. 이런다고 해서 제가 이 사건에서 손을 뗄 것 같으세요? 노란 원피스는 다른 방법으로 알아내신 거죠?"

스테이시가 미간을 찌푸리더니 마침내 입을 열었다. "그만해라, 꼬마야."

그는 계속 고개를 저어댔다. "그럴 리 없어요."

스테이시가 그의 등을 토닥였다. "인상 펴. 네 어머닌 멀쩡히 살아계셔."

그가 다시 고개를 저었다. 그러더니 벌떡 일어서서 〈이매진〉 모자이크 쪽으로 천천히 다가갔다. 한 관광객이 소리쳤다. "이봐!" 그가 카메라 앵글에 잡힌 것이었다. 캣이 황급히 달려갔다.

"브랜던?"

그가 걸음을 멈췄다.

"제프에 대해 알아낸 게 있다고 했지?"

"그의 이름은 제프가 아니에요." 브랜던이 말했다.

"알아. 온라인에선 잭이라는 이름을 사용했다며."

"그것도 그의 본명이 아니에요."

캣이 스테이시를 흘끔 돌아봤다. "무슨 소리지?"

그는 배낭에서 노트북을 꺼내 전원을 켰다. "제가 말씀드린 대로예요. 그를 구글로 검색해봤지만 아무 정보도 나오지 않았어요. 하지만 다른 방법이 있었죠. 왜 진작 그 생각을 못했는지 모르겠지만."

"그게 무슨 방법인데?"

"혹시 이미지 검색이 뭔지 아세요?" 브랜던이 물었다.

그녀는 그 방법으로 브랜던의 어머니를 검색해봤지만, 굳이 그 사실을 브랜던에게 알려줄 필요는 없었다. "누군가의 사진을 찾고 싶을 때 쓰는 거 아니야?"

"아뇨. 그런 이미지 검색 말고요." 그가 조급함을 감추지 못하며 말했다. "그건 너무 일반적인 방법이잖아요. 예를 들어, 온라인에서 자기 사진을 찾고 싶을 때 '이미지'를 클릭하고 자기 이름을 입력하면 되죠. 하지만 제가 얘기하는 건 그보다 훨씬 복잡한 기술이에요."

"그건 모르겠는데." 캣이 말했다.

"글을 검색하는 게 아니라 특정 이미지를 검색하는 거예요." 브랜던이 말했다. "그러니까 이런 거죠. 어떤 웹사이트에 사진 하나를 올렸다고 쳐요. 그럼 그 사진이 어디로 옮겨 다녔는지 확인할 수 있어요. 소프트웨어만 있으면 그 사람 얼굴이 포함된 다른 사진들까지 찾아낼 수 있죠. 그런 이미지 검색 말이에요."

"그래서 제프의 사진을 올려봤단 얘기지?"

"맞아요. 그의 YouAreJustMyType.com 프로필에서 사진들을 복사해 구글 이미지 검색에 넣어봤어요."

캣이 말했다. "그러니까 그 사진들이 다른 데 올라갔다면……."

"이미지 검색이 그걸 찾아낼 수 있죠."

"그래서 뭔가 찾아냈어?"

"처음엔 아니에요. 아무것도 걸리지 않았거든요. 대부분의 검색엔진들은 현재 온라인에 떠다니는 것들만 걸러내요. 부모들이 애들에게 겁주는 말 있죠? 인터넷에 올려놓으면 그게 뭐든 영원히 지워지지 않는다는 말."

"그래."

"그건 사실이에요. 캐시 파일이 돼버리거든요. 얘기가 점점 기술적으로 돼가는데, 아무튼 컴퓨터로 뭘 삭제한다고 해도 실제로는 사라지는 게 아니에요. 집에 페인트를 칠하는 것과 같죠. 예전에 칠해놓은 페인트 위로 덧칠을 하는 거잖아요. 새로 칠한 페인트를 벗겨내면 언제든 옛 페인트를 끄집어낼 수 있고요." 그가 만족스러운 표정을 지었다. "제가 생각해도 완벽한 비유인 것 같네요. 무슨 뜻인지 이해하시겠죠?"

"그래서 새로 칠한 페인트를 벗겨내봤다, 이거지?"

"그런 셈이죠. 삭제된 페이지를 검색할 수 있는 방법을 알아냈거든요. 코네티컷 대학 컴퓨터실을 관리하는 친구가 프로그램을 만들어줬어요. 아직 베타 버전이긴 하지만."

"그걸로 뭘 찾았지?"

브랜던이 그녀가 볼 수 있게 컴퓨터를 돌려놓았다. "이걸 찾았어요."

그것은 페이스북 페이지였다. YouAreJustMyType 사이트에 제프가 걸어놓은 프로필 사진과 똑같은 것이 보였다.

하지만 그의 이름은 론 코치먼이라고 쓰여 있었다.

그의 페이스북은 눈에 익은 사진들 외에는 볼 게 없었다. 4년 전에 계정을 만든 후로 올린 글도, 활동도 없었다. 사진들은 그가 페이스북을 처음 시작한 날 올려놓은 것들이었다. 사진 속의 제프, 아니 잭, 아니 론이 여전히 젊고 잘생겨 보이는 이유가 설명된 셈이었다. 4년이 지났으니 지금은 이렇지 않을 거야. 캣은 생각했다.

과연 그럴까?

하지만 중요한 질문은 여전히 풀리지 않았다. 론 코치먼은 대체 누구란 말인가?

"내가 한마디 해도 될까?" 스테이시가 그녀에게 말했다.

"물론이지."

"이 사람이 네 옛 약혼자가 확실하긴 해? 그냥 비슷하게 생긴 다른 사람이 아니고?"

캣이 고개를 끄덕였다. "그럴 가능성도 있지."

"아니에요." 브랜던이 말했다. "그에게 메시지를 보내셨잖아요? 그가 형사님을 알아봤고. 형사님에게 새 출발이 필요하다고 했잖아요."

"그래." 캣이 말했다. "알아. 게다가 스테이시가 찾아낸 것도 있고. 그렇지, 스테이시?"

"응." 그녀가 말했다.

"어떻게요?" 브랜던이 물었다.

캣은 그의 질문을 무시하고 스테이시에게 말했다. "18년 전에 제프는 신시내티로 돌아갔어. 그리고 그곳 술집에서 싸움을 벌였지. 그러고 나선 이름을 론 코치먼으로 바꾸고……."

"아니야." 스테이시가 말했다.

"왜?"

"내가 비록 세계 최고의 탐정은 아니지만, 그래도 데이터베이스들은 꼼꼼히 살펴봤어. 만약에 제프가 이름을 론 코치먼으로 바꿨다면 법적 절차를 거치지 않았을 거야."

"하지만 법적 절차가 꼭 필요한 건 아니잖아." 캣이 말했다. "누구라도 얼마든지 바꿀 수 있는데."

"그래도 신용카드나 은행 계좌에 새 이름을 쓰려면……."

"그런 건 새로 만들지 않았을 수도 있잖아."

"앞뒤가 안 맞아. 안 그래? 생각해봐. 제프가 이름을 론으로 바꿨어. 결혼해. 애를 가져. 아내가 죽었어. 그러고선 이제 새 파트너를 찾아 YouAreJustMyType 사이트를 기웃거리고 있다고?"

"불가능한 일은 아니잖아."

스테이시는 잠시 골똘히 생각에 잠겼다. "론 코치먼을 한번 조사해볼게. 만약 그가 결혼을 했고 아이까지 있다면 뭔가가 걸릴 거야."

"좋은 생각이에요." 브랜던이 말했다. "구글로 찾아보긴 했는데 그가 쓴 기사 몇 개만 걸릴 뿐이었어요."

순간 캣의 가슴이 철렁 내려앉았다. "기사들?"

"네." 브랜던이 말했다. "론 코치먼은 기자인 것 같더라고요."

캣은 한 시간에 걸쳐 그의 기사들을 꼼꼼히 훑어봤다.

의심할 여지가 없었다. 론 코치먼은 제프 레인스가 틀림없었다. 스타일. 어휘. '론'은 항상 기가 막힌 첫 문장으로 기사를 시작했다. 그리고 독자들의 시선을 아주 천천히, 하지만 지속적으로 잡아끌었다. 무의미한 이야기도 그의 손을 거치면 매우 특별해 보였다. 취재는 꼼꼼했고, 출처는 분명했다. 론은 프리랜서였고, 거의 모든 유명 신문에 자신의 이름이 박힌 기사를 기고할 만큼 잘나가고 있었다.

가끔 기사에 기고자의 사진이 첨부될 때가 있었지만, 론 코치먼은 어디에도 자신의 얼굴을 드러내지 않았다. 아무리 찾아봐도 론 코치먼에 대한 정보는 없었다. 기고자 약력에도 가족이나 거주지, 학력, 배경, 취득한 자격증 따위는 소개되지 않았다. 거의 모든 기자들이 홍보 수단으로 관리하는 페이스북도 하지 않았고, 그 흔한 트위터 계정도 없었다.

제프는 이름을 론 코치먼으로 바꿨다.

대체 왜?

브랜던도 그녀의 아파트에서 노트북과 씨름 중이었다. 그녀가 자리에서 일어나자, 그가 물었다. "론이 형사님의 옛 약혼자 제프인가요?"

"그래."

"데이터베이스 몇 개를 확인해봤어요. 하지만 그가 언제, 어떻게 이름을 바꿨는지는 알아내지 못했어요."

"그걸 알아내는 건 쉽지 않을 거야, 브랜던. 이름을 바꾸는 건 불법이 아니니까. 그건 스테이시에게 맡겨보자. 응?"

그가 고개를 끄덕였다. 긴 머리가 그의 얼굴 위로 흘러내렸다. "도노반 형사님?"

"그냥 캣이라고 불러. 알았지?"

그는 시선을 자기 신발에 고정시켰다. "이것만큼은 이해해주셨으면 좋겠어요."

"뭘?"

"우리 엄마는 보통 분이 아니세요. 그렇게밖에는 설명이 안 돼요. 아빠는 암에 걸리자마자 모든 걸 포기해버리셨어요. 하지만 엄마는…… 엄마는 꿋꿋하게 아빠를 챙기셨죠. 그게 엄마 방식이에요."

마침내 그가 고개를 들었다.

"작년에 엄마랑 마우이 섬에 여행을 다녀왔어요." 그의 눈가가 촉촉해졌다. "전 엄마의 경고를 무시하고 멀리 헤엄쳐나갔죠. 그러다 역조에 휩쓸렸어요. 엄마가 해변에서 멀리 떨어지지 말라고 신신당부하셨는데 저는 그 말을 듣지 않았어요." 그가 살짝 미소를 지으며 고개를 저었다. "아무튼 전 역조에서 벗어나려고 발악

을 했어요. 하지만 소용없었죠. 정말 죽을 운명이었어요. 역조는
계속 절 멀리 밀려냈고, 전 더 버티지 못하고 포기해버렸어요. 그
런데 갑자기 엄마가 불쑥 나타나셨어요. 저도 모르는 새 근처를
맴돌고 계셨던 거예요. 혹시 무슨 일이 생길지 몰라서 계속 절 지
켜보고 계셨던 거죠. 그게 엄마 방식이에요. 아무튼 엄만 자기를
꼭 붙잡고 절대 놓지 말라고 하셨어요. 엄마랑 전 그렇게 엉겨 붙
은 채 점점 멀리 밀려나갔죠. 저는 공포에 질려서 엄마를 밀쳐냈
어요. 하지만 엄마는 눈을 질끈 감고서 저를 꼭 붙들고 계셨어요.
한순간도 제게서 떨어지지 않으셨죠. 그리고 결국에는 작은 섬
쪽으로 절 끌고 가셨어요."

눈물이 그의 볼을 타고 흘러내렸다.

"그날 엄마는 저를 살리셨어요. 엄만 그런 분이세요. 그렇게 강
하시다고요. 무슨 일이 있어도 절 놓지 않으시죠. 저 때문에 같이
죽는 한이 있어도. 이젠 제가 엄마를 구해드려야 할 차례예요. 이
해하시겠어요?"

캣은 천천히 고개를 끄덕였다. "그래."

"죄송해요, 캣. 진작 문자메시지를 보여드렸어야 하는데. 하지
만 보여드렸어도 제 말을 믿지 않으셨을 거예요."

"그 얘기가 나와서 말인데."

"무슨 얘기요?"

"넌 문자메시지를 하나만 보여줬잖아. 받은 건 두 개인데."

그는 휴대폰으로 다른 문자메시지를 찾아내 그녀에게 넘겼다.
메시지 내용은 이랬다.

황홀한 시간을 보내고 있어. 빨리 가서 네게 들려주고 싶다. 깜짝 놀랄 일이 있어. 전화가 잘 안 터지는구나. 보고 싶다.

캣은 그에게 휴대폰을 돌려줬다. "깜짝 놀랄 일이라. 그게 뭘까?"

"모르겠어요."

그때 그녀의 휴대폰이 울렸다. 완벽한 타이밍이었다. 캣은 발신자 번호를 확인했다. 엄마였다. "잠깐만." 캣이 말했다.

그녀는 침실로 향하며 자신이 역조에 휩쓸리면 과연 엄마가 몇 초나 버틸 수 있을까 상상해봤다. "엄마."

"우, 난 그게 싫더라." 엄마가 말했다.

"뭐가요?"

엄마의 목소리는 오랜 흡연으로 쇳소리가 났다. "말하기도 전에 내 전화라는 걸 알잖아."

"발신자 번호로 뜨거든요. 저번에 설명해드렸는데."

"알아, 안다고. 하지만 그런 건 모르고 받는 게 더 좋지 않니? 살면서 모든 걸 다 알 필요는 없잖아."

캣은 한숨을 내쉬는 대신 눈을 크게 뜨고 굴렸다. 그녀는 리놀륨이 깔린 주방에 서서 벽에 붙은 낡은 전화기를 붙들고 있을 어머니를 떠올려봤다. 원래 상아색이었던 전화기는 노랗게 변색돼버렸다. 보나 마나 그녀의 어머니는 턱 밑에 수화기를 끼워놓았을 것이다. 한 손에는 싸구려 샤블리가 반쯤 담긴 유리잔을 쥐고 있을 테다. 남은 와인은 냉장고 안에 보관돼 있을 것이다. 주방 테이블은 갈고리 패턴이 찍힌 비닐 식탁보로 덮여 있을 것이고,

그 위에는 유리 재떨이가 덩그러니 놓여 있을 게 분명했다. 옅은 노랑으로 변한 꽃무늬 벽지는 여기저기가 흉측하게 벗겨졌을 것이다.

흡연자가 사는 집의 모든 건 그렇게 누런빛을 띠기 마련이다.

"올 거야, 말거야?" 어머니가 물었다.

캣은 어머니의 목소리에서 취기를 감지할 수 있었다. 너무나도 익숙한 목소리였다.

"어딜요, 엄마?"

헤이즐 도노반이 한숨을 내쉬었다. 헤이즐과 헨리의 H&H. 그녀와 캣의 아버지는 자기들을 그렇게 칭하며 모든 서신에 그처럼 서명했다. 마치 그것이 세상에서 가장 기발한 아이디어라도 된다는 듯이.

"스티브 슈레이더의 은퇴 기념 파티."

"오, 거기?"

"시간이 날 거야. 아마 위에서 보내줄 테니."

절대 그럴 리 없겠지만 캣은 굳이 대꾸하지 않았다. 엄마는 경찰서 분위기가 아직도 아버지 때처럼 느슨할 거라는 오해를 하고 있었다.

"지금 좀 바빠요, 엄마."

"다들 참석할 거야. 동네 사람들 모두. 난 플로랑 테시를 데려갈 거야."

경찰 미망인 3인조다.

캣이 말했다. "지금 큰 사건을 수사 중이에요."

"팀 맥나마라가 아들을 데려온댔어. 의사라더구나."

"의사가 아니라 척추 지압사예요."

"그럼 뭐 어때? 의사라고 불리는 게 중요하지. 옛날에 네 삼촌 앨도 지압을 받고 나았잖아. 기억하지?"

"그럼요."

"거동도 못 했는데. 기억해?"

물론 그녀도 기억하고 있었다. 앨 삼촌은 오렌지 매트리스 공장에서 사고를 당해 산재 보상을 받았다. 그리고 두 달 후, 한 척추 지압사가 그를 고쳤다. 말 그대로 기적이 일어난 것이다.

"팀의 아들은 잘생기기까지 했더라. 그 왜 〈더 프라이스 이즈 라이트〉 진행자 있지? 그 사람이랑 많이 닮았어."

"초대는 고맙지만 사양할게요, 엄마."

침묵.

"엄마?"

수화기에서 나지막한 흐느낌이 들려왔다. 캣은 묵묵히 기다렸다. 그녀의 어머니는 항상 늦은 밤에만 전화를 걸었다. 그것도 술에 취해서 혀가 꼬인 상태로. 그들의 통화는 항상 많은 것들로 이뤄졌다. 빈정거림, 신랄함, 분노. 그리고 모녀 관계에 빠질 수 없는 죄책감.

하지만 캣은 지금껏 어머니가 흐느끼는 걸 들어본 기억이 없었다.

"엄마?" 그녀는 한층 부드러워진 목소리로 다시 불러봤다.

"그 사람 죽었지?"

"누구 말씀이세요?"

"그 남자. 우리 인생을 망쳐놓은 사람."

몬테 리번. "어떻게 아셨어요?"

"바비 석스가 알려줬어."

석스. 그 사건을 담당했던 두 형사 중 하나. 은퇴한 그는 어머니의 집에서 얼마 떨어지지 않은 곳에 살고 있었다. 그의 파트너 마이크 린스키는 3년 전 심장 질환으로 세상을 떠났다.

"아주 고통스럽게 죽어가길 바랐는데." 엄마가 말했다.

"굉장히 고통스러웠을 거예요. 암이었거든요."

"캣?"

"네, 엄마?"

"그런 소식은 네게 직접 듣고 싶었어."

그건 이해할 수 있었다. "죄송해요."

"너랑 함께 있었어야 했는데. 늘 그래왔듯이 함께 식탁에 앉아서 그 소식을 들었어야 했는데. 네 아버지도 그러길 바랐을 거고."

"알아요. 죄송해요. 곧 찾아뵐게요."

헤이즐 도노반은 이미 전화를 끊어버린 후였다. 새삼스러울 건 없었다. 늘 이런 식이었으니까.

데이나 펠프스는 실종된 지 이틀 만에 아들의 걱정을 자아냈다. 하지만 캣은 엄마가 몇 주씩 사라져도 전혀 눈치채지 못할 것이다. 게다가 그 사실을 플로나 테시보다도 늦게 알게 될 것이다.

그녀는 그리니치의 조 슈워츠에게 전화를 걸어 현금인출기 영상을 이메일로 보내달라고 요청했다. "젠장." 그가 말했다. "난 이 일에 끼어들고 싶지 않아요. 경감이 알면 잔소리를 엄청 해댈 겁니다."

"그 영상만 보내주면 돼요. 필요한 건 그게 전부예요. 브랜던이 영상 속 인물이 어머니라는 걸 직접 확인하면 흥분을 가라앉힐 거예요."

슈워츠는 잠시 뜸을 들였다. "좋아요. 하지만 그 이상은 협조 못합니다. 알겠죠? 그리고 그건 이메일로 보낼 수 없어요. 그 대신 보안 링크를 보내줄게요. 이 링크는 한 시간 동안 유효할 겁니다."

"고마워요."

"알았어요."

캣은 다시 거실로 나왔다. "미안." 그녀가 브랜던에게 말했다. "중요한 전화였어."

"누구였는데요?"

그녀는 알 거 없다고 쏘아붙이려다 꾹 참았다. "보여줄 게 있어."

"뭔데요?"

그녀는 브랜던에게 자신의 컴퓨터 앞으로 오라고 손짓한 후 이메일을 체크했다. 2분 후, 조 슈워츠의 메일이 도착했다. 제목. 요청에 따라. 내용은 링크뿐이었다.

"이게 뭐죠?" 브랜던이 물었다.

"네 어머니야. 현금인출기 영상."

그녀는 링크로 들어가 '재생' 버튼을 클릭했다. 그러고는 브랜던의 반응을 숨죽여 지켜봤다. 어머니가 화면에 나타나자 브랜던의 얼굴에서 긴장이 풀어졌다. 그의 시선은 한순간도 화면에서 떨어지지 않았고, 눈조차 깜박이지 않았다.

캣은 대니얼 데이루이스보다 연기력이 출중한 사이코를 많이

봤다. 하지만 브랜던은 어머니를 해치고서 뻔뻔하게 거짓말을 하는 것처럼 보이지는 않았다.

"어떻게 생각해?" 캣이 물었다.

그가 고개를 저었다.

"왜?"

"겁에 질린 모습이에요. 안색도 창백하고."

캣은 고개를 돌리고 화면을 들여다봤다. 겁에 질린 모습과 창백한 안색이라. 확인은 쉽지 않았다. 누구든 현금인출기 영상에서는 초췌해 보이기 마련이었다. 운전면허증 사진만큼 밝은 표정은 기대할 수 없었다. 현금인출기 앞에서는 작은 화면에 집중하며 버튼을 눌러야 하고, 또 차분히 돈도 세어야 한다. 어떤 여자라도 그런 상황에서 매력적으로 보일 수는 없다.

영상은 계속 이어졌다. 캣은 조금 더 유심히 화면을 들여다봤다. 데이나는 세 번의 시도 끝에 비밀번호를 제대로 입력했다. 하지만 의심스러운 부분은 찾아볼 수 없었다. 현금이 나오자 데이나는 살짝 당황하는 모습이었다. 하지만 그것 역시 자연스러운 반응이었다. 종종 돈이 기계에 꽉 물려 있을 때가 있으니까.

데이나가 용무를 마치고 돌아서려는 찰나, 캣의 눈에 뭔가가 포착됐다. 그녀는 손을 뻗어 '정지' 버튼을 클릭했다.

브랜던이 그녀를 돌아봤다. "왜요?"

별것 아닐 수도 있었다. 누구도 이 영상을 필요 이상으로 유심히 분석하지 않았다. 그럴 필요도 없었고. 그저 데이나 펠프스가 자발적으로 현금을 인출했다는 사실만 확인하면 되는 것이었으니까. 캣은 슬로모션으로 '되감기' 버튼을 클릭했다. 데이나가 뒷걸음쳐 현금인출기 앞으로 돌아왔다.

저기. 화면 오른쪽 상단에서 움직임이 포착됐다. 무언가, 아니, 누군가가 충분한 거리를 유지한 채 떨어져 있었다. 그리고 그 누군가는 데이나의 움직임에 조금씩 반응하고 있었다.

캣은 돋보기 아이콘을 클릭해 문제의 이미지를 확대했다.

검은 양복에 검은 모자를 쓴 남자였다.

"어머니가 뭘 타고 공항에 가셨지?" 캣이 물었다.

브랜던이 검은 양복의 남자를 가리켰다. "저 사람이 태우고 갔을 리 없어요."

"그걸 물은 게 아니잖아."

"우린 항상 브리스톨 카 서비스를 이용해요."

"거기 전화번호 알아?"

"네, 잠시만요." 브랜던이 휴대폰을 뒤져보기 시작했다. "학교에서도 몇 번 써봤어요. 주말을 맞아 집에 갈 때 말이죠. 괜히 엄마에게 부탁할 거 없이. 자, 여기."

브랜던이 전화번호를 불러줬다. 캣은 자신의 휴대폰으로 전화를 걸었다. 응답한 목소리는 그녀에게 두 가지 선택 사항을 말했다. 예약을 하려면 1번, 배차 담당자와 통화를 원하면 2번. 그녀는 배차 담당자와 통화해보기로 했다. 남자가 응답하자 그녀는 자신이 경찰임을 알려줬다. 가끔 입을 꾹 닫고서 증거 제시를 요구할 때도 있지만, 대부분의 경우에는 순순히 협조했다.

신중함과 궁금함이 동시에 찾아들 때는 궁금함이 이기기 마련이었다.

캣이 말했다. "혹시 데이나 펠프스라는 여자가 최근에 공항으로 가는 서비스를 예약하지 않았나요?"

"오, 그러셨죠. 펠프스 부인을 잘 알고 있습니다. 단골 고객이
시죠. 아주 좋은 분이십니다."

"최근에 그녀가 서비스를 예약한 적 있었습니까?"

"네. 일주일 전쯤에 케네디 공항으로 가신다고 차를 예약하셨
습니다."

"그때 그녀를 태우고 간 운전사와 통화할 수 있겠습니까?"

"오."

"오?"

"네, 잠시만요. 방금 그분이 케네디 공항까지 가셨는지 물어
보셨죠?"

"네."

"예약은 하셨어요. 하지만 서비스는 이용하지 않으셨습니다."

캣은 왼손에 쥔 휴대폰을 오른손으로 옮겨 쥐었다. "그게 무슨
뜻이죠?"

"펠프스 부인이 예약을 취소하셨거든요. 차를 보내드리기 2시
간 전에요. 제가 직접 취소 전화를 받았습니다. 좀 황당했죠."

"왜요?"

"많이 미안해하셨습니다. 하지만 들떠 계신 것 같기도 했어요."

"들떠 있었다고요?"

"네. 계속 웃으시더군요."

"갑자기 취소하는 이유가 뭔지 알려주던가요?"

"알려주셨죠. 남자친구가 리무진을 보내주기로 했다더군요.
깜짝 선물로. 그래서 기분이 좋으셨던 것 같습니다."

19

다음 날 냉정을 되찾은 캣은 경찰서에 나가봤다. 필요한 부분들을 공식적으로 조회하려면 경찰서 컴퓨터가 필요했다. 아직도 그녀의 파트너인 (어휴!) 채즈가 반짝반짝 광이 나는 양복 차림으로 그녀를 맞아줬다. 어찌나 눈이 부신지 선글라스가 필요할 정도였다. 그는 허리께에 두 주먹을 붙이고서 그녀의 책상 옆에 서 있었다. 예기치 못한 그녀의 출현에 깜짝 놀란 듯했다.

"요, 캣, 뭐 필요해?"

"아니." 그녀가 말했다.

"보스가 휴가 중이라고 했는데."

"맞아. 하지만 생각이 바뀌었어. 급한 볼일부터 처리할 테니까 나중에 뭐가 어떻게 돌아가고 있는지 알려줘."

캣은 자신의 컴퓨터 앞에 앉았다. 어젯밤, 그녀는 구글 어스를 이용해 데이나의 현금인출기 주변 감시 카메라들의 위치를 확인했다. 그녀는 데이나를 태우고 간 차를 보고 싶었다. 번호판이 확인되면 조회해볼 생각이었다.

채즈가 그녀의 어깨 너머로 흘끔 내려다봤다. "저번에 왔던 그녀석 문제야?"

그녀는 못 들은 척하며 조회 프로그램을 열고서 아이디와 암호를 입력한 후 리턴 키를 눌렀다.

접근 거부

캣은 다시 시도해봤다. 결과는 같았다. 그녀가 채즈를 돌아봤다. 그는 팔짱을 낀 채 그녀를 빤히 내려다보고 있었다.

"어떻게 된 거야, 채즈?"

"보스가 휴가 중이라고 해서."

"휴가 중이라고 컴퓨터 액세스를 막아놓는 경우는 없잖아."

"글쎄." 채즈가 어깨를 으쓱였다. "네가 요구했다며. 아니었어?"

"뭘?"

"다른 부서로 옮겨달라고 했다며. 그렇게 인사 발령이 날 거라던데."

"그런 요청은 한 적 없어."

"경감님은 그렇다고 하시던데. 파트너를 바꿔달라고 했잖아."

"파트너 교체는 요청했어. 하지만 다른 부서로 보내달라고는 안 했다고."

채즈는 상처받은 표정이었다. "왜 그랬지?"

"네가 싫으니까, 채즈. 넌 상스럽고 게으르고 일도 제대로 안 하잖아."

"이봐, 나는 내 방식대로 제대로 하고 있어."

그녀는 그와 싸울 기분이 아니었다.

"도노반 형사?"

캣이 홱 뒤돌아봤다. 그녀의 직속상관인 스티븐 싱어였다.

"휴가를 요청했다며."

"아뇨. 그런 적 없습니다."

싱어가 그녀에게 바짝 다가왔다. "상관을 모욕했던 건 기록에 남지 않을 테니까 안심하고 쉬어도 돼."

"전……."

싱어가 한 손을 들어 그녀의 말을 막았다. "가서 휴가나 즐겨, 캣. 충전 좀 하고 오라고."

그는 돌아서서 걸어 나갔다. 캣의 시선이 채즈 쪽으로 돌아갔다. 채즈는 아무 말이 없었다. 하지만 분위기를 파악하는 건 어려운 일이 아니었다. 닥치고 있으면 알아서 처리해주겠다, 이건가? 그냥 못 이기는 척 따라주는 게 현명한 일이겠지? 하긴, 다른 선택지가 있는 것도 아니고. 그녀는 자리에서 일어나 컴퓨터를 끄려고 손을 뻗었다.

"그러지 마." 채즈가 말했다.

"뭐?"

"싱어가 돌아가라고 했으니 그렇게 해. 어서."

그들의 시선이 마주쳤다. 채즈가 살짝 고개를 끄덕였다. 그 의미는 알 수 없었지만 그녀는 컴퓨터를 끄지 않고 계단으로 향했다. 캣의 시선이 스태거의 사무실 쪽으로 돌아갔다. 저 사람이 대체 왜 저러는 거지? 그녀는 그가 법칙과 규례를 엄격히 지키는 성격이라는 걸 알고 있었다. 그녀가 조금 버릇없이 굴었던 것도 사실이다. 하지만 이번 조치는 너무 과했다.

그녀는 손목시계를 들여다봤다. 딱히 할 일이 없었다. 그녀는 지하철을 세 번 갈아타고서 플러싱의 메인 스트리트로 향했다. 콜럼버스 기사회의 홀은 나무 패널과 성조기들로 뒤덮여 있었다. 시선이 닿는 곳마다 독수리나 별처럼 애국심을 고취시키는 상징들이 보였다. 홀은 활기로 넘쳐났다. 콜럼버스 기사회 홀은 학교 체육관만큼이나 시끌벅적했다. 쉰세 살이라는 한창 나이에 은퇴를 결심한 스티브 슈레이더는 커다란 맥주 통 앞에 서서 손님들을 맞고 있었다. 꼭 피로연장의 신랑처럼 보였다.

은퇴한 형사 바비 석스는 버드와이저병들로 넘쳐나는 구석 테이블에 앉아 있었다. 그는 격자무늬 스포츠 코트와 헐렁한 회색 폴리에스테르 바지 차림이었다. 캣은 사람들의 얼굴을 훑으며 그의 앞으로 다가갔다. 눈에 익은 얼굴이 많이 보였다. 그들은 그녀를 끌어안으며 안부를 물었다. 그리고 언제나 그렇듯이 어쩜 아버지를 그리도 쏙 빼닮을 수 있느냐며 놀라워했다. 물론 언제 좋은 남자를 만나 가정을 꾸릴 건지 묻는 것도 잊지 않았다. 그녀는 미소를 흘리며 고개만 끄덕여 보였다. 사방에서 불쑥불쑥 내미는 얼굴들이 숨을 탁 막히게 했다. 그들의 얼굴에 남은 얽은 자국과 터진 혈관들이 그녀를 통째로 삼켜버리려 했다. 4인조 폴카 밴드가 연주를 시작했다. 홀은 김빠진 맥주와 땀 냄새로 진동했다.

"캣? 이쪽이야."

그녀가 귀에 익은 쉰 목소리 쪽으로 돌아섰다. 얼큰하게 취한 엄마의 얼굴은 붉게 상기돼 있었다. 엄마는 손짓해서 캣을 불렀다. 그녀의 테이블에는 플로와 테시도 앉아 있었다. 플로와 테시도 엄마를 따라 손짓했다. 캣이 엄마가 한 손짓의 의미를 모를 거라 생각한 듯이.

더 이상 숨을 곳이 없어지자 캣은 그들 쪽으로 다가갔다. 그녀
는 엄마의 볼에 살짝 입을 맞춘 후 플로와 테시에게 인사했다.

"뭐야?" 플로가 말했다. "플로와 테시 이모에게는 키스도 안
해주는 거야?"

그들은 캣의 이모가 아니었다. 그저 가족의 가까운 친구들일
뿐이었다. 하지만 캣은 군소리 없이 그들의 볼에도 차례로 입을
맞췄다. 플로의 머리는 자줏빛을 띠고 있었다. 빨갛게 염색하려
다 처절히 실패한 모양이었다. 반백인 테시의 머리칼도 묘하게
자줏빛으로 변하는 중이었다. 두 사람에게선 낡은 소파에 놓인
포푸리 냄새가 풍겼다. 두 '이모'는 캣의 얼굴을 조몰락거리며 키
스를 퍼부었다. 플로는 진한 루비색 립스틱을 바른 상태였다. 캣
은 볼에 남았을 립스틱 자국을 어떻게 몰래 지워낼지 궁리했다.

세 과부가 일제히 그녀를 뜯어보기 시작했다.

"너무 말랐어." 플로가 말했다.

"그냥 놔둬." 테시가 말했다. "내 눈엔 좋아만 보이는데 뭐."

"그래도 이건 아니지. 남자들은 살집이 좀 붙은 여자를 좋아한
다니까." 플로가 아무런 거리낌 없이 자신의 풍만한 가슴을 손으
로 번쩍 들어 보였다. 가슴이 조금이라도 불편하면 플로는 늘 그
렇게 즉석에서 바로잡았다.

그녀의 엄마는 계속 못마땅한 얼굴로 캣을 뜯어봤다. "그 머리
가 네 얼굴에 어울린다고 생각하니?"

캣은 말없이 엄마를 빤히 응시했다.

"왜 예쁜 얼굴을 살리지 못해?"

"언제 봐도 참 예쁘단 말이야." 테시가 말했다. 그녀는 도전적인 성격이긴 해도 셋 중 가장 정상적인 사람이었다. "그 머리도 마음에 들고."

"고마워요, 테시 이모."

"팀의 아들을 만나러 왔니? 그 의사 말이야." 플로가 물었다.

"아니에요."

"아직 안 온 것 같은데. 곧 도착할 거야."

"네 마음에도 쏙 들 거다." 테시가 덧붙였다. "아주 잘생겼어."

"꼭 〈더 프라이스 이즈 라이트〉를 진행하는 그 사람 닮았어." 플로가 말했다. "그렇지?"

엄마와 테시가 의욕적으로 고개를 끄덕였다.

캣이 물었다. "그게 누군데요?"

"뭐?"

"요즘 진행자 말씀이세요? 아니면 예전 진행자?"

"둘 중 누구냐고?" 플로가 말했다. "그게 뭐가 중요하니. 까다롭게 굴긴. 둘 다 잘생겼잖아." 플로가 다시 자신의 가슴을 만지작거렸다. "둘 중 누구냐니."

"그만해." 테시가 말했다.

"뭘?"

"가슴 좀 조몰락거리지 말라고. 사람들이 보면 어쩌려고 그래?"

플로가 살짝 윙크했다. "그럼 좋아들 하겠지 뭐."

플로는 그런 모습을 하고서도 남자 홀리는 일을 게을리하지 않았다. 그녀가 남자들의 시선을 끄는 건 어려운 일이 아니었다. 그

시선들이 그녀에게 오래 머물지 않는다는 게 문제였지만. 그녀는 구제불능 낭만주의자였다. 상대가 누구든 빠르고 격렬하게 사랑에 빠져들었다. 결국 남는 건 상처뿐임에도. 모두가 아는 걸 그녀만 모르는 듯했다. 그녀와 캣의 어머니는 세인트 메리 초등학교 시절부터 단짝 친구였다. 캣이 고등학생일 때 그들은 집에 묵을 손님 문제인지 뭔지로 대판 싸운 적이 있었는데, 반년인가 1년 동안 서로 말을 섞지 않았다. 하지만 극적으로 화해한 후로 지금껏 떨어지고는 못 사는 친구로 지내왔다.

플로는 여섯 명의 자식과 열여섯 명의 손주들을, 테시는 여덟 명의 자식과 아홉 명의 손주들을 뒀다. 그들은 고달픈 삶을 살았다. 무관심한 남편들, 그리고 도가 지나친 신앙생활. 캣이 아홉 살 때 집으로 일찍 와보니, 그녀의 집 주방에서 테시가 펑펑 울었던 적이 있었다. 캣의 어머니는 테시의 손을 잡고 앉아 친구를 위로하느라 정신이 없었다. 테시는 격하게 흐느끼며 고개만 저어댔다. 아홉 살이었던 캣은 테시의 가족에게 무슨 일이 생긴 건지 궁금했다. 낭창에 걸린 그녀의 딸 메리가 갑자가 위독해졌는지, 아니면 그녀 남편인 에드가 직장에서 해고됐는지, 그것도 아니면 테시의 깡패 아들 팻이 학교에서 쫓겨났는지.

하지만 셋 다 아니었다.

테시가 흐느낀 이유는 또 덜컥 임신을 해버렸기 때문이었다. 그녀는 화장지로 연신 눈물을 찍어내며 더는 감당할 수 없다는 말만 되풀이해댔다. 캣의 어머니는 친구의 손을 꼭 쥐고서 한없이 이어지는 푸념을 경청했다. 나중에 플로가 합류했고, 세 여자는 서로를 부둥켜안은 채 펑펑 울었다.

테시의 아이들은 모두 장성했다. 6년 전에 에드가 세상을 떠나자, 가본 곳이라고는 애틀랜틱 시티 카지노가 전부였던 테시는 전 세계를 두루두루 돌아다니기 시작했다. 그녀의 첫 번째 여행지는 에드가 죽은 지 3개월 만에 떠난 파리였다. 테시는 몇 년간 퀸즈 도서관에서 어학 테이프를 빌려 프랑스어를 혼자서 공부했고, 이제는 자신이 배운 것들을 써먹어보고 싶어 했다. 테시는 공들여 쓴 여행기를 가죽 보관철에 담아 서재에 간직해뒀다. 테시는 누구에게도 읽어보라고 권하지 않았고, 보관철에 무엇이 담겨 있는지도 굳이 알려주지 않았다. 하지만 우연히 보게 된 캣은 흥미롭게 글을 읽었다.

캣의 아버지는 진작에 이 사실을 깨달았다. "이런 삶은 말이다." 언젠가 아버지는 오븐을 살피는 어머니를 바라보며 딸에게 말했다. "여자에게는 지옥이나 마찬가지일 거야." 동네에 남은 캣의 친구들은 어린 나이에 아이를 가져 발목을 잡혀버렸다. 나머지는 좋든 나쁘든 일찍 이곳을 떠나버렸다.

캣은 몸을 돌려 시선을 석스의 테이블 쪽으로 향했다. 그는 그녀를 빤히 응시하고 있었다. 시선이 마주치고 나서도 그는 고개를 돌리지 않았다. 그가 그녀를 향해 맥주를 살짝 들어 보였다. 슬픈 건배. 그녀는 고개를 끄덕여 화답했다. 석스가 고개를 젖히고 맥주를 꿀꺽꿀꺽 들이켰다.

"곧 돌아올게요." 캣은 이렇게 말하고는 그의 테이블로 다가갔다.

석스가 일어나서 그녀를 맞았다. 땅딸막한 그는 말에서 막 내려온 사람처럼 어기적거리며 걸어 나왔다. 사람들로 북적이는 홀은 후텁지근했다. 에어컨이 제대로 돌지 않는 듯했다. 석스와 캣도 땀을 흘리고 있었다. 그들은 말없이 서로를 부둥켜안았다.

"너도 들었지?" 석스가 그녀에게서 떨어지며 말했다.

"리번 말씀이시죠? 네, 들었어요."

"무슨 말을 해야 할지 모르겠다, 캣. 미안하다는 말도 부적절한 것 같아."

"신경 쓰지 마세요."

"네 생각을 잊지 않았다는 것만 알아다오. 와줘서 고맙구나."

"감사합니다."

석스가 맥주를 살짝 들었다. "한잔해야지?"

"물론이죠." 캣이 말했다.

홀에는 바가 없었다. 한쪽 구석에 모아놓은 아이스박스와 맥주통 여러 개가 전부였다. 석스는 결혼반지로 맥주병을 땄다. 그들은 병을 부딪친 후 맥주를 들이켰다. 밥 바커인지 드류 캐리인지를 닮았다는 남자에게는 미안한 일이지만, 캣은 오직 석스를 만나기 위해 이곳에 온 거였다. 하지만 막상 그의 앞에 서니 말문이 막혀버렸다.

다행히 석스가 그녀를 구제해줬다. "리번이 죽기 전에 그를 만나러 갔다지?"

"네."

"그가 뭐라고 했지?"

"자기가 죽이지 않았다고 했어요."

석스는 그녀가 썰렁한 농담을 던지기라도 한 것처럼 미소 지었다. "그랬어?"

"약에 취한 상태였어요."

"죽기 전에 마지막 거짓말을 늘어놓았군."

"그 반대예요. 그 약은 자백약 같았어요. 다른 사람들을 죽인 건 순순히 인정했지만, 아버지는 죽이지 않았다고 했어요. 어차피 종신형을 살게 됐으니 남의 죄를 뒤집어써도 부담이 없었다더군요."

석스가 맥주를 길게 들이켰다. 육십 대 초반쯤 된 그는 숱 많은 반백 머리와 형사 이미지에 어울리지 않는 온화한 얼굴을 하고 있었다. 잘생기거나 매력적인 얼굴과는 거리가 멀었다. 그저 온화해 보일 뿐이다. 결코 미워할 수 없는 얼굴이다. 세상에는 실제로 온화하지만 얼간이처럼 생긴 이들도 많은데, 석스는 그 반대였다. 순박해 보이는 얼굴과 달리, 그는 결코 신뢰할 수 없는 사람이었다.

그를 대할 때면 얼굴에 속아서는 안 된다고 연신 스스로에게 상기시켜야 했다.

"난 총을 찾았어, 캣."

"알아요."

"그의 집에 숨겨져 있었다고. 그의 침대 밑 위조 바닥 속에."

"그것도 알고 있어요. 하지만 뭔가 좀 이상하다고 생각하지 않으세요? 그는 조심성이 많은 사람이었어요. 사람을 죽이는 데 쓴 무기라면 당연히 범행 직후에 버렸겠죠. 하지만 그건 사용하지 않은 다른 총들 틈에서 발견됐어요."

그의 입가에는 여전히 옅은 미소가 드리워져 있었다. "넌 네 아버지를 많이 닮았어. 그거 알지?"

"그런 얘기 많이 들어요."

"당시 우리에겐 다른 용의자도, 다른 이론도 없었어."

"그렇다고 그것들의 존재 자체를 부정할 순 없지 않겠어요?"

"코존은 네 아버지를 죽이라는 지시를 내렸어. 우린 범행에 쓰인 무기를 찾아냈고. 거기다 자백까지 받아냈어. 리번에겐 수단과 기회가 있었다고. 그를 체포하는 데는 아무 문제가 없었어."

"당시 일처리 방식을 문제 삼는 게 아니에요."

"내겐 그렇게 들리는데."

"그저 찝찝한 구석이 좀 있어서 그래요."

"이봐, 캣. 너도 경찰이니 잘 알 거야. 모든 사건을 퍼즐 맞추듯 완벽히 종결지을 순 없어. 그래서 재판이 있는 거고. 빈틈과 모순을 짚어내는 건 피고 측 변호사들이 할 일이야. 검찰이 나설 일이 아니라고."

밴드의 연주가 뚝 멎었다. 누군가가 마이크를 잡고서 장광설을 늘어놓으며 건배를 제안하고 있었다. 석스가 몸을 틀고 그쪽을 바라봤다. 캣이 그의 앞으로 몸을 기울이며 말했다. "딱 한 가지만 여쭤볼게요."

그의 눈은 마이크를 쥔 남자에게 고정돼 있었다. "내가 막는다고 묻지 않을 건가?"

"스태거는 왜 리번이 체포된 다음 날 그를 찾아갔던 거죠?"

석스는 눈을 몇 번 깜빡이다가 그녀를 돌아봤다. "뭐라고?"

"면회 기록을 봤어요." 캣이 말했다. "FBI가 리번을 체포한 다음 날 스태거가 그를 심문했어요."

석스는 잠시 생각에 빠졌다. "네가 오해했을 거라고 말하고 싶구나. 그런데 넌 보나 마나 확인을 거쳤겠지."

"그 사실을 알고 계셨나요?"

"아니."

"스태거가 아무 얘기도 안 했어요?"

"응." 석스가 말했다. "그에게 물어봤어?"

"수사에 대한 집착 때문에 자발적으로 다녀왔다고 하더군요. 충동적으로 말이죠."

"충동적으로." 석스가 말했다. "적절한 표현이군."

"리번이 순순히 협조하지 않았던 모양이에요."

석스가 쥐고 있는 병에서 라벨을 벗겨내기 시작했다. "그런데 그게 어쨌다는 거지?"

"어쩌면 아무것도 아닐 수 있어요." 그녀가 말했다.

두 사람은 잠시 침묵을 지키며 연설자의 장황한 건배 제안에 귀를 기울이는 척했다.

석스가 불쑥 물었다. "스태거가 정확히 언제 그를 찾아갔다고?"

"리번이 체포된 바로 다음 날에요." 캣이 말했다.

"흥미롭군."

"뭐가요?"

"리번은 체포된 지 일주일이 지나도록 우리의 정보망에 잡히지 않았어."

"그럼 스태거는 어떻게 알고 거길 찾아갔던 거죠?"

"뭔가 직감이 들었던 모양이지."

"선배님과 린스키에겐 그런 직감이 들지 않았고요?"

석스가 미간을 찌푸렸다. "내가 미끼를 덥석 물 줄 알아, 캣?"

"그냥 하는 말이에요. 이상한 얘기잖아요. 안 그런가요?"

석스는 그럴 수도 있고, 그렇지 않을 수도 있다는 애매한 몸짓을 보였다. "스태거는 지나치게 열성적이었어. 하지만 그건 린스키와 내 사건이었고, 그는 수사에 전혀 관여하지 않았지. 기껏해야 지문을 조회하는 정도만 처리했을 뿐이야. 물론 그땐 이미 리번이 범인이라는 확실한 증거가 확보된 상태였고."

캣은 그 순간 등골이 오싹해지는 걸 느꼈다. "잠깐만요. 지문이라니요?"

"별거 아니었어. 끝난 일이야."

그녀는 그의 소매에 손을 얹었다. "사건 현장에서 검출됐다는 그 지문 말씀인가요?"

"그래."

캣은 자신의 귀를 의심했다. "지문의 주인을 못 찾은 줄 알았는데요."

"한창 수사 중일 땐 그랬지. 별로 중요한 문제는 아니었어, 캣. 우린 리번이 자백하고서 몇 달이 지나서야 지문의 주인을 찾아냈어. 하지만 그땐 사건이 종결된 후였지."

"그래서 그냥 넘겨버리셨나요?"

그가 그녀의 질문에 실망한 표정을 지어 보였다. "린스키와 내가 얼마나 꼼꼼한지 알잖아."

"잘 알죠."

"아까 얘기했듯이 지문 조회는 스태거가 맡아서 처리했어. 알고 보니 자살한 노숙자더군. 끝난 거지."

캣은 멍하니 서 있었다.

"네 반응이 별로 마음에 들지 않는데, 캣."

그녀가 말했다. "그 지문 말이에요. 파일에 아직 남아 있을까요?"

"그렇겠지. 그래야 정상 아닌가? 보나 마나 창고 어딘가에 처박혀 있겠지만."

"그걸 다시 조회해봐야겠어요." 캣이 말했다.

"얘기했잖아. 별거 아니었다고."

"그러니까 절 위해서 좀 해주세요. 네? 부탁드려요. 절 닥치게 만들고 싶다면 더더욱 그래주셔야 해요."

연설자의 건배 제안이 끝나자 여기저기서 박수가 터져 나왔다. 튜바가 다시 울어대기 시작했고, 이내 밴드의 연주가 재개됐다.

"석스?"

그는 대답하지 않았다. 그러곤 그녀를 홀로 남겨두고서 북적거리는 사람들 틈으로 비집고 들어갔다. 친구들이 불러도 무시한 채, 그는 밖으로 사라져버렸다.

20

브랜던은 좀 걸을 필요가 있었다.

그의 어머니가 기뻐할 생각이었다. 모든 부모가 그렇듯, 브랜던의 어머니 역시 아들이 컴퓨터, 텔레비전, 스마트폰, 그리고 비디오 게임의 노예가 되는 걸 원치 않았다. 그래서 그녀는 항상 스크린들과의 전쟁을 치러야 했다. 반면에 그의 아버지는 아들을 이해하려 노력했다. "세대마다 그런 게 몇 가지씩은 있잖아." 그는 아내에게 그렇게 말하곤 했다. 하지만 그럴 때마다 브랜던의 어머니는 두 손을 번쩍 들고 반발했다. "그래서 그냥 내버려두자고요? 저 애가 하루 종일 어두컴컴한 방구석에 틀어박혀 지내도 괜찮다는 거예요?" 그러면 아버지는 차분하게 대꾸했다. "그러자는 게 아니라 좀 더 균형 있게 바라볼 필요가 있다는 얘기야."

아버지는 그런 걸 잘했다. 모든 문제를 균형 있게 바라보는 것. 그는 어떤 상황에서든 친구들과 가족을 진정시키는 데 앞장섰다. 이 문제를 놓고서도 브랜던의 아버지는 한결같은 방식으로 접근했다. "우리 때 부모들은 하루 종일 책만 들고파는 애들을 그냥 두고 보지 않았어. 세상을 책으로만 접하려 들지 말고 직접 나가서 몸으로 부딪치라고 잔소리를 해댔지. 네가 듣는 것과 비슷하지?" 아버지는 브랜던에게 말했다.

브랜던은 고개를 끄덕였다.

그의 아버지는 어릴 적에 부모님에게서 텔레비전을 끄고 나가 놀든, 책을 보든 하라는 잔소리를 귀가 따갑게 들었다고 했다.

브랜던은 그 얘기를 들려주며 싱긋 웃던 아버지의 미소를 생생히 기억했다.

"하지만 브랜던, 무엇이 가장 중요한지 알고 있니?"

"아뇨. 뭔데요?"

"균형."

당시에 열세 살이었던 브랜던은 그 의미를 이해하지 못했다. 그로부터 3년 후에 아버지는 세상을 떠났고, 브랜던은 그 뜻을 제대로 헤아리지 못한 것을 후회했다. 하지만 지금은 아버지의 가르침을 이해할 수 있었다. 아무리 즐거운 일이라도 도가 지나치면 좋지 않다는 것을.

문제는 밖에 나가서 오랫동안 산책을 하거나 자연을 누리는 건 무척 따분하다는 사실이었다. 온라인 세상은 가상에 불과했지만 지속적인 변화와 자극을 마음껏 누릴 수 있는 공간이었다. 보고, 느끼고, 반응하고. 따분할 틈이 없는 세상. 항상 새롭고 매혹적인 곳.

그에 반해 숲이 우거진 센트럴 파크의 램블 지역을 정처 없이 걷는 건 따분하기 짝이 없었다. 그는 새들을 찾아봤다. 인터넷에 의하면, 램블에는 약 230종에 달하는 조류가 서식했다. 하지만 그의 눈에는 단 한 마리도 보이지 않았다. 플라타너스와 오크 나무, 그리고 온갖 꽃과 동물상만 보일 뿐이었다. 기대했던 새들이 없다. 그런데 그저 나무 사이를 통과하며 걷는 게 무슨 의미가 있을까?

차라리 시내 거리를 걷는 편이 훨씬 낫겠어. 그는 생각했다. 적어도 그랬으면 볼거리라도 많겠지. 상점들과 사람들과 차들. 곳곳에서 택시나 주차 공간을 차지하려고 티격태격하는 광경도 볼 수 있을 거고. 최소한 그런 액션이 넘쳐났다. 하지만 숲은? 초록 잎들과 이름 모를 꽃들뿐이다. 딱 몇 분 구경하기만 좋을 뿐이라고.

브랜던이 맨해튼 삼림 지대를 걷고 있는 건 갑자기 야외 활동이 하고 싶어졌거나 신선한 공기가 그리워졌기 때문이 아니었다. 그가 산책을 결심한 이유는 그것이 미치도록 따분한 일이기 때문이었다.

지속적인 자극에 균형을 맞추기 위해서.

또한 따분함은 그에게 깊이 생각할 기회를 줬다. 브랜던은 마음을 가라앉히거나 자연과 함께하려고 산책을 결심한 게 아니었다. 따분함은 그가 내면을 들여다보고 골똘히 생각할 수 있게 해줬다. 또한 심신을 현혹시키는 게 없으니 오로지 자신만의 생각에 집중할 수도 있었다.

세상에는 산란한 분위기 속에서 처리할 수 없는 일들이 있다.

그러나 따분함에 못 이긴 브랜던은 스마트폰을 꺼내 캣에게 전화를 걸었다. 응답 대신 음성 사서함만이 그를 맞아줄 뿐이었다. 그는 음성 메시지 남기는 것을 별로 좋아하지 않았다. 그것은 나이 든 사람들의 소통 방식이었다. 그는 가능할 때 연락을 달라고 문자메시지를 전송했다. 급할 것은 없었다. 적어도 아직까지는. 그는 새로 알게 된 사실을 곱씹어볼 시간이 필요했다.

그는 구불구불한 오솔길을 계속 걸었다. 맨해튼의 심장부라 할 수 있는 73번가와 78번가 사이를 한가로이 걷고 있었지만(웹사이트에 따르면 그렇다. 하지만 정확히 어디쯤인지는 모르겠다), 생각보다 사람이 많지 않았다. 드넓은 공원에 홀로 남겨진 기분마저 들었다. 들어야 할 강의가 있었지만 어쩔 수 없었다. 그는 연구실 파트너 제이미 래트너에게 당분간 학교에 나갈 수 없다고 얘기해 둔 상태였다. 그녀는 괜찮다고 했다. 지난 학기에 그녀의 전 연구실 파트너가 신경쇠약에 걸려버린 일 때문인지, 그녀는 브랜던의 정신 건강을 진심으로 걱정하고 있었다.

그의 휴대폰이 울렸다. 발신자는 보크 투자신탁이었다. 그는 전화를 받았다. "여보세요?"

여자의 목소리가 물었다. "브랜던 펠프스 씨이신가요?"

"네."

"잠시만 기다려주세요. 마틴 보크 씨를 바꿔드리겠습니다."

잠시 〈흐릿한 선들Blurred Lines〉의 기악 버전이 흐르더니, 이내 남자의 목소리가 흘러나왔다. "안녕, 브랜던."

"안녕하세요, 마티 삼촌."

"오랜만이구나. 학교는 어떠냐?"

"괜찮아요."

"다행이다. 혹시 여름에 뭘 할지 계획을 세웠니?"

"아직요."

"하긴, 급할 거 없지. 안 그래? 신나게 즐겨. 그게 내 조언이다. 머지않아 현실 세계로 나오게 될 테니까. 무슨 뜻인지 알지?"

마틴 보크는 좋은 사람이었다. 하지만 인생 충고로 대화를 시작하는 모든 어른들은 허풍쟁이로 보일 뿐이었다. "네, 알아요."

"네 메시지를 받았다, 브랜던." 그의 목소리가 갑자기 진지해졌다. "무슨 일이냐?"

오솔길은 그를 호수 쪽으로 이끌고 있었다. 브랜던은 오솔길을 벗어나 물가로 다가갔다. "엄마 계좌 문제예요."

보크는 대꾸가 없었다. 브랜던은 말을 이어나갔다.

"엄마가 꽤 큰 액수를 인출하셨더라고요."

"그걸 네가 어떻게 알았지?" 보크가 물었다.

브랜던은 확 달라진 삼촌의 어조가 거슬렸다. "네?"

"네게 그걸 확인해줄 이유도, 부인할 이유도 없어. 대체 그건 어떻게 알아낸 거냐?"

"온라인."

다시 침묵.

"엄마의 암호를 알고 있었어요."

"브랜던, 네 계좌에 대해 궁금한 건 없니?"

브랜던은 호수를 등지고서 개울을 뛰어넘었다. "없는데요."

"그럼 이만 끊어야겠구나."

"엄마 계좌에서 25만 달러가 빠져나갔어요."

"내가 장담하건대 잘못된 건 없다. 어머니 계좌에 대해 궁금한 게 있으면 어머니께 직접 여쭤보도록 해라."

"엄마와 얘기해보셨어요? 엄마가 그 거래를 승인하셨나요?"

"더 이상 해줄 말이 없구나, 브랜던. 내 입장을 이해해다오. 궁금한 건 어머니께 여쭤봐라. 그럼 잘 지내라."

마틴 보크는 전화를 끊어버렸다.

혼란스러워진 브랜던은 휘청거리며 외진 곳의 아치형 구조물 쪽으로 다가갔다. 이곳 초목은 더 울창했다. 마침내 그의 눈에 새 한 마리가 들어왔다. 빨간 홍관조였다. 그는 어디선가 체로키 인디언들이 홍관조를 태양의 딸이라 믿었다는 내용을 읽어본 기억이 났다. 새가 태양을 향해 날아오르면 행운, 밑으로 떨어지면 액운을 뜻한다고 했다.

브랜던은 얼어붙은 듯이 서서 홍관조가 날아오르길 기다렸다.

새에 온 신경을 집중한 그는 뒤에서 어떤 남자가 소리 없이 다가오고 있다는 사실을 전혀 알아채지 못했다.

조만간 전 파트너가 될 채즈가 캣의 휴대폰으로 전화를 걸었다. "받았어."

"뭘 받아?"

캣은 퀴퀴한 소변 냄새가 진동하는 링컨센터 역을 빠져나와 66번가를 걷던 중이었다. 거리에서 벚꽃 향기가 은은히 풍겼다. 캣 ♥ 뉴욕. 브랜던의 문자메시지를 뒤늦게 확인한 그녀는 그에게 전화를 걸어봤지만 응답이 없었다. 그래서 짧은 음성 메시지를 남겨놓았다.

"감시 카메라 영상을 요청했지?" 채즈가 말했다. "방금 받았어."

"잠깐. 그걸 어떻게 받았지?"

"알면서 그래, 캣."

그제야 그녀는 깨달았다. 채즈가 그녀를 대신해 요청해준 것이었다. 사람은 절대 변하지 않는다고 알고 있었는데. "나 때문에

트러블이 생길 수도 있어." 캣이 말했다.

"트러블은 내 중간 이름이지." 그가 말했다. "사실 내 중간 이름은 형 스탈리온(성기 큰 종마—옮긴이)이야. 네 섹시한 친구에게 내가 부자라는 거 알려줬어?"

역시. 변하지 않았어. "채즈."

"아, 미안. 이거 이메일로 보내줄까?"

"그래주면 고맙지."

"그 여자가 어떤 차에 올라탔는지 확인하려고 했지?"

"영상을 봤어?"

"보면 안 돼? 아직 네 파트너인데."

하긴. 캣은 생각했다.

"이 여자가 대체 누군데 그래?"

"데이나 펠프스. 저번에 날 찾아온 애 있지? 걔 어머니야. 그 애는 어머니가 실종됐다고 주장하는데 아무도 믿어주지 않는 상황이야."

"너도 그렇고?"

"난 아직 열린 마음으로 지켜보고 있어."

"그 이유를 들려줄 수 있어?"

"설명하자면 길어." 캣이 말했다. "나중에 들려줘도 되지?"

"안 될 거 없지."

"데이나 펠프스가 차에 오르는 게 찍혔어?"

"응." 채즈가 말했다. "검은색 링컨 타운 카 스트레치 리무진."

"운전사가 검은 모자에 양복 차림이었어?"

"그래."

"번호판은?"

"그게 문제야. 은행 비디오에는 그게 안 잡혔어. 차가 거리에 세워져 있었거든. 어떤 모델인지 확인하는 것도 쉽지 않았어."

"젠장."

"그렇다고 실망할 건 없어." 채즈가 말했다.

"왜?"

채즈가 효과를 더하기 위해 헛기침을 했다. "구글 어스로 확인해봤는데, 차가 사라진 쪽으로 두 상점 떨어진 곳에 엑손 주유소가 있어. 전화 몇 통으로 주유소 감시 카메라가 거리 쪽을 향하고 있다는 걸 알아냈지."

대부분의 사람들이 많은 수의 감시 카메라가 곳곳에 설치됐음을 알지만 그게 엄청나다는 걸 실감하는 이는 적었다. 미국에만 사천만 대 이상의 감시 카메라가 작동 중이었고, 그 수는 꾸준히 늘고 있었다. 카메라에 포착되지 않고 하루를 보내는 건 이제 불가능한 일이 됐다.

"어쨌든." 채즈가 말했다. "영상을 요청하긴 했는데 한두 시간 기다려야 할 것 같아. 그것만 들어오면 번호판을 확인하는 건 어렵지 않을 거야."

"잘됐네."

"들어오는 대로 알려줄게. 또 필요한 거 있으면 언제든 얘기해."

"알았어." 캣이 말했다. "채즈?"

"왜?"

"감사 인사를 해야 될 거 같아서. 내 말은, 그러니까, 고마워."

"이제 네 섹시한 친구의 연락처를 알 수 있을까?"

캣은 전화를 끊어버렸다. 이내 그녀의 휴대폰이 다시 울렸다. 발신자는 브랜던 펠프스였다. "안녕, 브랜던."

하지만 휴대폰에서 흘러나온 건 브랜던의 목소리가 아니었다. "실례지만 전화를 받으신 분은 누구십니까?"

"당신이 걸었잖아요." 캣이 말했다. "누구시죠? 무슨 일이에요?"

"전 존 글래스 경관입니다." 남자가 말했다. "브랜던 펠프스 문제로 전화드렸습니다."

백만 평이 넘는 센트럴 파크의 치안 유지는 22번 관할 경찰서가 맡고 있었다. 뉴욕에서 가장 오래된 그곳은 센트럴 파크 경찰서로 더 잘 알려져 있었다. 캣의 아버지는 70년대에 그곳에서 8년간 근무했다. 당시 22번 관할구 소속 경관들이 사용했던 오래된 마구간은 무려 6,100만 달러를 들여 세련된 현대 미술관 스타일로 개조됐다. 번쩍거리는 새 건물에서는 법 집행기관의 분위기가 전혀 풍기지 않았다. 뉴욕의 많은 것들이 그러하듯이, 어쩌면 그것은 진지한 고민 없이 장난으로 진행한 프로젝트의 산물인지도 몰랐다. 아트리움은 방탄유리로 뒤덮여 있었다. 원래 2,000만 달러로 책정됐던 공사 예산은 불필요한 전차 트랙의 철거를 이유로 대폭 늘어나버렸다. 그 또한 전형적인 맨해튼 스타일이었다.

옛 유령들은 아직도 이 도시를 뜨지 못했다.

캣은 황급히 프런트 데스크로 다가가 글래스 경관을 찾았다. 내근 경사가 그녀의 어깨 너머로 호리호리한 흑인 남자를 가리켰다. 글래스 경관은 제복 차림이었다. 그녀는 센트럴 파크에서 가까운 19번 관할서 소속이었지만, 그가 눈에 익지 않았다.

글래스는 마이애미비치에서 진 러미(카드 게임의 일종―옮긴이) 토너먼트를 치르다 온 듯한 두 노신사와 대화를 나누고 있었다. 페도라를 쓴 노인은 지팡이를 쥐고 있었다. 다른 노인은 옅은 파란색 재킷에 망고 같은 오렌지색 바지 차림이었다. 글래스는 무언가를 정신없이 받아 적는 중이었다. 캣이 다가가자 그는 두 노인에게 이만 돌아가도 좋다고 했다.

"우리 연락처는 알고 있죠?" 페도라가 물었다.

"물론입니다."

"필요할 때 연락해요." 망고 바지가 말했다.

"그렇게 하겠습니다. 도와주셔서 감사합니다."

그들이 돌아서자, 글래스가 그녀를 알아보고서 다가왔다. "캣."

"날 알아요?"

"아뇨. 하지만 아버지가 여기서 당신 아버지와 함께 근무하셨죠. 부친께서 전설적인 경찰이셨다더군요."

순직하면 누구나 전설이 되지. 캣은 생각했다. "브랜던은 어디 있죠?"

"안쪽 방에 의사와 함께 있습니다. 병원에 가지 않겠다고 고집을 부리고 있어요."

"들어가서 만나봐도 되죠?"

"물론이죠. 따라와요."

"상태가 많이 심각한가요?"

글래스가 어깨를 으쓱였다. "저분들이 아니었으면 정말 큰일

날 뻔했어요." 그가 아트리움을 나서는 두 노인, 페도라와 망고 바지를 가리켰다.

"어째서죠?"

"램블이 어떤 곳인지 알죠? 과거가 엄청 화려하잖아요. 안 그래요?"

그녀가 고개를 끄덕였다. 센트럴 파크의 공식 웹사이트조차도 램블을 '게이 아이콘'이라 부르며 20세기 내내 동성애자들의 성지로 각광받아왔다고 소개했다. 오래전, 무성한 초목과 형편없는 조명 시설은 그곳을 완벽한 '게이 크루징' 공간으로 만들어줬다. 이제 램블은 공원의 최고 삼림 지대이자 LGBT(레즈비언, 게이, 양성애자, 성전환자 등의 성소수자를 일컫는 말—옮긴이) 커뮤니티의 사적지로 유명했다.

"저 두 분이 램블에서 만난 지 50주년 되는 날이었답니다." 글래스가 말했다. "그래서 모처럼 덤불 속으로 들어가 조금 재미를 보려고 했대요. 음, 옛날 생각을 하면서 말이죠."

"대낮에요?"

"네."

"와우."

"나이 때문에 늦게까지 깨 있기가 쉽지 않다고 하시더군요. 그게 제대로 기능하는지도 의문이지만. 어쨌든, 덤불 속에서 그러고 있는데 갑자기 밖에서 소란스러운 소리가 들리더랍니다. 그래서 부리나케 뛰쳐나왔대요. 어디까지 벗고 있었는지는 알고 싶지도 않아요. 아무튼 나와보니 '노숙자'가 저 애를 마구 폭행하고 있었답니다."

"노숙자라는 걸 어떻게 알았죠?"

"제 생각은 아닙니다. 두 분이 그렇게들 설명하시더군요. 범인은 뒤에서 슬그머니 접근해 브랜던의 얼굴을 가격한 것 같습니다. 경고도 없이 말이죠. 목격자 한 분은 칼을 봤다고도 했습니다. 다른 분은 못 봤다고 했고요. 강탈당한 건 없다고 합니다. 하긴, 그 상황에서 뭐라도 챙겨 갈 정신이 없었겠죠. 보나 마나 단순 강도였거나 약에 취한 마약쟁이였을 겁니다. 게이 혐오자였는지도 모르지만, 제 생각엔 아닌 것 같습니다. 램블은 더 이상 그런 곳이 아니지 않습니까. 더군다나 대낮이었고요."

글래스가 문을 열어줬다. 브랜던은 테이블에 앉아서 의사와 얘기를 나누고 있었다. 코에는 큼직한 반창고가 붙어 있었다. 그는 오늘따라 더 창백하고 깡말라 보였다.

의사가 캣을 돌아봤다. "어머니신가요?"

그 말에 브랜던이 미소를 지었다. 캣은 당황했지만, 이내 자신이 어느새 그럴 나이가 됐음을 깨달았다. 우울한 사실이었다. 더군다나 엄마는 그녀 나이 때 그녀보다 훨씬 젊어 보였다. 그녀는 두 배로 우울해졌다.

"아뇨. 그냥 친구예요."

"이 친구를 병원으로 데려가야 합니다." 의사가 캣에게 말했다.

"전 괜찮아요." 브랜던이 말했다.

"코가 부러졌고, 뇌진탕 증세도 약간 보입니다."

캣이 브랜던을 돌아봤다. 브랜던은 고개를 저었다.

"제가 왔으니 걱정하지 않으셔도 돼요." 캣이 말했다.

의사가 어깨를 으쓱하더니 밖으로 나갔다. 글래스는 필요한 서류를 가져와서 내밀었다. 브랜던은 범인을 똑똑히 보지 못했다고 했다. 그가 누구인지 관심도 없다 했고. 그는 서둘러 서류 작성을 마쳤다. "말씀드릴 게 있어요." 글래스가 물러나자 그가 속삭였다.

"일단 네게 벌어진 일부터 처리하자, 알겠니?"

"글래스 경관님이 그러셨어요. 무작위 폭행이었을 거라고요."

캣의 생각은 달랐다. 무작위라고? 하필이면 이럴 때…….

설마?

어떤 범행이 저질러졌다는 증거는 어디에도 없었다. 그렇다고 다른 이론이 있는 것도 아니었다. 검은 양복의 리무진 기사가 노숙자로 변장해 램블까지 브랜던을 미행했던 걸까? 그 역시 말이 안 되기는 마찬가지였다.

글래스는 그들을 이끌고 방탄유리로 덮인 아트리움으로 나갔다. 캣은 그에게 용의자가 확인되는 대로 알려줄 것을 당부했다.

"그러죠." 글래스가 말했다.

그는 두 사람과 차례로 악수했다. 브랜던은 고맙다는 인사를 하곤 잽싸게 정문으로 나가버렸다. 캣도 그를 따라 공원 면적의 8분의 1을 차지하는 재클린 케네디 오나시스 저수지로 향했다.

브랜던이 손목시계를 들여다봤다. "아직 시간이 있네요."

"무슨 시간?"

"월 스트리트로 가야 해요."

"거긴 왜?"

"누군가가 엄마의 돈을 훔치고 있어요."

21

캣은 가고 싶지 않았다.

보크 투자신탁은 베시가와 허드슨 강이 훤히 내려다보이는 맨해튼 금융가의 어느 매끈한 고층 건물에 자리하고 있었다. 새로 지어진 세계무역센터에서 얼마 떨어지지 않은 곳이었다. 옛 빌딩들은 캣의 신참 시절 어느 화창했던 아침에 허무하게 무너져 내렸다. 오전 8시 46분, 첫 번째 타워가 공격받았을 때 그녀는 겨우 여덟 블록 떨어진 곳에서 술에 취한 채 곯아떨어져 있었다. 그녀가 지끈거리는 머리를 힘겹게 가누고 현장으로 달려갔을 때는 이미 많이 늦어버린 후였다. 두 타워 모두 붕괴된 상태였고, 그녀의 수많은 동료들이 그 안에서 목숨을 잃었다. 그들 대부분은 그녀보다 훨씬 먼 곳에서, 그녀처럼 늦장을 부리지 않고 자발적으로 달려온 경관들이었다.

물론 미적거리지 않았어도 현장에서는 속수무책이었겠지만.

그럼에도 불구하고 생존 자책감을 쉽게 떨쳐내지 못했다. 그녀는 그날 목숨을 잃은 모든 동료의 장례식에 빠짐없이 참석했다. 꼭 사기꾼이 된 기분이었다. 그날 현장에서 참상을 목격한 이들 모두가 그랬겠지만, 그녀도 한동안 악몽에 시달렸다. 조금만 이성적으로 생각하면 살면서 수없이 스스로를 용서할 수 있지만, 그런 상황에서 살아남으면 얘기가 다르다.

어느새 오래전 일이 됐고, 그녀도 추모일에나 떠올릴 뿐 더 이상 그 불편한 기억에 발목 잡혀 살지 않았다. 문제는 세월이 약이라는 진리가 그녀를 또 한 번 분노케 한다는 사실이었다. 그 후로 캣은 현장 주변을 애써 피해 다녔다. 어차피 그 부근에 볼일도 없었다. 그곳은 유령과 고급 정장 차림의 부자들만 북적거리는 죽음의 땅이었다. 그녀가 발을 들일 이유는 전혀 없었다. 어린 시절에 그녀와 함께 놀았던 동네 친구들 중 많은 남자애들이 이 동네로 진출했다. 여자애들도 아주 조금은 왔고. 그 남자애들의 아버지들은 대부분 경찰관이나 소방관이었는데, 아버지를 존경하면서도 무서워했던 그들은 점차 아버지의 그 어떤 것도 닮고 싶지 않아 했다. 그들은 세인트 프랜시스 사립 고등학교를 거쳐 노트르담이나 홀리 크로스에 진학했다. 그리고 지금은 이곳에서 정크본드나 파생상품을 팔며 큰돈을 벌고 있었다. 그들은 아직도 자신의 뿌리에서 최대한 벗어나려고 바둥거리는 중이었다. 그들의 아버지가 공장이나 밭에서 고생하는 부모에게서 멀리 벗어나려고 바둥거렸던 것처럼.

진전.

지금껏 모든 세대는 약속이라도 한 듯이 바로 전 세대에게서 치열하게 도망치며 살아왔다. 신기하게도 그들 대부분은 그런 대담한 선택으로 보다 나은 삶을 살게 됐다.

호화로운 사무실을 보니 마틴 보크도 바로 그런 경우인 듯했다. 캣과 브랜던은 활주로만큼이나 큰 마호가니 테이블이 덩그러니 놓인 회의실에서 기다렸다. 테이블에는 온갖 음식이 준비돼 있었다. 머핀, 도넛, 과일 샐러드. 브랜던은 허기를 참지 못하고 그것들을 게걸스럽게 집어먹기 시작했다.

"그를 어떻게 알았다고 했지?" 캣이 물었다.

"우리 가족의 재정 고문이에요. 아버지의 헤지펀드 회사에서 일했죠."

캣은 헤지펀드가 정확히 무엇인지 몰랐지만 그 단어가 튀어나올 때마다 자신도 모르게 움츠러들었다. 그녀는 창밖으로 허드슨 강과 뉴저지를 내다봤다.

12번가 부두 앞에서 거대한 유람선 한 대가 북쪽으로 유유히 나아가는 중이었다. 갑판에 나온 승객들이 손을 흔들었다. 그들의 눈에 보일 리 없지만 캣은 개의치 않고 손을 흔들어 답했다.

마틴 보크가 회의실로 들어와 무뚝뚝하게 인사했다.

캣은 풍채 당당한 남자를 예상했다. 두툼한 손, 꽉 끼는 옷깃, 그리고 벌겋게 상기된 얼굴. 하지만 그녀의 예상은 보기 좋게 빗나갔다. 보크는 키가 작았고 꽤 강단 있어 보였다. 꼭 황갈색 피부를 가진 밴텀급 권투선수를 보는 듯했다. 그는 오십 대로 보였는데, 더 젊어 보이고 싶었는지 파격적인 패션 안경을 끼고 있었다. 피부 미용에 공을 들였는지 얼굴은 매끈했다. 왼쪽 귓불에는 다이아몬드가 박혀 있었는데, 그 역시 젊어 보이려는 필사적인 노력의 흔적으로 비칠 뿐이었다.

브랜던을 본 보크의 입이 쩍 벌어졌다. "맙소사! 얼굴이 왜 그러냐?"

"아무렇지도 않아요." 브랜던이 말했다.

"전혀 그래 보이지 않는데." 그는 소년에게로 다가갔다. "누구한테 얻어맞은 거야?"

"별일 아닙니다." 캣이 불쑥 끼어들었다. "작은 사고가 있었어요."

보크는 여전히 미심쩍은 표정이었다. "자, 앉읍시다."

그는 테이블 상석에 앉았다. 캣과 브랜던도 의자를 끌어와서 앉았다. 30인용은 족히 돼 보이는 테이블에 달랑 세 명이 앉아 있으니 무척 어색했다.

보크가 캣에게 말했다. "여긴 어떻게 오신 겁니까, 미스……?"

"도노반. 뉴욕 경찰국 소속 도노반 형사입니다."

"죄송하지만, 이 아이 일에 어떻게 관여됐는지 묻지 않을 수가 없군요. 공식 자격으로 오신 겁니까?"

"아닙니다." 그녀가 말했다. "아직은 아니에요."

"그렇군요." 보크가 기도하듯 두 손을 모았다. 그는 브랜던에게 눈길을 주지 않으며 물었다. "오늘 브랜던이 전화를 했어요. 보나 마나 그 문제 때문에 오신 거겠죠?"

"이 아이 어머니 계좌에서 25만 달러가 빠져나갔다고 들었습니다."

"영장은 가져오셨습니까, 형사님?"

"아뇨."

"그럼 어떤 질문에도 답하지 않겠습니다. 이런 상황에서 함부로 입을 여는 건 비윤리적인 일이니까요."

의욕에 찬 브랜던에게 끌려오다시피 한 캣이 미처 예상하지 못했던 상황이었다. 현금인출기에서 돈을 뽑은 이후로 데이나 펠프스는 신용카드를 쓰거나 당좌예금 계좌를 건드리지 않았다. 하지만 어떤 이유에서인지 데이나 펠프스는 어제 25만 달러라는 큰돈을 어딘가로 송금했다.

"펠프스 가족을 잘 아시죠?"

보크는 여전히 기도 자세를 유지한 채 코를 살살 문질러대고 있었다. 마치 까다로운 질문을 받기라도 한 듯이. "아주 잘 알죠."

"브랜던의 아버지와 친구 사이 아니셨나요?"

그 순간 그의 얼굴에 어두운 그림자가 드리워졌다. 그의 목소리가 한층 부드러워졌다. "그랬죠."

"사실……." 캣은 적절한 표현을 찾아 잠시 뜸을 들였다. "펠프스 가족에게는 신뢰할 만한 주변인이 많았을 겁니다. 그럼에도 그들은 당신을 선택했어요. 당신의 사업 감각이 뛰어나다는 이유도 있겠지만, 누구보다도 당신을 신뢰했기 때문이겠죠. 당신이 그들의 안녕을 각별히 챙겼기 때문에."

그제야 마틴 보크의 시선이 브랜던 쪽으로 천천히 돌아갔다. 브랜던은 그를 빤히 응시하고 있었다. "그들을 각별히 챙긴 건 사실입니다."

"그렇다면 브랜던과 어머니 사이가 무척 가까웠다는 것도 알고 계셨겠군요."

"물론입니다. 하지만 그녀는 신탁 문제를 아들과 깊이 상의하거나 하진 않았습니다."

"저랑도 깊이 상의하셨어요." 브랜던이 단호하게 말했다. "그러지 않았다면 암호와 계좌 번호를 제가 어떻게 알고 있겠어요? 우리 사이에는 아무 비밀도 없었다고요."

"이 아이 말에 일리가 있네요." 캣이 덧붙였다. "그녀가 아들 몰래 돈을 송금하려 했다면 다른 계좌를 이용하지 않았을까요?"

"그야 모르죠." 보크가 말했다. "그건 브랜던이 어머니에게 직접 물어봐야 하지 않겠습니까?"

"그러셨나요?" 캣이 물었다.

"네?"

"송금 전에 펠프스 부인에게 연락해보셨어요?"

"그녀가 먼저 전화했어요." 그가 말했다.

"그게 언제였죠?"

"그건 대답하기가 좀 곤란……."

"지금 연락해볼 수 있나요?" 캣이 물었다. "그냥 재확인 차원에서 말이죠."

"대체 원하시는 게 뭡니까?"

"그냥 전화를 한번 걸어보세요."

"그런다고 뭐가 확인됩니까?"

"마티 삼촌?" 두 사람의 눈이 브랜던에게로 향했다. "엄마와 연락이 끊긴 지 닷새가 넘었어요. 아무 말씀도 없이 실종되셨다고요."

보크가 동정 어린 눈으로 브랜던을 쳐다봤다. 하지만 거들먹거리는 눈빛에서는 동정심이 전혀 느껴지지 않았다. "이제 어머니 치마폭에서 나올 때도 되지 않니, 브랜던? 네 어머닌 오랫동안 외롭게 살아오셨잖아."

"저도 알아요." 브랜던이 딱딱거리며 말했다. "제가 그걸 모르는 줄 아세요?"

"미안하다." 보크가 천천히 몸을 일으켰다. "법적으로도 그렇고, 윤리적으로도 문제가 될 것 같아서 더 이상 도와줄 수가 없구나."

캣은 작전을 바꿔보기로 했다. "앉으세요, 보크 씨."

그가 멈칫하며 깜짝 놀란 얼굴로 그녀를 돌아봤다. "뭐라고요?"

"브랜던, 나가서 기다려."

"하지만……."

"어서." 캣이 말했다.

그녀는 두 번 얘기할 필요가 없었다. 분위기를 파악한 브랜던이 캣과 마틴 보크를 남겨둔 채 밖으로 나갔다. 보크는 여전히 반쯤 일어난 상태였다. 입도 쩍 벌리고 있었고.

"앉으라고 했습니다."

"당신 미쳤어요?" 보크가 말했다. "내가 이 일을 그냥 넘어갈 것 같습니까?"

"그런 협박은 귀가 따갑게 들어봤어요. 왜요? 시장이나 내 상관에게 전화라도 할 겁니까? 정말 그럴 수 있어요?" 그녀는 전화기를 가리켰다. "어서 데이나 펠프스에게 전화나 걸어요."

"내가 왜 당신 지시에 따라야 합니까?"

"내가 저 아이에 대한 호의로 여기까지 온 줄 알아요? 난 지금 심각한 사건을 수사 중이라고요."

"그럼 영장을 보여줘요."

"영장을 가져오면 당신이 곤란해질 텐데요. 우리가 당신 회사의 모든 파일과 계좌를 샅샅이 뒤져봐도 되나요?"

"당신은 그럴 수 없어요."

그건 사실이었다. 그냥 엄포를 놓아본 것이다. 어차피 잃을 것도 없으니까. 캣은 수화기를 집어 들었다. "전화 걸어봐요."

보크는 잠시 머뭇거리더니 스마트폰을 꺼내 데이나 펠프스에게 전화했다. 신호음이 한 번 흐른 뒤 곧바로 음성 사서함으로 넘어가버렸다. 메시지를 남겨달라는 데이나의 밝은 목소리가 흘러나오자, 보크가 전화를 끊었다.

"해변에 나가 있는 모양이죠." 그가 말했다.

"어디 해변 말인가요?"

"그건 알려줄 수 없어요."

"당신 고객이 타국으로 25만 달러를 송금했어요."

"그건 그녀의 자유죠."

말이 너무 많았다는 걸 깨달은 보크의 얼굴이 금세 창백하게 질렸다. 캣은 그의 실수를 눈치채고 고개를 끄덕였다. 돈은 타국으로 빠져나간 게 틀림없었다. 그녀도 몰랐던 사실이었다.

"적법하게 처리된 겁니다." 보크가 허둥대며 말했다. "이 회사는 그런 거액을 움직일 때 반드시 절차를 따르게 돼 있습니다. 영화 속에서나 클릭 몇 번으로 처리되는 거죠. 이 회사에선 아닙니다. 데이나 펠프스가 송금 요청을 했고, 내가 직접 그녀와 통화해 요청을 확인했습니다."

"그게 언제였나요?"

"어제였습니다."

"그녀가 어디서 연락한 거죠?"

"그건 모릅니다. 하지만 그녀 본인의 휴대폰으로 전화를 걸었어요. 도무지 이해가 안 되는군요. 대체 무슨 일 때문에 이러는 겁니까?"

캣은 어떻게 답해야 할지 몰랐다. "아직은 구체적인 상황을 공개할 수 없습니다."

"나 역시 데이나의 허락 없인 아무 얘기도 할 수 없습니다. 이번 거래를 철저히 비밀로 해달라는 요청을 했습니다."

캣이 고개를 살짝 갸웃했다. "좀 이상하지 않나요?"

"뭐가요? 이 거래를 비밀로 해달라는 게요?" 보크는 잠시 생각에 잠겼다. "이번 경우엔 전혀 그렇지 않습니다."

"왜죠?"

"옳고 그름을 판단하는 건 내 일이 아닙니다. 난 그저 요청에 따라 돈을 움직일 뿐입니다. 자, 오늘은 여기까지 하죠."

하지만 캣은 그럴 마음이 없었다. "당연히 핀센FinCEN에 이 거래를 보고했겠죠?"

보크가 움찔했다. 역시 먹혔어. 캣은 생각했다. 핀센은 재무부 산하 금융 정보 분석 기구로, 돈세탁, 테러, 사기, 탈세 등을 방지하기 위해 수상한 금융 활동을 조사했다.

캣이 말했다. "이런 엄청난 금액이 움직였으니까 당연히 그들의 정보망에 포착되지 않았겠어요?"

보크는 최대한 태연한 척했다. "데이나 펠프스가 불법적인 일에 그 돈을 썼을 거라 생각하지 않습니다."

"그럼 내가 맥스에게 연락해서 확인해봐도 괜찮겠군요."

"맥스?"

"핀센에서 근무하는 내 친구예요. 모든 게 적법하게 처리됐다면서요."

"그렇습니다."

"알았어요." 그녀는 휴대폰을 꺼내 들었다. 또 다른 엄포였다. 핀센에서 근무하는 맥스라는 친구는 존재하지 않았다. 하지만 재무부에 이런 수상쩍은 거래를 신고하는 게 뭐가 어려울까? 그녀는 여유롭게 미소까지 흘렸다. "다른 방법이 없으니 이런 식으로……."

"그럴 필요 없습니다."

"오?"

"데이나." 그는 문 쪽을 돌아봤다. "그녀에겐 미안한 일이지만……."

"내게 다 털어놓는 게 좋을걸요." 캣이 말했다. "맥스와 그의 팀에 해명하는 것보다는 말이죠. 선택은 당신에게 달렸어요."

보크는 잘 관리된 손톱을 물어뜯기 시작했다. "데이나가 비밀로 해달라고 간곡히 부탁했어요."

"범행을 덮기 위해서 말인가요?"

"네? 아뇨." 보크가 몸을 기울이고 나지막이 말했다. "비공개 조건으로 말해도 될까요?"

"물론이지요."

비공개 조건이라. 날 기자로 생각하는 건가?

"그녀가 주문한 거래는 솔직히 말해서 좀 수상한 구석이 있었습니다. 그렇지 않아도 SAR을 올려야 하나 고민하고 있었어요. 법은 30일 안에 보고하도록 돼 있거든요."

SAR은 의심 거래 보고서를 말했다. 이 정도 액수를 해외로 송금하려면 금융기관이나 개인이 재무부에 반드시 신고해야 했다.
정직한 금융기관이라면 당연히 이행해야 할 의무였다.

"데이나가 시간을 좀 달라고 했어요."

"그건 무슨 뜻이죠?"

"이것 역시 불법은 아닙니다."

"그러면요?"

그는 다시 복도 쪽을 돌아봤다. "브랜던에겐 비밀로 해줘요."

"알았어요."

"꼭 그렇게 해줘야 합니다. 데이나 펠프스는 철저히 비밀로 해
달라고 신신당부했어요. 특히 아들이 자신의 계획을 알면 안 된
다고 했습니다."

캣이 그의 앞으로 몸을 기울였다. "비밀 지킬게요."

"절대 발설해선 안 되는 일입니다. 하지만 내겐 고객들과 회사
를 보호해야 할 의무가 있어요. 데이나가 뭐라고 할진 모르겠지
만, 내 생각엔 그녀가 이번 송금을 재무부 몰래 처리하고 싶어 했
던 것 같습니다. 이게 불법행위라서가 아니라, 이번 거래로 많은
문제가 불거질 수 있고, 불필요한 주목을 받게 될 것을 우려했기
때문이죠."

캣은 묵묵히 귀 기울였다. 보크는 아직도 이런 민감한 정보를
그녀에게 털어놓아야 하는 타당한 이유를 찾지 못해서 안달하고
있는 듯했다.

"데이나 펠프스는 집을 구입하려는 중이에요."

캣은 뜻밖의 사실에 흠칫 놀랐다. "뭐라고요?"

"코스타리카예요. 파파가요 반도의 한 해변에 있는 침실 다섯

개짜리 별장입니다. 정말 기가 막힌 집이죠. 태평양이 훤히 내다보이고. 그녀랑 함께 떠난 남자 있죠? 그가 청혼을 했답니다."

그 말에 캣은 얼어붙었다. '청혼'이라는 단어가 커다란 돌덩이로 변해 그녀 안의 갱도 속으로 던져졌다. 그녀는 머릿속으로 모든 걸 그려낼 수 있었다. 환상적인 해변, 야자나무들(코스타리카에도 야자나무가 있을까? 캣은 알지 못했다), 손을 잡고 유유히 산책하는 제프와 데이나, 부드러운 키스, 해먹에 늘어지게 누워서 일몰을 감상하는 커플.

"어느 정도는 이해해줘야 하지 않겠습니까." 보크가 이어 말했다. "남편을 떠나보낸 후 데이나는 고달픈 삶을 살아왔습니다. 혼자서 브랜던도 키워야 했고요. 알다시피 그 앤 다루기 쉬운 녀석이 아닙니다. 아버지의 죽음…… 그게 큰 영향을 끼쳤죠. 그런 브랜던을 별 탈 없이 대학에 보냈으니 이젠 데이나가 자기 인생에 집중해야 하지 않겠습니까. 그건 이해할 수 있죠?"

캣의 머릿속이 핑핑 돌기 시작했다. 그녀는 해변 별장에서의 생활을 뇌리에서 지우고 눈앞의 시급한 문제에 집중해보려 애썼다. 데이나가 아들에게 마지막으로 전송한 메시지가 뭐였지? 멋진 시간을 보내고 있다는 것과 깜짝 놀랄 일이 있다는 내용…….

"아무튼 데이나는 곧 결혼식을 올릴 겁니다. 이미 새 남자친구와 그곳에서 살기로 결정한 모양이에요. 브랜던에게 전화로 그 소식을 전하고 싶진 않았을 겁니다. 그래서 일부러 아들과 연락을 끊었던 걸 테고요."

캣은 아무 말도 하지 못했다. 청혼. 해변 별장. 재혼 소식을 전화로 전하고 싶지 않아 일부러 아들과 연락을 끊은 어머니. 이게 앞뒤가 맞는 얘긴가?

그런 것 같다.

"그래서 데이나 펠프스가 집주인에게 돈을 송금했다는 말인가요?"

"아뇨. 자신에게 보낸 겁니다. 그곳에서는 부동산 거래가 좀 은밀히 처리되는 모양입니다. 그 이유에 대해선 내가 상관할 게 아니죠. 데이나는 스위스에 적법한 계좌를 만들어뒀습니다. 필요에 따라 다른 계좌에서 그쪽으로 송금을 했죠."

"스위스 계좌도 그녀의 이름으로 만든 건가요?"

"그게 불법은 아니지 않습니까. 하지만 그녀는 자신의 이름을 쓰지 않았습니다."

"그럼 누구 이름으로 만든 거죠?"

보크는 다시 손톱을 물어뜯기 시작했다. 겉보기와는 다르게 속은 어린아이처럼 여린 듯했다. 마침내 그가 다시 입을 열었다. "이름은 쓰지 않았습니다."

그제야 그녀는 이해할 수 있었다. "번호 계좌인 모양이군요."

"그렇다고 아주 특별한 경우는 아닙니다. 대부분의 스위스 계좌들이 이름 대신 번호를 쓰니까. 혹시 번호 계좌에 대해 잘 알고 있습니까?"

그녀는 등받이에 몸을 붙였다. "잘 모른다고 해두죠."

"번호 계좌는 말 그대로 이름 대신 번호로 관리하는 계좌입니다. 사생활이 완벽히 보장되기 때문에 범죄에도 자주 이용되죠. 하지만 자신의 재정 상태를 비밀에 부쳐두고 싶어 하는 보통 사람들도 마음껏 이용할 수 있습니다. 돈을 가장 안전하고 확실하게 보관할 수 있는 방법이죠."

"비밀리에 말이죠?"

"한때는 비밀이 철저하게 보장됐지만 이젠 아니에요. 미국 정부는 언제든 의심스러운 계좌를 열어볼 수 있죠. 범법 행위가 의심되면 무조건 신고해야 한다는 법도 생겼고요. 더 이상 예전 같은 보안 유지가 불가능해졌어요. 하지만 많은 사람들이 아직도 오해하고 있죠. 번호 계좌의 예금주 정보를 절대 알아낼 수 없다고 말입니다. 그게 말이 됩니까? 일부 은행 직원들도 다 아는 건데요."

"보크 씨?"

"네."

"은행 이름과 번호를 알려줘요."

"그게 도움이 되진 않을 겁니다. 나조차도 그 번호가 어떤 이름과 연관됐는지 모르고요. 영장을 받아와도 문제는 있습니다. 스위스 은행 측에서 시간을 끌면 몇 년이 걸릴지 모르거든요. 데이나 펠프스를 사소한 혐의로 기소할 생각이라면……."

"데이나 펠프스를 기소하려는 게 아니에요. 날 믿어요."

"그럼 대체 그녀를 왜 찾고 있는 겁니까?"

"번호를 알려줘요, 보크 씨."

"그럴 수 없다면요?"

그녀가 휴대폰을 꺼내 들었다. "맥스에게 전화를 걸어야죠."

22

밖으로 나온 캣은 채즈에게 전화를 걸어 스위스 은행 이름과 계좌 번호를 불러줬다. 그녀는 그가 미간을 찌푸리는 소리를 전화로 들은 듯했다.

"이걸 왜 알려주는 거지?" 채즈가 물었다.

"나도 모르겠어. 새로 만든 계좌라는데 거래 내역을 좀 살펴보고 싶어."

"지금 농담하는 거지? 응? 한낱 뉴욕 경찰이 메이저 스위스 은행에 정보를 내놓으라고 요구할 수 있을 것 같아?"

그의 말은 일리가 있었다. 생각할수록 황당한 계획이었다. "재무부에 그 번호를 한번 보내봐. 거기서 근무하는 앨리 오스카라는 사람을 알거든. 누군가가 SAR 따위를 올려 보냈을 수도 있고."

"알았어. 해볼게."

지하철을 타고 업타운으로 돌아오는 동안 브랜던은 이상하리만큼 조용했다. 캣은 그가 마틴 보크와 비공개로 무슨 얘기를 나눴는지 무척 궁금해할 줄 알았다. 하지만 그는 기가 꺾인 듯이 구부정하게 앉아서 침묵을 지키고 있을 뿐이었다. 열차가 흔들릴 때마다 그의 몸도 좌우로 심하게 요동쳤다.

캣은 그의 옆에 앉아 있었다. 사실 그녀의 몸도 축 늘어져 있기는 마찬가지였다. 그녀는 새로 알게 된 사실들을 천천히 곱씹기 시작했다. 제프는 청혼을 했다. 아니, 이제는 론이라고 불러야 하나? 정말 그 이름으로 불리고 있을까? "이봐 론!" 아니면 "봐, 저기 로니가 가고 있어!" 아니면 "어이, 로널드, 론스터, 로나마마……."

왜 하필 론이라는 이름을 고른 거지?

하긴, 지금 중요한 건 그게 아니지. 그녀는 관심을 다른 데로 돌렸다. 18년은 긴 시간이었다. 예전에 제프는 반물질주의자였다. 하지만 론은 돈 많은 과부와 사랑에 빠졌다. 그녀는 그에게 사랑의 증표로 코스타리카 별장을 선물하려 하고 있다. 그가 무슨 귀여운 연하 애인이라도 되는 듯이. 캣의 표정이 일그러졌다. 웩.

그들이 처음 만났을 때 제프는 워싱턴 광장이 내려다보이는 아파트를 빌려서 살고 있었다. 매트리스는 바닥에 놓여 있었고, 실내는 항상 거슬리는 소음으로 진동했다. 벽 속 파이프들에서는 물이 새거나 새된 소리가 흘러나왔다. 꼭 폭격을 맞은 공간을 보는 듯했다. 글을 쓸 때면 제프는 항상 관련 사진들로 벽을 도배해놓았다. 그는 정리와는 담을 쌓고 살았다. 그런 어수선함이 영감을 준다나. 그렇게 너스레를 떨 때마다 캣은 그의 아파트가 꼭 TV 속 형사들이 문을 박차고 들어가면 나오는 킬러의 방 같다고 받아쳤다. 그 왜, 있지 않은가. 피해자들의 사진으로 도배된 비밀의 방.

하지만 그런 아수라장도 그가 있어 좋기만 했다. 그와 함께하는 모든 것들이 진실되게, 그리고 완벽하게 느껴졌다. 사소한 일상부터 격렬한 섹스까지. 그녀는 그 어수선함과 사진으로 뒤덮인 벽들이 그리웠다.

그를 죽을 만큼 사랑했는데.

그들은 링컨센터 근처 66번가에서 내렸다. 밤공기는 쌀쌀했다. 브랜던은 아직도 골똘히 생각에 잠겨 있었다. 그녀는 굳이 말을 걸지 않았다. 캣은 그를 자신의 아파트로 데려갔다. 왠지 혼자두는 게 불안했기 때문이다. 집에 도착하자 그녀가 물었다. "배안 고파?"

브랜던이 어깨를 으쓱였다. "조금요."

"피자를 시킬게." 캣이 말했다. "페퍼로니 괜찮지?"

브랜던이 고개를 끄덕였다. 그는 의자에 풀썩 주저앉아 창밖을 내다봤다. 캣은 라 트라비아타 피자 가게에 전화를 걸어 주문을 마친 후 의자를 끌어와 그의 앞에 앉았다.

"왜 아무 말이 없지, 브랜던?"

"그냥 생각 좀 하느라고요." 그가 말했다.

"무슨 생각?"

"아빠 장례식 생각을 했어요."

캣은 브랜던의 설명이 이어지기를 기다렸다. 하지만 그는 또입을 닫아버렸다. 캣이 다시 조심스레 말을 걸어봤다. "장례식은왜?"

"갑자기 마티 삼촌의 추도사가 떠올라서요. 보크 씨 말이에요. 아무튼 그때 생각이 났어요. 그는 추도사를 읽고 나서 황급히 예배당을 빠져나갔어요. 난 이상해서 몰래 따라가봤죠. 저도 왜 그랬는지 모르겠어요. 몸이 제 의지와 상관없이 반응했던 거예요. 이게 말이 되는 소린지는 모르겠지만."

캣은 아버지 장례식에서 자신을 압도했던 멍한 기분을 떠올렸다. "말이 돼."

"아무튼 그는 뒤편 사무실에 있었어요. 그곳엔 불이 꺼져 있었고요. 잘 보이진 않았지만 목소리는 똑똑히 들을 수 있었죠. 마티 삼촌은 무릎을 꿇고 펑펑 울고 있었어요. 추도사를 다 읽을 때까지 울음이 터지는 걸 가까스로 참았던 모양이에요. 전 출입문에 서서 말없이 지켜봤죠. 삼촌은 제가 거기 있었다는 걸 몰랐을 거예요."

브랜던이 고개를 들고 캣을 쳐다봤다.

"마티 삼촌이 그랬죠? 어머니가 전화를 걸었다고."

"그래."

"그건 거짓말이 아닐 거예요."

캣은 달리 해줄 말이 없었다. "그렇다면 다행이지."

"엄마가 왜 돈을 송금하셨는지도 들려주던가요?"

"그래."

"하지만 제겐 알려주지 않으시겠죠?"

"네 어머니가 비밀로 처리하길 원하셨대."

브랜던은 다시 창밖으로 시선을 돌렸다.

"브랜던?"

"엄마는 다른 남자와도 사귀셨어요. 온라인에서 만난 사람은 아니었어요. 웨스트포트에 사는 사람이었는데."

"그게 언제였지?"

브랜던이 어깨를 으쓱였다. "아빠가 돌아가시고서 2년쯤 지났을 때였어요. 이혼남이었고, 이름은 찰스 리드였어요. 그의 두 아이는 스탬포드에서 엄마랑 살고 있다고 했어요. 그는 주말에만 애들을 볼 수 있다더군요."

"그래서 어떻게 됐지?"

"제가……." 브랜던이 말했다. "일을 좀 벌였어요." 그의 얼굴에 야릇한 미소가 담겼다. "슈워츠 형사님이 제가 체포됐던 일에 대해 들려주셨겠죠?"

"자잘한 사건이 좀 있었다고 하더구나."

"네. 절 많이 봐주셨어요. 전 엄마가 다른 남자랑 만나는 걸 원치 않았어요. 다른 사람이 아빠 자리를 넘보는 게 싫었어요. 아빠 집에 들어와서 아빠 침대와 옷장을 쓰고 아빠 자리에 차를 세워놓는 상상을 하니까 끔찍했어요. 이해하시겠어요?"

"물론이지." 캣이 말했다. "자연스러운 반응인걸."

"그래서 제가 그런 짓거리를 벌였던 거예요. 학교에서도 정학을 받았고, 동네 차들 타이어를 칼로 긋고 다녔죠. 경찰에 잡혀서 집으로 끌려왔을 때도 전 실실 웃었어요. 엄마가 저 때문에 괴로워하시는 걸 보고 싶었거든요. 전 엄마에게 이 모든 게 다 엄마 때문이라고 했어요. 아빠를 배신한 대가라고 말이죠." 그는 잠시 눈을 깜빡이다가 턱을 문질러댔다. "어느 날 밤에는 엄마를 창녀라고 부르기까지 했어요."

"어머니가 뭐라셨니?"

"아무 말씀도 없으셨어요." 브랜던이 씩 웃으며 말했다. "아무 말도 안 하셨죠. 그냥 멍하니 서서 절 응시할 뿐이었어요. 전 아직도 그때의 엄마 표정이 잊히지 않아요. 아마 영원히 잊지 못할 거예요. 하지만 전 그런 짓거리를 멈추지 않았죠. 찰스 리드가 우리 인생에서 사라질 때까지 말이에요."

캣이 그의 앞으로 몸을 기울였다. "왜 내게 이 이야길 하는 거지?"

"제가 엄마 인생을 망쳐놓은 것 같아서요. 그는 그럭저럭 괜찮은 사람이었어요. 어쩌면 엄마를 행복하게 만들어줄 수도 있었을 텐데. 캣에게 물어보고 싶어요. 이번에도 제가 엄마 인생에 재를 뿌리고 있는 건가요?" 브랜던은 고개를 돌려 그녀와 눈을 맞췄다. "그때처럼 제가 주제넘게 참견하고 있는 건가요?"

캣은 한 걸음 물러나 전체적인 그림을 보고 싶었다. 형사답게. 어떻게 돌아가고 있는 상황인가? 어디론가 사라진 후 아들과 연락을 끊어버린 어머니. 만약 그게 그녀답지 않은 행동이었다면 마틴 보크가 분명한 이유를 내놓지 못했을 것이다.

현금인출기 거래와 감시 카메라는 무엇을 확인시켜줬나?

검은 리무진과 수상한 기사. 그 부분은 데이나 펠프스의 단골 리무진 회사가 명확하게 설명해줬다. 그녀의 남자친구가 그녀에게 직접 리무진을 보내줬다고.

한 걸음 더 물러나 조금 더 냉철하게 바라볼 필요가 있었다. 데이나 펠프스가 위험에 빠졌다는 증거가 있는가?

전혀.

브랜던은 겁에 질려 있었다. 그는 아버지를 사랑했고, 다른 남자와 교제하는 어머니를 배신자로 여겼다. 자신이 목격한 것을 왜곡해 음모로 둔갑시키고도 남을 아이였다.

그렇다면 캣의 핑계는 무엇인가?

제프의 일부 행동이 기이하게 보이는 건 사실이었다. 하지만 그게 뭐 어떤가? 그는 이름을 바꾸고 새 출발을 했을 뿐이다. 게다가 과거로 돌아갈 마음이 없음을 분명히 밝혔다. 그 말에 캣은 상처를 받았다. 그래서 그녀도 거절을 왜곡해 음모로 둔갑시켜버렸는지도 모른다. 그 순간 과거의 기억이 맹렬히 밀려들었다.

아버지, 그리고 전 약혼자.

더 이상은 할 얘기가 없었다. 이제는 깨끗이 잊어야 할 때였다. 만약 데이나 펠프스와 도망친 남자가 제프가 아니었다면 그녀는 진작 이 사건에서 손을 뗐을 것이다. 그녀가 제프를 끝까지 놓지 않았던 것도 문제였다. 그래, 이건 진부해서 "웩" 소리가 나올 생각이지만, 그녀는 자신이 영원히 그와 함께할 운명이라고 굳게 믿었다. 머리는 몰라도 그녀의 가슴은 그랬다. 어떠한 우여곡절을 겪게 되더라도 그녀와 제프는 결국 서로에게 돌아가게 될 거라고. 하지만 브랜던과 함께 바닥에 주저앉아 피자를 먹고 있는 지금, 캣은 이것이 결코 간단한 문제가 아님을 깨달았다. 그녀는 다듬어지지 않은 진한 감정에 젖어 격변의 시간을 보내는 중이었다. 하지만 모든 게 너무 일찍 중단된 듯한 아쉬움이 가시지 않았다. 심하게 거슬리는 불완전한 기분.

사랑, 아버지의 죽음, 이별, 살인자의 체포, 그 모든 것이 나름의 종결을 요구했지만, 그녀는 무엇 하나 속 시원히 해결하지 못했다. 지금껏 스스로에게 던져온 황당한 거짓말들로 비집고 들어가봐도 제프가 떠난 이유는 명확히 설명되지 않았다. 아버지가 왜 살해됐는지, 어째서 코존이 리번에게 살인 지시를 내렸다는 걸 믿지 않았는지도 이해되지 않았다. 그녀의 인생은 우회를 하지도, 탈선하지도 않았다. 그저 멀쩡히 있던 땅이 어느 날 갑자기 그녀의 발밑에서 사라져버렸을 뿐이다.

이해를 위해서는 최소한의 답이 필요했다.

그들은 마치 시합을 하듯 피자를 먹어치웠다. 브랜던은 여전히 폭행으로 입은 부상 때문에 신음했다. 그녀는 그에게 에어 매트리스와 24시간 약국에서 사온 진통제를 가져다줬다. 그는 금세 잠에 빠져들었다. 한동안 그를 지켜보던 캣은 그의 어머니가 곧 전해올 충격적인 소식을 브랜던이 어떻게 받아들일지 궁금했다.

캣은 침실로 들어가 침대에 몸을 눕혔다. 몇 분이라도 책을 읽어보려 했지만 도무지 글이 눈에 들어오지 않았다. 그녀는 책을 내려놓고서 어둠을 빤히 올려다봤다. 가능한 일에 집중해야 돼. 그녀는 생각했다. 데이나 펠프스와 '론 코치먼' 문제는 아직 힘에 부쳤다.

18년이나 지났음에도 아버지 살인 사건에 대한 진실은 여전히 드러나지 않았다. 지금 그녀가 신경 써야 할 문제는 바로 그것이었다.

캣은 눈을 감고서 힘겹게 잠에 빠져들었다. 시간이 얼마나 흘렀을까, 전화벨 소리가 그녀를 깨웠다. 의식을 되찾기까지는 적지 않은 시간이 소요됐다. 그녀는 가까스로 휴대폰을 찾아서 귀에 갖다 댔다.

"여보세요."

"캣, 나 존 글래스예요."

그녀는 여전히 정신이 혼미했다. 디지털 시계가 새벽 3시 18분을 알리고 있었다. "누구라고요?"

"센트럴 파크 관할서의 글래스 경관입니다."

"오, 네, 미안해요. 지금이 새벽 3시라는 건 알고 있죠?"

"물론입니다. 난 불면증 환자예요."

"물론 난 아니고요." 캣이 말했다.

"브랜던 펠프스를 폭행한 범인을 잡았습니다. 예상대로 노숙자였어요. 신분증도 없고, 심문에도 입을 열지 않습니다."

"알려줘서 고마워요. 하지만 밤잠을 설치면서까지 들어야 할 만큼 중요한 일은 아닌 것 같네요."

"저 역시 같은 생각입니다." 글래스가 말했다. "하지만 이번 경우는 좀 특별합니다."

"특별하다니요?"

"그 노숙자 말입니다."

"그 사람이 어쨌는데요?" 캣이 물었다.

"당신을 데려오라고 하네요."

캣은 운동복을 걸치고서 브랜던에게 짧은 메모를 남겨놓은 후 북쪽으로 스무 블록 떨어진 센트럴 파크 관할서를 향해 달려갔다. 여전히 제복 차림인 존 글래스는 정문 앞에서 그녀를 기다리고 있었다.

"설명이 더 필요한가요?" 그가 말했다.

"뭘 말이죠?"

"왜 그가 당신을 데려오라고 했는지."

"그보다 먼저 그가 누구인지 만나보는 게 순서 같은데요."

그가 손으로 한쪽을 가리켰다. "이쪽입니다."

그들의 발소리가 방탄유리로 덮인 아트리움을 쩌렁쩌렁 울렸다. 글래스가 전화로 들려준 설명 덕분에 캣은 유치장에서 누가 기다리고 있는지 대충 짐작할 수 있었다. 그들이 도착했을 때 아쿠아는 손가락으로 입술을 뜯어대며 비좁은 유치장 안을 빙빙 돌고 있었다. 요가 바지나 여성복 차림이 아닌 아쿠아의 모습은 실로 오랜만에 보는 것이었다.

지금 아쿠아는 벨트 없는 청바지 차림이었다. 축 늘어진 헐렁한 바지는 십 대 소년들이나 입을 법한 것이었다. 플란넬 셔츠는 군데군데 찢겨 있었다. 한때 순백색이었을 운동화는 한 달 동안 진창에 담가둬야 얻을 수 있는 짙은 갈색을 띠고 있었다.

"이 친구를 알아요?" 글래스가 물었다.

캣이 고개를 끄덕였다. "본명은 딘 바넥이에요. 하지만 모두가 아쿠아라고 부르죠."

아쿠아는 연신 혼잣말을 중얼대며 방 안을 맴돌고 있었다. 그들이 안으로 들어왔다는 걸 아직 알아채지 못한 듯했다.

"이 친구가 왜 그 앨 폭행했을까요?"

"그야 모르죠."

"제프가 대체 누굽니까?" 글래스가 물었다.

캣이 그를 홱 돌아봤다. "뭐라고요?"

"저 친구가 계속 제프 어쩌고 하며 중얼거렸어요."

캣은 고개를 저으며 마른침을 삼켰다. "아쿠아랑 몇 분만 단둘이 있게 해주겠어요?"

"왜요? 심문해보게요?"

"우린 오랜 친구 사이예요."

"그럼 저 친구 변호사 자격으로?"

"부탁해요, 글래스. 아무 일 없을 테니 걱정 말아요."

글래스가 어깨를 으쓱이고 나서 밖으로 나갔다. 유치장은 철창이 아닌 플렉시 유리로 막혀 있었다. 경찰서 전체가 지나치게 미끈한 느낌이었다. 경찰서라기보다는 영화 세트 같았다. 캣이 한 걸음 다가가 유리를 두드렸다. "아쿠아?"

아쿠아의 걸음이 갑자기 빨라졌다. 꼭 그녀를 피해 달아나려는 것처럼.

그녀는 목소리를 조금 더 높였다. "아쿠아?"

그가 걸음을 멈추고 그녀를 돌아봤다. "미안해, 캣."

"어떻게 된 거야, 아쿠아?"

"나한테 화났지?"

그가 갑자기 흐느끼기 시작했다. 그녀는 처음부터 그를 너무 자극하지 않기로 했다. 자칫하다가는 질문 하나 제대로 던져보지 못하고 쫓겨나게 될 수도 있었다.

"괜찮아. 화나지 않았어. 그저 이게 어떻게 된 일인지 궁금할 뿐이야."

아쿠아는 눈을 감고 깊이 숨을 들이쉬었다가 천천히 내쉬었다. 심호흡은 요가에서 매우 중요한 부분이었다. 그는 집중하려 애쓰고 있었다. 마침내 그가 입을 열었다. "난 널 미행했어."

"언제?"

"우리가 헤어지고 나서. 기억해? 넌 오말리스로 갔잖아. 날 데리고 가려 했고."

"하지만 넌 들어오지 않았잖아." 그녀가 말했다.

"그랬지."

"왜?"

그가 고개를 저었다. "거기엔 옛 유령이 너무 많이 남아 있어, 캣."

"거기서 좋은 시간도 많이 보냈잖아, 아쿠아."

"좋았던 기억은 이미 죽어 없어진 지 오래야." 그가 말했다. "이젠 유령이 되어 우릴 괴롭히고 있어."

캣은 궤도에서 벗어나지 않으려 애썼다. "그래서 날 미행했어?"

"그래. 넌 스테이시와 같이 나왔어." 그의 얼굴에 살짝 미소가 깃들었다. "난 스테이시가 좋아. 아주 재능 있는 제자야."

멋지군. 복장도착자에 정신분열증 환자에 게이이기까지 한 그조차 스테이시에게 홀딱 반해버리다니. "정말 날 미행했어?"

"응. 옷을 갈아입고 골목 끝에서 기다리고 있었어. 네게 할 말도 있었고, 네가 거기서 무사히 나오는 걸 확인하고도 싶었어."

"오말리스에서?"

"응."

"아쿠아, 난 일주일에 닷새 이상을 오말리스에서 보낸다고." 그녀가 멈칫했다. 궤도. 궤도를 벗어나서는 안 됐다. "그래서 몰래 우릴 따라왔다 이거지?"

그가 미소를 흘리며 듣기 좋은 가성으로 흥얼거렸다. "아이 엠 더 월러스, 쿠 쿡 카추."

캣은 머릿속으로 퍼즐을 맞춰봤다. "우릴 미행해 공원까지 들어갔다 이거지? 스트로베리 필즈까지? 내가 브랜던과 함께 있는 것도 봤겠네."

"어디 보기만 했겠어?" 그가 말했다.

"무슨 뜻이지?"

"이런 차림으로 다니면 흔하디흔한 흑인 부랑자로 보일 뿐이야. 모두의 시선을 돌려버리지. 네 시선조차도 말이야, 캣."

그녀는 반박하고 싶었다. 자신이 편견 없고 모두에게 호의적이라는 걸 분명히 알려주고 싶었다. 하지만 지금은 궤도를 유지하는 게 중요했다. "그래서 어떻게 했지, 아쿠아?"

"넌 엘리자베스의 벤치에 앉아 있었어."

"누구라고?"

그가 머릿속에 담긴 내용을 암송했다. "내 인생의 최고의 나날—이 벤치, 초콜릿 칩 아이스크림, 그리고 아빠—항상 그리워요, 엘리자베스."

"오."

그녀는 그제야 깨달았다. 그 순간 눈시울이 뜨거워졌다. 센트럴 파크에는 기금을 모으기 위한 벤치 기부 프로그램이 있었다. 7,500달러를 내면 원하는 내용을 담은 명판을 제작해서 벤치에 붙여줬다. 한때 캣은 그곳의 명판들을 차례로 훑으며 그들의 사연을 상상해보곤 했다. 그중 하나에는 이런 내용이 쓰여 있었다. "언젠가 웨인은 이 벤치에서 킴에게 청혼할 것이다."(그는 결국 청혼했을까? 캣은 궁금했다. 과연 그녀는 청혼을 받아들였을까?) 애견 공원 근처의 한 벤치에는 이런 명판이 붙어 있었다. "좋은 사람, 그리고 그의 고결한 사냥개, 레오와 라즐로를 추모하며." 또 이런 것도 있었다. "여기에서 쉬다 가요. 다 잘될 겁니다."

그것은 평범함에서 발견하는 감동이었다.

"난 네가 하는 말을 들었어." 아쿠아가 언성을 높이며 말했다. "너희들이 주절대는 소릴 다 들었다고." 그의 표정이 살짝 바뀌었다. "그 애는 누구지?"

"브랜던이야."

"그건 나도 알아!" 그가 빽 소리쳤다. "내가 그것도 모를 줄 알아? 난 걔가 누구인지를 묻고 있는 거야, 캣."

"그냥 평범한 대학생이야."

"그 녀석을 왜 만났던 거지?" 그는 두 손으로 플렉시 유리를 힘껏 때렸다. "응? 무슨 일로 만났느냐고!"

"워." 뜻밖의 공격적인 모습에 캣이 흠칫 놀라 뒤로 물러섰다. "말 돌리지 마, 아쿠아. 이건 네 문제야. 네가 그 앨 폭행했잖아."

"물론 내가 폭행했어. 그가 다치는 걸 내가 두고 볼 줄 알았어?"

"다치다니? 누가 말이야?" 그녀가 물었다.

아쿠아는 대답이 없었다.

"브랜던이 누굴 해치려 했단 소리야?"

"너도 알잖아." 그가 말했다.

"아니. 난 몰라." 하지만 그녀는 왠지 알 것도 같았다.

"난 거기 숨어서 다 지켜봤어. 너희들은 엘리자베스의 벤치에 앉아 있었어. 난 모든 걸 엿들었고. 그를 그냥 내버려두라고 했잖아. 왜 내 말을 안 듣는 거지?"

"아쿠아?"

그가 눈을 감았다.

"날 봐, 아쿠아."

그는 그러지 않았다.

그녀는 그의 입을 통해 똑똑히 듣고 싶었다. 그녀가 먼저 그 이름을 꺼낼 수는 없었다. "대체 누굴 그냥 내버려두라는 거지? 누굴 보호하려는 거야?"

아쿠아가 여전히 눈을 감은 채 말했다. "그는 날 보호해줬어. 너도 보호해줬고."

"누가, 아쿠아?"

"제프."

역시. 마침내 아쿠아의 입에서 그 이름이 튀어나왔다. 캣이 예상한 그대로였다. 마음의 준비를 단단히 해둔 상태였지만 충격은 여전히 그녀를 뒷걸음치게 만들었다.

"캣?" 아쿠아가 플렉시 유리 가까이로 얼굴을 들이밀었다. 그의 눈이 좌우를 잽싸게 훑었다. 엿듣는 이가 없다는 걸 확인하려는 듯이. "그 앨 막아야 해. 그 녀석이 제프를 찾고 있어."

"그래서 그 애를 폭행한 거야?"

"다치게 할 생각은 없었어. 그냥 어떻게든 막아보려 했을 뿐이라고. 아직도 모르겠어?"

"모르겠어." 캣이 말했다. "그 애가 뭘 알아낼까 봐 두려운 거지?"

"그는 아직도 널 사랑하고 있어, 캣."

그녀가 코웃음을 쳤다. "제프가 이름을 바꾼 거 알아?"

아쿠아는 고개를 돌려버렸다.

"이제 그는 론 코치먼이야. 알고 있었어?"

"너무 많은 사람이 죽었어." 아쿠아가 말했다. "그게 나였어야 했는데."

"무슨 소리야?"

"내가 죽었어야 했다고." 그의 눈에서 눈물이 쏟아졌다. "그랬다면 다 잘 풀렸을 거야. 너도 제프랑 잘됐을 거고."

"대체 무슨 소릴 하고 있는 거야, 아쿠아?"

"내가 한 짓거리에 대해 얘기하고 있는 거야."

"네가 뭘 했는데, 아쿠아?"

그는 계속 흐느꼈다. "다 내 잘못이야."

"제프와 내가 헤어진 건 너 때문이 아니었어."

계속 눈물.

"아쿠아? 대체 네가 뭘 했는데 그래?"

그는 다시 흥얼거리기 시작했다. "집시 바람이 내게 말하네. 보이는 대로 믿지 말라고. 조심하라고."

"뭐?"

눈물 사이로 미소가 살짝 드러났다. "옛 노래 그대로야. 너도 기억하지? 악마 애인에 대한 노래. 남자친구가 죽고 나서 다른 사람과 결혼한 여자가 옛 애인을 잊지 못하자, 그의 유령이 돌아와서 그녀를 데려가잖아. 불길에 휩싸인 채로."

"아쿠아, 지금 무슨 소릴 하는지 모르겠어."

하지만 묘하게 익숙한 노래였다. 그 이유는 딱 꼬집어 말할 수 없었지만.

"마지막 소절." 아쿠아가 말했다. "마지막 소절까지 마저 들어 봐야 해. 그들이 함께 불길에 휩싸인 후의 이야기 말이야. 그 경고를 들어봐야 한다고."

"기억이 나질 않아." 캣이 말했다.

아쿠아가 헛기침을 한 번 했다. 그런 다음, 아름답고 성량이 풍부한 목소리로 마지막 소절을 부르기 시작했다.

"과거 속 사람들을 조심해. 그들이 당신에게 돌아오면 안 돼."

23

 아쿠아는 그 마지막 소절을 반복해서 불러댔다. "과거 속 사람들을 조심해. 그들이 당신에게 돌아오면 안 돼."

 그녀는 휴대폰으로 가사를 검색해봤다. 마이클 스미스의 〈악마 애인Demon Lover〉이라는 곡이었다. 그들은 20여 년 전, 빌리지의 한 우중충한 클럽에서 그의 공연을 관람했다. 2년 전에 시카고에서 그의 공연을 봤다면서 제프가 티켓을 구해 왔다. 아쿠아는 옐로라는 복장도착자 친구를 데려왔다. 그 둘은 나중에 저지 시티의 한 클럽에서 여장남자 공연을 선보이기도 했다. 그들이 갈라섰을 때 아쿠아는 태연하게 말했다. "아쿠아는 옐로와 충돌이 있었어."

 가사는 더 이상의 정보를 내주지 않았다. 그녀는 온라인에서 문제의 곡을 찾아 들어봤다. 으스스하면서도 귀에 쏙 들어오는 노래였다. 가사는 무척 시적이었다. 아그네스 하인스라는 여자와 지미 해리스라는 남자의 이야기. 교통사고로 세상을 뜬 그는 몇 년 후 다른 남자와 결혼한 옛 애인을 찾아온다. 그때와 똑같은 차를 몰고서. 가사의 메시지는 명확했다. 과거의 애인은 과거에 묻어두라는 것.

아쿠아는 왜 갑자기 그 노래에 집착하게 됐을까? 내가 악마 애인, 제프를 놓지 않으면 그와 함께 불길에 휩싸이게 될 거라는 얘기가? 아그네스와 지미처럼? 아니면 다른 의미가 있는 걸까?

그녀는 아쿠아를 생각했다. 제프가 그녀와 헤어지고 신시내티로 돌아가버린 게 그에게 어떤 영향을 미쳤을지. 제프가 떠난 후 그는 폐인이 돼버렸다. 제프가 떠났을 때 이미 정신병원에 입원했던가? 그녀는 기억을 더듬어봤다. 아니. 병원은 그 후에 들어갔어.

그런 건 아무래도 상관없었다. 제프는 곤란한 상황에 빠졌던 게 틀림없다. 그렇지 않았다면 이름을 바꿀 이유가 없었을 것이다. 하지만 사정이 무엇이든 이제는 그녀가 신경 쓸 일이 아니었다. 비록 제정신은 아니었지만 아쿠아는 그녀가 아는 사람들 중 가장 똑똑했다. 그녀가 그의 요가를 특히 좋아하는 이유이기도 했다. 명상 중에 그가 들려주는 지혜의 말들은 그녀에게 큰 울림을 줬다. 그녀가 20년 만에 듣게 된 옛 노래처럼.

병든 마음에서 나왔다 해도 아쿠아의 경고는 충분히 이치에 닿았다.

그녀가 집에 돌아왔을 때 브랜던은 이미 잠에서 깬 상태였다. 그의 두 눈은 시꺼멓게 멍들었고, 부러진 코도 여전히 심각해 보였다. "어디 다녀오셨어요?" 그가 물었다.

"몸은 좀 어때?"

"아파요."

"진통제를 더 먹어봐. 자, 컵케이크를 몇 개 사 왔어." 그녀가 오는 길에 매그놀리아 베이커리에서 사온 컵케이크를 내밀었다.

"부탁이 하나 있어."

"말씀해보세요." 브랜던이 말했다.

"경찰이 널 폭행한 범인을 잡았어. 지금 거기에 다녀오는 길이야. 센트럴 파크 관할서에."

"범인이 누군가요?"

"그는 내 친구야. 날 보호하려고 그랬대. 미안하지만 그냥 없었던 일로 해주면 안 될까?"

그녀는 최대한 모호하게 상황을 설명해줬다.

"무슨 말씀인지 이해가 잘 안 돼요." 브랜던이 말했다.

"날 봐서 그렇게 해주면 좋겠어. 부탁이야."

그가 어깨를 으쓱였다. "그러죠 뭐."

"이제는 이 문제에서 손을 떼는 게 어떨까? 어떻게 생각해?"

브랜던은 봉지에서 컵케이크 하나를 꺼내 야금야금 먹었다. "한 가지 여쭤봐도 돼요?"

"물론이지."

"TV에서 보면 형사의 직관력 어쩌고 하잖아요. 직감적으로 행동하는 것 말이에요."

"그래."

"정말 그런 게 있나요?"

"모든 형사가 다 그럴걸. 사람이라면 누구나 그렇지 않나? 하지만 직감이 사실에 위배되면 대개 실수를 저지르기 마련이야."

"제 직감이 사실에 위배된다고 생각하세요?"

그녀는 잠시 생각에 잠겼다. "아니. 하지만 사실과 부합하는 것도 아니잖아."

브랜던이 미소를 지으며 컵케이크를 한 입 더 베어 물었다. "만약 사실과 부합한다면 그건 더 이상 직감이 아니겠죠? 네?"

"좋은 지적이야. 하지만 난 계속 셜록 홈스의 이치를 따르고 싶어."

"그게 뭔데요?"

"간단히 말하면 이런 거야. 셜록은 사실을 알기 전에 이론을 세우는 건 바람직하지 않다고 경고했어. 이론을 왜곡해 사실에 맞추는 대신, 사실을 왜곡해 이론에 맞추려들 수 있으니까."

브랜던이 고개를 끄덕였다. "좋은 얘기네요."

"그런데?"

"하지만 아직 수긍이 안 돼요."

"더 이상 어머니의 인생을 망치지 않겠다고 얘기했던 건 다 뭐였지?"

"그건 진심이었어요. 만약 이게 진실한 사랑이라면 저도 더 이상 관여하지 않을 거예요."

"그건 네가 판단하는 게 아니야." 캣이 말했다. "이게 실수라도 그건 네 어머니의 자유라고. 그에게 상처받는 것도 마찬가지고."

"형사님처럼 말이죠?"

"그래." 캣이 말했다. "나처럼. 그는 내 악마 애인이야. 그래서 그를 과거에 묻어두려고 해."

"악마 애인?"

캣은 미소를 지으며 크림치즈 아이싱과 호두로 덮인 당근 컵케이크를 집어 들었다. "몰라도 돼."

골치 아픈 문제에서 손을 떼니 기분이 가뿐했다. 달랑 20분 동안만. 그 후 캣은 전화를 두 통 받았다.

첫 번째 발신자는 스테이시였다. "제프 레인스, 아니 론 코치먼에 대한 정보가 입수됐어." 그녀가 말했다.

너무 늦었어. 더 이상 알고 싶지 않다고. 나랑 상관없는 일이 돼버렸으니. "뭔데?"

"제프는 적법하게 이름을 바꾸지 않았어."

"확실해?"

"확실하고말고. 50개 주에 일일이 전화해서 확인해봤어. 그건 가짜 신분이야. 아주 감쪽같이 위조된 거라고. 완벽한 변신. 혹시 증인 보호 프로그램 때문은 아니었을까?"

"그러게. 증인 보호 프로그램이라면 충분히 그럴 법도 하잖아."

"그런데 아닐 거야. 당국의 보호를 받고 있었다면 한가하게 데이팅 서비스를 이용했겠어? 뭐 아주 말이 안 되는 건 아니지만. 그 부분으로도 계속 알아보고 있으니 걱정하지 마. 분명한 건 제프가 합법적으로 이름을 바꾸지 않았다는 사실이야. 사람들 눈에 띄는 게 싫었는지, 신용카드와 은행 계좌와 거주지 정보도 싹 지워버렸더라고."

"그래도 기자로 일하고 있잖아." 캣이 말했다. "세금은 내고 있지 않을까?"

"안 그래도 그걸 알아보는 중이야. 국세청에 아는 사람이 있거든. 조만간 주소 정도는 알아낼 수 있을 것 같아. 하지만……."

"하지만 뭐?"

"네가 원치 않는다면 여기서 손을 뗄 수도 있어." 스테이시가 말했다.

캣은 눈을 비볐다. "제프와 내가 동화 같은 해피엔딩을 맞게 될 거라고 했던 건 너였잖아."

"그랬지. 그런데 너 정말 동화 같은 결말을 원하긴 해? 〈빨간 모자〉? 〈헨젤과 그레텔〉? 그런 게 얼마나 피비린내 나는 내용인지 알아?"

"너는 그냥 여기서 손을 떼는 게 좋다고 생각해?"

"당연히 아니지." 스테이시가 말했다.

"하지만 네가 방금……."

"내가 뭐라고 하든 무슨 상관이야? 여기서 손 떼면 안 돼, 캣. 미진한 부분이 남으면 찝찝하잖아. 지금 네 약혼자만큼이나 미진한 문제가 또 어디 있어? 끝까지 파헤쳐보는 거야. 그에게 무슨 일이 있었는지 속 시원히 확인하고 나서 과거에 묻어버리자고."

"아무래도 그러는 게 낫겠지?" 캣이 말했다. "넌 역시 좋은 친구야."

"최고의 친구지." 스테이시가 말했다.

"하지만 여기서 그만둘래."

"정말?"

"응."

"진심이야?"

아니. 캣은 생각했다. 절대 아니지. "진심이야."

"애써 태연한 척하는 것 같은데." 스테이시가 말했다. "오늘 밤에 한잔할까?"

"내가 살게." 캣이 말했다.

"사랑해."

"나도."

컵케이크를 먹고 기운을 차린 브랜던은 이미 아파트를 떠났다. 집에 홀로 남은 캣은 옷을 벗고서 욕실로 들어가 샤워를 했다. 그녀는 하루 종일 침대에서 뒹굴며 TV를 볼 생각이었다. 하지만 두 번째로 걸려온 전화가 그 계획을 망쳐놓았다.

"집이야?"

스태거였다. 그는 화가 단단히 나 있었다.

"네."

"5분 후에 도착할 거야." 스태거가 말했다.

그는 5분이 채 되지 않아 도착했다. 아파트 밖에 서서 전화를 걸었던 모양이다. 그녀는 불쑥 들어선 그에게 인사도 제대로 하지 못했다. 그 역시 인사에는 관심이 없어 보였다.

그가 먼저 입을 열었다. "방금 누구에게 전화가 왔는지 알아?"

"누군데요?"

"섹스."

캣은 대꾸하지 않았다.

"섹스를 만나고 온 거야?"

우스운 일이었다. 그를 마지막으로 봤을 때 캣은 스태거가 아직도 어린 소년처럼 느껴졌다. 하지만 지금은 정반대였다. 그는 많이 늙어 보였다. 기운 없이 흐늘거리는 머리는 조금씩 벗겨지는 중이었고, 턱살은 탄력 없이 축 늘어졌으며, 심하지는 않지만 배도 볼록 나온 상태였다. 그의 자식들은 더 이상 어린애가 아니었다. 이제 그는 디즈니랜드 대신 대학교로 아이들을 만나러 다녀야 했다. 제프와 함께 살았다면 그녀의 인생도 지금의 그와 다르지 않았을 것이다. 만약 제프랑 결혼했다면 과연 그녀는 경찰이 됐을까? 지금쯤 어퍼 몽클레어의 맥맨션(McMansion, 건축되는 속도가 빠른 대형 주택—옮긴이)에서 평범한 중산층 엄마로 살고 있지 않았을까?

"어떻게 그럴 수 있지, 캣?"

"지금 농담하시는 건가요?"

스태거가 고개를 저었다. "날 봐. 응? 날 똑똑히 보라고." 그가 바짝 다가와 그녀의 어깨에 손을 얹었다. "내가 자네 아버지에게 해가 되는 일을 했을 것 같아?"

그녀는 잠시 생각에 잠겼다가 대답했다. "모르겠어요."

그는 마치 따귀를 얻어맞기라도 한 듯한 반응이었다. "뭐라고?"

"경감님은 거짓말을 하고 있어요. 그건 경감님도 알고 나도 알아요. 경감님은 지금 뭔가를 숨기고 있어요."

"그러니까 내가 자네 아버지의 죽음에 어떻게든 관련됐다고 믿는 건가?"

"경감님이 오래전부터 거짓말을 해왔다는 건 분명히 알고 있어요."

스태거는 눈을 감고 한 걸음 물러났다. "뭐 마실 거라도 있나?"

그녀는 바로 가서 잭 대니얼스 한 병을 들어 보였다. 그가 고개를 끄덕이며 말했다. "좋지." 그녀는 유리잔 두 개에 그것을 따랐다. 그들은 잔을 부딪치지 않았다. 스태거는 유리잔을 빠르게 입으로 가져가 술을 들이켰다. 그녀는 그의 얼굴을 빤히 응시했다.

"왜?" 그가 말했다.

"경감님이 그렇게 술을 들이붓는 모습은 처음 보는 것 같아요."

"아직도 서로 모르는 게 남은 모양이군."

"서로에 대해 별로 아는 게 없는 것 같은데요."

"그럴지도 모르지." 그가 말했다. "우리 관계는 자네 아버지에게 기초하니까. 그가 세상을 떠나면서 우리 관계도 끊어져버린 거지. 난 자네 상관이지만 솔직히 예전처럼 소통이 잘되는 건 아니잖아."

스태거가 다시 술을 들이켰다. 그녀도 한 모금 홀짝였다.

그가 계속 이어 말했다. "하지만 비극 속에서 다져진 결속은, 그러니까 우리처럼 특별한 관계에선……." 적절한 표현이 떠오르지 않는지, 그가 고개를 돌려 현관 쪽을 바라봤다. "그날을 아직도 생생히 기억해. 특히 자네가 저 문을 열던 순간은 잊히지 않아. 그때 내가 자네 인생을 송두리째 뒤흔들 소식을 전하러 왔다는 걸 모르고 있었겠지."

그는 다시 그녀를 돌아봤다. "그냥 여기서 손을 뗄 순 없겠나?"

그녀는 술을 홀짝였다. 대답할 가치가 없는 질문이었다.

"난 자네에게 거짓말을 하지 않았어." 스태거가 말했다.

"거짓말했어요. 그것도 지난 18년 동안이나."

"난 헨리가 원했을 일을 한 것뿐이야."

"아버진 돌아가셨어요." 캣이 말했다. "아버지가 뭘 원하셨을지 어떻게 알죠?"

다시 한 모금. "자네가 이런다고 그가 살아 돌아오진 않아. 진실이 바뀌지도 않을 거고. 코존은 분명 자네 부친을 죽이라는 지시를 내렸어. 몬테 리번은 그 지시를 충실히 이행했고."

"어떻게 그리 빨리 리번을 찾아갈 수 있었죠?"

"난 진작부터 그를 눈여겨보고 있었어."

"왜요?"

"난 코존이 자네 아버지를 죽였다는 걸 알고 있었어."

"석스와 린스키는 그걸 모르고 있었고요?"

그가 남은 술을 꿀꺽꿀꺽 들이켜 유리잔을 비웠다. "그들도 자네랑 똑같았어."

"어떻게요?"

"코존이 형사를 죽였을 거라고 믿지 않았지."

"경감님은 달랐고요?"

"그래."

"왜죠?"

그는 빈 유리잔에 스스로 술을 따랐다. "코존은 자네 부친을 형사로 보지 않았거든."

그녀는 얼굴을 찌푸렸다. "그럼 뭐로 봤는데요?"

"자기 직원으로."

그 순간 그녀는 얼굴이 화끈 달아올랐다. "그게 무슨 소리죠?"

그는 캣의 얼굴만 빤히 응시할 뿐이었다.

"아버지가 그에게 뇌물을 받으셨다는 건가요?"

스태거는 다시 유리잔에 술을 부었다. "그뿐만이 아니었어."

"그건 또 무슨 말이에요?"

스태거는 아파트 안을 찬찬히 둘러봤다. 마치 처음 오기라도 한 것처럼. "정말 멋진 곳이야." 그는 고개를 갸웃했다. "어퍼 웨스트 사이드에서 이런 아파트를 현금으로 덜컥 살 수 있는 형사가 몇 명이나 될 것 같아?"

"작은 아파트잖아요." 그녀가 방어적으로 말했다. "아버지를 은인으로 여긴 사람이 싸게 넘긴 거라고요."

스태거가 미소를 흘렸다. 하지만 그 표정에선 기쁨이 전혀 묻어나지 않았다.

"지금 무슨 얘기가 하고 싶은 거죠, 스태거?"

"아무것도 아니야. 하고 싶은 얘긴 없어."

"교도소로 리번을 찾아간 이유가 뭐였죠?"

"뭐였을 것 같아?"

"모르겠어요."

"그럼 얘기해주지. 난 리번이 자네 아버지를 죽였다는 걸 알고 있었어. 코존이 그러라는 지시를 내렸다는 것도 알고 있었고. 자넨 아직도 모르겠어?"

"네."

그가 믿기지 않는다는 듯이 고개를 저었다. "난 리번에게서 자백을 받아내려고 찾아갔던 게 아니야." 그가 말했다. "그의 입을 단단히 틀어막기 위해 갔던 거라고."

스태거는 새로 따른 술을 단숨에 비워버렸다.

"말도 안 돼요." 캣이 말했다. 그녀는 발밑 바닥이 심하게 요동치는 기분을 느꼈다. "그럼 지문은요?"

"뭐?"

"현장에서 발견된 지문 말이에요. 경감님이 석스와 린스키를 대신해서 조회했다면서요."

그가 다시 눈을 감았다. "이만 가볼게."

"아직도 거짓말을 하고 있군요." 그녀가 말했다.

"그건 어떤 노숙자의 지문이었어."

"거짓말 말아요."

"그냥 묻어둬, 캣."

"경감님의 이론 전체가 말이 되지 않아요." 그녀가 말했다. "아버지가 뇌물을 받으셨다면 코존은 왜 아버지를 죽이려 했던 거죠?"

"자네 아버지가 그의 올가미에서 벗어나고 싶어 했으니까."

"아버지가 그를 배신하려 하셨다고요?"

"내가 해줄 말은 다 했어."

"현장에서 검출된 건 누구 지문이었죠?" 그녀가 물었다.

"얘기했잖아. 그냥 모르는 사람 지문이었다고."

스태거의 발음이 살짝 꼬였다. 술에 약한 사람이 그렇게 몇 잔을 들이부었으니 그럴 만도 했다. 그는 이미 많이 취한 상태였다.

그가 문 쪽으로 향하자, 캣이 잽싸게 그의 앞을 막아섰다.

"뭘 더 숨기고 있죠?"

"누가 아버지를 죽였는지 알고 싶어 했잖아. 난 그 답을 들려줬고."

"정확히 무슨 일이 있었는지 들려줘요."

"그건 내가 아닌 다른 사람에게 물어야지." 그가 말했다.

"누구 말이죠?"

그의 얼굴에 야릇한 표정이 떠올랐다. "아버지가 왜 가끔 며칠씩 사라졌는지 궁금했던 적 없나?"

그 순간 가슴이 철렁 내려앉았다. 그녀는 잠시 멍하니 서서 눈만 깜빡거렸다. 스태거는 그 틈을 타서 문을 향해 성큼 걸어갔다. 그는 손잡이를 잡고서 문을 열었다.

"무슨 뜻이에요?" 그녀가 간신히 말했다.

"진실을 두려워하면서 뭘 더 알려달라는 거지? 헨리가 자주 사라졌던 이유를 잘 생각해봐. 자네 집에서 왜 그 얘길 전혀 꺼내지 않았는지도 생각해보고."

그녀가 잠시 머뭇거리다가 힘겹게 입을 열었다. "지금 무슨 소릴 하고 있는 거예요, 스태거?"

"내가 더 얘기하는 건 적절하지 않아, 캣. 그 얘기를 해줄 수 있는 사람을 만나러 가라고."

24

B선을 타고 E선에 도착한 캣은 다시 7번 열차로 갈아타고서 플러싱의 옛 동네로 향했다.

그녀는 아무 생각 없이 루즈벨트가를 따라 파슨스가 쪽으로 걸어갔다. 자신의 집이 자리한 곳으로. 맨해튼, 특히 어퍼 웨스트 사이드에서 오래 살았지만 누가 뭐래도 그녀의 고향은 바로 이곳이었다. 동네 자체가 그녀의 일부나 다름없었다. 파란 물막이 판자들과 황백색 단층집, 깨진 인도와 잔디로 덮인 작은 뜰은 아직도 그녀의 DNA를 고스란히 담고 있었다. 그녀가 멀리 떠나 있는 동안에도 마치 〈스타 트렉〉에 등장하는 입자 발사 무기에 맞은 것처럼 그녀의 입자 몇 개가 남아서 이곳을 지켜온 듯했다. 옛집을 찾을 때마다 토미 숙부와 아일린 숙모의 집에서 보낸 추수감사절이 떠올랐다. 그녀는 탁구대에 킹사이즈 시트를 씌워 만든 '애들 테이블'에 사촌들과 모여 앉아 모처럼 특별식을 즐겼다. 칠면조 고기를 저미는 건 그녀 아버지의 일이었다. 그 외에는 아무도 칠면조에 손을 댈 수 없었다. 그러는 동안 토미 숙부는 술을 따랐다. 그는 아이들에게도 와인을 조금씩 맛보게 해줬다. 처음에는 스프라이트에 와인을 한 숟가락씩 탔고, 나이에 따라 그 양을 조금

씩 늘려줬다. 아이들이 탁구대를 떠나 와인을 한 잔씩 마실 나이
가 될 때까지. 시어스에서 가전제품 수리공으로 36년간 일해온
토미 숙부는 은퇴 후 아일린 숙모와 플로리다 포트 마이어스로 내
려갔다. 이제 그들의 옛집에는 한국인 가족이 살고 있었다. 그들은
뒷벽을 허물고 증축을 해놓았다. 토미 숙부와 아일린 숙모가 사는
동안 제대로 관리하지 않아 페인트가 흉측하게 벗겨진 외벽에는 알
루미늄이 깔끔하게 둘러져 있었다.

그럼에도 불구하고 캣은 그곳에 아직도 자신의 DNA가 남아
있음을 감지할 수 있었다.

원래부터 떼 지어 모여 있었던 집들은 유행처럼 번진 증축 공
사로 인해 몇 배 더 빽빽해졌다. 모두가 케이블이나 위성방송 수
신 안테나로 바꾼 상태였지만, 지붕에는 아직도 TV 안테나가 하
나씩 세워져 있었다. 몇몇 뜰에는 돌이나 플라스틱으로 만든 성
모마리아 조각상이 놓여 있었다. 간간이 억지로 끼워 넣은 듯해
보이는 어색한 맥맨션이 눈에 들어왔다. 그것들의 외벽은 색 바
랜 벽돌로 덮여 있었고, 창문은 하나같이 아치 모양이었다.

그녀가 옛집에 다다랐을 때 휴대폰이 울렸다. 채즈가 보낸 문
자메시지였다.

주유소 비디오로 번호판을 확인했어.

그녀는 곧장 답을 보냈다. "주인이 누구야?"

검은색 링컨 타운 카. 차주는 뉴욕 아이슬립에 사는 제임스 이셔우

드. 전과는 없어.

별로 놀라운 소식은 아니었다. 보나 마나 차주는 데이나의 새 남자친구가 고용한 리무진 기사일 것이다. 이로써 그녀는 다시 막다른 길에 다다랐다. 데이나와 제프의 문제에서 손을 떼라는 하늘의 계시인 듯했다.

언제나 그렇듯 주방 뒷문은 잠겨 있지 않았다. 불쑥 주방으로 들어선 캣을 맞아준 건 그녀의 어머니와 테시 이모였다. 식탁에는 슈퍼마켓 쿠폰과 놀이 카드가 널려 있었다. 재떨이에는 립스틱 묻은 꽁초들이 수북이 쌓여 있었다. 어릴 적과 마찬가지로 식탁은 의자 다섯 개로 에워싸인 상태였다. 그중 아버지의 의자에만 왕좌처럼 팔걸이가 붙어 있었다. 캣은 항상 두 남자형제 사이에 앉았다. 그들 역시 오래전에 이 동네를 떠났다. 그녀의 오빠 지미는 포드햄 대학을 졸업했다. 아내와 세 아이를 데리고 가든 시티의 롱 아일랜드로 들어간 그는 채권 중개인으로 일하고 있었다. 그는 자신이 정확히 무슨 일을 하는지 백 번도 넘게 설명해줬지만 그녀는 아직도 그것이 뭔지 제대로 이해하지 못했다. 그녀의 남동생 패럴은 UCLA를 졸업한 후 아예 그곳에 눌러앉아버렸다. 그는 다큐멘터리를 만들고 시나리오를 써서 벌어먹는다고 했다.

"두 번이나?" 엄마가 말했다. "아마 세계 신기록일 거야. 올림픽 신기록이거나."

"왜 또 그래?" 테시가 그녀를 나무랐다. "딸이 오니까 좋잖아."

엄마는 여전히 못마땅한 반응이었다. 테시가 일어나 캣의 볼에 살짝 입을 맞췄다. "난 이만 가볼게. 브라이언이 오기로 했어. 가서 참치 샌드위치를 만들어야 해."

캣도 그녀에게 입을 맞췄다. 동네에서 테시 이모의 참치 샌드위치는 꽤 유명했다. 그녀는 참치 위에 잘게 부순 감자튀김을 뿌려 샌드위치에 바삭거리는 느낌을 줬다.

딸과 단둘이 남게 되자, 엄마가 입을 열었다. "커피 마실래?"

그녀가 낡아빠진 여과식 커피 주전자를 가리켰다. 그 옆에는 폴저스 커피 깡통이 놓여 있었다. 캣은 지난 크리스마스에 쿠진아트 커피포트를 엄마에게 선물했지만, 엄마는 "맛이 옳지" 않다며 사용을 거부했다. "맛이 옳다"는 엄마만의 표현법이었다. 엄마는 그런 사람이었다. 무엇이든 조금만 비싸도 불평을 쏟아냈다. 20달러를 들여 와인을 사다 바쳐도 엄마는 6달러짜리만 못하다고 투덜거렸다. 유명 브랜드 향수를 선물해도 약국에서 사온 싸구려 복제품만 뿌려댔다. 엄마는 마샬스나 T. J. 맥스 같은 대형 유통점에서 세일 기간에만 옷을 사 입었다. 원래 검소하기도 했지만 설명할 수 없는 또 다른 이유도 분명 있었다.

"괜찮아요." 캣이 말했다.

"멜스에서 칠면조 고기를 사 온 게 있는데 샌드위치라도 만들어줄까? 테시의 참치 샌드위치만큼은 못하겠지만 괜찮을 거야."

"그럼 좋죠."

"요즘도 흰 빵에 마요네즈 발라서 먹지?"

그러지 않았지만 캣은 굳이 바로잡지 않았다. 어차피 다른 선택지도 없을 테니까. "아무렇게나 해주세요."

엄마는 의자 등받이와 식탁을 붙잡고서 천천히 일어났다. 캣에게서 연민을 자아내기 위한 과장된 행동이었다. 캣은 아무 반응도 보이지 않았다. 엄마는 토미 숙부를 통해서 원가에 산 낡은 켄모어 냉장고를 열고 칠면조 고기와 마요네즈를 꺼냈다.

캣은 어떻게 말을 꺼내야 할지 고민에 빠졌다. 심리 작전을 쓰기보다는 단도직입적으로 밀고 나가는 편이 나을 것 같았다.

"아버지가 가끔 며칠씩 사라지셨을 때 있었잖아요. 어디로 가셨던 거예요?"

캣을 등지고 선 엄마가 순간 멈칫했다. 캣은 엄마의 반응을 숨죽여 지켜봤다. 하지만 엄마는 이내 아무 일도 없다는 듯 식빵을 향해 손을 뻗었다.

"빵을 굽는 게 낫겠지?" 엄마가 말했다. "훨씬 맛있을 거야."

캣은 계속 엄마의 답을 기다렸다.

"그리고 뭐라고 했지? 안 들어오다니? 네 아버진 그런 적 없었는데."

"그러셨잖아요."

"친구들과 여기저기 몰려다니긴 했지. 캐츠킬에 사냥도 하러 다녔고. 너도 잭 카일리를 기억하지? 좋은 사람이었는데. 거기 그의 오두막이 있을 거야, 아마. 네 아버지는 거기에 가는 걸 좋아했어."

"거기에 가신 건 딱 한 번이었어요. 말도 없이 며칠씩 실종됐다 나타나신 건 한두 번이 아니었고요."

"너무 극단적으로 몰아가는 거 아니니?" 엄마가 눈썹을 실룩이며 말했다. "사라졌다. 실종됐다. 네 아버지가 무슨 마법사도 아니고."

"어딜 다녀오셨던 거예요?"

"얘기했잖아. 못 들었어?"

"잭 카일리의 오두막 말씀인가요?"

"거기도 가끔 다녀왔고." 캣은 엄마의 목소리에서 불안감을 감지했다. "토미 숙부와 낚시도 종종 다녔잖아. 정확히 어딜 쏘다녔는지는 기억이 안 나지만. 아마 노스 포크 근처 어딘가였을 거야. 가끔 동료들과 골프를 치러 다니기도 했고. 집에 없을 때는 그런 데를 다녔던 거야."

"왜 엄만 같이 안 다니셨죠?"

"오, 같이 안 다니긴."

"어딜 다녀오셨는데요?"

"그게 뭐가 중요하니? 네 아버진 친구들과 그렇게 스트레스를 풀었어. 골프, 낚시, 사냥. 남자들이 다 그러지 않니."

엄마는 잔뜩 힘이 들어간 손으로 마요네즈를 발랐다.

"아버지가 어딜 그렇게 다니셨죠?"

"방금 얘기했잖아!" 엄마는 칼을 떨어뜨리고서 빽 소리쳤다. "너 때문에 이게 뭐니?"

캣은 칼을 주우러 자리에서 일어났다.

"그냥 앉아 있어. 내가 주울 거야." 엄마는 칼을 집어 들고서 그대로 싱크대에 던져 넣었다. 그러고는 또 다른 칼을 잽싸게 뽑아 들었다. 창턱에는 1977년부터 모아온 맥도날드 빈티지 글라스가 다섯 개 놓여 있었다. 그리메이스, 로널드 맥도날드, 메이어 맥치즈, 빅 맥, 그리고 캡틴 크룩. 원래는 여섯 개가 한 세트였지만 패럴이 일곱 살 때 실내에서 플라스틱 원반을 가지고 놀다가 햄버글러를 깨뜨려버렸다. 몇 년 후 그는 이베이에서 빈티지 햄버글러 글라스를 구입해 선물했지만, 엄마는 끝내 나머지 글라스들과 나란히 진열해놓기를 거부했다.

"엄마?"

"왜?" 엄마는 다시 샌드위치를 내려다봤다. "갑자기 왜 그런 걸 묻는 거니? 네 아버지가 세상을 떠난 지 20년이 다 돼가는데. 어딜 쏘다녔든 그게 무슨 상관이야?"

"전 진실을 듣고 싶어요."

"왜? 왜 갑자기 이 얘길 꺼낸 거지? 하필 네 아버지를 살해한 그 괴물이 죽고 난 직후에 말이야. 다 지난 일이야. 그냥 놔둘 수는 없겠니?"

"아버지가 코존 밑에서 일하셨나요?"

"뭐?"

"아버지가 그에게 뇌물을 받으셨느냐고요."

그 말이 끝나기가 무섭게 엄마가 홱 돌아섰다. 아까 자리에서 일어날 때는 그토록 힘겨워했던 사람이. "어떻게 감히 그런 말을 할 수가 있지?" 그녀는 망설임 없이 캣의 왼쪽 볼을 냅다 올려붙였다. 정적에 묻혔던 주방에 짝 소리가 요란하게 울려 퍼졌다. 캣은 눈시울이 뜨거워졌지만, 고개를 돌리지도, 얼얼한 볼을 어루만지지도 않았다.

엄마의 얼굴이 심하게 일그러졌다. "미안하다. 내가 너무 흥분해서……."

"아버지가 코존 밑에서 일하셨나요?"

"제발 그만해."

"뉴욕에 있는 아파트도 그 돈으로 장만하신 건가요?"

"뭐? 아니야. 아니라고! 운 좋게 싼 가격에 넘겨받았잖니. 너도 알잖아. 네 아버지가 그의 생명을 구했다는 거."

"그가 누군데요?"

"그가 누구냐니?"

"아버지에게 큰 빚을 진 그 사람 말이에요. 이름이 뭐죠?"

"그걸 내가 어떻게 기억하겠니?"

"아버진 경찰로서 좋은 일을 많이 하셨어요. 하지만 아버지가 부동산 거물의 생명을 구해주셨던 기억은 없어요. 엄마는 기억하세요? 그때 우린 왜 그 말을 곧이곧대로 믿었던 거죠? 왜 아버지에게 따져 묻지 못했던 거냐고요."

"따져 물어?" 엄마가 말했다. 그녀는 앞치마 끈을 다시 고쳐 묶었다. "지금 네가 하는 것처럼 말이냐? 심문하듯이? 네 아버지가 거짓말을 했을까 봐? 아버지에게 굳이 그래야겠어? 다른 사람도 아니고 우리가 그래야 하느냐고?"

"전 그러자는 얘기가 아니었어요." 캣이 다소 수그러든 목소리로 말했다.

"그게 아니면 어쩌자는 얘기냐? 사람들은 원래 과장을 잘하잖니. 너도 알잖아, 캣. 특히 남자들은 더 그렇고. 네 아버지가 그 사람의 생명의 은인이 아니었는지도 몰라. 그냥…… 그를 위해 도둑을 잡아줬거나 주차 위반 딱지를 무마시켜줬을 수도 있어. 네 아버진 그의 생명을 구했다고 했고, 난 그 말을 철석같이 믿었을 뿐이야. 테시의 남편 에드 알지? 그가 다리를 좀 절었잖아. 기억해? 그는 전쟁터에서 포탄 파편에 맞아 그렇게 됐다고 떠벌리고 다녔어. 하지만 그는 눈이 나빠서 전장에 나가보지도 못했어. 그냥 사무직이었다고. 다리는 열여섯 살 때 지하철역 계단에서 떨어져 다친 거고. 그가 허풍을 떨 때마다 테시가 거짓말하지 말라고 난리 치는 거 봤어?"

엄마가 샌드위치를 식탁으로 가져와 대각선으로 자르기 시작했다. 캣의 동생은 그렇게 자르는 걸 좋아했지만 반골 기질이 있는 캣은 아니었다. 그녀는 두 개의 직사각형 샌드위치가 만들어지도록 반으로 자르는 걸 좋아했다. 마지막 순간에 그걸 기억해낸 엄마는 다시 칼의 각도를 바꿔 반듯하게 샌드위치를 잘랐다.

"넌 결혼해본 적이 없잖아." 엄마가 나지막이 말했다. "그래서 이해를 못하는 거야."

"뭘 말씀이세요?"

"사람이라면 누구나 자신만의 악령에 시달리기 마련이야. 남자들의 경우는 그게 훨씬 심하단다. 세상은 그들에게 리더가 되라고 하지. 항상 위대해야 하고, 또 남자다워야 한다고. 커져야 하고, 용감해야 되고, 돈도 많이 벌어야 하고, 화려하게 살아야 한다고 말이야. 하지만 그게 어디 쉬운 일이니? 이 동네 남자들을 봐. 다들 하루 종일 일만 하잖아. 집에 오면 귀 따갑게 잔소리만 들어야 하고, 또 손봐야 할 건 왜 그리 많은지. 매달 대출금 갚느라 허리는 휘어버릴 지경이고. 우리 여자들은 그저 받아들이며 살잖아. 인생은 원래 그런 거니까. 희망 따윈 개나 줘버려야지. 너무 많은 걸 원하면 불행해질 뿐이야. 하지만 남자들은 그걸 받아들이지 못해."

"아버지가 어디로 사라지셨던 거죠?"

엄마는 눈을 감았다. "샌드위치나 먹어."

"정말 코존 밑에서 일하셨던 거예요?"

"그랬는지도 모르지. 하지만 아닐 거야."

캣이 의자를 끌어와 엄마를 앉혔다. 엄마는 저항 없이 의자에 털썩 주저앉았다.

"아버진 무슨 일을 하셨죠?" 캣이 물었다.

"게리를 기억하니?"

"플로 이모의 남편 말이죠?"

"그래. 그가 경마에 푹 빠져 지냈다는 것도 알지? 도박으로 전 재산을 다 날렸어. 플로는 매일 우는 게 일이었어. 네 숙부 토미는 못 말리는 술꾼이었고. 11시 전에 귀가한 적이 거의 없었어. 딱 한 잔만 걸치고 간다는 게 몇 시간씩 이어졌지. 남자들은 죄다 그 모양이지 않니. 술, 도박, 여자. 간혹 운이 좋으면 교회에 빠져 사는 남자를 만나겠지. 하지만 그 인간들은 독실한 체하는 헛소리로 널 숨 막혀 죽게 할 거야. 아무튼 내가 하고 싶은 말은 그거야. 현실에 만족하는 남자는 세상에 없어. 내 아버지, 그러니까 네 할 아버지가 늘 하신 말씀이 뭔지 아니?"

캣이 고개를 저었다.

"'남자들은 배가 부르면 꼭 딴짓을 하려 든다.' 훨씬 거칠게 말 했지만, 이 정도로 표현하마."

캣은 손을 뻗어 엄마의 손을 살며시 잡았다. 마지막으로 엄마 의 손을 그렇게 잡아본 게 언제였는지 기억조차 나지 않았다.

"아버지는요?"

"너는 널 이 지옥 같은 곳에서 내보내려 했던 사람이 네 아버지라고 생각했겠지만, 그건 바로 나였어. 네가 여기 갇혀서 허우적대는 걸 보고 싶지 않았거든."

"엄만 여기가 그렇게 싫으셨어요?"

"아니. 이게 내 운명인걸. 내 전부이기도 하고."

"이해가 안 되네요."

엄마는 딸의 손을 꼭 잡았다. "날 더 이상 힘들게 하지 말아줘." 그녀가 말했다. "다 지난 일이잖니. 과거를 바꿀 수도 없고. 하지만 기억의 형태를 만들 수는 있지. 나도 내 기억들 중 뭘 남길지 선택할 수 있고."

캣이 최대한 차분하게 말했다. "엄마?"

"왜?"

"그건 기억 같지 않아요. 그보단 환상에 가깝잖아요."

"무슨 차이가 있는데?" 엄마가 미소를 지었다. "너도 여기서 같이 살았잖니, 캣."

캣은 등받이에 몸을 붙였다. "무슨 소리예요?"

"넌 어렸지만 똑똑했잖아. 나이에 비해 성숙했고. 넌 네 아버지를 무조건적으로 사랑했지만, 그가 틈틈이 어디론가 사라지는 걸 똑똑히 봤지. 네 아버지가 집에 돌아왔을 땐 내 가식적인 미소와 상냥함만을 봤을 뿐이고. 하지만 넌 눈길을 돌려버렸잖아. 안 그래?"

"이젠 아니에요." 캣은 다시 엄마의 손을 잡았다. "제발 말씀해주세요. 아버지가 어디로 사라지셨던 건지."

"진실 말이냐? 그건 나도 몰라."

"아직도 제게 많은 걸 숨기고 계시잖아요."

"네 아버진 좋은 사람이었어. 너희를 충실히 부양했고, 옳고 그름도 분명히 가르쳤지. 너희 셋을 대학에 보내기 위해 일도 열심히 했고."

"아버지를 사랑하셨나요?" 캣이 물었다.

다시 일어난 엄마는 싱크대에서 컵을 닦고 마요네즈를 냉장고에 집어넣었다. "오, 우리가 처음 만났을 때 네 아버진 정말 미남이었어. 모든 여자가 그에게 홀딱 빠졌지." 엄마의 눈빛이 아련해졌다. "나도 그땐 봐줄만 했는데."

"지금도 봐드릴 만해요."

엄마는 못 들은 척했다.

"아버질 사랑하셨나요?"

"그러려고 최선을 다했지." 엄마는 눈을 깜빡이며 말했다. "하지만 아무리 애써도 충분하진 않았어."

25

캣은 7번 열차를 타기 위해 역으로 향했다. 학교 수업이 끝났는지 큼직한 배낭을 멘 아이들이 우르르 몰려다녔다. 그들은 하나같이 고개를 숙인 채 스마트폰 게임에 몰두하고 있었다. 세인트 프랜시스 사립 고등학교 학생으로 보이는 두 소녀가 치어리더 복장을 하고서 그녀를 지나쳐 갔다. 캣의 지인들이 알면 놀라겠지만, 그녀도 2학년 때 치어리더 팀에 들어가려 했던 적이 있었다. 그들의 주 응원 구호는 진부했다. "우린 세인트 프랜시스 고등학교, 모두가 자랑스러워하지. 우리 함성이 들리지 않는다면 더 크게 질러주지." 응원 구호는 그것이 어색하고 무의미하게 느껴질 때까지 조금씩 크게 반복해야 했다. 또 다른 구호는 팀이 실수를 저질렀을 때 외치는 것이었다. 치어리더들은 손뼉을 치며 목이 터져라 소리를 질러야 했다. "괜찮아. 괜찮아. 어차피 우리가 박살 낼 테니까." 그녀는 기억을 떠올리며 미소 지었다. 몇 년 전 캣은 경기를 보다가 그 구호가 좀 더 정치적으로 적절하게 바뀌었다는 걸 알게 됐다. "어차피 우리가 박살 낼 테니까"에서 "어차피 우리가 이길 테니까"로.

진전인 건가?

캣이 테시의 집 앞을 지나려는데 그녀의 휴대폰이 울렸다. 채즈였다.

"내 문자 받았어?"

"번호판 얘기 말이야? 그래, 받았어. 고마워."

"그럼 끝난 거야?"

"응. 그런 것 같아."

"난 그 번호판이 좀 거슬리던데." 채즈가 말했다.

눈부신 햇살에 캣의 눈매가 가늘어졌다. "뭐가?"

"등록은 검은색 링컨 타운 카로 돼 있어. 스트레치 리무진이 아니라. 혹시 스트레치 리무진에 대해 좀 알아?"

"아니."

"그 차들은 전부 주문 제작된 거야. 일반 차에서 내부를 뜯어내고, 말 그대로 반으로 자른 후에 그 사이에 조립식 섹션을 끼워 넣는 식이지. 내부는 바나 TV 따위로 꾸며놓고."

또 다른 무리의 아이들이 그녀를 지나쳐 갔다. 그녀는 다시 자신의 학창 시절을 떠올렸다. 방과 후 분위기가 지금보다 훨씬 활기찼을 때를. 요즘 아이들은 말이 없었다. 그저 스마트폰만 뚫어져라 들여다볼 뿐이었다.

"그래서?" 캣이 말했다.

"제임스 이셔우드는 자기 차를 '스트레치'로 등록하지 않았어. 등록 과정에서 실수가 있었는지도 모르지. 별일 아닐 수도 있어. 하지만 왠지 찝찝한 구석이 있어서 좀 더 알아봤거든. 게다가 그 차는 회사 소속으로 등록되지도 않았어. 물론 이것도 별일 아닐 수 있지. 그게 개인 소유 차량이었다면 말이야. 하지만 그 남자친구 이름이 이셔우드는 아니잖아. 안 그래?"

"맞아." 캣이 말했다.

"그래서 좀 더 쑤셔봤어. 이셔우드의 집에 전화를 걸어봤다고."

"그런데?"

"집에 없더라고. 바로 본론으로 들어갈게. 이셔우드는 아이슬립에 살고 있지만 직장은 댈러스에 위치한 어느 에너지 회사의 본사야. 일 때문에 자주 집을 비운다더군. 지금도 거기에 가 있고. 그래서 차를 공항 내 장기 주차장에 세워놓았대."

캣은 뒷덜미가 오싹해지는 걸 느꼈다. "누군가 그의 차에서 번호판을 훔쳐간 거군."

"빙고."

아마추어들은 범행에 쓰기 위해 차를 훔친다. 문제는 도난 차량이 즉시 경찰에 신고된다는 것이다. 하지만 장기 주차장에서 번호판을 훔치면 짧게는 며칠에서 길게는 몇 주 동안 발각되지 않을 수 있다. 도난 신고가 접수된다 해도 차 전체를 찾는 것과 번호판만 찾는 것에는 큰 차이가 있다. 도난 차량은 특정 회사와 모델만 챙겨보면 된다. 하지만 비슷한 모델에서 훔쳐낸 번호판을 찾으려면…….

채즈가 말했다. "캣?"

"어떻게든 데이나 펠프스를 찾아야 해. 일단 휴대폰으로 위치를 추적해봐. 그녀가 최근에 주고받은 문자메시지들도 살펴보고."

"이건 우리 관할권을 벗어난 사건이야. 그들은 코네티컷 주민이라고."

그때 테시가 집의 현관문을 열고서 밖으로 걸어 나왔다.

"나도 알아." 캣이 말했다. "그럼 이렇게 하자고. 지금까지 알아낸 모든 정보를 그리니치 경찰서로 보내. 슈워츠 형사에게 이메일로 보내면 될 거야. 그에겐 내가 나중에 연락할게."

캣은 전화를 끊었다. 일이 어찌 돌아가는 거지? 그녀는 브랜던에게 알리려다 말았다. 아직은 때가 아니라는 판단 때문이었다. 좀 더 깊이 생각해볼 필요가 있었다.

채즈의 말이 옳았다.

이 사건은 그들 관할권 밖의 일이었다. 게다가 캣에게는 감사하게도 당장 신경 써야 할 다른 문제들이 있었다. 그녀는 모든 걸 조 슈워츠에게 넘기고 이 사건에서 손을 뗄 생각이었다.

테시가 그녀 쪽으로 다가오고 있었다. 캣은 아홉 살 때 주방 문 뒤에 숨어서 테시의 하소연을 엿듣던 순간을 떠올렸다. 테시는 또 원치 않는 임신을 해버렸다며 펑펑 울어댔다. 테시는 미소 뒤에 모든 걸 감추고 사는 사람이었다. 그녀는 남편들이 기저귀를 오수 정화조 보듯 하던 시절에 이 지역에서 12년 동안 무려 여덟 명의 아이를 낳아 길렀다. 이제 그녀의 아이들은 사방으로 뿔뿔이 흩어져 각자의 인생을 살아가고 있었다. 그들 중 몇몇은 틈만 나면 여기저기로 이사를 다녔고, 한 명만 고향에 남아 있었다. 테시는 신경 쓰지 않았다. 그녀는 아이들과 떨어져 사는 걸 특별히 싫어하지도, 그렇다고 특별히 좋아하지도 않았다. 그녀는 더 이상 고된 어머니의 삶을 살고 싶어 하지 않았고, 그래서 자식들이 찾아오는 것도, 떠나는 것도 굳이 막지 않았다. 브라이언을 위해 참치 샌드위치를 만들어주는 것도, 또 만들어주지 않는 것도 그때그때 기분에 따라 결정되는 문제였다. 그녀는 더 이상 자식이라는 족쇄에 묶여 있지 않았다.

"무슨 문제라도 있니?" 테시가 물었다.

"아니에요."

테시가 의심스러운 눈빛으로 그녀를 봤다. "나랑 잠깐 얘기나 할까?"

"그래요." 캣이 말했다. "좋죠."

테시는 캣이 가장 좋아하는 엄마의 친구였다. 캣이 어릴 적에 테시는 여러 아이들을 낳아 기르느라 녹초가 된 상태에서도 항상 그녀와 많은 대화를 나누려 애썼다. 캣의 걱정과 달리 테시는 그녀를 또 다른 짐이나 부담으로 여기지 않았다. 오히려 그녀와 마주 앉아 대화하는 시간을 무척이나 즐겼다. 테시는 딸들과 대화하는 데 문제가 있었고, 캣은 어머니와 소통이 잘되지 않았다. 남들 눈에는 그들의 관계가 특별하게 비쳤을지도 모른다. 어쩌면 테시가 캣의 어머니로 더 어울린다고 생각했을 수도 있다. 하지만 그들이 부담 없이 대화를 즐길 수 있었던 건 피를 나눈 모녀 사이가 아니기 때문이었다.

익숙함이란 경멸을 수반하는 법이니까.

테시의 집은 흔하디흔한 튜더 양식 주택이었다. 꽤 널찍한 집이었지만 열 식구가 북적대며 살아온 탓에 마치 맹공격을 받아 납작해진 것처럼 보였다. 울타리는 진입로를 따라 길게 늘어서 있었다. 테시는 울타리에 난 문을 열고서 작은 정원이 꾸며진 뒤뜰로 들어갔다.

"올해도 망쳤어." 테시가 토마토 모종을 가리키며 말했다. "지구 온난화가 문제인지, 내가 타이밍을 못 맞추는 건지."

캣은 벤치에 앉았다.

"뭐 마실래?"

"아뇨, 괜찮아요."

"그래." 테시가 두 팔을 살짝 벌리며 말했다. "다 털어놔봐."

캣은 순순히 시키는 대로 했다.

"리틀 윌리 코존." 캣의 말이 끝나자, 테시가 고개를 저으며 말했다. "그가 이 동네 출신이라는 거 알지? 세차장 근처 패링턴가에서 살았다더구나."

캣이 고개를 끄덕였다.

"내 오빠 테리는 그랑 같이 비숍 라일리를 졸업했어. 어릴 적코존은 뼈만 앙상했지. 세인트 메리스 1학년 땐 수업 중에 수녀에게 구토를 해버린 적도 있었다나. 고약한 냄새 때문에 수업을받을 수가 없을 정도였대. 그 일로 그는 친구들에게 스팅키나 스멜리 같은 별명으로 불리게 됐고. 웃기지?" 그녀가 고개를 저었다. "그가 그걸 어떻게 멈췄는지 아니?"

"멈추다니요? 뭘요?"

"친구들의 괴롭힘."

"아뇨. 어떻게 멈췄는데요?"

"5학년 때 코존은 한 아이를 폭행해서 죽였어. 학교에 장도리를 가져가서 그 애 머리에 휘둘렀다지? 그걸로 두개골을 부숴버렸대."

캣은 얼굴을 일그러뜨리지 않으려 애썼다. "파일에는 그런 내용이 없던데요."

"기밀 처리 됐는지도 모르지. 유죄 판결을 받지 않았거나. 이유
는 나도 몰라. 여기서도 다들 쉬쉬하는 분위기였거든."

캣은 말없이 고개를 저었다.

"코존이 여기 살았을 때 동네 애완동물들이 속속 사라졌어. 그
게 무슨 뜻인지 짐작이 가지? 쓰레기통에서 잘린 발 같은 게 발견
되기도 했고. 그가 끔찍한 사건으로 가족을 잃었다는 거 알고 있
지?"

"네." 캣이 말했다. "그게 바로 아버지가 그의 밑에서 일하셨다
는 걸 믿지 않는 이유예요."

"그건 잘 모르겠다." 테시가 말했다.

테시는 갑자기 바쁜 척하며 모종을 말뚝에 꽁꽁 동여매기 시작
했다.

"뭐 아시는 게 있어요, 테시?"

그녀는 덩굴에 매달린 토마토를 유심히 살피는 중이었다. 초록
색을 띤 토마토는 아직 너무 작았다.

"테시도 알고 계셨잖아요." 캣이 말했다. "우리 아버지가 툭하
면 어디론가 사라지셨다는 거 말이에요."

"알고 있었지. 그럴 때마다 네 어머니는 대수롭지 않은 척했단
다. 플로와 나에게까지 거짓말을 했어."

"아버지가 그때 어디로 갔는지 아세요?"

"정확히는 몰라."

"그래도 대충 짐작 가는 데가 있을 거 아니에요."

테시가 토마토에서 눈을 떼고 허리를 똑바로 폈다. "얘기하기

가 망설여지는구나."

"왜죠?"

"내가 상관할 일이 아니니까. 네가 상관할 일도 아니고. 게다가 아주 오래된 일이잖니. 네 어머니 뜻대로 해드리는 게 좋지 않겠어?"

캣이 고개를 끄덕였다. "무슨 말씀인지 이해해요."

"고맙구나."

"또 다른 이유는 없나요?"

테시가 그녀 옆에 앉았다. "젊을 땐 자기가 세상의 모든 답을 알고 있다고 착각하기 마련이야. 자기만 옳고 남들은 죄다 어리석다고 믿지. 하지만 나이가 들면서 점점 회색을 볼 줄 알게 돼. 그때가 되면 비로소 깨닫게 되지. 어리석은 건 바로 모든 답을 알고 있다고 자신한 이들이라는 걸. 이건 간단히 풀 수 있는 문제가 아니야. 무슨 얘긴지 이해하겠니?"

"네."

"옳고 그름의 경계가 없다는 얘기가 아니야. 사람들의 시각이 전부 똑같을 순 없다는 얘기야. 전에 네가 어머니에게 기억을 환상과 혼동하지 말라고 한 적이 있지? 그러면 좀 어때? 그게 네 어머니가 살아남는 방법인데. 세상엔 네 어머니처럼 환상을 필요로 하는 사람들이 있어. 너처럼 어떻게든 답을 찾고 싶어 하는 사람들도 있고."

캣은 말없이 기다렸다.

"진실이 얼마나 고통스러울지 먼저 따져볼 필요도 있어." 테시가 말했다.

"그건 또 무슨 말씀이시죠?"

"내가 아는 걸 들려주면 넌 괴로울 거야. 그것도 아주 많이. 난 널 사랑해. 그런 고통은 정말 주고 싶지 않아."

캣은 테시가 플로나 엄마와는 달리 감정적이지 않다는 걸 알고 있었다. 그녀의 경고는 결코 가볍게 받아들일 수가 없었다. "전 괜찮아요." 캣이 말했다.

"그렇겠지. 하긴, 네가 진실을 알지 못해서 겪은 고통의 무게도 생각해야겠구나. 그것도 마찬가지로 힘들었을 거야."

"괴롭기가 이루 말할 수 없을 정도였죠." 캣이 말했다.

"그랬을 거야." 테시의 입에서 긴 한숨이 터져 나왔다. "그런데 문제가 하나 더 있어."

"그게 뭐죠?"

"내가 알고 있는 정보. 무성했던 소문을 듣고서 대충 끼워 맞춘 소설일 뿐이야. 게리의 친구가…… 게리가 누군지 기억하지?"

"플로 이모의 남편 말씀이죠?"

"그래. 게리의 친구가 게리에게 얘기한 걸 게리가 플로에게 얘기했고, 플로는 그걸 내게 들려줬어. 말 그대로 입에서 입으로 전달된 소문일 뿐이야."

"하지만 이모는 단순히 소문이라고 생각하지 않으시는 거죠?"

"그래. 난 그게 진실이라고 믿어."

테시는 마음의 준비를 단단히 한 듯했다.

"괜찮아요." 캣이 최대한 부드러운 어조로 말했다. "편하게 말씀해주세요."

"네 아버지에게는 여자친구가 있었어."

캣이 눈을 두 번 깜빡였다. 테시가 경고한 대로 진실은 고통스러웠다. 하지만 그것은 피부를 파고드는 격통이 아닌, 피상적인 둔통이었다.

테시는 캣을 똑바로 바라봤다. "대수로운 일은 아니었어. 이 동네 남자들 중 절반 이상이 그랬을 테니까. 하지만 그의 경우엔 몇 가지 이유로 좀 특별했어."

캣은 복잡해진 머릿속을 정리하며 마른침을 삼켰다. "어떤 이유들인데요?"

"정말 술 한 잔 안 할래?"

"괜찮아요, 테시 이모. 정말이에요." 캣은 허리를 곧게 펴고 애써 태연한 척했다. "아버지는 왜 특별했죠?"

"일단 그들은 관계가 꽤 오래갔어. 네 아버진 그녀와 많은 시간을 함께 보냈단다. 대개는 스트립 클럽에서 눈 맞은 여자랑 몇 시간 시시덕거리다 하룻밤 같이 보내는 선에서 정리가 되잖아. 직장 동료와 잠시 염문을 뿌리거나. 하지만 그들은 그렇지 않았어. 굉장히 진지했다고. 소문에 따르면 말이야. 그래서 그렇게 자주 사라졌던 거야. 그녀와 같이 여행을 다니느라. 내 생각이지만."

"엄마도 그걸 알고 계셨나요?"

"나도 모르겠구나, 애야." 그러고는 다시 입을 열었다. "아마 알고 있었을 거야."

"그런데도 왜 아버질 떠나지 않으셨죠?"

테시가 미소 지었다. "떠나면 어디로 갈 수 있는데? 네 어머닌 세 아이를 길러야 했어. 네 아버진 부양자이자 남편이었고. 당시 우리에게는 선택지가 많지 않았어. 게다가 네 어머닌 그를 사랑했어. 그도 네 어머니를 사랑했고."

캣이 코웃음을 쳤다. "지금 제게 농담하시는 거죠?"

테시가 고개를 저었다. "넌 이해 못할 거야. 이건 네 생각처럼 단순한 문제가 아니야. 우리 에드도 한때 여자친구가 있었어. 그런데 그거 아니? 난 그게 전혀 신경 쓰이지 않았어. 오히려 잘된 일이라고 생각했지. 대책 없이 낳아놓은 애들을 기르는 것만으로도 힘들어 죽겠는데 에드는 계속해서 날 임신시켰어. 여자친구를 만들어서 날 내버려두는 게 날 도와주는 일이었다고. 넌 젊어서 상상이 안 되겠지만 사실이야."

그랬구나. 캣은 생각했다.

아버지에게 여자친구가 있었다니.

수많은 감정들이 한꺼번에 밀려들었다. 오랫동안 요가를 수련한 그녀에게 그 복잡한 감정들을 일일이 구분해 정리하는 건 쉬운 일이었지만, 지금은 오로지 테시 말에만 집중해야 할 때였다.

"또 다른 이유도 있었어." 테시가 말했다.

캣은 고개를 들고서 그녀를 응시했다.

"너도 우리가 어디에 살았는지 기억나지? 우리가 누구인지. 당시 이곳 분위기가 어땠는지."

"무슨 말씀이시죠?"

"네 아버지의 여자친구 말이야." 테시가 말했다. "다시 말하지만 이건 게리의 친구가 들려준 내용이야. 솔직히 유부남이 바람을 피우는 게 뭐가 대수였겠어? 하지만 그 상대가 저기, 음, 흑인이라면 얘기가 달라지지. 그래서 게리의 친구 눈에도 확 띄었던 거고."

이번에도 캣은 넋 나간 얼굴로 눈을 깜빡였다. "흑인? 그러니까 아프리카계 미국인이었다고요?"

테시가 고개를 끄덕였다. "소문이 그랬어. 어쩌면 인종 차별주의가 만든 소문이었는지도 몰라. 그녀가 네 아버지의 단속에 걸린 매춘부였다는 얘기도 있었지. 난 모르겠어. 솔직히 믿기지는 않아."

캣은 머릿속이 아찔해지는 걸 느꼈다. "그것도 엄마가 아시나요?"

"난 말하지 않았어."

"그걸 여쭌 게 아니잖아요." 그때 그녀의 뇌리를 스치는 생각이 있었다. "잠깐만요. 그럼 플로 이모가 엄마에게 얘기했겠군요. 그렇죠?"

테시는 긍정도 부정도 하지 않았다. 캣은 그제야 깨달았다. 플로와 엄마의 관계가 1년 가까이 냉각됐던 이유를. 플로는 엄마에게 흑인 매춘부에 대해 들려줬을 테고, 엄마는 그걸 강력히 부정했을 것이다. 감정적으로 고통스러웠지만, 캣은 슬픔 외에 어떤 느낌도 들지 않았다. 왠지 이 모든 게 현재의 논점과는 무관하게 여겨졌다. 우는 건 나중에 얼마든지 할 수 있었다. 지금은 이 진실이 아버지의 죽음과 어떤 관련이 있는지 파헤쳐야 할 때였다.

"그 여자 이름을 아세요?" 캣이 물었다.

"아니. 잘은 몰라."

캣이 미간을 찌푸렸다. "잘은 모르신다고요?"

"얘야, 더 이상 알려고 들지 말렴."

"전 다 알아야겠어요." 캣이 말했다.

테시는 눈을 다른 곳으로 돌렸다. "게리가 그러는데 일할 땐 슈가라는 이름을 썼대."

"슈가?"

그녀가 어깨를 으쓱였다. "그게 사실인지는 나도 몰라."

"그냥 슈가예요?"

"모른다니까."

첩첩산중이었다. 캣은 공처럼 몸을 굴려서 이 곤란한 시간을 무사히 넘어가고 싶었다. 하지만 그건 지금 그녀가 누릴 수 없는 사치였다. "아버지가 살해되신 후 슈가는 어떻게 됐는지 아세요?"

"아니." 테시가 말했다.

"혹시 그녀가⋯⋯."

"내가 아는 건 거기까지야, 캣. 정말이야." 테시가 다시 모종 앞으로 다가갔다. "이젠 어쩔 셈이니?"

캣은 잠시 고민에 빠졌다. "저도 모르겠어요."

"이제 진실을 알았잖니. 때로는 그걸로 충분한 거야."

"때로는 말이죠." 캣이 말했다.

"지금은 아니라는 거니?"

"그런 것 같아요."

"진실이 거짓보다 나을지 모르지만⋯⋯." 테시가 말했다. "진실이 항상 우리에게 자유를 주진 않아."

캣도 그걸 알고 있었다. 그녀는 자유를 기대하지 않았다. 진실을 통해 행복해지기를 바라지도 않았다. 그저⋯⋯.

난 뭘 원하는 거지?

따지고 보면 얻을 게 아무것도 없었다. 오히려 그녀의 어머니는 더 큰 고통을 받게 될 것이다. 그녀는 스태거가 몬테 리번의 혐의를 조작했을 가능성을 떠올려봤다. 리번이 끝까지 입을 다물거나 진술을 번복했다면 충분히 있을 법한 일이었다. 어쩌면 스태거는 그렇게 아버지와의 의리를 지키려 했는지도 몰랐다. 어쨌든 캣은 이제 진실을 충분히 알게 됐다.

"고마워요, 테시 이모."

"뭐가?"

"모든 걸 들려주셔서요."

"여기서 '천만에'라는 대꾸는 적절치 않은 것 같구나." 테시가 몸을 숙여서 삽을 집어 들며 말했다. "여기서 손 떼지 않을 거니, 캣? 응?"

"그럴 순 없죠."

"많은 사람들이 힘들어져도?"

"그렇더라도요."

테시는 고개를 끄덕이고는 신선한 흙 속으로 삽을 깊게 찔러 넣었다. "시간이 많이 늦었구나. 그만 집으로 가보렴."

지하철을 타고서 집으로 돌아오는 길에 참았던 감정이 폭발해 버렸다.

그녀는 화가 났고, 배신감을 느꼈으며, 역겨웠다.

아버지는 영웅이었다. 비록 완벽하지는 않았지만 딸을 위해 사다리를 타고 올라 밤하늘에 달을 걸어놓은 멋진 아버지였다. 어릴 적에 그녀는 아버지가 정말로 자신만을 위해 달을 걸어놓았다고 철석같이 믿었다. 하지만 지금 와서 생각해보면 그것 역시 아버지의 거짓말이었다.

아버지가 며칠씩 사라질 때마다 어린 그녀는 잦은 비밀 수사 임무를 탓했다. 그리고 어딘가에서 곤란에 빠진 이들을 용감하게 돕고 있을 아버지를 자랑스럽게 여겼다. 아버지가 가족을 버려둔 채 매춘부와 살림을 차린 것도 모르고.

어느새 역겨움, 분노, 배신감에 이어 증오심까지 끓어올랐다.

그래서 테시가 분명히 경고하지 않았나. 인생은 결코 단순하지 않다고.

그중 가장 압도적인 감정은 슬픔이었다. 집에서 행복을 찾지 못해 거짓된 삶을 살아온 아버지에 대한 슬픔. 그리고 그런 아버지로 인해 고통받아온 어머니에 대한 슬픔. 하지만 무엇보다도 슬픈 것은 이 충격적인 진실에 캣 자신이 크게 놀라지 않았다는 사실이었다. 어쩌면 캣은 잠재의식 속에서 이런 추한 진실을 예상해왔는지도 몰랐다. 그리고 그것은 어머니와의 불편한 관계의 근본적 원인이었을 수 있다. 그녀는 어리석게도 아버지의 부재를 어머니 탓으로 돌려왔다. 어머니 때문에 아버지가 영영 자신을 떠나버릴지도 모른다면서.

그녀는 또한 슈가라는 여자가 아버지를 기쁘게 해줬을지 궁금했다. 부모님의 결혼 생활에는 열정이 없었다. 존중과 동지애와 파트너십은 넘쳐났지만. 과연 아버지는 그 여자와 낭만적인 사랑을 나눴을까? 아버지가 그 금지된 여자로 인해 즐겁고 행복했다면, 분노와 배신감에 몸을 떨게 아니라 오히려 기뻐해야 하는 거 아닌가?

캣은 집으로 돌아가서 펑펑 울고 싶었다.

열차가 터널을 빠져나와서야 그녀의 휴대폰이 다시 작동했다. 채즈가 휴대폰으로 전화를 세 번 한 기록이 남아 있었다. 캣은 곧바로 그에게 연락했다.

"무슨 일 있어?" 그녀가 물었다.

"목소리가 안 좋은데."

"힘든 하루였어."

"이 소식을 들으면 더 힘들어질 텐데."

"무슨 소식?"

"스위스 은행 계좌에 대해 알아낸 게 있어. 이걸 보면 깜짝 놀랄 거야."

26

타이터스는 매춘 사업에 싫증을 느꼈다.

세상은 점점 위험하고 교묘하고 따분해져가는 중이었다. 어떤 사업이든 성공적으로 일궈놓으면 폭력적인 무식쟁이들이 파리 떼처럼 몰려들어 물을 흐려놓았다. 특히 불쑥 쳐들어온 범죄 조직과 지분 전쟁이라도 벌어지면 골치 아팠다. 게으른 사람들은 매춘 사업을 쉬운 돈벌이로 여겼다. 절망에 빠진 여자친구를 학대해 꼭두각시로 만들어놓고 뒤에서 유유히 돈만 챙기면 된다고 생각했다. 타이터스의 멘토 루이스 캐스트먼은 일찍 은퇴한 후 남태평양의 어느 섬에서 아늑히 살고 있었다. 무수한 소매업체와 중개업체들의 숨통을 끊어놓은 인터넷은 포주들에게도 큰 타격을 입혔다. 인터넷과 대형 혼재업자(무역 용어. 소량 화물들을 모아서 저렴한 운임으로 운송하는 일을 하는 사람—옮긴이)들은 매춘부와 고객들을 훨씬 간소하고 능률적으로 연결해줬다. 힘없는 포주들은 그저 손 놓고 당할 수밖에 없었다. 홈 디포가 동네의 소규모 철물점들을 몽땅 삼켜버렸던 것처럼.

매춘은 타이터스에게 푼돈벌이 사업으로 전락해버린 지 오래였다. 수익보다 위험부담이 더 커져버린 것이다.

하지만 능력 있는 사업가들은 낙담하지 않고 곧바로 새로운 방안을 모색했다. 첨단 기술은 길거리 사업에 큰 타격을 줬지만 온라인이라는 새로운 길을 열어준 고마운 존재이기도 했다. 한동안 타이터스는 그 분야의 대형 혼재업자들 중 하나로 승승장구했다. 하지만 언제부터인가 컴퓨터 앞에 죽치고 앉아서 약속을 잡고 거래를 처리하는 작업은 너무 천편일률적이고 따분한 일이 돼버렸다. 그래서 그는 나이지리아 후원자들과 손잡고 온라인 사기 사업을 시작했다. 한물간 스팸 메일 사기는 아니었다. 타이터스는 오로지 유혹 사업에만 관심이 있었다. 섹스와 사랑과 그것들 사이의 상호작용에만. 한동안 그는 이라크나 아프가니스탄에 주둔해 있는 군인인 척했다. 소셜 미디어 사이트에 가짜 신원으로 계정을 만들어놓고 독신 여성들을 꼬셔냈다. 어느 정도 친분이 쌓였다고 판단되면 그는 머뭇거리는 척하며 노트북이나 항공권을 구매해야 한다면서 도움을 요청했다. 가끔 재활 치료를 위해 돈이 조금 필요하다며 손을 벌리기도 했다. 현금이 급히 필요할 때는 다른 주둔지로 가게 돼 차를 최대한 빨리 처분해야 한다고 둘러댔다. 그러고는 상대에게 위조한 등록증과 정보를 보낸 후 제삼자의 계좌로 돈을 송금하라고 시켰다.

하지만 이런 사기 행각에는 많은 문제가 있었다. 우선 쏟아붓는 노력에 비해 수익이 적었다. 우둔하던 사람들이 점점 기민해져가는 것 역시 문제였다. 또 다른 문제는 너무 많은 아마추어들이 우르르 몰려들어 물을 심각하게 흐려놓았다는 것이다. 수익성 있는 모든 사업이 그렇듯이. 설상가상으로 미 육군 범죄 수사대까지 경고를 발하고 범인들을 쫓기 시작했다. 군이 직접 수사에 나섰다는 소식은 타이터스와 그의 서부 아프리카 파트너들에게 심각한 문제였다.

하지만 무엇보다도 코딱지만 한 규모가 가장 큰 문제였다. 여느 사업가와 마찬가지로 타이터스 역시 오래전부터 사업을 확장해 큰돈을 벌 궁리를 해왔다. 포주 시절보다는 확실히 사정이 나아 졌지만 그는 고작 그 정도 발전에 만족할 수 없었다. 그에게는 새 로운 도전이 필요했다. 크고, 빠르고, 수익성 높으며, 안전한 도전.

타이터스는 일평생 모은 돈을 탈탈 털어서 새 사업을 시작했 다. 그리고 그 사업은 타이터스에게 큰 성공을 안겨줬다.

새로 온 기사, 클렘 사이슨이 농가로 들어왔다. 그는 클로드의 검은 양복을 걸치고 있었다. "저 어떻습니까?"

어깨 부분이 조금 헐렁했지만 나쁘지 않았다. "훈련받은 대로 만 해."

"알겠습니다."

"계획에서 조금도 벗어나면 안 돼." 타이터스가 말했다. "이해 하겠어?"

"물론입니다. 그녀를 곧장 이곳으로 데려오면 되는 거 아닙니 까."

"그럼 빨리 가서 데려와."

캣은 퇴근한 채즈를 만나러 그의 아파트로 향했다. 그는 파크 가와 46번가 모퉁이에 자리한 호화로운 록-혼 빌딩에서 살고 있 었다. 캣은 2년 전에 사무실 파티에 참석하기 위해 이곳을 찾았 다. 당시 스테이시는 이 건물을 소유한 한량과 사귀고 있었다. 월

슨인지 윈저인지 사립학교에 어울리는 이름을 가진 그 한량은 똑똑했고 부유했으며 잘생기기까지 했다. 하지만 소문이 사실이라면, 그는 하워드 휴스처럼 정신병을 앓으며 은둔자로 살아가고 있었다. 최근에 이 건물은 사무실 몇 층이 주거 공간으로 개조됐다.

채즈 페어클로스는 바로 그곳에 살고 있었다. 이곳에 오면 누구든 돈이 좋은 이유를 대번에 알 수 있었다.

문이 열리자, 하얀 셔츠 차림의 채즈가 걸어 나왔다. 단추를 과하게 풀어 헤친 셔츠 안으로 아기 엉덩이처럼 매끄러운 복근이 살짝 드러났다. 그는 가지런한 이를 드러내며 미소 짓고는 말했다. "들어와."

안으로 들어선 캣은 실내를 휙 훑어봤다. "놀라운 수준이네."

"뭐가?"

솔직히 캣은 독신자용 아파트나 시커먼 남자 동굴을 예상했다. 하지만 그의 집은 고풍스러운 원목 가구와 골동품과 태피스트리와 오리엔탈 러그로 우아하게 꾸며져 있었다. 돈을 엄청 처바른 티가 났음에도 묘하게 절제된 느낌이었다.

"실내 장식." 캣이 말했다.

"마음에 들어?"

"응."

"나쁘지 않지? 엄마가 가보 같은 걸 가져와서 꾸며놓으셨어. 내 스타일대로 바꾸려고 했는데, 의외로 여자들이 이걸 좋아하더라고. 내가 좀 더 섬세해 보이게 해주고."

별로 놀랍지도 않군.

채즈는 바 뒤로 가더니 25년산 맥캘런 스카치를 집어 들었다. 그걸 본 캣의 눈이 휘둥그레졌다.

"너 스카치 좋아하잖아." 그가 말했다.

그녀는 입술을 핥고 싶은 충동을 애써 눌렀다. "지금은 안 마시는 게 좋겠어."

"캣?"

"왜?"

"넌 지금 이 술병을 내가 풍만한 가슴골 보듯 보고 있어."

그녀는 얼굴을 찌푸렸다. "풍만?"

채즈가 고른 치아를 드러내며 미소를 지었다. "25년산 마셔봤어?"

"딱 한 번 21년산을 마셔본 적 있어."

"그건 어땠어?"

"마시고 나서 위스키에게 결혼해달라고 할 뻔했지."

채즈는 위스키 잔 두 개를 집어 들었다. "한 병에 800달러짜리야." 그가 위스키로 채운 잔을 내밀었다. 캣은 마치 어린 새 다루듯이 조심스레 잔을 받아 들었다.

"건배."

캣은 눈을 감고서 위스키를 한 모금 머금었다. 왠지 눈을 뜨고는 못 마실 것 같았다.

"어때?" 그가 물었다.

"널 쏴 죽이고 이걸 병째 훔쳐 갈지도 몰라."

채즈가 웃음을 터뜨렸다. "자, 이제 중요한 얘길 해볼까?"

캣은 고개를 저으며 나중에 하자고 말하고 싶었다. 솔직히 그

녀는 스위스 은행 계좌에 대해서 듣고 싶지 않았다. 그녀와 부모
님의 과거에 대한 충격적인 진실이 아직까지 그녀의 정신을 혼미
하게 했기 때문이다. 모든 골목의 모든 집들은 그저 허울에 지나
지 않았다. 모두가 겉만 보고서 그 속을 알 수 있다고 자신하지만,
그건 사실이 아니었다. 그렇게 속아 넘어가는 건 괜찮았다. 그 정
도야 뭐. 하지만 그 허울 안에 살면서 눈앞의 불행과 부서진 꿈과
거짓과 망상을 깨닫지 못한 건 차원이 다른 문제였다. 캣은 채즈
의 고급 가죽 소파에 주저앉아 인사불성이 될 때까지 이 비싸고
고급스러운 술을 들이켜고 싶을 뿐이었다.

"캣?"

"듣고 있어."

"대체 너와 스태거 경감은 어떻게 된 거야?"

"설명하자면 복잡해, 채즈."

"곧 돌아오는 거지?"

"모르겠어. 그건 중요하지 않아."

"정말?"

"정말." 캣이 말했다. 이제는 화제를 돌려야 할 때였다. "스위
스 은행 번호 계좌에 대해 알아낸 게 있다고 했지?"

"그래."

"뭔데?"

채즈가 잔을 내려놓았다. "네가 요청한 것들을 알아봤어. 재무
부 소속인 네 지인에게 연락해서 그 계좌를 감시 목록에 넣어달
라고 했지. 얘길 들어보니 목록이 엄청나더군. 미국 국세청이 파
헤치려니 스위스가 격렬하게 반발하나 봐. 테러와 관련돼 있다는

명백한 증거가 없으면 무작정 뒤로 밀릴 수밖에 없대."

"무작정?"

"그게 최근에 만들어진 계좌라고 했지?"

"응. 데이나 펠프스가 얼마 전에 열었다고 했어."

"정확히 언제?"

"그건 모르지. 그녀의 재정 고문이 하는 얘길 들어보니 이틀 전쯤 연 것 같던데. 그쪽으로 돈을 송금하려고."

"그럴 리 없어." 채즈가 말했다.

"어째서?"

"누군가가 이미 의심 거래 보고서를 올려 보낸 상태였거든."

캣은 잔을 내려놓았다. "언제?"

"일주일 전에."

"그 보고서 내용을 알아?"

"매사추세츠 주민이 그 계좌로 30만 달러 이상을 송금했다나봐."

채즈는 작은 탁자에 놓인 노트북을 열고서 키보드를 두드리기 시작했다.

"송금한 사람의 이름도 알아?" 캣이 물었다.

"아니. 그건 보고서에 없었어."

"누가 보고서를 올려 보냈는지는?"

"아스가르 추백이라는 남자야. 매사추세츠 노샘프턴에 있는 파슨스, 추백, 미트닉 앤드 부시웰 투자금융이라는 회사의 파트너."

채즈가 노트북을 그녀 쪽으로 돌려놓았다. 파슨스, 추백, 미트닉 앤드 부시웰의 홈페이지는 양각으로 무늬를 넣은 상아색 로고로 꾸며져 있었다. 언뜻 봐도 부유한 상류층만을 상대하는 곳이라는 걸 알 수 있을 정도였다. 여덟 자릿수의 포트폴리오가 없으면 둘러보지도 말라고 경고하는 듯한 위압감마저 느껴졌다.

"슈워츠 형사에게 이걸 알려줬어?" 캣이 물었다.

"아직. 솔직히 도난당한 번호판에 대해 알려줬을 때도 시큰둥했어."

홈페이지에는 자산 관리와 기관 신탁, 그리고 국제 투자 관련 사이트들의 링크가 여럿 걸려 있었다. 사생활과 신중함을 강조하는 문구도 많이 보였다. "이 사람들 입은 절대 못 열 거야." 캣이 말했다.

"틀렸어."

"어떻게 여는데?"

"처음에는 나도 너랑 같은 생각이었어. 하지만 밑져야 본전이라는 마음으로 한번 연락을 해봤지." 채즈가 말했다. "의외로 협조 의지가 강하더군. 만날 약속까지 잡아놨어."

"추백이랑?"

"응."

"언제?"

"오늘 밤 아무 때나 괜찮대. 비서가 그러는데 해외시장 문제 때문에 사무실에서 밤을 새워야 한다더군. 의욕적으로 협조하겠다고 나오니 좀 이상하긴 해. 차로 가면 3시간쯤 걸릴걸." 그가 노트북을 닫고서 일어났다. "내 차로 가지."

캣은 그와 같이 가고 싶지 않았다. 채즈를 신뢰했지만 그녀는 여전히 많은 세부 사항을 말하지 않았다. 특히 제프 혹은 론에 관런해서는 그에게 들려준 게 하나도 없었다. 직장 동료, 더욱이 파트너에게는 알려주고 싶지 않은 개인사였으니까. 그리고 채즈와 좁은 차 안에서 왕복 6시간을 함께 있어야 한다는 사실이 부담스러웠다.

"나 혼자 가도 돼." 그녀가 말했다. "넌 여기에 남아서 후속 조사를 해줘."

그녀는 강한 반발을 예상했다. 하지만 그 예상은 보기 좋게 빗나갔다.

"좋아." 그가 말했다. "그래도 내 차를 가져가. 당장 출발하면 좋잖아. 모퉁이를 돌아가면 차고가 나올 거야."

마사 파켓은 여행 가방을 현관문 앞으로 가져갔다. 낡은 여행 가방에는 바퀴가 붙어 있지 않았다. 무조건 싼 것만 찾는 해럴드 탓이었다. 해럴드는 여행을 싫어했지만 매년 두 차례씩 술친구들과 라스베이거스에 다녀오는 것은 예외였다. 그곳에서 돌아온 남자들은 서로에게 음흉한 윙크를 날리며 낄낄댔다. 그는 매번 투미 브랜드에서 나온 기내용 가방만을 챙겨 집을 나섰다. 해럴드의 도박 중독으로 집안은 거덜 나버렸고, 인내심이 한계에 다다른 마사는 몇 년 전 그와 이혼하기에 이르렀다. 해럴드는 법정까지 갈 것 없이 깔끔하게 갈라서자고 제안했다. 그리고 이삿짐 차량인 유홀 트럭을 빌려 콘도에 남은 모든 걸 싣고서 떠나버렸다. "다 내 거야. 되찾을 생각일랑 마."

오래전 일이었다.

마사는 창밖을 내다봤다. "이건 미친 짓이야." 그녀는 언니 샌디에게 말했다.

"인생은 딱 한 번 사는 거야."

"그건 나도 알아."

샌디가 동생의 어깨를 감싸 안았다. "네겐 휴식이 절실해. 엄마와 아빠도 같은 생각이실 거야."

마사가 눈썹을 치켜세웠다. "과연 그럴까?"

그녀의 부모는 굉장히 독실한 사람들이었다. 오랫동안 해럴드에게 이유도 없이 가정 폭력을 당했던 마사는 아버지를 도와서 위독한 어머니를 돌보기 위해 이곳으로 오게 됐다. 하지만 운명의 장난인지, 오히려 건강하셨던 아버지가 6년 전에 먼저 심장마비로 세상을 뜨게 됐다. 어머니는 작년에 아버지를 따라 세상을 떠났다. 어머니는 아버지와 함께 천국으로 가게 될 거라 굳게 믿었다. 하루라도 빨리 그러고 싶다며 조바심을 부리기도 했다. 그럼에도 그녀는 마지막 순간까지 병마와의 사투에서 백기를 들지 않았다.

마사는 이 집에 머물며 끝까지 어머니를 보살폈다. 그녀에게는 전혀 고생으로 느껴지지 않았다. 누구도 어머니를 호스피스나 요양원으로 보내자고 제안하지 않았다. 간병인을 고용하자는 얘기도 나오지 않았다. 어차피 어머니가 허락하지 않을 테니까. 그래서 어머니에 대한 사랑이 남다른 마사가 그 일을 기꺼이 떠맡게 됐다.

"오랫동안 네 인생이 없었잖아." 샌디가 말했다. "이젠 좀 즐겁게 살아야지."

하긴, 틀린 말은 아니다. 그녀는 생각했다. 그동안 그녀의 재혼을 바라는 주변인들의 압력이 많았지만, 그녀는 어머니 간병을 이유로 그들의 제안을 물리쳤다. 또한 해럴드와의 결혼 생활이 그녀에게 안겨준 트라우마 역시 작지 않은 걸림돌로 작용했다. 마사는 한 번도 현실을 불평한 적이 없었다. 그녀는 그런 사람이었다. 늘 자신의 운명에 감사하며 살았다. 하지만 그녀처럼 욕심 없는 사람도 가슴에 사무치는 외로움 앞에서는 속수무책이었다.

"네 인생을 바꿀 수 있는 사람은 세상에 딱 한 명뿐이야." 샌디가 말했다. "바로 너."

"알아."

"마지막 장만 반복해서 읽으면 다음 장으로 넘어갈 수 없어."

샌디는 그런 유명한 경구들을 곧잘 사용했다. 금요일마다 페이스북에 몇 개씩 올려놓기도 했다. 꽃이나 완벽한 일몰 따위의 사진들을 곁들여서. 그녀는 그것들을 '샌디의 격언'이라고 불렀다. 자신이 직접 쓴 것들도 아닌데 말이다.

검은 리무진 한 대가 집 앞에 멈춰 섰다. 그 순간 마사는 숨이 턱 막혔다.

"오, 마사! 저 차 정말 굉장하다!" 샌디가 새된 소리로 말했다.

마사는 바짝 얼어붙었다. 차에서 내린 기사가 현관으로 올라오는 동안에도 그녀는 멀뚱히 서 있기만 했다. 한 달 전, 그녀는 샌디의 극성에 못 이겨 인터넷 데이팅 서비스에 가입했다. 그 직후 마이클 크레이그라는 멋진 남자가 마사에게 추파를 던졌고, 그녀는 얼마 지나지 않아 그와 본격적으로 온라인 교제를 시작했다. 생각해보면 웃기는 일이었다. 그녀답지 않은 일이다. 그녀는 인터넷에서 만든 관계를 유치하게 여겼다. 상대를 실물로 보지 않고 모니터 앞에 죽치고 앉아서 수다나 떨어대는 걸 제대로 된 인간관계라고 착각하는 애들이나 집착하는 것이라면서.

어떻게 그녀가 이것에 빠져들었느냐고?

사실 온라인에서 사람을 만나는 건 큰 부담이 없었다. 특별히 외모에 신경 쓸 필요도 없었다. (잘 나온 사진이 준비됐다면) 머리가 산발이어도, 화장이 잘 먹지 않아도, 이에 무언가가 껴도 문제될 건 없었다. 얼마든지 여유를 부릴 수 있었고, 스트레스도 없었다. 그녀가 뭐라고 말하든 뭘 하든 그는 웃었고, 상대의 실망하는 표정을 보지 않으니 자신감을 잃을 일도 없었다. 마음에 들지 않는 상대와 식료품 가게나 동네 상점가에서 맞닥뜨릴 우려도 없었다. 무엇보다도 그녀는 경계를 늦추고서 자기 모습 그대로 상대를 대할 수 있다는 점이 가장 마음에 들었다.

안심이 된다고나 할까.

매 순간 진지하지 않아도 되고.

그녀는 애써 미소를 참았다. 두 사람의 관계는 빠르게 달아올랐고, 그를 대하는 그녀의 태도는 점점 진지해졌다. 그렇게 훈훈히 애정을 키워나가던 어느 날, 마이클 크레이그가 그녀에게 불쑥 메시지를 보냈다. "우리 이제 만날 때가 된 것 같지 않아요?"

컴퓨터 앞에 앉아서 메시지를 확인한 마사 파켓은 당황해서 얼굴이 붉어졌다. 사실 그녀도 그를 직접 만나서 신체적 친밀감을 느껴볼 기회를 항상 고대해왔다. 외롭고 두려웠던 세월 끝에 찾아온 기회였지만, 마사는 선뜻 마이클의 제안에 응하지 못했다. 자칫하다가는 지금껏 그와 차곡차곡 쌓아온 것들마저 잃게 될지도 모른다는 걱정 때문이었다. 그녀가 내키지 않는다는 듯이 반응하자, 그가 물었다. "우리가 지금껏 뭘 쌓아왔는데요?"

그가 옳았다. 엄밀히 따져보면 그들이 잃을 건 아무것도 없었다. 정작 중요한 것들은 전부 연막에 가려져 있었다. 실물로 서로를 확인한 후에도 온라인에서와 같은 화학 반응이 이어진다면…….

하지만 만약 그 반대의 결과가 나온다면? 두 사람이 힘겹게 지켜온 불씨가 꺼져버리기라도 한다면? 이번에도 사람에게 크게 실망하게 된다면?

마사는 일단 만남을 미루고 싶었다. 그녀는 그에게 조금만 더 기다려달라고 부탁했다. 하지만 그는 인간관계라는 건 절대 인내만으로 결실을 맺을 수 없다고 했다. 잠시라도 침체되면 끝장이라고도 했다. 지금보다 더 나아지든 나빠지든, 둘 중 하나라고. 그녀는 마이클이 조금씩 멀어져가는 걸 느꼈다. 그도 남자였다. 그에게는 필요와 요구가 있었다. 그녀와 마찬가지로.

어느 날 마사는 우연히 언니의 페이스북을 보게 됐다. 샌디는 파도가 부서지는 해변 사진과 함께 또 다른 경구를 올려놓았다.

"내가 했던 것들에 대한 후회는 없다. 기회가 왔을 때 하지 못했던 일들에 대한 후회만 있을 뿐."

정확히 누구의 말을 인용했는지 설명은 없었지만, 그 경구는 마사의 마음을 크게 울렸다. 그녀가 처음에 했던 생각이 옳았다. 온라인상의 인간관계를 진지하게 받아들이는 건 어리석은 일이었다. 간단한 소개 정도라면 모를까, 거짓된 현실 속에서 격렬히 사랑을 나누며 기쁨과 고통을 맛보는 건 어디까지나 역할 놀이에 지나지 않았다.

잃을 것은 적고, 얻을 것은 많다는 건 착각이었다.

그래서 지금 마사는 현관문에 붙어 서서 천천히 다가오는 기사를 지켜봤다. 그녀는 두려웠지만 또 한편으로는 무척 흥분됐다. 샌디의 빌어먹을 페이스북에서 본 또 다른 경구는 두려운 일들에 매일 도전하라고 했다. 그러지 못하면 인생이 허무해진다면서. 마사는 단 한순간도 그렇게 살아본 적이 없었다.

이렇게 무서운 건 그녀 인생에 처음이었고, 이렇게까지 살아 있다는 걸 강렬하게 느껴본 적도 처음이었다.

샌디가 다시 그녀의 어깨를 감싸 안았다. 마사도 언니를 꼭 끌어안았다.

"사랑해." 샌디가 말했다.

"나도."

"네 인생에서 가장 행복한 시간을 보내다 와야 해. 알았지?"

마사가 눈물을 참으며 고개를 끄덕였다. 기사가 현관문에 노크를 했다. 마사는 문을 열어줬다. 그는 마일스라고 자신을 소개한 후 그녀의 여행 가방을 집어 들었다.

"절 따라오세요."

마사는 남자를 따라 리무진으로 향했다. 샌디도 동생을 따라갔다. 기사는 그녀의 여행 가방을 트렁크에 실은 후 뒷문을 열어줬다. 샌디는 다시 동생을 끌어안았다.

"필요한 게 있으면 언제든 연락해." 샌디가 말했다.

"그럴게."

"아무리 생각해도 아닌 것 같아서 돌아오고 싶어지면……."

"그럴 때도 연락할게, 언니. 약속해."

"아니, 그런 일은 없을 거야. 끝내주는 시간이 될 테니까." 샌디의 눈가도 촉촉이 젖어들었다. "꼭 그렇게 돼야만 해. 넌 행복을 누릴 권리가 있다고."

마사는 터져 나오려는 울음을 간신히 참아냈다. "이틀 뒤에 다시 볼 거야."

그녀는 리무진 뒷좌석에 올라왔다. 기사는 문을 닫고서 잽싸게 운전석에 올라 차를 몰기 시작했다. 그녀의 새로운 인생이 기다리고 있는 곳으로.

27

채즈의 차는 페라리 458 이탈리아였다. 그는 이 차를 '플라이 옐로'라고 불렀다.

캣이 인상을 찌푸렸다. "이 수준은 별론데."

"여자들이 환장한다니까." 채즈가 슈퍼맨 열쇠고리를 건네며 말했다.

"'과잉 보상'이 더 어울리는 이름 같다."

"응?"

"아무것도 아니야."

3시간 후, GPS가 여자 목소리로 목적지에 도착했음을 알려줬을 때 캣은 당혹스러움을 감추지 못했다.

그녀는 주소를 다시 확인해봤다. 제대로 찾아왔다. 매사추세츠 노샘프턴, 트럼불가 909번지. 회사 홈페이지와 인터넷 전화번호부가 알려준 그대로였다. 파슨스, 추백, 미트닉 앤드 부시웰 투자 금융이 있어야 할 곳.

캣은 지하철역과 '팸스 킥킨 쿠츠'라는 미용실 사이 골목에 차를 세워놓았다. 그녀는 록-혼 투자증권과 유사한 사무실 건물을 예상했다. 하지만 눈앞에 우뚝 서 있는 건물은 빅토리아 시대풍의 별장식 호텔 같아 보였다. 문은 연어살색이었고, 하얀 격자 울타리는 갈색으로 변한 담쟁이덩굴로 뒤덮여 있었다.

실내복 차림의 나이 든 여자가 현관에 앉아 레모네이드를 홀짝이고 있었다. 그녀의 다리에는 정원용 호스만큼 굵은 하지정맥류가 있었다.

"뭘 찾아요?" 그녀가 말했다.

"추백 씨를 만나러 왔어요."

"그는 14년 전에 죽었어요."

뜻밖의 소식에 캣이 움찔했다. "아스가르 추백 씨가요?"

"오, 추이 말이군요. 추백 씨라고 해서 그의 아버지를 얘기하는 줄 알았어요. 갠 그냥 추이라고만 불러서." 그녀가 의자에서 일어났다. "날 따라와요."

캣은 잠시나마 채즈를 지원군으로 데려오지 않은 걸 후회했다. 그녀를 안으로 이끌고 들어간 나이 든 여자는 지하실 문을 열었다. 캣은 언제든 필요할 때 총을 뽑아 들 수 있도록 마음의 준비를 단단히 했다.

"추이?"

"왜요, 엄마? 저 지금 바빠요."

"손님이 오셨어."

"누군데요?"

나이 든 여자가 캣을 돌아봤다. 캣이 지하실에 대고 소리쳤다. "뉴욕 경찰국 소속 도노반 형사입니다."

잠시 후 덩치 큰 남자가 지하실 계단 밑에서 불쑥 나타났다. 숱 없는 머리칼은 포니테일 스타일로 아주 가늘게 묶여 있었고, 커다란 얼굴은 땀범벅이었다. 그는 주머니가 여럿 달린 헐렁한 반바지에 '트워크 팀 주장'이라고 적힌 티셔츠 차림이었다.

"오, 왔군요. 내려와요."

나이 든 여자가 말했다. "오랑지나(오렌지 과육 탄산음료―옮긴이) 한 잔 마실래요?"

"괜찮습니다." 캣이 계단을 내려가며 말했다. 추백은 계단 밑에 서서 그녀를 기다렸다. 그가 두툼한 손을 셔츠에 닦고서 악수를 청했다. "모두가 날 추이라고 불러요."

그는 서른에서 서른다섯 살 사이로 보였다. 배는 볼링공처럼 볼록했고 창백한 다리는 대리석 기둥처럼 굵었다. 그의 귀에는 블루투스가 꽂혀 있었다. 지하실은 꼭 마이크 브레이디의 사무실을 보는 듯했다. 나무 패널과 광대 그림과 커다란 서류 캐비닛만 빼면. U자 모양으로 붙여놓은 책상과 작업대에는 컴퓨터와 모니터 여러 대가 놓여 있었다. 하얀 받침대 위에는 커다란 가죽 의자 두 개가 놓여 있었는데, 팔걸이마다 화려한 색상의 버튼들이 달려 있었다.

"당신이 아스가르 추백 씨예요?" 캣이 말했다.

"그냥 추이라고 불러도 돼요."

"파슨스, 추백, 미트닉 앤드 부시웰의 공동 사장?"

"맞아요."

캣은 지하실을 찬찬히 둘러봤다. "그럼 파슨스와 미트닉과 부시웰은 누구죠?"

"5학년 때 나랑 같이 농구를 했던 친구들이죠. 그냥 간판에 어울릴 것 같아서 그놈들 이름을 가져다 쓴 거예요. 꽤 그럴듯하게 들리잖아요. 안 그래요?"

"그럼 투자 회사는…….'

"맞아요. 여기가 바로 그 회사죠. 잠깐." 그가 블루투스를 톡 두드렸다. "그래, 나야. 아니, 토비, 아직은 팔지 않는 게 낫겠어. 핀란드 상품 못 봤어? 날 믿으라고. 알았어. 지금 고객과 상담 중이야. 나중에 연락할게."

그가 블루투스를 다시 두드려 통화를 종료했다.

"그럼……." 캣이 말했다. "내 파트너랑 통화했던 비서가 당신 어머니였어요?"

"아뇨. 그것도 나였어요. 전화기에 음성 변조기를 붙여놨거든요. 고객이 다른 전문가의 의견을 원할 땐 언제든 파슨스가 될 수 있고, 미트닉이 될 수 있고, 부시웰이 될 수 있죠."

"그건 사기잖아요."

"아니죠. 게다가 내 덕분에 큰돈을 벌게 된 고객들은 그런 문제 따위에 신경 쓰지 않습니다." 추이가 두 개의 커다란 의자에서 조이스틱과 게임 콘솔을 치웠다. "앉아요."

캣은 받침대에 올라 의자에 앉았다. "이 의자, 눈에 많이 익는데요."

"〈스타 트렉〉에서 커크 선장이 앉았던 의자입니다. 안타깝게도 복제품이에요. 오리지널은 구매할 방법이 없더군요. 이거 마음에 들어요? 솔직히 난 〈스타 트렉〉 팬이 아닙니다. 그보단 〈배틀스타 갤럭티카〉를 더 좋아하죠. 어때요? 편안한가요?"

캣은 그의 질문을 무시해버렸다. "당신이 최근에 어느 스위스 은행 계좌에 대한 의심 거래 보고서를 작성해 올렸죠?"

"그래요. 그런데 여긴 무슨 일로 온 거죠?"

"네?"

"뉴욕 경찰국 소속 형사라면서요. SAR은 핀센 소관인데. 경찰이 아니라 재무부가 나서야 하는 거 아닌가요?"

캣은 두 팔을 의자 팔걸이에 걸쳐놓았다. 팔걸이에 장착된 버튼들이 굉장히 거슬렸다. "그 계좌는 내가 수사 중인 사건과 관련이 있어요."

"어떤 관련이 있다는 얘기죠?" 그가 물었다.

"그건 공개할 수 없고요."

"오, 안타깝군요." 추백이 의자에서 벌떡 일어나 받침대를 내려갔다. "내가 문까지 배웅해줄게요."

"아직 얘기 안 끝났어요, 추백 씨."

"추이라고 부르라니까." 그가 말했다. "그리고 우린 얘기가 끝났습니다."

"당신의 불법 사기 행각을 보고하겠어요."

"마음대로 해요. 난 허가받은 투자 자문가예요. FDIC(연방 예금 보험 공사)에 가입된 금융기관과 함께 일하고 있고요. 의심 거래 보고서를 작성해서 올린 건 내가 법을 준수하는 사람이기 때문이에요. 그 거래에 문제가 좀 있어 보여서 말이죠. 하지만 내 고객들을 배신하거나 그들의 신뢰를 저버리는 일은 결코 없습니다."

"그 거래에 어떤 문제가 있어 보였죠?"

"미안해요, 도노반 형사님. 무슨 일 때문에 그러는지부터 알아야겠습니다. 공개할 수 없다면 당장 나가줘요."

캣은 어떻게 대처해야 할지 고민에 빠졌다. 추이라는 남자는 그녀에게 아주 적은 선택 사항을 내줬을 뿐이었다. "수사 중인 사건에 연루된 사람이 스위스 은행 번호 계좌로 거액을 송금했어요."

"내가 보고한 그 수상한 계좌로 말입니까?" 추백이 물었다.

"그래요."

그는 다시 의자에 앉아서 손가락으로 울긋불긋한 커크 선장 조명 위를 두드렸다. "흠."

"이봐요, 난 재무부에서 나오지 않았어요. 당신 고객들이 돈세탁을 하든 탈세를 하든 난 관심 없어요."

"정확히 어떤 사건을 수사하고 있는 거죠?"

캣은 그것에 대해 밝히기로 했다. 어쩌면 공개된 진실로 충격을 받은 그가 쓸 만한 정보를 내놓을지도 몰랐다. "여자가 실종됐어요."

추백의 입이 쩍 벌어졌다. "정말입니까?"

"네."

"내 고객이 그 사건에 연루돼 있다고요?"

"아직은 몰라요. 그걸 확인하려고 온 거예요. 당신 고객의 불법 행위들에 대해선 아무 관심도 없어요. 하지만 만약 당신이 납치 사건에 연루된 고객을 보호하려 든다면……."

"납치라고요?"

"유괴일 수도 있고요. 아직은 몰라요."

"설마요. 내가 그럴 리 있겠습니까?"

캣이 그의 앞으로 몸을 기울였다. "아는 게 있다면 다 얘기해 줘요."

추백이 말했다. "이 모든 게…… 도무지 이해가 안 되는군요."

그는 천장을 가리켰다. "이 방 구석구석에는 감시 카메라가 설치됐습니다. 우리가 나누는 모든 대화가 녹음되죠. 내 고객을 기소하지 않겠다고 약속해요. 그를 도우려는 것뿐이라고 말이에요."

그. 베일에 싸인 인물의 성별이 드러나는 순간이었다. 그녀는 망설이지 않았다. 어차피 이렇게 녹음된 대화는 법정에서 인정되지 않을 테니까. "약속할게요."

"그 고객 이름은 제라드 레밍턴입니다."

그녀는 잽싸게 기억을 더듬어봤다. 하지만 그건 처음 듣는 생소한 이름이었다. "그가 누구죠?"

"제약 회사 연구원이에요."

여전히 짚이는 사람이 없었다. "정확히 무슨 일이 있었죠?"

"그가 날더러 거액을 스위스 은행 계좌로 송금하라고 지시했어요. 사실 그 부분까진 불법이 아니죠."

그는 여전히 방어적이었다. "그런데 왜 보고서를 올린 거죠?"

"불법은 아니지만 수상한 점이 보였기 때문이죠. 제라드는 고객이기 전에 내 사촌이기도 합니다. 그의 어머니와 내 어머니는 자매지간이죠. 이모는 오래전에 돌아가셨어요. 우린 그에게 남은 유일한 친척이고요. 제라드는 조금, 뭐랄까, 정상이 아닌 친구예요. 그가 좀 어렸다면 자폐증이나 아스퍼거 증후군을 가졌다는 오해를 받았을 겁니다. 천재적인 머리를 가졌고 재능 있는 과학자지만 사회생활에는 많이 미숙해요." 추백이 두 팔을 살짝 벌리며 미소 지었다. "다 큰 사람이 어머니와 함께 사는 것도 정상은 아니지만 말입니다. 이 〈스타 트렉〉 의자 하며."

"그래서 어떻게 됐죠?"

"제라드가 전화하더니 스위스 은행 계좌로 돈을 보내라고 했습니다."

"어떤 이유로요?"

"그건 가르쳐주지 않았어요."

"그가 정확히 뭐라고 했나요?"

"제라드는 자기 돈이니 송금 이유를 가르쳐줄 필요가 없다고 했어요. 그래도 난 계속 집요하게 물어봤죠. 마지못해 새 출발을 위한 돈이라고 털어놓더군요."

그 순간 그녀는 뒷덜미가 오싹해졌다. "그게 무슨 뜻일까요?"

추백이 턱을 살살 문질렀다. "좀 황당했어요. 하지만 원래 돈 문제에는 황당한 경우가 많죠. 아무튼 내겐 수탁 책임이 있기 때문에 그가 비밀을 지켜달라고 요구하면 그래줄 수밖에 없어요."

"하지만 그렇게 하고 싶지 않았다는 말이죠?" 캣이 말했다.

"아뇨. 그 말이 아니에요. 그답지 않은 요구였지만 나로선 군말 없이 따를 수밖에 없었죠."

캣은 대화가 어느 방향으로 흐르고 있는지 똑똑히 볼 수 있었다. "하지만 법을 준수해야 할 의무도 있었겠죠?"

"바로 그겁니다."

"그래서 SAR을 작성해서 올렸던 거고요. 누군가가 조사해주길 바라면서."

그가 어깨를 으쓱였다. 하지만 캣은 자신이 제대로 짚었음을 알 수 있었다. "그래서 당신이 여기까지 찾아온 거죠."

"제라드 레밍턴은 지금 어디 있습니까?"

"나도 몰라요. 아마 해외에 나가 있을 거예요."

캣은 이번에도 등골이 오싹해졌다. 해외. 데이나 펠프스처럼.

"그 혼자서요?"

추백이 고개를 저으며 옆에 놓인 키보드를 두드리기 시작했다. 모니터가 켜지면서 화면 보호기가 나타났다. 열다섯 살 소년의 야한 꿈속에서 걸어 나온 듯한 섹시한 여자가 도발적인 눈빛을 보내고 있었다. 요즘 인터넷에 접속하면 지겹도록 볼 수 있는 그런 사진이었다. 도톰한 입술에는 미소가 깃들었고, 가슴은 언제든 충분한 재정 지원을 받을 수 있을 만큼 풍만했다.

캣은 그가 어떤 키라도 눌러주기를 기다렸다. 화면 보호기 속 여자가 사라지도록. 하지만 그는 미동도 하지 않았다. 캣은 추백을 빤히 쳐다봤다. 잠시 후 추백이 고개를 끄덕였다.

"잠깐. 당신 사촌이 저 여자랑 같이 떠났다는 얘긴가요?"

"우리 어머니에겐 그렇게 얘기했대요."

"지금 농담하는 거죠?"

"나도 믿기지 않아요. 제라드는 괜찮은 놈이지만 이런 여자는 그가 쉽게 넘볼 대상이 아닙니다. 너무 순진한 친구라 걱정돼요."

"어떤 게 걱정되는 거죠?"

"처음에는 그가 사기를 당했다고 생각했어요. 온라인에서 만난 여자에게 꾀여 남아메리카 대륙으로 마약을 옮긴다거나, 뭐 그런 종류의 멍청한 짓을 하는 남자에 대한 기사를 읽었거든요. 제라드라면 그들의 완벽한 봉이 될 거예요."

"하지만 이제는 그렇게 생각하지 않는다는 건가요?"

"이 상황을 어떻게 받아들여야 할지 모르겠어요." 추백이 말했다. "하지만 송금을 지시하면서 그가 들려준 말이 있어요. 그녀와 사랑에 빠졌고, 함께 새 출발을 하고 싶다나요."

"그게 사기처럼 보이지는 않았어요?"

"그랬죠. 하지만 내가 뭘 어쩔 수 있겠어요?"

"경찰에 신고했어야죠."

"경찰에 전화를 걸어서 뭐라고 하면 되죠? 정신 나간 고객이 스위스 은행에 거액을 송금하라고 지시했다고요? 얼마나 황당하 겠어요? 그것도 그렇고, 내겐 그 거래를 비밀리에 처리해야 할 의 무도 있었다고요."

"비밀을 지키겠노라고 맹세한 모양이군요." 캣이 말했다.

"네. 이 바닥에선 그게 신부에게 고해성사하는 거랑 다르지 않아요."

캣이 고개를 저었다. "그래서 아무 조치도 취하지 않았어요?"

"아무것도 안 한 건 아니에요." 그가 말했다. "SAR을 작성해서 올렸잖아요. 그래서 당신이 날 찾아온 거고."

"저 여자 이름을 알아요?"

"바네사 어쩌고 하는 것 같던데요."

"사촌은 어디 살죠?"

"여기서 차로 10분 거리예요."

"그의 집 열쇠 갖고 있어요?"

"어머니에게 있어요."

"당장 가봐야겠군요."

추백이 문을 열고서 안으로 들어갔다. 캣은 그를 바짝 따라 걸 으며 주변을 빠르게 살폈다. 제라드 레밍턴의 집은 지나칠 정도로 깔끔하고 깨끗하고 잘 정리돼 있었다. 사람이 사는 곳이라기보다는 진열장에 가까운 모습이었다.

"여기서 뭘 찾으려는 거죠?" 추백이 물었다.

한때 가택 수색은 서랍과 옷장을 열어보는 것으로 시작됐다. 하지만 요즘은 수색 작업이 많이 수월해졌다. "그의 컴퓨터."

그들은 책상을 살피기 시작했다. 아무것도 없었다. 침실도 마찬가지였다. 침대 밑에도, 침대 옆 탁자에도.

"그는 노트북을 썼어요." 추백이 말했다. "그걸 챙겨 간 모양이네요."

빌어먹을.

캣은 옛날 방식을 써보기로 했다. 모든 서랍과 옷장을 열어보는 것. 수많은 서랍과 옷장들도 눈을 의심할 만큼 완벽히 정리된 상태였다. 양말들은 돌돌 말린 채 네 줄로 반듯하게 배치돼 있었다. 모든 것이 반듯하게 개어져 있었다. 종이쪽지나 펜이나 동전이나 클립이나 성냥갑 따위는 보이지 않았다. 특별히 튀어 보이는 것도 없었고.

"어떻게 생각해요?" 추백이 물었다.

캣은 섣부른 추측은 하고 싶지 않았다. 아무리 찾아봐도 범죄의 흔적은 보이지 않았다. 해외 계좌로 큰 액수를 송금한 사실이 애매한 화폐법에 저촉될지는 몰라도. 이상하고 수상한 구석은 분명 있었지만 그녀가 어쩔 수 있는 부분들은 아니었다.

FBI에 그녀에게 도움을 줄 만한 지인이 몇몇 있었다. 약간의 추가 정보만 손에 넣을 수 있다면 그들에게 조회를 요청해볼 수도 있을 것이다. 물론 큰 기대는 걸 수 없겠지만.

그녀의 뇌리에 아이디어 하나가 스쳤다. "추백 씨?"

"그냥 추이라고 불러요." 그가 말했다.

"그러죠. 추이, 바네사의 사진을 내게 메일로 보내줄 수 있어
요?"

그가 윙크를 하며 말했다. "그런 거 좋아해요?"

"이번 농담은 웃겼어요."

"수상한 구석이 많죠?" 그가 말했다. "사촌인 내가 봐도 그래
요."

"그 사진 꼭 보내줘요. 알았죠?"

제라드의 책상에는 액자에 담긴 사진 하나가 놓여 있었다. 겨
울에 찍은 흑백사진이었다. 그녀는 그것을 집어 들고 유심히 들
여다봤다.

추백이 그녀 뒤로 바짝 다가왔다. "그 꼬마가 바로 제라드입니
다. 그 옆의 남자는 그의 아버지고요. 제라드가 여덟 살 때 돌아가
셨죠. 부자가 얼음낚시를 좋아했던 모양이네요."

그들은 커다란 모피 모자가 달린 파카 차림이었다. 땅은 눈으
로 덮여 있었다. 갓 잡은 물고기를 번쩍 들고 포즈를 취한 어린 제
라드는 환히 웃고 있었다.

"신기하네요." 추백이 말했다. "난 지금껏 제라드가 저렇게 웃
는 걸 한 번도 본 적이 없어요."

캣은 사진을 내려놓고서 계속 서랍을 뒤져나갔다. 맨 아래 서
랍에는 컴퓨터 글꼴만큼이나 깔끔한 글씨로 라벨을 적어놓은 파
일들이 있었다. 그녀는 그의 비자카드 청구서를 찾아서 가장 최
근 것을 꺼내 들었다.

"뭘 찾고 있어요?" 추백이 물었다.

그녀는 카드 사용 내역을 빠르게 훑어 내려갔다. 가장 먼저 눈에 들어온 것은 제트블루 항공에 지불한 1,458달러였다. 그가 언제 어디로 떠났는지 상세한 내용은 나와 있지 않았다. 하지만 쉽게 알아낼 수 있는 정보였다. 그녀는 그 부분을 촬영해서 곧바로 채즈에게 전송했다. 조회는 그에게 맡기면 됐다. 그녀가 알기로 제트블루에는 1등석이 없었다. 지불된 액수를 보니 왕복 항공권을 두 매 구매했을 가능성이 높았다.

제라드와 풍만한 가슴의 바네사?

나머지 지출 내역은 평범했다. 케이블과 휴대폰 요금(이 또한 조회해볼 필요가 있었다), 전기, 가스, 뭐 그런 것들. 청구서를 서랍에 넣으려는 찰나, 아랫부분에 찍힌 기록이 그녀의 시선을 끌었다.

수취인은 TMJ 서비스라는 회사였다.

수상한 액수만 아니어도 그냥 넘겨버렸을 평범한 내용이었다.

5달러 74센트.

그녀는 다시 머리를 굴려봤다. TMJ. 이니셜을 뒤집어보면 TMJ는 JMT가 됐다. 뭐가 이렇게 허술해?

JMT에 5달러 74센트 지불.

데이나 펠프스처럼, 제프 레인스처럼, 캣 도노반처럼, 제라드 레밍턴도 YouAreJustMyType.com 회원이었던 것이다.

캣은 '플라이 옐로' 페라리에 오르자마자 브랜던 펠프스에게 전화를 걸었다.

그가 주저하는 목소리로 응답했다. "여보세요?"

"잘 지내고 있니, 브랜던?"

"네."

"부탁이 있어."

"어디 계세요?" 그가 물었다.

"매사추세츠에 왔다가 돌아가는 중이야."

"거긴 왜 가셨어요?"

"그건 이따 얘기해줄게. 지금 네게 아주 섹시한 여자 사진을 보내려고 해."

"네?"

"비키니 차림이야. 네가 얘기했던 그 이미지 검색 어쩌고 하는 거 기억하지? 네가 제프의 사진을 넣고 돌려봤다는."

"네."

"이 여자 사진도 한번 검색해봐. 온라인 어딘가에 이 여자가 올라와 있는지 알아보라는 거야. 이름과 주소뿐만 아니라 네가 찾을 수 있는 모든 정보를 알아봐줘."

"알았어요." 그가 천천히 말했다. "혹시 우리 엄마 문제랑 관련이 있나요?"

"그럴지도 몰라."

"어떻게요?"

"설명하자면 길어."

"아직도 우리 엄마를 찾고 계시다면 이제 그만두셔도 돼요."

그 말에 그녀가 흠칫 놀랐다. "왜?"

"엄마가 전화를 하셨거든요."

"네 어머니가?"

"네."

캣은 페라리를 천천히 몰았다. "언제?"

"한 시간쯤 전에요."

"뭐라고 하셨지?"

"이제야 인터넷에 접속할 수 있게 되셨대요. 제가 보낸 이메일을 다 확인하신 모양이에요. 행복하게 잘 지내고 있고, 예정보다 며칠 더 머물게 될지도 모르니 아무 걱정 말라고 하셨어요."

"그래서 넌 뭐라고 했지?"

"송금된 돈에 대해 여쭤봤어요."

"그랬더니?"

"버럭 화를 내시더라고요. 개인적인 일이니 신경 끊으라고 하셨어요."

"네가 경찰에 신고했다는 것도 아셔?"

"슈워츠 형사님에 대해 말씀드렸어요. 저랑 전화를 끊으신 후에 그와 통화하셨을 거예요. 하지만 뉴욕에 가서 형사님을 만났다는 건 말씀드리지 않았어요."

캣은 갑자기 머릿속이 복잡해졌다.

"캣?"

"응?"

"엄마는 곧 돌아오실 거라고 하셨어요. 깜짝 놀랄 일이 있다고도 하셨고요. 혹시 그게 뭔지 아세요?"

"알 것도 같은데."

"형사님의 옛 남자친구랑 관련이 있나요?"

"그럴지도 몰라."

"엄만 더 이상 자기 일에 관심 갖지 말라고 하셨어요. 아무리 봐도 합법적으로 송금하신 것 같지는 않은데, 제가 자꾸 여기저기 들쑤시고 다니면 엄마가 더 곤란해지시는 게 아닌지 모르겠어요."

캣은 얼굴을 찌푸렸다. 이젠 어쩌지? 애초에 부정행위에 대한 증거도 별로 없었는데 오늘 데이나 펠프스가 아들과 슈워츠 형사에게 전화까지 걸었다니. 이제 남은 것이라고는 최근에 조직에서 쫓겨나 원치 않는 휴가를 보내고 있는 뉴욕 형사의 편집증적 음모론뿐이었다.

"캣?"

"부탁한 이미지 검색 해줄 거지, 브랜던? 그것만 해주면 돼. 당장 시작해줘."

그가 잠시 뜸을 들이다가 말했다. "네, 알았어요."

또 다른 전화가 걸려왔다. 캣은 황급히 통화를 종료하고서 다음 전화를 받았다.

스테이시가 말했다. "어디야?"

"매사추세츠. 지금 돌아가는 중이야. 왜?"

"제프 레인스를 찾았어."

28

타이터스는 잔디에 누워서 완벽하게 펼쳐진 밤하늘을 올려다
보고 있었다. 이 농장으로 오기 전에 그는 별과 별자리들이 그저
동화 속에만 존재하는 것들이라고 믿었다. 그는 도시에서 한 번
도 별을 보지 못했던 이유가 궁금했다. 원래 큰 도시에서는 별이
빛나지 않기 때문인지, 아니면 지금처럼 이렇게 팔베개를 하고
드러누워서 하늘을 올려다본 적이 없었기 때문인지. 한동안 그는
인터넷에서 찾은 별자리 지도를 가지고 나와서 밤하늘을 연구했
다. 그 덕분에 이제는 그것 없이도 모든 별자리를 알아맞힐 수 있
었다.

데이나 펠프스는 다시 상자에 갇혔다.

그녀는 강한 여자였다. 하지만 결국에는 꺾일 수밖에 없는 운
명이었다. 만약 거짓말과 왜곡과 협박과 혼란에도 그녀가 협조하
지 않으면 타이터스는 아이의 사진을 슬쩍 내보일 생각이었다.
세상에 자식 앞에서 무너지지 않을 부모는 없었다.

데이나는 시키는 대로 전화를 걸었다. 같은 상황에서 모두가
그랬듯이. 언젠가 한 남자가 자식과 통화를 하던 중에 허튼수작
을 부린 적이 있었다. 타이터스는 황급히 전화를 끊어버렸다. 그

는 그 자리에서 남자를 죽이려다 말고 레이날도를 불렀다. 레이날도는 남자를 헛간으로 끌고 가서 낡은 전정 톱으로 그를 고문했다. 심하게 무뎌진 톱날은 레이날도에게 큰 즐거움을 선사했다. 사흘 후, 레이날도가 남자를 밖으로 끌고 나왔다. 만신창이가 된 남자는 무릎을 꿇고서 살려달라고 싹싹 빌었다. 그는 기도하듯 두 손을 모았지만 그의 모든 손가락은 이미 절단된 상태였다.

자업자득이다.

타이터스의 귀에 발소리가 들렸다. 잠시 후, 레이날도가 불쑥 나타났지만 그는 별들에서 눈을 떼지 않았다.

"새로 온 여자는 어때?" 타이터스가 물었다.

"상자에 가뒀습니다."

"그녀가 노트북을 챙겨왔어?"

"아뇨."

놀라운 일은 아니었다. 지금까지 봤을 때 마사 파켓은 다른 사람들보다 조심스러운 편이었다. 그녀의 휴가는 날씨 좋고 한적한 곳에서의 일주일이 아니었다. 그 대신 그들은 그녀가 조금 더 받아들이기 쉬운 제안을 했다. 펜실베이니아 에프라타의 어느 소박한 호텔에서 이틀을 보내자며 그녀를 꾄 것이다. 처음에 그녀는 따라오지 않을 것처럼 보였다. 그래도 상관없었다. 마사를 버리고 다른 사람을 꾀면 되니까. 하지만 결과적으로 그녀는 그 계획에 걸려들었다.

그녀가 노트북을 챙겨오지 않은 것은 유감이었다. 대부분의 사람들은 컴퓨터에 자신의 인생을 몽땅 담아놓는다. 노트북을 건네면 드미트리는 그들의 은행 계좌와 암호를 단숨에 알아낼 수 있었다. 물론 스마트폰도 샅샅이 뒤져봐야 하지만 전원을 너무 오래 켜놓는 건 위험했다. 언제나 추적 가능성을 염두에 둬야 했다. 그래서 그는 휴대폰을 압수하는 즉시 배터리부터 빼놓았다.

마사의 경우는 조금 까다로웠다. 그녀에게 가족은 언니 하나뿐이었다. 마사에게 이번 여행을 강력히 권했던 장본인. 마사가 이곳에서 며칠 더 머문다 해도 그녀의 언니는 크게 의심하지 않을 것이다. 물론 며칠 만에 모든 게 해결될지는 미지수였지만.

타이터스는 농장에 도착한 이들을 지하 저장실에 짧게는 몇 시간, 길게는 며칠씩 가뒀다. 그들의 저항 의지를 초기에 꺾어버리기 위해서다. 하지만 가끔 실험 삼아 그 과정을 건너뛸 때도 있었다. 그들이 충격에서 헤어나기 전에 본격적으로 작업에 착수하는 것이다. 8시간 전, 마사 파켓은 진실한 사랑을 찾아서 부푼 마음을 안고 집을 나섰다. 하지만 그 이후로 그녀의 상상을 완전히 빗나간 충격적인 일들이 줄줄이 벌어졌다. 그녀는 차 안에 갇혔고, 폭행을 당했고, 발가벗겨졌으며, 어두운 상자에 갇히기까지 했다.

희망에서 비롯된 절망은 그만큼 더 암담했다. 무언가를 떨어뜨려 산산조각 내고 싶다면 먼저 그것을 최대한 높이 들어 올려야 하는 것처럼.

간단히 말해서, 상대에게서 희망을 빼앗으려면 먼저 상대에게 희망을 줘야 했다.

타이터스가 물 흐르듯 부드러운 움직임으로 몸을 일으켰다. "그녀를 길로 올려 보내."

그는 다시 농가로 돌아갔다. 드미트리가 그를 기다리고 있었다. 드미트리는 컴퓨터 전문가였다. 하지만 그의 전문 지식은 이 작업의 결정적인 요소가 아니었다. 그들의 계좌 번호와 이메일과 암호 등, 모든 정보를 찾아내는 건 타이터스의 일이었다. 그것들을 찾아 적절한 프롬프트(컴퓨터 운영 체제에서 사용자에게 보내지는 메시지—옮긴이)에 넣기만 하면 끝이었다.

레이날도는 마사 파켓을 상자에서 꺼내고 있을 것이다. 그녀는 물로 몸을 씻은 후 건네받은 점프슈트를 걸치게 될 테고. 타이터스는 시간을 확인했다. 아직 10분의 여유가 남아 있었다. 그는 주방에 들어가 스토브에 주전자를 올려놓고서 간식거리를 챙겨 나왔다. 그는 쌀로 만든 크래커에 아몬드 버터를 발라 먹는 걸 좋아했다.

타이터스는 '손님들'을 피 말리는 방법을 여럿 알고 있었다. 하지만 부작용을 막으려면 최대한 천천히 접근해야 했다. 처음 며칠 동안은 그들이 1만 달러에 가까운 액수를 그가 해외에 만들어 놓은 여러 계좌로 송금하게 만드는 데 집중해야 했다. 돈이 들어오는 순간 타이터스는 곧바로 그것을 또 다른 계좌로 송금했다. 그리고 그것을 또 다른 계좌로 송금했다. 그 돈의 흐름을 추적하기란 사실상 불가능에 가까웠다.

오래전 포트 오소리티 버스 터미널에서 그랬던 것처럼 이 일 역시 인내심이 성공의 열쇠였다. 완벽하지 않은 표적은 아까워도 그냥 흘려보내야 했다. 터미널에 앉아서 무작정 버스만 바라보던 시절에는 쓸 만한 표적이 일주일에 고작 한두 명만 포착됐을 뿐이었다. 하지만 인터넷에서는 그런 시간 허비가 거의 없었다. 여러 데이팅 사이트를 돌면서 표적을 물색하는 건 식은 죽 먹기였다. 걸려드는 표적들은 대부분 무가치했지만 그런 건 상관없었다. 세상은 넓고 사람은 많았으니까. 그저 시간이 조금 더 걸릴 뿐이었다. 그저 약간의 인내심이 더 필요할 뿐. 그는 가족이 없는 표적들을 선호했다. 표적이 사라졌을 때 그리워하거나 걱정하는 이가 많으면 골치 아팠다. 표적의 재력 역시 그가 따지는 중요한 조건 중 하나였다.

가끔 표적의 반격에 당할 때도 있었지만, 어쩌겠는가. 그것이 인생인 것을.

예를 들면, 마사가 그랬다. 그녀는 최근에 사망한 어머니에게서 많은 돈을 물려받았다. 그리고 마이클 크레이그에 대해 아는 건 그녀의 언니 한 사람뿐이었다. 그들이 만나기로 한 날은 주말이었고, 마사가 NRG의 상사들에게 이번 미팅에 대해 언급할 이유는 전혀 없었다. 이제는 상황이 달라졌지만 문제될 건 없었다. 그녀의 이메일 암호만 알아내면 타이터스가 '마사' 행세를 하며 그녀의 직장 상사에게 휴가를 며칠 더 쓰겠다고 통보할 수 있을 테니까. 제라드 레밍턴은 훨씬 쉬웠다. 그는 애초에 바네사와 함께할 열흘간의 신혼여행을 계획해둔 상태였다. 그는 자신이 다니는 제약 회사에 그동안 착실히 모아온 휴가를 한꺼번에 쓰겠다고 통보했다. 제라드는 일생을 독신으로 살아왔고 가족도 사실상 없는 것이나 다름없었다. 그의 계좌에서 큰돈이 증발한 것은 쉽게 해명할 수 있었다. 그의 재정 고문이 집요하게 질문을 던져댔지만, 거래에 차질을 빚을 만한 문제는 아무것도 없었다.

타이터스에게 돈을 송금한 표적들은 방금 먹어치운 오렌지의 껍질만큼이나 쓸모가 없었다. 그럼에도 그는 표적들을 놔주지 않왔다. 그랬다가는 자신이 위험해질 수 있기 때문이었다. 그래서 고안해낸 안전하고 깔끔한 해결책이 표적들을 영원히 사라지게 만드는 것이다. 어떻게?

머리에 총알을 박아넣고 깊은 숲 속에 묻어버리면 된다.

살아 있는 사람은 많은 단서를 남긴다. 죽은 시체는 약간의 단서만 남긴다. 하지만 더 나은 삶을 위해 떠난다며 '사라진' 사람은 어떤 단서도 남기지 않는다. 혹사당하는 법 집행관들이 수사할 만한 게 하나도 없다.

그렇게 시간이 흐르면 식구들은 걱정하기 시작한다. 실종된 지 몇 주, 몇 달이 지나면 당국에 신고가 들어간다. 당국은 곧바로 수사에 착수하겠지만 새 출발을 하겠다며 사라진 성인을 찾는 건 불가능한 일이다.

어디서도 부정행위의 흔적은 찾을 수 없다. 실종자들은 자신들이 그렇게 사라질 수밖에 없는 이유를 가족에게 설명했을 것이다. 오랫동안 슬프고 외로웠지만 늦게나마 진정한 사랑을 만났으니 그 파트너와 새 출발 하겠다고.

누가 그걸 의심하겠는가?

아주 가끔 그런 실종자의 설명을 수상히 여기는 이들이 있다. 야심 찬 법 집행관이나 가족이 집요하게 조사를 이어가는 경우도 있다. 하지만 실종자의 흔적이 완전히 사라진 마당에 펜실베이니아 시골의 아미시파 농장을 찾아내는 건 불가능하다. 게다가 타이터스는 마크 캐디슨이라는 아미시파 농부에게 현금을 주고서 이 땅을 사들였다.

타이터스는 문간에 서 있었다. 어둠 속, 그의 왼쪽에서 익숙한 움직임이 시야에 들어왔다. 몇 초 후 마사가 발을 질질 끌며 나타났다.

타이터스는 항상 조심하려 애썼다. 함께 일하는 무리의 규모는 최소한으로 유지했고, 그들 모두에게 만족할 수준의 보수를 안겨줬다. 그는 결코 실수를 저지르는 법이 없었다. 설령 실수하더라도 타이터스는 신속하게 꼬리를 잘라 위기를 넘겼다. 현금인출기에서 과하게 욕심을 부린 클로드 문제도 그렇게 수습해버렸다. 가혹한 처사였지만 그의 밑에서 일하는 모든 이가 그 철칙을 잘 이해했다.

마사는 또 한 걸음을 내디뎠다. 타이터스는 온화한 미소를 지어 보이며 따라 들어오라고 손짓했다. 그녀는 두 손으로 자신의 어깨를 감싼 채 현관으로 올라갔다. 그녀의 몸은 냉기와 공포로 덜덜 떨렸고, 머리는 축축이 젖어 있었다. 깨진 구슬 같은 그녀의 눈은 타이터스가 숱하게 봐온 것이었다.

타이터스는 커다란 의자에 앉았다. 드미트리는 언제나처럼 니트 모자에 다시키 셔츠 차림으로 컴퓨터 앞에 앉아 있었다.

"난 타이터스라고 합니다." 그녀가 안으로 들어서자, 그가 차분한 목소리로 말했다. "앉아요."

그녀는 시키는 대로 했다. 대부분의 사람들은 바로 이 시점에서 많은 질문을 쏟아내곤 했다. 제라드는 농가에 들어와서도 사랑하는 이가 아직 무사하다는 확신을 버리지 않았다. 타이터스는 그것을 교묘히 역이용했다. 제라드가 순순히 협조하지 않자, 타이터스는 바네사를 해치겠다고 협박했다. 물론 이곳에 발을 들이는 순간 자신에게 무슨 일이 벌어지게 될지 대번에 눈치채는 이들도 적지 않았다.

마사 파켓이 바로 그런 경우였다.

타이터스가 드미트리를 돌아봤다. "준비됐지?"

드미트리가 옅게 색깔을 넣은 안경을 고쳐 쓰면서 고개를 끄덕였다.

"당신에게 물어볼 게 몇 가지 있습니다, 마사. 순순히 대답해주면 좋겠습니다."

한 줄기 눈물이 마사의 볼을 타고 흘러내렸다.

"우린 당신의 이메일 주소를 알고 있어요. 마이클 크레이그와 자주 메일을 주고받았죠? 내가 궁금한 건 당신 계정의 암호예요."

마사는 입을 열지 않았다.

타이터스는 차분하고 나지막한 어조를 유지했다. 아직은 흥분할 단계가 아니었다. "대답해요, 마사. 결국 말하게 될 겁니다. 어떤 이들은 상자에 몇 시간, 며칠, 또는 몇 주씩 갇혀 지냅니다. 또 어떤 이들은 주방 스토브에 손이 지져지기도 하죠. 그 냄새를 한번 맡아보겠어요? 난 당신에게 그러고 싶지 않아요. 몸에 흉터가 남으면 하는 수 없이 증거 자체를 없애버려야 하니까요. 무슨 말인지 이해하겠습니까?"

마사는 미동도 하지 않았다.

타이터스가 일어나서 그녀 앞으로 다가갔다. "대부분의 사람들은…… 그래요. 우린 이런 일을 한두 번 해본 게 아닙니다. 아무튼 대부분의 사람들은 여기서 무슨 일이 벌어지는지 대번에 알아차립니다. 우린 당신 같은 사람들을 등쳐먹고 살아요. 순순히 협조하면 약간의 정신적 충격만 받을 뿐 무사히 집으로 돌아갈 수 있습니다. 다시 예전처럼 살아갈 수 있단 말입니다. 마치 아무 일도 없었던 것처럼."

그는 그녀의 의자 팔걸이에 걸터앉았다. 마사는 눈을 깜빡이며 몸을 바르르 떨었다.

"사실……." 타이터스는 계속 말했다. "3개월 전에 당신이 잘 아는 여자도 이곳에 끌려왔습니다. 그녀가 누구인지는 가르쳐줄 수 없어요. 그게 거래 조건 중 하나니까. 하지만 머리를 잘 굴려보면 누구인지 감이 올 겁니다. 그 왜 주말 여행을 다녀온다고 호들갑을 떨었던 사람 기억 안 납니까? 그녀도 바로 이 자리에 있었어요. 그녀는 우리가 필요로 하는 모든 정보를 순순히 내줬고, 우린 그녀를 무사히 집으로 돌려보내줬습니다."

고지가 코앞에 보였다. 타이터스는 미소를 애써 참으며 고민에 빠진 마사를 지켜봤다. 물론 그의 말은 거짓이었다. 지금껏 살아서 농장을 떠난 사람은 아무도 없었다. 하지만 어떻게든 상대에게 희망을 주는 게 중요했다. 그것을 허물어버리는 게 아니라.

"마사?"

그는 그녀의 손목을 살며시 잡았다. 그녀는 하마터면 비명을 지를 뻔했다.

"이메일 암호가 뭐죠?" 그가 미소를 흘리며 물었다.

마사는 더 버티지 못하고 그에게 암호를 가르쳐줬다.

29

캣은 채즈에게 페라리를 돌려주러 가야 했다. 그래서 스테이시에게 록-혼 빌딩 로비로 와달라고 부탁했다. 스테이시는 검은 터틀넥에 청바지와 카우보이 부츠 차림으로 나타났다. 그녀의 헝클어진 웨이브 머리가 폭포처럼 흘러내렸다. 침대를 내려와서 머리를 몇 번 흔들면 완성되는 스타일이었다.

만약 캣이 스테이시를 좋아하지 않았다면, 그녀를 무척 질투했을 것이다.

자정이 가까워진 시간이었다. 두 여자가 엘리베이터에서 나오는 게 보였다. 자그마하고 매력적인 여자와 큰 키에 대담하게 차려입은 여자. 경비원 하나가 텅 빈 로비를 지키고 있었다.

"어디 가서 얘기할까?" 캣이 물었다.

"따라와."

스테이시가 신분증을 내보이자 경비원이 왼편 엘리베이터를 가리켰다. 내부가 벨벳으로 덮인 엘리베이터에는 푹신한 벤치가 마련돼 있었다. 버튼은 어디에도 보이지 않았다. 몇 층인지 알려주는 숫자판도 없었다. 캣이 흘끔 돌아보자 스테이시가 어깨를 으쓱였다.

마침내 엘리베이터가 멈춰 섰다. 캣은 자신이 몇 층에 올라와 있는지 알 길이 없었다. 그들의 눈앞에 널찍한 거래소가 펼쳐졌다. 책상 수백 개가 반듯하게 줄 맞춰 배치돼 있었다. 불은 꺼졌지만 컴퓨터 화면들만으로도 충분한 조명이 됐다. 전체적으로 으스스한 분위기였다.

"여긴 왜 온 거야?" 캣이 속삭였다.

스테이시가 복도를 따라 걷기 시작했다. "속삭일 필요 없어. 여긴 우리뿐이니까."

스테이시는 키패드가 붙은 문 앞에 멈춰 섰다. 그녀가 암호를 입력하자 딸깍 소리와 함께 문이 열렸다. 캣이 친구를 따라 안으로 들어갔다. 파크가 훤히 내려다보이는 누군가의 사무실이었다. 스테이시가 불을 켰다. 사무실 분위기는 초기 미국의 엘리트 주의를 연상시켰다. 짙은 황록색의 오리엔탈 카펫 위에 금색 버튼 장식이 여럿 붙은 진홍색 가죽 의자들이 놓여 있었다. 색이 짙은 나무 패널에는 여우 사냥 장면을 담은 그림들이 걸려 있었다. 커다란 책상은 오크 원목으로만 만든 것이었고, 그 옆에는 골동품 지구본이 놓여 있었다.

"보통 사람이 쓸 만한 사무실이 아닌데." 캣이 말했다.

"내 친구 사무실이야. 건물주."

그녀의 얼굴에 아쉬워하는 표정이 살짝 비쳤다. 한때 록-혼 투자증권의 최고 경영자는 언론의 집중 조명을 받았지만 새로운 뉴스거리가 떨어지면서 세상의 관심을 잃고 말았다.

"그에게 무슨 일이 있었던 거야?" 캣이 물었다.

"그냥……." 그녀가 두 손을 펼치고 어깨를 으쓱였다. "운이 다

한 모양이지."

"신경쇠약?"

스테이시의 얼굴에 야릇한 미소가 떠올랐다. "그건 아닐걸."

"그럼 뭔데?"

"나도 몰라. 한때 그의 회사는 이 건물 여섯 층을 썼어. 그가 잠적한 후로 엄청난 수의 직원이 해고당했지. 이젠 회사 규모도 네 층으로 줄어버렸어."

캣은 이미 너무 많은 질문을 던졌다는 걸 알고 있었다. 하지만 호기심은 쉽게 억제되지 않았다. "아직도 아쉬운 마음이 남아 있지?"

"그래. 하지만 이게 운명인 걸 어쩌겠어?"

"운명이라니?"

"그는 미남에 부자인 데다 매력도 철철 넘치잖아. 낭만적이기도 하고."

"그런데?"

"도무지 속내를 알 수가 없어. 누구에게도 마음의 문을 열지 않아."

"그런데도 넌 여기 들어와 있잖아." 캣이 말했다.

"우리가 사귀었을 때 그가 내 이름을 명단에 넣어줬어."

"명단이라니?"

"설명하자면 좀 복잡해. 아무튼 그 명단에 이름이 오르면 회사 내 특정 공간들에 언제든지 출입할 수 있어."

"정말?"

"그렇다니까."

"그 명단에 몇 명의 여자가 이름을 올려놨지?"

"그야 모르지." 스테이시가 말했다. "아마 엄청 많을걸."

"그 자식, 또라이가 맞네."

스테이시가 고개를 저었다. "또 시작이네."

"뭐가?"

"잘 알지도 못하면서 네 멋대로 판단하는 거 말이야."

"내가 언제?"

"방금도 그랬잖아." 스테이시가 말했다. "날 처음 봤을 때 무슨 생각을 했지?"

골이 빈 섹시녀. 캣은 생각했다. "넌 내 첫인상이 어땠는데?"

"쿨하고 똑똑해 보였어." 스테이시가 말했다.

"제대로 봤네."

"캣?"

"응?"

"나한테 이런 질문을 퍼붓는 거, 지연작전이지?"

"그 질문들에 술술 대답해주는 건 지연작전이 아니고?"

"한 방 맞았군." 스테이시가 말했다.

"제프는 대체 어디 있는 거야?"

"가까운 데 있어. 몬탁."

캣은 가슴이 철렁 내려앉았다. "롱 아일랜드에?"

"그럼 어디 또 다른 몬탁이 있는 줄 알았어?" 그녀의 어조가 이내 부드러워졌다. "먼저 술 한잔하는 게 좋을 것 같은데."

캣은 밀려든 기억을 애써 밀어냈다. "괜찮아."

스테이시가 골동품 지구본 앞으로 다가가 손잡이를 잡고서 번쩍 올리자, 그 안에 있던 크리스털 디캔터와 브랜디 잔들이 모습을 드러냈다. "코냑 좋아해?"

"별로."

"그는 최고급 술만 마셔."

"그가 아끼는 고가의 코냑을 내가 마셔도 될까?"

스테이시의 얼굴에 다시 슬픈 미소가 스쳤다. 그 남자를 정말 좋아하나 보다. "우리가 여기까지 와서 이 맛을 못 보고 돌아갔다는 걸 알면 크게 실망할걸."

"그럼 따라줘."

스테이시는 코냑을 잔에 따라 건넸다. 술을 한 모금 넘긴 캣은 황홀경에 빠지지 않으려고 정신을 바짝 차렸다. 목을 타고 흘러내려간 코냑은 신이 내린 과일즙이었다.

"어때?" 스테이시가 물었다.

"액체 형태로 오르가슴을 느껴본 건 이번이 처음이야."

스테이시가 웃음을 터뜨렸다. 캣은 물질주의자가 아니었고 값비싼 취향을 갖고 있지도 않았다. 하지만 채즈의 25년산 맥캘런 스카치와 이 코냑으로 오늘 밤 그녀의 생각이 많이 바뀌었다. 적어도 술에 대해서는.

"괜찮아?" 스테이시가 물었다.

"응."

"아까 몬탁 얘길 꺼냈을 때……."

"언젠가 그랑 같이 가본 적이 있어." 캣이 재빨리 대답했다. "몬탁이 아니라, 아마 건셋에. 정말 끝내주는 곳이었는데. 아무튼 계속해봐."

"그래." 스테이시가 말했다. "그러니까 이렇게 된 거야. 18년 전, 제프 레인스는 뉴욕을 떠나서 신시내티로 돌아갔어. 그리고 롱스워스라는 술집에서 싸움을 벌였지."

"나도 아는 곳이야. 그가 날 한 번 데려갔어. 한때 소방서였던 곳이랬어."

"와우, 흥미로운데." 스테이시가 말했다.

"지금 비꼬는 거야?"

"맞아. 계속해도 되지?"

"제발 그래줘."

"제프는 경범죄로 체포됐다가 벌금을 내고 풀려났어. 호들갑을 떨 일은 아니었지. 하지만 문제가 좀 있었어."

캣은 코냑을 한 모금 더 넘겼다. 갈색 액체가 그녀의 가슴을 뜨겁게 데웠다.

"그 사건 이후로 제프 레인스의 모든 흔적이 사라져버렸어. 이름을 바꾼 것도 보나 마나 그 사건 때문이었을 거야."

"그는 누구와 싸웠는데?"

"'그는'이 아니고 '그가'야."

"자꾸 그럴래?"

"미안. 그날 밤에 두 남자가 더 체포됐어. 친구 사이였겠지. 그들은 앤더슨 군구에서 같이 자랐어. 제프와 마찬가지로 그들도 벌금을 내고 풀려났더군. 체포 보고서에 따르면, 그 세 사람 모두 심각하게 취한 상태였대. 그들 중 하나가 여자친구에게 무례하게 굴었고, 그래서 싸움이 벌어진 거래. 여자친구의 팔뚝을 거칠게 움켜잡았다나? 그 부분에 대해선 증언이 엇갈리는 것 같아. 아무튼, 제프가 거기 껴들어서 그만두라고 했대."

"예의 바르기도 하지." 캣이 말했다.

"네 말을 인용하자면 '지금 비꼬는 거야?'"

"비꼬는 거 맞아."

"아직도 쓴맛이 남은 거야?"

"이제 와서 그게 뭐가 중요하겠어?" 캣이 말했다.

"하긴. 어쨌든 제프는 그 여자를 보호하기 위해 불쑥 나섰어. 술에 취한 그녀의 남자친구는 전에도 이런 일로 체포된 적이 있었대. 제프는 그에게 꺼지라고 했고, 그렇게 싸움이 시작된 거지."

당시 상황이 어땠는지 캣은 쉽게 그려볼 수 있었다. 그릇된 기사도 정신이 싸움으로 번지는 건 어느 술집에서나 흔히 일어나는 일이었다. "그래서 누가 먼저 주먹을 날린 거지?"

"보고서에는 술에 취한 남자친구가 먼저 주먹을 날렸다고 쓰여 있어. 하지만 제프가 좀 거칠게 반격했던 모양이야. 남자의 눈가 뼈랑 늑골 두 개가 부러졌다는 걸 보면. 놀랍지 않아?"

"별로." 캣이 말했다. "그 일로 소송이 걸리진 않았고?"

"아니. 하지만 사건이 벌어진 지 얼마 안 지나서 제프 레인스는 《신시내티 포스트》를 그만두고 잠적해버렸어. 그리고 2년 후, 《바이브》라는 잡지에 론 코치먼의 기사가 실리기 시작했지."

"그리고 지금은 몬탁에 살고 있다고?"

"그런 것 같아. 열여섯 살 된 딸이 있다고도 하고."

캣은 눈을 깜빡이며 코냑을 홀짝였다.

"부인의 흔적은 없어."

"YouAreJustMyType.com 프로필에는 사별한 걸로 돼 있어."

"그건 사실일지도 몰라. 아닐 수도 있고. 분명한 건 그에게 멜린다라는 딸이 있다는 사실뿐이야. 이스트 햄프턴 고등학교에 다니는데, 학교 기록을 통해 주소를 알아냈어."

캣과 스테이시는 거물의 호화로운 사무실 한복판에 멀뚱하게 서 있었다. 그것도 자정이 다 된 시간에. 스테이시가 주머니에서 쪽지를 꺼냈다.

"주소를 알고 싶어, 캣?"

"알면 안 될 이유라도 있어?"

"그는 꽁꽁 숨어 살고 있어. 이름만 바꾼 게 아니라 신분 자체를 세탁해버렸다고. 신용카드는 쓰지 않고 은행과 거래도 하지 않아."

"그런 사람이 페이스북과 YouAreJustMyType에 가입은 왜 했대?"

"가명을 썼잖아."

"YouAreJustMyType에선 가명을 썼지. 브랜던은 어머니가 그를 잭이라고 부른다고 했어. 하지만 페이스북에선 론 코치먼으로 활동 중이잖아. 그건 어떻게 설명할 수 있을까?"

"글쎄."

캣이 고개를 끄덕였다. "어쨌든 네 말이 맞는 것 같아. 제프는 누구의 눈에도 띄고 싶지 않은 거야."

"그럴지도 모르지."

"YouAreJustMyType에서 접촉했을 때 그는 나랑 할 말이 없다고 했어. 새 출발이 필요하다고도 했고."

"맞아."

"갑자기 몬탁까지 찾아가는 건 비이성적인 일일 거야."

"그래."

캣이 손을 내밀었다. "그런데 왜 날이 밝으면 한번 가보고 싶은 거지?"

스테이시가 주소를 넘겨줬다. "원래 사람의 마음은 그런 걸 따지지 않으니까."

30

코냑이나 25년산 맥캘런과 비교하면 캣의 잭 대니얼스는 맛이 형편없었다.

그녀는 한숨도 자지 못했다. 눈을 붙여보려는 시도조차 하지 않았다. 그냥 밤새도록 침대에 누워서 머리만 굴려댔다. 아무리 애를 써도 무엇 하나 들어맞지 않았다. 당장 무엇을 해야 할지 답이 떠오를 것 같다가도 대충 정리된 머릿속은 금세 다시 복잡해져버렸다.

그녀는 새벽 5시에 침대에서 벗어났다. 조금 더 기다렸다가 아쿠아의 수업에 갈 수도 있었다. 어쩌면 요가로 머릿속을 비우는 게 가장 시급한 일인지도 몰랐다. 하지만 그의 최근 상태를 잘 알기에 망설일 수밖에 없었다. 이제 캣에게 남겨진 선택은 하나뿐이었다.

그녀는 몬탁에 가봐야 했다. 제프에게 무슨 일이 있었는지 직접 확인할 수밖에 없었다. 그게 어리석은 짓이라는 건 잘 알고 있었다. 하지만 진실을 확인하기 전까지 캣은 제프를 놓을 수 없었다. 간신히 한두 달 참아볼 수는 있겠지만 결국에 그녀는 무너지게 될 것이다. 그러니 그녀에게 남은 선택은 하나뿐이었다. 언제까지나 그걸 외면할 수는 없다.

그녀는 제프와도, 아버지와도 깔끔한 이별을 하지 못했다. 그리고 그 사실은 큰 응어리가 돼 지난 18년간 그녀의 가슴을 짓눌렀다.

이제는 훌훌 털어버려야 했다.

더 이상 뒤로 미룰 이유가 없었다. 그녀는 오늘 몬탁으로 찾아갈 생각이었다. 지금 당장이라도. 채즈는 이미 차를 빌려주겠다고 약속했다. 그의 차는 68번가 차고 안에서 그녀를 기다리고 있었다. 그녀는 몬탁에서 어떤 진실을 파헤치게 될지 알 수 없었다. 어쩌면 제프를 만나지 못하고 빈손으로 돌아올지도 몰랐다. 조금만 더 기다려볼까? 하지만 언제까지 그래야 하지? 그는 영영 돌아오지 않을 수도 있어. 코스타리카에 집까지 샀다잖아.

하지만 그녀의 예감은 그럴 가능성을 부정했다. 무언가 중요한 게 빠진 느낌이었다.

그런 건 아무래도 상관없었다. 캣에게는 시간이 충분히 있었다. 제프가 데이나 펠프스와 떠났다 해도 그들을 추적하는 건 어려운 일이 아니었다. 그녀는 콜럼버스가 스타벅스에서 커피를 한 잔 산 후, 곧장 차를 몰았다. 몬탁까지 반 정도 갔을 때 그녀는 자신에게 아무런 계획이 없음을 깨달았다. 그냥 문 앞에서 노크를 하면 될까? 그가 나올 때까지 밖에서 죽치고 기다려야 하나?

좋은 생각이 떠오르지 않았다. 캣은 이스트 햄프턴을 가로지르고 있었다. 아주 오래전에 그녀와 제프가 자주 거닐던 거리였다. 그때 휴대폰이 울렸다. 그녀는 스피커로 전화를 받았다.

"말씀하신 이미지 검색을 해봤어요." 브랜던이 말했다. "와우,

이 영계를 개인적으로 아세요?"

남자들이란. 어린 것들도 다르지 않군. "아니."

"이 여잔……."

"그래, 여자인 거 나도 알아, 브랜던. 이미지 검색으로 뭘 찾아 냈지?"

"이름은 바네사 모로예요. 비키니 모델이고요."

멋지군. "다른 정보는?"

"뭘 더 알고 싶으신데요? 키 172센티미터, 몸무게 50킬로그램. 신체 치수는 38-24-36. 가슴은 D컵이고요."

캣은 핸들에서 손을 떼지 않았다. "결혼은 했어?"

"그런 얘긴 없어요. 모델 포트폴리오에서 찾아냈거든요. 캣이 보내준 사진은 무초 모델스라는 웹사이트에 걸려 있었어요. 캐스팅 에이전시인 모양인데요, 거기 신체 치수와 머리색 같은 정보들이 다 나와 있더라고요. 누드 작품이 가능한지의 여부도 나와 있고. 참고로, 그녀는 상관없다고 답했어요."

"그렇군."

"모델이 직접 자기소개를 써놓은 부분도 있었어요."

"그녀는 뭐라고 적어놨어?"

"유급 일거리만 찾고 있대요. 비용만 지원되면 어디든 갈 수 있다고도 했고요."

"다른 내용은?"

"그게 다예요."

"집 주소는 없어?"

"없어요."

바네사는 그 여자 본명이었군. 캣은 새로 알게 된 정보를 어떻게 받아들여야 할지 몰랐다. "한 가지 더 부탁해도 돼?"

"그럼요."

"YouAreJustMyType 사이트에서 다시 제프의 대화 기록을 살펴봐줄 수 있어?"

"쉽진 않을 거예요."

"어째서?"

"요즘 사이트들은 해킹을 방지하기 위해 암호를 자주 바꾸거든요. 접속해서 잠깐 둘러보는 건 상관없어요. 하지만 오래 머물 순 없어요. 들어가서 첫 번째 포털을 찾아내는 것도 까다로울 거고. 전부 암호로 보호돼 있거든요. 우리도 몇 시간 만에 간신히 통과할 수 있었죠. 그걸 처음부터 다시 해야 돼요."

"할 수 있겠어?" 캣이 말했다.

"시도는 해볼 수 있겠죠. 하지만 별로 좋은 생각은 아니에요. 캣의 말이 맞는 것 같아요. 전 더 이상 엄마의 사생활을 침해하고 싶지 않아요."

"그러라고 부탁하는 게 아니야."

"그럼 뭘 부탁하시는 거죠?"

"제프가 네 어머니랑 교제를 하는 동안에도 다른 여자들과 시시덕거렸다고 했잖아."

"캣도 그 여자들에 포함됐죠." 브랜던이 덧붙였다.

"그래. 나도 그 안에 포함됐어. 내가 알고 싶은 건 그가 아직도 다른 여자들에게 추파를 던지고 있는지야."

"그가 엄마를 두고 다른 여자들과 시시덕거리고 있을 거라 생각하세요?"

"구체적인 대화 내용까지 알 필요는 없어. 그냥 그가 다른 여자들과 계속 연락을 주고받는지만 알고 싶을 뿐이야. 가능하다면 그들의 이름도 알았으면 하고."

침묵.

"브랜던?"

"아직도 뭔가 이상하다고 생각하세요?"

"통화했을 때 어머니 목소리가 어땠지?"

"그냥 평소 같았어요."

"행복해하는 목소리였어?"

"그 정도까진 아니었어요. 대체 무슨 일이 벌어지고 있다고 생각하시는 거죠?"

"나도 모르겠어. 그래서 네게 이런 부탁을 하는 거잖아."

브랜던이 한숨을 내쉬었다. "해볼게요."

그들은 전화를 끊었다.

몬탁은 롱 아일랜드의 사우스 포크 끝부분에 자리하고 있었다. 도시라기보다는 이스트 햄프턴에 속한 아주 작은 마을에 가까운 곳이었다. 디포레스트가로 들어선 캣이 속도를 줄였다. 그녀는 스테이시가 알려준 주소지를 천천히 지나쳤다. 아늑한 케이프 코드 스타일의 집은 삼나무 지붕널로 덮여 있었다. 차고 앞 진입로에는 차 두 대가 세워져 있었다. 검은 다지 램 픽업트럭과 파란 도요타 RAV4. 픽업트럭 짐칸에는 낚시 장비들이 실려 있었다. 둘 다 색깔이 플라이 옐로가 아닌 걸 보니 코치먼 가족의 감각은 나쁘지 않은 듯했다.

제프의 딸 멜린다는 열여섯 살이라고 했다. 뉴욕 주에서는 열일곱 살이 되기 전에 운전면허를 딸 수 없었다. 그럼 왜 차가 두 대나 있는 걸까? 둘 다 제프가 쓰고 있는지도 몰랐다. 픽업트럭은 취미생활이나 작업용으로, 도요타는 일상생활용으로.

이젠 어쩌지?

그녀는 블록 끝에 차를 세워놓고 기다렸다. 플라이 옐로 페라리보다 감시 작업에 더 부적합한 차가 과연 있을지 생각해봤지만 아무것도 떠오르지 않았다.

오전 8시도 되지 않은 이른 시각이었다. 제프, 아니, 론이 무슨 일을 하든 아직 출근 전임이 확실했다. 더 기다리면서 계속 지켜볼 수도 있었다. 하지만 아까운 시간을 그렇게 허비할 이유가 없었다. 차에서 내려 그의 집으로 불쑥 쳐들어가는 편이 훨씬 효과적이었다.

그때 그의 집 현관문이 천천히 열렸다.

캣은 당황했다. 그녀는 몸을 웅크리려다 멈칫했다. 차는 그의 집에서 백 미터쯤 떨어져 있었다. 눈부신 아침 햇살 때문에라도 그가 차 안을 들여다보는 건 쉽지 않을 것이다. 그녀는 현관문에 시선을 고정했다.

십 대 소녀가 밖으로 나왔다.

저 애가……?

소녀가 몸을 돌려서 집 안의 누군가에게 손을 흔들어 인사했다. 그러고는 집을 나와 골목을 따라 걸어갔다. 소녀는 밤색 배낭을 메고 있었다. 눌러쓴 야구 모자 뒤로 포니테일로 묶은 머리칼이 나와 있었다. 캣은 소녀에게 바짝 다가가보고 싶었다. 과연 그

애가 자신의 옛 약혼자와 닮았는지 확인해보고 싶었다.

하지만 어떻게?

그 방법은 알 수 없었다. 알 필요도 없었고. 그녀는 페라리에 시동을 걸고서 소녀 쪽으로 다가갔다.

부담 가질 필요는 없었다. 들키더라도 발기부전으로 고민하는 중년 남자처럼 행세하면 되니까. 이런 야한 차 덕분에 충분히 위장할 수 있었다.

소녀는 춤추는 듯한 경쾌한 걸음으로 총총 걸었다. 캣은 더 가까이 다가가 멜린다를 살폈다. 멜린다는 하얀 이어폰을 귀에 꽂고 있었다. 허리 밑으로 길게 늘어진 이어폰 선 역시 춤을 추듯 흔들리고 있었다.

멜린다가 갑자기 고개를 휙 돌려 캣을 쳐다봤다. 캣은 소녀의 얼굴에서 제프와 닮은 구석을 찾아봤다. 하지만 무엇 하나 닮은 데가 없었다.

소녀가 걸음을 멈추고 그녀를 빤히 쳐다봤다.

캣은 최대한 자연스러워 보이려고 애썼다. "저기, 실례 좀 할게요." 캣이 큰 소리로 말했다. "등대로 가는 길을 찾고 있어요."

소녀는 여전히 안전거리를 유지하고 있었다. "몬탁 고속도로로 나가셔야 해요. 길이 끝날 때까지 계속 운전하다 보면 등대가 보일 거예요."

캣이 미소를 지었다. "고마워요."

"차가 멋지네요."

"내 차는 아니에요. 남자친구가 빌려준 거예요."

"돈이 많나 보네요."

"그런 것 같아요."

소녀는 다시 걸음을 옮기기 시작했다. 캣은 잠시 고민에 빠졌다. 소녀를 그냥 보낼 수는 없었다. 그렇다고 스토킹하듯이 계속 따라갈 수도 없는 일이었다. 소녀의 걸음이 점점 빨라졌다. 골목 끝으로 스쿨버스 한 대가 들어서고 있었다. 소녀는 버스를 향해 서둘러 걸어갔다.

지금이 아니면 기회가 없을 거야. 캣은 생각했다.

"네가 론 코치먼의 딸 멜린다가 맞지?"

그 순간 소녀의 얼굴이 창백해졌다. 그녀의 눈은 금세 당혹감으로 물들었다. 소녀는 버스를 향해 전력으로 내달리기 시작했다. 그러고는 잠시 후, 버스의 열린 문 안으로 쏙 들어가버렸다.

빌어먹을.

버스는 골목을 따라서 멀어졌다. 캣은 페라리를 돌려 다시 코치먼의 집 쪽으로 돌아섰다. 그녀는 소녀를 완전히 겁먹게 했다. 그 애가 뭔가 숨길 게 있거나 캣을 사악한 스토커로 오해했기 때문일 것이다. 둘 중 뭐가 정답인지 알 수는 없었지만.

캣은 대담하게 코치먼의 집 앞에 차를 세워놓고서 다른 누군가가 나오기를 기다렸다. 그러나 몇 분을 더 기다려도 현관문은 열리지 않았다.

내가 왜 이러고 있어야 하지?

그녀는 차에서 내려 차고 앞 진입로를 걸어 올라갔다. 그러고서 초인종을 한 번 누른 후 혹시 몰라 문에 노크까지 몇 번 했다. 문 옆에 붙은 뿌연 유리창 안에서 움직임이 포착됐다.

누군가 집 안에서 현관문을 지나쳐 걸어갔다.

그녀는 다시 노크를 하며 큰 소리로 말했다. "뉴욕 경찰국의 도노반 형사입니다. 문 좀 열어주시겠습니까?"

발소리.

캣은 뒤로 물러나 마음을 다잡았다. 그녀는 무의식적으로 셔츠의 주름을 펴고서 머리를 잽싸게 매만졌다. 잠시 후, 손잡이가 천천히 돌아가면서 문이 열렸다. 안에서 나온 사람은 제프가 아니었다.

일흔 살은 족히 돼 보이는 남자가 캣을 빤히 쳐다봤다. "누구요?"

"도노반 형사입니다. 뉴욕에서 왔습니다."

"신분증을 보여줘요."

캣은 주머니에서 배지를 꺼내 그의 앞으로 내밀었다. 노인이 배지를 받아 들고서 유심히 살펴봤다. 캣은 묵묵히 기다렸다. 노인의 눈이 점점 가늘어졌다. 당장이라도 보석 세공인들이 쓰는 돋보기를 꺼내 들 것 같았다. 마침내 그가 배지를 돌려주고는 못마땅한 눈빛으로 그녀를 쳐다봤다.

"여긴 무슨 일이오?"

그는 갈색 플란넬 셔츠에 랭글러 청바지, 그리고 갈색 작업용 부츠 차림이었다. 셔츠 소매는 팔꿈치까지 걷어 올렸다. 그는 서글서글한 인상이었고, 인생의 대부분을 야외에서 일하며 보낸 듯했다. 그의 손은 쭈글쭈글했고 팔뚝에는 체육관이 아닌, 치열한 삶 속에서 키운 듯한 근육이 붙어 있었다.

"성함을 여쭤봐도 되겠습니까?" 캣이 말했다.

"내 문을 두드린 건 당신이지 않소."

"제 이름은 이미 알려드렸잖습니까. 선생님께서도 성함을 알려주시면 감사하겠습니다."

"내 엉덩이에나 감사하시지." 그가 말했다.

캣이 말했다. "그러고 싶지만 청바지가 너무 헐렁해서 엉덩이가 보이지 않네요."

그 말에 남자가 입을 실룩거렸다. "지금 나랑 장난하는 거요?"

"오히려 선생님께서 저랑 장난하시는 것 같은데요." 캣이 말했다.

"내 이름이 뭐가 중요하다고." 그가 퉁명스럽게 말했다. "원하는 게 뭐요?"

더 이상 뜸을 들일 이유가 없었다. "론 코치먼을 찾고 있습니다." 그녀가 말했다.

문제의 이름이 튀어나왔음에도 남자는 전혀 당황하는 기색이 없었다. "난 당신에게 협조할 의무가 없소."

캣은 마른침을 삼켰다. 그녀의 목소리는 마치 다른 사람의 입에서 흘러나오는 것처럼 들렸다. "나쁜 일로 온 건 아닙니다."

"만약 그게 사실이라면 그냥 돌아가도 되겠구먼." 노인이 말했다.

"그에게 할 말이 있습니다."

"아뇨, 도노반 형사. 당신은 그에게 할 말이 없소."

그가 매서운 눈으로 그녀를 쏘아봤다. 마치 그녀가 누구인지 알고 있는 듯했다.

"그는 지금 어디 있죠?"

"여긴 없소. 더는 묻지 마시오."

"그럼 다시 찾아올 수밖에 없어요."

"당신이 원하는 건 여기 없다니까."

그녀가 뭔가를 말하려고 입을 벌렸지만, 그녀의 입에서는 아무 말도 나오지 않았다. 잠시 후, 그녀가 간신히 말했다. "실례지만 선생님은 누구시죠?"

"이만 돌아가시오. 계속 날 괴롭히면 짐 갬블을 부를지도 모르니까. 여기 경찰국장 말이오. 뉴욕 형사가 주민을 귀찮게 군다는 걸 알면 그가 무척 언짢아할 거요."

"그건 선생님께도 좋지 않을 텐데요."

"난 상관없소. 이만 돌아가시오, 형사."

"제가 순순히 물러갈 거라 생각하세요?"

"아직도 분위기 파악이 안 되나? 과거는 그냥 과거일 뿐인데. 더 이상 긁어 부스럼 만들지 마시오."

"긁어 부스럼이라니요? 무슨 뜻이죠?"

그가 문에 손을 얹었다. "이만 돌아가시오."

"그를 만나야만 해요." 캣이 애원하는 어조로 말했다. "전 그에게 피해를 주려고 온 게 아닙니다. 꼭 그렇게 전해주세요. 네? 그냥 할 얘기가 있을 뿐이라고 말이에요."

노인이 천천히 문을 닫았다. "그렇게 전하리다. 자, 이제 내 집에서 꺼져요."

31

    아미시파 방식으로 관리되는 농장은 외부에서 전기를 공급받지 않았다. 타이터스는 그 점이 마음에 들었다. 청구서가 날아들 일도 없고 계량기를 검침하겠다며 불쑥 찾아오는 사람도 없었다. 아미시파가 공공 에너지원을 쓰지 않는 이유가 무엇이든, 타이터스와 그의 사업에는 오히려 잘된 일이었다.

    아미시파는 전기 사용을 완전히 금하지는 않았다. 이 농장은 풍차를 이용해 필요한 전기를 공급받았다. 물론 타이터스에게는 턱없이 부족한 양이었다. 그는 프로판가스를 쓰는 듀로맥스 발전기를 설치해놓았다. 농장의 우편함은 농가와 빈터에서 멀리 떨어진 길가에 세워져 있었다. 그는 외부 차량이 진입할 수 없도록 정문도 만들어놓았다. 주문하는 게 없으니 배달부가 얼씬거릴 일도 없었다. 필요한 게 있으면 13킬로미터 떨어진 샘스 클럽에서 사오면 됐다.

    그는 부리는 사람들을 종종 농장 밖으로 쫓아내곤 했다. 휴가라는 명목이었지만, 사실은 레이날도와 둘이서 고독을 즐기고 싶기 때문이었다. 몸이 근질거려오면 남자들은 스트립 클럽부터 찾았다. 20킬로미터쯤 떨어진 곳에 스타버츠라는 클럽이 있었지만, 타이터스는 안전을 위해 10킬로미터를 더 가야 하는 럼버야드 클럽을 권했다. 남자들은 이 주에 한 번씩 외출을 허락받았다. 밖에 나가서 무엇이든 할 수 있었지만 절대 소란을 피우면 안 됐다. 그런 이유로 그들은 결코 무리 지어 다니는 일이 없었다.

휴대폰이 터지지 않는 곳이다 보니 드미트리는 불가리아 VPN(가상 사설망—옮긴이)을 기반으로 한 위성을 통해 전화와 인터넷을 사용할 수 있도록 설치했다. 평소에는 전화가 오는 일이 거의 없었다. 그래서 오전 8시에 전화벨이 울렸을 때 타이터스는 바짝 긴장할 수밖에 없었다.

"네?"

"잘못 걸었습니다."

발신자가 전화를 끊었다.

그에게 보내는 신호였다. 정부가 그의 이메일을 감시하고 있다는 것은 더 이상 비밀이 아니었다. 그러므로 누구의 감시도 받지 않고 이메일로 소통하는 방법은 딱 하나뿐이었다. 이메일을 쓰지 않는 것. 타이터스는 지메일 계정을 가지고 있었지만, 그것을 확인하라는 신호를 받을 때에만 그 계정에 접속했다. 그는 홈페이지를 열고서 로그인했다. 새로 도착한 메일은 없었다. 예상했던 대로였다.

그가 '드래프트drafts'를 클릭하자 화면에 메시지가 떠올랐다. 상대와 은밀히 메시지를 주고받는 방법이었다. 모두가 같은 지메일 계정에 접속해 서로의 메시지를 확인하는 것이다. 상대에게 전할 내용을 메일로 작성해 드래프트 폴더에 저장해놓고 로그아웃한 후 전화로 신호를 보내면 끝나는 일이었다. 신호를 받은 수

취인은 같은 지메일 계정에 로그인해 드래프트 폴더에서 메시지를 꺼내본 후 삭제하면 된다.

타이터스는 총 네 개의 계정을 관리하고 있었다. 이번 메시지는 스위스에 있는 파트너가 작성한 것이었다.

89787198은 더 이상 사용하면 안 됩니다. 파슨스, 추백, 미트닉 앤드 부시웰이라는 금융 회사에서 SAR을 올려 보냈어요. 카타리나 도노반이라는 뉴욕 경찰국 형사가 그 계좌를 조사하고 있습니다.

타이터스는 메시지를 삭제하고 계정에서 로그아웃했다. 그는 잠시 머리를 굴려봤다. 그의 계좌에 대한 의심 거래 보고서가 접수된 건 이번이 처음은 아니었다. 그리고 그도 크게 개의치 않았다. 큰 액수가 해외로 송금될 때는 법에 따라 반드시 그래야만 했으니까. 하지만 재무부는 오직 테러 자금 조달 억제에만 관심이 있었다. 거래자들의 신원 조사 과정에서 특별히 수상한 점이 발견되지 않으면 추가 조사를 하지 않았다.

하지만 하나의 계좌에 대한 조사가 두 차례나 진행된 건 이번이 처음이었다. 게다가 재무부 말고도 뉴욕 경찰국 형사까지 달라붙었다니. 어떻게? 왜? 최근 손님들 중 뉴욕에서 온 이는 없었는데. 매사추세츠의 제약 회사 연구원과 코네티컷의 사교계 명사가 대체 어떤 관계이기에.

이제는 그들 중 한 명에게만 물어볼 수 있었다.

타이터스는 책상에 두 손을 얹고서 골똘히 생각에 잠겼다. 잠시 후, 그는 몸을 앞으로 기울이고 검색엔진에 형사의 이름을 입력했다.

모니터 화면에 도노반 형사의 사진이 떠오르는 순간, 그는 하마터면 큰 소리로 웃음을 터뜨릴 뻔했다.

드미트리가 방 안으로 들어왔다. "뭐 재밌는 거라도 보십니까?"

"캣이야." 타이터스가 말했다. "그녀가 우릴 찾고 있어."

노인이 거칠게 문을 닫고 들어가자, 캣은 무엇을 해야 할지 고민에 빠졌다.

그녀는 현관 앞 계단에 멍하니 서 있었다. 문을 걷어차고 들어가서 권총으로 노인을 흠씬 두들겨 패주고 싶다는 충동이 강하게 일었다. 하지만 굳이 일을 크게 만들 필요는 없었다. 그녀에게 손을 뻗고 싶었다면 제프는 진작 그랬을 것이다. 그리고 그는 여전히 그녀를 외면하고 있었다. 이제 그녀가 할 수 있는 건 아무것도 없었다.

넌 자존심도 없어? 제발 정신 좀 차리라고.

그녀는 다시 차로 돌아갔다. 울고 싶지 않았지만 이미 터져 나온 눈물을 주체할 방법이 없었다. 그 신시내티 술집에서 제프에게 무슨 일이 있었는지는 그녀와 상관없는 일이었다. 전혀. 스테이시는 그 사건에 대해 계속 알아봐주겠다고 했다. 두 술꾼들에게 다른 전과는 없었는지, 그들이 보복을 위해 제프를 찾고 있는 건 아닌지. 어쩌면 그 질문들에 대한 답이 제프의 실종에 얽힌 미스터리를 속 시원히 풀어줄지도 몰랐다. 하지만 그 문제를 굳이 그녀가 풀 필요는 없었다.

제프가 캣과의 접촉을 두려워하는 원인이 그 두 남자일 리가 없지 않나? 그런 건 아무래도 상관없었다. 제프에게는 그만의 인생이 있었다. 그는 딸이 있었고, 성격이 까칠한 노인과 한집에서 살고 있었다. 캣은 그 노인의 정체가 궁금했다. 제프의 아버지는 오래전에 세상을 떠났다. 제프는 데이팅 웹사이트에서 파트너를 찾았고, 캣은 별생각 없이 그에게 접근했다가 크게 상처만 받고 말았다. 그럼에도 캣은 여전히 그에게 미련이 있었다.

명백한 증거가 수북이 쌓여 있는데 왜 아직도 수긍이 안 되는 걸까?

캣은 차를 몰고 몬탁 고속도로를 따라 서쪽으로 나아갔다. 얼마나 달렸을까. 추억이 서린 나피그 레인 도로가 눈앞에 나타났다. 그녀는 왼쪽으로 방향을 틀어 그 길로 들어섰다. 우습게도 20년 전 기억이 한꺼번에 밀려들었다. 그녀는 마린 대로로 빠져 조금 달리다가 길버트 길 근처에 차를 세웠다. 눈에 익은 판잣길이 바다를 향해 펼쳐져 있었다. 하늘이 어둑해진 걸 보니 곧 폭풍이 몰려올 것 같았다. 캣은 신발을 벗고서 쓰러져가는 울타리를 돌아 해변으로 나갔다.

그 집은 여전했다. 캣은 사람들이 너무 상자 같다고 평했던 이 매끈한 현대식 건물을 무척 좋아했다. 그들이 엄두도 못 낼 만큼 비싼 집이라, 주말에 잠깐 빌리는 것조차 큰 부담이었다. 하지만 집주인은 흔쾌히 그들에게 집을 빌려줬다. 컬럼비아 대학 시절에 제프가 이 집 주인의 조교였는데, 그에 대한 감사 표시였던 것이다.

거의 20년 전 일이지만 캣은 아직도 그 주말의 매 순간을 생생히 기억했다. 농산물 직판장에 갔고, 차분히 마을을 산책했고, 런 치라는 별명으로 불린 허름한 식당에서 로브스터 롤을 먹었고, 바로 이 해변에서 제프가 뒤로 살금살금 다가오더니 상상 속에서나 이뤄질 법한 감미로운 키스를 퍼부었다.

그 부드러운 키스를 나누며 캣은 그와 함께 일생을 보낼 것임을 깨달았다. 그 키스가 거짓이었을 리 없잖아. 안 그래?

그녀는 미간을 찌푸렸다. 다시 찾아든 감상벽에 화가 났지만 그녀 자신만 탓할 일은 아니었다. 그녀는 그날 서 있었던 정확한 지점을 찾아나섰다. 집을 중심으로 좌우를 유심히 살피던 그녀는 마침내 제프와 감미로운 키스를 나눴던 그 자리를 찾아내는 데 성공했다.

뒤에서 자동차 엔진 소리가 들렸다. 그녀는 고개를 돌리고 도로변에 세워진 은색 메르세데스 한 대를 바라봤다. 제프일지도 모른다는 생각이 그녀의 뇌리를 스쳤다. 그렇다면 얼마나 좋을까? 오래전에 그랬던 것처럼 뒤에서 슬그머니 다가와 그녀에게 감미로운 키스를 퍼부어준다면. 터무니없고 진부하고 해로운 갈망은 쉽게 떨칠 수 없었다. 살면서 누릴 수 있는 몇 안 되는 완벽한 순간. 상자에 담아 선반에 놓아두고 싶은 순간. 그리고 홀로 남겨졌을 때 다시 꺼내 조심스레 열어보고 싶은 순간.

그날의 감미로운 키스가 바로 그런 순간이었다.

은색 메르세데스는 미끄러지듯 사라졌다.

캣은 요동치는 바다를 돌아봤다. 먹구름이 빠르게 몰려오고 있었다. 당장이라도 폭우가 쏟아질 것 같았다. 그녀가 페라리를 향해 걸음을 옮기려는 순간 휴대폰이 울렸다. 브랜던이었다.

"개자식." 그가 말했다. "빌어먹을 사기꾼 자식."

"뭐?"

"그 제프인지 론인지 잭인지 하는 인간 말이에요."

캣이 움찔했다. "무슨 일이야?"

"아직도 다른 여자들에게 집적거리고 있어요. 주고받은 메시지 내용은 볼 수 없지만, 어제까지 그 여자들과 연락했다는 건 확실히 알 수 있어요."

"상대가 몇 명인데?"

"두 명이에요."

"그냥 작별 인사를 했던 거겠지. 네 어머니에 대해 알려주려던 거 아닐까?"

"아닐 거예요."

"그걸 어떻게 알아?"

"작별 인사는 메시지 한두 개로 충분히 할 수 있잖아요. 하지만 제가 본 건 스무 개, 아니, 서른 개가 넘었다고요. 개자식."

"알았어. 브랜던, 그 두 여자의 이름은 알고 있니?"

"네."

"알려줄래?"

"한 명은 줄리 웨이츠예요. 워싱턴 DC에 살고요. 다른 한 명은 펜실베이니아의 브린 모어에 사는 마사 파켓이에요."

캣은 먼저 채즈에게 전화를 걸었다.

그는 두 여자에게 연락해보겠다고 했다. 무엇보다도 그들이 온라인 애인과 사라지지 않았다는 걸 확인하는 게 급선무였다. 캣은 페라리가 세워진 곳으로 걸음을 옮겼다. 몬탁의 수상한 집에 다시 찾아가볼 생각이었다. 문을 박차고 들어가 급소를 냅다 걷어차면 고압적이던 노인도 순순히 말을 들을 거다. 하지만 거슬리는 게 하나 있었다. 이 사건에 휘말린 순간부터 그녀를 괴롭혀온 문제였다.

바로 무언가가 그녀를 제프에게 매달리게 만들고 있다는 거였다. 대부분의 사람들은 그것을 어리석은 마음의 무서운 집념이라고 할 것이다. 캣도 처음에는 그렇게 생각했다. 하지만 이제는 상황을 좀 더 명확하게 살필 수 있게 됐다. 지금껏 캣을 거슬리게 만든 건 그녀가 YouAreJustMyType.com에서 제프와 주고받은 메시지들이었다. 그녀는 그가 보냈던 메시지들을 머릿속으로 되새겨봤다. 방어적이 되고, 조심스러워지고, 예전으로 돌아가는 건 실수인 것 같고, 새 출발이 필요하고. 그녀는 맨 처음에 나눴던 대화 내용을 거듭 살펴보지는 않았다. 모든 건 그녀가 그에게 보낸 존 웨이트의 〈미싱 유〉 뮤직비디오에서 비롯됐다.

그가 그걸 보고 어떤 반응을 보였더라?

기억하지 못했어.

어떻게 그럴 수 있지? 내 절실함이 더 컸는지는 몰라도 청혼을 한 건 그였는데. 인생에서 가장 중요한 순간 중 하나를 어떻게 그리 쉽게 잊어버릴 수 있지?

제프는 그걸 보고 '멋진' 비디오라고 했다. '유머 감각' 있는 여자를 좋아한다고도 했고, 그녀의 사진에도 '확 끌렸다'고 했다. 끌렸다고. 상처받고 크게 놀란 그녀는 곧바로 이렇게 대꾸했다.

나 캣이야.

　짙은 색 양복 차림의 깡마른 남자가 노란 페라리에 몸을 기댄 채 서 있었다. 그는 팔짱을 끼고서 다리를 꼬고 있었다. 캣이 그에게 다가가 물었다. "무슨 일이시죠?"
　"차가 멋지군요."
　"그런 얘기 많이 들어요. 이만 비켜주시겠어요?"
　"금방 비켜줄게요. 당신이 준비됐다면."
　"뭐라고요?"
　은색 메르세데스가 달려와서 그녀 옆에 멈춰 섰다.
　"뒷좌석에 타요." 남자가 말했다.
　"이게 지금 뭐하자는 거죠?"
　"선택권을 주죠. 여기서 총에 맞아 죽을래요, 아니면 우리랑 같이 가서 조용히 대화할래요?"

32

레이날도는 스마트폰의 무전기 기능으로 메시지를 받았다.

"여긴 베이스. 박스 나와." 타이터스가 말했다.

레이날도는 래브라도 보와 테니스공을 가지고 놀고 있었다. 모든 래브라도가 그렇듯이 보 역시 던진 공을 물어 오는 걸 최고의 놀이로 여겼다. 레이날도가 얼마나 많이, 그리고 얼마나 멀리 던지든 보는 지친 기색 없이 달려가 공을 물어 왔다.

"말씀하십시오." 레이날도가 스마트폰에 대고 말했다. 그가 공을 멀리 던지자 보가 쏜살같이 달려갔다. 수의사는 보가 열한 살쯤 된 것 같다고 했다. 아직은 쌩쌩하지만 머지않아 눈에 띄게 굼떠질 녀석을 생각하면 레이날도는 벌써부터 가슴이 아팠다. 체력도 예전 같지 않고 관절염까지 앓고 있었지만 보는 고집스럽게 공을 요구했다. 레이날도가 늙은 개를 위해 속도를 조절하려 할 때마다 보는 금세 알아차리고서 불편한 속내를 드러냈다. 보는 레이날도가 다시 공을 집어 들고 멀리 던질 때까지 낑낑대며 짖어댔다.

도저히 안 되겠다 싶으면 레이날도는 보를 푹신한 잠자리가 기다리는 헛간으로 들여보냈다. 레이날도는 이스트 강을 따라 어슬

렁거리는 보를 발견한 후 녀석에게 애완견용 침대를 사줬다. 그리고 보는 아직까지도 그 침대를 끔찍이 아꼈다.

보가 기대에 찬 눈으로 그를 올려다봤다. 레이날도는 보의 귀 뒤를 살살 쓰다듬으며 타이터스의 지시에 귀를 기울였다. "6번을 데려와."

"알겠습니다."

그들은 농장에서 휴대폰을 쓰지 않았다. 물론 문자메시지도 주고받을 수 없었다. 오로지 추적이 불가능한 무전기 앱만 사용할 수 있었다. 그들은 명백한 이유로 이름을 쓰지 않았다. 어차피 레이날도는 그자들의 이름도 몰랐다. 감금한 장소에 따라 해당 번호로 부를 뿐이었다. 6번. 샛노란 여름 원피스 차림으로 잡혀 온 금발 여자는 6번 상자에 갇혀 있었다.

타이터스조차 과잉 조치라는 걸 인정했다. 하지만 신중함이 지나쳐서 문제될 건 없었다. 그것이 그의 신조였다.

레이날도가 몸을 일으키자 보가 실망한 얼굴로 그를 올려다봤다. "곧 다시 할 거야. 약속할게."

개는 낑낑대며 코로 레이날도의 손을 꾹 찔렀다. 레이날도는 미소를 지으며 보를 쓰다듬었다. 기분이 좋아진 개가 꼬리를 살랑거렸다. 레이날도의 눈가가 촉촉이 젖어들었다.

"가서 저녁 먹어야지."

보의 얼굴에 실망과 이해의 표정이 교차했다. 개는 잠시 머뭇거리다가 길을 따라 달려 올라가기 시작했다. 녀석의 꼬리는 더이상 살랑거리지 않았다. 레이날도는 보가 시야에서 사라질 때까지 기다렸다. 그는 보에게 상자 안을 보이고 싶지 않았다. 물론 개는 그들의 냄새를 맡을 수 있었고, 안에 무엇이 갇혀 있는지도 알았다. 하지만 레이날도는 잡아둔 사람들이 가끔 보에게 미소를 짓는 게 싫었다. 그냥 좀 불편했다.

그의 벨트에서 열쇠고리가 짤랑거렸다. 레이날도는 열쇠를 찾아서 맹꽁이자물쇠를 풀고 문을 열었다. 갑자기 쏟아져 들어온 눈부신 빛에 포로가 눈을 깜빡였다. 그들은 한밤의 은은한 달빛에도 그렇게 반응했다. 칠흑같이 어두운 상자에 오랫동안 갇혀 있으면 아득한 별이 뿌리는 옅은 빛도 큰 자극으로 와 닿을 수 있었다.

"나와." 그가 말했다.

여자의 입에서 신음이 흘러나왔다. 그녀의 입술은 바짝 말라 갈라졌고, 얼굴의 주름마다 검은 흙이 스며들었다. 역겨운 배설물 냄새가 그를 엄습했다. 레이날도에게는 익숙해진 냄새였다. 처음에는 다들 참아보려 애썼다. 하지만 관과 다르지 않은 상자에 며칠씩 갇혀 있다 보면 그깟 수치심 따위에 신경 쓸 정신이 싹 사라진다.

6번은 느릿느릿 몸을 일으켰다. 그녀는 사포처럼 변한 혀로 입술을 핥았다. 그는 마지막으로 그녀에게 마실 것을 갖다준 게 언제였는지 기억을 더듬어봤다. 몇 시간 전, 그는 문에 우편함처럼 뚫린 구멍을 통해 그녀에게 물과 백미로 지은 밥 한 컵을 내려줬다. 그들은 그런 방법으로 포로들에게 식량을 넣어줬다. 문에 난 구멍으로. 가끔 포로들이 그 구멍으로 손을 내밀기도 했다. 그는 절대 그러지 말라고 강하게 경고했다. 또 한 번 그랬다가는 부츠로 손가락을 으스러뜨리겠노라고 으름장도 놓았다.

6번이 흐느끼기 시작했다.

"서둘러." 그가 말했다.

금발 여자는 몸이 말을 듣지 않는지 힘겨워했다. 물론 그는 포로들의 이런 모습을 숱하게 봤다. 그의 임무는 그들을 살려두는 것이었다. 그뿐이었다. 타이터스가 '시간'이 됐다고 할 때까지 그들이 죽지 않도록 챙기는 것. 그때가 오면 레이날도는 그들을 이끌고 들판으로 나가야 했다. 가끔 그들에게 묻힐 무덤을 직접 파라는 주문을 하기도 했다. 하지만 대부분은 그들의 뒤통수에 총구를 갖다 대고 방아쇠를 당기는 것으로 처리해버렸다. 가끔 실험이 하고 싶어질 때면 그는 포로의 뒷덜미에 총구를 대고 올려 쏘거나 정수리에 대고 내려 쏘기도 했다. 영화 속 자살 장면처럼 포로의 관자놀이를 쏘기도 했다. 한 발에 끝나는 경우도 있고, 두 번째 총알이 필요한 경우도 있었다. 언젠가 그는 포로의 척추 밑부분을 실험 삼아 쏴본 적이 있었다. 델라웨어 윌밍턴에서 온 그 남자는 죽지 않았지만 전신이 마비되는 끔찍한 운명을 맞게 됐다.

레이날도는 그를 산 채로 매장해버렸다.

6번은 처참한 몰골이었다. 이 역시 지겨울 정도로 수없이 봐온 모습이었다.

"저쪽이야." 그가 그녀에게 말했다.

그녀가 힘겹게 한 단어를 꺼냈다. "물."

"저쪽으로 가. 옷부터 갈아입어."

그녀는 텔레비전 쇼에서나 볼 법한 좀비 같은 모습으로 느릿느릿 걸어갔다. 레이날도의 눈에 그것은 오히려 자연스러운 모습이었다. 6번은 죽지 않았지만 살았다고도 볼 수 없었다.

여자는 순순히 점프슈트를 벗고서 알몸으로 그의 앞에 섰다. 불과 며칠 전만 하더라도 그녀는 징징 짜대며 샛노란 여름 원피스를 벗었다. 그녀는 그에게 돌아서달라고 요청했고, 나무 뒤에 몸을 숨기기도 했다. 물론 그때는 지금보다 훨씬 봐줄 만한 꼴을 하고 있었다. 그러나 이제 겸손과 허영은 더 이상 그녀의 관심사가 아니었다. 그녀는 원시인처럼 멀뚱히 서서 눈빛으로 물을 간청하고 있었다.

레이날도가 호스를 끌어와 노즐을 권총처럼 쥐었다. 수압이 굉장히 셌다. 여자는 몸을 숙이고 쏟아지는 물을 두 손으로 받아보려 애썼다. 그가 물을 잠그자 그녀가 허리를 펴고 얌전히 섰다. 거세게 뿌려진 물줄기가 그녀의 피부를 벌겋게 만들어놓았다.

그는 그녀를 마저 씻긴 후 새 점프슈트를 던져줬다. 그녀는 잽싸게 그것으로 갈아입었다. 그가 물이 담긴 플라스틱 컵을 그녀에게 건네줬다. 그녀는 게걸스럽게 물을 들이켠 후 빈 컵을 그에게 돌려줬다. 조금 더 마실 수 있다면 무엇이라도 하겠다는 의지의 표현이었다. 그는 그녀가 너무 약해져서 농가까지 무사히 도달할 수 있을지 걱정돼 물을 한 컵 더 건넸다. 그녀는 이번에도 단숨에 비웠다. 그는 그녀에게 자이언트 푸드 스토어에서 사온 시리얼 바 하나를 줬다. 그녀는 포장도 제대로 뜯지 않은 채 허겁지겁 그것을 입에 쑤셔 넣었다.

"저 길을 따라 올라가." 그가 말했다.

여자가 발을 질질 끌며 길을 오르기 시작했다. 레이날도는 그녀를 뒤따라갔다. 과연 6번에게서 얼마나 더 많은 돈을 우려낼 수 있을지 궁금했다. 그녀는 다른 포로들보다 재정 형편이 나은 것 같았다. 신기하게도 타이터스는 여성보다 남성 포로를 선호했고, 실제로 잡혀온 남성의 수가 여성보다 세 배 가까이 많았다. 하지만 여성 포로는 남성에 비해 수익이 높았다. 6번 역시 고가의 보석과 상류층 특유의 태도를 온몸에 두르고서 잡혀왔다.

이제는 둘 다 사라지고 없었지만.

그녀는 몇 걸음에 한 번씩 뒤를 흘끔 돌아봤다. 레이날도가 뒤따르고 있다는 사실에 놀란 듯했다. 솔직히 레이날도도 놀랍기는 마찬가지였다. 포로를 직접 데려오라는 지시는 자주 내려오지 않았다. 타이터스는 대개 감시자를 붙이지 않고 포로들을 농가로 불러들였다.

그녀가 농가를 찾는 건 오늘만 두 번째였다. 레이날도는 타이터스가 마침내 그녀의 '시간'이 됐음을 알려줄지 궁금했다.

그들이 농가에 도착했을 때, 타이터스는 그의 커다란 의자에 앉아 있었다. 언제나 그렇듯 드미트리는 컴퓨터 앞에 앉아 있었다. 레이날도는 문간에 서서 추가 지시를 기다렸다. 6번은 타이터스 앞에 놓인 딱딱한 나무 의자로 다가가 앉았다.

"문제가 생겼어요, 데이나."

데이나. 그게 저 여자의 이름이었군. 레이날도는 생각했다.

데이나의 눈이 깜빡였다. "문제요?"

"오늘 당신을 풀어주려고 했는데." 타이터스가 말했다. 그의 목소리는 항상 차분했다. 마치 최면을 거는 듯이. 하지만 오늘, 그의 나지막한 어조에선 약간의 긴장감이 묻어났다. "경찰이 당신의 실종을 수사하고 있어요."

데이나는 어안이 벙벙한 모습이었다.

"카타리나 도노반이라는 뉴욕 형사가요. 아는 사람입니까?"

"아뇨."

"그냥 캣이라는 이름으로 불린다는군요. 근무지는 맨해튼이고."

데이나의 눈빛이 멍해졌다.

"그녀를 알고 있습니까?" 타이터스가 언성을 살짝 높이며 다시 물었다.

"몰라요."

타이터스는 그녀의 얼굴을 유심히 살폈다.

"정말 몰라요." 그녀가 다시 말했다.

이젠 정말 죽은 목숨이군. 레이날도는 생각했다.

타이터스가 드미트리를 흘끔 돌아봤다. 그가 고개를 끄덕이자, 드미트리는 니트 모자를 내려 쓰고 컴퓨터 모니터를 데이나 쪽으로 돌려놓았다. 화면에는 여자의 사진이 떠올라 있었다.

"저 여자를 어떻게 알죠, 데이나?" 타이터스가 물었다.

데이나는 말없이 고개만 저어댈 뿐이었다.

"어떻게 아느냐고 물었습니다."

"모르는 여자라니까요."

"집을 나서기 전에 저 여자의 전화를 받았습니까?"

"아뇨."

"저 여자랑 한 번도 말을 섞어본 적이 없다고요?"

"한 번도 없어요."

"그럼 저 여자를 어떻게 아는 겁니까?"

"모른다니까요."

"언젠가 본 적 있는 얼굴 아닙니까? 잘 생각해봐요."

"정말 모르는 사람이에요." 데이나가 격하게 흐느끼기 시작했다. "한 번도 본 적 없다고요."

타이터스가 등받이에 몸을 붙였다. "마지막으로 묻겠습니다, 데이나. 대답에 따라 당신이 무사히 집에 돌아갈지, 아니면 다시 상자로 돌아가게 될지 결정될 겁니다. 캣 도노반을 어떻게 아는 겁니까?"

33

캣은 남자들에게 어디로 가는지 여러 차례 물어봤다.

그녀 옆에 앉은 깡마른 남자는 미소를 흘리며 그녀를 향해 권총을 겨누고 있었다. 운전석의 남자는 눈앞 도로에만 집중하고 있었다. 뒷좌석에서는 볼링공 크기의 민머리만 눈에 들어올 뿐이었다. 캣은 계속해서 질문을 던져댔다. 어디로 가는지, 얼마나 걸리는지, 그들의 정체가 무엇인지.

옆자리의 깡마른 남자는 계속 미소만 흘려댔다.

목적지까지는 오래 걸리지 않았다. 워터 밀 한복판을 가로지른 은색 메르세데스는 왼쪽으로 방향을 틀어 데이비스 레인으로 들어섰다. 바다 쪽으로 향하는 것이었다. 잠시 후 그들은 핼시 레인으로 빠져나왔다. 상류층이 모여 사는 동네였다.

캣은 그들이 어디로 가는지 대충 짐작할 수 있었다.

차는 높은 관목 울타리가 둘린 거대한 저택 앞을 천천히 지나쳐 달렸다. 수백 미터에 달하는 긴 산울타리의 끝에는 정문이 감춰져 있었다. 그 앞에서 검은 양복에 선글라스를 낀 남자가 소매 마이크에 대고 무언가를 중얼거리고 있었다. 그의 귀에는 이어폰이 꽂혀 있었다.

정문이 열리고 은색 메르세데스가 그 안으로 들어갔다. 진입로를 어느 정도 달려나가자, 개츠비가 연상되는 빨간 지붕 저택이 나타났다. 진입로 양쪽으로는 하얀 그레코-로만 양식으로 제작된 조각상과 사이프러스 나무들이 줄지어 서 있었다. 넓은 앞뜰에는 둥근 수영장과 물을 힘차게 뿜어내는 분수가 자리하고 있었다.

미소를 머금은 깡마른 남자가 말했다. "내려요."

캣과 미소 짓는 남자는 각각 자신의 옆문으로 내렸다. 그녀는 고풍스럽게 지어진 저택을 올려다봤다. 언젠가 사진으로 본 적이 있는 집이었다. 리처드 헤퍼넌이라는 부유한 기업가가 1930년대에 지은 저택이었다. 그의 가족은 10년 전쯤 이 집을 현재 주인에게 팔아치웠다. 소문에 의하면, 새 주인은 무려 천만 달러를 들여 내부를 개조했다고 했다.

"두 팔을 들어봐요."

그녀는 지시에 순순히 따랐다. 선글라스를 낀 다른 검은 양복의 남자가 다가와 의욕적으로 그녀의 몸을 수색했다. 캣은 페니실린 주사를 맞고 싶을 만큼 더러운 기분을 느꼈다. 깡마른 남자는 이미 그녀의 총과 휴대폰을 압수한 상태였다. 예전에 그녀의 아버지는 예비로 항상 부츠 안에 권총을 한 자루 더 넣고 다녔다. 캣이 그랬다면 보나 마나 이들에게 발각됐을 게 뻔했다. 꼼꼼히 수색을 마친 그가 깡마른 남자를 돌아보며 고개를 끄덕였다.

깡마른 남자가 말했다. "이쪽입니다."

그들은 마치 잡지에서 튀어나온 듯한 초목이 무성한 정원을 가로질렀다. 저택 앞에는 바다가 펼쳐져 있었다. 엽서에 담아도 손

색없을 풍경이었다. 캣은 공기에서 바다 냄새를 맡을 수 있었다.

"어서 와, 캣."

몸에 꽉 끼는 하얀 옷으로 한껏 멋을 부린 그는 푹신한 쿠션이 깔린 티크 나무 의자에 앉아서 그녀를 기다리고 있었다. 젊고 체격 좋은 남자들에게나 어울릴 옷차림이라 땅딸막하고 기운 빠진 칠십 대 노인이 걸치고 있으니 우스꽝스러워 보일 뿐이었다. 단추 푼 셔츠 안으로 컬링 아이론을 써도 될 만큼 긴 가슴털이 드러났다. 통통한 손가락에는 금반지가 하나씩 끼워져 있었다. 숱 많은 엷은 갈색 머리칼은 부분 가발을 의심하게 만들었다.

"드디어 이렇게 만나는군." 그가 말했다.

캣은 어떻게 반응해야 할지 몰랐다. 오랜 세월 동안 조사하고, 집착하고, 증오해온 월리 코존이 실물로 눈앞에 있다니.

"언젠가 이런 날이 올 거라고 생각했지?" 코존이 그녀에게 말했다.

"그래요."

코존이 바다 쪽을 가리켰다. "이런 풍경을 상상했나?"

"아뇨." 캣이 말했다. "상상 속에서 당신은 수갑을 차고 있었죠."

그 말에 그가 웃음을 터뜨렸다. 지금껏 들어본 어떤 농담보다도 웃기다는 듯이. 깡마른 남자는 두 손을 가지런히 모은 채 그녀의 옆을 지키고 있었다. 그는 웃지 않았다. 그저 미소만 흘려댈 뿐이었다. 미소 짓는 것 외에는 할 줄 아는 게 없는 모양이었다.

"이만 가보게, 레슬리."

깡마른 레슬리가 고개를 살짝 숙여 인사하고 돌아섰다.

"좀 앉지." 코존이 말했다.

"괜찮아요."

"아이스티나 레모네이드 한 잔 마시겠나?" 그가 자신의 유리 잔을 들어 보이며 말했다. "난 아놀드 파머를 마시고 있었어. 이게 뭔지 아나?"

"네."

"한 잔 줄까?"

"됐어요." 캣이 말했다. "총구를 들이대고 사람을 납치하는 건 불법이에요. 게다가 난 경찰이고요."

"부탁이야." 코존이 말했다. "이런 잡담으로 아까운 시간을 허비하지 말자고. 우린 할 얘기가 있지 않나."

"할 말 있으면 해요."

"정말 앉지 않겠어?"

"원하는 게 뭐죠, 코존 씨?"

그는 그녀에게서 눈을 떼지 않은 채 음료를 홀짝였다. "내가 실수한 것 같군."

캣은 대꾸하지 않았다.

그는 그 자리를 떠나려 일어섰다. "레슬리에게 네 차로 데려다주라고 할게. 사과하지."

"당신을 기소할 수도 있어요."

코존이 한 손을 살랑 흔들었다. "어디 마음대로 해봐, 캣. 참, 그냥 캣이라고 불러도 되지? 너흰 이보다 훨씬 크고 심각한 혐의를 씌우고도 날 잡아들이지 못했어. 내 알리바이를 증명해줄 목격자가 수십 명씩 항상 대기하고 있지. 네가 이곳에 없었다는 걸 증명할 감시 카메라 자료도 언제든지 제출할 수 있고. 유치한 장난은 그만하자고."

"오히려 내가 하고 싶은 말이에요." 캣이 말했다.

"무슨 뜻이지?"

"날 여기까지 끌고 왔다면 그럴 만한 이유가 있을 거 아니에요. 난 당신의 용건을 듣고 싶어요."

코존은 만족스러운 표정을 지으며 그녀에게 성큼 다가갔다. 그의 눈은 담청색이었지만, 그녀에게는 새까맣게 보일 뿐이었다. "네가 목매고 있는 사건 때문에 골치가 아파졌어."

"현재 수사 중인 사건은 없어요."

"하긴. 네 아버지는 오래전에 죽었으니까."

"당신이 아버지를 죽이라고 지시했죠?"

"내가 그랬다면 널 여기서 살려 보낼 것 같아?"

캣은 코존에 대한 모든 걸 알고 있었다. 그의 생년월일, 가족력, 체포 기록, 거주지들. 전부 그의 파일에 담겨 있었다. 하지만 실물로 처음 보는 조사 대상은 전혀 다른 느낌이었다. 그녀는 그의 담청색 눈을 빤히 바라봤다. 그리고 그 눈이 70년 넘게 보아왔을 끔찍한 공포를 상상했다. 그런 상황에서 그 눈이 어떻게 반응했을지.

그가 따분해하는 목소리로 말했다. "이론적으로 얘기하면, 지금 이 자리에서 널 쏴 죽일 수도 있어. 내겐 보트가 몇 척 있거든. 널 죽여서 바다에 빠뜨리면 손쉽게 끝날 일이야. 그래. 네 동료들이 눈에 불을 켜고 수색하겠지. 하지만 과연 그들이 네 시체를 찾을 수 있을까?"

캣은 마른침을 삼키지 않으려고 애썼다. "날 죽이려고 여기로 끌고 온 건가요?"

"그럴지도 모르지."

"다행히 아직까진 살아 있군요."

그 말에 코존이 미소를 지었다. 그의 덧니들은 꼭 썩어가는 껌 같았다. 화학적 박피나 보톡스로 관리를 받아왔는지, 그의 얼굴은 놀라울 만큼 매끄러웠다. "일단 우리 대화가 어떻게 진행되는지 보자고."

그는 쿠션으로 덮인 티크 나무 의자에 풀썩 주저앉아 옆자리를 두드렸다.

"앉아."

그녀는 시키는 대로 했다. 그의 지독하고 역겨운 향수 냄새가 그녀를 소름 돋게 했다. 나란히 놓인 두 개의 의자는 바다를 향해 있었다. 두 사람은 한동안 어색하게 침묵을 지켰다. 그들의 시선은 밀려드는 큰 파도에 고정돼 있었다.

"폭풍이 오고 있어." 그가 말했다.

"불길하네요." 캣이 짧게 비꼬듯이 말했다.

"속 시원히 물어봐, 캣."

그녀는 입을 열지 않았다.

"이 순간을 위해 거의 20년을 기다려왔잖아. 이제 기회가 왔으니 물어보라고."

그녀는 고개를 돌리고 그의 얼굴을 바라봤다. "당신이 우리 아버지를 죽이라는 지시를 내렸나요?"

"아니." 그의 눈은 여전히 바다를 향해 있었다.

"그 말을 어떻게 믿죠?"

"내가 그쪽 동네 출신이라는 거 알고 있나?"

"네. 세차장 근처 패링턴가 출신이잖아요. 5학년 때 한 아이를 죽인 적도 있고."

그가 고개를 저었다. "비밀 하나 들려줄까?"

"뭔데요?"

"내가 장도리로 누굴 죽였다는 소문 말이야. 그건 도시 괴담에 불과할 뿐이야."

"당신 동창의 여동생이 들려준 얘기예요."

"사실이 아니라니까." 그가 말했다. "내가 왜 네게 거짓말을 하겠어? 난 그런 괴담을 좋아해. 직접 만들어서 퍼뜨린 괴담도 꽤 있고. 사람들에게 공포를 심어줘야 내가 편해지거든. 물론 그깟 괴담만으로 손에 피 묻힐 일이 줄어들진 않았지만. 아무튼 공포는 다루기에 따라 꽤 유용할 수도 있어."

"자백하는 건가요?"

코존이 수갑을 차듯 양쪽 손목을 모았다. 그녀는 그의 자백이 법정에서 증거로 채택될 확률이 희박하다는 걸 알고 있었다. 그럼에도 그녀는 코존이 계속 주절거리길 바랐다.

"난 네 아버질 잘 알았어." 그가 말했다. "서로 '이해'하는 부분도 있었고."

"아버지가 부정한 형사였단 말인가요?"

"그게 아니야. 난 지금 네 아버지의 죽음과 아무런 관련이 없다는 걸 설명하는 거야. 우리, 그와 나는 출신이 같았으니까."

"그러니까 플러싱 출신들은 죽이지 않았다?"

"오, 그건 아니지."

"그럼 무슨 얘길 하는 거죠?"

"넌 오랫동안 내가 하는 사업을 방해했어."

그녀는 코존과 관련이 있다고 알려진 사업체들을 불시 단속해 꽤 많은 실적을 쌓았다. 코존은 보나 마나 그녀 때문에 막대한 손해를 입었을 것이다.

"본론만 얘기해요." 캣이 말했다.

"난 과거를 그냥 묻어두고 싶어."

"우리 아버지를 죽이라고 지시한 적이 없다는 말 한마디면 모든 게 깔끔히 정리될 거라 생각했나요?"

"그러길 바랐지. 난 우리가 함께 과거를 잘 덮을 수 있기를 바라."

"우리가 함께?"

"그래."

"아버지와 함께 그랬던 것처럼 말인가요?"

그는 부서지는 파도를 바라보며 미소를 머금었다. "그런 셈이지."

캣은 그 말에 어떻게 반응해야 할지 몰랐다. "왜 하필 지금이죠?" 그녀가 물었다.

그는 유리잔을 들어 다시 입술로 가져갔다.

"이런 얘기라면 오래전에 할 수도 있었잖아요. '우리가 함께'……." 그녀는 허공에 대고 따옴표를 그려 보였다. "합의할 수 있을 거라 믿었다면 말이죠. 왜 하필 지금인 거죠?"

"그간 상황이 변했어."

"어떻게요?"

"친한 친구가 세상을 떠났어."

"몬테 리번?"

코존이 음료를 또 한 모금 넘겼다. "보기보다 터프하군, 캣. 그건 인정해."

그녀는 굳이 대꾸하지 않았다.

"아버지를 무척 사랑했지?"

"내 얘길 들으려고 끌고 온 게 아니잖아요."

"하긴. 왜 하필 지금 이런 얘길 털어놓느냐고 물었지? 왜냐하면 몬테 리번이 죽었으니까."

"하지만 그는 이미 자기가 죽였다고 자백했잖아요."

"그랬지. 내가 그 사건과 아무 관련이 없다는 것도 분명히 못 박았고."

"맞아요. 게다가 당신이 나머지 두 사건과도 관련이 없다고 했어요. 그 부분도 부인하는 건가요?"

그가 고개를 살짝 돌려 그녀를 봤다. 그의 얼굴은 딱딱하게 굳어 있었다. "난 다른 사건들을 얘기하는 게 아니야. 알아듣겠어?"

물론이다. 그는 자백을 하는 것도, 그렇다고 완전히 부인하는 것도 아니었다. 하지만 뜻은 분명했다. 그래, 그 둘은 내가 죽이라고 시켰어. 하지만 네 아버진 아니야.

문제는 그의 주장을 곧이곧대로 믿을 수가 없다는 거였다.

코존은 집요한 그녀를 멀리 떨쳐내고 싶어 했다. 그래서 이런 자리를 만든 것이었다. 목적 달성을 위해서라면 세상의 모든 거짓말을 다 끌어와서 늘어놓고도 남을 사람이었다.

"내가 지금 들려주려는 내용은 비밀이야." 코존이 말했다. "이해하겠어?"

캣은 다시 고개를 끄덕였다. 그런 건 아무래도 상관없었다. 어차피 그런 약속을 칼같이 지켜야 할 만큼 각별한 사이는 아니니까. 아마 코존도 그녀의 그런 입장을 잘 알고 있을 것이다.

"과거로 돌아가보자고. 응? 몬테 리번이 체포됐던 날로 말이야. FBI 놈들이 몬테를 잡아들였을 때 솔직히 좀 걱정됐어. 그 이유야 굳이 들려주지 않아도 짐작하겠지? 몬테는 가장 충직한 부하였어. 나는 그가 체포됐다는 소식을 듣자마자 연락을 취했지."

"어떻게요? 그는 이미 격리된 상태였잖아요."

그는 미간을 찌푸렸다. "그걸 몰라서 물어?"

사실 코존의 인맥은 실로 엄청났다. 그가 원했다면 얼마든지 몬테에게 연락할 수 있었을 것이다.

"아무튼 난 몬테에게 끝까지 의리를 지켜주면 그의 가족에게 후한 보상을 해주겠다고 했어."

뇌물이군. "만약 그가 의리를 지키지 않겠다고 했으면요?"

"그런 가상의 질문까지 던질 필요는 없잖아, 캣. 안 그런가?" 그가 그녀를 쳐다봤다.

"그렇겠죠."

"아무리 겁을 주고 협박해도 기어이 배신하는 놈들이 있기 마련이지. 난 채찍 대신 당근으로 몬테 리번을 다뤄보려고 했어."

"작전은 성공했고요."

"그래. 성공이었어. 하지만 내가 기대했던 것과는 조금 다르게 진행되더군."

"어떻게요?"

코존은 손가락에 낀 반지를 빙글 돌렸다. "너도 알겠지만 몬테리번은 원래 두 건의 살인 혐의로 체포됐어."

"그랬죠."

"그는 세 번째 사건도 자백할 수 있게 해달라고 했어."

캣은 묵묵히 듣고만 있었다. 그는 갑자기 무척 지쳐 보였다. "왜 그랬을까?"

"어차피 종신형을 선고받았으니 혐의가 추가된다고 해서 달라질 게 없었겠죠."

"그래도 그렇지. 그는 재미로 추가 자백을 한 게 아니었어."

"그랬겠죠."

"그럼 왜 그랬을까? 우리가 진작 이런 자리를 갖지 못했던 이유를 설명하지. 몬테 리번과 난 이 문제를 우리 둘만의 비밀로 간직하기로 합의했어. 도둑놈들 사이에 의리란 없다, 이런 말 들어봤지? 하지만 난 정말 그 합의를 지키고 싶었어. 충직한 부하를 배신하고 싶지 않았거든."

"오히려 그가 당신을 배신할 수도 있었는데 말이죠?"

"아무래도 실리는 좀 따져야겠지." 코존이 말했다. "하지만 난 몬테와 나머지 부하들에게 그들의 보스가 반드시 약속을 지키는 사람이라는 걸 보여주고 싶었어."

"그리고 지금은요?"

코존이 어깨를 으쓱였다. "그는 죽었잖아. 이제는 그 약속도 무효로 처리해야지."

"그래서 편히 다 털어놓을 수 있다, 이건가요?"

"그렇지. 하지만 이 문제는 너와 나의 비밀로 계속 남겨뒀으면
해. 넌 지금껏 내가 네 아버지를 죽였다고 믿었어. 하지만 그건 사
실이 아니란 말이야."

그녀는 당연한 질문을 던졌다. "그럼 누가 죽인 거죠?"

"그건 나도 몰라."

"리번이 연루됐나요?"

"아니."

"그가 자백한 이유를 알아요?"

코존이 두 팔을 살짝 벌렸다. "이유야 당연하잖아."

"돈 때문에?"

"그것도 이유 중 하나였고."

"다른 이유는요?"

"그 부분부터 좀 복잡해져."

"그게 무슨 뜻이죠?"

"그에게 몇 가지 조건을 내걸었더군."

"어떤 조건인데요?"

"교도소에서 정중히 대해주겠다. 그나마 괜찮은 독방을 제공
해주겠다. 식사를 충분히 배급해주겠다. 조카에게 일자리를 구해
주겠다."

캣이 얼굴을 찌푸렸다. "누가 그의 조카에게 일자리를 구해줬
나요?"

"그건 끝내 알려주지 않더군."

"하지만 의심 가는 사람이 있을 거 아니에요."

"그런 가정은 삼가는 게 좋겠지."

"그의 조카가 어떤 일을 하게 됐죠?"

"엄밀히 말하면 일이 아니라 학교였어."

"무슨 학교요?"

"경찰대학."

기다렸다는 듯이 바다 위로 비가 쏟아지기 시작했다. 파도가 점점 더 높아졌다. 어느새 넓은 뜰에도 빗줄기가 뿌려졌다. 코존은 일어나서 지붕 밑으로 몸을 피했다. 캣도 그를 따라 들어갔다.

코존이 말했다. "레슬리가 네 차가 있는 곳까지 태워다줄 거야."

"난 궁금한 게 더 남았어요."

"이미 너무 많은 말을 했어."

"내가 그걸 믿지 않는다면요?"

코존이 어깨를 으쓱였다. "그럼 지금껏 해온 대로 계속 해야겠지."

"그럼 이 문제는 영영 종결되지 않을 텐데요?"

"어쩔 수 없지." 그가 말했다.

그녀는 그가 들려준 내용을 곱씹었다. 도둑들 사이의 의리, 이해와 합의. "원래 사람이 죽으면 이렇게 다 흐지부지 묻혀버리는 건가요?"

그는 대답이 없었다.

"아까 그랬잖아요. 이제 리번과의 약속은 끝이라고."

"맞아."

실실 웃는 레슬리가 다시 나타났다. 하지만 캣은 움직이지 않았다.

"우리 아버지와도 이해관계가 있었잖아요." 캣이 말했다. 그녀의 귀에도 어색하게 들리는 목소리였다. "그런 얘기도 했죠."

거센 빗줄기가 지붕을 때려대고 있었다. 그녀는 정확한 의사 전달을 위해 목소리를 높여야 했다.

"슈가라는 여자에 대해서도 알아요?" 그녀가 그에게 물었다.

코존의 시선이 멀리로 향했다. "너도 슈가에 대해 알고 있어?"

"어느 정도는요."

"그런데 왜 내게 묻는 거지?"

"그녀를 만나고 싶어서요."

그는 고개를 갸우뚱했다.

"당신은 누가 내 아버지를 죽였는지 모른다고 했잖아요." 캣이 말했다. "어쩌면 그녀가 알지도 모르죠."

코존이 고개를 끄덕였다. "그럴지도 모르지."

"그녀를 만나봐야겠어요." 캣이 말했다. "이건 이해할 수 있는 반응이죠?"

"어느 정도는." 그가 조심스러운 목소리로 말했다.

"그녀를 찾을 수 있게 도와줘요."

코존은 레슬리를 돌아봤다. 레슬리는 미동도 하지 않았다. 코존이 말했다. "그러지."

"고마워요."

"한 가지 조건이 있어."

"뭔데요?"

"더 이상 내 사업을 방해하지 마."

"만약 당신이 들려준 내용이 전부 진실로 확인되면……."

"진실이야."

"그럼 좋아요." 그녀가 말했다.

그가 손을 내밀었다. 그녀는 머뭇거리다가 마지못해 악수에 응했다. 지금껏 그가 손에 묻혀온 피가 홍수처럼 몰려와 그녀를 덮치는 것 같았다. 코존은 그녀의 손을 놔주지 않았다.

"정말 그걸 원하는 거야, 캣?"

"뭘 말이죠?"

"정말 슈가를 만나고 싶어?"

캣은 그에게서 손을 빼냈다. "네, 그러고 싶어요."

그는 다시 거센 파도를 바라봤다. "나쁠 건 없겠지. 이젠 모든 비밀이 드러나도 괜찮을 것 같아. 그 때문에 더 큰 일이 벌어진다 해도."

"그게 무슨 뜻이죠?" 캣이 물었다.

하지만 코존은 말없이 돌아섰다. "레슬리가 네 차가 있는 곳까지 데려다줄 거야. 슈가의 주소를 찾으면 저 친구를 통해 알려주지."

34

타이터스는 데이나에게 같은 질문을 열두 번도 더 던졌다. 하지만 그녀의 대답은 변하지 않았다. 그녀는 캣을 모른다고 주장했다. 그녀를 한 번도 본 적이 없다고. 그녀가 왜 자신의 실종을 수사하고 있는지 모른다고.

타이터스는 데이나를 믿었다. 그는 등받이에 몸을 붙이고서 턱을 살살 문질렀다. 데이나는 그를 빤히 응시했다. 그녀의 눈에서 희미한 희망의 빛이 스쳤다. 그녀 뒤에서는 레이날도가 문설주에 기댄 채 서 있었다. 타이터스는 데이나에게 돈을 더 뜯어내는 게 가능할지 생각해봤다. 하지만 그건 어리석은 일이었다. 인내심을 잃는 순간 일을 그르칠 수 있었다. 탐욕은 절대 금물이었다. 이제는 줄을 끊어야 할 때였다. 그는 캣 도노반 형사가 이번 사건에 대해 함구하고 있을 거라 확신했다. 여기저기 떠벌리기에는 그녀가 가진 증거가 너무 빈약했다. 이 사건을 알게 된 경위를 해명하기도 부담스러울 테고.

전 남자친구를 스토킹하다가 알게 된 일이니.

그는 장단점을 꼼꼼하게 따져봤다. 데이나 펠프스를 없애면 모든 게 끝나버릴 것이다. 그녀는 죽어서 묻힐 것이고, 그녀와 함께 모든 단서도 사라질 것이다. 하지만 캣 도노반은 이미 너무 깊숙이 파고들어온 상태였다. 그녀는 제라드 레밍턴이 데이나 펠프스와 함께 실종됐다는 걸 알고 있었고, 이 사건에 개인적인 이해관계가 있었다.

그녀는 쉽게 손을 뗄 사람이 아니었다.

형사를 제거하는 건 위험한 일이다. 그러니 당분간은 그녀를 살려둘 수밖에 없었다.

전체적인 비용 편익 분석이 필요한 시점이었다. 그녀를 죽여야 할지 살려둬야 할지. 하지만 그 전에 먼저 처리해야 할 문제가 있었다.

타이터스는 데이나를 바라보며 미소를 흘렸다. "차 한 잔 할래요?"

그녀가 힘겹게 고개를 끄덕였다. "네, 좋아요."

타이터스는 드미트리를 돌아봤다. "펠프스 부인에게 차 한 잔 갖다 드려."

드미트리가 컴퓨터 앞에서 일어나 주방으로 들어갔다.

타이터스는 자리에서 일어나며 말했다. "곧 돌아올게요."

"난 사실 그대로를 얘기했을 뿐이에요, 타이터스 씨."

"나도 알아요, 데이나. 걱정 말아요."

타이터스는 레이날도가 서 있는 문간으로 다가갔다. 두 남자는 밖으로 나갔다.

"시간이 됐어." 타이터스가 말했다.

레이날도가 고개를 끄덕였다. "알겠습니다."

타이터스가 어깨 너머를 흘끔 돌아봤다. "저 여자를 믿어?"

"네."

"나도 그래." 타이터스가 말했다. "하지만 확실하게 확인해볼 필요가 있지."

레이날도의 눈매가 가늘어졌다. "죽이지 말란 말씀인가요?"

"아니, 죽여야지." 타이터스가 헛간 쪽을 바라보며 말했다. "하지만 천천히 하자고."

채즈는 줄리 웨이츠에게 전화를 걸었다. 여자 목소리가 응답했다. "여보세요?"

"줄리 웨이츠 씨입니까?"

"그런데요."

"전 뉴욕 경찰국의 페어클로스 형사입니다."

채즈는 그녀에게 몇 가지 질문을 던졌다. 그녀는 온라인에서 몇 명의 남자와 대화를 나눴음을 시인한 후 남의 일에 신경 끊으라고 매섭게 쏴붙였다. 또한 온라인에서 만난 상대와 여행을 떠날 계획이 전혀 없다고도 했다. 그녀의 짜증이 극에 달하자, 채즈는 잽싸게 감사 인사를 한 후 전화를 끊었다.

원 스트라이크. 아니, 그보다 더 적절한 야구 용어가 있었다. 세이프.

채즈는 마사 파켓의 집으로도 전화를 걸었다. 여자가 전화를 받았다. "여보세요?"

"마사 파켓 씨인가요?"

여자가 말했다. "아뇨. 전 마사의 언니 샌디예요."

실실 웃는 레슬리와 은색 메르세데스는 캣을 채즈의 노란 페라리가 세워진 곳까지 데려다줬다. 그녀가 차에서 내리려고 하자, 레슬리가 말했다. "주소를 알아내면 연락할게요."

캣은 고맙다고 하려다 멈칫했다. 왠지 한심하리만큼 부적절한 것 같다는 생각이 들어서였다. 운전사가 그녀에게 권총을 돌려줬다. 탄약을 전부 빼버렸는지 총이 조금 가볍게 느껴졌다. 그는 그녀에게 휴대폰도 돌려줬다.

캣은 차에서 내렸다. 그들은 이내 떠나버렸다.

그녀의 머릿속은 아직도 돌고 있었다. 코존의 고백을 어떻게 받아들여야 할지 몰랐다. 아니, 그 반대였다. 너무 빤하지 않은가? 스태거는 몬테 리번이 체포된 직후에 그를 만나러 갔다. 석스와 린스키에게도 알리지 않은 채. 또 그는 리번에게 거래를 제안했다. 그녀 아버지의 죽음에 대한 누명을 써달라고.

하지만 왜 그랬을까?

아니, 그 답 역시 빤한가?

그녀는 당장 무엇을 해야 할지 막막했다. 더 이상 스태거를 들볶아대는 건 무의미했다. 어차피 그는 계속 거짓말만 늘어놓을 테니까. 그가 거짓말을 했다는 걸 증명하는 게 그녀가 해야 할 일이었다. 하지만 어떻게?

범죄 현장에서 검출된 지문.

스태거는 그걸 감추려 했지? 하지만 그게 스태거의 지문이었다면 석스와 린스키가 조회했을 때 확인됐어야 하잖아. 모든 경찰의 지문이 파일에 보관돼 있으니까. 그건 스태거의 지문이 아니었던 거야.

그 지문의 주인을 찾아내자, 스태거는 자신을 수사에 끌어들였다. 그 지문을 어느 노숙자의 것인 듯 꾸며서.

그 지문이 수수께끼를 푸는 데 가장 중요한 열쇠였다.

그녀는 휴대폰을 꺼내 석스에게 전화를 걸었다.

"어이, 캣, 별일 없어?"

"네. 혹시 그 지문에 대해 좀 알아보셨어요?"

"아직."

"귀찮게 하고 싶진 않지만, 제겐 무척 중요한 문제예요."

"이 케케묵은 사건이 아직도 중요하다고? 어쨌든 정식으로 요청해놨으니 곧 연락이 올 거야. 모든 증거는 상자에 담겨서 창고에 보관되거든. 며칠 걸릴 거라더군."

"더 빨리 알 순 없을까요?"

"오래전에 종결된 사건이라 우선순위에서 많이 밀려 있어."

"아주 중요한 문제예요." 그녀가 말했다. "독촉 좀 더 해주세요. 우리 아버지를 위해서."

그 말에 잠시 침묵을 지키던 석스가 말했다. "네 아버지를 위해서." 그러고서 전화를 끊었다.

캣은 다시 해변을 바라보며 채즈의 차에 기대선 레슬리를 발견하기 전까지 자신이 무슨 생각을 하고 있었는지 기억했다.

나 캣이야.

제프 혹은 론에게 그녀가 전송한 메시지였다. 그 전에는 〈미싱 유〉 뮤직비디오 링크를 보냈다. 하지만 그는 그녀가 누군지 모른다는 투로 답을 보냈다. 그래서 그녀는…….

나 캣이야.

그 순간 몸이 얼어붙었다. 캣이라는 이름을 먼저 말한 건 그녀였다. 그가 아니었다. 그녀가 먼저 이름을 알려주고 나서야 그는 마치 그녀를 안다는 듯이 자연스럽게 캣이라고 부르기 시작했다.

뭔가 이상했다.

데이나 펠프스도, 제라드 레밍턴도, 론 코치먼이라는 가명을 쓰는 제프 레인스도 이상했다. 대체 이 세 사람은 어디로 증발해 버린 걸까? 아니, 두 사람. 제라드와 데이나. 제프는…….

진실을 캐는 방법은 하나뿐이었다. 그녀는 페라리에 올라 시동을 걸었다. 적어도 지금 당장은 뉴욕으로 돌아갈 생각이 없었다. 그녀는 다시 론 코치먼의 집으로 가볼 참이었다. 필요하다면 그 빌어먹을 문을 부수고 쳐들어가 진실을 밝혀낼 것이다. 모든 수단을 총동원해서.

캣이 다시 디포레스트가로 들어섰을 때 진입로에는 여전히 똑같은 차 두 대가 세워져 있었다. 그녀는 그 뒤에 차를 세웠다. 손잡이를 향해 손을 뻗으려는 찰나, 그녀의 휴대폰이 울렸다.

채즈였다.

"여보세요?"

"마사 파켓이 어젯밤에 주말여행을 떠났대. 그 후로 연락이 두절됐어."

타이터스는 데이나에게 협조해줘서 고맙다고 했다.

"언제쯤 집에 갈 수 있죠?" 그녀가 물었다.

"일이 잘 풀리면 내일쯤 돌아갈 수 있을 겁니다. 레이날도가 헛간에 마련된 손님 숙소로 안내해드릴 겁니다. 샤워실과 침대가 갖춰져 있어요. 오늘 밤에는 편히 쉴 수 있을 겁니다."

데이나가 몸을 바르르 떨며 말했다. "감사합니다."

"감사하긴요. 이만 가봐요."

"나가서 아무 말도 하지 않을게요." 그녀가 말했다. "날 믿어도 돼요."

"당연히 믿죠."

데이나는 깊은 진창에 빠진 것처럼 무거운 발걸음을 옮겨나갔다. 레이날도는 문밖에서 그녀를 기다리고 있었다. 마침내 문이 닫히자, 드미트리가 주먹 쥔 손에 대고 기침을 했다. "저기, 문제가 좀 생겼습니다."

타이터스의 시선이 그쪽으로 홱 돌아갔다. 그들은 지금껏 어떠한 문제도 맞닥뜨려본 적이 없었다. 단 한 번도.

"무슨 문제?"

"이메일이 들어오고 있어요."

드미트리는 암호를 알아낸 손님들의 이메일 계정을 자신의 계정으로 돌려놓았다. 그래야 감시가 수월했고, 필요에 따라 걱정하는 가족이나 친구들에게 적절한 답신도 띄울 수 있었다.

"어디서?"

"마사 파켓의 언니에게서요. 휴대폰으로 연락을 시도해본 모양입니다."

"이메일 내용은?"

드미트리가 고개를 들었다. 그리고 검지로 코끝에 걸린 안경을 살짝 밀어 올렸다. "뉴욕 경찰국 형사가 전화해서 마사의 행방을 물었다고 합니다. 남자친구와 여행을 떠났다고 했더니 무척 걱정하더랍니다."

타이터스는 속에서 분노가 끓어올랐다.

캣.

비용 편익 분석, 죽일 것인가 말 것인가 하는 고민은 이제 필요 없게 됐다.

타이터스는 열쇠를 집어 들고 문 쪽으로 달려갔다. "그 언니라는 여자에게 답신을 보내. 아무 문제 없고, 멋진 시간을 보내고 있다고. 내일 집으로 돌아갈 거라고. 또 연락이 오면 내 휴대폰으로 알려주고."

"어디로 가십니까?"

"뉴욕."

캣은 현관문을 탕탕 두드렸다. 뿌연 유리창 안을 들여다봤지만 움직임은 포착되지 않았다. 그 노인이 집에 있을 텐데. 불과 한 시간 전에 봤잖아. 차들도 그대로 세워져 있고. 그녀는 다시 노크를 했다.

대답이 없었다.

노인은 분명 자신의 집에서 꺼지라고 했다. 그의 집에서. 론이나 제프가 소유한 집이 아니라는 뜻이다. 노인이 집주인이라는 뜻. 어쩌면 제프와 그의 딸 멜린다는 이곳에 세 들어 살고 있는지도 몰랐다. 노인의 이름을 알아내는 건 어려운 일이 아니지만, 그 걸 알아낸다고 무슨 도움이 되겠는가? 채즈는 이 사건을 FBI에 알릴 것이다. 문제는 아직도 증거가 불충분하다는 사실이었다. 성인들이 며칠씩 연락을 끊는 게 뭐가 대수겠는가. 정황적 일관성은 부인할 수 없지만, 솔직히 그녀조차도 확신이 서지 않았다. 데이나 펠프스는 아들과 재정 고문에게 차례로 전화를 걸었다. 마사 파켓도 어딘가에서 새 애인과 뜨거운 시간을 보내고 있을지도 모른다. 하지만 거슬리는 사실이 한 가지 있다. 두 여자가 모두 같은 남자와 여행을 떠났다는 것이다.

그녀는 집을 빙 돌아 옆 창문을 확인했다. 하지만 커튼이 드리워져 안을 살필 수 없었다. 뒤뜰로 들어가보니 등받이가 뒤로 젖히는 긴 의자에 누워서 파넬 홀의 소설을 읽는 노인의 모습이 눈에 들어왔다.

캣이 말했다. "안녕하세요."

깜짝 놀란 노인이 상체를 벌떡 일으켰다. "여기서 뭐하는 거요?"

"현관문을 두드렸어요."

"왜 또 온 거요?"

"제프는 어디 있죠?"

그가 일어나 앉았다. "그런 이름을 가진 사람은 몰라요."

그녀는 믿지 않았다. "그럼 론 코치먼은요?"

"여기 없다고 했잖소."

캣이 긴 의자 앞으로 성큼 다가갔다. "두 여자가 실종됐어요."

"뭐요?"

"온라인에서 그를 만난 두 여자가 사라졌다고요."

"당최 무슨 소린지 모르겠구먼."

"그의 행방을 알려주실 때까지 전 한 발짝도 움직이지 않을 거예요."

그는 대꾸가 없었다.

"필요하다면 경찰과 FBI와 기자들을 부를 거예요."

노인은 눈을 크게 떴다. "그럴 수 없을걸."

캣이 그의 앞으로 얼굴을 바짝 들이밀었다. "제가 못할 것 같으세요? 론 코치먼이 사실은 제프 레인스였다고 고래고래 떠들고 다녀볼까요?"

노인은 말없이 앉아 있었다.

"그는 지금 어디 있죠?"

노인은 대답하지 않았다.

그녀는 권총을 뽑아 들려다 말고 빽 소리 질렀다. "어디 있느냐고요!"

"그 정도면 됐어."

갑자기 들려온 목소리에 캣의 고개가 집 쪽으로 돌아갔다. 망으로 된 문이 스르르 열렸다. 캣은 다리가 후들거리기 시작했다. 입술을 벌려봤지만 아무 말도 흘러나오지 않았다.

제프는 뒤뜰로 걸어 나와 두 팔을 벌렸다.

"나 여기 있어, 캣."

35

레이날도와 데이나가 헛간에 도착했을 때 보는 문 옆에서 꼬리를 흔들고 있었다. 녀석은 주인에게 달려왔고, 그는 한쪽 무릎을 꿇은 채 개의 귀 뒤를 쓰다듬었다.

"착한 녀석."

보가 기분 좋게 몇 번 짖어댔다.

뒤에서 망을 친 농가의 문이 거칠게 닫히는 소리가 들렸다. 황급히 현관 계단을 내려온 타이터스가 검은 SUV로 향하고 있었다. 클로드의 빈자리를 메우기 위해 기사로 고용된 클렘 사이슨이 잽싸게 운전석에 올라탔다. 타이터스는 조수석에 올랐다.

SUV는 흙먼지를 날리며 빠르게 달려나갔다.

레이날도는 무슨 일인지 궁금했다. 정신이 산란해진 그가 손길을 멈추자, 보가 다시 짖어댔다. 그는 미소를 흘리며 다시 개를 쓰다듬었다. 보의 얼굴에 만족스러운 표정이 떠올랐다. 이래서 그는 개를 좋아했다. 녀석들은 항상 감정을 솔직하게 표출하니까.

데이나는 멀뚱하게 서 있었다. 그와 보를 지켜보는 그녀의 얼굴에 옅은 미소가 떠올랐다. 몸을 일으킨 그는 보에게 지하 상자들 쪽으로 돌아가라고 지시했다. 개는 낑낑거리며 우는 소리를 냈다.

"가라니까." 레이날도가 다시 말했다.

개는 잠시 머뭇거리다가 좁은 오솔길을 따라갔다.

데이나는 멀어지는 늙은 개를 측은하게 바라봤다. "나도 래브라도를 키우고 있어요." 그녀가 말했다. "암컷인데, 이름은 클로이예요. 털은 검지만 초콜릿색은 아니고요. 저 개는 몇 살이나 됐죠?"

레이날도는 대답하지 않았다. 헛간 문 앞에 선 레이날도는 오래된 아미시 전정 톱을 빤히 응시하고 있었다. 언젠가 레이날도는 전정 톱의 무딘 날로 손가락뼈를 자를 수 있을지 궁금했던 적이 있었다. 실제로 해보니 꽤 오랜 시간이 소요됐다. 톱질이라기보다는 우악스럽게 찢고 뜯는 것에 가까웠다. 하지만 레이날도는 개의치 않고 남은 손가락들을 차례로 잘랐다. 그 남자, 3번 상자에 갇혔던 그는 미친 듯이 비명을 질러댔다. 타이터스가 그 소리를 거슬려 하자, 레이날도는 3번의 입에 천을 물리고서 강력 접착테이프로 꽁꽁 봉해버렸다. 그래서 비명은 더 이상 헛간에서 새어 나가지 않았다. 톱날이 연골을 파고들자 3번은 실신해버렸다. 처음 두 번은 하던 일을 멈추고서 들통에 물을 담아 와 남자에게 끼얹었다. 남자가 세 번째로 정신을 잃자, 레이날도는 아예 들통을 옆에 놔둔 채 고문을 이어갔다.

"물 한 잔 마실래요?" 그가 데이나에게 물었다.

"네. 고마워요."

그가 들통 두 개에 물을 가득 채워 작업대에 올려놓았다. 데이나는 그중 하나를 집어 들고 벌컥벌컥 들이켜기 시작했다. 레이날도는 그녀의 입안에 쑤셔 넣기 적당한 작은 수건을 찾아냈다. 하지만 강력 접착테이프는 아무리 찾아봐도 보이지 않았다. 물론 수건을 뱉는 순간 더 큰 고통이 따를 거라고 협박할 수는 있었다. 하지만 타이터스가 자리를 비웠으니 더 이상 새된 비명을 걱정하지 않아도 됐다.

레이날도는 그녀에게 마음껏 비명을 지르게 해주기로 했다.

"침대는 어디 있죠?" 데이나가 물었다. "샤워실은요?"

"앉아요." 그가 의자를 가리키며 말했다.

그는 3번을 의자에 꽁꽁 묶고서 작업할 손을 테이블 위의 커다란 바이스에 단단히 고정했다. 3번은 밧줄을 보는 순간 거세게 저항했지만, 레이날도는 권총을 내보이며 그를 진정시켰다. 다시 그래야 할 수도 있었지만, 다행히 데이나는 순종적이었다. 절단이 시작되면 구속 장치가 필요하겠지만.

"앉아요." 그가 다시 말했다.

데이나는 순순히 의자에 앉았다.

레이날도가 공구 서랍을 열고서 밧줄을 꺼냈다. 그는 매듭을 짓는 데 서툴렀지만 온몸을 충분히 감아놓으면 매듭은 필요 없었다.

"그건 뭐죠?" 데이나가 물었다.

"당신의 잠자리를 준비해주려고요. 그러는 동안 당신이 도망치면 안 되잖아요."

"도망치는 일은 없을 거예요. 약속해요."

"얌전히 앉아 있어요."

그가 밧줄을 감는 동안 데이나는 눈물을 펑펑 흘렸다. 하지만 그녀는 끝내 저항하지 않았다. 그는 그 사실에 만족하면서도 또 한편으로는 실망했다. 그때 그의 뒤에서 귀에 익은 낑낑거림이 들려왔다.

보.

레이날도가 고개를 들었다. 보가 헛간 문 밖에서 슬픈 눈으로 주인을 지켜보고 있었다.

"가." 레이날도가 말했다.

보는 움직이지 않았다. 개는 계속해서 낑낑거렸다.

"가라니까. 나도 금방 갈게."

개는 자신의 잠자리를 보며 앞발로 땅을 긁기 시작했다. 레이날도는 이런 일이 벌어질 것을 예상하지 못한 자신을 질책했다. 보는 자신의 잠자리를 좋아했다. 그리고 레이날도가 함께 있을 때는 헛간을 절대 떠나지 않았다. 레이날도가 보를 헛간 밖으로 내쫓은 적은 딱 한 번밖에 없었다. 3번을 고문했을 때. 보는 그걸 좋아하지 않았다. 주인이 남자의 손가락을 자른다는 게 문제가 아니라, 레이날도와 떨어지는 게 문제였다. 보는 자신의 잠자리와 주인에게서 격리될 때 크게 흥분했다.

작업이 끝난 후 보는 며칠 동안 바닥에 뿌려진 피 냄새를 맡아 댔다.

레이날도가 일어나서 헛간 문 쪽으로 다가갔다. 그가 녀석의 귀 뒤를 살살 쓰다듬으며 말했다. "미안해. 하지만 지금은 밖에 있어야 돼." 그는 개를 밀어내고서 문을 닫으려 했다. 하지만 보는 고집을 꺾지 않았다.

"앉아." 레이날도가 준엄한 목소리로 말했다.

개는 주인의 지시에 따랐다.

레이날도의 손이 헛간 문의 손잡이에 닿는 순간, 그의 뒤통수에 무언가 둔탁한 것이 떨어졌다. 레이날도는 그 충격으로 다리가 풀려버렸다. 머리가 소리굽쇠처럼 진동했다. 그는 천천히 고개를 들었다. 데이나가 금속 의자를 들고서 서 있었다. 그녀는 의자를 다시 번쩍 들었다가 그의 얼굴을 향해 힘껏 휘둘렀다.

레이날도는 가까스로 공격을 피했다. 의자는 그의 머리 위를 휙 지나갔다. 걱정이 된 보가 맹렬히 짖어대기 시작했다. 레이날도는 손을 뻗어 의자를 움켜잡고서 그녀에게서 빼앗았다.

데이나는 헛간을 뛰쳐나갔다.

레이날도는 여전히 무릎을 꿇은 채 앉아 있었다. 일어나보려 해도 몸이 말을 듣지 않았다. 그는 다시 고꾸라졌다. 보가 다가와 그의 얼굴을 핥았다. 그는 다시 기운을 차려서 힘겹게 일어났다. 그러고는 권총을 뽑아 들고서 밖으로 뛰쳐나갔다. 그는 고개를 오른쪽으로 돌렸다. 여자는 보이지 않았다. 왼쪽도 마찬가지였다.

그가 뒤돌아보려는 순간, 숲 속으로 사라지는 데이나의 뒷모습이 보였다. 레이날도는 총을 들고서 방아쇠를 당기며 그녀를 쫓아갔다.

타이터스는 지나칠 정도로 신중하게 일을 처리해왔다.

그가 완벽한 범죄라고 여기는 구성은 "유레카!"라는 한 마디 외침에서 비롯된 게 아니었다. 그것은 진화와 적자생존의 결과였다—이 이론은 그가 다른 일들을 하면서 경력을 쌓는 동안 차츰 발전했다. 그것은 사랑과 섹스와 로맨스와 갈망을 결합해 완성한 작품이자, 원시적 본능을 현대적으로 실행한 것이었다.

완벽 그 자체.

아니, 적어도 지금까지는 그랬다.

삼류 사기꾼들은 삼류 아이디어만 떠올렸다. 그들은 웹사이트에 섹스 광고를 걸어놓고서 그것에 혹한 남성들을 끌어들여 돈을 뜯어냈다.

하지만 그것만으로는 발전이 없었다.

타이터스는 자신이 과거에 손댔던 모든 사업을 한 단계 더 끌어올렸다. 매춘, 강탈, 신용 사기, 신원 도용. 그가 처음에 한 일은 가짜 온라인 프로필을 만드는 것이었다. 어떻게? 몇 가지 방법이 있었다. 드미트리는 페이스북이나 마이스페이스 같은 소셜 네트워크 사이트에서 삭제된 계정이나 휴면 계정을 찾는 데 큰 도움을 줬다. 계정을 만들어놓고 사진만 몇 장 올려놓은 후 관리에서 손을 뗀 사람들. 그는 주로 해지된 계정들을 이용했다.

예를 들면, 론 코치먼이 그 예였다. 캐시cache에 의하면, 그의 계정은 개설된 지 이 주 만에 해지됐다. 완벽한 표적이었다. 바네사 모로도 마찬가지였다. 그들은 무초 모델스라는 캐스팅 사이트에서 그녀의 비키니 포트폴리오를 찾아냈다. 바네사는 3년이 넘도록 자신의 계정을 관리하지 않았다. 타이터스가 가상의 잡지를 내세워 캐스팅 제안을 했을 때도 그녀는 아무 반응이 없었다.

둘 다 죽은 계정이었다.

그게 첫 번째 단계였다.

잠재적 표적들의 신원이 확인되면 타이터스는 꼼꼼하게 온라인 검색을 진행했다. 어느 구혼자라도 그렇게 할 테니까. 요즘은 그것이 기본이다. 누군가를 온라인에서, 또는 실물로 만날 때 구글로 상대를 검색하는 건 이제 당연한 일이 됐다. 그 상대가 잠재적 구혼자라면 더 신경 써서 알아봐야 했다. 그런 이유로 완전한 가짜 신원을 이용하는 건 바람직하지 않았다. 최소한 구글 검색에 걸릴 정도는 돼야 했다. 그러나 만약 그 사람이 실재하지만 연락이 닿지 않는다면…….

빙고.

온라인에는 론 코치먼에 대한 정보가 거의 없었다. 하지만 타이터스는 신중을 기하는 차원에서 론 대신 잭이라는 이름을 사용했고, 일은 잘 풀렸다. 바네사 모로도 마찬가지였다. 그는 사설탐정 수준으로 꼼꼼하게 조사했고, 그 덕분에 바네사 모로가 낸시 조지프슨의 가명이라는 것과 영국 브리스틀에 사는 두 아이의 엄마라는 사실을 알아낼 수 있었다.

그다음으로 중요한 건 사진이었다.

바네사는 모델답게 굉장히 매력적이었다. 어느 남자라도 수상쩍어할 만큼. 하지만 타이터스는 포주 시절의 경험을 통해 남자들이 얼마나 멍청한지도 잘 알고 있었다. 특히 여자에 대해서는. 남자들은 자기들이 여자들을 위해 신이 내린 선물이라는 잘못된 믿음을 가지고 있었다. 제라드 레밍턴은 바네사에게 자신의 천재적인 지능과 그녀의 환상적인 미모가 서로를 끌어당겼다고 열변을 토하기도 했다.

"특별한 사람들은 운명적으로 서로를 찾게 되나 봅니다. 그런 사람들이 만나서 2세를 만들면 그게 바로 인류를 발전시키는 것이죠."

제라드는 그렇게 말했다. 농담이 아니라 진심으로.

론 코치먼은 보기 드물게 완벽했다. 보통은 하나의 프로필로 하나의 표적만 사냥하는 게 타이터스의 원칙이었다. 사냥이 끝난 후에는 아이디를 삭제하고 다음 프로필로 넘어가는 식이었다. 하지만 온라인에 존재의 흔적이 남아 있으나 실제로 찾을 수 없는, 그런 이상적인 인물을 찾아내는 건 쉽지 않았다. 코치먼은 그가 원했던 외모를 갖췄고, 나이까지 적당했다. 부유한 여자들은 나이 든 여성을 좋아하는 변태이거나 자신의 돈을 노리는 사기꾼일지도 모른다면서 젊은 남자들을 경계했다. 하지만 상대의 나이가 너무 많아도 문제였다. 로맨틱한 매력이 떨어지기 때문이었다.

코치먼은 여자들이 특히 선호하는 홀아비인 데다 잘생기기까지 했다. 사진으로 봐도 좋은 사람이란 생각이 들었다. 여유롭고 당당한 모습. 빠져들 것 같은 눈빛과 사랑스러운 미소.

여자들은 그에게 흠뻑 빠졌다.

그 덕분에 타이터스는 순조롭게 계획을 밀고 나갈 수 있었다. 그는 페이스북이나 무초 모델스 웹사이트 등 그들이 방치해놓은 계정들을 샅샅이 뒤져서 쓸 만한 사진들을 긁어모았다. 그런 다음 그것들을 여러 온라인 데이팅 서비스에 올려놨다. 관리하는 프로필들을 단순하고 깔끔하게 유지하는 것도 잊지 않았다. 이 일을 오래 하다 보면 모든 속임수에 통달할 수 있었다. 타이터스는 상대가 남자든 여자든 절대 색을 밝히는 모습을 보이지 않았다. 그는 소통 능력, 즉 유혹의 기술을 자신이 가진 가장 큰 장점이라고 여겼다. 그는 구혼자들의 말에 귀를 기울였고, 그들이 듣고 싶어 하는 반응을 정확히 짚어냈다. 그것은 포트 오소리티 버스 터미널에서 어린 소녀들을 지켜봤을 때부터 연마해온 그만의 강점이었다. 그는 자신에 대해 과장해서 선전하지도 않았다. '개인 광고'에 가까운 말들은 삼갔다. 또한 자신의 성격을 말로 알리기보다는 행동으로 보여줬다. 유머 감각과 배려심을 갖췄다고 떠벌리는 대신 살짝 자기 비하적인 태도를 보여 상대에게서 연민과 호감을 끌어냈다.

타이터스는 절대 상대의 개인 정보를 묻지 않았다. 어차피 본격적인 대화가 시작되면 표적이 알아서 내줄 테니까. 그렇게 이름이나 주소 따위의 중요 정보들이 입수되면 드미트리는 꼼꼼한 조사를 통해 그들의 재산 가치를 알아냈다. 순 자산이 여섯 자리 액수가 아니면 계속 시시덕거릴 이유가 없었다. 가족 관계가 복잡한 표적도 미련 없이 놔줘야 했다.

타이터스는 언제든 열 개의 신원으로 수백 명의 잠재적 표적에게 미끼를 던질 수 있었다. 대부분은 실패로 끝났다. 대화 자체가 고역인 경우도 있었고, 실물로 직접 보기 전에는 절대 경계를 늦추지 않는 사람도 많았다. 론 코치먼이나 바네사 모로 같은 이상적인 프로필이 아니고서는 상대를 속이기가 쉽지 않았다.

그럼에도 잠재적 표적들은 끊이지 않고 그의 미끼를 물어댔다.

현재 타이터스는 총 일곱 명의 표적을 농장에 가두고 있었다. 남자 다섯 명, 여자 두 명. 그는 남자를 선호했다. 독신 남성은 어느 날 갑자기 사라져도 별다른 주목을 받지 않았다. 남자들은 항상 그렇게 말도 없이 사라지곤 하니까. 눈 맞은 여자와 도망쳐 살림을 차리는 남자가 어디 한둘이던가. 남자가 또 다른 계좌로 돈을 송금하는 것에 의문을 제기할 사람은 없었다. 하지만 여자가 그랬다가는 많은 사람의 주목을 받게 될 것이다. 케케묵은 성차별주의 때문에.

생각해보라. 마흔일곱 살 독신남이 실종돼서 경찰이 수사에 나섰다는 뉴스를 들어본 적 있는가?

그런 일은 거의 없었다.

더군다나 실종됐다는 남자가 지인에게 이메일이나 문자메시지를 보내고 전화를 걸었다면 누가 수상쩍게 생각하겠는가. 타이터스의 작전은 단순하고 치밀했다. 표적들은 쓸모가 없어질 때까지 살려뒀다. 그는 조금 지나치다 싶을 정도로 그들을 쥐어짰지만, 도를 넘어선 경우는 한 번도 없었다. 그저 수익성이 보장될 때까지만 쥐고 흔들면 됐다. 쓸모가 없어지면 깔끔하게 죽여서 없애버리면 그만이다.

그것이 성공의 열쇠였다. 유용성이 바닥나는 순간 없애는 것.

타이터스가 농장에 자리를 잡고 사업을 시작한 지도 벌써 8개월째에 접어들었다. 그는 농장에서 차로 10시간 내에 닿을 수 있는 곳에만 그물을 쳐놓았다. 그의 사냥터는 주로 동해안 지역이었다. 메인에서 사우스캐롤라이나까지. 가끔 중서부에 미끼를 던져보기도 했다. 클리블랜드까지는 고작 5시간 거리였다. 인디애나폴리스는 9시간, 시카고는 10시간. 그는 두 피해자가 너무 가까이 살거나 서로 연고가 있는 걸 피했다. 예를 들면, 제라드 레밍턴은 매사추세츠 해들리, 데이나 펠프스는 코네티컷 그리니치 출신이었다.

나머지 작업은 간단했다.

온라인에서 맺어진 남녀 관계는 대개 오프라인 만남으로 발전했다. 타이터스는 온라인 커플들이 서로 대면한 적이 없음에도 그토록 친밀해질 수 있다는 사실에 놀랐다. 그는 피해자들 중 절반 이상과 온라인 섹스나 그 비슷한 걸 해봤다. 폰섹스를 할 때는 1회용 선불 폰을 이용했다. 가끔 여자를 고용해 통화하라고 시킬 때도 있었지만, 가급적 음성 변조기를 이용해 직접 통화하려고 했다. 직접 만나기 전에 사랑의 밀어를 나누는 건 전혀 부자연스러운 일이 아니었다.

신기하게도 말이다.

상대와 충분히 친밀해졌다고 판단하면 그는 곧바로 둘만의 여행을 제안했다. 제라드 레밍턴은 사회성이 부족한 사람이었다. 그는 굳이 계획을 짜서 자신의 차로 가겠다고 했고, 그들은 결국 공항 주차장에서 그의 머리를 가격해 기절시킬 수밖에 없었다. 그는 청혼하면서 끼워줄 반지까지 챙겨 온 상태였다. 바네사를 실제로 본 적도 없으면서. 물론 이런 일은 전에도 있었다. 타이터스는 온라인상에서 짧게는 몇 달, 길게는 몇 년씩 대화를 나누며 관계를 발전시킨 커플들에 대해 읽은 적이 있었다. 노트르담 대학 출신인 어느 스타 미식축구 선수도 온라인에서 만난 '여자'와 사랑에 빠졌다. 상대가 사기꾼이라는 사실을 전혀 모른 채. 그는 그녀가 백혈병 환자였고 교통사고로 세상을 떠났다는 황당한 소식마저 미련하게 믿었다.

눈먼 사랑. 사랑받고 싶다는 갈망이 그들을 그렇게 만들었다.

타이터스는 바로 그것을 배웠다. 사람들은 잘 속는 게 아니라 간절한 거였다. 어쩌면 그 둘은 동전의 양면과 같은지도 모른다.

하지만 지금, 그의 완벽한 작전은 큰 난관에 봉착하고 말았다. 타이터스는 그게 자신 탓이라는 걸 부인하지 않았다. 그는 게을러졌다. 모든 게 오랫동안 순조롭게 진행되다 보니 자신도 모르는 새 긴장이 풀려버린 것이다. 그는 캣을 생생히 기억했다. YouAreJustMyType.com에서 론 코치먼에게 먼저 접근했던 여자였다. 타이터스는 진작 그 프로필을 닫고서 끈을 잘라버렸어야 했다. 하지만 몇 가지 이유로 그러지 못했다.

첫째, 그 프로필로 두 명의 피해자를 추가로 낚을 수 있는 중요한 상황이었기 때문이다. 그러기까지 들인 공을 생각하면 미련을 둘 수밖에 없었다. 단지 전 애인이 접촉해왔다는 이유만으로 나머지 피해자들까지 놓아버리고 싶지 않았다. 둘째, 캣이 뉴욕 경찰국 소속 형사라는 사실을 몰랐기 때문이다. 그녀의 배경을 꼼꼼히 확인했어야 했다. 그는 그녀가 외로움에 몸부림치는 전 여자친구일 뿐이며, 과거를 묻어두자는 한마디에 쉽게 떨어져 나갈 거라 생각했다. 하지만 그것은 오판이었다. 셋째, 캣이 그를 론이라고 부르지 않았기 때문이었다. 그녀는 그를 제프라고 불렀다. 타이터스는 그녀가 그를 론과 비슷하게 생긴 다른 남자로 오인한 건지, 아니면 론이 한때 제프라는 이름을 썼던 건지 궁금했다.

어쨌든 꼼꼼히 살피지 못한 그의 잘못이었다.

아무리 감이 좋아도 그렇지, 캣은 어떻게 이 퍼즐을 완성할 수 있었을까? 캣 도노반 형사는 어떻게 YouAreJustMyType에서 잠깐 나눈 대화만으로 데이나 펠프스와 제라드 레밍턴, 마사 파켓에 대해 알아냈을까?

그는 그걸 알고 싶었다.

이건 타이터스가 그녀를 죽인다고 해결될 문제가 아니었다. 그녀를 붙잡아서 위협의 수준을 직접 확인해야만 했다. 그는 이제 이 완벽한 사업을 접어야 할 때가 왔다고 생각했다. 캣이 민감한 정보를 곳곳에 흘린 상태라면 미련 없이 '삭제' 버튼을 눌러야 했다. 남은 표적들을 죽여서 매장하고, 농가를 불태우고, 지금껏 벌어들인 돈을 챙겨 튀어야 했다.

하지만 평정심을 가져야 한다. 이런 긴박한 상황에선 누구라도 공황 상태에 빠지기 십상이다. 그는 일단 최종 결정을 유보하기로 했다. 캣 도노반을 잡아서 그녀가 무엇을 알고 있는지 알아내는 게 급선무였다. 어쩌면 그녀도 제거해야 할지 모른다. 누군가를 죽이면 법이 더 무섭게 따라붙는다는 근거 없는 믿음도 존재하지만, 진실은 죽은 자들은 말이 없다는 거였다. 사라진 시체들은 어떠한 단서도 내주지 않는다. 오히려 표적이나 적을 놓아주면 훨씬 더 위험한 상황에 빠질 수도 있다.

그들을 깔끔하게 제거하는 게 여러모로 나은 선택이었다.

타이터스는 눈을 감고 고개를 젖혔다. 뉴욕까지는 3시간 정도 남았다. 그는 조금 눈을 붙이기로 했다. 앞으로 벌어질 일들에 대비해 몇 시간이라도 휴식을 취할 필요가 있었다.

36

캣은 몬탁의 평범한 집 뒤뜰에 얼어붙은 채로 서 있었다. 쩍 갈라진 땅속으로 빠져버린 기분이었다. 18년 전에 결혼을 원치 않는다며 매정하게 떠났던 제프가 지금 3미터 앞에 서 있었다. 잠시 어색한 침묵이 흘렀다. 그의 얼굴 위로 상실과 고통과 혼란이 교차하는 게 보였다. 그녀는 자신의 얼굴에도 같은 표정이 드러났을지 궁금했다.

마침내 입을 연 제프가 캣이 아닌 노인에게 말했다. "자리 좀 비켜주시겠어요, 샘?"

"그러지."

캣은 책을 덮고서 집 안으로 들어가는 노인을 곁눈질로 지켜봤다. 그녀와 제프는 서로에게서 시선을 떼지 않았다. 상대방이 먼저 총을 뽑아주기를 기다리는 총잡이들 같기도 했고, 상대방이 18년 묵은 먼지 속으로 사라져버릴까 봐 두려워 눈조차 깜빡이지 못하는 불신의 영혼들 같기도 했다.

제프의 눈가에 눈물이 스몄다. "정말 오랜만이야. 좋아 보여."

"당신도." 그녀가 말했다.

침묵.

캣이 다시 입을 열었다. "내가 지금 '당신도'라고 한 거야?"

"원래 말 받아치기의 달인 아니었어?"

"그땐 그거 말고도 많은 걸 잘했지."

그는 고개를 흔들었다. "여전히 멋져 보여."

그녀는 그에게 미소 지었다. "당신도. 와, 이게 새 유행어가 되겠는데."

제프가 두 팔을 벌리며 다가왔다. 그녀는 그에게 와락 안기고 싶었다. 18년 전에 그랬던 것처럼 그의 품에 안겨서 부드러운 키스를 받고 싶었다. 그러면 그간의 세월이 아침 서리처럼 사르르 녹아버릴 것만 같았다. 하지만 캣은 방어하듯 뒤로 물러나 손을 내저었다. 캣의 반응에 흠칫 놀라며 멈춰 선 그가 잠시 후 고개를 끄덕였다.

"여긴 왜 온 거야, 캣?"

"실종된 두 여자를 찾고 있어."

그녀의 목소리가 한층 진지해졌다. 그녀는 오래전에 꺼진 불꽃을 되살리려고 옛 약혼자를 찾아온 게 아니었다. 그녀에게는 해결해야 할 중요한 사건이 있었다.

"무슨 얘긴지 모르겠는데." 그가 말했다.

"데이나 펠프스와 마사 파켓. 실종자들의 이름이야."

"모르는 이름이야."

그녀가 예상했던 답이었다. 문제의 사이트에서 신원을 먼저 밝힌 게 자신이었다는 걸 기억해낸 캣은 사건의 진상을 대충 파악할 수 있었다.

"노트북 있어?" 그녀가 물었다.

"있어. 왜?"

"좀 가져다줄래?"

"그걸 왜……."

"그냥 좀 가져와줘, 제프."

그는 고개를 끄덕였다. 그가 집 안으로 들어가자 캣은 땅바닥에 풀썩 주저앉았다. 그녀는 실종된 여자들을 잊고서 땅에 드러누워 펑펑 울고 싶었다. 그리고 이 어리석은 삶이 가져다준 모든 가정들을 다시 곱씹어보고 싶었다.

캣은 그가 돌아오기 몇 초 전에야 간신히 마음을 추슬렀다. 그는 노트북을 그녀에게 넘겨줬다. 그녀는 피크닉 테이블로 다가가 앉았다. 제프도 그녀의 맞은편에 자리를 잡았다.

"캣?"

그의 목소리에서 고통이 느껴졌다.

"잠깐만. 이것부터 좀 볼게."

그녀는 곧바로 YouAreJustMyType.com에 접속해서 그의 프로필을 찾아봤다.

사라지고 없었다.

누군가가 폐쇄한 모양이었다. 그녀는 재빨리 자신의 이메일을 열어 브랜던이 링크로 걸어준 제프의 방치된 페이스북 페이지로 들어갔다. 그런 다음에 노트북을 돌려서 그가 볼 수 있게 해줬다.

"페이스북을 했어?"

제프가 모니터를 들여다봤다. "이걸로 날 찾아낸 거야?"

"이게 도움이 되긴 했어."

"난 이걸 보고 나서 곧바로 계정을 삭제했어."

"온라인에선 무엇이든 완벽하게 삭제되지 않아."

"오늘 아침에 등교하는 내 딸을 봤지?"

캣이 고개를 끄덕였다. 소녀가 아버지에게 그 사실을 알린 모양이었다. 캣이 예상했던 대로였다.

"몇 년 전에 내 딸 멜린다가 만들었어. 자기 눈에는 내가 너무 외로워 보였나 봐. 그 애 엄마가 오래전에 세상을 떠났거든. 내가 데이트도 안 하고서 이렇게 지내는 게 안쓰러웠는지 페이스북 계정을 하나 만들어주더군. 옛 친구들도 찾고, 좋은 파트너도 만나보라면서."

"딸이 만들어준 거였어?"

"그래. 깜짝 선물로."

"당신이 제프 레인스였다는 걸 그 애가 알고 있었어?"

"그땐 몰랐지. 난 이걸 보자마자 삭제해버렸어. 그러고는 딸에게 내가 다른 사람이었다는 걸 설명해줬지."

캣은 그의 눈을 빤히 쳐다봤다. "이름은 왜 바꾼 거야?"

그는 고개를 저었다. "아까 실종된 여자들 얘길 했지?"

"응."

"그래서 날 찾아온 거고."

"맞아. 누군가가 당신을 미끼로 써서 캣피시를 하고 있어."

"캣피시?"

"그래. 그렇게 불러. 영화나 TV에서 본 적 있지 않아?"

"아니."

"온라인에서 이성을 유혹하기 위해 거짓 신원으로 활동하는 사람을 캣피시라고 해." 그녀가 딱딱하고 사무적인 어조로 말했다. 지금은 그래야 할 때였다. 정확하고 자세한 정보와 정의만을 무덤덤하게 늘어놓아야 했다. "누군가가 당신 사진으로 온라인 프로필을 만들어서 독신자 사이트에 걸어놨어. 그 캣피시에 속은 여자 두 명이 실종됐고."

"나랑은 아무 상관도 없어." 제프가 말했다.

"그래. 나도 이제 그걸 알겠어."

"당신이 어떻게 이 사건에 관여하게 됐지?"

"난 형사야."

"정식으로 이 사건을 맡은 거야?" 그가 물었다. "누가 날 알아 봤어?"

"아니. 난 YouAreJustMyType에 가입했어. 친구가 날 위해 가입해줬지. 그게 중요한 건 아니지만. 아무튼 그 사이트에서 당신 프로필을 발견하고 연락했어." 그녀는 미소를 지을 뻔했다. "당신에게 〈미싱 유〉 뮤직비디오를 보냈지."

그가 미소 지었다. "존 웨이트."

"맞아."

"그 비디오를 정말 좋아했는데." 그의 눈에 희망의 빛이 살짝 스쳤다. "그럼, 음, 아직 독신인 거야?"

"응."

"지금껏 한 번도……."

"그래."

제프의 눈가가 다시 젖어들었다. "난 술에 취해 몽롱한 상태에서 멜린다의 엄마를 임신시켰어. 우리 둘 다 폐인으로 살던 시절이었지. 난 가까스로 그 자멸의 시기에서 벗어났지만, 그녀는 그러질 못했어. 아까 그분은 내 장인이셔. 아내가 세상을 뜬 후부터 우리 셋이 같이 살게 됐지. 멜린다가 18개월 됐을 때부터."

"미안해."

"괜찮아. 그냥 당신에게 알려주고 싶었어."

캣은 마른침을 삼켰다. "내가 참견할 문제가 아닌걸."

"그래." 제프가 말했다. 그는 원편을 보며 눈을 깜빡였다. "실종된 여자들을 찾는 데 도움이 되고 싶지만, 아는 게 없어."

"괜찮아."

"그 일 때문에 날 찾아서 이 먼 곳까지 와줬는데." 그가 말했다.

"별로 멀지 않아. 그저 직접 만나서 확인하고 싶었을 뿐이야."

제프가 다시 몸을 돌려서 그녀를 바라봤다. 그는 여전히 미남이었다. "그랬어?" 그가 물었다.

그녀는 하늘이 무너져 내리는 기분을 느꼈다. 머릿속이 아찔해졌다. 다시 보게 된 그의 얼굴, 다시 듣게 된 그의 목소리. 캣은 이런 날이 오게 될 거라고 꿈에도 생각하지 못했다. 가슴이 찢어질 듯이 아팠다. 불안으로 가득한 그의 아름답고 잊을 수 없는 얼굴을 보니, 갑작스레 찾아들었던 이별의 순간이 새록새록 떠올랐다.

그녀는 아직도 그를 사랑했다.

젠장. 그녀는 한없이 연약하고 어리석은 자신이 미웠다.

아직도 그를 사랑하다니.

"제프?"

"응?"

"그때 왜 날 떠났어?"

첫 번째 총알은 데이나의 머리에서 15센티미터쯤 빗겨 나갔다.

나무껍질에 왼쪽 눈을 찔린 데이나는 땅에 납작 엎드린 채 필사적으로 기어갔다. 두 번째와 세 번째 총알은 그녀의 머리 위로 날아갔다. 정확히 어디로 사라졌는지는 알 길이 없었다.

"데이나?"

그녀의 머릿속에는 오직 한 가지 생각뿐이었다. 남자에게서 최대한 멀리 벗어나야 한다는 것. 그녀는 남자 때문에 빌어먹을 상자에 갇혀야 했고, 툭하면 옷을 벗어야 했으며, 흉측한 점프슈트에 양말만 신어야 했다.

그는 신발을 내주지 않았다.

그녀는 양말만 신은 채 사이코를 피해 숲 속을 내달렸다.

데이나는 개의치 않았다.

데이나 펠프스는 남자에게 붙잡혀서 상자에 갇히기 전부터 자신이 함정에 빠졌음을 깨달았다. 처음에는 고통과 공포보다 굴욕과 자기 증오에 견딜 수가 없었다. 사진 몇 장과 번드르르한 말 몇 마디에 속아 넘어가다니.

생각할수록 자신이 너무 한심하게 느껴졌다.

하지만 상황이 악화되면서 그런 것들은 자취를 싹 감춰버렸다. 생존이 그녀의 유일한 목표가 된 것이다. 타이터스라는 남자에게 저항하는 건 어리석은 일이었다. 그는 필요한 정보를 뽑아내기 위해서라면 무슨 짓이든 할 사람이었다. 그녀는 일부러 기가 꺾인 모습을 보이며 그들의 경계를 늦춰놓으려 애썼다. 실제로 극심한 공포에 진이 빠져버린 상태였지만.

데이나는 자신이 며칠이나 상자에 갇혀 지냈는지 알지도 못했다. 일출도, 일몰도, 시계도, 빛도 없는 공간에서 시간의 흐름을 읽는 건 불가능했다.

칠흑 같은 완전한 어둠 속에서.

"돌아와요, 데이나. 이럴 필요 없어요. 당신을 풀어주겠다고 했잖아요."

그 말을 믿을 것 같아?

그녀는 그들이 자신을 죽이려 한다는 걸 알고 있었다. 사이코의 표정만으로도 상황 파악이 가능했다. 처음 만났을 때 타이터스는 능수능란하게 그녀를 설득했다. 그는 그녀에게 희망을 심어주려 애썼다. 하지만 그녀는 대번에 알 수 있었다. 그의 얼굴에 모든 게 적혀 있었다. 컴퓨터 전문가와 사이코, 그리고 경비로 보이는 두 남자도 심상치 않아 보였다.

그녀는 어둠에 파묻힌 채 누워서 생각했다. 과연 그들이 자신을 어떻게 죽이려 들까. 언젠가 그녀는 총성을 들은 적이 있었다. 저렇게 죽는 건가? 상자에 가둬놓고 굶겨 죽이진 않을까?

하긴, 어떻게 죽든 그게 무슨 상관인가?

데이나는 아직 살아 있었고, 이 아름답고 환상적인 지상에서 자유를 느꼈다. 최소한 죽더라도 그녀가 원하는 방식으로 죽게 된 것이다.

데이나는 계속 달렸다. 맞다, 그녀는 타이터스에게 순순히 협조했다. 저항한다고 나아질 상황이 아니었으니까. 협박에 못 이겨 마틴 보크에게 전화를 걸었을 때 그녀는 그가 자신의 목소리에서 심상치 않은 기운을 감지해주기를 바랐다. 하지만 타이터스는 한 손가락을 전화 종료 버튼에, 또 한 손가락을 권총의 방아쇠에 얹어놓은 상태였다.

물론 타이터스의 무시무시한 협박도 무시할 수 없었다…….

그녀 뒤에서 사이코가 소리쳤다. "이러면 당신만 손해라고요, 데이나."

이제 그도 숲으로 들어섰다. 그녀는 조금 더 기운을 냈다. 지쳐 쓰러지면 죽은 목숨이었다. 그녀는 우거진 덤불을 요리조리 피해서 민첩하게 움직였다. 그녀가 무언가를 밟는 순간, 날카로운 소리가 들렸다.

데이나는 하마터면 비명을 지를 뻔했다.

잠시 휘청거리던 그녀는 나무를 붙잡고서 간신히 몸을 가눴다. 그녀는 두 손으로 왼발을 감싸 쥐었다. 끝이 뾰족한 나뭇조각 하나가 그녀의 발바닥에 깊숙이 박혀 있었다. 그녀는 조심스레 나뭇조각을 건드려봤다. 나뭇조각은 꿈쩍도 안 했다.

사이코가 빠르게 다가오고 있었다.

당황한 데이나는 밖으로 삐져나온 긴 나뭇조각의 일부를 부러뜨렸다.

"세 명이 당신을 쫓고 있어요." 사이코가 소리쳤다. "우린 당신을 찾아낼 겁니다. 설령 못 찾는다 해도 우리에겐 당신 휴대폰이 있어요. 당신인 척하고 브랜던에게 문자메시지를 보낼 거예요. 리무진을 보낼 테니 타고서 엄마에게 오라고 말이죠."

그녀는 몸을 웅크리고서 눈을 질끈 감았다.

그것은 타이터스의 협박이기도 했다. 협조하지 않으면 브랜던을 해치겠다는.

"당신 아들은 당신이 갇혔던 상자에서 죽어가게 될 겁니다."

사이코가 소리쳤다. "물론 운이 좋다면 말이죠."

데이나는 고개를 세차게 저었다. 공포와 격노 어린 눈물이 두 뺨을 타고서 흘러내렸다. 그녀의 일부는 투항하라고 호소했다. 안 돼. 저들의 협박에 귀 기울이지 마. 그냥 무시해버리라고. 그녀가 항복한다고 해서 브랜던의 안전이 보장되는 건 아니었다.

딱 하나 보장되는 건, 브랜던이 고아가 된다는 사실이다.

"데이나?"

그와의 거리는 빠르게 줄어들었다.

그녀는 다리를 절며 힘겹게 일어났다. 발이 땅에 닿자, 그녀는 움찔했다. 하지만 참아내야 했다. 데이나는 단 하루도 거르지 않고 아침마다 조깅을 해왔다. 위스콘신 대학 시절에는 크로스컨트리 팀에서 활약하기도 했다. 그녀는 그 팀에서 제이슨 펠프스를 운명적으로 만났다. 당시 그는 운동 후 맛보는 도취감에 중독됐다며 그녀를 놀려대곤 했다. "난 뛰지 않는 것에 중독됐는데." 제이슨은 말버릇처럼 말했다. 그러면서 그녀의 굳은 의지에 대해서는 경탄을 감추지 못했다. 그는 마라톤 대회가 열릴 때마다 그녀를 따라다녔다. 결승선에서 기다리고 있다가 그녀가 나타나면 환히 웃으며 맞아줬다. 침대에서 내려오지 못할 만큼 아플 때도 그는 담요를 몸에 두른 채 결승선에 나와서 그녀를 기다렸다.

그녀는 제이슨이 세상을 떠난 후로 한 번도 마라톤 대회에 참가하지 않았다. 앞으로도 뛰는 일은 없을 것이다.

데이나는 죽음에 대한 별의별 멋진 문구를 다 들어봤다. 하지만 진실은, 그게 다 헛소리라는 거다. 죽음은 끔찍한 거다. 그것이 보편적 진리였다. 무엇보다도 남겨진 사람들이 싫어도 살게 만든

다는 게 죽음이 끔찍한 가장 큰 이유였다. 죽음은 남겨진 이들마저 데려가줄 만큼 자비롭지 않았다. 오히려 사랑하는 이가 죽어도 삶은 계속된다는 교훈을 끊임없이 상기시킬 만큼 잔인했다.

그녀는 뛰는 속도를 더 높여봤다. 근육과 폐는 순순히 따라줬지만 부상을 입은 발은 협조하지 않았다. 그녀는 발로 땅을 디디며 고통과 싸우려 노력했지만, 왼발이 땅에 닿을 때마다 단검이 파고드는 것처럼 극심한 통증이 느껴졌다.

그와의 거리가 조금 더 좁혀졌다.

우거진 숲은 여전히 그녀 앞에 버티고 서 있었다. 계속 달린다 해도 숲에서 무사히 빠져나갈 수 있을지 의문이었다. 게다가 나뭇조각이 깊이 박힌 발로 더 이상 달리는 건 무리였다. 뒤를 바짝 쫓아오고 있는 미치광이의 위협은 말할 것도 없고.

절망적인 상황이었다.

데이나는 옆으로 몸을 날려 바위 뒤에 숨었다. 사이코가 덤불을 헤치고 다가오는 소리가 들렸다. 이제 그녀에게는 다른 선택의 여지가 없었다. 계속 도망치는 건 무의미했다.

그와 당당히 맞서야 할 때가 온 것이다.

37

"왜 날 떠났던 거야?"

제프는 주먹이 날아들기라도 한 것처럼 움찔했다. 캣은 테이블 너머로 손을 뻗어 그의 손을 잡았다. 그도 그녀의 손길을 환영했다. 손이 맞닿는 순간 뜨겁게 불꽃이 튀거나 짜릿한 전류가 통하지는 않았다. 하지만 익숙함 때문인지 묘하게 아늑했다. 긴 세월을 침통하게 흘려보낸 두 사람이었지만, 이 순간만큼은 모든 것이 완벽하게 느껴졌다.

"미안해." 그가 말했다.

"사과를 원하는 게 아니야."

"알아."

그는 그녀의 손가락 사이로 자신의 손가락을 얽었다. 그들은 그렇게 손을 맞잡은 채 한동안 앉아 있었다. 캣은 답을 독촉하지 않았다. 그냥 묵묵히 기다릴 뿐이었다. 비록 가슴을 갈가리 찢어놓고 떠난 남자였지만, 다시 잡은 그의 손을 뿌리치고 싶지 않았다.

"오래전 일이야." 제프가 말했다.

"18년."

"그래."

캣이 고개를 살짝 갸웃했다. "당신에게는 오래전 일이야?"

"아니." 그가 말했다.

그들은 그렇게 좀 더 앉아 있었다. 하늘은 다시 청명해졌다. 눈부신 햇살이 그들을 내리비치고 있었다. 캣은 그에게 아마갠셋에서 보낸 주말을 기억하는지 묻고 싶었다. 무의미한 일이었지만. 반지를 끼워주고 나서 이별을 통보했던 남자와 마주하고 있는 터무니없는 상황인데도 무척 자연스럽게 느껴졌다. 그녀는 꿈을 꾸고 있는 것인지도 몰랐다. 이 모든 게 착각일 수도 있었다. 확실한 증거 대신 본능을 믿는 건 위험한 일이었다.

하지만 그녀는 오랜만에 사랑을 체감하고 있었다.

"여기서 숨어 지내는 거야?" 그녀가 말했다.

그는 대답하지 않았다.

"무슨 증인 보호 프로그램이야?"

"아니."

"그럼 대체 뭐야?"

"변화가 필요했어, 캣."

"신시내티에 살 때 술집에서 싸움을 벌였지?" 그녀가 말했다.

그의 얼굴에 옅은 미소가 떠올랐다. "그것도 알고 있었어?"

"우리가 헤어진 지 얼마 안 됐을 때 벌어진 일이지?"

"그때를 기점으로 자멸의 시기가 시작됐지."

"그 후에 이름을 바꿨고."

제프의 시선이 그들이 맞잡고 있는 손으로 향했다. "왜 이리도 자연스럽게 느껴지는 거지?" 그가 물었다.

"그동안 무슨 일이 있었던 거야, 제프?"

"얘기했잖아. 변화가 필요했다고."

"얘기 안 해줄 거야?" 그녀는 슬픔이 북받치는 걸 느꼈다. "날 더러 아무것도 모른 채 그냥 떠나라고? 내가 뉴욕으로 돌아가면 여기서 재회한 게 다 잊히는 거야? 두 번 다시 서로 볼 일도 없어 지는 거고?"

그는 계속해서 맞물린 두 손만 내려다보고 있었다. "사랑해, 캣."

"나도 사랑해."

어리석고, 미련하고, 제정신이 아닌 말이었지만, 솔직한 고백 이었다.

그는 고개를 들고서 그녀와 눈을 맞췄다. 캣은 심장이 쿵쾅거 렸다.

"하지만 우린 다시 예전으로 돌아갈 수 없어." 그가 말했다. "그건 불가능해."

그때 그녀의 휴대폰이 울렸다. 캣은 듣고도 모른 척했지만, 제 프가 그녀의 손을 놓았다. 마법이 풀려버린 것이었다. 손으로 스 며든 냉기가 팔뚝을 타고 올라왔다.

그녀는 발신자를 확인했다. 채즈였다. 그녀는 피크닉 테이블에 서 일어나 휴대폰을 귀에 가져다댔다. 그리고 헛기침을 한 번 한 후 대답했다. "여보세요?"

"방금 마사 파켓이 언니에게 이메일을 보냈어."

"뭐라고?"

"별일 없다는 내용이야. 남자친구랑 다른 숙소를 잡았고, 좋은 시간을 보내고 있대."

"난 지금 그녀의 남자친구라고 추정했던 사람과 같이 있어. 알고 보니 캣피시가 벌인 짓이었어."

"뭐야?"

그녀는 지금껏 알아낸 사실들을 고스란히 들려줬다. 론이 제프였다는 사실과 그녀와 한때 연인 사이였다는 부분은 뺐다. 민망해서가 아니라, 더 이상 문제를 복잡하게 만들지 않기 위해서였다.

"대체 무슨 일이 벌어지고 있는 거지, 캣?" 채즈가 물었다.

"굉장히 끔찍하고 나쁜 일. FBI와는 얘기해봤어?"

"응. 하지만 입을 꼭 닫고 있어. 캣피시였다는 게 밝혀졌으니 곧 태도를 바꾸겠지. 하지만 현재까진 범죄의 증거랄 게 하나도 없는 상황이야. 이게 엄청 흔한 일이기도 하고."

"뭐가 흔한 일이야?"

"캣피시 TV 쇼 못 봤어? 그런 웹사이트에 가짜 계정을 만들어놓는 사람이 한둘이 아니야. 섹시해 보이는 다른 사람의 사진을 걸어놓고 상대에게 접근하는 거지. 정말 짜증나지 않아? 여자들은 남자의 성격만 본다고 입을 모으지만 그건 거짓말이야. 그러다 결국 선택하는 건 외모가 출중한 미남들이라고. 이 사건도 다르지 않아, 캣."

캣은 얼굴을 찌푸렸다. "그래서 그 못생긴 남자인지 여자인지가 피해자들이 수십만 달러를 스위스 은행 계좌로 송금하도록 만들고 있다고?"

"마사의 돈은 아직 건들지 못한 것 같던데."

"그건 두고 봐야지. 채즈, 내 말 잘 들어. 지난 몇 달 동안 실종된 성인들을 샅샅이 조사해줘. 정식으로 실종 신고가 된 사건도 있고, 애인과 떠났다고 주장하는 이들도 있을 거야. 이번 사건처럼 문자메시지나 이메일 같은 걸로 지인들을 안심시켜놨을 테니 크게 주목받진 못했을 거고. 그래도 혹시 모르니까 독신자 사이트부터 살펴봐줘.”

“이런 피해자가 더 있을 거라 생각해?”

“응.”

채즈가 대답했다. “알았어. 근데 FBI 놈들이 순순히 협조해줄지 모르겠네.”

채즈의 말에도 일리가 있었다. “회의를 소집해봐.” 캣이 말했다. “마이크 카이저에게 연락해. 뉴욕 지국 부국장인데, 직접 만나서 얘기하면 해결될 거야.”

“지금 뉴욕으로 돌아올 거지?”

캣은 뒤를 흘끔 돌아봤다. 청바지와 몸에 꼭 맞는 검은 티셔츠를 입은 제프가 미동도 없이 서 있었다. 모습, 소리, 그리고 감정, 이 모든 것들을 한 번에 감당하기가 힘들었다. 압도적인 기운이 큰 위협으로 밀려들었다.

“그래.” 그녀가 말했다. “지금 떠날게.”

그들은 작별 인사도, 약속도, 포옹도 하지 않았다. 그나마 속에 담아둔 말을 전부 끄집어낸 것은 다행이었다. 충분한 것 같으면서도 묘하게 불완전한 느낌. 세상사 이치가 그러하듯, 그녀는 답을 찾으러 이곳으로 왔다가 오히려 질문만 더 떠안게 됐다.

제프가 그녀를 배웅했다. 플라이 옐로 페라리를 본 그가 얼굴을 찌푸렸다. 캣의 입에서 웃음이 터져 나왔다.

"당신 차야?" 제프가 물었다.

"내 차라면?"

"우리가 헤어진 후로 남성 호르몬이 솟구친 거야?"

그녀는 더 참지 못하고 그의 품으로 달려들었다. 잠시 당황하던 그가 그녀를 와락 끌어안았다. 캣은 그의 가슴에 얼굴을 묻고서 펑펑 울기 시작했다. 그는 커다란 손으로 그녀의 머리를 감싸고서 눈을 질끈 감았다. 두 사람은 한동안 서로를 부둥켜안고 있었다. 한참 후, 그에게서 떨어진 캣이 말없이 차에 올랐다. 미끄러지듯 골목을 빠져나온 그녀는 끝내 뒤를 돌아보지 않았다.

캣은 GPS에 의지한 채 안개 낀 도로를 따라 80킬로미터쯤 달려나갔다. 마음이 진정되자 비로소 눈앞의 사건에 집중할 수 있었다. 그녀는 새로 드러난 진실을 곱씹어봤다. 캣피시, 송금, 이메일, 훔친 번호판, 그리고 수상한 전화 통화.

혼란스러워 가슴이 답답해졌다.

그녀는 회의까지 기다릴 자신이 없었다.

캣은 뉴욕 지국에 전화를 걸어 FBI 부국장 마이크 카이저를 찾았다. "무슨 일입니까, 형사님? 오늘 아침에 라구아디아 공항에서 사건이 좀 있었어요. 그래서 많이 바쁩니다. 마약 단속 사건도 두 건이나 있고요. 정신이 없어요."

"죄송합니다. 그런데 제가 지금 최소한 세 개 주에서 동시에 발생한 실종 사건을 수사하고 있어요. 한 명은 매사추세츠, 한 명은 코네티컷, 또 한 명은 펜실베이니아에서 각각 실종됐습니다. 아직 확인되지 않은 피해자들이 더 있을 거라고 봅니다. 혹시 이 사건에 대해 보고받으셨나요?"

"받았습니다. 그러지 않아도 당신 파트너인 페어클로스 형사가 긴급 회의를 제안했어요. 하지만 아까 얘기했듯이 지금 라구아디아 공항 사건으로 그럴 정신이 없군요. 국가 안보와 직결된 문제라서 말이죠."

"만약 그 피해자들이 자기 의지와 상관없이……."

"그랬다는 증거가 있나요? 그들이 가족이나 친구들에게 연락한 걸로 알고 있는데."

"그들 중 누구에게도 연락이 닿지 않습니다. 그들은 억류된 상태에서 강요에 의해 이메일을 보내고 전화를 걸었을 겁니다."

"근거는요?"

"전체적인 그림을 한번 보세요." 캣이 말했다.

"바쁘니까 간단히 말해요."

"두 여자부터 말하죠. 그들은 온라인에서 같은 남자와 사귀었고……."

"알고 보니 그 상대가 전혀 엉뚱한 사람이었다는 거죠?"

"그렇습니다."

"누군가가 다른 사람의 사진을 걸어놓고 여자들을 속인 거고요?"

"네."

"온라인상에서 흔히 벌어지는 일 아닌가요?"

"그렇습니다. 하지만 그 후에 벌어진 일들은 흔하지 않습니다. 두 여자는 일주일 간격으로 같은 남자와 어디론가 떠났습니다."

"같은 남자와 떠났다는 건 어떻게 알죠?"

"네?"

"남자 몇 명이 똑같은 가짜 프로필을 이용해서 낚시를 하고 있는 건지도 모르잖아요."

캣은 거기까진 미처 생각하지 못했다. "두 여자 모두 돌아오지 않았습니다."

"그게 놀라운가요? 여행이야 얼마든지 길어질 수 있죠. 게다가 한 여자는 어제 떠났다고 하던데."

"부국장님, 다른 한 명은 코스타리카에 거처를 마련한다면서 거액을 송금했습니다."

"하지만 아들에게 전화를 걸었잖아요."

"네, 하지만……."

"그것도 누군가의 강요에 못 이겨서 했다고 생각합니까?"

"그렇습니다. 그뿐 아니라 제라드 레밍턴의 경우도 눈여겨볼 필요가 있습니다. 그도 온라인에서 파트너를 찾은 후에 실종됐습니다. 그 역시 스위스 계좌로 큰돈을 송금했고요."

"그럼 형사님은 무슨 일이 벌어졌다고 생각하는 겁니까?"

"제 생각에는 누군가가 사람들을 사냥하는 것 같습니다. 우린 수많은 피해자들 중 세 명을 우연히 찾은 거고요. 누군가가 함께 휴가를 보내자며 그들을 꾀는 겁니다. 그런 다음, 그들을 억류하고 정보를 뽑아내는 거죠. 현재까지 무사히 돌아온 사람은 한 명도 없습니다. 제라드 레밍턴은 몇 주째 연락이 안 되고요."

"그래서……."

"저도 그가 무사하길 바라지만 솔직히 상황이 낙관적이지는 않습니다."

"그들이 정말 납치된 거라고 믿습니까?"

"그렇습니다. 범인은 머리가 좋고 신중한 사람입니다. 차 번호판을 훔쳐서 범행에 쓰기도 했고요. 한 번의 예외를 제외하면, 실종된 세 사람은 신용카드나 현금인출기를 쓰지 않았습니다. 추적이 안 되도록 말이죠."

그녀는 부국장의 반응을 기다렸다.

"곧 라구아디아 공항 문제로 회의가 있을 겁니다. 그래요. 인정하죠. 분명 수상한 구석이 있긴 합니다. 인력이 턱없이 부족한 상황이지만 한번 알아보도록 하죠. 피해자들의 이름을 알려주면 그들의 계좌와 신용카드 사용 내역과 통화 기록을 살펴보겠습니다. 문제의 독신자 사이트 관계자들도 소환해 누가 그 프로필을 걸어놨는지 알아보고요. 성과가 있을지는 모르겠군요. 익명으로 된 VPN을 쓰는 범죄자가 어디 한둘이겠습니까? 아무튼 기왕 하는 거, 운영자에게 홈페이지에 경고문을 올리라고 권고하지요. 물론 그들이 순순히 협조할 거라고 기대하지는 않습니다. 어쩌면 재무부가 뭔가를 찾아낼 수 있을지도 몰라요. SAR이 두 차례 접수됐다고 했죠? 그렇다면 그쪽에서도 이미 조사를 시작했을 겁니다."

카이저 부국장이 확인 사항들을 읊어나가는 동안 캣은 소름 끼치는 결론에 도달했다.

모든 게 헛수고일 거야.

범인은 아주 유능한 사람이었다. 다른 링컨 타운 카에서 번호판을 훔쳐 범행에 사용했을 만큼 치밀했다. 물론 우선순위에서는 한참 밀렸지만 FBI가 달라붙었으니 운이 좋다면 쓸 만한 단서가 포착되긴 할 거다.

마침내.

하지만 그런다고 뭐가 달라지나?

카이저 부국장이 얘기를 마치고서 그녀에게 말했다. "이만 가 봐야겠군요."

"믿어주셔서 감사합니다." 캣이 말했다.

"당신을 믿긴 하지만, 부디 당신이 틀렸기를 바랍니다." 그가 말했다.

"저도 그래요."

그들은 전화를 끊었다. 캣은 곧바로 브랜던에게 전화를 걸었다.

"지금 어디야?" 그녀가 물었다.

"아직 맨해튼이에요."

"네 어머니와 떠났다는 남자를 찾았어."

"네?"

"네가 처음에 했던 말이 맞았어. 네 어머니에게 나쁜 일이 생긴 게 틀림없어."

"하지만 전 엄마와 통화했는걸요." 브랜던이 말했다. "뭔가 문제가 있었다면 그때 말씀하셨겠죠."

"그럴 수 있는 상황이 아니었는지도 몰라. 그걸 알렸다간 네 어머니나 네가 위험에 빠졌을 수도 있어."

"정말 그렇게 생각하세요?"

더 이상의 사탕발림은 무의미했다. "그래, 브랜던. 난 그렇게 생각해."

"오, 안 돼!"

"FBI가 본격적인 수사에 착수했어. 그들이 가능한 모든 법적 수단을 동원해서 진실을 파헤칠 거야." 그녀는 강조하고 싶은 부분을 다시 힘주어 말했다. "법적 수단을."

"캣?"

"응?"

"지금 제게 그 사이트를 다시 해킹해달라고 말하는 건가요?"

사탕발림은 그만. "맞아."

"알았어요. 지금 캣의 집 근처 커피숍에 있어요. 작업하려면 사적인 공간과 강한 와이파이 신호가 필요해요."

"내 아파트에서 할래?"

"네, 그게 좋겠어요."

"경비에게 들여보내주라고 얘기해놓을게. 나도 지금 뉴욕으로 돌아가는 중이야. 뭔가 알아낸 게 있으면 즉시 연락해. 누가 그 프로필을 올렸는지, 그들이 다른 프로필을 올려놓지는 않았는지, 그들이 또 누구랑 접촉했는지, 그 어떤 정보라도 좋아. 필요하다면 네 친구들에게 도움을 요청해도 돼. 모든 수단을 총동원해야 할 때니까."

"알았어요."

그녀는 전화를 끊고서 아파트 경비에게 전화를 건 후 액셀러레이터를 힘껏 밟았다. 혼란스러운 감정이 다시 찾아들었다. 진실에 다가갈수록 그녀는 점점 더 무기력해져갔다. 형사로서도, 개인적으로도.

그때 발신 제한으로 휴대폰이 울렸다.

캣은 전화를 받았다. "여보세요?"

"레슬리입니다."

코존의 깡마른 부하. 휴대폰 너머로 흘러나오는 목소리에서조차 그의 기분 나쁜 미소가 느껴졌다. "무슨 일이죠?" 그녀가 물었다.

"슈가를 찾았습니다."

38

사이코는 점점 가까워지고 있었다.

바위 뒤에 몸을 숨긴 데이나 펠프스는 무기로 쓸 만한 것을 찾아 주변을 두리번거렸다. 돌이 좋겠다. 떨어진 나뭇가지라도 괜찮다. 그 무엇이라도. 그녀는 손으로 근처의 땅을 팠다. 하지만 나오는 것이라고는 조약돌과 잔가지들, 새의 둥지 부스러기 같은 것들뿐이었다.

"데이나?"

소리치는 그의 목소리 크기가 두 사람의 거리가 치명적인 수준까지 좁혀졌음을 알려줬다. 무기, 무기. 여전히 쓸 만한 것은 눈에 띄지 않았다. 그녀는 조약돌들을 흙에 섞어 그의 얼굴에 냅다 던져보면 어떨지 상상해봤다. 그걸로 그의 눈을 맞힌다면 몇 초 정도 시간을 벌 수 있을 것이다. 그다음에…….

그다음에 뭐?

어리석은 작전이었다. 그녀는 기습 공격으로 탈출에 성공했고, 오랜 훈련으로 얻은 달리기 기술과 아드레날린의 도움으로 그와의 거리를 충분히 벌려놓았다. 하지만 그에게는 아직 총과 덩치와 기운이 있었다. 그는 잘 먹고 건강히 지내온 반면, 그녀는 지하실 상자에 갇혀서 처참하게 지냈다.

그녀는 그의 상대가 되지 않았다.

다윗과 골리앗의 싸움과 뭐가 다른가? 게다가 그녀에게는 다윗처럼 무기로 쓸 돌멩이도 없었다. 이번에도 그녀가 기댈 수 있는 건 기습 공격뿐이었다. 그녀는 여전히 바위 뒤에 몸을 웅크린 채 앉아 있었다. 이제 곧 그가 바위 앞을 지나갈 것이다. 그녀는 불쑥 뛰쳐나가 다시 허를 찔러볼 생각이었다. 죽을 각오로 달려들어 그의 눈을 찌르거나 급소를 걷어차야 했다.

과연 그게 실현 가능한 작전일까?

아니. 아니야.

그의 발걸음이 느려지는 소리가 들렸다. 그가 신중해졌다는 뜻이다. 멋지군. 이제는 기습 공격도 소용없게 됐어.

그럼 남은 건 뭘까?

아무것도.

피로가 그녀의 온몸을 엄습했다. 그녀의 일부는 이곳에 남아서 피할 수 없는 운명을 덤덤히 받아들이고 싶어 했다. 그는 이 자리에서 그녀를 죽일까? 그럴지도. 아니면 타이터스가 얘기한 그 형사에 대한 정보를 뽑아내려고 헛간으로 데려가서 끔찍한 고문을 할까?

데이나는 거짓말을 하지 않았다. 그녀는 캣 도노반이 누구인지 몰랐다. 하지만 타이터스와 사이코에게는 그 사실이 별로 중요하지 않은 듯했다. 그 두 사람에게는 연민이 파고들 틈이 없었다. 그들에게 그녀는 짐승보다 못한 존재였다. 사이코의 개가 그에게 어떤 대접을 받는지만 봐도 알 수 있었다. 그녀는 무생물이나 다름없었다. 바위처럼 생명이 없는 물체. 그들의 필요와 편의에 따라 옮겨지고, 부서질 뿐이었다. 그들은 단순히 잔인하고 가학적인 게 아니었다. 그보다 훨씬 질이 나빴다.

그들은 완벽하게 실리적이었다.

사이코의 발소리가 점점 가까워졌다. 데이나는 기회가 왔을 때 몸을 날릴 수 있도록 자세를 바꿔보려 했다. 하지만 그녀의 근육은 말을 듣지 않았다. 그나마 캣이라는 여자가 타이터스를 겁먹게 했다는 사실이 그녀에게 실낱같은 희망을 안겨줬다.

그 여자는 타이터스에게 큰 골칫거리였다.

데이나는 그의 목소리만으로 이런 사실을 알 수 있었다. 바짝 긴장한 채 질문을 던져대는 모습 하며 사이코에게 그녀를 맡겨놓은 채 어디론가 황급히 떠나버린 것까지.

무슨 일이기에 그토록 당황한 걸까?

데이나가 컴퓨터 화면으로 본 그 예쁘장하고 사심 없어 보였던 캣 도노반이라는 형사는 타이터스가 한 짓을 아는 걸까? 혹시 그녀가 데이나를 구해주러 오고 있는 것일까?

사이코는 이제 열 걸음도 채 떨어져 있지 않았다.

하지만 상관없었다. 데이나는 더 이상 잃을 게 없었다. 발은 아팠고 머리는 심하게 울렸다. 그녀에게는 사이코에게 맞설 무기도, 기운도, 경험도 없었다.

다섯 걸음.

마지막 기회였다.

몇 초 후면 그가 다가올 것이다.

데이나는 눈을 질끈 감고서 땅에 납작 엎드렸다. 그녀가 숨을 죽이고 기도를 하는 동안 사이코가 바위 앞에 멈춰 섰다. 데이나는 땅에 얼굴을 파묻은 채 운명의 순간을 기다렸다.

하지만 아무 일도 벌어지지 않았다.

사이코는 다시 걸음을 옮기기 시작했다. 그가 나뭇가지를 헤집는 소리가 들렸다. 그는 그녀를 보지 못했다. 데이나는 미동도 없이 엎드려 있었다. 마치 바위와 한 몸이 되기라도 한 것처럼. 그녀는 그런 자세로 위협이 사라지기를 기다렸다. 5분, 아니 10분은 족히 된 것 같았다. 그녀는 조심스레 몸을 일으켰다. 다행히 사이코는 보이지 않았다.

이제 계획을 바꿔야 했다.

데이나는 다시 농가를 향해 걸음을 옮겼다.

코존의 부하 레슬리는 캣에게 로리머가와 노블가 모퉁이에 위치한 타운하우스의 주소를 알려줬다. 브루클린 그린포인트의 유니언 침례교회 근처였다. 그곳의 집들은 대개 붉은 벽돌로 지어졌고, 현관마다 콘크리트 계단이 있었다. 그녀는 '하와이언 태닝 살롱'이라는 임시 간판이 내걸린 허름한 건물을 지나쳤다. 브루클린 그린포인트에 하와이언 태닝이라니, 상상할 수도 없을 만큼 안 어울렸다.

아무리 찾아봐도 무료로 주차가 가능한 공간은 보이지 않았다. 그래서 그녀는 소화전 앞에 플라이 옐로 페라리를 세워놓았다. 그녀는 계단을 올라 타운하우스 현관으로 다가갔다. 2층 초인종 옆에 'A. 파커'라고 적힌 플라스틱 명찰이 붙어 있었다. 캣은 초인종을 누르고서 응답을 기다렸다.

머리를 민 흑인 남자가 터덕터덕 계단을 내려와 문을 열었다. 그는 케이블 회사 로고가 붙은 파란 작업복 차림이었고, 손에는 면장갑을 끼고 있었다. 왼쪽 겨드랑이에는 노란 안전모를 꼈다. 그는 문간에 버티고 서서 말했다. "어떻게 오셨습니까?"

"슈가를 찾아왔어요." 그녀가 말했다.

남자가 눈을 가늘게 떴다. "누구시죠?"

"캣 도노반입니다."

남자는 선 채로 그녀의 얼굴을 유심히 살폈다.

"슈가는 왜요?" 그가 물었다.

"아버지 문제로 물어볼 게 있어서요."

"아버지 문제라뇨?"

"두 사람이 한때 알고 지냈거든요. 그냥 몇 가지 물어볼 게 있어요."

그가 그녀의 머리 너머로 동네를 슥 훑어봤다. 그의 시선이 노란 페라리에 닿았을 때, 캣은 그가 별말 안 하길 바랐다. 다행히 그는 아무 반응도 보이지 않았다.

"실례지만 성함이……."

"난 파커라고 합니다." 남자가 말했다. "앤서니 파커."

그가 다시 골목 왼편을 살폈다. 그는 시간을 끌고 있는 듯했다. 이 상황을 어떻게 넘겨야 할지 고민하는 모양이었다.

"나 혼자 왔어요." 캣이 말했다.

"그런 것 같군요."

"문제를 일으키려고 온 게 아니에요. 그냥 슈가를 만나서 몇 가지 물어보기만 할 거예요."

그의 시선이 다시 그녀에게로 돌아왔다: 그는 입가에 미소를 띠며 말했다. "들어와요."

파커가 문을 활짝 열어줬다. 그녀는 안으로 들어가 계단을 가리켰다.

"2층인가요?" 그녀가 물었다.

"네."

"슈가가 위에 있어요?"

"곧 올라갈 겁니다."

"언제요?"

"당신을 뒤따라갈 겁니다."

앤서니 파커가 말했다.

"내가 슈가니까요."

데이나는 천천히 걸을 수밖에 없었다.

남자 두 명이 추가로 수색 작업에 투입됐다. 한 명은 라이플, 다른 한 명은 권총으로 무장한 상태였다. 그들은 핸즈프리 휴대폰인지, 무전기인지로 레이날도와 연락을 주고받았다. 그들의 눈에 띄지 않으려면 농가로 통하는 직선 코스를 포기할 수밖에 없었다. 가끔 수색대가 바짝 접근해오면 그녀는 몇 분간 숨을 죽인 채 기다려야 했다.

희한하게도 지하에 갇혀 지낸 경험이 이러한 그녀의 도주를 도와줬다. 온몸이 욱신거렸지만 그녀는 다 무시해버렸다. 너무 지쳐서 울 수도 없었다. 그녀는 완벽한 은신처를 찾아서 고단한 몸을 눕히고 싶었다. 누군가가 그녀를 구하러 와줄 때까지 그곳에서 꼼짝도 안 하고 기다리고 싶었다.

하지만 그건 현실적으로 불가능한 일이었다.

일단 그녀는 자양물이 절실했다. 그녀는 탈출을 시도하기 전부터 이미 탈수 증세를 보였다. 그녀의 몸 상태는 빠르게 악화되는 중이었다. 그녀를 맹렬히 뒤쫓는 세 남자 때문에 제대로 쉴 수도 없었다. 어느 순간에 한 남자가 그녀에게 바짝 다가온 적이 있었다. 어찌나 가까웠는지, 그녀는 기기 밖으로 흘러나오는 사이코의 목소리를 똑똑히 들을 수 있었다. "그런 상태로는 멀리 못 갔을 거야. 보나 마나 지금쯤 어딘가에 뻗어 있겠지."

농가에서 최대한 벗어나는 건 현명한 작전이 아니었다. 그녀가 무사히 숲을 벗어날 가능성은 희박했다. 그럼 어쩐다?

그녀에게는 다른 선택의 여지가 없었다. 다시 농가로 돌아가는 수밖에는.

데이나는 남은 기운을 긁어모아 힘겹게 걸음을 옮겼다. 얼마나 걸었는지 알 길이 없었다. 시간을 따지는 건 더 이상 의미가 없었다. 그녀는 여전히 자세를 한껏 낮춘 상태였다. 나침반은 없었지만 자신의 방향 감각을 믿어보기로 했다. 숲으로 들어섰을 때 그녀는 직선으로만 내달렸다. 하지만 돌아가는 길은 지그재그였다.

숲은 지나칠 정도로 무성했다. 가끔 보이는 것보다 들리는 것에 더 의지해야 할 때가 있었다. 얼마나 걸어갔을까, 먼발치에 빈터가 보이는 것 같았다.

아니면 희망 어린 바람이었을까.

데이나는 특공대원이라도 된 것처럼 전력으로 기었다. 하지만 그렇게 움직이니 쉽게 지쳤다. 그녀는 조심스레 몸을 일으켰다.

빈혈 증세로 머리가 팽글팽글 돌았다. 부상 입은 발이 땅에 닿을 때마다 극심한 통증이 온몸으로 퍼져나갔다. 그녀는 다시 땅에 엎드리고 말았다.

기어가는 건 너무 느렸다.

5분, 아니 10분쯤 지나자 그녀는 마침내 농가가 내려다보이는 빈터에 다다랐다.

이젠 어쩌지?

그녀는 왔던 길을 제대로 돌아서 나왔다. 멀리 헛간 뒤편이 보였다. 오른쪽으로는 농가가 자리하고 있었다. 그녀는 계속 움직여야 했다. 빈터에는 몸을 숨길 만한 공간이 별로 없었다.

그녀는 헛간을 향해 이동했다.

어차피 잡히면 죽을 몸, 데이나는 발의 통증을 무시하고 전력으로 내달렸다. 하지만 도저히 버틸 수가 없었다. 어느새 그녀는 멀쩡한 한쪽 발로만 깡충깡충 뛰고 있었다. 관절이 쑤시고 근육이 뻣뻣하게 굳었다.

하지만 여기서 멈출 수는 없었다. 포기하는 순간 그녀는 죽은 목숨이니까.

마침내 헛간에 도착한 그녀는 외벽에 몸을 기댄 채 가쁜 숨을 몰아쉬었다.

아직까지는 수색대의 추격이 없었다.

좋아. 됐어. 다들 내가 여기 있다는 걸 모를 거야. 이젠 어떻게 하지?

도움을 요청해야 돼.

하지만 어떻게?

그녀는 진입로를 따라 농장을 빠져나가는 방법을 생각해봤다. 문제는 농장 입구까지의 거리가 얼마나 되는지 알 수 없다는 것이었다. 또한 확 트인 진입로에서는 몸을 숨길 수도 없었다. 수색대가 돌아오면 대번에 발각될 게 뻔했다.

하지만 최후의 방법으로 남겨놓아야 했다.

데이나는 목을 길게 빼고서 진입로를 바라봤다. 끝이 보이지 않았다.

이젠 어떡하지?

두 가지 방법이 있었다. 첫째, 진입로를 따라 나간다. 비록 무모한 작전이기는 하지만. 둘째, 어딘가에 숨어서 때를 기다린다. 구조자가 나타나거나 어둠이 완전히 내려앉을 때까지.

그녀는 머릿속이 복잡해졌다. 밤이 될 때까지 숨어 있는 건 충분히 해볼 만했지만 신속한 구조는 기대하기 힘들었다. 장단점을 분석하며 지치고 혼란스러워하던 두뇌가 고민 끝에 결론을 내렸다. 무조건 도망치는 것이다. 도로까지의 거리가 얼마나 되는지, 너무 늦지 않게 사람이나 차를 발견할 수 있을지는 알 수 없다. 하지만 여기 숨어서 사이코가 나타나기를 기다리는 건 미련한 짓이다.

그녀가 진입로를 따라 10미터쯤 나아갔을 때 농가의 문이 벌컥 열렸다. 니트 모자에 색안경을 낀 컴퓨터 전문가가 현관으로 걸어 나왔다. 데이나는 왼쪽으로 몸을 날려 헛간으로 들어갔다. 그러고는 잽싸게 기어서 금속 작업대 앞으로 다가갔다. 바닥에 사이코가 그녀를 묶을 때 쓰려 했던 밧줄이 놓여 있었다.

그녀는 컴퓨터 전문가가 헛간으로 들어올지도 모른다는 생각에 숨을 죽였다. 다행히 그는 오지 않았다. 그렇게 약간의 시간이 흘러갔다. 다시 모험을 강행해야 할 때였다. 현재 은신처는 너무 노출된 공간이었다. 그녀는 금속 작업대 밑에서 조심스레 기어 나왔다. 한쪽 벽에 온갖 연장들이 주렁주렁 걸려 있었다. 여러 종류의 톱, 나무망치, 샌더.

그리고 도끼.

데이나는 천천히 몸을 일으켰다. 머릿속이 다시 아찔해졌다. 그녀는 의식을 잃기 전에 한쪽 무릎을 꿇고 앉았다.

서두르면 안 돼. 천천히.

진입로를 따라 농장을 벗어나는 건 더 이상 괜찮은 선택으로 느껴지지 않았다.

심호흡.

그녀는 계속 움직여야 했다. 사이코와 그의 친구들이 곧 들이닥칠 것이다. 데이나는 힘겹게 일어나 도끼를 움켜잡았다. 생각보다 묵직했다. 하마터면 그 무게를 못 이겨 고꾸라질 뻔했다. 그녀는 간신히 중심을 잡고서 두 손으로 도끼를 들어봤다.

느낌이 나쁘지 않았다.

이제 뭘 해야 하지?

그녀는 헛간 문 밖을 흘끔 내다봤다. 컴퓨터 전문가는 진입로 옆에 서서 담배를 피우고 있었다.

이제 진입로를 통해 빠져나가는 건 불가능해졌다.

그렇다면 남은 선택은 뭐지? 숨는 것?

그녀는 헛간 안을 빠르게 살폈다. 숨을 만한 공간은 보이지 않았다. 이제 남은 곳은 농가뿐이었다. 그녀는 농가 뒤편을 바라봤다. 그곳에는 주방이 있었다.

주방. 음식.

음식을 떠올리니 다시 머릿속이 아찔해졌다.

하지만 그보다도 흥분되는 건 농가에 갖춰진 컴퓨터와 전화기였다.

구조 요청 수단이 있다.

니트 모자를 쓴 남자는 여전히 그녀를 등진 채 서 있었다. 절호의 기회였다. 데이나는 그에게서 눈을 떼지 않은 채 주방이 자리한 농가 뒤편으로 살금살금 움직였다. 그녀는 완전히 노출된 상태였다. 그녀가 중간 지점에 다다랐을 때, 니트 모자를 쓴 남자가 담배꽁초를 땅에 떨어뜨리더니 그녀 쪽으로 돌아섰다.

데이나는 고개를 낮게 숙이고 농가 뒤편을 향해 전력으로 달리기 시작했다.

타이터스는 콜럼버스가 모퉁이 근처에 차를 세워놓고 기다렸다. 부유한 어퍼 웨스트 사이드로 돌아온 그는 어색한 기분을 떨칠 수가 없었다. 꼭 예전으로 돌아가 헤지펀드 매니저들 틈에 낀 부랑자가 된 기분이었다. 마치 무언가에 홀려 이곳까지 끌려온 느낌. 타이터스는 서둘러 이곳을 벗어나고 싶었다.

이곳에 있고 싶지 않았다.

클렘 사이슨이 길을 건너와서 다시 운전석에 올랐다. "도노반은 집에 없습니다."

클렘은 캣 도노반의 건물에 다녀오는 길이었다. 그는 그녀의 서명이 필요하다며 '상자'를 내보였고, 경비원은 그녀가 집에 없으니 나중에 오라고 했다. 클렘은 고맙다는 말을 남기고서 차로 돌아왔다.

타이터스는 필요 이상으로 오래 농장을 비워두고 싶지 않았다. 마음 같아서는 모든 걸 클렘에게 맡겨두고 농장으로 돌아가고 싶었다. 하지만 그는 클렘을 신뢰하지 않았다. 덩치 큰 그는 총을 다루고 명령을 따르는 데만 전문가일 뿐이었다.

이제 어쩌지?

타이터스는 손가락으로 입술을 꼬집으며 골똘히 생각에 잠겼다. 그의 시선은 아직도 캣 도노반이 사는 건물로 향해 있었다. 잠시 후, 예상치 못했던 무언가가 그의 시야에 포착됐다.

브랜던 펠프스가 건물 정문으로 들어서고 있었다.

이게 어떻게 된 거지?

잠깐. 그렇게 된 거였어? 브랜던 펠프스가 이 모든 일을 벌인 건가? 그럼 없애야 될 건 캣 도노반일까, 브랜던 펠프스일까, 아니면 둘 다일까? 사실 타이터스는 처음부터 브랜던 펠프스가 거슬렸다. 이 향수병에 걸린 마마보이는 어머니에게 수십 통의 이메일과 문자메시지를 보냈다. 그가 뉴욕 형사 캣 도노반과 함께 있었다니. 타이터스는 머릿속으로 여러 가지 시나리오를 떠올렸다.

도대체 캣 도노반은 언제부터 타이터스의 뒤를 밟았을까?

설마 캣이 론 코치먼의 전 애인 행세를 하며 그를 유인해내려 했던 건 아닐까? 브랜던이 캣을 찾아간 걸까? 아니면 캣이 브랜던을?

하긴, 그게 무슨 상관인가?

그때 타이터스의 주머니에서 휴대폰이 울렸다. 그는 휴대폰을 꺼내서 발신자를 확인했다. 레이날도였다.

"여보세요?"

"문제가 생겼습니다." 레이날도가 말했다.

타이터스는 어금니를 악물었다. "무슨 문제지?"

"6번이 도망쳤습니다."

39

긴 소파에는 코바늘로 뜬 아프간 담요 두 개가 깔려 있었다. 캣은 그 사이의 작은 공간에 앉았다. 앤서니 파커는 노란 안전모를 의자에 던져놓고 면장갑을 벗어서 작은 탁자에 조심스레 내려놓았다. 캣은 아파트 안을 슥 둘러봤다. 실내는 어둑했다. 앤서니 파커는 작은 램프 하나만을 켜뒀을 뿐이다. 목재 가구들은 낡아 보였다. 서랍장 위에는 TV가 놓여 있었고, 중국풍의 파란 벽지에는 왜가리와 나무, 폭포가 그려져 있었다.

"여긴 우리 어머니 집입니다." 그가 말했다.

캣은 고개를 끄덕였다.

"작년에 돌아가셨죠."

"유감이에요." 캣이 말했다. 왠지 그래야 할 것 같았다. 달리 할 말도 없었고.

그녀는 온몸에 감각이 없었다.

앤서니 '슈가' 파커는 그녀 맞은편에 앉았다. 그는 오십 대 후반에서 육십 대 초반쯤 돼 보였다. 캣은 그의 눈을 똑바로 바라볼 자신이 없었다. 그래서 몸을 한쪽으로 살짝 틀어 서로 얼굴을 맞대지 않도록 했다. 앤서니 파커, 아니, 슈가는 너무나도 평범해 보였다. 그의 키와 체구도 평균을 벗어나지 않았다. 호감 가는 얼굴이었지만 특별할 것도 없었고 전혀 여성스럽지도 않았다.

"당신이 찾아올 줄 몰랐어요. 많이 놀랐어요." 파커가 말했다.

"충격은 내가 더 많이 받은 것 같은데요."

"아무래도 그렇겠죠. 내가 남자인 걸 몰랐군요?"

캣이 고개를 저었다. "영화 〈크라잉 게임〉에서 본 장면이 내게 실제로 일어날 거라고는 상상도 못했어요."

그가 미소 지었다. "아버지를 많이 닮았군요."

"네, 그런 얘기 많이 들어요."

"말하는 것도 닮았고. 그는 늘 우스갯소리로 난처한 상황을 모면하곤 했죠." 파커가 다시 미소를 지었다. "그 사람 덕분에 많이 웃었어요."

"우리 아버지가 그러셨어요?"

"그렇다니까요."

"당신과 우리 아버지." 캣이 고개를 저으며 말했다.

"그래요."

"도무지 믿기지 않아요."

"이해합니다."

"그러니까 당신 말은, 아버지가 게이셨다는 건가요?"

"난 그를 뭐라 규정하지는 않아요."

"하지만 당신과 아버지는……." 캣은 마치 박수를 치듯 두 손을 앞뒤로 흔들었다.

"맞아요. 우린 함께 살았어요."

캣은 눈을 감고서 얼굴을 찌푸리지 않으려고 애썼다.

"거의 20년 전 일이에요." 파커가 말했다. "왜 지금 여기에 온 거죠?"

"최근에야 두 사람 관계에 대해 알게 됐어요."

"어떻게요?"

그녀가 고개를 저었다. "그건 중요하지 않아요."

"아버지를 탓하지 말아요. 그는 당신을 사랑했어요. 당신 가족 모두를요."

"그걸로 모자라서 당신마저 사랑하셨잖아요." 캣이 비꼬듯 말했다. "정말 애정이 넘쳐나는 분이셨네요."

"충격이 크다는 거 압니다. 내가 여자였다면 좀 나았겠어요?"

캣은 대답하지 않았다.

"아버지 입장을 한번 이해해봐요." 파커가 말했다.

"그냥 묻는 말에만 대답해줘요." 캣이 말했다. "아버지가 게이셨나요?"

"그게 중요한가요?" 파커는 앉은 채로 자세를 바꿨다. "아버지가 게이였다면 그에 대한 생각이 달라지겠어요?"

캣은 할 말을 잃었다. 묻고 싶은 수많은 질문들은 이미 요점을 많이 벗어나버렸다. "아버지는 모두를 속이셨어요."

"그래요." 파커는 고개를 한쪽으로 기울였다. "얼마나 끔찍했을지 한번 생각해봐요, 캣. 그는 당신을 사랑했어요. 당신의 남자 형제들도 사랑했고요. 그는 당신 어머니마저 사랑했어요. 하지만 세상이 어떤 곳인지 잘 알잖아요. 그는 오랫동안 스스로와 전쟁을 치렀어요. 그러다 더 버티지 못하고 백기를 들어버린 거라고요. 그랬다고 한 인간으로서, 형사로서, 그에 대한 평가가 달라질 수 있나요? 그럼 그런 상황에서 그가 어떻게 했어야 하죠?"

"어머니랑 이혼하셨어야죠."

"그런 제안도 했어요."

그 말에 캣이 흠칫 놀랐다. "뭐라고요?"

"그녀를 위해서였죠. 하지만 당신 어머니는 이혼을 원치 않았어요."

"잠깐만요. 우리 어머니가 당신에 대해 알고 계시다고요?"

파커의 시선이 바닥으로 향했다. "글쎄요. 이런 엄청난 비밀을 안고 살다 보면 불가피하게 주변 사람들을 속일 수밖에 없죠. 그는 당신을 기만했어요. 하지만 당신도 아버지의 그런 면을 보고 싶어 하지 않았잖아요. 모두에게 비극이었던 셈이죠."

"그래서 아버지가 이혼을 요구하셨나요?"

"아니에요. 아까 얘기했듯이 그냥 제안만 했던 거예요. 당신 어머니를 위해서요. 하지만 당시에 그쪽 분위기가 어땠는지는 당신이 더 잘 알겠죠. 이혼한다면 당신 어머니가 어디로 갈 수 있었겠어요? 당신 아버지는요? 그 과정에서 우리 관계가 만천하에 드러날 수도 있었죠. 지금은 20년 전보단 확실히 나아졌지만, 솔직히 아직까지도 이런 걸 아무렇지 않게 용인하는 분위기는 아니잖아요. 안 그렇습니까?"

맞는 말이었다.

그녀는 여전히 못 믿겠다는 듯이 물었다. "아버지와는 얼마나 오랫동안 함께 지내셨죠?"

"14년."

또 다른 충격이었다. 그녀가 어렸을 때부터 그래왔다니. "14년

씩이나요?"

"그래요."

"그 긴 세월 동안 이 관계를 비밀로 했다고요?"

그의 얼굴에 어두운 그림자가 드리웠다. "그러려고 무던히 애썼죠. 당신 아버지는 센트럴 파크 웨스트에 집이 있었어요. 우린 거기서 만났죠."

캣은 머릿속이 아찔해졌다. "67번가요?"

"맞아요."

그녀는 눈을 감았다. 그녀의 아파트였다. 그녀 안에서 배신감이 점점 더 맹렬히 끓어올랐다. 상대가 남자라서 더 속상한 걸까? 아니다. 캣은 지금껏 자신의 편견 없는 사고에 자부심을 가져왔다. 아버지에게 정부가 있었다고 넘겨짚었을 때도 비록 속은 상했지만 아버지의 사정을 이해하려고 애썼다.

그 상대가 남자라고 해서 달라질 게 뭔가?

"난 레드 훅에 집을 마련했어요." 파커가 말했다. "그 후로는 거기서 만났죠. 우린 여행을 자주 다녔어요. 기억해요? 아버지가 툭하면 친구들과 어울려서 여기저기 쏘다니길 좋아했던 거. 사실은 날 만나러 왔던 거였어요."

"여장도 하고 다녔나요?"

"그랬죠. 당신 아버지가 그걸 원할 것 같았어요. 그렇게라도 여자와 함께 있는 기분을 느끼게 해주고 싶었죠. 당시에 게이들은 그가 매일 상대하는 괴물 같은 범죄자들만도 못한 존재였거든요. 무슨 뜻인지 이해하겠어요?"

캣은 대답하지 않았다.

"우리가 처음 만났을 때도 난 여장을 하고 있었어요. 내가 일하는 클럽으로 그가 쳐들어왔죠. 그는 혐오스럽다면서 날 흠씬 두들겨 팼어요. 맹렬히 주먹을 날리는 그의 눈에 눈물이 맺혀 있더군요. 마치 남이 아닌, 스스로를 패는 것처럼. 이해가 돼요?"

이번에도 캣은 대답하지 않았다.

"나중에 그가 병원으로 날 찾아왔어요. 처음에는 내 입을 틀어막으러 왔다고 하더군요. 그는 날 위협하는 척했지만 난 그의 속내를 알고 있었어요. 아버지가 오랫동안 고통 속에서 살아왔다는 걸 알아줘요. 아마 지금 당신 마음속에는 증오뿐이겠지만."

"아버지를 증오하지는 않아요." 캣이 어색한 목소리로 말했다. "그저 안쓰러울 뿐이에요."

"사람들은 항상 동성애자의 권리와 수용을 얘기하죠. 하지만 우리가 진정으로 추구하는 건 진실된 삶을 살 자유예요. 거짓 없는 삶을 살 자유. 자신에게 솔직해질 수 없는 삶을 사는 게 얼마나 힘든 일인 줄 알아요? 당신 아버지는 일생을 그렇게 살았어요. 자신이 게이라는 사실이 발각될까 봐 늘 전전긍긍했죠. 하지만 그러면서도 끝까지 날 놓지 않았어요. 그는 거짓 인생을 살았고, 그 거짓이 세상에 드러날까 봐 두려움에 떨었어요."

캣은 이제야 그걸 깨달았다. "하지만 결국 누군가가 그걸 알아낸 거죠?"

슈가가 고개를 끄덕였다. 이상한 일이었다. 캣은 그가 더 이상 앤서니 파커가 아닌, 슈가로 보였다.

뻔하잖아. 안 그래? 테시도 알고 있었는데. 사람들은 그들이 함께 다니는 걸 봤을 테다. 이웃들은 그녀의 아버지가 그저 흑인 매춘부와 노는 걸 좋아한다고 생각했을 테지만, 분명 그의 치명적인 비밀을 눈치챈 이들도 있었을 것이다.

그것이 바로 '이해'의 의미였다.

"코존이라는 몹쓸 범죄자가 당신 주소를 알려줬어요." 캣이 말했다. "두 사람 관계를 눈치챈 게 그였죠?"

"그래요."

"언제요?"

"당신 아버지가 살해되기 한두 달 전에."

캣이 앉은 채로 자세를 바로잡았다. 이 문제는 아버지의 딸이 아닌 형사의 입장에서 따져볼 필요가 있었다. "코존에게 발각됐다는 사실을 아버지가 깨달으신 거군요. 보나 마나 코존은 부하들을 시켜서 아버지를 미행하게 했을 거예요. 약점을 찾아보려고 말이죠. 아버지가 더 이상 성가시게 굴 수 없도록 만들기 위해서."

슈가는 고개를 끄덕이지 않았다. 그럴 필요가 없었기 때문이다. 캣은 그를 빤히 응시했다.

"슈가?"

슈가의 시선이 천천히 캣에게로 향했다.

"누가 우리 아버지를 죽였죠?"

"6번이 도망쳤습니다." 레이날도가 말했다.

휴대폰을 쥔 타이터스의 손에 힘이 들어갔다. 그의 내부에서 무언가가 폭발했다. "대체 어떻게……." 그는 말을 잇지 못하고 눈을 질끈 감았다.

마음의 평정. 인내. 그 두 가지를 잃으면 모든 걸 잃게 되는 것이다. 그는 애써 차분한 목소리로 물었다. "그녀는 지금 어디 있지?"

"헛간 뒤편 북쪽으로 달아났습니다. 저희 셋이 찾고 있습니다."

북쪽이라, 타이터스는 생각했다. 다행이군. 농장 북쪽에는 가도 가도 끝이 없는 숲뿐이다. 현재 그녀의 상태로는 거기서 오래 버티지 못할 게다. 지금껏 이 외지고 보안이 철통같은 농장에서 탈출에 성공한 포로는 한 명도 없었다. 농장 남쪽으로 도망쳤다 해도 문제될 건 없었다. 큰 도로에 닿으려면 2킬로미터 가까이 나가야 했고, 정문 울타리를 넘는 것 또한 쉬운 게 아니기 때문이다.

"그냥 놔둬." 타이터스가 말했다. "너는 다시 농장으로 돌아가. 그녀가 포기하고 돌아올지도 모르니까 릭과 훌리오를 적당한 곳에 세워두고."

"알겠습니다."

"도망친 지 얼마나 됐지?"

"보스가 떠나시고 몇 분이 지나서 도망쳤습니다."

3시간 전이다.

"알았어. 계속 상황 보고해."

타이터스는 전화를 끊었다. 그는 등받이에 몸을 기대고서 이 상황을 합리적으로 따져보기 시작했다. 그는 이 사업으로 상상을 초월할 만큼 큰돈을 벌어들였다. 현재까지 그가 거둔 수익은 무려 620만 달러에 육박했다. 얼마나 더 벌어야 성에 차겠어? 그는 스스로에게 물었다.

인생을 망치는 데 탐욕만 한 것이 없다.

이게 종반전인가? 마침내 이 수익성 좋은 사업을 접어야 할 때가 온 것인가?

타이터스는 오랫동안 이 순간을 대비했다. 세상에 영원한 벤처 사업은 없었다. 실종자가 늘어나면 당국의 수사도 강화될 수밖에 없다. 타이터스는 자신이라고 해서 예외가 아니란 걸 알고 있었다.

그는 농장으로 전화를 걸었다. 네 번의 신호음 끝에 드미트리가 응답했다. "여보세요?"

"농장에 문제가 발생한 거 알고 있나?" 타이터스가 물었다.

"레이날도에게 들었습니다. 데이나가 달아났다고요."

"그래." 타이터스가 말했다. "그녀의 전화 기록을 꺼내봐."

휴대폰은 전원이 켜져 있으면 언제든지 추적이 가능했다. 새 '손님'이 도착하면 드미트리는 모든 전화 기록을 자신의 컴퓨터로 보내 하드 드라이브에 복사했다. 그 작업이 끝나면 휴대폰에서 배터리를 빼내 서랍 속에 넣었다.

"데이나 펠프스." 드미트리가 말했다. "찾았습니다. 뭐가 필요하십니까?"

"전화번호부. 그녀 아들의 번호가 필요해."

타이터스는 휴대폰에서 흘러나오는 키보드 두드리는 소리에 귀를 기울였다.

"여기 있습니다. 브랜던 펠프스. 휴대폰 번호와 학교 기숙사 번호가 있습니다."

"휴대폰."

드미트리는 그에게 번호를 알려줬다. "제가 또 할 게 있나요?"

"이쯤에서 철수해야겠어." 타이터스가 말했다.

"정말이십니까?"

"그래. 컴퓨터를 자폭 모드로 돌려놔. 아직 작동시키진 말고. 그 녀석을 잡아서 데려갈 거니까."

"왜죠?"

"데이나 펠프스가 농장 어딘가에 숨어 있다면 불러내야지. 아들의 비명을 들으면 금세 뛰쳐나올 거야."

"이해가 안 되는군요." 슈가가 말했다. "당신 아버지를 죽인 범인은 이미 잡힌 줄 알았는데."

"아니에요. 그는 누명을 쓴 거였어요."

슈가가 자리에서 일어나 이리저리 서성거렸다. 캣은 그를 물끄러미 지켜봤다.

"아버지가 살해되기 한두 달 전에 코존이 두 사람의 관계를 알아냈다고 했죠?" 캣이 말했다.

"그래요." 슈가의 눈가가 눈물로 젖었다. "코존이 당신 아버지를 협박하기 시작한 후로 모든 게 달라졌어요."

"어떻게 달라졌죠?"

"그 후로 당신 아버진 나랑 헤어졌어요. 더 이상은 안 되겠다더군요. 내가 역겹다나요. 처음 만났을 때 봤던 격노가 돌아왔어요. 그는 분이 풀릴 때까지 날 때렸죠. 하지만 오해는 말아요. 그는 내가 아니라 스스로에게 화풀이를 해댔던 거니까. 거짓 인생을 살다 보면……."

"네, 무슨 뜻인지 알아요." 캣이 그의 말을 끊으며 말했다. "지금은 한가하게 통속심리학 강의나 들을 때가 아니에요. 아버지가 이성애자들의 세상에 갇힌 자기혐오적 게이였다는 얘기잖아요."

"꽤 냉담하게 얘기하는군요."

"아뇨. 그건 아니에요." 캣이 말했다. 그녀는 점점 목이 메는 걸 느꼈다. "나중에 차분히 앉아서 이 모든 걸 되짚어볼 때 마음이 많이 아플 거예요. 아버지가 그런 고통을 안고 사셨는데도 난 전혀 눈치채지 못했어요. 아마 술병을 챙겨 들고 이불 속으로 들어가서 펑펑 울겠죠. 하지만 지금은 아니에요. 지금은 아버지를 도울 수 있는 방법을 찾아야 해요."

"범인을 알아내는 게 아버지를 돕는 건가요?"

"네. 아버지에게 부끄럽지 않은 경찰의 모습을 보이고 싶어요. 누가 아버지를 죽인 건가요, 슈가?"

그는 고개를 저었다. "코존이 아니라면 나도 짚이는 사람이 없어요."

"아버지를 마지막으로 본 게 언제였나요?"

"그가 살해된 날 밤이었어요."

캣의 얼굴이 일그러졌다. "그 전에 이미 헤어졌다고 했잖아요."

"그랬죠." 슈가가 서성거리는 걸 멈추고 눈물과 함께 미소를 지었다. "하지만 그는 끝내 날 놓지 못했어요. 믿기 힘들겠지만요. 그날 그는 내가 일하는 나이트클럽으로 찾아왔어요. 클럽 뒤편에서 기다리고 있더군요." 슈가는 당시 상황을 회상하듯이 고개를 들었다. "그의 손에는 하얀 장미 열두 송이가 들려 있었어요. 하얀 장미는 내가 제일 좋아하는 꽃이거든요. 그는 선글라스를 끼고 있었고, 난 그게 변장용인 줄 알았어요. 그런데 선글라스를 벗으니 우느라 빨갛게 충혈된 눈이 보이더군요." 눈물이 슈가의 볼을 타고 뚝뚝 흘러내렸다. "정말 감동적이었죠. 그게 그를 마지막으로 본 거였어요. 그리고 그날 밤에…….”

“아버지는 살해됐고요.” 캣이 그를 대신해 말을 끝맺었다.

침묵.

“캣?”

“네?”

“난 아직도 당신 아버지를 잃은 충격에서 헤어나지 못했어요.”
슈가가 말했다. “그는 내가 진심으로 사랑한 유일한 남자였어요.
물론 내 안의 일부는 영원히 그를 증오할 거예요. 나랑 같이 도망
칠 수도 있었어요. 어떻게든 함께할 수 있는 방법을 찾아봤어야
했어요. 당신과 당신 가족들은 우릴 이해해줬을 거예요. 우린 행
복하게 잘 살았을 거고요. 난 희박하나마 그 가능성을 믿고 버텨
냈죠. 무슨 말인지 알겠어요? 어떻게든 살아서 함께 길을 찾았어
야 했는데.”

슈가는 무릎을 꿇고 앉아 캣의 손을 살며시 잡았다. “당신이 이
해해주면 좋겠어요. 난 아직도 그를 그리워하고 있어요. 그가 보
고 싶어서 미칠 것 같아요. 단 몇 초라도 당신 아버지를 다시 볼
수 있다면 난 모든 걸 기꺼이 포기할 수 있어요. 모두 다 용서할
수 있고요.”

휘말리지 마. 캣은 생각했다. 지금은 때가 아니야. 끝까지 버텨
야 한다고.

“아버지를 죽인 게 누구죠, 슈가?”

“나도 몰라요.”

하지만 상관없었다. 캣은 그 답을 알 만한 사람이 누군지 지금
알아챘으니까. 이제 그의 입을 여는 일만 남은 셈이다.

40

경찰서 앞에 도착한 캣은 밖에서 스태거에게 휴대폰으로 전화를 걸었다.

"우리가 할 얘긴 더 이상 없는 것 같은데." 스태거가 말했다.

"틀렸어요. 슈가를 만나고 오는 길이에요. 아직 할 얘기가 많이 남은 거 같네요."

침묵.

"여보세요?" 캣이 말했다.

"지금 어디지?"

"사무실로 올라갈게요. 설마 또 곤란한 때라고 하지는 않겠죠?"

"아니, 캣." 스태거는 전에 없던 맥 빠진 목소리로 말했다. "딱 좋은 때야."

그녀가 사무실에 들어섰을 때 스태거는 책상 앞에 앉아 있었다. 앞에는 그의 아내와 아이들 사진 몇 개가 방패처럼 놓여 있었다. 캣은 처음부터 그를 강하게 밀어붙였다. 스태거도 지지 않고 받아쳤다. 고성이 오갔고 눈물이 터져 나왔다. 마침내 스태거가 몇 가지 부분에 대해 인정했다.

맞다, 스태거는 슈가에 대해 알고 있었다. 또한 몬테 리번에게 부탁을 들어줄 테니 자백해달라고 한 것도 그였다.

맞다, 스태거는 그녀 아버지의 충격적인 진실을 끝까지 비밀에 부치기 위해서 그랬다.

"다 네 아버지를 위해 그랬던 거야." 스태거가 말했다. "그의 명예가 진창에 빠지지 않도록 말이야. 그를 위해서. 너와 네 가족을 위해서."

"당신을 위해서는 아니었고요?" 캣이 받아쳤다.

스태거는 이도저도 아닌 애매한 제스처를 취했다.

"왜 진작 얘기하지 않았죠?" 캣이 말했다.

"어떻게 얘기해야 할지 몰랐어."

"누가 죽였죠?"

"뭐?"

"누가 아버지를 죽였느냐고요."

스태거가 고개를 저었다. "아직도 모르겠어?"

"네."

"몬테 리번이 죽였어. 코존이 그러라고 지시했고."

캣이 얼굴을 찌푸렸다. "또 그 얘기예요?"

"이건 사실이야, 캣."

"코존에게는 아버지를 죽여야 할 이유가 없었어요. 그는 이미 아버지의 약점을 알고 있었다고요."

"아니." 스태거가 지친 목소리로 말했다. "그건 사실이 아니야."

"하지만 그는 두 사람 관계를 알고……."

"맞아. 알고 있었어. 한동안 자네 아버진 그에게 약점을 잡혀 살았지. 난 멀찍이 떨어져서 자네 아버지가 뒷걸음치는 걸 지켜봤어. 그냥 그러도록 내버려뒀다고. 내게도 그걸 비밀로 덮어야 할 이유가 있는 셈이지. 코존이 슈가에 대해 알고 난 후 자네 아버지는 확 달라졌어. 그는 함정에 빠졌고 결국……." 스태거가 말끝을 흐렸다.

"결국 어쨌다는 거죠?"

스태거는 그녀를 올려다봤다. "한계점에 다다른 거야. 헨리는 오랫동안 거짓 인생을 살았지만 형사로서는 완벽했어. 하지만 언제부터인가 업무에 차질을 빚기 시작했지. 아마도 거짓말을 덮으려다 보니 그랬을 거야. 사람이라면 누구나 한계점이 있기 마련이잖아. 자네 아버지의 한계점은 바로 거기였어. 그래서 코존에게 더 이상은 안 된다고 맞섰던 거야. 어디 마음대로 해보라고 큰소리를 쳤지."

"코존의 반응은요?" 캣이 물었다.

"어땠을 것 같아?"

잠시 두 사람 사이에 어색한 침묵이 찾아들었다.

"그게 전부인가요?" 그녀가 물었다.

"그래. 이게 전부야. 다 지난 일이라고, 캣."

그녀는 할 말을 잃고 말았다.

"며칠 더 푹 쉬었다 돌아와."

"날 다른 데로 보낸다면서요?"

"아니. 생각이 바뀌었어. 아직도 파트너 교체를 원해?"

그녀는 고개를 저었다. "아뇨. 내가 사람을 잘못 봤어요."

"누굴?"

"채즈 페어클로스."

스태거는 펜을 집어 들었다. "캣 도노반이 잘못을 인정하다니, 오래 살다 보니 이런 일도 있군."

농가의 주방 문은 자물쇠로 잠겨 있지 않았다.

데이나 펠프스는 도끼를 쥔 채 망으로 된 문을 조심스레 열고서 안으로 들어갔다. 그녀는 잠시 멈춰 서서 뛰는 가슴을 진정시켰다.

그러고는 이내 다시 움직였다.

음식.

그녀 앞 테이블에는 커다란 그래놀라 바 상자가 놓여 있었다. 회원제 할인점에서 흔히 볼 수 있는 거였다. 그녀는 지금껏 굶주림의 끔찍한 공포를 경험해본 적이 없었다. 당장 전화기를 찾아나서야 했지만 눈앞의 음식을 지나치는 건 쉽지 않은 일이었다.

이러지 마. 그녀는 생각했다. 당장 시급한 일부터 처리해야지.

그녀는 주방부터 샅샅이 뒤지기 시작했다. 전화기는 보이지 않았다. 전화기뿐만 아니라 전선 하나 찾아볼 수 없었다. 그녀는 바깥에서 들려온 발전기 소음을 떠올렸다. 그렇게 전기를 만들어서 쓴 건가? 전화기는 없는 거야?

그런 건 아무래도 상관없었다.

그녀는 다른 방에 인터넷 접속이 가능한 컴퓨터가 있다는 걸 알았다. 컴퓨터를 이용해서 구조 요청을 할 수밖에 없었다. 그 전에 붙잡히지만 않는다면. 그녀는 컴퓨터 전문가가 언제쯤 돌아올지 궁금했다. 그는 담배를 비벼 끈 후 그녀 쪽으로 천천히 몸을 틀었다. 한 대 더 피우고 있지는 않을까?

그때 현관문이 열리는 소리가 들렸다.

젠장.

데이나는 황급히 숨을 만한 곳을 찾았다. 주방은 좁았다. 가장 먼저 찬장과 테이블이 그녀 눈에 들어왔다. 테이블 밑으로 기어들어가는 건 어리석은 일이었다. 식탁보가 없어서 금세 발각될 게 뻔했다. 작은 갈색 냉장고가 보였다. 그녀가 제이슨을 처음 만났던 위스콘신 대학 시절에 썼던 것과 똑같은 모델이었다. 그 안에 숨는 것도 현명한 일은 아니었다. 주방 한쪽에 지하 저장고로 통하는 문이 있었다. 그녀는 그 안에 숨기로 했다.

발소리.

그때 다른 생각이 데이나의 뇌리를 스쳤다. 숨는 건 이제 그만 할래.

주방의 반회전문을 나서면 타이터스가 그녀를 다그쳤던 거실로 갈 수 있었다. 만약 컴퓨터 전문가가 주방으로 다가온다면 데이나는 문 아래로 그를 볼 수 있을 것이다. 그녀는 더 이상 숲 속을 헤매고 있지 않았다. 그녀는 탈진 상태였고 빌어먹을 그래놀라 바가 절실했다. 그러나 잘하면 주방에서 컴퓨터 전문가를 제압할 수 있을 것도 같았다. 그는 그녀가 주방에 들어왔다는 사실을 모르니까.

게다가 그녀에게는 도끼가 있었다.

발소리가 점점 다가왔다.

그녀는 문 옆으로 잽싸게 다가가서 몸을 숨겼다. 도끼를 휘두를 충분한 공간을 확보해둬야 했다. 또한 습격의 순간까지 발각되지 않도록 각도도 잘 잡아야 했다. 도끼는 너무 무거웠다. 그녀는 정확히 어느 방향으로 휘둘러야 할지 고민에 빠졌다. 머리 위에서 내리찍는 건 생각처럼 쉽지 않을 것이다. 목을 노리는 것도 표적 부위가 작아서 까다롭기는 마찬가지였다. 조금이라도 빗나가면 큰일이다.

어느새 발소리는 문 바로 앞까지 다가왔다.

데이나는 두 손으로 도끼 손잡이를 꼭 움켜잡았다. 그리고 공을 기다리는 타자처럼 도끼를 번쩍 들어올렸다. 가장 적절한 각도였다. 야구 배트를 휘두르듯 휘두를 것. 도끼날이 심장까지 파고들도록 가슴 중앙을 노려야 했다. 오른쪽이나 왼쪽으로 살짝 빗나가도 도끼는 그에게 치명상을 입힐 것이다.

갑자기 발소리가 뚝 멎었다. 문이 삐걱 소리를 내며 열리기 시작했다. 바짝 긴장한 데이나의 몸이 후들거렸다. 하지만 그녀는 마음의 준비가 됐다.

그때 문밖에서 전화벨 소리가 들렸다.

그의 손이 떨어지자 살짝 열렸던 문이 원위치로 돌아갔다. 데이나는 도끼를 옆으로 내려뜨렸다. 그녀의 시선이 그래놀라 바쪽으로 향했다. 집으로 들어온 남자가 전화를 받으러 가자, 그녀는 잽싸게 그래놀라 바를 집어 들고 소리가 나지 않도록 조심스레 포장지를 벗겨냈다.

밖에서 컴퓨터 전문가의 목소리가 들렸다. "여보세요?"

계획을 수정해야겠어. 그녀는 생각했다. 도끼랑 그래놀라 바를 챙겨 지하 저장고로 내려가는 거야. 거기 숨어서 좀 쉬어야겠어.

재충전도 할 겸. 밖을 내다볼 수 있는 곳에 자리를 잡고 있다가 기회가 오면 도끼로 처치해버리자.

점프슈트에는 주머니가 여럿 있었다. 휴식을 위해선 다행이었다. 그녀는 그래놀라 바 몇 개를 집어서 주머니에 쑤셔 넣었다. 60개짜리 상자를 통째로 가져가면 금세 티가 날 것이다. 그녀는 적당한 개수를 챙겨 가기로 했다.

데이나가 지하실 문을 열려는 찰나, 컴퓨터 전문가의 목소리가 또렷하게 들렸다. "레이날도에게 들었습니다. 데이나가 달아났다고요."

바짝 얼어붙은 그녀는 귀를 쫑긋 세우고 통화 내용을 계속 엿들었다.

"데이나 펠프스. 찾았습니다. 뭐가 필요하십니까?"

그녀의 손은 여전히 문손잡이 위에 있었다. 남자는 계속해서 키보드를 두드렸다.

"여기 있습니다. 브랜던 펠프스. 휴대폰 번호와 학교 기숙사 번호가 있습니다."

데이나는 비명이 터져 나오기 전에 잽싸게 자신의 입을 틀어막았다.

그녀의 손에서 도끼 손잡이가 스르르 미끄러져 내려갔다. 컴퓨터 전문가는 타이터스에게 아들의 휴대폰 번호를 불러주고 있었다.

안 돼. 오, 맙소사. 안 돼. 브랜던은 안 돼……

그녀는 반회전문 앞으로 바짝 다가가 남자의 목소리에 집중했다. 어떻게든 타이터스가 브랜던의 휴대폰 번호를 요구하는 이유를 알아내야 했다.

하지만 이유야 뻔하잖아. 그들은 아들을 노리는 것이다.

의식적 사고는 더 이상 필요치 않았다. 답은 간단했다. 숨는 건 의미가 없었다. 지하 저장고에서 휴식을 취하는 것도, 자신의 안전을 챙기는 것도 마찬가지였다. 그녀의 머릿속에는 오로지 한 가지 생각뿐이었다. 브랜던을 구해야 한다.

마침내 컴퓨터 전문가가 전화를 끊었다. 데이나는 주방을 뛰쳐나가 곧장 그에게 달려갔다.

"타이터스는 어디 있지?"

컴퓨터 전문가가 화들짝 놀라며 물러났다. 데이나가 무섭게 달려들자 그가 비명을 지르려고 입을 열었다. 안 돼. 그가 비명을 지르면 다른 놈들이 그 소릴 듣고 달려올 거야.

데이나는 빠르고 맹렬히 달려가 컴퓨터 앞의 남자를 향해 도끼를 휘둘렀다.

가슴을 표적으로 삼지는 않았다. 그러기에는 그의 위치가 너무 낮았다. 도끼날이 그의 입을 파고들었다. 이가 부러지고 입술이 찢어졌다. 분수처럼 뿜어져 나온 피가 그녀의 시야를 가렸다. 의자에서 고꾸라진 그가 바닥에 세차게 떨어졌다. 데이나는 도끼를 힘껏 잡아당겼다. 그의 얼굴에 박힌 도끼날이 역겨운 소리를 내며 쑥 뽑혔다.

데이나는 그의 생사 여부를 확인하지 못했다. 하지만 망설이거나 메스꺼워할 여유가 없었다. 그녀의 얼굴에 튄 피에서 쇳내가 났다.

그녀는 다시 도끼를 번쩍 들었다. 그는 움직이지도, 저항하지도 않았다. 그녀는 주저 없이 그의 얼굴을 도끼로 내리찍었다. 그의 두개골은 수박 껍질만큼이나 쉽게 쪼개졌다. 옅은 색이 들어간 그의 안경도 반으로 갈라져 그의 얼굴 양옆으로 흘러내렸다.

데이나는 도끼를 떨어뜨리고서 책상 위 수화기를 집어 들었다.

그때 현관문이 스르르 열렸다.

늙은 개가 꼬리를 흔들며 그녀를 지켜보고 있었다.

데이나는 손가락을 입술에 갖다 대고 미소를 지어 보였다. 아무 일도 아니니 흥분하지 말라는 뜻이었다.

하지만 보는 꼬리 흔드는 걸 멈추고서 요란하게 짖어대기 시작했다.

개 짖는 소리가 들려오자 숲 속을 수색하던 레이날도가 멈칫했다.

"보!"

그는 대번에 보가 짖는 이유를 알 수 있었다. 기분이 좋을 때 짖는 소리와는 확실히 달랐다. 이건 두렵거나 당황했을 때 짖는 소리였다.

레이날도는 총을 뽑아 들고 농가를 향해 달리기 시작했다. 두 남자가 그를 바짝 뒤따랐다.

41

캣의 아파트로 들어선 브랜던이 의자에 앉기가 무섭게 휴대폰으로 전화가 왔다. 발신 제한 번호였다.

그는 이미 YouAreJustMyType.com을 함께 해킹할 친구들에게 연락해놓은 상태였다. 현재 컴퓨터 화면에는 스카이프에 접속한 그의 친구 여섯 명의 얼굴이 떠올랐다. 고성능 메인프레임 컴퓨터가 갖춰진 캠퍼스에서 실력파 친구들과 함께한다면 훨씬 수월했을 작업이었다.

그가 응답했다. "여보세요?"

처음 듣는 목소리가 말했다. "브랜던?"

"그런데요. 누구시죠?"

"내 말 잘 들어. 지금부터 딱 2분을 줄 테니까 당장 밖으로 나와. 오른쪽 콜럼버스가 모퉁이에 검은 SUV가 세워져 있는 게 보일 거야. 그 차에 타. 뒷좌석에 네 어머니가 타고 있어."

"그게 무슨⋯⋯?"

"정확히 2분 내에 오지 않으면 네 어머니를 죽이겠어."

"잠깐만요. 누구시죠?"

"1분 55초 남았어."

딸깍.

브랜던은 황급히 아파트를 뛰쳐나와 엘리베이터 버튼을 미친 듯이 눌러댔다. 엘리베이터는 1층에 있었다. 그가 있는 6층까지 올라오려면 한참 걸릴 것 같았다.

아무래도 계단으로 내려가야겠어.

그는 계단을 뛰어내리기 시작했다. 그의 손에는 아직도 휴대폰이 들려 있었다. 그는 로비를 가로질러 밖으로 나왔다. 정문 앞 계단을 단숨에 내려온 그는 67번가 오른쪽으로 내달렸다. 하마터면 양복 차림의 남자와 부딪힐 뻔했다.

그는 개의치 않고 전력으로 달려갔다. 모퉁이에는 정말로 검은 SUV가 세워져 있었다.

차가 있는 쪽으로 몸을 트는 순간 그의 휴대폰이 다시 울렸다. 그는 발신자를 확인했다.

이번에도 발신 제한 번호였다.

그가 다가가자 SUV의 뒷문이 열렸다. 휴대폰에서 개 짖는 소리가 흘러나왔다. "여보세요?"

"브랜던, 잘 들어!"

가슴이 철렁 내려앉았다. "엄마? 차에 거의 도착했어요."

"안 돼!"

엄마의 목소리 너머로 남자의 고함이 들렸다. "이게 무슨 소리예요, 엄마?"

"차에 타면 안 돼!"

"어떻게 된 일인지 이해가……."

"도망쳐, 브랜던! 그냥 도망치란 말이야!"

브랜던은 걸음을 멈추고 돌아서려 했다. 그 순간 뒷좌석에서 두 손이 튀어나와 그의 셔츠를 움켜잡았다. 남자는 소년을 SUV 안으로 힘껏 잡아끌었다. 브랜던의 손에서 휴대폰이 떨어졌다.

캣은 공원을 가로지르며 복잡해진 머릿속을 정리해보려 애썼다. 하지만 눈에 익은 장소들도 그녀에게 위안을 주지 못했다. 그녀는 북쪽으로 몇 블록 떨어진 램블을 떠올렸다. 그녀의 아버지가 관할했던 구역이다. 그녀는 아버지가 램블을 순찰하며 어떤 기분을 느꼈을지 궁금했다.

지금 와서 돌이켜보면 아버지의 튀는 행동과 과음, 격노, 그리고 실종이 모두 이해가 됐다. 슬프지만 사실이었다. 숨기는 게 많아지면 자연히 본성마저 거짓이 돼버린다. 평범해 보이는 허울은 잔혹한 현실이 된다.

또 자신을 가둬두는 감옥이 된다.

불쌍한 그녀의 아버지.

하지만 그런 것들은 더 이상 문제가 아니었다. 정말로. 다 지난 일들이었다. 아버지는 더 이상 고통받지 않았다. 아버지를 추모하기 위해, 그리고 최고의 딸이 되기 위해 그녀는 반드시 훌륭한 형사가 돼야 했다.

그러기 위해서는 코존을 무너뜨릴 방법을 찾아야 한다.

그녀가 공원을 나와 웨스트 사이드로 접어들었을 때 휴대폰이 울렸다. 채즈였다.

"방금 여기 왔어?"

"미안, 맞아. 경감님을 뵈러 갔어."

"네가 곧 돌아올 거라고 하시던데."

"그럴지도 모르지." 그녀가 말했다.

"그랬으면 좋겠다."

"나도 그래."

"그 문제 때문에 전화한 건 아니야." 채즈가 말했다. "네가 요청한 대로 유사한 실종 사건을 좀 찾아봤어."

"결과는?"

"데이나 펠프스, 제라드 레밍턴, 그리고 마사 파켓을 포함해서 총 열한 명이 실종된 것으로 확인됐어. 네 개 주에서 말이야. 그들 모두 최근에 온라인에서 구혼자를 만났다는 공통점을 가지고 있어."

그 순간 뒷덜미 털이 곤두섰다. "맙소사."

"끔찍하지?"

"카이저 부국장에게 연락해봤어?" 그녀가 물었다.

"그의 팀에 이 내용을 알렸어. 계속 파헤쳐보겠대. 열한 명이라니, 캣. 이거⋯⋯."

채즈는 말을 잇지 못했다.

더 이상 의심의 여지가 없었다. FBI도 본격적으로 수사에 착수할 것이다. 이제 그들이 할 수 있는 건 없었다. 캣은 전화를 끊고서 67번가로 건너갔다. 그때 콜럼버스가 모퉁이에서 벌어진 소동이 그녀의 시선을 끌었다.

저게 무슨⋯⋯?

그녀는 전력으로 달려갔다. 브랜던 펠프스가 누군가에게 붙잡혀서 허우적거리고 있었다. SUV 안에 있는 누군가가 그를 차 안으로 맹렬히 잡아당겼다.

늙은 개가 집 안으로 몇 발짝 들어왔다. 원목으로 된 바닥은 피로 흥건히 젖었고, 개는 계속해서 데이나를 향해 짖어댔다.

심각한 상황이었다. 아까 컴퓨터 전문가가 레이날도라고 불렀던 사이코는 지금쯤 이 소리를 듣고서 미친 듯이 달려오고 있을 것이다.

본능은 그녀에게 숨으라고 지시했다.

하지만 그녀는 그러고 싶지 않았다.

이상한 일이었다. 그녀는 어느 때보다도 평온한 상태였다. 자신이 무얼 해야 하는지 잘 알기에.

그녀는 아들을 구해야 했다.

휴대폰은 보이지 않았다. 컴퓨터 뒤편에 연결된 평범한 회색 전화기뿐이었다. 무선이 아니기 때문에 통화하는 동안 거실을 벗어날 수 없을 것이다.

난 여기서 죽어도 좋아.

그녀는 수화기를 들고서 아들의 번호를 다급하게 눌렀다. 어찌나 손이 떨리는지, 하마터면 번호를 잘못 누를 뻔했다.

그때 소리치는 목소리가 들렸다. "보!"

레이날도였다. 그는 빠르게 접근하고 있었다. 몇 초 후면 현관문을 박차고 들어올 것이다. 하지만 그녀는 꿈쩍도 하지 않았다. 아들을 납치하려는 타이터스를 막아야 했다. 그 외의 다른 것에는 신경 쓸 여유가 없었다. 의문도, 후회도, 망설임도 사치였다.

수화기에서 신호음이 흘렀다. 피 말리는 몇 초가 흐른 후 데이나의 아들이 응답했다. "여보세요?" 그녀는 자신도 모르게 비명을 지를 뻔했다.

무거운 발소리가 현관에 다다랐다. 요란하게 짖어대던 보가 주인에게 쪼르르 달려갔다.

이제 시간이 없다.

"브랜던, 잘 들어!"

그녀의 아들이 헉하고 숨을 들이쉬었다. "엄마? 차에 거의 도착했어요."

"안 돼!"

레이날도가 다시 소리쳤다. "보!"

"이게 무슨 소리예요, 엄마?" 브랜던이 물었다.

수화기를 쥔 그녀의 손에 힘이 잔뜩 들어갔다. "차에 타면 안돼!"

"어떻게 된 일인지 이해가……."

레이날도는 어느새 문밖에 다다랐다.

"도망쳐, 브랜던! 그냥 도망치란 말이야!"

캣은 권총을 뽑아 들고 인도를 달려갔다.

멀리서 필사적으로 바둥거리는 브랜던이 보였다. 마침 그 앞을 지나던 행인이 달려가서 브랜던을 돕기 시작했다. SUV 운전석에서 누군가가 내렸다.

그의 손에는 권총이 들려 있었다.

그 상황을 지켜보던 사람들의 입에서 비명이 터져 나왔다. 캣이 소리쳤다. "움직이지 마!" 하지만 그녀의 외침은 아비규환의 현장까지 닿지 못했다. 브랜던을 돕던 남자가 총을 보고서 뒤로 물러났다. 운전사가 허둥지둥 브랜던에게 갔다.

그는 권총을 번쩍 들었다가 브랜던의 머리를 힘껏 내리쳤다.

저항은 그렇게 끝나버렸다.

브랜던이 안으로 고꾸라지자 차의 뒷문이 닫혔다.

남자가 황급히 운전석으로 돌아갔다. 현장에 충분히 가까워진 캣이 총을 들고서 남자를 겨누는 순간, 본능 같은 무언가가 그녀를 멈추게 만들었다. 총격전을 벌이기에는 현장에 민간인이 너무 많았다. 또한 브랜던을 붙잡고 있는 뒷좌석의 괴한도 무장하고 있을 가능성이 높았다.

그럼 어쩌지?

검은 SUV는 콜럼버스가의 왼쪽으로 방향을 틀더니 미끄러지듯 달렸다.

캣은 회색 포드 퓨전에서 내리는 남자를 발견했다. 그녀는 배지를 내밀며 말했다. "차 좀 빌릴게요."

남자의 얼굴이 일그러졌다. "지금 농담하는 거죠? 네? 내 차는 가져갈 수 없……."

캣은 망설임 없이 총을 내보였다. 그는 두 손을 번쩍 들었고, 그녀는 그의 오른손에서 열쇠를 낚아챈 후 운전석에 올랐다.

1분 후, 그녀는 SUV를 쫓아서 67번가를 달려가고 있었다.

그녀는 휴대폰을 꺼내서 채즈에게 전화를 걸었다. "검은색 SUV를 추격 중이야. 67번가에서 방금 브로드웨이로 들어섰어."

그녀는 파트너에게 번호판을 불러주고서 어떻게 된 일인지 간략하게 설명했다.

"현장 목격자가 이미 경찰에 신고했을 거야." 채즈가 말했다.

"그랬겠지. 일단 순찰차들을 멀리 쫓아내줘. 놈들이 겁을 먹으면 안 돼."

"좋은 계획이라도 있어?"

"있지." 캣이 말했다. "FBI에 연락해서 이 상황을 알려줘. 헬리콥터를 보내줄 거야. 그때까진 내가 계속 쫓고 있을게."

SUV 뒷좌석에 앉은 브랜던은 머리에 가해진 충격으로 얼떨떨한 상태였다. 타이터스가 그에게 총을 겨눴다.

"브랜던?"

"엄마는 어디 계시죠?"

"곧 만나게 될 거야. 움직이지 말고 얌전히 앉아 있어. 허튼수작 부렸다간 네 어머니가 무사하지 못할 거야. 알아듣겠어?"

브랜던은 바짝 얼어붙은 채 고개를 끄덕였다.

조지 워싱턴 브리지를 건너는 동안에도 타이터스는 긴장을 늦추지 않았다. 어쩌면 경찰이 그들을 쫓고 있는지도 몰랐다. 67번가 현장에서 클렘을 목격한 누군가가 경찰에 신고했을 가능성이 컸다. 다행스럽게도 웨스트 사이드 고속도로는 별로 밀리지 않았다. 목적지까지는 불과 15분도 채 걸리지 않았다. 지명수배령이 내려지기에는 턱없이 부족한 시간이었다. 타이터스는 클렘에게 95번 도로로 빠져서 티넥 메리어트 호텔로 가라고 지시했다. 그는 그곳에서 다른 차를 훔쳐야 할지를 놓고 고민하다가 이번에도 그냥 번호판만 바꿔 달기로 했다. 그들은 호텔 뒤편 주차장에서 다른 검은색 SUV를 발견했다. 클렘은 전자식 드라이버를 이용해 능숙하게 번호판을 바꿔 달았다.

그들은 다시 뉴저지 고속도로로 나가서 농장이 있는 남쪽으로 향했다.

"헬리콥터는 띄웠어?" 캣이 물었다.

"5분 더 기다려야 한대."

"알았어." 그녀가 말했다. "잠깐. 기다려봐."

"왜?"

"그들이 방금 메리어트로 들어갔어."

"거기에 방을 잡아놓은 모양이지 뭐."

"FBI에 알려줘."

그녀는 그들을 따라 고속도로를 빠져나왔다. 그들과의 사이에 차 두 대가 샌드위치처럼 껴 있었다. 호텔로 들어선 그들은 건물을 돌아서 뒤편 주차장으로 향했다. 그녀는 충분히 거리를 두고 그들을 따라갔다.

운전석에서 남자가 내렸다. 그녀는 행동에 나설까 하다가 포기했다. 뒷좌석에 붙잡혀 있는 브랜던을 생각해야 했다. 그녀는 조금 더 기다려보기로 했다.

1분 후, 채즈가 다시 전화를 걸었다.

"그들이 훔친 번호판으로 바꿔 달고서 호텔을 빠져나왔어."

"어느 쪽으로 가는데?"

"남쪽. 뉴저지 고속도로로 진입하려는 모양이야."

레이날도는 보가 짖고 있는 곳으로 내달렸다.

보한테 무슨 짓을 했다간 봐. 보의 털끝 하나라도 건드렸단 봐.

레이날도는 그녀를 붙잡아 최대한 천천히 죽이고 싶었다.

레이날도가 빈터에 다다랐을 때도 보는 미친 듯이 짖어대고 있었다. 그는 농가를 향해 전력으로 달렸다. 그리고 단숨에 계단을 올라서 현관으로 들이닥쳤다.

보는 더 이상 짖지 않았다.

오, 안 돼. 안 돼. 제발 아무 일 없기를…….

그가 현관문 앞에 다다르자 보가 모습을 드러냈다. 그는 안도하며 바닥에 풀썩 주저앉았다.

"보!" 그가 큰 소리로 불렀다.

개가 그에게로 달려왔다. 레이날도는 개를 와락 끌어안았고, 보는 그의 얼굴을 핥았다.

집 안에서 흥분한 데이나의 목소리가 흘러나왔다. "도망쳐, 브랜던! 그냥 도망치란 말이야!"

레이날도는 총을 뽑아 들었다. 그가 문을 박차고 안으로 들어가려는 순간, 무언가가 그를 멈칫하게 만들었다.

보의 발이 피로 젖어 있었다.

그 여자가 내 죄 없는 개를 해치려 했다면, 이 사랑스럽고 결백한 개를 해치려 했다면…….

그는 녀석의 앞발을 유심히 살펴봤다. 상처는 보이지 않았다. 뒷발 역시 상처는 없었다. 레이날도는 보의 눈을 빤히 바라봤다.

개는 신나게 꼬리를 흔들어댔다. 마치 레이날도에게 자신은 무탈하다고 얘기하듯이.

안도감이 찾아드려는 찰나, 다른 생각이 그의 뇌리를 스쳤다.

이게 보의 피가 아니라면 대체 누가 흘린 피란 말이지?

그는 총을 들고서 현관문에 등을 갖다 붙였다. 몸을 틀고 안으로 들어선 그는 바닥에 납작 엎드렸다.

안에선 아무런 기척도 없었다.

그때 레이날도의 눈에 참혹하게 숨진 드미트리의 시체가 들어왔다.

데이나가 이랬다고?

분노가 끓어올랐다. 그년이 단단히 미쳤군. 가만두지 않겠어.

하지만 어떻게? 어떻게 그녀가 드미트리를 이 꼴로 만들어놓을 수 있었을까? 답은 하나였다. 그녀가 무장한 상태라는 것. 보나 마나 헛간에서 무기로 쓸 만한 물건을 챙겨 왔을 것이다. 드미트리가 쏟은 엄청난 양의 피만 봐도 짐작할 수 있었다.

다음 질문. 그녀는 지금 어디에 있을까?

레이날도는 바닥에서 피 묻은 발자국을 찾아냈다. 발자국은 주방 문 앞에서 끊어졌다. 그는 무전기 기능으로 훌리오를 불렀다. "집 뒤편을 지키고 있어?"

"방금 도착했어."

"주방 문 밖에 피 묻은 발자국이 나 있는지 확인해봐."

"아니, 안 보이는데. 그런 발자국은 없어."

"좋아." 그의 얼굴에 미소가 깃들었다. "총으로 문을 겨누고 있어. 그 여자는 무기가 있어."

42

    아쿠아는 동판 지붕으로 덮인 센트럴 파크 컵스 보트하우스 뒤편에 책상다리를 하고 앉아 있었다. 그는 눈을 감은 채 혀끝으로 입천장을 지그시 누르고 있었다. 양손은 엄지와 중지로 원을 만들어 무릎에 얹어놓았다.

    그의 옆에는 제프 레인스가 앉아 있었다.

    "캣이 날 찾아냈어." 제프가 말했다.

    약에 취한 아쿠아가 고개를 끄덕였다. 그는 약을 좋아하지 않았다. 약은 그를 비참하고 우울하게 만들었다. 마치 물속에 갇혀 꿈쩍도 할 수 없는 기분이었다. 또 약은 그를 무기력하게 만들었다. 아쿠아는 종종 고장 난 자동판매기가 된 듯한 기분을 느꼈다. 켜져 있을 때는 무엇이 튀어나올지 예상할 수 없다. 차가운 물을 주문했는데 뜨거운 커피가 나올 수도 있다. 하지만 적어도 켜져 있지 않은가. 그가 약에 취해 있을 때, 그땐 마치 플러그 뽑힌 자동판매기와 같았다.

    그럼에도 아쿠아는 약에 의지할 수밖에 없었다. 정신을 또렷하게 유지할 필요가 있었기 때문이다. 단 몇 분만이라도.

    "아직도 캣을 사랑해?" 아쿠아가 그에게 물었다.

"물론이지. 너도 알잖아."

"넌 항상 캣을 사랑했지."

"항상."

아쿠아는 여전히 눈을 감고 있었다. "캣이 아직도 널 사랑한다고 믿어?"

제프가 툴툴거렸다. "내가 어떻게 믿든 상관없잖아."

"18년 전 일이야." 아쿠아가 말했다.

"설마 세월이 약이라는 얘길 해주려는 건 아니겠지?"

"여긴 왜 온 거야, 제프?"

그는 대답하지 않았다.

"이게 무의미하다는 거 몰라?"

"무슨 뜻이야?"

"넌 오늘 캣을 만났잖아."

"그래." 제프가 말했다.

"이미 한 번 찼잖아. 이번에도 그럴 자신 있어?"

침묵.

아쿠아가 마침내 눈을 떴다. 친구가 괴로워하는 모습을 확인한 그가 움찔하며 제프의 팔뚝에 손을 얹었다.

"그건 내 선택이었어." 제프가 말했다.

"그 선택이 현명했다고 생각해?"

"이제 와서 후회할 순 없잖아. 그때 그녈 버리지 않았다면 지금 내 딸도 없었을 거야."

아쿠아가 고개를 끄덕였다. "하지만 그 후로 많은 시간이 흘렀어."

"그래."

"모든 일에는 다 이유가 있어. 어쩌면 일이 이렇게 된 것도 너희 운명일지 몰라."

"캣은 날 용서하지 않을 거야."

"사랑한다면 모든 게 극복 가능해."

제프의 얼굴이 일그러졌다. "그러니까 세월이 약이고, 모든 일엔 다 이유가 있으며, 사랑으로 못할 건 없다 이거지? 오늘 아주 작정하고 클리셰를 쏟아내는데."

"제프?"

"왜?"

"곧 약 기운이 떨어질 거야. 몇 분 후면 다시 공황 상태에 빠지게 될 거라고. 너와 캣을 떠올리며 자살을 결심하게 될지도 몰라."

"그런 말 하지 마."

"그러니까 내 말 들어. 아인슈타인은 똑같은 걸 반복하며 다른 결과를 기대하는 건 미친 짓이라고 정의했어. 이제 어쩔 셈이야, 제프? 다시 도망쳐서 너희 둘 다 상처받을 거야? 아니면 다른 방법을 한번 시도해볼 거야?"

레이날도는 데이나가 독 안에 든 쥐라는 걸 알았다.

그는 피 묻은 발자국을 내려다보며 주방 배치도를 머릿속에 그려봤다. 테이블, 의자들, 찬장. 그녀가 숨을 만한 곳은 없었다. 보나 마나 그녀는 공격할 태세를 갖추고 있을 것이다. 그가 들어서기를 기다리면서.

그는 예고도 없이 두 손으로 문을 거세게 밀었다.

그는 문을 통해 주방으로 들어가지 않았다. 그녀의 허를 찔러야 하기 때문이다. 그녀가 문 뒤에서 기다리고 있다면 레이날도의 시야에 금세 포착될 것이다.

화들짝 놀라 저도 모르게 움직이거나 기겁하며 비명을 지를 테니까.

그는 만약의 경우에 대비해 뒤로 한 걸음 물러났다.

벌컥 열린 문이 벽에 부딪혔다가 원위치로 돌아왔다. 앞뒤로 몇 번 흔들리던 나무 문이 마침내 멈췄다.

안쪽에선 어떤 움직임도 없었다.

하지만 피 묻은 발자국은 똑똑히 볼 수 있었다.

그는 총을 앞세우고서 주방으로 들어가 잽싸게 좌우를 살폈다.

주방은 비었다.

그는 다시 바닥에 묻은 빨간 발자국을 내려다봤다.

발자국은 지하 저장고 쪽으로 나 있었다.

역시. 레이날도는 지하 저장고를 진작 떠올리지 못한 자신을 질책했다. 하지만 그런 건 아무래도 상관없었다. 지하 저장고의 출입구는 달랑 하나뿐이었다. 밖으로 통하는 덧문은 자물쇠로 단단히 잠겨 있었다.

6번은 완전히 갇혀버린 것이다.

그의 휴대폰이 울렸다. 타이터스였다. 레이날도는 휴대폰을 꺼내 귀로 가져갔다.

"그 여자 찾았어?" 타이터스가 물었다.

"그런 것 같습니다."

"그런 것 같다고?"

그는 급한 대로 주방의 지하 저장고에 대해 들려줬다.

"우린 지금 농장으로 돌아가고 있어." 타이터스가 말했다. "드미트리에게 컴퓨터 파일을 없애라고 해."

"드미트리는 죽었습니다."

"뭐라고?"

"데이나가 죽었어요."

"어떻게?"

"제가 보기엔 도끼를 쓴 것 같습니다."

침묵.

"듣고 계십니까, 타이터스?"

"헛간에 휘발유가 있어." 타이터스가 말했다. "그것도 아주 많이."

"알아요." 레이날도가 말했다. "그건 왜요?"

하지만 레이날도는 이미 그 질문의 답을 알고 있었다. 그는 이런 날이 머지않음을 늘 걱정했다. 이곳 농장은 그에게 집이나 다름없었다. 그와 보 둘 다 이곳을 좋아했다.

모든 걸 망쳐놓은 여자를 생각하니 부아가 치밀었다.

"집 안 구석구석에 그걸 뿌려놔." 타이터스가 말했다. "전부 태워버려야 해."

캣은 그들이 어디로 향하는지 몰랐다.

그녀는 2시간이 넘게 SUV를 따라 뉴저지 고속도로를 달려왔다. 펜실베이니아 고속도로로 빠져나온 그들은 이내 필라델피아 북부로 들어섰다. 마침내 FBI가 보낸 헬리콥터가 도착했다. 헬리콥터는 안전거리를 유지한 채 따라오는 중이었다. 하지만 아직 안심하기에는 너무 일렀다.

다행히 포드 퓨전에는 연료가 많이 남아 있었다. 그건 걱정할 부분이 아니었다. 캣은 FBI와 계속 연락을 주고받았다. 하지만 그들은 더 이상 새로운 정보를 제공하지 못했다. 검은 SUV의 원래 번호판도 다른 차에서 훔친 것이었다.

YouAreJustMyType.com은 소환장을 요구하며 시간을 끌었다. 채즈는 두 명의 피해자를 더 찾아냈지만 그들이 이번 사건과 관련이 있는지는 아직 모르겠다고 했다. 시간이 더 필요했다. 그건 어쩔 수 없는 부분이었다. TV의 경찰 드라마에서는 모든 게 한 시간 안에 해결되지만, 현실에서는 불가능한 일이었다.

그녀는 머릿속에서 아버지와 제프 생각을 떨쳐내려 애썼다. 하지만 쉽지 않았다. 슈가가 들려준 말들이 아직도 그녀의 귓전을 맴돌고 있었다. 캣의 아버지와 잠시나마 재회할 수 있다면 자신이 무엇을 희생하고, 또 무엇을 용서할 각오가 돼 있는지. 그녀의 아버지에 대한 슈가의 사랑은 진실하게 느껴졌다. 분명 연기는 아니었다. 아버지는 슈가 덕분에 행복했을까? 열정과 사랑이 뭔지 그와 함께 알게 됐을까? 캣은 부디 그랬기를 바랐다. 잠재의식적 편견을 버리고 보면—결국 그녀도 그 동네에서 나고 자란 사람이 아니겠는가—오히려 감사해야 할 일이었다.

그녀는 아버지가 갑자기 옆 좌석에 나타나면 무슨 일이 벌어질지 상상해봤다. 그녀가 모든 걸 알고 있다고, 그리고 그에게 시간을 되돌릴 기회가 주어졌다고 말한다면 과연 아버지는 어떤 선택을 할까? 죽음으로 소중한 교훈을 얻었을 것이다. 만약 모든 걸 되돌린다면 이번에는 누가 아버지의 선택을 받게 될까? 그녀의 엄마? 아니면 슈가?

캣은 슈가를 선택하는 게 모두에게 좋은 일일 거라고 생각했다. 그녀의 아버지에게도. 어머니에게도.

솔직함. 슈가는 뭐라고 표현했지? 진실된 삶을 살 자유.

아버지도 그 깨달음을 얻으셨을까? 거짓과 기만으로 가득 찬 삶에 염증을 느끼셨을까? 꽃을 사 들고 슈가를 만나러 클럽에 가셨던 날, 마침내 진실된 삶을 위해 용기를 내셨던 걸까?

그 답은 아마도 영원히 알 수 없을 것이다.

브랜던과 그의 어머니를 악마 같은 범죄자들에게서 구해내야 하는 시급한 상황임에도 그녀의 정신은 정처 없이 떠돌고 있었다. 그녀는 아버지가 정말로 옆 좌석에 불쑥 나타난다면 어떨까 가정해봤다. 아버지에게 제프를 다시 본 순간 전에 없던 희망이 샘솟았으며, 아버지와의 짧은 재회를 위해 모든 걸 포기할 각오가 됐다는 슈가의 말을 제대로 이해할 수 있었다는 이야기를 들려준다면 어떨까.

과연 아버지는 뭐라고 하실까?

그녀는 이미 그 답을 알고 있었다.

제프가 도망치듯 떠나버린 건 문제가 안 된다. 그가 이름을 바꾼 것도 마찬가지였다. 슈가도, 아버지도 상관하지 않을 것이다. 죽음이 가르쳐준 교훈이 있기에. 사랑을 위해서는 모든 걸 희생하고, 또 용서할 수 있어야 했다. 이번 일이 잘 마무리되면 캣은 다시 몬탁으로 찾아가 그에게 자신의 감정을 솔직히 털어놓을 생각이었다.

해가 저물며 하늘이 짙은 자줏빛으로 물들어갔다. 검은 SUV가 고속도로를 빠져나와 222번 도로로 들어섰다.

캣은 계속해서 그들을 따라갔다. 이제 곧 그들의 목적지가 나타 날 것이다.

브랜던이 다시 물었다. "우리 엄마는 왜 납치한 거죠?"

짜증이 난 타이터스는 권총 손잡이로 소년의 입을 후려쳤다. 브랜던의 이가 부러지고, 입에서 피가 흘렀다. 브랜던은 티셔츠 자락을 북 찢어서 상처를 틀어막았다. 그렇게 질문은 멎어버렸다.

222번 도로로 빠져나오자 타이터스는 손목시계를 들여다봤다. 목적지까지는 40분도 채 남지 않았다. 그는 재빨리 머리를 굴렸다. 화재의 규모, 시계視界, 그가 전화를 걸어 불길이 대충 잡혔다고 알릴 경우에 소방관들이 현장에 투입되기까지 걸리게 될 시간.

최소한 한 시간은 소요될 것이다.

그 정도면 충분했다.

그는 레이날도에게 전화를 걸었다. "휘발유는 다 뿌려놨어?"

"네."

"그 여자는 아직도 지하실에 갇혀 있고?"

"네."

"릭과 훌리오는?"

"뜰에 있습니다. 한 명은 앞을, 다른 한 명은 뒤를 지키고 있습니다."

"이제 뭘 어떻게 해야 하는지 알지?"

"네."

"잘 처리해. 다 끝나면 불을 지르고. 모든 걸 잿더미로 만들어야 해. 그런 다음엔 상자들을 차례로 열고서 깨끗이 청소해봐."

레이날도는 전화를 끊었다. 보는 헛간 옆에 서 있었다. 개에게는 아무 이상이 없었다. 그에게는 그 사실이 가장 중요했다. 릭은 집 앞을 지키고 있었다. 레이날도가 그에게 다가갔다.

"타이터스랑 통화했어?" 릭이 물었다.

"그래."

"불을 지르래?"

레이날도는 한 손에 작은 칼을 숨기고 있었다. 그는 민첩하게 다가가 릭의 심장에 칼을 깊숙이 꽂아 넣었다. 릭은 땅에 고꾸라지기 전에 이미 죽었다. 레이날도는 주머니에서 성냥갑을 꺼내 들고 집으로 다가가 현관 앞 계단에 불붙인 성냥을 떨어뜨렸다.

확 피어오른 파란 불꽃이 마치 생명을 얻은 듯 집을 향해 빠르게 치솟았다.

레이날도는 뒷문 쪽으로 계속 걸어갔다. 그는 권총을 들고서 훌리오의 머리를 쐈다. 그런 다음, 다른 성냥에 불을 붙여 뒷문에 휙 던졌다. 이번에도 푸른 불꽃이 화르륵 타올랐다. 그는 뒤로 몇 걸음 물러나서 양쪽 출구를 번갈아 쳐다봤다.

이제 집에서 빠져나올 구멍은 없었다. 의심의 여지 없이 데이나는 불길 속에서 새까맣게 타버릴 것이다. 그는 위로 빠르게 번져가는 불길을 잠시 지켜봤다. 방화광은 아니었지만, 화염의 엄청난 기운은 그의 마음을 사로잡았다. 순식간에 집 전체가 맹렬한 불길에 휩싸였다. 레이날도는 그녀의 비명을 듣기 위해 귀를 쫑긋 세웠다. 부디 그 소리를 꼭 들을 수 있기를 바랐다. 하지만 아무리 기다려도 비명은 들리지 않았다. 그는 계속 두 개의 문을 지켜봤다. 특히 주방 문을 유심히 감시했다. 언제 불붙은 여자가 고통스럽게 비명을 질러대며 뛰쳐나올지 모르니까. 그는 그녀가 추는 죽음의 춤을 꼭 보고 싶었다.

하지만 그런 일은 벌어지지 않았다. 레이날도는 훌리오의 시체를 번쩍 들어 불길 속으로 던져버렸다. 그와 릭은 숯으로 변하겠지만 신원 확인은 가능할 것이다. 그게 바로 그가 노리는 것이었다. 죽은 그들이 모든 누명을 뒤집어쓰는 것.

화염은 사나운 기세로 집을 집어삼켰다.

아직도 비명은 들리지 않았다. 볼거리도 없었고.

그는 불이나 연기가 이미 데이나의 숨을 끊었을지도 모른다고 생각했다. 물론 그걸 직접 확인할 방법은 없었다. 하지만 그녀가 죽었다는 것만큼은 확신했다. 이런 상황에서 무사히 탈출하는 건 불가능했다.

그럼에도 잔해에서 돌아서면서 그는 묘한 불안감을 느꼈다.

43

불꽃이 보이자, 데이나 펠프스는 이미 숱하게 다녀본 끔찍한 길을 내달렸다.

그가 그녀를 찾으려고 뒤지지 않을 만한 곳이 어디일까? 그녀는 머리를 굴려봤다.

상자다.

우리가 운, 운명, 시기라 여기는 것들은 별난 구석이 있었다. 그녀의 남편, 제이슨은 피츠버그에서 자랐고, 스틸러스, 파이리츠, 그리고 펭귄스(각각 피츠버그의 프로 미식축구팀, 프로 야구팀, 프로 아이스하키팀—옮긴이)의 열혈 팬이었다. 그는 그 팀들을 열렬히 응원했지만 세상의 모든 스포츠 경기의 승패가 운으로 결정된다는 걸 누구보다 잘 알고 있었다. 70년대에도 리플레이 규칙과 HD 카메라가 있었다면 프랑코 해리스가 완벽한 캐치를 선보이기 직전에 공이 그라운드에 분명히 닿았다는 걸 확인할 수 있었을 것이다. 만약 그 사실이 확인됐다면 스틸러스가 그때 그 경기에서 승리를 거둘 수 있었을까? 슈퍼볼 우승을 네 차례나 연이어 차지하는 대기록을 세울 수 있었을까?

제이슨은 그런 질문을 곧잘 던지곤 했다. 그는 근면, 교육, 훈련 같은 중요한 요소들에는 별 관심을 보이지 않았다. 그런 것들을 진지하게 따지기에는 인생이 지나치게 운에 휩쓸린다는 것이 그의 주장이었다. 우리는 성공하려면 반드시 성실해야 하고, 많이 배워야 하며, 한없이 인내해야 한다고 믿는다. 하지만 변덕스럽고 예측이 불가능한 인생에서 그런 것들은 다 부질없었다. 인정하고 싶지 않아도 우리가 운과 시기와 운명에 지배당하는 것은 명백한 사실이었다.

그녀의 경우, 보의 피 묻은 발이 운이고 시기이며 운명이었다.

레이날도는 개의 상태를 확인하기 위해 밖에서 아까운 몇 초를 흘려버렸다. 그녀는 그 틈을 타서 수화기를 내려놓고 주방으로 돌아갔다. 행방을 감추려면 바닥에 찍힌 피 묻은 발자국을 처리해야 했다.

어쩐다.

기발하지는 않지만 그럴듯한 아이디어 하나가 뇌리를 스쳤다. 그녀는 지하 저장고 앞으로 다가가서 문을 열고는 양말을 벗어 계단 아래로 휙 던졌다.

그녀는 맨발로 뛰어서 밖으로 나왔다. 그러고는 잽싸게 숲으로 들어가 몸을 숨겼다. 몇 초 후, 훌리오가 나타났다.

잠시 후 불길이 피어오르더니 금세 집 전체가 화염에 휩싸였다. 데이나는 그들이 집 안에 남은 자기들의 흔적을 지우고 있다는 걸 깨달았다. 그들의 범죄 행각이 마침내 막다른 길에 몰린 것이다. 그녀는 기억을 더듬어 빈터를 향해 내달리기 시작했다. 그녀가 처음 붙잡혀 왔을 때 협박에 못 이겨 샛노란 여름 원피스를 벗어야 했던 장소로. 굉장히 거슬리는 무언가를 봤던 곳이었다.

수북이 쌓인 옷들.

해가 빠르게 저물어가고 있었다. 잠시 후, 그녀는 어둠이 내려 앉은 빈터에 도착했다. 한쪽에 레이날도가 사용하는 작은 텐트가 있었다. 그녀는 텐트 안부터 살펴봤다. 침낭과 손전등. 휴대폰이나 무기로 쓸 만한 물건은 보이지 않았다.

다행히 그녀에게는 아직 도끼가 있었다.

그녀는 손전등을 챙겨 들었다. 물론 당장 켤 수는 없었다. 그녀 앞의 빈터는 평평했다. 그녀가 갇혀 지낸 상자는 완벽히 위장돼 있었다. 그녀조차도 정확한 위치를 기억할 수 없었다. 한동안 주변을 살피던 그녀는 풀려 있는 맹꽁이자물쇠를 찾아냈다. 기적이었다. 자물쇠가 아니었으면 그대로 감춰진 문을 밟고서 지나갈 뻔했다.

그때 황당한 아이디어가 떠올랐다. 상자 안에 들어가 숨는 것이다. 정신이 제대로 박힌 사람이라면 그녀를 찾기 위해 그 안을 들여다보지는 않을 것이다. 하긴, 제 발로 지하 감옥에 내려가려는 사람도 정상은 아니겠지만.

하지만 어쩔 수 없었다.

그녀에게는 모든 부분을 꼼꼼히 따져볼 여유가 없었다. 집은 점점 잿더미가 돼갔다.

숲 속은 많이 어두웠다. 앞을 제대로 볼 수 없을 정도였다. 그녀는 납작 엎드려서 잔디 위를 기어갔다. 그렇게 10미터쯤 갔을 때, 그녀의 손끝에 금속 물체가 닿았다.

또 다른 자물쇠였다.

이번 것은 잠겨 있었다.

데이나는 도끼로 힘껏 찍어서 자물쇠를 부쉈다. 문은 생각보다 무거웠다. 그녀는 땅에 묻힌 문을 가까스로 여는 데 성공했다.

그녀는 어두운 구멍 안을 들여다봤다. 안에서는 아무 소리도, 아무 기척도 없었다.

그녀의 뒤에선 집이 여전히 타들어가고 있었다. 이제는 다른 선택의 여지가 없었다. 도박을 해보는 수밖에.

데이나는 손전등을 켜고서 상자 안을 비춰봤다. 그리고 이내 숨이 턱 막혀버렸다. 한 여자가 흐느끼면서 그녀를 올려다보고 있었다. "제발 죽이지 말아요."

데이나도 하마터면 눈물을 쏟을 뻔했다. "당신을 구하러 왔어요. 해치러 온 게 아니라. 나올 수 있겠어요?"

"네."

"좋아요."

데이나는 주변을 더듬거려 또 다른 자물쇠를 찾아냈다. 이번에는 단 한 번의 도끼질로 문을 열 수 있었다. 상자 안에 갇힌 남자는 울음을 터뜨리며 느릿느릿 올라왔다. 그녀는 그가 나올 때까지 기다리지 않고 세 번째와 네 번째 자물쇠를 차례로 찾아 부쉈다. 그녀는 안을 살피지도 않고서 문을 열어줬다.

다음 자물쇠를 부수기 위해 도끼를 번쩍 쳐든 그녀의 눈에 농가로 향하는 헤드라이트 불빛이 들어왔다.

누군가가 진입로를 따라 들어가고 있었다.

클렘이 정문을 열고서 다시 운전석으로 돌아왔다.

진입로를 따라 반쯤 올라왔을 때, 타이터스의 눈에 불길에 휩싸인 집이 들어왔다.

그의 입가에 미소가 떠올랐다. 다행이었다. 정문 밖에서 화재 현장이 보이지 않는다면 소방서에 신고가 들어갈 일이 없었다. 그 덕분에 완벽한 뒷정리에 필요한 충분한 시간을 번 셈이었다.

불타는 집을 향해 시체를 질질 끌고 가는 레이날도의 모습이 먼발치로 보였다.

"저게 뭐죠?" 클렘이 말했다. "저거 릭 아닙니까?"

타이터스는 차분하게 총구를 클렘의 뒤통수로 가져가 방아쇠를 당겼다. 클렘은 핸들 위로 픽 고꾸라졌다.

이 모든 건 타이터스와 레이날도가 시작한 일이었다. 끝내는 것도 둘이 해야 했다.

충격에 휩싸인 브랜던이 비명을 질렀다. 타이터스는 소년의 가슴으로 총구를 돌렸다. "내려."

브랜던은 비틀거리며 차에서 내렸다. 레이날도가 달려와서 그를 맞이했다. 타이터스도 소년을 따라 내렸다. 세 사람은 몇 초간 말없이 불타는 집을 바라봤다.

"이 애 어머니는 죽었어?" 타이터스가 물었다.

"그런 것 같습니다."

그 순간 브랜던의 입에서 새된 비명이 터져 나왔다. 그는 두 손을 번쩍 들고 레이날도에게 몸을 날렸다. 레이날도는 그의 복부에 주먹을 강하게 꽂았다. 브랜던은 바닥으로 쓰러져 헉헉거렸다.

타이터스가 소년의 머리에 총을 겨누고는 레이날도에게 물었다. "그런 것 같다니? 그게 무슨 뜻이야?"

"그녀가 지하실에 숨어 있었던 것 같습니다."

"그런데?"

그때 보가 밤공기를 산산조각 내듯 요란하게 짖기 시작했다.

타이터스는 손전등을 켜고서 소리가 들려온 쪽을 비췄다. 그는 오른편에 서 있던 보를 찾아냈다. 늙은 개는 상자들이 묻혀 있는 쪽을 향해 미친 듯이 짖어대고 있었다.

타이터스가 말했다. "어쩌면 네가 잘못 판단했는지도 모르잖아."

레이날도가 고개를 끄덕였다.

타이터스는 그에게 손전등을 건넸다. "가서 저쪽 길을 한번 살펴봐. 총도 준비해두고. 그녀가 보이자마자 쏴 죽여야 하니까."

"어딘가에 숨어 있을지도 모릅니다." 레이날도가 말했다.

"그게 사실이라면 곧 튀어나올 거야."

브랜던이 소리쳤다. "엄마, 이쪽으로 오지 마세요! 도망치세요!"

타이터스가 총구를 브랜던의 입안으로 쑤셔 넣었다. 그러고는 큰 소리로 외쳤다. "데이나? 우린 당신 아들을 데리고 있어." 그는 잠시 뜸을 들이고는 말했다. "당장 나오지 않으면 이 아이가 고통받게 될 거야."

돌아오는 건 침묵뿐이었다.

그가 다시 소리쳤다. "좋아, 데이나. 이 소릴 잘 들어봐."

타이터스는 브랜던의 입에서 총구를 뽑았다. 그러고는 소년의 무릎을 겨눈 후 방아쇠를 당겼다.

브랜던의 비명이 밤의 정적을 산산이 깨뜨렸다.

SUV가 사라진 후에도 캣은 정문을 지나 계속 달렸다. 그녀는 정문에서 백 미터쯤 떨어진 지점에 차를 세우고 FBI에 농장의 위치를 알려줬다.

"잘했어요." 카이저 부국장이 말했다. "우리 팀이 20분 안에 도착할 겁니다. 충분한 인력을 보냈으니 염려 말아요."

"그들이 브랜던을 붙잡고 있습니다."

"나도 알아요."

"이렇게 기다리고 있을 여유가 없다고요."

"그렇다고 당신 혼자서 불쑥 쳐들어갈 수도 없지 않습니까? 인질극이 벌어지고 있으니 전문가들에게 맡겨야죠. 당신도 알잖아요."

캣은 불안감을 떨쳐낼 수 없었다. "무슨 말씀인지는 잘 압니다만, 지금은 이렇게 손 놓고 기다릴 때가 아닙니다. 일단 저 혼자 들어가볼 수 있게 허락해주세요. 꼭 필요한 상황이 아니라면 교전을 하지 않겠습니다."

"그건 별로 좋은 생각이 아닌 것 같군요, 형사님."

이건 거절이다.

그녀는 그가 잔소리를 이어가기 전에 냅다 전화를 끊고 휴대폰을 무음 모드로 바꿨다. 그녀의 총은 권총집에 꽂혀 있었다. 그녀는 차에서 내려 정문으로 향했다. 이제부터 조심해야 했다. 정문에는 보안용 카메라가 설치돼 있어서 그녀는 정문 옆 울타리를 홀쩍 뛰어넘어 안으로 들어갔다. 우거진 숲은 어둠에 묻혀 있었다. 그녀는 아이폰의 희미한 빛을 앞세우고 걸음을 옮겨나갔다. 빌린 차에 충전기가 내장돼 있어서 정말 다행이었다.

천천히 나무들을 헤치고 나가던 캣의 눈에 엄청난 불기둥이 보였다.

데이나가 다른 상자를 간신히 열었을 때 브랜던의 고함 소리가 들렸다.

"엄마, 이쪽으로 오지 마세요! 도망치세요!"

그녀는 아들의 목소리에 바짝 얼어붙었다.

잠시 후 타이터스의 목소리도 들렸다. "데이나? 우린 당신 아들을 데리고 있어."

그녀는 온몸이 후들거리기 시작했다.

"당장 나오지 않으면 이 아이가 고통받게 될 거야."

데이나는 무거운 문을 놓칠 뻔했다. 첫 번째 상자에서 나온 여자가 달려와서 그녀를 도와 문을 내려놨다. 상자 안에서 누군가의 신음이 흘러나왔다.

데이나는 좁은 길을 따라가기 시작했다.

"가면 안 돼요." 여자가 그녀에게 속삭였다.

넋 나간 얼굴의 데이나가 속삭임이 들린 쪽으로 고개를 돌렸다. "뭐라고요?"

"저 사람 말을 들으면 안 된다고요. 저 사람한테 이건 그냥 게임일 뿐이에요, 들어줄 필요 없는. 그냥 여기 남아 있는 게 현명해요."

"그럴 수 없어요."

여자는 두 손으로 데이나의 얼굴을 감싸 쥐고서 그녀의 눈을 똑바로 바라봤다. "난 마사예요. 이름이 뭐죠?"

"데이나."

"데이나, 내 말 잘 들어요. 우린 여기서 남은 상자들을 마저 열 어야 해요."

"미쳤어요? 저들이 내 아들을 데리고 있단 말이에요!"

"알아요. 하지만 당신이 모습을 드러내는 순간, 저들은 당신과 저 아이를 죽일 거예요."

데이나가 고개를 저었다. "아뇨. 난 저 앨 구할 수 있어요. 저들 에게 거래를 제안하면······."

타이터스의 목소리가 죽음의 신이 휘두르는 큰 낫처럼 밤을 갈 랐다. "좋아, 데이나. 이 소릴 잘 들어봐."

잠시 후 밤의 정적을 깨고 총성이 울려 퍼졌다. 두 여자는 그쪽 을 휙 돌아봤다.

데이나의 비명이 아들의 비명을 삼켜버렸다.

그녀가 모든 걸 포기하고서 아들을 구하기 위해 달려가려는 찰 나, 마사가 그녀를 와락 끌어안아 옆으로 쓰러뜨렸다.

"이거 놔요!"

마사는 그녀 위에 올라앉아 차분한 목소리로 말했다. "안 돼 요."

데이나는 필사적으로 몸부림쳤지만 마사는 끄떡하지 않았다.

"그가 두 사람 모두를 죽일 거니까요." 마사는 그녀의 귀에 대고 속삭였다. "당신도 그걸 알잖아요. 아들을 생각해서라도 밖 으로 나가면 안 돼요."

데이나는 공황 상태에 빠져 바동거렸다. "이거 놓으라니까 요!"

다시 타이터스의 목소리가 들려왔다. "데이나, 여전히 말을 안 듣는군. 그럼 다른 쪽 무릎도 쏴버려야지."

캣은 우거진 나무들을 요리조리 피해 신속하게 움직였다. 어딘가에서 브랜던을 협박하는 남자의 목소리가 들려왔다.

그녀는 더 빨리 움직였다.

몇 초 후, 총성과 함께 브랜던의 비명이 들렸다. 카이저 부국장과의 약속을 더 이상 지켜야 할 이유가 없어진 것이다. 그녀는 숲을 빠져나와 진입로를 달려 올라갔다. 적들에게 위치가 노출되겠지만 지금은 그런 것에 신경 쓸 때가 아니었다.

어떻게든 브랜던을 구해내야 했다.

그녀의 오른손에는 권총이 들려 있었다. 누군가가 조개껍데기를 가져다 대기라도 한 것처럼 귓속에서 가쁜 숨소리가 메아리쳤다.

먼발치에 SUV가 보였다. 그 옆에 총을 쥔 남자가 서 있었다. 브랜던은 바닥을 뒹굴며 고통스러워하고 있었다.

"데이나, 여전히 말을 안 듣는군. 그럼 다른 쪽 무릎도 쏴버려야지."

그를 쏘기에는 너무 멀리 떨어져 있었다. 캣은 빽 소리치며 내달렸다. "멈춰!"

남자가 그녀 쪽으로 몸을 틀었다. 그의 얼굴에 당혹스러워하는 표정이 떠올랐다. 그는 맹렬히 달려오는 캣에게 총을 겨눴다. 그녀는 옆으로 몸을 날렸다. 하지만 그녀는 여전히 남자의 시야를 벗어나지 못했다. 방아쇠를 당기려던 그가 멈칫했다.

브랜던이 그의 다리를 움켜잡은 것이다.

남자는 짜증을 내며 총으로 브랜던을 겨눴다.

캣은 준비된 상태였다. 굳이 경고하고 싶지 않았다.

그녀는 방아쇠를 당겼고, 남자는 공중으로 붕 떴다가 뒤로 넘어갔다.

오솔길을 따라 중간 지점으로 가던 레이날도는 동시에 들려온 두 사람의 비명에 멈칫했다. 그의 뒤에선 총에 맞은 소년이 울부짖고 있었다. 그의 앞 어딘가에선 소년의 어머니가 절규하고 있었다. 그녀는 탈출을 시도한 것에 대한 혹독한 대가를 치르고 있었다.

그는 그녀의 위치를 짐작할 수 있었다.

상자들.

그는 같은 실수를 반복하지 않겠노라고 다짐했다.

레이날도는 지난 몇 달간 자신의 집으로 여겨온 빈터를 향해 내달렸다. 어두웠지만 그에게는 손전등이 있었다. 그는 손전등으로 좌우를 차례로 비춰봤다.

20미터쯤 떨어진 지점에 데이나 펠프스가 누워 있었다. 그리고 8번으로 보이는 다른 여자가 그녀를 깔고 앉아 있었다.

그는 8번이 왜, 어떻게 상자에서 나올 수 있었는지 궁금했다. 하지만 그런 걸 따질 정신이 없었다. 그는 경고도 없이 총을 들고서 그들을 겨눴다. 그가 방아쇠를 당기려는데 갑자기 뒤에서 그르렁거리는 소리가 들렸다.

누군가가 그의 뒤를 덮쳤다.

깜짝 놀란 레이날도는 손전등을 떨어뜨렸지만, 아직 다른 손에 총을 쥐고 있었다. 그는 뒤로 손을 뻗어 등에 들러붙은 누군가를 떼어내려 했다. 그때 또 다른 누군가가 달려와 손전등을 집어 들더니, 레이날도의 코를 힘껏 내리쳤다. 고통과 공포에 휩싸인 레이날도는 짐승처럼 울부짖었다. 눈에서 눈물이 나왔다.

"떨어져!"

그는 등에 달라붙은 사람을 떨쳐내려고 격렬히 발버둥 쳤다. 하지만 소용없었다. 누군가의 억센 팔뚝이 그의 두꺼운 목을 강하게 조이고 있었다.

상자를 나온 사람들이 기다렸다는 듯이 우르르 몰려들었다.

그중 하나가 그의 다리를 깨물었다. 레이날도는 날카로운 이가 자신의 살을 파고드는 걸 똑똑히 느낄 수 있었다. 그는 물린 다리를 세차게 흔들다가 중심을 잃고서 고꾸라졌다.

누군가가 그의 가슴으로 뛰어올랐다. 다른 누군가는 그의 팔을 붙잡았다. 마치 어둠을 헤쳐 나온 악마들 같았다.

상자를 빠져나온 악마들.

그는 공황 상태에 빠졌다.

총. 그는 아직도 총을 쥐고 있었다.

레이날도는 총을 들어 악마들을 날려버리려 했지만 누군가에게 붙잡힌 팔은 꿈쩍도 하지 않았다.

그들의 공격은 쉴 새 없이 이어졌다.

네 명, 아니 다섯 명은 되는 것 같았다. 그들은 좀비처럼 끈질기고 무자비했다.

"안 돼!"

레이날도는 조금씩 그들의 얼굴을 알아봤다.

대머리 남자는 2번. 뚱보는 7번. 4번 상자에 가둬놓았던 남자도 보였다. 누군가가 다시 손전등으로 그의 코를 내리쳤다. 터져나온 피가 그의 입안으로 흘러 들어갔다. 그의 눈동자가 위로 돌아갔다.

레이날도는 비명을 지르며 방아쇠를 당겨대기 시작했다. 발사된 총알들은 아무도 없는 바닥으로 후드득 박혀 들어갔다. 그 소리와 충격에 한 남자가 그의 팔뚝을 놓아버렸다.

마지막 기회가 온 것이다.

레이날도는 남아 있는 기운을 전부 긁어모았다.

그는 권총을 위로 쳐들었다.

그 순간, 그의 앞에 데이나 펠프스가 불쑥 나타났다. 레이날도는 달빛이 만들어놓은 그녀의 검은 윤곽에 총을 겨눴다. 하지만 너무 늦었다.

도끼가 이미 그를 향해 떨어지고 있었다.

갑자기 시간이 느려졌다.

멀리서 보가 짖는 소리가 아득하게 들려왔다.

그리고 이내 세상의 모든 소리가 뚝 멎어버렸다.

44

전체적으로 보면 일주일을 소요하긴 했지만, 정확히는 단 사흘 동안 그들이 파헤친 진실은 다음과 같았다.

현재까지 농장에서 발견된 시체는 서른한 구에 달했다.

남자가 스물두 명, 여자가 아홉 명이었다.

최연장자는 일흔여섯 살의 남자였고, 최연소자는 마흔세 살의 여자였다. 그들 대부분은 머리에 총을 맞고 숨졌다. 영양실조로 사망한 사람도 적지 않았다. 신체 일부가 절단되는 중상을 입은 피해자도 몇몇 있었다.

언론은 온갖 자극적인 표제들로 사람들의 시선을 잡아끌었다. 클럽 데드. 지옥에서의 데이트. DOA(Dead On Arrival, 도착 시 이미 사망─옮긴이) 큐피드. 역대 최악의 데이트. 무엇 하나 웃기지 않았다. 무엇 하나 그 농장의 희석되지 않은 순수한 공포를 제대로 담아내지 못했다.

이 사건은 더 이상 캣의 소관이 아니었다. FBI가 본격적으로 수사에 착수한 상태였다. 그런 건 아무래도 상관없었다.

데이나 펠프스를 포함한 일곱 명의 피해자는 모두 구조됐다. 그들은 지역 병원으로 후송됐고, 이틀 만에 퇴원했다. 하지만 슬개골에 총을 맞은 브랜던은 긴급 수술을 받아야 했다.

다른 범죄자들은 모두 사망했지만, 그들의 리더 타이터스 먼로는 캣이 쏜 총에 맞고도 살아남았다.

그는 위독한 상태였고, 인공호흡기를 달고 있었으며, 의학적으로 혼수상태에 빠져 있었다. 하지만 그는 아직 살아 있었다. 캣은 그 사실을 어떻게 받아들여야 할지 몰랐다. 왠지 타이터스 먼로가 깨어나면 상황이 좀 더 명확해질 것 같았다.

몇 주 후, 캣은 데이나와 브랜던을 만나러 코네티컷 그리니치에 자리한 그들의 집으로 찾아갔다.

그녀가 차고 앞 진입로에 들어서기가 무섭게 브랜던이 목발을 짚고 나와서 그녀를 반겼다. 그녀는 차에서 내려 그를 끌어안았다. 앞뜰로 나온 데이나 펠프스가 미소를 지으며 손을 흔들었다. 그녀는 변함없이 아름다웠다. 살이 조금 빠졌고, 금발 머리를 포니테일로 단정하게 묶었지만, 그녀는 여전히 매력적이었다. 특권과 행운에서 발산되는 아름다움과는 거리가 있었다.

데이나는 테니스공을 한쪽으로 휙 던졌다. 그녀는 개 두 마리와 장난을 치고 있었다. 하나는 클로이라는 검은색 래브라도였다.

또 하나는 보라는 이름의 늙은 초콜릿색 래브라도였다.

캣은 그녀를 향해 걸어갔다. 그녀는 상대를 쉽게 판단하는 자신의 단점을 지적했던 스테이시의 말을 떠올렸다. 스테이시의 지적이 구구절절 옳았다. 직관력과 선입관 사이에는 크나큰 차이가 있었다. 데이나와 채즈와 슈가가 그걸 증명해줬다.

"깜짝 놀랐어요." 캣이 그녀에게 말했다.

"왜요?"

"저 개가 나쁜 기억을 상기시킬 줄 알았거든요."

"보는 그저 나쁜 사람을 사랑하면서 따랐을 뿐이에요." 데이나가 공을 푸른 잔디 위로 던지며 말했다. 그녀의 얼굴에 옅은 미소가 떠올랐다. "내가 그랬던 것처럼."

캣도 미소를 지었다. "그렇군요."

보가 공을 향해 전력으로 내달렸다. 녀석이 공을 입에 물고 브랜던에게로 달려갔다. 한쪽 목발에 몸을 의지한 브랜던이 허리를 숙이고 보의 머리를 쓰다듬었다. 보가 공을 떨어뜨리고 꼬리를 흔들었다. 늙은 개는 다시 던져달라고 짖어댔다.

데이나는 눈 위로 손을 올려 눈부신 햇빛을 막았다. "와줘서 고마워요, 캣."

"나도 오고 싶었어요."

두 여자는 개와 놀고 있는 브랜던을 바라봤다.

"평생 다리를 절면서 살아야 해요." 데이나가 말했다. "의사들이 그러더군요."

"마음이 아파요."

데이나는 어깨를 으쓱였다. "정작 본인은 개의치 않더라고요. 오히려 자랑스러워하던데요."

"영웅이잖아요." 캣이 말했다. "브랜던이 그 웹사이트를 해킹하지 않았다면 당신이 위험에 처했다는 걸 알 수 없었을 거예요. 그리고……."

그녀는 말을 잇지 못했다. 그럴 필요도 없었고.

"캣?"

"네?"

"당신은 어때요?"

"내가 뭘요?"

데이나는 그녀를 바라봤다. "모든 걸 듣고 싶어요. 전부 다."

"알았어요." 캣이 말했다. "하지만 다 끝난 건지는 솔직히 모르겠어요."

캣이 농장 사건을 수습하고서 67번가의 집으로 돌아왔을 때 제프가 정문 앞 계단에 앉아 있었다.

"얼마나 기다렸어?" 그녀가 물었다.

"18년." 그가 말했다.

제프는 그녀에게 용서를 구했다.

"이러지 마." 그녀가 말했다.

"뭘?"

슈가와 마찬가지로 그녀 역시 모든 걸 희생하고, 또 용서할 각오가 됐다. 그는 다시 돌아왔고, 그럼 된 것이다.

"이러지 않아도 돼."

"그래." 그가 말했다. "알았어."

마치 보이지 않는 거인이 18년 전과 오늘을 양손에 쥐고서 봉합해놓은 듯했다. 물론 캣에게는 풀리지 않은 의문이 많이 남아 있었다. 그녀는 더 알고 싶었지만 또 한편으로는 다 부질없는 거란 생각이 들었다. 제프는 그녀에게 그간 말 못 했던 사연을 조금씩 털어놓았다. 18년 전, 그는 집안 문제로 이곳을 떠나야 했다. 신시내티에 간 후에는 캣이 자신을 기다려주지 않을 거라고 생각했다. 차마 기다려달라고 부탁할 수도 없었다. 그놈의 체면이 뭔지. 그는 나중에 그녀에게 돌아가 용서를 구할 생각이었다. 하지만 어느 날 그는 술집에서 싸움을 벌이게 됐고, 그 사건으로 모든 계획이 어그러지고 말았다. 알고 보니 그에게 맞아서 코가 부러진 남자는 지역의 어느 범죄 조직에 속해 있었다. 그들은 피의 복수를 예고했고, 그는 신원을 바꿔서 도망치게 됐다. 그러다 멜린다의 어머니를 임신시켰다.

"그래서 아직도 이 꼴로 살고 있는 거야."

캣은 그가 아직도 숨기는 게 있다는 걸 알았다. 어떤 이유에서인지 그는 자신의 이야기에 씌운 베일을 완전히 걷어내지 않았다. 하지만 그녀는 독촉하고 싶지 않았다. 신기하게도 조금씩 드러나는 진실은 그녀가 예상했던 것보다 나쁘지 않았다. 그들은 고통 어린 나날을 살아오면서 많은 걸 배웠다. 하지만 가장 위대한 교훈은 가장 단순한 것이었다. 소중한 것들을 아끼고 보호하라. 행복은 손상되기 쉽다. 매 순간을 감사하고 행복을 지키기 위해 최선을 다하라.

그 외의 모든 것은 그저 잡음일 뿐이다.

두 사람 모두 크게 상처받았지만, 지금 와서 생각하니 모든 게 운명이었던 것 같았다. 그런 시련이 없었다면 지금 이렇게 재회하지 못했을 테지. 비현실적으로 들리겠지만 그녀와 제프는 더 나은 관계로 돌아오기 위해 각자의 길로 떠나야 했던 것이다.

"그리고 이렇게 다시 만났지." 그녀는 말하고서 그에게 부드럽게 키스했다.

그날 해변에서와 같은 감미로운 키스였다.

그녀는 잠시나마 골치 아픈 세상사를 잊기로 했다. 물론 코존에게는 반드시 복수할 것이다. 언제, 어떤 방법으로 해야 할지는 모르겠지만, 언젠가는 아버지를 위해서 코존을 찾아가 이 문제를 깨끗이 종결지을 것이다.

하지만 지금은 그러고 싶지 않았다.

캣은 휴가를 요청했고, 스태거는 기꺼이 내줬다. 그녀는 한동안 도시를 벗어나고 싶었다. 그래서 그녀는 몬탁에 작은 집을 빌렸다. 제프의 집에서 얼마 떨어지지 않은 곳이었다. 제프는 자신과 함께 지내도 괜찮다고 했지만, 캣은 그러기에는 너무 이르다며 사양했다. 그들은 그곳에서 거의 모든 시간을 함께했다.

처음에는 경계하던 제프의 딸 멜린다도 조금씩 마음을 열었다. "아빠가 행복해하는 걸 보니 너무 좋아요." 멜린다는 눈물을 글썽이며 캣에게 말했다. "아빤 행복할 자격이 있어요."

제프의 장인도 그녀를 반기며 맞아줬다.

모든 게 완벽하고 환상적이었다.

주말에는 스테이시가 놀러 왔다. 어느 날 밤, 제프가 뒤뜰에서 고기를 굽고 있을 때 두 사람은 와인 잔을 기울이며 일몰을 감상했다. 스테이시가 미소를 지으며 말했다. "내 말이 맞았지?"

"뭐가?"

"동화."

캣은 오래전에 친구가 했던 말을 떠올리며 고개를 끄덕였다. "이건 동화보다 더 환상적이야."

한 달 후, 캣이 황홀한 기분에 젖어서 침대에 누워 있을 때 꿈

같던 동화는 끝나버리고 말았다.

격렬한 섹스를 마친 그녀는 베개를 끌어안고서 미소를 지었다. 욕실에서 제프가 흥얼거리는 소리가 흘러나왔다. 언제부터인가 그 노래는 그들에게 궁극적인 기쁨과 궁극적인 공포를 동시에 가져다줬다. "난 당신을 그리워하지 않아요."

제프는 심각한 음치였다. 맙소사. 캣은 고개를 흔들었다. 저렇게 끔찍한 목소리를 가진 멋진 남자라니.

그녀가 달콤한 여유에 취해 허우적거리고 있을 때 휴대폰이 울렸다. 그녀는 손을 뻗어 초록색 통화 버튼을 누르고 말했다. "여보세요?"

"캣, 나 바비 석스야."

석스. 가족의 오랜 친구. 아버지 사건을 수사했던 형사.

"안녕하세요." 그녀가 말했다.

"지금 통화할 수 있어?"

"네."

"날더러 그 지문에 대해 알아봐달라고 했던 거 기억해? 현장에서 검출된 지문 말이야."

캣은 몸을 벌떡 일으켰다. "네."

"쉽지 않았어. 그래서 이렇게 오래 걸린 거야. 창고 놈들이 분석 결과를 못 찾겠다더군. 아마 스태거가 갖다 버린 모양이야. 그래서 다시 분석을 요청해봤어."

"누구 지문인지 확인됐나요?" 그녀가 물었다.

"이름은 알아냈어. 이게 누군지는 모르겠지만."

욕실에서 물소리가 뚝 멎었다.

"이름이 뭔가요?" 그녀가 물었다.

그가 이름을 알려줬다.

캣의 손에서 휴대폰이 떨어졌다. 그녀는 침대에 떨어진 휴대폰을 빤히 내려다봤다. 석스는 계속 이야기하고 있었다. 캣은 그 소리를 똑똑히 들을 수 있었지만, 한 마디도 이해되지 않았다.

그녀가 넋 나간 모습으로 천천히 욕실 문을 돌아봤다. 허리에 큰 수건을 두른 제프가 문간에 서 있었다. 그는 여전히 아름다웠다. 배신자를 앞에 놓고 할 생각은 아니었지만.

캣은 전화를 끊고서 물었다. "당신도 들었어?"

"충분히 들었어."

한동안 뜸을 들이던 그녀가 입을 열었다. "제프?"

"그분을 죽이려고 했던 게 아니야."

그녀는 눈을 감았다. 치명타를 연달아 얻어맞은 기분이었다. 그는 말없이 서서 그녀가 정신을 가다듬을 때까지 기다렸다.

"클럽." 캣이 말했다. "살해당한 날 아버지는 클럽에 가셨어."

"맞아."

"당신도 거기 있었어?"

"아니."

그녀는 고개를 끄덕였다. 퍼즐 조각들이 조금씩 맞아들어갔다. 복장도착자들을 위한 클럽. "아쿠아?"

"그래."

"아쿠아가 아버지를 본 거야?"

"그래."

"그래서 어떻게 됐어, 제프?"

"당신 아버지가 슈가랑 같이 클럽에 들어가셨나 봐. 그들은, 글쎄. 나도 모르겠어. 아쿠아도 상세히 들려주지 않았고. 너도 알다시피 어디에 가서 함부로 입을 놀릴 친구가 아니잖아. 하지만 문제는 아쿠아가 그분을 봤다는 사실이야."

"아버지도 아쿠아를 보셨고?"

제프가 고개를 끄덕였다.

아버지는 오말리스에서 종종 봤던 아쿠아를 잘 알고 있었다. 딸이 그와 함께 있는 걸 볼 때마다 아버지는 캣에게 잔소리를 쏟아붓고는 했다.

"그래서 어떻게 됐어, 제프?"

"흥분한 당신 아버지는 스태거에게 연락해서 그를 찾아내라고 지시하셨어."

"아쿠아를?"

"그래. 당신 아버지는 우리가 룸메이트인 걸 모르시는 것 같았어. 그렇지?"

캣이 그 사실을 아버지에게 들려줄 이유는 없었다.

"늦은 시간이었어. 새벽 두세 시쯤 됐을 거야. 내가 아래층 세탁실에 있을 때 당신 아버지가 우리 집으로 쳐들어오셨어. 내가 다시 올라왔을 땐……."

"다시 올라왔을 땐?"

"아쿠아를 두들겨 패고 계셨어. 아쿠아의 얼굴은…… 끔찍해서 봐줄 수가 없을 정도였지. 눈도 퉁퉁 부어서 뜨질 못했고. 당신 아버지는 그를 깔고 앉아서 쉴 새 없이 주먹을 날리셨어. 내가 달려와서 그만두라고 소리쳤는데도 듣지 못하시더군. 그냥 계속해서……." 제프는 고개를 저었다. "난 아쿠아가 죽은 줄 알았어."

캣은 아버지가 살해된 후 아쿠아가 병원에 입원했던 사실을 기억해냈다. 당시 그녀는 막연하게 그가 정신과 치료를 받기 위해 입원했을 거라고 생각했다. 그런 일이 있었는지도 모르고. 물리적 부상은 치료됐는지 몰라도 아쿠아의 손상된 정신은 끝내 회복되지 않았다. 그 전에도 정신병적인 발작이 종종 있었다. 하지만 그날 밤, 아버지가 그를 무자비하게 폭행한 후로는…….

아쿠아는 모든 게 자기 잘못이라고 반복해서 중얼거렸다. 그들의 이별마저도 자기 탓으로 돌렸다. 제프에게 빚을 갚고 싶어 했던 그는 친구를 보호하기 위해 애꿎은 브랜던을 폭행하기도 했다.

"난 당신 아버지를 떼어내려고 달려들었어." 제프가 말했다. "우린 서로 엉겨 붙어서 싸우게 됐지. 그분이 날 때려눕히셨어. 난 바닥에 뻗어버렸고, 당신 아버지는 일어나서 내 배를 걷어차셨어. 난 그분의 부츠를 붙잡았지. 그러자 당신 아버지는 권총집으로 손을 가져갔어. 마침 의식을 되찾은 아쿠아가 그분 뒤로 몸을 날렸어. 내가 한쪽 발을 붙잡고 있는 상태에서 말이야." 제프는 고통으로 가득 찬 눈을 옆으로 돌렸다. "문득 당신이 들려준 말이 떠오르더군. 아버지가 항상 부츠 안에 작은 권총을 넣어두신다고 했잖아."

캣은 자기도 모르게 고개를 저었다.

"당신 아버지는 다시 권총집으로 손을 가져갔어. 난 그러지 말아 달라고 말했어. 하지만 당최 듣질 않으셨어. 그래서 난 부츠 안에서 권총을 꺼내……."

캣은 넋 나간 모습으로 앉아 있었다.

"스태거가 총성을 듣고 올라왔어. 당신 아버지가 망을 보라고 밖에 세워두셨던 모양이야. 상황을 본 그는 혼란에 빠졌어. 이건 경찰의 생명이 걸린 문제니까. 스태거가 말했어. 우릴 감옥에 처넣겠다고. 아무도 우릴 믿어주지 않을 거라고."

그녀가 간신히 입을 떼고 말했다. "그래서 당신과 아쿠아가 이 일을 덮기로 한 거야?"

"그래."

"당신은 아무 일도 없었다는 듯이 살았고?"

"그러려고 애썼지."

충격적인 진실이 드러났음에도 그녀의 입가에는 다시 미소가 떠올랐다. "당신은 우리 아버지와 정말 달라, 제프."

"무슨 뜻이야?"

"아버진 거짓 인생을 사셨어." 그녀의 얼굴에 한 줄기 눈물이 흘러내렸다. "당신은 그러질 못하잖아."

제프는 아무 말이 없었다.

"그래서 당신은 날 떠났던 거야. 진실을 들려줄 수가 없어서. 날 속이면서 평생 살아갈 자신이 없어서."

그는 입을 열지 않았다. 그녀는 그제야 모든 걸 알 수 있었다. 제프는 그녀에게서 도망쳐 스스로 자멸의 시기라 부르는 삶을 살게 됐다. 어쩌다 술집에서 싸움을 벌이게 된 그는 체포됐고, 경찰은 지문 조회를 통해 그가 살인 사건에 연루됐다는 사실을 알게 됐다. 스태거는 신시내티로 내려가 부랴부랴 수습해줬을 것이다. 어쩌면 그가 제프에게 다른 사람의 신원으로 숨어 지내는 게 좋겠다고 제안했는지도 모른다. 그것만이 확실한 해결책이라면서.

"스태거가 당신을 론 코치먼으로 만들어준 거야?"

"그래."

"그럼 당신도 거짓 인생을 산 셈이네."

"아니야, 캣." 그가 말했다. "난 그저 이름만 바꿨을 뿐이야."

"하지만 지금은 그러고 있잖아. 안 그래?"

제프는 아무 대답이 없었다.

"나랑 함께 보낸 지난 몇 주 동안 당신은 거짓 인생을 산 거야. 이제 어쩔 셈이야, 제프? 이제 와서야 간신히 재회했는데, 대체 어쩔 셈이야?"

"아무 계획도 없어." 그가 말했다. "처음에는 그냥 당신과 함께 있고 싶다는 생각뿐이었어. 다른 모든 건 아무래도 상관없었어. 무슨 말인지 알겠어?"

물론 그녀는 이해할 수 있었다. 하지만 더는 듣고 싶지 않았다.

"하지만 시간이 조금 흐르고 나니까 궁금해지더군."

"뭐가?"

"당신과 함께 거짓 인생을 사는 게 나은지, 아니면 당신 없이 진실된 인생을 사는 게 나은지."

그녀는 마른침을 한 번 삼켰다. "그 답은 찾았어?"

"아니." 제프가 말했다. "하지만 이제 그럴 필요가 없어졌네. 모든 진실이 다 드러났으니까. 거짓은 더 이상 없어."

"그렇게 간단해?"

"아니, 캣. 우리 관계의 그 무엇도 간단하지 않아."

그는 침대로 다가와 그녀 옆에 앉았다. 그는 그녀를 끌어안지 않았다. 가까이 붙으려고도 하지 않았다. 그녀도 그에게 가까이 가지 않았다. 두 사람은 나란히 앉아서 벽을 응시했다. 그리고 덤덤히 과거를 더듬어봤다. 거짓말과 비밀들, 죽음과 살인과 피, 비탄과 고독의 세월.

마침내 그의 손이 그녀 쪽으로 다가갔다. 그녀도 손을 뻗어 그 손을 잡았다. 그들은 아주 오랫동안 그렇게 손을 맞잡은 채 앉아 있었다. 마치 얼어붙기라도 한 것처럼. 그때 어딘가에서 누군가의 노랫소리가 들려오기 시작했다. 지나는 차에서 흘러나온 라디오 소리인가? 어쩌면 그녀의 머릿속에서 들려온 것인지도 몰랐다. "난 당신을 그리워하지 않아요."

감사의 말

다음 분들에게 감사의 뜻을 표한다. 정확히 누가 무엇을 도와줬는지 기억이 나지 않아 특정한 순서를 두지 않았다. 레이 클락, 제이 루이스, 벤 세비어, 브라이언 타트, 크리스틴 볼, 제이미 맥도널드, 로라 브래드포드, 마이클 스미스(그렇다. 〈악마 애인〉은 실재하는 곡이다), 다이앤 디세폴로, 린다 페어스타인, 그리고 리사 어백 밴스. 이 소설에서 오류를 찾는다면 다 이들 탓이다. 그들은 전문가다. 내가 왜 그걸 뒤집어써야 하나?

내가 실수로 당신의 이름을 빠뜨렸다면 알려주길. 다음 책에 넣을 테니. 이놈의 건망증.

마지막으로 다음 분들에게도 감사의 마음을 전하고자 한다.

아스가르 추백
마이클 크레이그
존 글래스
파넬 홀
크리스 해롭
키스 인시어카
론 코치먼
클레멘트 '클렘' 사이슨

534

스티브 슈레이더

조 슈워츠

스티븐 싱어

실비아 스타이너

이분들은 (또는 이분들의 가족은) 내가 선택한 자선단체에 후한 기부금을 내주셨다. 나는 보답의 의미로 이분들의 이름을 소설에 사용했다. 만약 참여를 원한다면 harlancoben.com을 방문하거나 giving@harlancoben.com으로 이메일을 보내면 상세한 정보를 얻을 수 있다.

옮긴이_ **최필원**

캐나다 웨스턴 온타리오 대학에서 통계학을 전공하고, 현재 번역가와 기획자로 활동하고 있다. 장르문학 브랜드인 '모중석 스릴러 클럽'과 '버티고'를 기획했다. 주요 역서로는 존 그리샴의 《브로커》《최후의 배심원》, 할런 코벤의 《숲》《단 한 번의 시선 1, 2》, 모 헤이더의 《난징의 악마》《버드맨》, 제프리 디버의 《소녀의 무덤》《옥토버리스트》, 척 팔라닉의 《파이트 클럽》《질식》, 도널드 웨스트레이크의 《액스》, 데니스 루헤인의 《미스틱 리버》, 로버트 러들럼의 《본 아이덴티티 1, 2》 외 다수가 있다.

미싱 유

초판 1쇄 발행 2016년 1월 11일
초판 2쇄 발행 2019년 10월 28일

지은이 | 할런 코벤
옮긴이 | 최필원
발행인 | 강봉자, 김은경

펴낸곳 | (주)문학수첩
주소 | 경기도 파주시 문발로 214-12(문발동 511-2) 출판문화단지
전화 | 031-955-4445(마케팅부), 4453(편집부)
팩스 | 031-955-4455
등록 | 1991년 11월 27일 제16-482호

홈페이지 | www.moonhak.co.kr
블로그 | blog.naver.com/moonhak91
이메일 | moonhak@moonhak.co.kr

ISBN 978-89-8392-601-2 03840

「이 도서의 국립중앙도서관 출판예정도서목록(CIP)은 서지정보유통지원시스템 홈페이지(http://seoji.nl.go.kr)와 국가자료공동목록시스템(http://www.nl.go.kr/kolisnet)에서 이용하실 수 있습니다.(CIP제어번호: CIP2015032257)」

＊파본은 구매처에서 바꾸어 드립니다.